중고생이 꼭 읽어야 할
세계단편소설
40

세계단편소설 40

1판 1쇄 발행 | 2013년 1월 18일
1판 22쇄 발행 | 2024년 8월 20일

지은이 | 헤밍웨이 외
엮은이 | 박선희
편 역 | 박찬영
펴낸이 | 박찬영
기획편집 | 안주영, 황민지, 이호영
마케팅 | 조병훈, 박민규, 김도언, 이다인
디자인 | 박민정, 이재호, 이은정
낭 송 | KBS 성우 임미진

발행처 | 리베르
주 소 | 서울특별시 성동구 왕십리로58 서울숲포휴 11층
등록번호 | 제2013-000017호
전 화 | 02-790-0587, 0588
팩 스 | 02-790-0589
홈페이지 | www.liber.site
커뮤니티 | blog.naver.com/liber_book(블로그) www.facebook.com/liberbooks(페이스북)
e-mail | skyblue7410@hanmail.net

ISBN | 978-89-6582-051-2 (44810)
        978-89-6582-046-8 (세트)

리베르(Liber 전원의 신)는 자유와 지성을 상징합니다.

중고생이 꼭 읽어야 할

세계
단편
소설
40

리베르

머리말 ────────────────────────────────────

시대가 바뀌고 인간 삶의 형태가 달라져도 세월의 흐름에 영향받지 않고 사람들에게 영향력을 주는 것이 있다. 세계의 주옥같은 문학 작품들이 바로 그런 것이다. 그중에서도 소설은 시대에 따라 새로운 의미를 부여하며 인간에 대한 이해를 돕는 장르라 할 수 있다. 소설 속에는 보편성과 항구성을 지닌 인간에 대한 이야기와 삶에 대한 날카로운 통찰이 담겨 있기 때문이다.

소설은 인간의 삶을 구체적으로 보여 주는 거울과 같다. 우리는 그 거울을 통해 다양한 인물들을 만나면서 풍부한 간접 체험을 하게 된다. 그것이 지나간 시대의 이야기일지라도 세계와 인간 문제의 본질을 꿰뚫는 작가의 예리함은 현재를 사는 우리의 지성과 감성에도 울림을 주게 마련이다. 이야기를 풀어 가는 작가의 표현 방식이나 문체는 다양한 재미와 감동을 선사한다. 소설에 등장하는 인물을 통해 여러 가지 삶의 모습을 발견하고 그로부터 새로운 문제의식을 갖게 되는 것도 의미 있는 일이다.

대다수 사람들이 세계 명작 읽기의 필요성에 대해 공감하면서도 실제로 찾아 읽는 경우는 그다지 많지 않다. 독자 입장에서는 어떤 작품을 읽어야 할지 막막해 선뜻 책을 골라잡기가 어려운 것도 사실이다. 잘 알려진 작품만을 골라 읽는다 하더라도 그 작품이 실린 책을 따로따로 구입해야 하므로 비용도 만만찮았다. 『세계단편소설 40』은 그런 어려움을 갖고 있는 독자들에게 좋은 길잡이가 될 수 있을 것이다. 이 책은 세계적으로 널리 알려진 작가들을 중심으로 그들의 대표작들을 엄선해 실었다. 물론 중고등학교 문학 교과서에 가장 많이 수록된 작품들이기도 하다.

필독 중편 소설들까지 다룬 『세계단편소설 40』의 작품 선정 기준과 장점을 밝혀 둔다.

1. 『세계단편소설 40』은 교과서 수록 작품을 최우선 순위에 올렸다.

   논술 고사나 수능 시험 공부를 하는 학생들은 물론 일반 독자들에게도 즐거운 세계 명작 읽기의 기회를 제공할 것이다.

2. 40편이란 최다 작품을 수록하면서 전문을 수록해 완전한 감상을 유도했다.

   「노인과 바다」, 「어린 왕자」, 「변신」, 「아큐정전」 등 필독 중편 소설들도 전문을 수록했다.

3. 해설은 '작가와 작품 세계, 작품 정리, 구성과 줄거리, 생각해 볼 문제'로 나누어 작품의 완전한 이해를 도모했다.

   특히 소설의 구성 단계(발단, 전개, 위기, 절정, 결말)에 따라 줄거리를 구분해 작품의 성격을 빠르고 정확하게 파악할 수 있도록 했다. 보다 강화된 논술 시험을 대비하는 데 큰 도움을 줄 것이다.

4. 번역어 투의 외국 문학 작품을 자연스러운 문장으로 다듬는 데 주력했다.

   세계 명작은 근대의 작품들이 주류를 이루지만 고전도 상당수 있다. 따라서 우리의 정서에 맞게 재미있게 읽을 수 있도록 작품을 재해석했다.

엮은이 씀

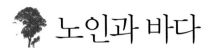

노인과 바다

작가와 작품 세계

어니스트 헤밍웨이(Ernest Miller Hemingway, 1899~1961)

미국의 소설가. 시카고 교외의 오크파크에서 출생. 고교 졸업 후에는 대학에 진학하지 않고 캔자스시티의 '스타(Star)'지(紙) 기자가 됐다. 제1차 세계 대전 때 적십자 야전 병원 수송차 운전병으로 참전했고, 이탈리아 전선에 종군 중 다리에 중상을 입고 휴전이 되어 1919년 귀국했다. 몸이 낫자 캐나다 〈토론토 스타〉지의 특파원이 되어 다시 유럽으로 건너갔으며, 그리스-터키 전쟁을 보도했다. 1923년 『3편의 단편과 10편의 시』를 처녀 출판했다. 1924년 청소년기의 체험을 바탕으로 한 단편집 『우리들의 시대에』를 발표했으며, 다음 작품 『봄의 분류』에 이어 발표된 『해는 또다시 떠오른다』로 명성을 얻기 시작했다. 1928년 귀국 후 전쟁 문학의 걸작인 『무기여 잘 있거라』를 완성해 국외에서도 큰 반향을 불러일으켰다. 1940년에는 에스파냐 내란을 배경으로 미국 청년 로버트 조단을 주인공으로 한 『누구를 위하여 종은 울리나』를 발표했다. 1952년에 발표한 『노인과 바다』로 퓰리처상과 노벨 문학상을 받았다. 단편집으로 『우리들의 시대에』 외에 『남자들만의 세계』, 『승자는 허무하다』가 있다. 헤밍웨이는 20세기를 대표하는 작가로, 가혹한 현실에 맞선 인간의 비극적인 모습을 간결한 문체로 힘차게 묘사했다.

작품 정리

갈래 : 중편 소설

성격 : 의지적, 교훈적

배경 : 시간 - 1950년대 / 공간 - 멕시코 만의 바다

시점 : 3인칭 전지적 작가 시점

주제 : 자연에 대한 경외심과 험난한 운명과 고독에 맞서 싸우는 인간의 신념과 의지

✒ 구성과 줄거리

발단 멕시코 만에서 고기잡이를 하는 노인을 소년이 믿고 따름

어부 산티아고는 수년 전 아내를 잃고 멕시코 만에서 고기잡이를 하는 노인이다. 그는 84일 동안 고기 한 마리를 잡지 못해 주위 사람들에게 어부로서의 운이 다했다는 조롱을 받는다. 한동안 노인과 같이 고기잡이를 나갔던 소년마저 부모의 명령으로 다른 배를 타게 된다. 그러나 노인과 소년은 서로에 대한 깊은 신뢰와 애정을 가지고 있다.

전개 노인이 큰 고기를 낚지만 고기에게 끌려 먼바다로 나가게 됨

노인은 소년의 배웅을 받으며 고기잡이를 나갔다가 엄청나게 큰 고기를 낚는다. 그러나 낚싯줄에 걸린 고기가 북동쪽 어딘가로 계속해서 달려가는 바람에 해안에서 먼바다까지 끌려 나가게 된다. 며칠 밤낮을 뜬눈으로 고기와 대치하던 노인은 소년이 함께 있지 않음을 몹시 아쉬워한다. 노인은 지나가는 새와 이야기를 나누며 마음의 위로를 찾는다.

위기 안간힘을 다해 고기를 죽이고 귀갓길에 오름

마실 물도, 먹을 양식도 떨어진 상황에서 노인은 낚아 올린 작은 다랑어로 요기를 하며 버틴다. 노인은 모든 것을 다 포기하고 싶은 마음을 추스르고 안간힘을 다해 싸워 마침내 고기를 죽인다. 노인은 고기를 배 옆에 붙들어 매고 귀갓길에 오른다.

절정 노인은 상어를 물리치지만 잡은 고기는 뼈만 남게 됨

항구로 돌아오는 도중 노인은 죽은 고기의 피 냄새를 맡은 상어 떼에게 습격을 당한다. 온갖 어려움을 이겨 내고 잡은 고기를 상어에게 뜯기자 노인은 탈진할 정도로 지쳐 버린다. 하지만 불굴의 의지를 보여 주었던 디마지오라는 야구 선수와 고기임에도 품위를 보여 준 큰 고기를 생각하면서 상어 떼를 물리친다. 항구로 돌아올 즈음 고기는 뼈만 남게 된다.

결말 집에 돌아온 노인은 지쳐서 잠이 들고 사자 꿈을 꿈

항구에 도착한 노인은 자신의 오두막으로 가 쓰러지듯 잠이 든다. 이튿날 아침, 사람들은 노인의 배에 달린 고기의 뼈를 보고 놀라움을 감추지 못한다. 소년은 잠든 노인 곁에 머물며 그를 보살핀다. 한참 만에 노인이 잠에서 깨자 소년은 다음에는 함께 바다에 나가자고 말한다. 소년이 지켜보는 가운데 노인은 다시 깊은 잠에 빠진다. 노인은 자신이 원하던 사자 꿈을 꾼다.

🖊 생각해 볼 문제

1. **이 작품에서 바다와 노인, 그리고 상어 떼와 사자 꿈 등이 상징하는 것은 무엇인가?**

   이 소설에서 바다는 가진 것을 베풀어 주는 어머니를 상징한다. 바다는 인간이 싸우고 괴로워하고 죽도록 운명 지워진 세계가 아니라, 용기를 가지고 싸울 때는 충분한 보상이 주어지는 세계로 그려져 있다. 바다를 배경으로 노인은 절대로 지지 않겠다는 의지를 갖고 상어로 상징되는 현실의 고통들에 저항하고 싸운다. 그 결과는 패배로 이어지지만, 돌아와서 사자 꿈을 꾸는 노인의 모습을 통해 끝까지 체념하지 않고 고난과 맞서 싸우는 인간의 강인한 정신력을 보여 준다.

2. **노인이 바다의 작은 새나 자신이 잡은 큰 고기를 보고 형제간이라고 말했던 것은 어떤 의미인가?**

   노인은 지상의 모든 피조물들은 신 앞에서 동등한 존재라고 여긴다. 노인이 큰 고기를 잡은 후 느낀 동정심에는 모든 생명체가 형제이고 차별 없는 존재라는 철학이 바탕을 이룬다. 하지만 노인은 상어 떼의 습격에 적의와 증오를 품고 대항한다. 이는 상어 떼의 습격을 자연의 섭리를 존중하는 가운데 벌어진 싸움이 아닌, 남이 애써 얻은 것을 강탈하려는 행위로 받아들였기 때문이다.

3. **이 작품에 나오는 "인간은 파멸할 수는 있어도 패배할 수는 없다."라는 말의 의미는 무엇인가?**

   삶의 터전에서 벌어지는 싸움에서 최선을 다해 싸우다 쓰러지는 것은 패배가 아니라 다만 파멸일 뿐이라는 뜻이다. 뼈만 남은 고기를 끌고 돌아오면서 노인은 절망하거나 후회하지 않는다. 허름한 침대에 누워서도 여전히 사자를 쫓는 꿈을 꾼다. 이것은 허무주의에 빠지지 않고 신념과 의지로 인내하는 인간의 자세를 뜻한다.

노인과 바다

노인은 멕시코 만(灣)에서 조각배를 타고 혼자 고기잡이를 했다. 날마다 바다로 나갔지만 지난 84일 동안 고기 한 마리 낚지 못했다. 처음 40일간은 한 소년과 함께 있었다. 그러나 40일이 지나도록 단 한 마리의 고기도 낚지 못하자 소년의 부모는 그 노인이 '살라오'임에 틀림없다고 말했다. '살라오 (Salao)'란 운이 막혀 버려 재수가 없는 것을 뜻한다. 소년은 부모의 성화에 못 이겨 다른 배를 따라나섰는데 첫 주에 큼직한 고기를 세 마리나 낚았다. 그러나 소년은 노인이 날마다 빈 배로 돌아오는 것을 보면 마음이 편치 않아서 바닷가에 나가 노인을 기다리다가 낚싯줄이며 갈고리, 작살과 돛대에 감긴 돛을 거들어 날라 주었다. 돛은 밀가루 부대로 군데군데 기워져 있었는데, 마치 영원한 패배를 상징하는 것처럼 보였다.

노인은 여위고 앙상한 데다 목덜미에 주름살이 깊게 패여 있었다. 열대 지방 특유의 햇빛이 바다 위에서 반사한 탓으로 야윈 볼에는 피부암의 갈색 반점이 얼굴 아래쪽까지 번져 있었다. 손에는 큰 고기를 잡을 때 힘껏 밧줄을 잡아당기면서 생긴 상처가 훈장처럼 깊게 박혀 있었다. 오랜 세월에 걸쳐 생겨난 상처들이었다.

노인을 둘러싸고 있는 것은 모든 것이 다 낡고 늙어 있었다. 그러나 그의 눈빛만은 바다처럼 푸르고 활기에 넘쳐 있었으며 패배를 알지 못했다.

조각배를 끌어 올려놓은 뒤 두 사람은 둑으로 함께 올라갔다.

"산티아고 할아버지."

소년이 노인에게 말했다.

"실은 할아버지하고 다시 배를 탔으면 해요. 그동안 돈을 좀 벌었으니까요."

노인은 전부터 소년에게 고기잡이를 가르쳐 왔고, 소년은 노인을 무척 좋아했다.

"아니다."

노인이 고개를 저으며 말했다.

"넌 이제 재수 좋은 배를 탔으니 그냥 거기에 남아 있어."

"하지만 할아버지는 84일 동안 고기 한 마리 못 잡았는데, 우린 3주 동안 매일같이 큰 놈을 잡았다는 걸 생각해 보세요."

"그래, 알고 있어. 네가 날 믿지 못해서 떠난 게 아니라는 걸 알고 있으니 괜찮아."

"아버지 때문에 떠났던 거예요. 전 아직 어리니까 아버지 말을 들어야 했고요."

"그래, 알아. 물론 그래야지."

"아버지는 신념이 깊지 못해요."

"그래? 그렇지만 우리에겐 신념이 있잖아."

노인이 소년을 돌아보며 눈을 꿈쩍했다.

"그럼요. 오늘은 테라스에서 맥주를 한잔 대접하고 싶어요. 그러고 나서 저 어구(漁具)들을 집으로 날라요."

"좋지. 우린 고기잡이 동지니까."

테라스에 자리를 잡고 앉자 주변의 많은 어부가 노인을 놀려 댔다. 그러나 노인은 화를 내지 않았다. 나이 지긋한 어부들은 그런 노인을 가엾게 여겼으나 그런 심정을 밖으로 드러내지는 않았다. 단지 조류라든지 낚싯줄을 드리웠던 바다의 깊이, 최근의 좋은 날씨에 대해, 아니면 그날 있었던 일들에 대해 조용히 이야기를 나눌 뿐이었다. 그날 재미를 본 축들은 돛새치에 칼질을 해서 두 개의 널빤지에 기다랗게 눕혀 놓고 그 판자 양쪽에 한 사람씩 붙어 비틀거리면서 어류 저장고로 운반해 갔다. 그곳에서 아바나 시장으로 운반해 갈 냉동 화물차를 기다리는 것이다. 상어를 잡은 어부들은 만(灣)의 건너편에 있는 공장으로 가서 도르래와 밧줄로 상어를 달아 올린 뒤 간을 빼내고 지느러미를 자른 다음, 껍질을 벗기고, 살을 소금에 절이기 위해 토막을 쳤다.

바람이 동쪽에서 불어오면 항구 건너 쪽까지 상어 공장의 생선 냄새가 풍겨왔다. 그러나 오늘은 바람이 북쪽으로 불다가 그나마 그치고 만 데다 테라스에 햇볕이 잘 들고 상쾌해서 냄새도 나는 듯 마는 듯했다.

"산티아고 할아버지."

소년이 노인을 불렀다.

"응."

노인이 대답했다. 그는 맥주잔을 든 채 옛날 생각을 하고 있는 중이었다.

"나가서 내일 쓸 정어리를 좀 구해 올까요?"

"넌 가서 야구나 하렴. 아직은 나 혼자서도 노를 저을 수 있고 로헬리오가 어망을 던질 테니까."

"하지만 전 지금 나갔다 왔으면 좋겠는데요. 할아버지하고 같이 고기잡이를 할 수 없으니까 다른 일이라도 도와드리고 싶어요."

"맥주를 샀잖아. 그걸로 됐어. 너도 이제 어른이 다 되었구나."

"할아버지가 저를 처음 배에 태워 주셨던 게 제가 몇 살 때의 일이지요?"

"다섯 살이었지, 아마. 내가 그때 꽤 힘센 놈을 하나 잡아 올렸는데, 그놈이 배를 산산조각 낼 뻔했지. 너도 하마터면 죽을 뻔했어. 기억나니?"

"생각나는 건 그놈이 꼬리를 철썩거리는 통에 가로대가 부러지고, 할아버지가 몽둥이로 그놈을 후려갈기던 소리예요. 할아버지가 그때 저를 뱃머리 쪽으로 떠밀어 버리던 거며, 배 전체가 요동치는데, 큰 나무를 찍어 넘기듯 할아버지가 몽둥이로 그놈을 내려치던 소리, 이윽고 내 몸에서 늘큰한 피비린내가 나던 것도 기억해요."

"정말 그때 일을 다 기억하고 있는 거냐? 아니면 내가 나중에 이야기해 주었던 건가?"

"우리가 함께 배를 타고 나간 다음부터의 일은 다 기억하고 있는걸요."

노인은 햇볕에 그을린 얼굴을 들더니 자애로운 눈으로 소년을 바라보았다.

"네가 내 아들이라면 너를 데리고 나가서 모험이라도 해 보겠는데…….하지만 너한테는 부모님이 계신 데다 또 너는 지금 재수 좋은 배를 타고 있잖니."

"정어리를 구해 올까요? 미끼도 네 개쯤은 구해 올 수 있어요."

"내 미끼는 오늘치도 아직 많이 남았다. 궤짝에 소금으로 절여 뒀어."

"싱싱한 걸로 네 마리만 가져올게요."

"정 그렇다면 한 마리만 가져오너라."

노인은 희망과 자신을 완전히 잃은 적이 없었다. 지금도 미풍이 일 때처럼 희망과 함께 자신감이 솟구치는 걸 느낄 수 있었다.

"두 마리만 가져올게요."

소년이 고집을 부렸다.

"그래, 두 마리만. 설마 훔친 건 아니겠지?"

"훔칠 수도 있었지만 이건 산 거예요."

"고맙다."

노인이 말했다. 그는 단순한 성격이라 일단 한번 결정하고 나면 지나간 일에 집착하지 않았다. 그러나 그는 지금 자기가 양보했다는 걸 깨달았고, 그것이 결코 부끄러운 일도, 진정한 자부심에 손상을 주는 일도 아니라고 생각했다.

"조류가 이대로만 있어 준다면 내일은 재수가 좋을 거야."

"내일은 어느 쪽으로 가시려고요?"

"멀리 나가 보려고. 그래도 바람이 바뀌면 돌아와야지. 날이 밝기 전에 나가야겠다."

"저도 주인을 졸라서라도 멀리 나가 볼게요. 할아버지가 만일 진짜 큰 놈이라도 잡게 되면 옆에서 할아버지를 도울 수 있게 말예요."

"네 주인은 너무 멀리 나가는 건 싫어할걸."

"그래도 새가 고기를 찾고 있는 거나, 또 주인이 보지 못한 걸 봤다고 우겨서 돌고래를 쫓아 멀리 나가게 할 거예요."

"그 사람 시력이 그렇게 나쁘냐?"

"장님이나 마찬가지예요."

"그래? 그것 참 이상하구나. 그 사람은 거북 사냥을 나간 적이 없을 텐데. 거북 사냥을 하면 눈이 상하거든."

"할아버지는 머스키토 앞바다에서 몇 년씩이나 거북 사냥을 했는데도 아직 눈이 좋으시잖아요?"

"나야 원래 좀 특이한 늙은이니까."

"하지만 정말 큰 고기가 잡히면 이겨 낼 수 있겠어요?"

"그럴 거야. 요령이 있으니까."

"이제 그만 집으로 돌아가요. 그래야 정어리를 잡으러 가지요."

그들은 노인의 조각배에서 고기 잡는 도구를 집어 들었다. 노인은 어깨에 돛대를 메었고, 소년은 낚싯줄이 든 나무 궤짝과 갈고릿대, 긴 창살이 달린 작살 등을 손에 들었다. 조각배의 고물(배의 뒷부분) 밑에는 미끼통이 들어 있었고 그 옆에는 큰 고기를 낚아 올릴 때 후려치는 몽둥이가 있었다. 노인의 물건을 훔쳐 갈 사람은 없었지만, 돛과 굵은 밧줄은 이슬을 맞으면 좋지 않기 때문에 집으로 가지고 가는 편이 나았다. 노인은 누군가가 자신의 물건을 훔쳐 가지는 않을 거라고 믿고 있었지만 갈고릿대나 작살을 배에 놔둠으로써 쓸데없이 다른 사람의 마음을 어지럽힐 필요는 없다고 생각했다.

두 사람은 나란히 노인의 오두막집으로 가서 열려 있는 문 안으로 들어갔다. 돛을 감은 돛대를 노인은 벽에 세워 놓았고 소년이 나무 상자나 다른 고기잡이 도구들을 그 위에 놓았다. 돛대는 오두막의 단칸방만큼이나 길었다. 그 오두막집은 구아노라는 종려나무 싹의 딱딱한 껍질로 지은 집이었다. 안에는 침대와 테이블, 의자 그리고 진흙으로 된 흙바닥 한구석에 불을 피워 음식을 끓이는 부뚜막이 있었다. 질긴 구아노 잎을 여러 장 겹쳐 놓은 갈색 벽에는 예수의 성심(聖心)상과 코브레의 성모 마리아의 채색 그림이 걸려 있었다. 죽은 아내의 유품이었다. 한때는 그 벽에 아내의 사진을 걸어 놓았으나 사진을 볼 때마다 쓸쓸해져서 떼어 놓았다. 지금은 방 한구석의 선반 위, 세탁해 둔 셔츠 밑에 그 사진이 놓여 있었다.

"뭐 좀 드실 게 있나요?"

"현미 쌀밥 한 그릇과 생선이 있지. 너도 좀 먹을래?"

"전 집에 가서 먹겠어요. 불 좀 피워 드릴까요?"

"괜찮아. 내가 나중에 피우지. 그냥 차게 먹어도 되고."

"제가 투망을 가져가도 될까요?"

"좋고말고."

노인에게는 투망이 없었다. 소년은 노인이 그것을 언제 팔아 버렸는지 기억하고 있었다. 그러나 그들은 거짓으로 지어낸 대화를 날마다 주거니 받거니 했다. 현미밥도, 생선도 없다는 걸 소년은 알고 있었다.

"여든 다섯은 재수가 좋은 숫자야. 내장을 빼고도 천 파운드 넘게 무게가 나가는 큰 놈을 내가 잡아 오는 걸 봤으면 좋겠지?"

"전 투망으로 정어리나 잡으러 가겠어요. 할아버지는 문가 쪽 양지에 앉아 계시겠어요?"

"그래, 어제 신문이 하나 있으니까 야구 기사나 읽어야겠다."

소년은 어제 신문이 있다는 것도 거짓으로 꾸며 낸 얘기인지, 아닌지 통 알 수가 없었다. 그러나 노인은 침대 아래에서 정말로 신문을 꺼내 오는 것이었다.

"보데가에서 페리코가 이 신문을 주더구나."

"정어리를 잡으면 바로 돌아올게요. 할아버지가 드실 것하고 제가 쓸 것을 같이 얼음에 채워 놓은 다음 아침에 나누어 가져요. 제가 돌아오거든 야구 얘기 좀 들려주시고요."

"양키즈 팀이 질 리가 없지."

"그래도 클리블랜드의 인디언즈 팀이 걱정되는데요."

"양키즈 팀을 믿어라. 위대한 디마지오를 생각하란 말이다."

"하지만 디트로이트의 타이거즈 팀과 클리블랜드의 인디언즈 팀 모두 만만치가 않아요."

"그러다가는 신시네티의 레스 팀이나 시카고의 화이트 삭스 팀까지 겁내겠는걸. 그렇지! 끝수가 85로 된 복권을 한 장 사는 게 어떻겠니? 내일이 꼭 85일째 되는 날이거든."

"87일째에 최고 기록을 내셨으니 87이 어떨까요?"

"그래, 한 장만. 그런데 돈은 누구한테서 꾸지?"

"2달러 50센트쯤은 언제든지 빌릴 수 있어요."

"나도 마음만 먹으면 빌릴 수 있지만 그러지 않으려는 거지. 왜냐하면 처음엔 빌리는 거지만 다음엔 구걸하게 되니까."

"할아버지, 우선 몸을 따뜻하게 하고 계세요. 지금은 9월이란 걸 생각하셔야 해요."

"9월은 큰 고기가 오는 때지. 5월은 누구든지 고기잡이를 할 수 있는 달이지만."

"그럼 전 정어리를 구하러 가겠어요."

한참 후 소년이 돌아왔을 때 노인은 의자에 앉은 채로 잠들어 있었다. 이미 해가 진 후였다. 소년은 침대에 있던 낡은 군용 담요를 벗겨 와 노인의 어깨에 둘러 주었다. 늙었지만 두 어깨에 아직도 억센 힘이 넘쳐 있었다. 목덜미의 선도 팽팽해서 잠들어 머리를 숙이고 있어도 주름살이 거의 보이지 않았다. 노인이 입고 있는 셔츠는 그의 돛처럼 여러 번 기운 것이었고, 그나마 햇빛에 바랬다. 머리는 백발이었으며 눈을 감은 얼굴에는 생기가 없었다. 무릎 위의 신문은 그의 팔목에 눌린 채 저녁의 미풍에 펄럭였다. 노인은 맨발이었다. 소년이 노인을 그대로 두고 갔다가 다시 돌아왔을 때도 노인은 여전히 잠들어 있었다.

"할아버지, 이제 그만 일어나세요."

노인이 먼 곳에서 돌아오는 듯한 표정으로 눈을 떴다. 그는 곧 미소를 지었다.

"그게 뭐지?"

"저녁밥이에요."

"하지만 난 그리 배가 고프지 않다."

"그래도 드세요. 밥을 먹지 않으면 고기도 못 잡아요."

"안 먹고도 전엔 잡았었는데."

노인은 신문을 접으면서 일어났다. 그러고는 담요를 개기 시작했다.

"담요는 그냥 두르고 계세요. 제가 곁에 있는 한, 밥을 드시지 않고는 고기잡이도 못 하시게 할 거예요."

"그럼 부디 오래 살면서 네 몸이나 잘 돌보렴."

노인이 웃으며 말했다.

"까만 콩밥하고 바나나 튀긴 것, 그리고 스튜 조금이에요."

소년은 테라스에서 이중으로 된 양은그릇에 음식들을 담아 왔던 것이다. 그러더니 주머니에서 종이로 싼 나이프와 포크, 스푼 등을 꺼냈다.

"이걸 누가 주던?"

"마틴이 주었어요. 테라스 주인 말예요."

"그 사람에게 고맙다고 해야겠구나."

"제가 벌써 했어요. 할아버지까지 그러실 필요는 없어요."

"이번에 큰 고기를 잡으면 그 사람에게 뱃살이라도 주어야겠다. 이번 말고도 전에 음식을 주곤 했었니?"

"네, 그래요."

"그렇다면 뱃살보다 더 좋은 걸 줘야겠다. 그 사람, 우리한테 퍽 친절하구나."

"맥주도 두 개나 줬어요."

"나는 깡통 맥주가 제일 좋아."

"하지만 오늘 건 병맥주예요. 해튜 맥주죠. 병은 돌려줄 거예요."

"고맙다. 그럼 먹어 볼까?"

"아까부터 잡수시라고 했잖아요. 할아버지가 드시기 전까지 뚜껑을 열지 않으려고 했어요."

소년은 다정한 말투로 노인에게 말했다.

"그럼 이제 먹자. 난 그저 손 씻을 시간이 필요했던 것뿐이야."

손을 어디서 씻으셨다는 거지? 소년은 고개를 갸우뚱거렸다. 마을의 수도는 큰 거리를 둘씩이나 거쳐 내려가야 했다. 맞아, 왜 그 생각을 못했을까. 할아버지를 위해 물을 길어 왔어야 하는 건데. 비누랑 깨끗한 타월도 가져오고. 난 어째 이렇게 생각이 모자랄까? 다음엔 겨울에 입을 셔츠랑 재킷, 신발과 담요도 더 갖다 드려야겠다. 소년은 계속 이런 생각을 하고 있었다.

"스튜가 아주 맛있구나."

노인이 말했다.

"야구 얘기나 해 주세요."

"아메리칸 리그에서는 역시 양키즈 팀이 최고야."

노인은 흥이 나서 말했다.

"하지만 오늘은 졌는걸요."

"별것 아니야. 위대한 디마지오가 다시 활약할 거니까."

"그 팀에는 다른 선수들도 있잖아요?"

"물론 그렇지만 디마지오가 나타나면 달라지지. 브룩클린과 필라델피아 사이의 시합이라면 나는 당연히 브룩클린 편을 들겠어. 그러나 딕 시슬러가 옛날 야구장에서 멋지게 직구를 던지던 일들이 생각나는군."

"그런 멋진 강타는 없었어요. 제가 본 것 중에서 제일 멀리 쳐 낸 걸 거예요."

"그가 테라스에 왔을 때의 일을 기억하니? 나는 그 선수를 고기잡이에 데리고 가고 싶었지만 너무 소심해서 말도 못 꺼냈지. 그래 널 보고 말해 보라고 했던 건데, 너도 차마 말을 못했지."

"그때는 참 바보 같았어요. 만약 말을 걸었더라면 우리하고 함께 갔을지도 모르는 일인데. 그랬다면 우린 평생 그 일을 잊지 못했겠죠."

"나는 지금도 그 위대한 디마지오를 고기잡이에 한번 데리고 나갔으면 좋겠어. 그의 아버지도 어부였다고 하던데, 아마 디마지오도 한때는 우리처럼 가난했을 테니 서로 잘 통할 거야. 내가 네 나이 때는 횡범선(橫帆船 가로 돛을 단 범선)을 타고 아프리카로 갔었어. 저녁때는 사자들이 해안까지 나와서 어슬렁거리는 걸 봤지."

"알아요, 전에도 얘기하셨어요."

"아프리카 얘기를 더 할까, 야구 얘기를 계속할까?"

"야구 얘기요. 유명한 존 J. 맥글로우에 대해 얘기해 주세요."

"예전에는 그도 종종 이 테라스에 나타나곤 했었지. 그렇지만 성질이 사납고 말투가 거칠어서 한번 술에 취하면 다루기가 힘들었어. 그는 야구 이외에도 경마에 관심이 많았어. 늘 호주머니 속에 말 일람표가 들어 있었고, 전화를 할 때조차 말 이름을 댔단다."

"훌륭한 매니저였어요. 우리 아버지는 그가 최고래요."

"그가 주로 여기에 나타났었으니까 그렇지. 만일 듀로처가 매년 잊지 않고 이곳에 나타났었다면 네 아버지는 듀로처가 제일 훌륭한 매니저라고 말했을 게다."

노인이 웃으며 말했다.

"그럼 진짜 누가 제일 훌륭한 매니저예요? 류크예요? 아니면 마이크 곤잘레스예요?"

"둘 다 비슷비슷하겠지."

"그래도 가장 훌륭한 어부는 바로 할아버지예요."

"아니야, 나보다 더 훌륭한 어부들이 많은걸."

"천만요. 괜찮은 어부나 훌륭한 어부들도 더러 있겠죠. 그래도 할아버지가 최고인 건 사실이에요."

"고맙다. 네 말을 들으니 무척 기쁘구나. 하지만 너무 큰 고기가 나타나서 내가 당해 내지 못하면 네 칭찬이 부끄러워지겠는걸."

"할아버지가 말씀하신 대로 아직 기운이 세다면 그런 걱정을 하실 필요는 없을 거예요."

"내가 그렇게 튼튼하지 않을지도 몰라. 그래도 난 여러 가지 요령을 알고 있고 각오도 단단히 되어 있어."

"아침에 새로운 힘이 솟아날 수 있게 이제 잠자리에 드세요. 저는 이 그릇을 테라스에 돌려주겠어요."

"잘 자라. 아침에 내가 깨우마."

"할아버지가 제 자명종이라니까."

"내 자명종은 내 나이다. 늙은이는 왜 그렇게 일찍 잠이 깨는지 몰라. 영원히 잠들 시간이 가까웠으니까 하루를 좀 더 길게 보내라는 걸까?"

"젊은 애들은 늦잠을 잔다는 것밖에 모르겠어요."

"나 역시 그랬었지. 제 시간에 깨우마."

"전 주인이 깨워서 일어나는 게 싫어요. 그때마다 제가 그 사람만 못한 것 같다는 생각이 들거든요."

"그래, 알겠다."

"편히 주무세요, 할아버지."

소년은 밖으로 나갔다. 식탁에 불도 켜지 않고 저녁을 먹었기 때문에 노인은 어둠 속에서 그대로 바지를 벗고 잠자리에 들었다. 바지를 둘둘 말아서 그 속에 신문을 넣어 베개 대신 베었다. 담요로 몸을 감고 침대 스프링 위에 깐 신문지 위에서 잤다.

노인은 어렸을 적에 보았던 아프리카의 꿈을 꾸었다. 꿈속에서 길게 흰 황금빛 해안과 흰 모래사장과 높은 곳(岬), 거대한 갈색 산들을 보았다. 밤마다 노인은 꿈속의 그 해안에서 살다시피 했고, 꿈속에서 파도 소리를 들었고 파도 속을 뚫고 원주민들이 배를 저어 오는 것을 보았다. 노인은 갑판의 타르 냄새와 뱃밥 냄새를 맡았고, 뭍에서 불어오는 아침의 미풍 속에서 아프리카의 냄새를 맡곤 했다.

뭍의 미풍 냄새를 맡게 될 때쯤 노인은 습관적으로 잠에서 깨어나 옷을 입고 소년을 깨우러 갔다. 그러나 오늘은 그 미풍 냄새를 맡으면서도 너무 이른 시각이라는 것을 느꼈고 그래서 다시 꿈속으로 돌아가 바다에서 솟아 오르는 섬의 흰 산봉우리를 보았고, 카나리아 국도의 여러 항구며, 정박장에 대한 꿈을 꾸었다. 노인은 이제 더 이상 폭풍우나 여자, 큰 사건이나 큰 고기, 싸움, 힘겨룸과 아내에 대한 꿈 같은 것은 꾸지 않았다. 다만 그동안 돌아다녔던 여러 장소며 해안의 사자 꿈을 꿀 뿐이었다. 사자는 마치 고양이 새끼처럼 황혼 속에서 뛰놀았고, 노인은 소년을 사랑하는 것처럼 그 사자들을 사랑했다. 하지만 이상하게도 소년에 대한 꿈을 꾸는 일은 없었다. 노인은 곧 잠에서 깨어 열린 문으로 달을 쳐다보며, 베개 대신으로 베고 있던 바지를 주섬주섬 꿰입었다. 판잣집 바깥에서 소변을 보고 소년을 깨우러 올라갔다. 그는 새벽 추위에 몸을 오싹 떨었다. 그러나 잠시 떨다 보면 몸이 따뜻해질 게고 또 곧 힘차게 노를 젓게 되리라고 생각했다.

소년의 집은 늘 문이 잠겨 있지 않았다. 노인은 문을 열고 맨발로 가만히 걸어 들어갔다. 소년은 첫 번째 방 침대에서 자고 있었는데 희미해져 가는 달빛으로 그 모습을 똑똑히 알아볼 수 있었다. 노인은 가만히 소년의 발을 잡았다. 이윽고 소년이 눈을 떴다. 노인이 고개를 끄덕이자 소년은 의자 위에서 바지를 집어 들고 침대에 앉은 채로 옷을 입었다.

노인이 나가자 소년이 따라나섰다. 잠이 덜 깬 소년의 어깨 위에 노인이 팔을 두르며 말했다.

"미안하구나."

"천만에요. 어른이 되려면 이 정도는 해야지요."

그들은 노인의 오두막까지 내려갔다. 아직 어둠이 가시지 않은 길가에서 맨발의 어부들이 자기 배의 돛대를 나르느라 부산히 움직이고 있었다. 노인의 판잣집에 이르자 소년도 바빠졌다. 소년은 광주리에 담긴 낚싯줄 고리와 갈고릿대와 작살을 들었고, 노인은 돛대를 어깨에 메고 배로 날랐다.

"커피 드시겠어요?"

소년이 물었다.

"이 도구들을 배에 갖다 두고 와서 들자."

그곳에는 이른 새벽마다 어부들에게 음식을 파는 곳이 있었다. 그들은 그곳에서 연유통으로 커피를 마셨다.

"어젯밤엔 잘 주무셨어요?"

소년은 말끔하게 잠에서 깬 것은 아니지만 점차 졸음이 가시는 중이었다.

"응, 잘 잤다. 마놀린. 어쩐지 오늘은 자신이 생기는데."

"저도 그래요. 정어리하고 할아버지가 쓸 싱싱한 미끼를 가져올게요. 우리 주인은 고기잡이 도구를 직접 가지고 오거든요. 남이 자기 도구를 나르는 걸 싫어해요."

"하지만 우리는 달라. 나는 네가 다섯 살 때부터 도구를 나르게 했지 않니."

"알아요. 곧 돌아올게요. 커피나 한 잔 더 드세요. 여기는 외상이 되니까요."

소년은 맨발로 산호석 위를 경중경중 뛰어 미끼가 저장되어 있는 얼음집으로 갔다.

노인은 천천히 커피를 마셨다. 그것으로 하루를 견뎌야 하기 때문에 끝까지 먹어 둬야 한다고 생각했다. 오래전부터 노인은 먹는 것이 귀찮아져서 점심을 가지고 나가지 않았다. 뱃머리에 물 한 병을 챙겨 두었는데, 그것만 있으면 온종일 견딜 수 있었다.

그때 소년이 신문에 싼 정어리와 미끼 두 개를 가지고 돌아왔다. 그들은 미끼를 들고 자갈이 섞인 모래를 밟으면서 배가 있는 곳까지 내려간 다음, 배를 들어 물에 띄웠다.

"할아버지, 행운을 빌어요."

"너도 행운을 빈다."

　　노인은 노에 묶어 둔 밧줄을 노 꽂이에 비틀어 매고 노깃(노를 저을 때 물속에 잠기는 노의 넓적한 부분)을 물에 밀어 넣으며 몸을 앞으로 구부렸다. 그리고 천천히 어둠을 헤치며 항구 밖으로 노를 저어 나가기 시작했다. 벌써 다른 배들도 바다로 나가고 있었다. 달이 산 너머로 넘어간 시각이어서 아무것도 보이지 않았으나 노가 물을 차는 소리를 들을 수 있었다.

　　가끔 누군가 배 위에서 말하는 소리가 들릴 때도 있었다. 그러나 대개 고깃배에서는 노 젓는 소리만 들릴 뿐 조용했다. 고깃배들은 항구 밖으로 나가면 각자 뱃머리를 돌려 뿔뿔이 흩어지는 것이다. 노인은 오늘 멀리 나갈 생각이었으므로 뭍의 냄새를 뒤로하고 넓은 대양의 맑은 냄새를 쫓아 노를 저어 나아갔다. 어부들이 큰 샘이라고 부르는 곳까지 왔을 때 노인은 물속의 해초가 인광(燐光)을 발하는 것을 보았다. 이곳은 수심이 700길이나 움푹 꺼져 들어간 지점으로 해류가 바다 밑바닥의 가파른 벽에 부딪쳐 소용돌이를 이루고 있었기 때문에 갖가지 종류의 물고기가 모여들었다. 새우와 미끼감으로 쓸 잔고기가 수없이 많았으며, 가끔 아주 깊숙한 곳에 오징어 떼들이 몰려 있다가 밤이 되면 수면 가까이 올라와서 오가는 물고기에게 잡아먹히기도 했다.

　　노인은 어둠 속에서 아침이 다가오는 것을 느낄 수 있었다. 노를 저어 감에 따라 날치가 물을 차고 올라올 때의 물의 진동이 느껴졌고, 뻣뻣하게 세운 날개로 공기를 '쉿' 가르는 소리도 들을 수 있었다. 바다에서는 날치가 노인의 제일 친한 친구였기 때문에 노인은 날치를 대단히 좋아했다. 그는 새들을 가엾게 여기는 사람 중 하나였다. 특히 작고 가냘픈 검정색 제비갈매기는 물 위를 날며 언제나 먹이를 찾고 있었지만 먹을 것을 거의 구하지 못했기 때문에 더 불쌍했다.

　　'우리 인간보다 더 고달프게 살고 있구나. 어쩌자고 신은 잔인한 바다에 바다제비처럼 저렇게 약한 새를 만들었을까? 바다는 다정하고 아름답지만 갑자기 잔인하게 돌변할 수 있는데, 이 심술궂은 바다에서 가냘프고 구슬

픈 소리로 노래를 부르며 먹이를 찾아 떠도는 새들은 너무나 연약한 존재로구나.'

노인은 바다를 늘 '라 마르'라고 생각했다. 그것은 스페인 사람들이 바다를 사랑하는 마음으로 붙인 여성 명사였다. 바다를 사랑하는 사람들이 간혹 상스러운 말로 바다를 욕할 때가 있기는 해도 그런 때 역시 바다는 여자로 여겨졌다. 간혹 젊은 어부들 가운데서는 낚싯줄을 뜨게 하려고 찌를 사용했다든지, 아니면 상어의 간으로 돈을 많이 벌어서 모터보트를 사게 되었을 경우 바다를 남성 명사인 '엘 마르'라고 부르기도 했다. 그들은 바다를 경쟁자나 경쟁 장소라고 생각했고, 심지어는 적이라고까지 말했다. 그러나 노인은 언제나 바다를 여성으로 여겨 바다가 큰 은혜를 베풀거나 간직하고 있다고 생각했다. 그래서 가끔 바다가 사나워지고 모질어질 때에는 어쩔 수 없는 사정이 있어 그러는 것이려니 여겼다. 달이 여인에게 영향을 미치듯 바다에게도 영향을 미친다고 생각했던 것이다.

노인은 쉬지 않고 노를 저었다. 배는 적당한 속력을 유지하고 있었고 바다가 잔잔해서 노 젓는 일이 전혀 힘들지 않았다. 조류의 덕택으로 배를 움직이는 힘의 3분의 1은 덜 수 있었다. 동이 트기 시작했을 때는 처음 목적지로 여겼던 곳보다 훨씬 멀리 나오게 되었다.

'지난 일주일 동안 깊은 곳에서 낚시질을 했지만 매일 허사였지. 오늘은 칼고등어와 다랑어 떼가 모이는 곳에서 작업을 해야겠다. 거기에 큼직한 놈이 있을지 모르니까.'

노인은 날이 완전히 밝아지기 전에 미끼를 꺼내려고 노를 놓았다. 이제 배는 조류에 맡길 심산이었다. 우선 미끼 하나를 40길 아래로 넣었다. 두 번째 것은 75길 아래로, 세 번째 것과 네 번째 것은 각각 100길과 125길 아래의 푸른 물속에 내려뜨렸다. 낚싯바늘의 몸대는 미끼 고기 안으로 밀어넣어 단단히 꿰맸고, 구부러지고 뾰족한 부분은 싱싱한 정어리로 쌌기 때문에 미끼는 모두 머리를 아래로 두고 매달려 있었다. 정어리들은 양쪽 눈을 꿰어 달아 놓았는데 그 모양이 마치 돌출된 낚싯바늘에 반달 모양의 화환을 씌운 것 같았다. 미끼의 구수한 냄새가 고기들의 입맛을 돋울 만했다.

소년이 노인에게 싱싱한 다랑어 새끼 두 마리를 주었는데, 그것은 제일 깊이 던진 줄에 매달려 있었다. 다른 줄에는 한 번 썼었던 푸른 정어리와 누르스름한 빛을 띠고 있는 연어 수놈을 매달았다. 연필 굵기만 한 낚싯줄에는 초록색 수액을 칠한 막대기를 하나씩 매달아 놓아 고기가 미끼를 조금 잡아당기거나 닿기만 해도 막대기가 물속에 잠기도록 되어 있었다. 또 낚싯줄마다 40길짜리의 낚싯줄 두 벌이 같이 달려 있었는데, 이것을 다른 낚싯줄에 이어 맬 수 있도록 되어 있어서 경우에 따라서는 물고기가 300길 이상까지 낚싯줄을 끌고 나갈 수 있었다.

이제 노인은 뱃전(배의 좌우 언저리 부분) 너머로 낚싯대 세 개가 물에 잠기는 것을 지켜보면서 낚싯줄을 적당한 수심에서 위아래로 팽팽하게 당겨지도록 가만히 노를 저었다. 이제 곧 해가 솟아오를 것 같았다.

해가 바다 위로 희미하게 떠오르자 저 멀리 물 위에 떠 있는 다른 고깃배들이 조류를 가로질러 야트막하게 흩어져 있는 것을 볼 수 있었다. 날이 점점 더 밝아지면서 수면 위에 햇빛이 반짝거리기 시작했고, 이윽고 해가 수평선 위로 떠오르면서 바다에 햇빛이 반사되어 눈이 부셨다.

노인은 바다를 내려다보다가 어두운 물속 깊이 곧게 내리뻗은 낚싯줄을 보았다. 그는 낚싯줄을 휘어지지 않게 바로잡는 일에 누구보다도 능숙했다. 그래야 근처를 오가는 고기가 바로 미끼를 물 수 있도록 원하는 곳에 정확히 미끼를 놓을 수 있었다. 다른 어부들은 종종 조류에 낚싯줄을 담가 놓기 때문에 100길 되는 곳에 낚시를 드리운다는 것이 실제로는 60길 수심에 떠 있기도 했다.

그러나 나는 항상 정확하지. 노인은 혼자 생각했다. 단지 난 운이 없을 뿐이야. 그러나 누가 알아? 오늘은 운이 좋은 날일지. 하루하루가 새로운 날이니까 말이야. 재수가 있으면 더욱 좋겠지만, 먼저 빈틈이 없어야 해. 그럼 운이 따를 때도 놓치지 않게 되지.

해 뜬 후 두 시간이 지나자 이젠 동쪽을 바라보아도 그다지 눈이 부시지 않았다. 이제 시야에 들어오는 배는 세 척밖에 없었고, 그나마 그 배들도 먼 해안 쪽에서 납작하게 보였다.

노인은 다시 생각했다. 난 아마 평생 동안 바라보아 온 아침 햇빛 때문에 눈이 상했을 거야. 하지만 그래도 아직은 괜찮아. 저녁때는 해를 똑바로 쳐다보아도 눈앞이 캄캄해지지는 않으니까. 사실 햇빛은 저녁이 더 강한데도 눈을 고통스럽게 하는 건 아침 해란 말이야.

그때였다. 노인은 군함새 한 마리가 길고 검은 날개를 편 채 그의 머리 위 하늘을 빙빙 돌고 있는 것을 보았다. 새는 날개를 뒤로 젖힌 비스듬한 자세로 급강하했다가는 다시 하늘로 날아올랐다.

"뭘 본 게로구나. 그냥 먹이만 찾고 있는 게 아니야."

노인은 새가 맴돌고 있는 곳을 향해 천천히 노를 저어 다가갔다. 그는 절대 서두르지 않고, 낚싯줄이 위아래로 팽팽하게 드리워져 있도록 유지하면서 가까이 갔다. 새를 이용하지 않고 고기잡이할 때보다 조금 더 빠른 속도였다.

새는 더 높이 날아올라 가더니 날개를 움직이지도 않은 채 그 자리에서 다시 빙빙 돌았다. 그러다가 갑자기 수면을 향해 내려왔다. 노인은 날치가 물 위로 튀어나와 필사적으로 달아나는 것을 보았다.

"돌고래군. 큰 돌고래야."

그는 노를 노받이에 걸고 뱃머리 밑창에서 작은 낚싯줄을 하나 꺼냈다. 그 줄에는 철사로 된 낚시걸이와 보통 크기의 낚시가 달려 있었다. 노인은 거기에다 미끼로 정어리 한 마리를 달았다. 그것을 그물 쪽에 있는 쇠고리에 단단히 붙들어 맨 뒤 뱃전 너머로 드리웠다. 그리고 계속해서 다른 낚싯줄에도 미끼를 달아서 뱃머리의 구석진 곳에 감아 놓았다. 그는 다시 노를 저으며 아까 그 검은 새가 수면 위를 낮게 날면서 먹이 찾는 모습을 지켜보았다.

새는 날개를 비스듬히 하고 수면 근처에서 날치를 잡으려고 야단스레 활개를 치고 있었으나 소용없는 짓이었다. 노인은 수면이 불룩하게 부풀어 오른 것을 볼 수 있었다. 날치 떼의 바로 아래쪽에서 돌고래가 물살을 헤치며 날치를 쫓고 있었던 것이다. 돌고래는 전속력으로 달려가다가 날치가 물속으로 뛰어들 때 잡으려고 했다. 떼를 이룬 돌고래가 꽤 많아서 그 날치들이 살아날 가망이 거의 없다고 노인은 생각했다. 검은 새도 자신의 몸집에 비해 크고 빠른 날치를 잡을 가망은 거의 없었다.

노인은 날치들이 자꾸만 튀어 오르고 그것을 잡으려는 새의 부질없는 동작을 지켜볼 따름이었다. 고래 떼를 놓쳐 버렸군. 노인은 생각했다. 놈들은 민첩하게 멀리 달리고 있어 쉽게 따라잡을 수가 없었다. 그래도 아마 혼자 뒤떨어진 놈을 잡아 올릴 수 있을지 몰라. 혹 그놈을 놓친다 해도 그 근방에 큰 고기가 있을지도 모르고. 내 큰 고기가 말이야. 그 녀석, 어딘가에는 반드시 있을 거야.

저 멀리 육지 위로 구름이 산처럼 피어나고, 해안은 검푸른 산들 때문에 긴 초록색 선으로 보였다. 바닷물은 검푸른 색이었는데 너무 짙어서 자줏빛에 가까웠다. 어두운 물속을 들여다보니 붉은 가루를 뿌려 놓은 듯한 플랑크톤이 보였고, 이따금 햇빛이 물속에서 이상한 색으로 반사되는 것도 눈에 띄었다. 노인은 낚싯줄이 물속 깊은 곳까지 똑바로 드리워져 있는가를 살펴보았다. 플랑크톤이 떠 있다는 것은 바로 가까이에 고기가 있다는 의미였다. 해가 더욱 높이 솟아오른 것이라든지, 육지 위 구름의 형태로 보아 오늘 날씨는 틀림없이 좋을 것 같았다. 이제 새는 시야 밖으로 사라져 보이지 않고, 수면 위에는 햇볕에 바란 해초가, 뱃전 가까이에는 자줏빛 고깔해파리만 보일 뿐이었다. 해파리는 물살에 의해 앞뒤로 뒤집히며 기분 좋게 거품을 뿜고 있었는데, 자줏빛 긴 실꼬리들을 1야드 가량의 물속에서 질질 끌고 떠다녔다.

"이건 '아구아말라'로군. 갈보 년 같으니라구."

노인이 가만히 노를 저으며 물속을 들여다보니 긴 실꼬리 사이로 작은 고기들이 헤엄쳐 다니기도 하고, 물거품 아래 그늘에 숨어 있기도 했다. 작은 고기들은 이미 해파리의 독에 면역이 되어 있었다. 그러나 사람은 그렇지가 않아서 그렇게 오랜 세월 고기잡이를 한 노인이라도 실수로 팔이나 손에 자줏빛 점액을 묻히게 되면 옻나무를 만졌을 때와 같은 자국이나 종기가 생겼다. '아구아말라' 독은 금세 온몸으로 퍼져서 마치 채찍으로 맞은 것처럼 부풀어 올랐다.

그러나 지금은 그 무지개빛 거품조차 아름다워 보였다. 그것은 바다에서 가장 기만적인 것이어서 큰 바다거북들은 이것을 보면 주저하지 않고 다가와서 눈을 감고는 먹어 버리는 것이었다. 노인은 거북들이 해파리를 먹어 버리는 걸 좋아했을 뿐 아니라 폭풍이 지난 뒤의 해변을 걸어 다닐 때 곳곳에 널려 있는 해파리들이 단단한 구두창 아래에서 '펑펑' 하고 터지는 소리를 듣는 것도 좋아했다.

그는 녹색 자라와 대모 거북이 품위가 있고 값이 더 나갔기 때문에 특히 더 좋아했다. 그러나 등껍질이 누렇고 교미하는 모습이 야릇한 데다 눈을 감고 고깔해파리를 즐겨 먹는 크고 우둔한 왕바다거북을 볼 때에는 경멸감으로 깔보기도 했다.

노인은 여러 해 동안 거북잡이 배를 타기도 했었지만 거북에 대해서 신비한 환상을 갖고 있지는 않았다. 그는 모든 거북에 대해서 단지 측은하다는 동정심을 갖고 있었다. 길이가 조각배만 하고 무게가 1톤이나 되는 큰 거북을 보아도 그런 생각이 들었다. 거북은 칼질을 해서 배를 갈라 놓아도 몇 시간 동안이나 심장이 뛰기 때문에 대부분의 사람들은 거북에 대해서 냉혹한 태도를 취한다. 그러나 노인은 나도 이런 심장을 갖고 있으며, 내 손발도 거북의 손발과 비슷하다고 생각하곤 했었다. 노인은 기운을 내려고 거북의 흰 알을 먹은 적이 있다. 9월과 10월에 큰 고기를 잡을 힘을 기르려고 5월 내내 그 알을 먹었던 것이다.

노인은 또 어부들이 고기잡이 도구를 보관해 두는 판잣집으로 가서 상어 간유를 매일 한 잔씩 마셨다. 상어 간유는 큰 드럼통에 담겨 있었는데, 원하는 어부들은 누구라도 마실 수 있도록 거기에 놓여 있었다. 대부분의 어부들은 그 맛을 싫어했다. 그러나 간유를 먹으면 아른 아침에도 가뿐하게 일어날 수 있었고, 사소한 감기나 유행성 감기에 효과가 있었을 뿐 아니라 눈에도 좋았다.

그때 노인은 머리 위에서 다시금 새가 빙빙 도는 것을 보았다.

"고기를 찾았구나."

노인이 소리 내어 말했다. 방금 전처럼 수면으로 뛰어 오르는 날치도 없었고 미끼고기들도 흩어져 있지는 않았다. 그러나 곧 작은 다랑어 한 마리가 공중으로 뛰어올랐다가 물속으로 곤두박질쳤다. 햇빛을 받아 은빛으로 빛나던 다랑어 한 마리가 물속으로 떨어지고 나자 연달아 다른 다랑어들이 뛰어오르더니 사방으로 날뛰었다. 다랑어들은 바닷물을 휘저으며 미끼를 따라 뛰어올랐다 떨어지곤 했다. 미끼 주위를 맴돌며 쫓고 있는 것이었다.

저것들이 저렇게 빨리 도망가지만 않는다면 내가 따라갈 텐데, 하고 노인은 생각했다. 노인은 다랑어 떼가 흰 거품을 일으키며 쫓아다니고 겁에 질려 물 위로 밀려 올라온 잔 미끼고기들을 내려 덮치는 새의 모습을 지켜보았다.

"낚시에는 새가 꽤 도움이 된단 말이야."

노인이 중얼거렸다. 바로 그때였다. 고리를 만들어 밟고 있던 고물 쪽 낚싯줄이 팽팽해졌다. 노인은 재빨리 손에서 노를 놓고 줄을 단단히 잡아 끌어올렸다. 낚시에 걸린 작은 다랑어가 부르르 떨며 낚싯줄을 잡아당기는 것이 느껴졌다. 줄을 잡아당길수록 고기는 더 요동쳤다. 노인은 물속에서 푸드덕거리는 고기의 푸른 잔등을 보았고, 고기를 뱃전으로 채어 올리기 직전에 등이 금빛으로 번쩍이는 것을 보았다. 다랑어는 햇볕이 내리쬐는 고물 쪽에 놓여졌다. 단단한 총알처럼 생긴 다랑어는 크고 멍청한 눈으로 허공을 바라보며 말쑥한 꼬리로 배의 널빤지를 두들겨 대며 생명을 재촉하고 있었다. 노인은 고기를 생각해서 다랑어의 머리를 때려 즉사시킨 다음 아직도 떨고 있는 몸뚱이를 고물 구석진 곳으로 던졌다.

"다랑어야. 좋은 미끼가 되겠다. 못해도 10파운드는 나가겠는걸."

언제부터의 일인지 기억하지는 못했으나 노인은 혼자 배에 탔을 때 소리 내어 중얼거리는 버릇이 있었다. 옛날에는 혼자 있을 때 노래를 곧잘 불렀다. 고깃배나 거북잡이 배를 타고 밤에 당직을 할 때 혼자 키(배의 방향을 조절하는 기구)를 잡고 한밤중에 노래를 부르곤 했던 것이다. 그가 이렇게 소리 내어 말하기 시작하게 된 건 소년이 떠난 후 혼자 있게 되면서부터였던 것 같았다.

노인과 소년은 함께 고기잡이를 할 때도 꼭 필요한 때만 얘기를 하곤 했다. 그들은 밤이라든지 악천후 때문에 도리 없이 갇혀 있을 때에만 얘기를 했다. 바다에서는 쓸데없는 얘기를 하지 않는 것이 좋다고들 생각했고, 실제로 노인도 그렇게 생각했기 때문이었다. 대부분의 어부들에게는 그런 습관이 있었다. 그러나 지금 노인은 자신의 생각을 자꾸 소리 내어 말해도 괜찮을 거라고 생각했다. 노인의 얘기를 귀찮아 할 사람이 아무도 없으니 말이다.

"내가 혼자서 이렇게 소리 내어 말하는 것을 들으면 아마 미쳤다고 하겠지."

노인은 다시 소리 내어 말했다.

"하지만 미치지 않았으니까 상관할 것 없어. 돈 많은 사람들은 라디오를 가지고 다니니까 배에서도 원하면 언제든지 말상대가 되어 주고 야구 중계도 들려준다지만."

'지금은 야구 생각을 할 때가 아니지' 하고 노인은 생각했다. 지금은 꼭 한 가지 일만 생각할 때였다. 그것을 위해서 내가 태어난 거야. 고기 떼 주위에는 반드시 큰 놈이 있을 거야. 나는 지금 먹이를 쫓고 있는 다랑어들 중에서 낙오된 한 마리를 잡았을 뿐이야. 그런데 다른 놈들은 재빨리 달아나고 있다. 오늘 물 위로 떠오른 놈은 어째 죄다 급하게 북동쪽으로 달리고 있는 거지? 지금 시간이 으레 그럴 때인가, 아니면 내가 모르는 무슨 날씨

변화라도 있다는 얘긴가?

이제 더 이상 육지의 푸른 해안선은 보이지 않았다. 보이는 것이라고는 눈으로 덮인 듯 희고 푸른 산봉우리와 그 위에 떠 있는 구름뿐이었다. 바다는 검푸른 색을 띠고 있었고 햇빛은 물속에서 무지개빛으로 반짝거렸다. 해가 높이 솟은 탓에 숱하게 흩어져 있던 플랑크톤의 조각들도 사라지고 푸른 물속으로 들여다보이는 것이라고는 수직으로 드리워진 낚싯줄과 물속 저 깊은 곳에서 프리즘처럼 반사되는 햇빛뿐이었다.

다랑어 떼는 다시 물속 깊이 숨어 버렸다. 어부들은 이들 고기의 종류를 통틀어 다랑어라 불렀고, 고기를 팔러 가거나 미끼 고기와 바꾸려고 할 때만 제 이름을 부르며 구별했다. 햇살이 뜨거워져 노인은 목덜미에 열기를 느꼈고, 노 젓는 일에도 땀이 흘러내리는 것을 느낄 수 있었다.

이대로 배를 띄워 놓고 잠을 좀 잘까. 발가락에 낚싯줄을 감아 놓으면 깨어날 수 있겠지. 하지만 오늘은 85일째다. 정신 차려서 낚시질을 해야 해.

그때였다. 물 위에 나와 있던 초록색 막대기 중 하나가 물속으로 쑥 들어가는 것이 보였다.

"옳지."

노인은 눈을 빛내며 노를 뱃전에 부딪치지 않게끔 조심해서 노받이에 걸었다. 그리고 팔을 뻗어 낚싯줄을 잡은 뒤 오른손 엄지와 검지 사이에 끼우고 가볍게 들었다. 낚싯줄이 당겨지거나 묵직해져 오는 느낌이 없어서 그냥 가볍게 잡고만 있었다. 그때 또 그런 느낌이 전해졌다. 이번에도 시험 삼아 건드려 보는 정도였다. 노인은 그것이 무엇을 뜻하는지를 정확하게 알 수 있었다. 저 아래 100길 물속에서 지금 '마놀린(청상아리)'이 낚싯바늘과 그 뾰족한 끝을 감싸고 있는 정어리를 먹고 있는 것이었다. 거기에는 또 새끼 다랑어의 머리통이 있었고, 손으로 벌려서 만든 낚시가 삐죽 튀어나와 있었다.

노인은 낚싯줄을 조심스럽게 잡은 뒤 왼손으로 낚싯대에서 줄을 풀었다. 고기가 눈치채지 못하도록 손가락 사이로 슬슬 줄을 풀어 놓을 단계였다.

이렇게 멀리 나왔겠다, 또 계절이 계절인 만큼 틀림없이 큰 놈일 것이다. 자, 어서 먹어라, 먹어. 600피트 아래의 어둡고 찬 물속에 있으니 너나 미끼나 얼마나 싱싱하겠니, 어둠 속에서 한 바퀴 더 돌고 와서 나머지 미끼까지 마저 먹으려무나.

고기가 미끼를 가볍게 가만가만 잡아당기는 것을 느끼며 노인은 부탁하듯 혼잣말을 했다. 그러나 낚시에 끼워 놓은 정어리 머리를 뜯어내는 게 어려웠던지 아까보다 힘차게 잡아당기는 게 느껴졌다. 그러다 잠잠해졌다.

"자, 한 바퀴 더 돌아. 그리고 냄새를 좀 더 맡아 봐. 구수하잖아? 자, 실컷 먹어. 다랑어도 있지 않니, 단단하고 차가운 것이 맛이 좋단다. 부끄러워하지 말고 어서 먹어."

노인은 엄지와 검지 사이에 낚싯줄을 쥐고 기다리면서 그 줄과 다른 줄을 동시에 지켜보았다. 고기들이 아래위로 동시에 헤엄쳐 다닐지도 모르는 일이기 때문이었다. 그때 고기가 가볍게 다시 미끼를 건드렸다.

"틀림없이 먹을 거야. 오, 제발 좀 물어 다오."

그런데도 고기는 더 이상 미끼를 먹지 않았다. 멀리 가 버렸는지 아무 반응이 없었다.

"그럴 리가 없을 텐데. 절대로 가 버릴 리가 없어. 아마 이 주위를 한 바퀴 돌고 있을 거야. 전에 낚시에 한 번 걸린 적이 있어서 의심이 많은 놈인가 보지."

노인은 그때 낚싯줄이 다시 약하게 떠는 것을 느끼고 뛸 듯이 기뻐했다. 그리고 잠시 후 세찬, 믿을 수 없을 만큼 무서운 힘을 느꼈다. 노인은 끌리는 대로 낚싯줄을 풀어 주었다. 낚싯줄은 예비로 두었던 두 개의 사리 가운데 하나가 다 풀릴 정도로 밑으로 잠겨 들어갔다. 엄지와 검지 사이로 줄이 풀려 나갈 때 줄을 누르고 있지는 않았지만 엄청난 무게를 느낄 수 있었다.

"이 녀석 봐라. 이젠 미끼를 물고 옆으로 달아나는군."

그러다가 한 바퀴 돌아와서 미끼를 삼켜 버리겠지, 하고 노인은 생각했다. 그러나 좋은 일일수록 입방정을 떨면 될 일도 잘 안 된다는 것을 알고 있었기 때문에 그 말을 입 밖으로 소리 내어 말하지는 않았다. 그는 이놈이 얼마나 거대한 놈인지를 가늠해 보았고, 미끼 다랑어를 문 채 달아나는 모습을 상상해 보았다. 고기의 움직임은 그즈음 멈추었으나 낚싯줄에 전해 오는 무게는 아직도 그대로였다. 그러다 점점 더 중량감이 더해지는 것을 느끼고 노인은 서둘러 줄을 더 풀었다. 그가 엄지와 검지를 잠시 꽉 쥐자 고기의 무게가 더해지면서 줄이 곧장 아래로 내려갔다.

"드디어 먹었군. 실컷 먹도록 놔두어야지."

노인은 손가락 사이로 줄이 계속 풀려 나가도록 해 놓고, 왼손으로는 낚싯줄의 끝을 옆에 있던 두 개의 예비 사리 고리에 단단히 묶었다. 모든 준비가 끝난 것이다.

"조금만 더 삼켜라. 토하지 않도록 잘 삼키란 말이다."

낚싯바늘 끝이 심장에 박혀 숨이 끊어질 때까지 꿀꺽 삼키란 말이야. 노인은 속으로 생각했다. 그다음엔 힘들게 하지 말고 떠올라서 작살로 널 찌를 수 있게 해 다오. 자, 다 됐지? 실컷 먹었겠지?

"됐어!"

노인은 소리를 지르면서 두 손으로 힘껏 줄을 낚아챘다. 1야드쯤 낚싯줄을 끌어 올린 다음 자신의 몸무게를 축으로 해서 양팔을 열심히 움직여 연거푸 잡아챘다.

놈은 꿈쩍도 안 했다. 오히려 고기는 천천히 달아나기 시작했다. 노인이 쓰는 낚싯줄은 아주 튼튼해서 무겁고 큰 고기를 낚는 데 알맞게 만들어진 것이었다. 그것을 등에 메고 있자니 줄이 팽팽해지며 물방울이 튀었다. 물속에서 쉿쉿 하는 소리가 나기 시작했고, 노인은 몸을 뒤로 젖혀 가름대에 기댄 채 팽팽한 줄을 버텨 잡았다. 배는 서북쪽을 향해서 끌려가기 시작했다.

고기가 끊임없이 움직여 노인과 고기는 겉으로 보기에 그저 평온하고 잔잔한 바다 위를 천천히 달리고 있는 것 같았다. 다른 미끼는 아직 물속에 있었지만 입질이 없어서 손댈 필요가 없었다.

"이럴 때 그 애가 있었으면. 나는 지금 고기한테 끌려가고 있으니 마치 밧줄을 비끄러맨 말뚝이 된 셈이군. 줄을 더 세게 당기면 저 고기가 아예 줄을 끊어 버릴 수도 있으니까 조심해야겠어. 힘이 닿는 데까지 놈을 잡고 있다가 필요할 때는 줄을 더 풀어 주면서 말이야. 그래도 놈이 더 아래로 내려가지 않는 것만도 얼마나 고마운 일인가?"

만약 녀석이 아래로 내려갈 작정을 하면 그땐 어떻게 해야 할까? 혹 물속으로 끌려 내려가 죽기라도 한다면? 무슨 방도가 있겠지. 상황에 따라 내가 취할 방법이 꽤 있을 거야.

노인은 낚싯줄을 등에 멘 채 버티고 있었다. 그리고 물속으로 비스듬히 뻗어 내려간 줄과 계속 북서쪽으로 끌려가는 배를 지켜보았다.

이러다 죽을지도 몰라. 영원히 이렇게 하고 있을 수는 없을 테니까. 네 시간이 지나도록 고기는 줄기차게 배를 끌고 바다 멀리로 헤엄쳐 갔다. 노인도 그때까지 여전히 줄을 등에 멘 채 버티고 있었다.

"이 녀석을 낚은 것이 정오였지, 아마? 그런데 아직 어떻게 생긴 놈인지 보지 못했구나."

노인은 고기를 낚기 전부터 밀짚모자를 푹 내려 쓰고 있었던 터라 점점 앞이마가 쓸려 왔다. 목도 말랐다. 할 수 없이 그는 무릎을 꿇고 앉아서 줄이 당겨지지 않도록 조심하면서 뱃머리 쪽으로 다가가 한 손으로 물병을 잡았다. 마개를 열고 물을 조금 마신 다음 뱃머리에 기대 잠시 쉬었다. 돛자리에서 떼어 낸 돛대와 돛 위에 걸터앉아 쉬면서 고기와의 싸움 말고는 다른 아무 생각도 하지 않으려고 했다.

뒤를 돌아보았으나 육지는 보이지 않았다. 상관없어, 하고 노인은 생각했다. 마음만 먹으면 언제든지 아바나에서 비치는 빛을 따라 들어갈 수 있으니 말이다. 해가 지려면 아직 두 시간이 더 남아 있었다. 녀석이 그 전에는 올라오겠지. 적어도 달이 뜰 때까지는 올라오겠지. 그것도 아니라면 다음 날 해가 뜰 때는 떠오르겠지. 아직 쥐도 나지 않고 버틸 만하다. 낚시를 물고 있는 것은 저 녀석이니까. 그런데 저렇게도 힘차게 끌고 가는 걸 보면 대단한 놈이야. 틀림없이 철사를 문 입을 꽉 다물고 있을 게다. 그 모습을 보면 좋으련만. 나하고 겨루고 있는 놈이 어떤 놈인지 꼭 한 번이라도 보면 좋겠구나.

고기는 밤새도록 방향을 바꾸지 않았다. 별을 보고 알 수 있었다. 해가 지고 나니 서늘해지고, 등과 팔다리에 흘러내렸던 땀이 식어 춥기까지 했다. 낮에 노인은 미끼통을 덮었던 자루를 햇볕에 널어 말렸었다. 그는 그 자루를 목에 비끄러 묶어 등을 덮은 다음 양쪽 어깨를 가로지르고 있는 낚싯줄 밑으로 조심스레 밀어 넣었다. 자루가 일종의 쿠션 역할을 한 데다 몸을 굽혀 뱃머리에 기대고 나니 편안한 자세를 취할 수 있게 되었다. 실제로는 그저 약간 견딜 만한 정도였을 뿐 크게 나아진 것이 없는데도 노인은 훨씬 편안하다고 생각하는 것이었다.

지금은 나도 녀석을 어떻게 할 도리가 없고 녀석도 나를 어쩌지 못하고 있는 거야, 하고 노인은 생각했다. 녀석이 이 짓을 계속하는 한 저나 나나 어쩔 수가 없다는 건 분명해.

노인은 중간에 한 번 일어서서 뱃전 너머로 소변을 보면서 하늘에 떠 있는 별을 보고 방향을 살폈다. 낚싯줄이 그의 어깨에서 물속으로 곧게 뻗어 내려가 마치 인광의 줄무늬처럼 보였다. 배는 한층 더 천천히 움직이고 있었다. 아바나의 불빛이 그다지 강하지 않은 것으로 보아 배가 조류 때문에 동쪽으로 움직이고 있음을 알 수 있었다. 만일 아바나의 불빛이 안 보이게 된다면 배는 생각보다 더 동쪽으로 나가 있을 게다.

오늘 그랜드 리그전의 야구 경기는 어떻게 되었을까. 배 위에서 라디오를 듣는다는 건 얼마나 신기하고 즐거운 일일까. 그러다가 문득 노인은 고기를 떠올렸다.

지금 하고 있는 일에만 집중하자. 어리석은 행동은 금물이야.

누구에게랄 것도 없이 노인은 큰 소리로 말했다.

"그 애가 있었으면 정말 좋았을 텐데. 나를 도와주고 이런 근사한 구경도 할 수 있었을 테니 말이야."

늙을수록 혼자 있을 게 아니라고 그는 생각했다. 하지만 어쩔 수가 없지. 힘을 낼 수 있도록 다랑어가 상하기 전에 먹어 둬야 한다. 잊지 말고, 아무리 먹기 싫더라도 아침에는 저 다랑어를 꼭 먹어야 해. 그는 타이르듯 자신에게 말했다.

밤새 돌고래 두 마리가 배 주위를 왔다 갔다 하면서 물속에서 뒹굴고 물을 뿜는 소리가 들려왔다. 노인은 수컷이 물을 뿜는 소리와 암컷이 한숨 쉬듯 물을 뿜는 소리를 구별해 낼 수 있었다.

"착한 놈들이야. 함께 놀고, 장난치고 부러울 정도로 서로 사랑한단 말이야. 날치나 마찬가지로 우리는 서로 형제간이야."

그러다가 노인은 자신이 낚은 큰 고기가 갑자기 불쌍하게 여겨졌다. 나이는 얼마나 됐을까, 저렇게 기운이 좋고 이상하게 행동하는 놈은 또 처음이란 말이야, 하고 노인은 생각했다. 영리한 놈이라 그런지 튀어 오르지도 않아. 갑자기 솟구쳐 오르거나 덤벼들면 꼼짝없이 내가 당하게 될 텐데도 전에 여러 번 낚시에 걸려 본 적이 있는지 으레 이런 식으로 싸워야 한다고 여기는 것 같단 말이야. 저하고 겨루고 있는 상대가 겨우 노인 한 사람이라는 것을 알 턱이 없겠지. 얼마나 큰 고기일까? 값은 얼마나 나갈까? 미끼를 먹는 걸로 봐서는 분명 수컷 같은데, 끌고 가는 것도 그렇고, 인간과 싸우는 데도 전혀 당황하는 기색이 없어. 대체 무슨 속셈으로 이러는 건지. 나처럼 그저 필사적인 것뿐일까?

노인은 언젠가 마알린(새치. 바닷물고기) 한 쌍 중에서 한 마리만 낚았던 때를 기억하고 있었다. 고기들은 언제나 수놈이 암놈 먼저 먹게 하는 법인데, 그날도 예외는 아니었다. 먼저 미끼를 먹던 암놈이 낚시에 걸려 필사적인 투쟁 끝에 기진맥진해 버렸다. 수놈은 낚싯줄을 가로 넘기도 하고 수면을 맴돌면서 줄곧 암놈 옆에 붙어 있었다. 수컷이 너무나 바싹 따라붙는 통에 노인은 조마조마했다. 낫처럼 날카롭고, 크기나 모양 또한 낫처럼 생긴 수컷의 꼬리 때문에 혹시 낚싯줄이 끊기지나 않을까 염려했던 것이다. 노인이 암컷을 갈고리로 끌어 올려서 몽둥이로 후려갈기고, 오돌토돌하고 뾰족한 주둥이를 붙들고 뒤통수를 마구 후려갈길 때도, 소년이 배 위로 암놈을 끌어 올리는 것을 도울 때까지도 수놈은 뱃전을 떠나지 않았다. 노인이 낚싯줄을 정리하고 작살을 준비할 동안에는 수놈이 암놈이 어디 있나 확인이라도 하려는 듯 공중으로 높이 뛰어오르더니 연자줏빛의 가슴지느러미를 활짝 펴고 줄무늬를 내보이면서 물속 깊이 잠겨 들어갔다. 참 멋진 놈이었어, 그렇게도 떠나지 않고 머물러 있다니, 하면서 노인은 당시의 정경을 떠올렸다.

고기잡이를 하면서 그때처럼 슬픈 적은 없었지. 소년도 가엾게 여겼고. 그때 둘이서 그 고기에게 용서를 구한 다음 칼질을 했었는데.

"그 애가 지금 여기 있다면 얼마나 좋을까?"

노인은 습관처럼 중얼거리며 뱃머리의 둥그스름한 널빤지에다 몸을 기대었다. 그때 어깨에 메고 있던 낚싯줄에서 고기의 거센 힘이 느껴졌다. 고기는 스스로 선택한 방향을 향해 꾸준히 달리고 있었다.

너도 일단 내게 걸려든 이상 무슨 짓이든 선택해야 했을 거야, 하고 노인은 생각했다.

이런 경우, 대부분의 고기는 올가미나 함정, 배신이 미치지 못하는, 먼 바다로 가서 깊고 어두운 바닷속에 잠겨 있으려고 했다. 하지만 나는 세상 사람들이 미치지 않는 그곳까지 가서 그를 기어이 찾아내자는 것이었다. 그렇게 먼 곳에서 이제 저 고기와 내가 만난 것이다. 정오부터 우리는 같이 지냈다. 그리고 지금 아무도 저나 나를 도와줄 이는 없다.

어쩌면 난 어부가 되지 말았어야 했는지도 몰라, 노인은 그런 생각을 했다. 하지만 어부는 내 천직이야. 그러니 날이 밝으면 잊지 말고 다랑어를 먹어야 한다.

동이 트기 전, 무엇인가 뒤쪽에 있는 낚시에 걸렸다. 낚싯줄에 맨 막대가 튀는 소리가 들리더니 줄이 뱃전 너머로 마구 풀려 나가기 시작했다. 어둠 속에서도 노인은 선원용 나이프를 빼어 들고는 큰 고기의 중량을 왼편 어깨로 버티어 내면서 뱃전에 댄 낚싯줄을 끊어 버렸다. 어둠 속에서 더듬더듬 예비 사리의 풀어진 끄트머리를 이어 단단히 비끄러매었다. 그는 한 손으로도 솜씨 있게 일을 끝낼 수 있었다. 매듭을 맬 때는 한쪽 발을 사이에다 대고 눌렀다. 이제 노인은 여섯 개의 예비 낚싯줄 사리를 가진 셈이 되었다. 막 잘라 낸 데서 두 개가 생겼고, 둘은 고기가 미끼를 따 먹어 버린 데서 거두어들인 것이었다.

날이 밝으면 40길짜리 줄이 있는 곳으로 가서 그것도 끊어 예비 사리에 이어 놓아야지, 하고 노인은 생각했다. 자칫하면 200길짜리 질 좋은 카달로니아산 낚시와 목줄(삶을 살아가는 중요한 수단이나 형편)을 잃고 말겠구나. 하지만 언제든지 새로 구할 수 있어. 내가 다른 고기를 낚느라고 이 녀석을 놓쳐 버린다면 무슨 소용이 있겠느냔 말이야. 지금 막 미끼를 따 먹은 고기는 마알린 아니면 황새치나 상어겠지. 줄을 잘라 내기에 바빠서 미처 어떤 놈인지 느껴 보지도 못했네.

"그 애가 있었으면 오죽이나 좋아."

노인은 소리 내어 말했다.

그러나 아무리 그래도 지금 그 아이는 여기에 없지 않은가, 하고 노인은 생각했다. 나 혼자뿐이다. 그러니 이제 어둡거나 말거나 마지막 낚싯줄이 있는 데로 가서 그 줄마저 끊어 버리고 두 개의 예비 사리를 마저 만들어 두는 게 상책이었다.

노인은 주저 없이 그렇게 했다. 어두운 곳에서 그런 일을 하기란 결코 쉽지는 않았는데, 고기까지 요동을 쳐서 얼굴을 처박고 넘어져 그만 눈 아래가 찢기고 말았다. 피가 볼을 타고 흘러내리다가 턱에 닿기 전에 말라붙었다. 그는 다시 뱃머리 쪽으로 돌아가서 뱃전에 기대 쉬었다. 자루를 잘 조정해 지금까지 걸치고 있던 어깨 부위에서 다른 쪽으로 낚싯줄을 옮겨 맸다. 고기가 끌어당기는 힘을 조심스레 감지해 보며 손을 물에 담가서 배의 속력을 알아보기도 했다.

무엇 때문에 고기가 갑자기 요동을 쳤을까, 노인은 생각해 보았다. 낚싯줄이 그 커다란 등 위를 스쳤던 게 분명해. 하지만 아무리 그래도 지금 내 등만큼 아프지는 않을걸. 제 놈이 아무리 크다고 해도 영원히 이 배를 끌고 갈 수는 없겠지. 거치적거릴 물건도 다 치워 놓았고, 낚싯줄도 넉넉히 준비해 두었으니 이제 할 수 있는 일은 다 한 셈이었다.

"고기야. 죽을 때까지 너하고 같이 있으마."

물론 저도 나하고 같이 있겠지, 하고 생각하면서 노인은 어서 날이 밝기를 기다렸다. 해가 뜨기 전이라 몹시 추웠던 것이다. 노인은 몸을 녹여 보려고 뱃전 여기저기에 대고 몸을 문질렀다. 녀석이 버틸 때까지는 나도 버틸 수 있어, 하고 노인은 생각했다.

날이 훤히 밝아 오자 갑자기 낚싯줄이 팽팽히 당겨지더니 물속으로 풀려 내려갔다. 배는 계속 끌려가고 있는 중이었다. 해가 노인의 오른쪽 어깨 쪽 수평선 위로 머리를 내밀었다.

"녀석, 북쪽으로 가고 있구나."

노인은 중얼거리며 조류 때문에 배가 동쪽으로 자꾸 밀릴 것이라고 생각했다. 만약 고기가 조류를 따라 돌아선다면 그건 바로 고기가 지쳤다는 뜻이리라.

그러나 해가 한층 높이 솟아오를 때까지도 노인은 고기가 지치지 않았다는 것을 눈치챘다. 다만 한 가지 좋은 징조가 있었다. 낚싯줄의 경사로 보아 고기가 조금 전보다는 얕은 곳에서 헤엄치고 있음을 알 수 있었다. 그렇다고 놈이 뛰어오르리라는 보장은 없었지만, 최소한 가망은 있었다.

"제발 좀 뛰어올라 다오. 네 녀석을 다룰 줄은 충분히 있으니까."

내가 만일 조금만 더 줄을 팽팽히 당기면 놈은 아파서 금방 뛰어오르겠지. 이제 날도 밝았으니 녀석을 물 위로 뛰어오르게 해야겠다. 그러면 등뼈에 붙은 주머니에 공기가 차서 더 이상 깊은 데로 내려가 죽지 못할 거야, 하고 노인은 생각했다.

그는 낚싯줄을 좀 더 당겨 보려고 애썼으나 물고기를 처음 낚았을 때부터 낚싯줄은 줄곧 팽팽한 상태였기 때문에 조금만 당기면 곧바로 끊어질 듯했다. 홱 잡아당겨서는 안 돼. 낚시에 찢긴 상처가 넓어져서 갑자기 녀석이 뛰어올라 바늘이 빠질지도 몰라. 여하튼 해가 뜨니까 기분이 한결 나아지는 것 같다. 이번에는 해를 똑바로 쳐다보지 않도록 자리 잡아야지, 하고 노인은 생각했다.

낚싯줄에는 누런 해초가 달라붙어 있었다. 노인은 고기가 그것까지 끌려면 더 힘들 거라고 생각하자 기분이 좋아졌다. 그것은 밤에 인광을 내던 모자반류의 누런 해초였다.

"고기야, 난 네가 좋다. 또 너를 대단히 존경하게 되었다. 그렇지만 오늘 해지기 전에 너는 내 손에 반드시 죽을 거야."

아니 그렇게 되기를 바란다는 거지, 하고 노인은 생각했다.

북쪽 하늘에서 작은 새 한 마리가 배를 향해 날아왔다. 휘파람새였다. 새는 해면 위를 얕게 날고 있었는데, 노인이 보기에 무척 지쳐 있었다. 잠시 후 새는 배의 뒷부분으로 날아와 앉았다. 그러다 노인의 주변을 빙빙 돌더니 조금 안심이 되었는지 좀 더 편한 낚싯줄 위에 앉았다.

"넌 몇 살이지? 이번이 첫 여행이냐?"

노인이 말을 걸자 새가 그를 물끄러미 쳐다보았다. 그러나 새는 너무 지쳐서 낚싯줄을 미처 살펴보지도 못한 채 가냘픈 발로 줄을 움켜쥐고는 고기가 움직이는 힘에 의해 위아래로 기우뚱거렸다.

"줄은 튼튼하단다. 아주 튼튼하지. 간밤에는 바람도 별로 없었는데 어쩌다 그렇게 지친 거니. 새들은 왜 이런 곳에 오는 걸까?"

조금 있으면 매가 날아와 저것들을 맞이하겠지, 하고 노인은 생각했다. 그러나 그 말을 새한테는 하지 않았다. 해 봐야 알아듣지도 못할 테고, 또 얼마 안 있어 그 새도 주변에 매가 있음을 알게 될 것이다.

"푹 쉬어라, 작은 새야. 그리고 어디든 열심히 날아가서 되든 안 되든 모험을 한번 해 보렴."

밤새 낚싯줄을 메고 있던 등이 뻣뻣해져서 이제는 정말이지 너무 아팠기 때문에 노인은 자꾸 말을 하게 되었다.

"너만 좋거든 아예 여기서 같이 지내도 좋아, 새야. 미풍이 일기 시작했는데도 돛을 감아올려서 너를 육지까지 실어 줄 수 없으니 미안하구나. 그러나 너는 내 친구야."

바로 그때 고기가 요동을 치는 바람에 노인은 그만 뱃머리 쪽으로 고꾸라졌다. 노인이 반사적으로 발로 버티면서 줄을 놓아 주지 않았더라면 물속으로 끌려 들어갈 뻔했다.

낚싯줄이 홱 당겨질 때 이미 새는 날아가 버렸다. 노인은 오른손으로 줄을 만지다가 손에서 피가 흐르는 것을 보았다.

"뭔지 모르지만 저 고기를 아프게 했군그래."

노인은 중얼거리다 말고 고기의 방향을 돌릴 수 있는지 알아보기 위해 살짝 줄을 당겨 보았다. 줄이 끊어질 지경으로 팽팽해졌지만 노인은 줄을 꼭 쥔 채 뒤로 몸을 버티어 보았다.

"너도 이젠 내가 끄는 것을 느끼는구나. 그런데 사실은 나도 마찬가지야."

새가 같이 있어 주었으면 하는 생각이 간절했다. 하지만 새는 이미 멀리 날아가 버리고 없었다. 얼마 쉬지도 못하고 가 버렸구나, 하고 노인은 생각했다. 그러나 해변까지 가는 길에는 그보다 더 어려운 일도 있을 거야. 그나저나 고기가 이 정도로 한번 잡아당겼다고 해서 내가 이렇게 다치다니, 도대체 어떻게 된 거지? 나도 점점 멍청해지고 있는 모양이군. 아니면 아까 그 작은 새를 쳐다보다 정신을 놓고 있었든지. 이젠 고기 일에나 정신을 쏟고, 더 힘이 빠지기 전에 다랑어를 먹어 둬야겠다.

"그 애가 여기 있었다면 정말 좋으련만, 그리고 소금도 좀 있었으면 얼마나 좋을까."

노인은 낚싯줄을 왼쪽 어깨로 옮긴 뒤, 무릎을 꿇고 조심조심 바닷물에 손을 씻었다. 한동안 손을 물에 담그고 있자 피가 길게 꼬리를 끌며 사라지는 것이 보였다. 배는 계속해서 나아가고 있었고, 그때마다 손에 바닷물이 찰싹찰싹 닿았다.

"녀석, 아주 느려졌구나."

노인은 좀 더 오랫동안 바닷물에 손을 담그고 싶었지만 고기가 또 갑자기 요동을 칠까 봐 두려워 일어났다. 그리고 몸을 똑바로 펴서 버티면서 햇볕에 손을 쳐들었다. 줄이 스치면서 생긴 찰과상은 공교롭게도 제일 요긴하게 손을 쓰는 부분이었다. 노인은 일을 시작하기도 전에 손을 다친 것이 언짢았다.

젖은 손을 다 말리고 나서 노인은 말했다.

"이젠 다랑어 새끼를 먹어야겠다. 갈고릿대로 끌어다가 여기 앉아서 편하게 먹어야지."

그는 무릎을 꿇고 갈고릿대로 고물 아래쪽에서 다랑어를 찾아냈다. 그리고 사리줄에 닿지 않도록 조심하면서 끌어왔다. 다시 왼편 어깨로 줄을 옮겨 메고 왼손과 팔로 몸을 버티면서 갈고릿대에서 다랑어를 빼낸 다음 갈고릿대는 도로 제자리에 갖다 두었다. 노인은 한쪽 무릎으로 고기를 누르고 뒤통수에서 꼬리까지 세로로 길게 칼집을 낸 뒤 검붉은 살점을 발라내었다. 고기가 쐐기 모양으로 잘라지자 등뼈에서 배까지 칼질을 해서 내리 잘랐다. 그것을 다시 여섯 조각으로 잘라서 뱃머리 판자 위에 펴놓은 뒤 칼은 바지에 문질러 닦았다. 뼈만 남은 다랑어의 잔해는 뱃전 너머로 던져 버렸다.

"혼자서는 한 마리를 다 못 먹을 거 같은데."

노인은 그렇게 중얼거리며 살점을 칼로 잘랐다. 낚싯줄은 여전히 팽팽했고, 왼손에는 쥐가 났다. 무거운 낚싯줄을 쥔 손이 뒤틀리고 있었다. 노인은 넌더리를 내면서 손을 내려다보았다.

"도대체 어떻게 된 놈의 손이야? 쥐가 나려면 나 보라지, 제 마음대로 매의 발톱처럼 오그라들어 보라고. 그래 봐야 아무 소용없을걸."

그는 캄캄한 물속으로 비스듬히 내려가 잠겨 있는 낚싯줄을 쳐다보았다. 지금 먹어 두어야 이 손이 펴질 것이다. 손이 잘못한 것은 아니지 않는가. 벌써 여러 시간 동안 고기와 씨름하고 있지 않은가 말이다. 그러나 계속해서 버틸 수 있으려면 지금 다랑어를 먹어 두어야 한다.

노인은 살점을 한 점 집어 입에 넣고는 천천히 씹었다. 맛이 괜찮았다.

천천히 잘 씹어서 즙까지 죄다 섭취해야 돼, 하고 노인은 생각했다. 이럴 때 라임이나 레몬, 소금만이라도 조금 있다면 더욱 맛이 나을 텐데.

"손아, 넌 좀 어떠냐?"

쥐가 올라 뻣뻣해진 손에다 대고 노인은 걱정스레 물었다.

"내 너를 위해 먹기 싫어도 좀 더 먹어 두마."

그는 두 쪽으로 잘라 둔 토막 중 남은 하나를 먹었다. 조심조심 씹다가 껍질을 뱉었다.

"손아, 이젠 좀 어때? 좀 더 있어야 알겠니?"

노인은 한 토막을 더 집어서 이번에는 통째로 씹었다.

"돌고래 대신 이놈을 잡게 되어 다행이야. 돌고래는 너무 달단 말이지. 이건 전혀 달지도 않고 살도 아직 단단하군그래."

역시 실질적인 생각 이외는 모든 게 다 무의미해. 소금이 조금 있으면 좋겠지만, 남은 고기가 햇볕에 썩을 것인지 마를 것인지 알 수 없으니 그다지 시장하지 않더라도 먹어 두는 편이 낫지. 물속에 있는 고기가 변함없이 잠잠하니 나도 이걸 다 먹고 만반의 준비를 갖추는 게 좋겠어, 하고 노인은 생각했다.

"손아, 네가 좀 참아 다오. 너 때문에 이걸 먹는단다."

그는 순간 물속에 있는 저 고기에게도 이것을 좀 먹였으면, 고기와 나도 형제간인 셈이니까, 하고 생각했다. 하지만 나는 그 고기를 죽여야 하고, 그러기 위해서는 힘이 필요하다. 노인은 쐐기 모양의 고깃점을 천천히 죄다 씹어 먹었다.

그는 허리를 쭉 펴고 앉아 바지에 손을 닦았다.

"자. 이제 그만 줄을 놓아도 좋아. 쥐가 가실 때까지 오른팔로만 고기를 다루겠어."

노인은 왼손으로 붙들고 있던 줄을 왼발로 밟고 몸을 젖히면서 팽팽해진 줄을 등에 기대며 무게를 버텨 내려고 애썼다.

"제발, 경련아 그만 물러가라. 고기가 무슨 짓을 하려는지 알 수가 없단 말이다."

고기는 침착하게 제대로 자신의 계획을 진행시키고 있는 것 같았다. 그런데 그 고기의 계획이란 도대체 어떤 것일까, 하고 그는 생각해 보았다. 나는 대책이 있는 건가? 고기가 엄청나게 크니 어차피 내 대책이란 건 녀석의 계획에 맞추어 임시변통으로 변경하지 않을 수 없겠지만 말이야. 놈이 물 밖으로 뛰어오르기만 하면 죽일 수가 있다. 하지만 녀석이 그냥 물속에 있겠다면 나도 녀석과 함께 계속 있을 것이다.

노인은 쥐가 난 손을 바지에 대고 문질러 손가락을 풀어 보려고 애썼다. 그러나 손은 쉽게 펴질 것 같지 않았다. 햇볕을 쬐면 좀 낫겠지, 하고 노인은 스스로를 위로했다. 방금 먹은 날다랑어가 소화되면 풀어질 거야. 손이 필요하게 되면 무슨 수를 써서라도 펴놓고 말겠다. 하지만 지금 당장 억지로 손을 펴놓고 싶지는 않았다. 밤새 낚싯줄을 풀고 또 매느라 손을 너무 부려 먹었던 것이다.

노인은 바다 저편을 바라보았다. 그리고 지금 자기가 얼마나 외로운가를 깨달았다. 그는 검푸른 바닷속 깊은 곳의 무지갯빛을 볼 수 있었고, 팽팽하게 앞으로 뻗어 나간 낚싯줄과 잔잔한 수면에 이는 파문을 볼 수 있었다. 어디선지 구름이 모여들고 있었다. 한 떼의 물오리가 하늘을 배경으로 뚜렷이 나타났다가는 흐려지고 한참 후에 또다시 나타났다. 노인은 그것을 보고 누구도 바다에서는 외롭지 않다는 것을 알게 되었다.

어떤 사람들은 조각배를 타고 육지가 보이지 않는 먼바다까지 나가는 것이 두렵다고 했다. 하긴 갑작스러운 악천후가 겹치는 계절에는 그럴 수도 있었다. 하지만 지금은 태풍이 부는 계절이고, 바로 그 태풍만 불지 않는다면 일 년 중 가장 좋은 계절이었다.

바다에 나가 있으면 태풍이 오기 전 며칠 앞서 하늘에 그 조짐이 나타나기 마련이었다. 다만 육지에서는 사람들이 무엇을 봐야 하는지 모르고, 육지가 구름의 모양을 바꾸어 놓기 때문에 그 조짐을 그냥 흘려보내는 것이라고 노인은 생각했다. 그러나 지금은 바다 위에서 본 구름의 모양으로 보아 태풍이 올 것 같지는 않았다.

하늘을 올려다보니 하얀 뭉게구름이 아이스크림 기둥처럼 쌓였고, 드높은 9월 하늘에 엷은 깃털 같은 새털구름이 높이 떠 있었다.

"가벼운 미풍이군. 고기야. 오늘은 너보다는 나한테 유리한 날씨로구나."

왼손은 아직 오그라들어 있었으나 차츰차츰 쥐가 풀리고 있었다.

쥐가 나는 건 아주 질색이야, 하고 그는 생각했다. 그것은 자기의 몸이 자기 자신에게 하는 배신 행위라고. 프토마인(식중독의 원인이 되는 유독성 물질) 중독으로 남 앞에서 설사를 한다든지, 구토를 하는 것도 창피한 노릇이지만, 이놈의 쥐는—노인은 쥐를 '깔람브레(calambre)'라는 에스파냐 어로 떠올렸다—혼자 있을 때에도 스스로에게 창피한 노릇이거든.

만일 소년이 지금 여기 있었더라면 팔을 주물러 근육을 풀어 주었을 텐데, 하고 노인은 생각했다. 결국 풀리긴 풀리겠지.

그때 노인은 낚싯줄을 당기는 힘이 달라지는 것을 느꼈고, 물속에 잠겨 있던 낚싯줄의 각도가 기울어지는 것을 보았다. 줄을 등에 대고 버티면서 보니 낚싯줄이 천천히 위로 올라오고 있었다.

"드디어 녀석이 올라오는군. 어서 가까이 오너라. 제발 가까이 와."

낚싯줄은 천천히, 그리고 꾸준히 올라왔다. 그리고 어느 순간 갑자기 배의 앞쪽 수면이 불쑥 솟구치면서 고기가 모습을 드러냈다. 햇빛을 받아 고기는 번쩍거리고 있었다. 머리와 등은 짙은 자줏빛이었고 옆구리의 줄무늬는 연한 자줏빛이었다. 부리는 야구 방망이처럼 길었고, 끝이 쌍날칼처럼 뾰족했다. 놈은 잠깐 물 밖으로 전신을 드러내 보이더니 잠수부처럼 유유히 다시 물속으로 들어가 버렸다. 노인은 고기의 낫날 같은 꼬리가 물속으로 들어가면서 줄이 재빨리 풀려 나가는 것을 보았다.

"이 조각배보다 적어도 2피트는 더 길겠군."

줄이 풀려 나가는 속도가 빠르기는 하지만 일정한 것으로 보아 고기가 당황하고 있는 것 같지는 않았다. 노인은 두 손으로 줄이 끊어지지 않을 정도로만 당기고 있었다. 일정하게 당겨서 고기의 속력을 늦추어 놓지 않으면 있는 대로 줄을 끌고 가서 마침내 끊어 버릴지도 모를 일이었다.

굉장한 고기인 만큼 이쪽도 만만하지만은 않다는 것을 납득시켜야 한다고 노인은 생각했다. 제 힘이 엄청나다는 것을 알게 해서는 안 되며, 도망치도록 두어서도 안 될 일이었다. 다행히 고기들은 저희를 죽이는 인간처럼 영리하지 못하다. 인간보다 더 기품이 있고 유능하기는 하지만 말이야.

노인은 큰 고기를 본 적이 많았다. 1,000파운드 이상 나가는 고기도 많이 보았고 그런 고기를 두 마리 잡아 본 적도 있었다. 물론 그때는 혼자가 아니었다. 그런데 지금 노인은 뭍이 보이지 않는 이 먼바다까지 나와 혼자서, 평생에 처음 보는 큰 고기를, 이제껏 말로 들어온 것보다 훨씬 더 엄청나게 큰 고기와 대결하고 있는 것이었다. 아직도 왼손은 매의 발톱처럼 오그라들어 있으면서 말이다.

이제 곧 풀리겠지, 하고 그는 생각했다. 왼손의 쥐가 풀려서 오른손을 거들 수 있을 거야. 고기와 내 왼손과 오른손, 이 세 가지가 모두 형제간이니 틀림없을 거야. 쥐가 나다니, 못난이같이. 고기는 다시 속력을 늦추어 유유히 움직이고 있었다.

그런데 아까는 어째서 녀석이 뛰어올랐는지 모르겠단 말이야, 하고 노인은 생각했다. 마치 제가 얼마나 큰지 한번 보라는 듯 뛰어올랐던 것이다. 이제 너란 놈을 알 것 같다, 하고 노인은 생각했다. 그리고 나도 내가 어떤 사람인지 너에게 알리고 싶구나. 그렇게 되면 너는 내 쥐난 손을 보게 되겠지. 그렇게 되면 큰일인데. 어떻게 해서든 더 강한 인간으로 보여야겠다. 반드시 그렇게 되고말고. 의지와 지혜밖에 없는 나에게 맞서는 저 고기가 부럽구나.

노인은 가능하면 편한 자세로 뱃전에 몸을 기대 고통을 견디려고 애썼다. 고기는 꾸준히 움직이고 있었고, 배는 어두운 물을 헤치며 천천히 나아갔다. 샛바람이 불어 파도가 일었고, 한낮이 될 무렵 노인의 왼손에 났던 쥐도 풀렸다.

"고기야, 너에게는 반갑지 않은 소식이다."

노인은 어깨를 덮고 있던 자루를 매만져 낚싯줄을 옮겨 놓으며 말했다.

조금 편안한 자세가 되기는 했으나 그래도 고통은 여전했다.

"나는 독실한 신자는 아니지만 이 고기를 잡게만 해 준다면 주기도문 열 번, 성모송 열 번을 외우겠고, '코브르'로 순례도 가겠어. 맹세해."

그는 기계적으로 기도문을 외우기 시작했다. 이따금 너무나 피곤해서 기도문을 기억할 수가 없을 지경이 되곤 했지만, 다시 재빨리 외워 보면 자동적으로 뒤의 구절이 떠오르곤 했다. 그가 생각하기에는 성모송이 주기도문보다 더 쉬웠다.

"은총이 가득하신 마리아님이여, 기뻐하소서. 주께서 함께 계시니 여인 중에 복되시며, 태중의 아들 예수님 또한 복되시도다. 천주의 성모 마리아님이여, 이제와 저희 죽을 때에 우리 죄인을 위하여 빌어 주소서. 아멘."

노인은 한마디를 덧붙였다.

"복되신 마리아님이여, 마지막으로 이 고기의 죽음을 위하여 기도해 주십시오. 훌륭한 고기이긴 합니다만."

기도를 마치고 나니 한결 기분이 나아졌지만 고통스러운 건 마찬가지였다. 전보다 더 심해진 것도 같았다. 노인은 뱃머리의 판자에 몸을 기댄 채 왼손 손가락을 기계처럼 자꾸 움직여 보았다. 미풍이 가볍게 일고 있었으나 햇볕이 제법 따가웠다.

"작은 줄에 미끼를 새로 달아서 고물 쪽으로 드리워 두는 것이 좋겠는데. 만일 녀석이 이대로 하룻밤을 더 버틸 작정이라면 나도 뭐든지 좀 더 먹어야 하겠는데, 병 속의 물이 거의 떨어질 지경이 되었으니. 이 근처에서는 돌고래밖에 잡힐 것 같지가 않은데. 오늘 밤엔 날치라도 배 위로 날아들었으면 좋겠지만, 날치를 끌어들일 만한 불이 있어야 말이지. 날치는 날로 먹어도 맛이 좋고, 칼질을 할 필요도 없을 텐데. 이젠 나는 최대한 힘을 아껴야겠어. 놈이 이렇게 클 줄은 정말 몰랐단 말이야. 그래도 저 고기는 내 손에 죽게 될 거야. 그의 모든 위대함과 영광이 절정에 이르렀을 때 죽게 될 테지."

노인은 생명을 죽이는 것이 옳은 일은 아니더라도, 인간이 할 수 있는 일이 어떤 것인지, 그리고 인간이 얼마나 역경에 잘 견뎌 낼 수 있는지를 고기에게 보여 주고 말겠다고 생각했다.

"나는 그동안 스스로 나를 이상한 노인이라고 소년에게 말했었지. 지금이 바로 그 말을 증명할 때야."

그런 증명이야 이미 이전에 수천 번 넘게 했지만 지금은 다 무의미한 것 같았다. 노인은 지금 그것을 새롭게 증명해 보려는 것이었다. 기회는 늘 처음처럼 새롭게 왔고, 그럴 때마다 노인은 과거의 일 같은 것은 생각하지 않았었다.

녀석이 잠들고, 나도 잠이 들어서 사자 꿈이나 꾸었으면 좋겠는데. 그런데 어째서 나한테 사자가 중요한 존재로 남은 거지? 늙은이, 아무 생각도 하지 말라구, 하고 그는 속으로 중얼거렸다.

자, 뱃전에 기대어 쉬자. 그리고 아무 생각도 하지 말자. 저 녀석은 계속해서 움직이고 있단 말이다. 그러나 나는 될수록 움직이지 말고 기다려야 한다.

오후로 접어들었다. 배는 아직도 천천히, 꾸준히 움직이고 있었다. 동쪽에서 불어오는 미풍에 밀려 배는 파도 위를 헤치고 나아갔다. 등을 짓누르던 밧줄이 부드러워져 한결 견딜 만해지고 있었다.

오후에 낚싯줄이 한 번 더 올라왔다. 그러나 고기는 약간 높은 수면 위로 올라와 계속해서 물속을 헤쳐 나아갈 뿐이었다. 햇볕이 노인의 왼팔과 어깨 위에 앉아 있다가 이제는 동쪽으로 옮겨 가는 것을 보고 노인은 고기가 북동쪽으로 방향을 돌렸다는 것을 알았다.

노인은 고기가 물속에서 그 멋진 자줏빛 가슴지느러미를 날개처럼 활짝 펴서 크고 꼿꼿한 꼬리로 어두운 물속을 가르며 나아가는 모양을 그려 보았다. 녀석의 눈이 정말로 크더군. 말은 그보다 훨씬 작은 눈으로도 어둠 속에서 무엇이든 볼 수 있지. 나도 전에는 밤눈이 꽤 밝았어. 아주 캄캄한 데가 아니라면 고양이만큼은 볼 수 있었지.

해도 나고 손가락도 꾸준히 움직인 탓에 왼손의 쥐는 완전히 풀렸다. 그래서 노인은 힘을 왼손에 옮겨 놓기 시작했다. 등 근육을 조금씩 움직여 줄이 살을 파고든 곳을 피해 옆자리로 옮겨 놓았다.

"고기야, 만약 네가 지치지 않았다면. 너도 나만큼이나 이상한 놈인 게야."

노인은 이제 지칠 대로 지쳐 있었다. 곧 밤이 될 것 같아 노인은 다른 일이나 생각해 보려고 했다. 그는 야구 리그를 떠올렸다. 노인은 그것을 에스파냐 어로 '그란 리거스'라고 말하는 편이 더 실감이 나서 좋았다. 노인은 뉴욕의 양키즈 팀과 디트로이트의 타이거즈 팀이 시합 중인 것을 알고 있었다.

오늘이 벌써 이틀째인데, 아직 시합의 결과도 모르고 있다니. 그러나 내일에 신념을 가져야지. 발뒤꿈치 뼈가 아픈 가운데에서도 끝까지 시합을 해내는 위대한 '디마지오'에게 부끄럽지 않도록 말이다. 발뒤꿈치 뼈의 타박상이란 것은 어떤 병일까? 우리는 그런 병은 안 걸리는데, 그건 싸움닭의 박차를 사람 발뒤꿈치에 박은 것만큼 아픈 것일까? 나는 싸움닭처럼 쇠 발톱을 다는 아픔을 견딘다거나, 한쪽 또는 양 눈이 빠지고도 계속해서 싸울 수는 없을 것이다. 인간은 훌륭한 새나 짐승과 비교할 바가 못 된다. 그래서 나는 지금도 저 컴컴한 바닷속에 있는 고기가 되고 싶다.

"상어만 나타나지 않는다면. 상어가 오면 이제 너나 나나 볼장 다 본다."

노인은 큰 소리로 말했다.

'디마지오'라면 내가 지금 이 녀석과 겨루고 있는 것만큼이나 오랫동안 저 고기와 싸울 수 있을까, 하고 그는 생각했다. 물론 그럴 거야. 그는 젊고 힘이 있으니까. 그리고 그의 아버지도 한때는 어부였다고 하니. 그런데 뼈 타박상이란 것이 그렇게도 아픈 병일까?

"모르겠다. 나는 아직까지 뼈가 아파 본 적이 없으니까."

해가 지자 노인은 자기 자신에게 좀 더 자신감을 불어넣으려고 카사블랑카에 있는 술집에서 사이안피고 출신의 흑인 장사와 팔씨름하던 일을 상기했다. 그때 그들은 테이블에 분필로 줄을 긋고 그 위치에 팔꿈치를 올려놓은 채 팔을 꼿꼿이 세웠다. 그리고 서로 손을 움켜잡고 하루 낮, 하룻밤 동안 서로 상대방의 손을 테이블 위에 넘어뜨리려고 애썼다. 돈을 거는 사람이 많아 석유 등잔 불빛 아래서 사람들이 웅성거리며 들락날락거렸다. 그는 그 흑인의 팔과 손, 얼굴을 똑바로 바라보았다. 처음 여덟 시간이 지나자, 심판이 잠을 잘 수 있도록 네 시간마다 심판을 바꿨다. 두 사람의 손톱 밑에서 피까지 나왔지만 서로 상대방의 눈과 손, 팔만 쳐다보면서 꼼짝 안했고, 돈을 건 사람들이 초조한 심정으로 방을 들락거리며 높다란 의자를 벽에 기대어 놓고 거기에 앉아 시합을 지켜보았다. 판자벽은 하늘색으로 칠해져 있었고, 그 벽 위에 두 사람의 그림자가 비치고 있었다. 흑인의 그림자는 엄청나게 커서 미풍이 불어 등불이 흔들릴 때마다 벽의 그림자도 나란히 흔들렸다.

밤새도록 승부는 결정이 나지 않았다. 사람들은 흑인에게 럼주를 먹이고 담배를 물려 주었다. 술을 마신 다음 흑인은 사력을 다해 안간힘을 쓰더니, 마침내 노인을 — 아니 그때는 노인이 아니라 — 산티아고 선수의 손을 거의 3인치 가량 눕혔다. 그러나 그도 죽을힘을 다하여 다시 손을 세웠다. 그때 노인은 잘생기고 훌륭한 체력을 가진 이 흑인을 이길 수 있다는 자신감이 생겼다. 새벽이 되자 돈을 건 사람들이 무승부 판결을 원했지만 심판이 이를 거부하며 고개를 가로저었다. 그때부터 그는 힘을 쓰기 시작해 흑인의 손을 점점 아래로 꺾어 내렸고 마침내 그 손이 테이블에 닿게 만들었다.

결국 시합은 일요일 아침에 시작해서 월요일 아침에 끝이 났다. 그때 대부분 돈을 건 사람들은 부두에 나가서 설탕 부대를 지거나, 아바나 석탄 회사에 나가 일을 해야 했기 때문에 무승부 선언을 청했던 것이다. 그렇지만 않았다면 다들 시합이 끝까지 가기를 원했을 것이다. 여하튼 노인은 그때 그 사람들이 일하러 가야 할 시간이 되기 전에 시합을 끝냈다. 그 일이 있은 후 오랫동안 사람들은 그를 챔피언이라 불렀고 봄에는 설욕전까지 벌어졌다. 그러나 사람들은 시합에 돈을 많이 걸지 않았고, 첫 시합에서 사이안피고에서 온 흑인을 꺾어 놓았기 때문에 누구든 쉽게 노인을 이길 수가 없었다. 그 후 그는 몇 차례 더 시합을 하고 다시는 시합을 하지 않았다. 원하기만 하면 누구든 이길 수 있었지만 이런 시합이 고기잡이를 해야 하는 오른손에는 해롭다는 것을 알게 되었기 때문이다. 왼손으로 몇 번 시합을 해본 적도 있다. 그러나 그때마다 왼손은 그를 배신해 요구한 대로 움직여 주지 않았으므로 노인은 자신의 왼손을 믿지 않았다.

따뜻한 햇볕을 쬐면 손이 좀 나아지겠지. 밤에 추워지지만 않는다면 쥐가 다시 나지는 않을 거야. 노인은 오늘 밤엔 또 어떤 일이 생기려나 생각했다.

비행기 한 대가 노인의 머리 위를 지나 마이애미 쪽으로 날아갔다. 그 그림자에 놀라 한 무리의 날치 떼가 뛰어올랐다.

"날치가 저렇게 많은 걸 보니 틀림없이 돌고래가 있겠어."

그는 고기를 조금이라도 당길 수 있을까 싶어서 다시 한 번 낚싯줄을 잡아당겨 보았다. 그러나 끊어질 듯 팽팽해진 줄은 부르르 떨면서 물방울을 튕길 뿐 꿈쩍도 하지 않았다.

배가 느린 속도로 전진하고 있는 가운데 노인은 비행기가 보이지 않을 때까지 하늘을 올려다보았다. 비행기를 타고 있으면 기분이 이상할 거야,

하고 노인은 생각했다. 저렇게 높은 곳에서는 바다가 어떻게 보일까? 너무 높이 날지만 않는다면 고기도 잘 볼 수 있을 거야. 나도 비행기를 타고 200 길 정도의 고도로 천천히 날면서 고기들을 보았으면 좋겠다. 거북잡이 배에서 돛대 꼭대기의 가름대에 올라가 보기도 했었는데, 그만한 높이에서도 보이는 것이 썩 많았었지. 돌고래는 진한 녹색으로 보였고 줄무늬며 자줏빛 반점, 고기 떼가 헤엄쳐 나가는 것도 죄다 볼 수 있었어. 어째서 깊은 물속에 사는 물고기들은 자줏빛 등에다 대개는 자줏빛 줄무늬나 반점을 가지고 있을까? 돌고래는 사실 황금빛이기 때문에 노란색으로 보이지만 정말 배가 고파서 먹이를 먹을 때는 마치 마알린처럼 배에 자줏빛 줄무늬가 나타나거든. 고기가 화가 나서 그런 걸까, 아니면 한껏 속력을 내서 달리기 때문일까?

날이 어두워지기 직전이었다. 조그만 섬처럼 큰 모자반류의 해초가 해면 가까이 떠올라 흔들리고 있었다. 그 모습이 누런 담요 아래에서 마치 바다와 누군가가 사랑을 주고받는 듯한 느낌이었다. 막 그 지점을 지날 때 작은 낚싯줄에 돌고래 한 마리가 물렸다. 처음 그놈을 본 것은, 그 돌고래가 공중으로 뛰어오르면서 마지막 햇빛에 금빛으로 빛나던 모습이었다. 놈은 공중에서 사납게 몸을 푸드덕거렸다. 겁에 질린 돌고래는 곡예비행을 하는 것처럼 이리저리 날뛰었다. 노인은 고물 쪽으로 조심조심 옮겨 가서 몸을 웅크리고는 오른손과 팔로 큰 줄을 잡고, 왼손으로는 돌고래를 끌어당겼다. 끌어들인 줄을 왼쪽 발로 밟아 가며 줄을 당겼다. 고물 가까이까지 끌려오자 돌고래는 거의 절망적으로 뛰어오르면서 날뛰었다. 노인은 고물 너머로 몸을 내밀어 자줏빛 반점이 어린 금빛 고기를 들어서 그대로 배에 던져 넣었다. 낚시를 성급히 물어뜯느라, 턱이 발작적으로 움직였다. 길고 넓적한 몸뚱이와 꼬리가 뱃바닥을 세차게 쳐 댔다. 노인은 그 번쩍이는 금빛 머리를 향해 몽둥이를 내리쳤다. 돌고래는 잠시 몸을 떨더니 이내 잠잠해졌다.

노인은 돌고래로부터 낚시를 빼낸 뒤 그 줄에 다시 정어리를 매달아서 물에 던지고 뱃머리 쪽으로 돌아갔다. 왼손을 씻어 바지에다 닦은 다음 무거운 낚싯줄을 왼손에 옮기고 오른손을 바닷물에 씻었다. 그 사이 해가 수평선 너머로 잠기는 모습과 굵은 낚싯줄이 비스듬히 기울어져 있는 것을 바라보았다.

"저 아래에 있는 고기는 조금도 달라지지 않았구나." 하고 노인은 중얼거렸다. 그러나 손에 와 닿는 물결을 보니, 속도가 눈에 띄게 느려졌다는 걸 알 수 있었다.

"고물에 노 두 개를 가로질러 묶어 놓으면 밤새 지쳐서 속력이 더 느려지겠지. 하지만 녀석은 오늘 밤도 끄떡없을 거야. 물론 나도 그래."

조금 더 있다가 돌고래의 내장을 빼야겠다. 살 속에 피를 간직해서 싱싱하게 말이야. 그런 다음에 돌고래에 칼질도 하고, 노도 묶어 두자. 지금은 그냥 조용히 내버려 두는 게 좋을 거야. 해 질 녘엔 고기를 다루기가 어려운 법이니까.

노인은 바람에 손을 말린 후 다시 줄을 잡고는, 될 수 있는 대로 몸을 편한 자세로 하려고 애썼다. 그는 뱃전에 몸을 기대 뱃머리 쪽으로 젖혀서 그냥 낚싯줄을 잡고 앉아 있는 것보다는 배가 앞으로 나아가기 힘들도록, 즉 고기가 끌기 힘들도록 자세를 고쳐 앉았다.

이렇게 해서 새로운 걸 또 하나 배우는구나. 어떤 상황이든 방법이 있게 마련이지. 그런데 저 녀석은 미끼를 물었을 때부터 아무것도 먹지 못하고 있지 않나. 덩치가 크니까 먹는 양도 많아야 할 텐데. 나는 다랑어도 한 마리를 다 먹었고 내일은 돌고래를 먹으려고 하는데. 차라리 조금 있다가 내장을 빼낼 때 좀 먹어 둘까. 노인은 돌고래를 '도라도'라고 불렀다. 물론 다랑어보다는 먹기 힘들겠지만, 세상에 쉬운 일이 어디 있겠어.

"고기야, 좀 어때? 난 기분이 괜찮은 편이다. 왼손도 많이 나았고. 게다가 하룻밤 하루 낮 동안 먹을 것도 생겼지. 어디, 너 혼자 계속해서 배를 끌어 보려무나."

사실은 전혀 괜찮지가 않았다. 등에 메고 있는 낚싯줄 때문에 너무 고통스러웠고 인정하기는 싫었지만, 이제는 그런 고통이 아픈 정도를 지나 무감각해지고 있었다. 그러나 이보다 더 심한 경우도 있었어. 노인은 자신을 다독거렸다. 오른손에 상처가 좀 났을 뿐이지 왼손의 쥐도 다 풀렸는걸. 두 다리도 성하고, 또 식량 문제라면 내 편이 훨씬 유리하지 않은가.

날이 어두웠다. 9월에는 해가 떨어지자마자 날이 금방 어두워졌다. 노인은 뱃머리 쪽 낡은 뱃전에 기댄 채 될 수 있는 대로 편히 쉬려고 애썼다. 첫 별이 떴다. 노인은 그 별의 이름이 '리겔(오리온자리에서 둘째로 밝은 별)'성이라는 것을 몰랐지만, 그 별이 보이기 시작하면, 곧 다른 별들도 나타나 모두 자기의 친구가 되리라고 생각했다.

"물론 저 고기도 내 친구지. 저런 고기에 대해서는 내 평생 본 적도 들은 적도 없었단 말이야. 그렇지만 나는 너를 죽이지 않을 수가 없구나. 하늘의 별은 죽일 필요가 없는 게 그나마 얼마나 다행인가."

날마다 사람이 달을 죽여야 한다고 상상해 보라. 아마 달은 달아나 버릴 것이다. 또 날마다 해를 죽여야 한다고 상상해 보라. 하지만 인간이 그러지 않아도 된다는 것은 얼마나 행운인가.

그러자 노인은 며칠 동안 아무것도 먹지 못한 그 큰 고기가 불쌍해졌다. 불쌍하다는 생각이 들었다고 해서 고기를 죽이겠다는 결심이 약해진 것은 아니었다. 저 고기를 잡으면 몇 사람이나 먹을 수 있을까? 사람들이 저 고기를 먹을 자격이 있는 걸까? 없다. 물론 자격이 없어. 저렇게 침착한 태도와 당당한 위엄을 가진 고기를 먹을 자격은 누구에게도 없어.

나는 이런 어려운 일은 잘 모르겠어. 어찌되었든 우리가 해나 달, 별을 죽이지 않아도 된다는 것만은 다행스러운 일이야. 바다에 살면서, 우리의 진정한 형제를 죽이는 것만으로도 충분해.

자, 이제는 배의 속력을 늦출 방법을 좀 생각해 보자. 노를 매다는 방법은 장단점이 있어. 고기가 갑자기 힘을 쓰면서 달아나면 노가 제동을 걸어서 배가 무거워지게 되고 그럼 결국 낚싯줄이 끊겨 놓쳐 버리고 말 거야. 반대로 배가 가벼우면 녀석이 수월하게 움직일 수 있게 되니 서로 고통스러운 시간이 연장되겠지. 고기에게 아직 힘이 남아 있을 테니 그 편이 오히려 나한테는 안전할 것이다. 어떤 일이 일어나든 우선 돌고래가 상하지 않게 빨리 내장을 빼내고 살점을 좀 먹어야겠다.

한 시간쯤 더 쉬고 놈이 지치지 않고 달리고 있는 건지 살펴본 뒤 고물 쪽으로 가서 일하면서 결정을 내리자. 그동안에 고기가 어떤 반응을 보이고, 또 무슨 변화를 보일 건지 살펴봐야 해. 노를 묶어 둔 건 잘한 일이었지만 이제는 내 안전도 염두에 두어야 한다. 어쨌든 녀석이 대단하긴 해. 낚싯바늘이 꽂혀 있는 채로 입을 꽉 다물고 있겠지. 하긴 저런 큰 고기에게는 낚싯바늘의 고통 따위는 문제도 아닐 거야. 단지 굶주림의 고통과, 알지도 못하는 대상과 겨루고 있다는 사실에 온 정신을 빼앗기고 있을 거야. 늙은 이, 자네도 이젠 좀 쉬자구. 다음 할 일이 생길 때까지 녀석이 마음대로 애를 쓰게 내버려 두자.

노인은 약 두 시간가량 쉬었다. 늦도록 달이 뜨지 않아서 시간을 짐작해 볼 수는 없었지만 비교적 많이 쉰 셈이었다. 하지만 정말 쉬었다고는 볼 수 없었다. 노인은 아직도 고기가 끄는 힘을 양어깨로 버티고 있었다. 그리고 이제 왼손으로 뱃머리 쪽의 뱃전을 잡고 배에 자신의 힘을 내맡겼다.

만약 이 낚싯줄을 고정시킬 수만 있다면, 일은 얼마나 간단하겠는가. 그러나 그렇게 하면 고기가 조금만 요동을 쳐도 줄이 끊어져 버릴 것이다. 내 몸으로 버텨서라도 줄이 끌려가는 것을 막아 내고, 언제든지 양손으로 줄을 풀어 놓을 준비를 하고 있어야만 해.

"하지만 자네는 아직 잠을 한 번도 자지 못했어, 늙은이. 반나절과 하룻밤을, 그리고 또 하루를 못 잤어. 그러니까 고기가 저렇게 점잖게 잠잠하게 있는 동안 조금이라도 잠잘 방도를 강구해야만 해. 잠을 안 자면 머리가 흐려질 테니 말이야."

하지만 내 머리는 아직 맑은데 뭘, 하고 그는 속으로 다시 생각했다. 너무나 맑고 명료해서 먼 곳의 친구인 별들처럼 초롱초롱했다. 그래도 잠을 자야 한다. 별도, 달도, 해까지 잠을 자지 않는가. 심지어 바다마저도 조류가 없는 조용한 날이면 이따금 잠을 자는 걸 노인은 봐 왔다. 그러니 잠자는 것을 잊어서는 안 된다고 그는 생각했다. 억지로라도 자도록 해야 할 것이다. 그리고 이 낚싯줄에 대해서는 뭐 좀 쉬우면서도 확실한 방도를 강구해 보아야 할 것만 같았다. 이젠 돌고래를 요리할 시간이다. 잠을 자려면 노를 비끄러매어 닻처럼 만들어 두는 것이 좋을 것 같았지만 위험할 수도 있었다.

"나는 안 자고도 견딜 수 있는데."

그는 혼잣말을 했다. 그러나 그것도 너무 위험한 일이기는 했다.

그는 고기가 놀라지 않도록 조심하며 양손과 무릎으로 기어 고물 쪽으로 돌아갔다. 고기도 반쯤은 자고 있는지도 몰라, 하고 그는 생각했다. 그러나 고기를 쉬게 하고 싶지는 않았다. 지쳐서 죽을 때까지 배를 끌어야 하고말고.

배의 뒷부분으로 돌아온 노인은 몸을 돌려 왼손으로 어깨에 맨 줄을 잡았다. 그리고 오른손으로 칼집에서 칼을 뽑았다. 별빛이 밝아지자 돌고래가 뚜렷이 보였다. 그는 칼날로 돌고래 머리를 찔러서 밑창에서 놈을 꺼냈다. 한쪽 발로 몸통을 밟고 항문에서 아래턱 끝까지 재빨리 배를 갈랐다.

칼을 내려놓고, 오른손으로 내장을 빼내고 난 뒤 아가미도 죄다 뜯어냈다. 위를 만져 보니 묵직하고 미끈했다. 그것을 가르자 속에서 날치가 두 마리나 나왔다. 날치는 싱싱하고 단단했다. 노인은 그것을 나란히 내려놓고, 내장과 아가미를 꺼내어 뱃전 너머로 던져 버렸다. 그것이 물 위에 인광의 꼬리를 남기며 가라앉았다. 돌고래의 몸통은 차디찼다. 그리고 이젠 별빛을 받아 문둥이처럼 희뿌연 색깔로 보였다. 노인은 오른쪽 발로 고기의 머리를 누르고 한쪽의 껍질을 벗겼다. 그리고 다시 뒤집어서 다른 쪽의 껍질을 마저 벗긴 뒤 머리에서 꼬리까지 살을 발랐다.

그는 뼈만 남은 돌고래의 잔해를 뱃전 너머로 떨어뜨리면서 물속에 소용돌이가 이는지 살펴보았다. 희미한 빛을 남기며 서서히 가라앉을 뿐이었다. 그는 몸을 돌려 저며 낸 살점 가운데다 날치 두 마리를 넣어 놓고 칼을 칼집에 꽂았다. 그러고는 천천히 뱃머리 쪽으로 되돌아왔다. 젖어진 낚싯줄의 무게 때문에 등이 한껏 구부러진 채로 오른손에 살코기를 들고 갔다.

뱃머리로 돌아온 노인은 판자 위에다 돌고래 살점 두 쪽을 내려놓고 날치도 곁에 놓았다. 그런 다음에 어깨에 메고 있던 줄을 옮기고 뱃전에 올려놓았던 왼손으로 다시금 그 줄을 잡았다. 그는 뱃전에 몸을 기댄 채 손에와 닿는 물의 속도를 주시하면서 날치를 물에다 씻었다. 고기 껍질을 벗기느라 손에 인광이 묻었는데 거기에 닿는 물결이 확연하게 보였다. 물결은 먼저보다 더 약해졌다. 손을 널빤지에 문지르니 인광 조각들이 떨어져 나가 배 뒤로 천천히 떠내려가는 것이 보였다.

"지금은 녀석도 지쳤거나 쉬고 있겠지. 이젠 나도 돌고래를 먹은 다음 좀 쉬거나 아니면 잠을 자야겠다."

밤이었고, 날씨는 점점 추워지고 있었다. 별빛 아래서 노인은 돌고래 살점 중에서 한쪽의 반을 먹고, 내장과 머리 쪽을 떼어 버린 날치 한 마리를 마저 다 먹었다.

"돌고래는 요리를 해서 먹으면 썩 좋은 음식인데. 날로 먹으면 형편없단 말이야. 앞으로는 배를 탈 때 소금이나 라임을 꼭 가지고 타야겠어."

하지만 조금만 더 머리를 썼더라면 아까 낮에 바닷물을 뱃전에 뿌려놓고 그것을 말려서 소금을 만들 수도 있었을 것이다. 돌고래를 낚았을 때가 해질 무렵이긴 했지만 아무래도 역시 준비가 부족했던 것은 사실이었다. 하지만 생살도 잘 씹으니까 구역질은 나지 않는군, 하고 노인은 생각했다.

동쪽 하늘에 구름이 덮이는가 싶더니 이내 별들이 하나씩 사라졌다. 마치 거대한 구름의 계곡으로 빨려 들어가는 것 같았다. 바람도 멎었다.

"사나흘 후에는 날씨가 나빠지겠는걸. 오늘 밤과 내일 밤까지는 아직 괜찮아. 여보게, 늙은이. 이제 생각은 그만하고 고기가 잠잠한 동안 잠이나 좀 자 두도록 하시지."

노인은 오른손으로 줄을 단단히 잡고 몸 전체의 무게를 뱃머리의 판자에다 실으면서 허벅다리를 오른손에다 갖다 붙였다. 그러고는 낚싯줄을 어깨에서 약간 아래로 낮추고 왼손을 그 위에 얹어서 줄을 팽팽하게 졸라맸다.

이렇게 졸라매고 있는 한 오른손이 버틸 수 있을 것이라고 노인은 생각했다. 만일 자는 동안 줄이 느슨해지더라도 줄이 풀려 나가는 순간 왼손이 나를 깨울 거야. 오른손은 왼손보다 힘이 좀 더 들겠지만 고통을 이겨 내는 것에 익숙하니까 아마 괜찮겠지. 한 20분이나 30분만이라도 잠을 자면 나을 것 같았다. 그는 몸 전체의 무게를 오른손에 의지한 채 잠이 들었다.

노인은 사자 꿈은 아니었지만, 대신 8마일이나 10마일쯤 뻗어 있는 돌고래 무리를 보았다. 놈들은 한창 교미기여서 공중으로 높이 뛰어올랐다가 다시 그 자리로 뛰어들었다.

그러다 마을로 돌아와 침대에서 자는 꿈을 꾸었다. 북풍이 불어서 날씨가 무척 추웠고 베개 대신 팔을 베고 잔 탓에 오른팔이 저렸다.

그다음 꿈에는 길게 뻗은 황금빛 해안이 나타났다. 초저녁 무렵 해변에 첫 번째 사자가 내려오자 다른 사자들이 뒤따라 나타났다. 해안에서 앞바다 쪽으로 저녁 미풍이 불고 있는데, 노인은 닻을 내린 뱃머리에 턱을 괴고 더 많은 사자가 나타나기를 기다리면서 즐거워하고 있었다.

달이 뜬 지도 꽤 오래되었건만, 노인은 계속 잠을 잤다. 고기는 쉬지 않고 낚싯줄을 끌고 가고 있었고, 배는 구름의 터널 속으로 들어서고 있었다.

그때였다. 갑자기 노인의 오른쪽 주먹이 얼굴을 쳐서 노인은 눈을 떴다. 오른손이 뜨겁게 타는 것처럼 아파 왔고 줄이 풀려 나가고 있었다. 왼손에는 아무런 감각이 없었다. 오른손으로 줄을 힘껏 당겼으나 줄은 급속도로 풀려 나갔다. 그는 드디어 왼손으로 줄을 찾아서 잡아당겼다. 그러자 등과 왼손이 따갑고 얼얼해졌다. 왼손이 낚싯줄을 도맡아 끌다시피 한 까닭에 금방 심한 상처를 입고 말았던 것이다.

노인은 낚싯줄 사리를 돌아다보았다. 거침없이 풀려 나가고 있었다. 바로 그때 고기가 바다를 가르며 뛰어올랐다가 무겁게 떨어졌다. 그러더니 연달아 뛰어오르기 시작했고, 줄은 계속해서 빠르게 풀려 나갔다. 그럼에도 불구하고 배는 계속 빠른 속도로 끌려가고 있었다. 노인은 줄이 팽팽해지도록 바싹 당기고, 풀려 나가면 또 팽팽히 잡아당겼다. 그는 엉겁결에 뱃머리 근처까지 끌려가 있었으므로 돌고래 살점에 얼굴을 처박은 채 꼼짝도 할 수가 없었다.

드디어 기다리던 일이 일어났군. 그러니 이제는 모든 일을 침착하게 받아들여야지. 낚싯줄값을 치르게 해야 해. 암, 낚싯줄값을 치르게 해야 하고말고.

노인은 고기가 뛰어오르는 것을 볼 수가 없었다. 그저 바닷물이 갈라지고 솟아올랐던 고기가 떨어질 때마다 물이 철썩 튀는 소리를 들었을 뿐이었다. 낚싯줄이 하도 빨리 풀리는 바람에 손을 심하게 베었다. 그러나 이런 일은 언제나 일어나게 마련이라고 말해 왔던 터라 낚싯줄이 미끄러져 나가거나 손가락을 베이는 일이 없도록 굳은살 박인 곳으로 줄을 쥐려고 애를 썼다.

지금 소년이 같이 있었다면 낚싯줄 사리를 적셔 주었을 텐데, 하고 그는 생각했다. 그래, 그 아이가 여기 있었으면, 그 애만 여기 있다면 얼마나 좋을까.

낚싯줄은 계속해서 풀려 나갔지만 이제는 그 속도가 점점 떨어지고 있다는 것을 느낄 수 있었다. 노인은 고기가 조금이라도 더 여유 있게 줄을 끌도록 배려하고 있었다. 이제 그는 널빤지에서 머리를 들 수 있었고, 또 볼을 처박고 있던 생선 살점에서도 얼굴을 들어 올릴 수 있었다. 그는 무릎을 세우고는 천천히 일어섰다. 조금씩 줄을 풀어 주고는 있었지만, 속도를 줄여 나갔다. 그는 낚싯줄 사리가 있는 곳으로 다가가서 캄캄해서 보이지 않는 사리를 발로 더듬어 찾았다. 낚싯줄은 아직 충분히 남아 있었다. 이제 저 고기는 새로 물속으로 풀려 나간 낚싯줄들이 물에서 받는 마찰까지 견뎌야 하는 상황에 놓였다.

옳지. 이제 저 고기가 열댓 번은 더 뛰어올라 공기주머니에 공기가 잔뜩 들어찼을 테니 내가 끌어 올리지 못할 만큼 깊이 내려가서 죽을 염려는 없어진 셈이다. 곧 녀석이 주위를 돌기 시작하면 그때 놈을 좀 다루어 봐야지. 그런데 왜 그렇게 갑자기 뛰어올랐을까? 배가 고파서 갑자기 자포자기 상태에 빠진 것일까? 아니면 죽음의 암흑 속에서 뭔가를 보고 놀란 걸까? 아마, 갑자기 무서워졌는지도 모르지. 하지만 그렇게도 침착하고 당당했던 녀석이었는데. 겁도 없고 자신만만해 보였는데, 이상한 일이다.

"이봐, 늙은이, 자네야말로 무서워 말고 자신감을 갖는 것이 좋겠어. 자네는 지금 고기를 손아귀에 넣고 있다고는 하지만, 줄을 당길 수는 없지 않은가. 그러나 곧 회전하게 될 거야."

노인은 다시 왼손과 양어깨로 줄을 붙잡았다. 그리고 엎드려 오른손으로 바닷물을 떠서 돌고래 살점이 달라붙은 얼굴을 씻어 냈다. 만약이라도 이것 때문에 구역질이 나서 토하게 되면 힘이 빠질 것 같아서 두려웠던 것이다. 얼굴을 씻고 나자 이번에는 뱃전 너머로 오른손을 물속에 담그고 씻었다. 해가 뜨기 전이었다. 노인은 먼동이 트는 것을 바라보면서 그대로 소금물에 손을 담그고 있었다. 고기가 동쪽으로 향하고 있구나, 하고 노인은 생각했다. 그것은 고기가 지쳐서 조류를 따라가고 있다는 것을 뜻했다. 곧 회전을 안 할 수 없지. 그때 가면 진짜 싸움이 시작되는 것이다. 노인은 오른손을 물속에서 꺼내 바라보았다.

"대단찮군. 사나이가 이 정도 아픈 게 뭐 그리 문젠가."

그는 새로 생긴 상처에 낚싯줄이 닿지 않게 조심하면서, 다시 줄을 고쳐 쥐고는 고기의 무게를 다른 쪽으로 옮겼다. 그러고는 왼손을 반대편 뱃전으로 내밀어 물에 담갔다.

"네가 하찮은 일로 다친 건 아니니 이만하면 잘한 거야. 하지만 네가 어디 갔는지 종종 보이지 않을 때가 있단 말이야." 하고 노인은 자기의 왼손을 향해 말했다.

왜 나는 두 손 다 튼튼하게 태어나지 못했을까? 노인은 생각했다. 물론 그동안 오른손만 주로 써서 왼손을 제대로 훈련시키지 못한 내 잘못도 있겠지. 그러나 배울 기회란 얼마든지 있었던 게 아닌가. 만약 다시 한 번 쥐가 난다면 왼손이 낚싯줄에 끊겨 버리도록 놔둘 거야.

이런 생각을 하면서도 그는 자신의 머리가 맑지 않으니 돌고래 고기를 좀 더 먹어 두어야겠다는 생각을 한편으로 하고 있었다. 하지만 먹을 수가 없어. 괜히 몇 점 더 먹었다가 구토를 하느라 기운을 빼는 것보다는 머리가 좀 명한 편이 차라리 나을 거야. 게다가 얼굴을 그 속에 처박기까지 했으니. 지금 와서 고깃점을 먹는다고 해도 토해 낼 게 틀림없어. 상할 때까지 그저 비상용으로 놓아두자, 이제 양분을 취해서 힘을 얻기에는 너무 늦었어. 이런, 내 정신도 참, 한 마리 남은 저 날치를 먹으면 될 것 아닌가. 노인은 중얼거리며 날치를 보았다.

날치는 언제든지 먹을 수 있게끔 깨끗하게 요리되어 있었다. 노인은 그것을 왼손으로 집은 뒤, 뼈를 조심스레 씹으며 꼬리까지 죄다 먹어 버렸다.

날치는 어떤 다른 고기보다도 영양이 풍부해, 적어도 나한테 필요한 힘을 얻기에는 충분하지, 하고 노인은 생각했다. 노인은 이제 자기가 할 수 있는 일은 다 했다고 생각했다. 맴돌려면 맴돌고 싸움을 걸어오려면 걸어 보라고.

노인이 바다로 나온 후 세 번째 아침 해가 솟고 있었다. 그리고 그때 고기가 돌기 시작했다.

낚싯줄의 기울기만으로는 고기가 돌고 있는지 아닌지를 확실히 알 수가 없었다. 고기의 움직임이 낚싯줄을 기울게 하기에는 아직 일렀던 것이다. 노인은 고기가 낚싯줄을 끄는 힘이 약간 약해진 것을 느끼고 오른손으로 가만히 줄을 당기기 시작했다. 지금껏 그래 온 것처럼 줄은 팽팽해졌다. 그러나 금방 끊어질 듯한 정도로까지 당기자 조금씩 줄이 끌려오기 시작했다. 그는 양어깨와 머리를 줄 밑으로 뺀 뒤 꾸준히, 그리고 가만가만히 끌어당기기 시작했다. 그는 두 손을 앞뒤로 휘두르는 동작을 취하면서 몸과 두 다리를 최대한 활용하고자 했다. 그래서 될 수 있는 대로 줄을 많이 끌어당기려고 애를 썼다. 그는 자신의 늙은 다리와 어깨를 사용해 줄을 끌어당기는 축으로 삼았다.

"크게 회전을 하는군. 어쨌든 녀석이 지금 돌고 있는 것만은 확실해."

낚싯줄을 힘껏 잡고 있어야겠지. 이렇게 잡아당기고 있으면 한 바퀴 돌 때마다 거리가 점점 짧아질 게고, 아마 한 시간쯤 후에는 고기를 볼 수 있게 될 거야. 저항해 봐야 소용이 없다는 걸 알게 해서 고기를 죽여야 해.

그러나 고기는 느릿느릿 여전히 돌고 있었고, 그렇게 두 시간이 지나자 노인은 땀으로 흠뻑 젖어 격심한 피로에 시달리게 되었다. 그러나 회전하는 거리가 아까보다 훨씬 줄어들었고 낚싯줄이 비스듬하게 기울어지는 것을 보아 고기가 헤엄치면서 점점 더 수면 가까이 떠올라 오고 있다는 것을 알 수 있었다.

한 시간 전부터 노인은 눈앞에 검은 반점이 어른거리는 것을 느꼈다. 땀이 흘러들어 눈이 따가웠다. 이마에 난 상처도 자꾸 쓰라렸다. 눈앞에서 어른거리는 검은 반점 따위는 무섭지 않았다. 그가 줄을 당기느라 애를 쓸 때면 으레 나타나는 일이었다. 그러나 벌써 두 번이나 아찔한 현기증을 느낀 터여서 걱정이 되었다.

"이런 고기에게 패배해서 그냥 죽을 수는 없어. 하느님, 제발 제 육체가 견딜 수 있도록 도와주세요. 주기도문과 성모송을 백 번 외우겠습니다. 지금 당장은 못 하겠지만요."

지금은 외운 것으로 해 두자. 틀림없이 나중에 외울 테니까.

바로 그때 잡고 있던 줄이 팽팽하게 당겨졌다. 그 느낌은 날카롭고 뻐근하고 뚜렷했다.

녀석은 지금 철사로 된 목줄을 그 창날 같은 주둥이로 치고 있을 거야. 그것은 언젠가는 오고야 말 일이었다. 그리고 꼭 그렇게 되어야 할 일이었다. 그러나 그 때문에 고기가 갑자기 뛰어오를지도 모른다. 이제 저 스스로 도는 걸 계속하도록 그냥 놓아두는 것이 나을 것이다. 공기를 채우기 위해서 뛰어오를 필요도 있었겠지만, 뛰어오를 때마다 낚시에 찔린 상처가 크게 벌어져서 어느 순간에 낚시를 빼 던져 버릴 수도 있는 것이다.

"뛰지 마라, 고기야. 제발 뛰지 마라."

고기는 대여섯 번이나 더 철사를 쳤다. 그리고 고기가 머리를 흔들어 댈 때마다 노인은 줄을 조금씩 풀어 주었다. 고기의 고통을 이 정도로 유지시켜야 한다고 그는 생각했다. 나의 고통은 문제가 아니다. 나는 스스로 고통을 억제할 수 있지만, 그러나 고기는 여기에서 조금만 더 고통스러우면 미쳐 버릴 것이다.

잠시 후 고기는 철사에 목줄을 후려치던 것을 멈추고 다시 천천히 돌기 시작했다. 노인도 쉬지 않고 줄곧 줄을 끌어당기고 있었다. 그러나 그는 또다시 정신이 아찔해지며 현기증이 나는 것을 느꼈다. 왼손으로 바닷물을 퍼서 머리를 적셨다. 그리고 물을 좀 더 떠서 목덜미를 문질렀다.

"그래도 쥐는 안 나니까 괜찮아. 곧 고기가 올라올지도 모른다. 물론 나는 견딜 수 있다. 아니, 견뎌야만 해. 당연한 일이야."

그는 뱃머리에 몸을 의지하고 무릎을 꿇었다. 그리고 잠시 동안 줄을 등에서 내렸다. 고기가 원주의 먼 쪽을 돌 때는 자기도 좀 쉬고, 가까이에서 돌 때는 다시 힘을 내서 싸워 보자는 계산이었다.

노인은 뱃머리에 앉아 쉬면서, 줄을 당기지 않고 고기가 저 혼자 한 바퀴 돌도록 내버려 두고 싶은 생각이 간절했다. 그러나 그런 생각도 잠시뿐이었다. 노인은 줄의 인력을 통해서 고기가 회전을 하면서 다가오고 있음을 알아차리고 벌떡 일어섰다. 그러고는 줄을 잡아끌면서 베를 짜듯 몸을 움직이기 시작했다.

전에는 이렇게 피로해 본 적이 없었는데. 이제 무역풍이 부는구나. 이 바람이 불면 고기를 끌어들이기에 유리하다. 나에게는 절실히 필요한 바람이야.

"다음에 회전을 하려고 고기가 헤엄쳐 나가면 그때 쉬어야지. 그래도 기분이 훨씬 좋아졌어. 두세 번만 더 돌고 나면 잡히겠지."

노인의 밀짚모자는 뒤통수에 걸려 있었다. 노인은 고기가 회전하는 것을 감지하자 다시 줄을 끌어당기면서 뱃머리에 주저앉았다. 고기야, 너는 지금 힘차게 움직이고 있구나. 하지만 굽이돌 때 내 너를 잡으마. 그는 각오를 단단히 했다.

파도가 꽤 높이 일었다. 이것은 좋은 날씨를 예고하는 미풍 때문에 일어나는 현상이었다. 무사히 집으로 돌아가려면 이 바람이 꼭 필요했다.

"서남쪽으로 저어 가기만 하면 된다. 사나이가 바다에서 길을 잃을 리는 없어. 게다가 육지는 아주 기다란 섬이니까."

그가 문제의 고기를 처음 본 것은 세 번째 회전 때였다. 처음에는 배 밑을 한참 동안 지나가는 검은 그림자가 눈에 띄었을 뿐이었다. 하지만 노인은 도저히 그 길이를 믿을 수가 없었다.

"아니야."

하고 노인은 말했다.

"저렇게 클 리가 있나."

그러나 고기는 검은 그림자만큼 컸다. 회전을 마친 후 고기는 배에서 겨우 30야드 떨어진 물 위로 떠올랐다. 그때 노인은 물 밖으로 나온 고기의 꼬리를 보았다. 그것은 큰 낫의 날보다도 더 길었다. 그리고 검푸른 물을 배경으로 한 창백한 라벤더 빛깔을 가졌다. 꼬리는 뒤로 비스듬히 기울어져 있었다. 고기가 수면 바로 아래를 헤엄치기 시작하자 비로소 노인은 그 거대한 몸집과 띠를 두른 것 같은 자줏빛 줄무늬를 볼 수 있었다. 등지느러미는 누워 있었고 커다란 가슴지느러미는 넓적하게 퍼져 있었다.

그때쯤에야 노인은 고기의 눈을 볼 수 있었다. 그리고 고기의 주위를 헤엄치는 회색 빨판상어 두 마리도 보았다. 두 마리의 상어는 그 고기한테 달라붙어 있다가 어느 때는 떨어져 나오기도 했다. 아니면 큰 고기의 그늘에서 유유히 헤엄을 치기도 했다. 두 마리 다 길이가 3피트는 넘어 보였다. 빨리 헤엄칠 때는 몸 전체를 뱀장어처럼 세차게 움직였다.

노인은 땀을 흘리고 있었다. 비단 햇볕이 뜨거워서만이 아니었다. 고기가 조용히 차분하게 돌 때마다 그는 줄을 당겼다. 이제 두 번만 더 돌면 작살을 꽂을 수 있으리라고 확신했다. 그러나 더 가까이, 아주 바싹 끌어와야 한다. 그리고 머리에 작살을 꽂으려고 해선 안 된다. 단 한 번에 심장을 찔러야 한다.

"침착하게 굴어. 그리고 더욱 힘을 내, 늙은이."

예상대로 다음 회전 때 고기는 등을 물 밖으로 내밀었다. 그러나 거리가 좀 멀었다. 그다음 회전 때도 역시 너무나 멀었다. 그러나 물 밖으로 몸을 훨씬 더 많이 드러냈으므로 노인은 조금만 더 줄을 끌어 들이면 고기를 배에 나란히 댈 수 있을 거라는 확신이 생겼다.

그는 벌써부터 작살을 준비해 두었다. 작살에 달린 가는 밧줄을 감아 놓은 사리는 둥근 광주리 안에 담아 두었고, 끝은 뱃머리의 말뚝에 단단히 매어 놓았었다.

고기는 이제 원을 그리며, 그리고 커다란 꼬리를 움직이며 다가오고 있었다. 노인은 고기를 배 가까이 몰아오려고 있는 힘을 다해 끌어당겼다. 고기는 잠깐 배를 드러내더니 약간 뒤뚱거렸다. 그러나 잠시 후 몸을 바로 하더니 다시 회전하기 시작했다.

"저것 봐. 내가 녀석을 움직이게 했어. 내가 움직이게 해서 배를 드러냈던 거야."

노인은 또다시 현기증이 났으나 있는 힘을 다해 고기를 붙잡았다. 내가 녀석을 움직이게 했다. 아마 이번에는 끝장을 낼 수 있을 거야. 손아, 끌어당겨라. 그는 간절한 마음으로 중얼거렸다. 다리야, 버텨라. 머리야, 날 위해 견뎌 다오. 제발 여기서 정신을 차려. 정신을 잃는 일은 없어야 한다구. 이번에는 틀림없이 고기를 끌어 보자.

그러나 온 힘을 기울여서 고기를 끌어당기려고 했지만, 고기는 약간 뒤뚱거렸을 뿐 이내 자세를 바로잡고 헤엄쳐 나갔다.

"고기야. 고기야, 너는 어차피 죽어야 하지 않니. 나마저 죽을 필요가 있겠냐?"

만약 그렇게 된다면 아무것도 소용이 없을 것이다, 하고 노인은 생각했다. 입이 말라서 소리 내어 말을 할 수도 없었으나, 이젠 물 있는 데까지 갈 힘도 없었다. 이번에는 틀림없이 뱃전으로 끌어와야 해. 녀석이 계속 돈다면 내 몸은 온전치 못할 거야. 아니, 그래도 괜찮을 거야, 언제까지나 괜찮을 거야. 노인은 중얼거렸다.

또다시 고기가 회전을 시작했다. 노인이 거의 고기를 잡을 뻔했다. 그러나 또다시 고기는 자세를 바로잡고 유유히 헤엄쳐 나가 버렸다.

네가 나를 죽이는구나. 고기야, 너에게는 충분히 그럴 권리가 있어. 나는 일찍이 너처럼 크고 아름답고 침착하고 위엄이 있는 고기를 본 적이 없거든. 그래서 네가 날 죽인다 해도 조금도 서운할 것 같지가 않다. 내 형제여, 자, 어서 와서 날 죽여, 누가 누구를 죽이건 상관없다.

이제 머릿속이 혼미해지고 있구나, 하고 노인은 생각했다. 머리를 좀 식혀야지. 머리를 식히고, 끝까지 남자답게 고통을 견디어 내도록 온갖 지혜를 모아 보자. 저 고기처럼이라도 말이다, 하고 그는 생각했다.

"정신 차려라, 머리야."

자기 귀에도 거의 들리지 않을 정도의 목소리였다.

"정신 차려!"

고기는 이후로도 두 번이나 더 회전을 했다. 이젠 더 이상 모르겠다, 하고 노인은 생각했다. 그는 의식을 잃고 기절할 것 같은 상태에 빠졌다. 뭐가 뭔지 모르겠다. 그러나 다시 한 번만 더 해 보자.

그는 한 번 더 힘을 써 보았다. 마침내 고기가 뒤뚱거렸고, 순간 그 자신도 아찔했다. 고기는 다시 몸을 바로 일으켜 큰 꼬리를 허공에 휘두르면서 유유히 헤엄쳐 가 버렸다.

또다시 한 번 더 해 보겠다고 노인은 결심했다. 그러나 이제 두 손의 맥이 풀렸고, 눈도 침침해져서 보일락 말락 했다.

다시 한 번 해 보았으나 마찬가지였다. 역시 같군, 하고 그는 생각했다. 그리고 또 한 번 시작하기도 전에 의식이 희미해지는 것을 느꼈다. 한 번 더 해 보자.

노인은 모든 고통과 자신에게 남은 온 힘과 과거의 긍지까지 다 동원해 고기에 맞섰다. 마침내 고기는 주둥이를 뱃전에 닿을락 말락 하면서 노인의 곁으로 유유히 헤엄쳐 오더니 그대로 배를 스쳐 지나가기 시작했다. 길이가 길고 높고, 넓은, 자줏빛 줄무늬가 보였다. 그리고 온몸이 온통 은빛으로 보이던 그 무한히 큰 고기가 배를 지나쳐 가기 시작한 것이다.

노인은 손으로 잡고 있던 낚싯줄을 발로 밟은 후 작살을 높이 쳐들어 온 힘을 다해 고기의 옆구리를 찔렀다. 작살은 노인의 가슴팍 높이까지 허공에 솟은 커다란 가슴지느러미 바로 뒤에 박혔다. 쇠작살이 고기의 배를 뚫고 들어가는 것을 느끼면서 노인은 작살에 몸을 기댔다. 그리고 작살이 더 깊이 박히도록 온몸의 체중을 작살에 실었다.

그런데 고기는 치명상을 입고도 아직 팔팔한 기운을 보였다. 그리고 엄청나게 길고 널따란 몸뚱이의 힘차고 아름다운 모습을 과시하면서 물 위로 높이 솟구쳐 올랐다. 고기는 배 안에 서 있는 노인의 머리 위까지 올라가 그대로 공중에 떠 있는 듯하더니 잠시 후 요란한 소리를 내며 물속으로 떨어졌다. 그 바람에 노인의 몸과 배는 흠뻑 물보라를 맞고 말았다.

노인은 현기증이 나서 의식이 가물거리고 앞도 잘 보이지 않았다. 그는 껍질이 벗겨져 생살이 드러난 양손을 이용해 작살의 밧줄을 천천히 풀어 주었다. 시력이 돌아와 주위를 보니 고기가 은빛 배를 드러내고 뒤집혀 있었다. 작살 자루가 고기의 어깨에 비스듬히 꽂혀 있었고, 바닷물은 고기의 심장에서 흘러나온 피로 붉게 물들고 있었다. 처음에는 1마일 정도의 깊은 물속에 있는 고기 떼처럼 시커멓게 보이더니, 곧 구름장처럼 넓게 퍼져 나갔다. 고기의 몸뚱이는 은빛으로 빛나며 조용히 물결 속에 떠 있었다.

노인은 희미한 눈으로 그 광경을 바라보다가 작살 줄을 말뚝에 두 번 감아 놓고는 양손에 얼굴을 파묻었다.

"정신 똑똑히 차려라."

그는 뱃머리의 널빤지에 기대면서 자신을 다그쳤다.

"나는 지쳐 버린 늙은이야. 하지만 내 형제와도 같은 이 고기를 죽였다. 그러니 이제는 뒤처리 노역이 남아 있다는 걸 잊으면 안 돼."

고기를 배에 묶을 수 있도록 올가미와 밧줄을 준비해야지. 설사 지금 당장 이 배에 두 사람이 있다 해도 저 고기를 배에 싣는 건 불가능한 일이니까. 고기를 배 가까이 끌어와서 밧줄로 잘 묶은 다음, 돛대를 세우고 돛을 펴서 집으로 가야 되겠다.

그는 고기의 아가미에서 입으로 줄을 꿰어 뱃머리에 대가리를 나란히 비끄러매기 위해 고기를 뱃전까지 끌어들이기 시작했다. 순간 그는 저 몸뚱이를 만지거나 더듬어 보고 싶다고 생각했다. 고기가 내 재산이 되었다. 하지만 단지 그 때문에 만져 보고 싶은 건 아니야. 조금 전에 심장을 만져 본 것 같은 생각이 들었기 때문이지. 두 번째 작살 자루를 박아 넣을 때 말이야. 자, 이제 고기를 끌어당겨 비끄러매자. 꼬리와 허리에 올가미를 하나씩 걸어야 한다.

"늙은이, 어서 일을 시작하시지."

그는 그렇게 말하면서 물을 조금 마셨다.

"싸움이 끝났으니 이젠 뒤치다꺼리만 남았다."

그는 하늘을 쳐다본 후 다시 고기를 바라보았다. 해를 살펴보고 정오가 지난 지 얼마 안 된 모양이군, 하고 생각했다. 무역풍이 불어오고 있었다. 낚싯줄은 이제 아무래도 상관없었다. 집으로 돌아가서 소년하고 둘이 앉아 새로 꼬아 이으면 될 테니까.

"이리 오너라, 고기야."

그렇게 말했지만 고기는 쉽사리 끌려오지 않았다. 그냥 바닷물에 둥둥 떠 있었다. 노인은 노를 저어 고기 곁으로 다가갔다.

노인은 고기 옆으로 가서 고기 머리를 뱃머리에다 대었다. 그러나 그때까지도 그 크기를 도저히 믿을 수가 없었다. 그는 고기의 크기에 다시 한 번 놀라면서도 자신이 해야 할 일을 차근차근 진행시켰다. 우선 말뚝에서 작살 밧줄을 풀어서 고기의 아가미를 통해 턱으로 빼낸 뒤 칼처럼 뾰족한 부리를 한 번 감아서 다른 쪽 아가미로 빼냈다. 그것을 다시 한 번 부리에다 감아서 양 끝을 매듭지은 뒤 뱃머리에 있는 말뚝에다 단단히 비끄러매었다. 그러고 나서는 밧줄을 끊어 냈다. 이젠 꼬리에 올가미를 씌우는 일이 남았다. 그는 고물 쪽으로 갔다. 고기는 본래의 색깔인 자줏빛과 은빛으로 변해 갔다. 줄무늬는 꼬리와 마찬가지로 엷은 보랏빛이었는데, 손가락을 쫙 편 것보다도 넓었다. 고기의 눈은 잠망경의 렌즈처럼 보였고, 눈빛은 행렬 속의 성인상처럼 초연해 보였다.

고기를 죽이자니 그럴 수밖에 없었어, 하고 노인은 중얼거렸다. 물을 조금 마시자 기분이 좀 나아졌다. 의식을 잃지는 않을 것 같았다. 머리도 개운했다. 저 정도라면 1,500파운드는 넘겠다고 그는 생각했다. 아니, 훨씬 더 넘을지도 모르지, 내장을 빼내고도 약 3분의 2가 남을 텐데, 파운드당 30센트씩 받는다면 모두 얼마나 될까?

계산하려면 연필이 있어야겠는걸. 지금 내 머리는 그 정도로 맑지 못해. 그러나 오늘은 저 훌륭한 디마지오 선수와 비교해도 결코 부끄럽지 않을 것 같아. 디마지오처럼 발뒤꿈치 뼈가 아팠던 건 아니지만 두 손과 등이 정말 많이 아팠으니까. 그런데 뒤꿈치 뼈 타박상이란 어떤 것일까. 어쩌면 우리 자신도 모르는 사이에 그 병을 앓고 있는지도 모르지.

그는 그 큰 고기를 뱃머리와 고물, 그리고 배 허리께에 단단히 비끄러매었다. 고기가 어찌나 큰지 조각배 옆에 큰 배 하나를 달고 가는 것 같았다. 노인은 마지막으로 밧줄을 한 가닥 끊어서 고기의 입이 벌어지지 않도록, 아래턱을 부리에 갖다 대고 묶어 놓았다. 될 수 있는 대로 배를 미끄럽게 저어 갈 수 있도록 하기 위한 조치였다. 다음에는 돛대를 세우고 갈고릿대와 가름대 등 장비를 정리한 뒤, 조각조각 기운 돛을 폈다. 마침내 배가 움직이기 시작했다. 노인은 고물에 반쯤 드러누워 남서쪽으로 방향을 잡았다.

노인은 나침반이 없어도 서남쪽이 어느 방향인가를 알 수 있었다. 필요한 것은 무역풍의 촉감과 돛이 팽팽하게 당겨지는 모습뿐이었다. 이제는 가는 낚싯줄을 이용해 뭐든 먹을 것을 낚아 보도록 하자. 그리고 목도 축여야지. 그러나 미끼 낚시는 보이지도 않았고 미끼로 쓸 정어리마저 상해 있었다. 할 수 없이 누런 모자반류 해초가 한 조각 지나가는 것을 갈고리로 건져서 털어 보았다. 그러자 그 속에 있던 잔새우가 뱃바닥으로 떨어졌다. 그중 서너 마리는 그래도 꽤 먹을 만해 보였다. 새우들은 노인의 발밑에서 모래벼룩처럼 팔딱팔딱 튀어 올랐다. 노인은 엄지와 검지를 이용해 새우의 머리를 따 낸 뒤 껍질이며 꼬리까지 죄다 씹어 먹었다. 아주 조그마한 새우였지만 노인은 그것들이 영양이 풍부하고 맛도 좋다는 것을 알고 있었다.

물병에는 아직 물이 두 모금쯤 남아 있었다. 노인은 새우를 먹고 나서 물을 한 모금 마셨다. 무거운 짐을 실었는데도 배는 잘 달리고 있었다. 그는 키의 손잡이로 배의 방향을 조종했다. 고기가 잘 보였다. 노인은 상처투성이의 두 손을 보고 배에 닿은 등의 아픔을 느끼고서야 비로소 이것이 꿈이 아니라는 것을 깨달았다. 고기와의 싸움이 끝나 갈 무렵에는 너무 고통스러워서 아마 꿈일 거라고 생각하기도 했었던 것이다. 그래서 고기가 물 밖으로 튀어 올라 바다로 떨어지기 직전 공중에 잠시 떠 있을 때도 참 이상한 광경이라고 여겼고 도저히 믿을 수가 없었던 것이다. 지금은 다시 전처럼 시력이 회복되었지만, 그때는 아무것도 잘 보이지 않았다.

이제 눈앞에 고기가 있었고, 손과 등이 아픈 것도 꿈이 아니었다. 손의 상처도 얼마 안 가서 나을 것이라고 그는 생각했다. 소금물에 담그면 금방 낫게 될 것이다.

바로 이 깊은 바닷속의 검푸른 물이 우리 같은 어부들에게는 제일 잘 듣는 약이지. 이제 내가 할 일은 머리를 맑게 식히는 것뿐이다. 두 손이 제 구실을 잘해 주었고, 배도 잘 달리고 있다. 고기도 입을 꼭 다물고 꼬리를 아래위로 흔들면서 형제처럼 사이좋게 동행하고 있었다. 그 순간 노인의 정신이 흐려지기 시작했다. 가만, 그런데 지금 고기가 나를 데리고 가는 건가, 아니면 내가 고기를 데리고 가는 건가? 내가 고기를 뒤에 매달아 끌어가고 있다면 문제는 없다. 또 만일 고기가 배 안에 실려 있다면 그 역시 문제는 없다. 그러나 노인은 그들이 한데 묶여서 나란히 나아가고 있다는 생각이 들었다. 그러다가는 문득 '고기가 끌고 가겠다면 가라지'라는 생각도 했다. 내가 저 고기보다 좀 낫다는 것은 꾀가 있다는 것뿐인데 고기는 나를 전혀 해치려고 하지도 않았거든.

배는 순조롭게 나아갔다. 노인은 짠물에 손을 담근 채 정신을 차리려고 애를 썼다. 하늘에 떠 있는 뭉게구름과 새털구름으로 보아 밤새도록 미풍이 계속해서 불 것 같았다. 노인은 자신이 고기를 잡았다는 것이 믿기지 않아 줄곧 고기를 바라보고 있었다. 그로부터 한 시간이 지난 후, 첫 번째 상어가 고기를 공격해 왔다.

상어의 습격은 우연한 일이 아니었다. 고기의 시커먼 피가 1마일 깊이 아래까지 내려가자 피 냄새를 맡은 상어가 푸른 수면을 박차고 물 위로 솟아오른 것이다. 그러고는 다시 물속으로 들어가서 피 냄새를 쫓아 배와 고기가 지나온 길을 따라왔던 것이다.

상어는 때때로 냄새를 놓치기도 했다. 그러나 다시 냄새를 찾아냈고 그 흔적을 재빨리 따라왔다. 그놈은 바다에서 가장 빨리 헤엄칠 수 있다고 알려진 덩치가 큰 마코상어(청상아리)였다. 그 상어는 흉악한 주둥이만 아니라면 몸 전체가 아름다운 편이었다. 등은 황새치처럼 푸른빛이었고, 배는 은빛이며 껍질은 매끈하고 아름다웠다. 빨리 헤엄칠 때는 커다란 주둥이를 꽉 다물고 있어서 꼭 황새치같이 보였다. 상어는 바로 수면 아래에서 높은 등지느러미를 꼿꼿이 세운 채 노인의 배를 뒤쫓고 있었다. 꽉 다문 주둥이 속에는 각각 여덟 개씩 나 있는 이빨이 죄다 안으로 굽어져 있을 것이다. 그것은 대부분의 상어 이빨처럼 피라미드형이 아니라 마치 사람의 손가락을 매의 발톱처럼 오그렸을 때의 모양과 같았다. 이빨의 길이는 거의 노인의 손가락 정도이고, 양쪽 끝이 면도날처럼 날카로웠다. 바다에 사는 어떤 고기라도 잡아먹을 수 있도록 생긴 이빨인 것이다. 게다가 놈은 매우 빠르고 힘세고 무장이 잘되어 있어서 당해 낼 고기가 없었다. 바로 그 공포의 상어가 신선한 피 냄새를 맡자 전속력으로 쫓아온 것이다.

노인은 상어가 다가오는 것을 보고 이놈이 무서워하는 것 없이 저 하고 싶은 대로 하고야 마는 놈이라는 것을 대번에 알아챘다. 그는 상어의 동태를 지켜보면서 작살을 준비하고 거기에 밧줄을 단단히 묶었다. 그런데 고기를 비끄러매느라 밧줄을 잘라 쓴 탓으로 밧줄이 짧았다.

노인은 정신이 또렷해졌다. 각오를 단단히 하기는 했으나 희망은 거의 없었다. 좋은 일은 오래가지 않는 법이야. 노인은 중얼거리면서 상어와 자신이 잡은 큰 고기를 한 번 쳐다보았다. 차라리 꿈이라면 싶었다. 상어를 때려잡지 않고선 그놈의 공격을 도저히 막을 수 없었다. 덴투소(큰 이빨이 고르지 않은 상어의 일종)란 놈, 이 망할 놈의 자식아.

상어가 고물에 바싹 따라붙어 드디어 고기에 덤벼들었을 때 노인은 상어가 벌린 입과 이상한 눈깔, 그리고 고기의 꼬리 바로 위의 살을 찰칵 소리를 내며 이빨로 물어뜯는 것을 보았다. 잠시 동안 상어의 머리가 물 위로 떠오르고 등까지 솟아오르더니 다음 순간 고기의 가죽과 살이 물려 뜯기는 소리가 들렸다. 바로 그때 노인은 상어의 머리 위로 작살을 던져 두 눈을 잇는 선과, 코 위로 똑바로 올라간 선이 교차되는 지점에 작살을 꽂았다. 상어 머리에 실제로 그런 선이 있는 건 아니었다. 뾰족하고 푸른 큰 대가리와 커다란 눈깔, 뭐든지 찰칵찰칵 잘라 집어삼키는 주둥아리가 툭 튀어나와 있을 뿐이었다. 그러나 바로 그곳이 상어의 골이 있는 위치였기 때문에 노인이 그곳을 내리쳤던 것이다. 노인은 있는 힘을 다해서 피투성이가 된 손으로 작살을 내리쳤다. 희망은 없었지만 결의와 온전한 적의로 상어에게 작살을 꽂았다.

상어가 몸을 뒹굴었다. 이미 상어의 눈빛에서 생기가 가시고 있었다. 상어는 한 바퀴 더 뒹굴어 두 바퀴나 밧줄에 몸을 감았다. 노인은 상어가 죽은 것을 알았으나 상어는 그 사실을 받아들이려 하지 않는 것 같았다. 거꾸로 뒤집혔음에도 불구하고 꼬리로 물을 후려치고 주둥이를 연속 찰칵거리면서 경주용 보트처럼 물을 헤치고 달렸다. 상어의 꼬리가 요동치는 바람에 온통 하얀 물보라가 튀었다. 그러고는 밧줄이 팽팽해지고 부르르 떨리더니 뚝 끊어졌다. 상어의 몸뚱이는 수면에 가만히 떠 있었다. 노인은 움직이지 않고 상어를 지켜보았다. 이윽고 상어는 천천히 물속으로 가라앉았다.

"저놈이 내 고기의 살을 40파운드는 족히 가져가 버렸어."

노인은 큰 소리로 말했다. 작살과 밧줄까지 가져가 버렸으니 어쩐다. 내 고기가 피를 흘리고 있는 한 다른 놈들이 또 나타나겠지.

노인은 물어 뜯겨 병신이 된 고기를 바라보고 싶지 않았다. 고기가 공격받고 있을 때 노인은 마치 자신이 공격을 받고 있는 것 같았다.

하지만 내 고기를 물어뜯은 상어를 죽였어. 그놈은 이제껏 내가 본 것 중에서 가장 큰 덴투소였어. 그전에도 덩치가 큰 놈을 많이 보아 왔지만.

행운이 오래갈 리가 있나, 하고 노인은 생각했다. 차라리 모든 게 꿈이었으면. 고기를 낚은 일 없이 침대에 혼자 누워 신문이나 보고 있었으면 좋았을걸.

"그러나 인간은 이 정도의 일에 지지 않아. 인간은 파멸할 수는 있어도 패배할 수는 없어." 하고 그는 말했다.

그래도 내가 고기를 죽인 건 미안한 일이야, 하고 그는 또 생각했다. 이제부터는 더 큰 시련이 닥쳐올 텐데, 나에게는 작살마저 없으니. 그 덴투소 상어는 잔인하고 유능한 데다 힘세고 영리한 놈이었어. 하지만 내가 그놈보다 더 영리했지. 아니, 내가 더 영리했던 게 아니라 내가 저들보다 무장이 잘되어 있었던 것뿐인지도 몰라.

"쓸데없는 생각일랑 말자, 이 늙은이야. 방향을 바꾸지 말고 이대로 가자. 가다가 난관이 닥치면 그대로 맞서 보자."

그는 큰 소리로 말했다.

그렇지만 생각을 안 할 수는 없었다. 남은 것이라고는 생각밖에 없으니까, 오직 그것하고 야구밖에. 내가 상어에게 작살을 꽂던 멋진 순간을 디마지오가 봤다면 어떻게 생각했을까? 뭐 그리 대단한 솜씨는 아니었지만. 사실 그건 누구나 할 수 있는 일이거든. 내 손의 상처가 그가 뼈를 다친 것만큼 불리한 조건이었을까? 알 수 없지. 전에 수영을 하다가 노랑가오리(색가오릿과의 바닷물고기. 꼬리에 있는 가시에 찔리면 몹시 아프고 찔린 부위를 절제해야 하는 수도 있음)를 밟고서 종아리가 마비되고 참을 수 없을 정도로 아팠던 것 말고는 뒤꿈치를 다쳐 본 적이 없으니까.

"이봐, 기왕이면 유쾌한 생각을 해 보지그래, 늙은이. 이제 시시각각 집이 가까워지고 있지 않나 말이야. 아까 40파운드의 고기를 잃었으니 배도 그만큼 가볍게 달리고 있고."

배가 조류의 안쪽으로 들어가면 어떤 일이 일어나리라는 것을 노인은 잘 알고 있었다. 그러나 지금 당장 어떻게 할 도리가 없었다.

"아니야, 반드시 다른 방도가 있을 거야." 노인은 큰 소리로 말했다.

"한쪽 노 끝에다 칼을 동여매 놓으면 되겠지."

그는 키 손잡이를 겨드랑이에 끼고 돛자락은 발로 누르고서 칼을 노에 비끄러맸다.

"자, 늙기는 했어도 이제 그런대로 무장이 된 셈이잖아."

미풍이 좀 세게 불어서 배가 곧잘 달렸다. 그는 고기의 앞머리만을 바라보기로 했다. 그러자 얼마쯤 희망이 생겼다.

희망을 버린다는 건 어리석은 일이라고 그는 생각했다. 심지어 그것은 죄라고까지 생각했다. 하지만 늙은이, 지금은 죄에 대해서는 생각하지 마라, 지금은 죄 말고도 얼마든지 생각해야 할 문제가 많다. 또한, 죄가 뭔지도 잘 모르겠다.

나는 죄가 뭔지도, 죄라는 게 있다고 믿고 있는지도 확실치 않다. 그 고기를 죽인 것은 아마 죄가 될 거야. 내가 살기 위해서, 또 여러 사람을 먹이기 위해서 그렇게 했다 할지라도 그것은 죄일 거야. 그러나 그렇다면 죄가 아닌 게 없을 테지. 아무튼 지금은 죄에 대해 생각하지 말자. 이제 와서 그런 생각을 하기에는 너무 늦었고, 또 돈을 받고 그러한 일을 해 주는 사람들도 있으니까. 그런 사람들이나 그런 것에 대해 실컷 생각하라지. 고기가 고기로 태어난 것처럼 너는 어부가 되려고 태어난 거야. 베드로 역시 디마지오 선수의 아버지처럼 어부였어.

노인은 자신과 관련된 모든 일을 생각했다. 노인에게는 읽을 것도, 라디오도 없었기 때문에 자연히 생각을 많이 했으며, 죄에 대해서도 계속해서 생각했다. 너는 다만 살기 위해서라든지 팔기 위해서 고기를 죽인 것은 아니다. 다만 긍지를 위해서, 또 어부이기 때문에 고기를 죽인 것이다. 너는 고기가 살아 있을 때도 사랑했고, 죽은 뒤에도 역시 사랑했다. 만약 진정 고기를 사랑한다면 죽이는 것은 죄가 아니다. 오히려 아니, 더 큰 죄악일까?

"늙은이, 자넨 생각이 너무 많군."

그는 소리 내어 말했다.

그러나 그 덴투소를 죽인 건 잘한 일이야. 그놈도 너처럼 산 고기를 먹고 살지. 어떤 상어들처럼 썩은 고기를 먹는 더러운 놈도 아니고 그저 걸신이 들려 돌아다니는 욕심꾸러기도 아니야. 그놈은 그런대로 멋있고 슬기도 있고 아무것도 겁내지 않는 고기지.

"나는 정당방위로 그 고기를 죽인 거야. 그것도 아주 멋지게 말이야."

게다가 실제로 세상의 모든 것들은 무슨 방법으로든 다른 것들을 죽이며 살아가고 있거든. 고기잡이가 내 목숨을 연명시켜 주는 것처럼 고기잡이를 하다 내가 죽을 수도 있는 거지. 내가 먹고살다니, 사실은 그 소년 아이가 나를 먹여 살리는 거지. 스스로를 기만해서는 안 된다고 그는 생각했다.

그는 뱃전으로 몸을 굽혀 상어가 물어뜯어 놓은 고기의 살점을 한 점 떼어 냈다. 그리고 그것을 씹으면서 고기의 질과 맛을 음미했다. 그 고기는 쇠고기처럼 살이 단단하고 물이 많았으나 붉지는 않았다. 힘줄도 없었다. 시장에서 최고가로 팔릴 만한 충분한 가치가 있었다. 그런데 냄새가 물속으로 퍼져 나가는 것만은 막을 도리가 없었다. 노인은 불길한 예감이 들었다. 무언가 불행한 일이 닥쳐오고 있음을 느낄 수 있었다.

여전히 미풍이 불었다. 동북쪽으로 약간 방향이 바뀌는 듯했으나 미풍이 잦아들 것 같지는 않았다. 노인은 멀리 앞을 내다보았다. 그러나 사방을 둘러보아도 돛도 선체도, 배에서 올라오는 연기 같은 것조차 보이지 않았다. 날치가 뱃머리 쪽에서 뛰어올랐다가 뒤로 빠져나가 버리고, 누런 해초 조각들만 무심하게 떠 있을 뿐이었다. 새 한 마리 보이지 않았다.

노인은 고물에 기대어 앉아 쉬면서 기운을 차리려고 애썼다. 이따금 마알린 고기를 씹으면서 두 시간 정도를 보냈을 때였다. 노인은 쫓아오던 상어 두 마리 중 앞의 놈을 보고야 말았다.

"아!"

노인은 큰 목소리로 말했다. 그건 도저히 다른 말로 옮길 수도 없는 그런 것이다. 한 사나이의 손바닥을 못이 꿰뚫고 나무에 박힐 때 저도 모르게 내뱉는 소리가 바로 그런 소리였을 것이리라.

"갈라노 상어구나."

하고 그는 소리쳤다. 노인은 앞선 놈 뒤에서 유유히 따라오고 있는 두 번째 놈의 지느러미도 보았다. 갈색 삼각형 지느러미와, 스치고 지나가는 꼬리의 동작으로 보아서 이놈들은 코가 삽같이 생긴 막상어 종류임에 틀림없었다. 그들은 피 냄새를 맡고 흥분되어 냄새를 쫓다가 놓치고 놓쳤다간 다시 쫓곤 하면서 줄기차게 다가오고 있었다.

노인은 돛을 비끄러매고 키의 손잡이도 끼워서 고정시켰다. 그러고는 끝에 칼을 옭아매 놓은 노를 쥐었다. 하지만 손이 아파서 제대로 움직일 수가 없었기 때문에 살며시 노를 쳐들었다. 손을 풀기 위해 손가락을 가볍게 폈다 오므렸다 했다. 그는 고통을 견뎌 내고, 또 뒤로 물러서지 않을 결심으로 두 손으로 노를 꽉 움켜쥐었다. 노인은 상어들이 다가오는 것을 지켜보았다. 이제 상어의 넓적하고 평평한, 삽처럼 뾰족한 머리도 보였다. 끝이 흰 넓은 가슴지느러미도 보였다. 놈들은 상어 중에서도 가장 가증스러운 상어였다. 이런 종류의 상어는 냄새가 고약하고, 산 것이나 죽은 것이나 가리지 않고 먹으며, 배가 고플 때는 심지어 노든지 키든지 마구 물어뜯기까지 했다. 해면에 잠들어 있는 거북이의 다리나 발을 잘라 먹는 것도 바로 이놈들이다. 배만 고프면 생선의 피 냄새나 비린내가 나지 않아도 사람에게 덤벼들기도 했다.

"야, 갈라노 상어야, 어서 오너라, 이놈들아."

상어가 다가왔다. 그러나 아까의 마코 상어와는 행동이 좀 달랐다. 한 놈이 몸을 돌리더니 배 밑으로 들어가 버려서 보이지 않았던 것이다. 그놈이 몸부림치며 고기를 물어뜯어 낼 때마다 배가 흔들리는 것을 느낄 수 있었다. 다른 한 놈은 가늘게 찢어진 눈으로 노인을 쳐다보고 있다가 반원형 주둥이를 크게 벌리며 쏜살같이 덤벼들었다. 그놈은 이미 물어뜯긴 자리를 집중적으로 공격했다. 갈색 정수리에서부터 골이 척추와 만나는 뒤통수에 이르기까지 줄이 선명하게 이어져 있었다. 노인은 노에 묶인 칼을 이용하여 그 부분을 냅다 찔렀다. 그런 다음 다시 고양이같이 생긴 상어의 누런 눈을 향해 칼을 내리꽂았다. 상어가 고기를 놓고 떨어져 나갔다. 우습게도 그놈은 죽으면서도 물어뜯은 고기를 삼키었다.

그러나 나머지 다른 한 놈은 여전히 고기를 물어뜯고 있었다. 살점이 뜯겨 나갈 때마다 배가 흔들렸다. 노인은 뱃전을 돌려서 상어를 물 밖으로 끌어내야겠다고 생각했다. 그리고 돛을 내려 버렸다. 상어가 나타났다. 그는 기회를 놓칠세라 뱃전에 몸을 기대고 찔렀다. 그러나 껍질이 단단해서 살만 찢어졌을 뿐 깊이 찔린 것 같지는 않았다. 너무 힘껏 찌르느라 손뿐만 아니라 어깨까지 아파 왔다. 그러나 상어는 또다시 머리를 쳐들고 쏜살같이 올라왔다. 상어의 코가 물 밖으로 나오더니 고기한테 달려들었다. 상어가 고기의 살점에 코를 박고 있을 때 노인은 평평한 정수리 한가운데를 겨냥하고 칼을 찔렀다.

계속해서 칼날을 뽑아서 다시 같은 곳을 찔렀다. 그래도 상어는 주둥이를 처박고 고기에 매달려 있었다. 이번에는 왼쪽 눈을 찔러 보았다. 여전히 상어는 떨어지지 않았다.

"이놈! 이래도 안 떨어져?"

노인은 최후의 일격을 가하듯 칼날로 척추골과 두개골 사이를 찔렀다. 이번에는 칼이 쉽게 들어갔다. 상어의 연골이 쪼개지는 것이 느껴졌다. 노인은 노를 뒤집어 칼날을 상어의 주둥이 속으로 집어넣고 벌렸다. 상어의 입속에서 칼날을 마구 후벼 대자 상어가 힘없이 떨어져 나갔다.

"어서 가라, 가 버려. 1마일쯤 깊은 바닷속으로 가라앉아서 먼저 간 네놈의 친구인지 엄마인지나 만나 봐라."

노인은 숨을 몰아쉬며 칼날을 닦고 노를 놓았다. 돛이 바람을 안고 있었다. 그 모양을 보면서 노인은 배의 방향을 제대로 잡았다.

"고기 살의 4분의 1이나, 그것도 제일 맛 좋은 부분을 뜯겼구나."

노인은 소리쳤다.

"차라리 이게 꿈이고 아예 고기를 잡지 않았었다면 좋으련만. 미안하다, 고기야. 결국은 모든 일을 그르치고 있구나."

그는 더 이상 말하지 않았다. 이제는 고기를 쳐다보기조차 싫었다. 너무 많은 피를 흘리고 물에 씻기고 불어서 고기의 색깔은 거울 뒷면의 탁한 은빛 같았다. 그래도 아직 그 줄무늬는 보였다.

"이렇게까지 멀리 나오지 말걸 그랬나 보다, 고기야. 그게 너를 위해서나 나를 위해서도 더 좋았을 텐데……. 미안하다, 고기야." 하고 그는 또다시 중얼거렸다.

자아 이제는 칼이 잘 묶여져 있나 살펴보고 끊어진 데가 없나 보자. 손도 제대로 쓸 수 있게 운동을 해 두어야지. 상어가 더 나타날 테니까.

노인은 노 손잡이에 칼이 잘 묶여져 있는지 살펴보다가 말했다.

"숫돌이 있으면 좋을 텐데. 숫돌을 가지고 나왔어야 했는데."

물론 그것 말고 다른 것들도 모두 가지고 나왔어야 했었어, 하고 노인은 생각했다. 그러나 지금 그런 생각을 하면 뭘 하나. 지금은 없는 걸 아쉬워 할 때가 아니야. 있는 것으로 무엇을 할 수 있는가를 생각하라고.

"충고는 잘하는군. 이제 듣는 것도 신물이 나네그려." 하고 그는 큰 소리로 말했다.

그는 키 손잡이를 겨드랑이에 끼고는 배가 앞으로 나아가는 대로 맡겨 놓고 두 손을 바닷물에 담그고 있었다.

"아까 마지막 놈이 얼마나 뜯어 먹었는지 모르겠군. 어쨌든 배는 훨씬 가벼워졌어."

노인은 물어뜯긴 고기의 아랫배에 대해서는 생각조차 하고 싶지 않았다. 상어가 덤벼들며 치받을 때마다 살점이 뜯겨 나갔을 것이고, 이제는 그 고기가 바다의 모든 상어들을 다 불러들일 만큼 바다에 널찍한 길을 닦아 놓았다는 것도 잘 알고 있었다.

이 고기는 한 사람이 겨우내 먹을 수도 있는 양이었는데, 하고 그는 생각했다. 하지만 지금 그런 생각은 하지 마라. 최대한 휴식을 취하면서 남은 고기나 지킬 수 있는 방도를 생각해 두자. 지금쯤 바다에 온통 고기 냄새가 퍼져 있을 텐데, 내 손에서 나는 피비린내쯤은 아무것도 아니다. 게다가 내 손은 피를 많이 흘린 것도 아니야. 상처도 걱정한 만큼 큰 게 아니고, 피를 흘렸으니 쥐도 나지 않을 거야.

뭐 또 생각할 게 없을까. 그는 생각해 보았다. 아무것도 없었다. 이제는 아무 생각도 말고 다음에 올 놈들이나 기다려야 한다. 정말 이것이 꿈이라면 좋겠다. 그러나 모를 일이다. 혹시 좋은 결과를 얻게 될지.

그다음에 나타난 놈은 코가 납작한 막상어 한 마리였다. 이놈은 마치 돼지가 여물통에 덤벼들듯 달려들었다. 노인은 그놈이 고기를 물게 놔두었다가 노에 비끄러맨 칼로 단 한 번에 골통을 찔렀다. 그러나 상어가 몸통을 뒤집으며 튕겨 나갔기 때문에 칼날이 부러지고 말았다.

노인은 앉아서 노를 잡았다. 노인은 그 커다란 상어가 물속으로 천천히 가라앉는 모습을 쳐다보지도 않았다. 처음에는 살아 있을 당시의 크기에서 조금 작아지고 그러다가 아주 작아지면서 천천히 가라앉는 모습을 보면 언제나 황홀하곤 했었는데, 그러나 이젠 아무런 흥미도 느껴지지 않았다.

"아직 갈고릿대가 남아 있어. 그러나 그것만으로는 별 소용이 없을 거야. 그래도 아직 노가 두 개에다, 키 손잡이와 짤막한 몽둥이가 하나 있으니까 괜찮을 거야."

이젠 내가 저놈들한테 당하고 마는구나, 하고 그는 생각했다. 몽둥이로 상어를 때려잡기엔 내가 너무 늙었다. 하지만 나한테 노와 짧은 몽둥이, 키 손잡이가 있는 한은 끝까지 싸워 볼 게다.

노인은 다시 두 손을 바닷물에 담갔다. 날은 점점 저물어 갔고 바다와 하늘밖에는 아무것도 보이지 않았다. 하늘에는 아까보다 바람이 더 세게 일고 있었다. 곧 육지가 보였으면, 하고 그는 생각했다.

"자네는 지쳤군, 늙은이. 정말 속속들이 지쳤어."

해가 지기 바로 직전에 상어 떼가 다시 덤벼들었다. 노인은 바다에 남긴 고기의 흔적을 뒤따라오는 상어의 갈색 지느러미를 보았다. 놈들은 냄새를 찾아서 이리저리 몰리지도 않았다. 서로 나란히 헤엄치며 똑바로 배를 향해 달려왔다.

노인은 손잡이를 끼우고 돛을 비끄러매었다. 그리고 고물 밑창에서 몽둥이를 꺼냈다. 그것은 부러진 노를 약 2피트 반의 길이로 자른, 노 손잡이로 만든 몽둥이였다. 손잡이가 달려 있기 때문에 한 손으로도 효과적으로 쓸 수 있었다. 노인은 그것을 오른손으로 꽉 쥐고는 손목 관절을 구부렸다 폈다 하면서 상어들이 오는 것을 지켜보았다. 둘 다 갈라노 상어였다. '첫 번째 놈이 고기를 물면 콧등이나 정수리를 겨냥하고 쳐야지'라고 그는 생각했다.

상어 두 마리가 서로 바싹 붙어 왔다. 노인 가까이에 있는 상어가 고기의 은빛 배에다 주둥이를 처박는 것을 보고 노인은 몽둥이를 높이 들고 상어의 정수리를 힘껏 내리쳤다. 몽둥이가 고무에 부딪힐 때의 느낌이 전해져 왔다. 그러나 뼈에 부딪친 듯한 딱딱한 느낌도 들었다. 상어가 고기한테서 미끄러져 나가려 할 때 노인은 다시 한 번 콧잔등을 세차게 갈겼다.

다른 한 놈은 물속으로 들락날락하더니 주둥이를 다물고 나타났다. 상어의 주둥이 양옆으로 허옇게 살점이 삐져나온 것이 보였다. 노인은 몽둥이를 휘둘러 놈의 머리를 쳤다. 그러나 상어는 노인을 경계하면서도 다시 고깃점을 물어뜯었다. 상어가 그 살점을 삼키려고 빠져나올 때 노인도 다시 몽둥이를 휘둘렀다. 그러나 단단한 고무 같은 곳을 내리쳤을 뿐이었다.

"오너라, 이놈 갈라노야. 또 한 번 달려들어 봐."

상어가 쏜살같이 달려들었다. 그 순간 노인은 고기를 문 놈의 주둥이를 몽둥이로 내리갈겼다. 그것도 아주 호되게, 될 수 있는 대로 몽둥이를 높이 쳐들었다가 내려쳤다. 이번에는 골통 밑바닥 뼈에 몽둥이가 닿는 것이 느껴졌다. 그래서 상어가 살점을 천천히 뜯고 떨어져 나갈 때 또 한 번 같은 곳을 후려쳤다.

노인은 상어가 또다시 덤벼드나 살펴보았으나 둘 다 보이지 않았다. 그런데 다음 순간, 한 마리가 빙빙 돌면서 물 위를 헤쳐 오는 것이 보였다. 다른 한 마리의 지느러미는 아직 보이지 않았다.

놈들을 때려서 죽일 수 있다고는 생각지 말아야겠다고 노인은 마음먹었다. 물론 한창때라면 죽일 수도 있었을 테지만. 그러나 두 놈 다 몹시 심한 상처를 입었으니 기분은 좋을 수 없겠지. 두 손으로 방망이를 쓸 수만 있었다면 첫 번째 놈은 확실히 죽일 수 있었을 텐데. 아니 지금이라도 당장 그렇게 할 수 있는데.

그는 완전히 고기를 외면하다시피 했다. 이미 반은 뜯겼음을 알 수 있었다. 노인이 상어와 싸우는 동안 해가 졌다.

"곧 어두워지겠군. 그럼 아바나의 불빛도 보이겠지. 지금 내 위치가 너무 동쪽으로 나왔다면 낯선 해안의 불빛이라도 보일 테고."

'거리상으로 짐작해 보아도 해안에서 그리 멀지는 않을 텐데'라고 그는 생각했다. 아바나에 있는 사람들이 너무 걱정들을 안 했으면 좋겠는데, 물론 그 아이만은 걱정하고 있을 거야. 그러나 그 애는 끝까지 믿고 자신을 가질 거야. 그는 진심으로 그렇게 생각했다. 나는 인심 좋은 마을에서 살고 있으니까.

고기가 너무 심하게 뜯겨 버려서 더 이상 고기를 상대로 말을 할 수도 없었다. 그때 문득 어떤 생각이 머리에 떠올랐다.

"반쪽 고기야." 하고 그는 입을 열었다.

"너도 어엿한 고기였는데 이렇게 되고 말았구나. 내가 너무 먼바다로 나왔던 게 실수였어. 내가 우리 둘 모두를 망쳐 놓았구나. 그러나 너하고 나하고 둘이서 꽤 많은 상어를 죽였어. 바로 너하고 나하고 말이다. 여러 놈에게 상처도 입혔고 말이야. 고기야, 너는 그동안 몇 마리나 죽였니? 네 머리에 있는 그 창날 같은 부리를 쓸데없이 달고 다닌 건 아니겠지?"

노인은 고기에 관해 생각하는 것이 즐거웠다. 만일 이 고기가 지금도 자유롭게 바닷속을 헤엄쳐 다니고 있다면 상어와 어떻게 싸울 것인가. '이럴 줄 알았으면 아까 상어와 싸우도록 주둥이에 맨 밧줄을 끊어 버릴걸' 하는 생각도 들었다. 그러나 노인에게는 도끼도, 칼도 없었다.

도끼나 칼을 잘라 노 손잡이에다 비끄러맬 수만 있다면 훌륭한 무기가 될 텐데. 그러면 우리 둘이서도 얼마든지 상어하고 싸울 수 있을 텐데. 만약 한밤중에 상어가 덤벼들면 어떻게 하지? 그땐 어떻게 해야 한단 말인가?

"싸우는 거야. 죽을 때까지 싸우겠어." 하고 노인은 말했다.

그러나 이제 날은 어둡고 사방 어디에도 환한 빛은 없었다. 바람이 불고 있었고, 그 바람이 꾸준히 배를 끌고 가고 있을 뿐이었다. 그는 자신이 이미 죽은 게 아닌가, 하는 느낌마저 들었다. 그는 두 손을 모아 쥐고서 손바닥을 만져 보았다. 손은 아직 죽지 않아서 그저 손을 폈다 오므리면서 희미하게 남아 있는 생명의 고통을 의식할 수 있었다. 그는 자신의 등을 고물에 기대어 보고서야 자기가 죽지 않았다는 것을 알았다. 그의 두 어깨가 그걸 말해 주고 있었다.

만일 고기를 잡기만 하면 기도를 드리겠다고 약속했었는데, 하고 그는 생각했다. 그러나 지금은 너무 지쳐서 기도조차 할 수가 없다. 일단 부대를 가져다 어깨를 덮는 것이 좋겠어.

그는 고물에 누워서 키를 잡았다. 그리고 하늘이 밝아 오기만을 기다렸다. 고기는 아직 반이 남아 있다. 요행히 앞쪽의 반이라도 가지고 돌아갈 수 있을지 모르겠다. 그나마 운이 조금은 있을 테지. 아니야, 불현듯 그는 다시 중얼거렸다. 내가 너무 멀리 나갔기 때문에 내 행운은 사라져 버린 거야.

"어리석은 생각은 그만둬. 정신 똑바로 차리고 키나 잡고 있도록 해. 아직 행운이 남아 있는지도 모르잖아." 하고 그는 큰 소리로 말했다.

"어디 행운을 파는 곳이 있다면 지금 당장 가서 좀 샀으면 좋겠는데." 하고 그는 또 말했다.

'하지만 무엇으로 사 오지?' 하고 그는 자신에게 다시 반문했다. 잃어버린 작살과 부러진 칼과 못쓰게 된 이 두 손으로 도대체 무엇을 사 올 수 있단 말인가?

"살 수 있을지도 모르는 일이야. 바다에서 84일이나 허송세월하는 걸로 값을 치르고 행운을 사려고 했지. 그리고 행운이 막 팔려 올 것처럼 될 뻔하지 않았는가."

쓸데없는 생각은 하지 말자고 그는 생각했다. 행운이란 여러 가지 형태로 찾아오는 것인데 누가 그것을 미리 알 수 있을 것인가. 그렇지만 나는 행운이 어떤 형태로 오든 그것을 좀 갖고 싶다. 그리고 행운이 요구하는 값을 치르고 싶다. 어서 환한 불빛이 보였으면 좋으련만. 이봐, 늙은이, 자네는 한꺼번에 너무 여러 가지를 바라는군. 그러나 내가 당장 바라는 것은 바로 그것이다. 노인은 좀 더 편한 자세로 키를 잡으려고 애썼다. 아픔이 느껴지자 그는 자기가 죽지 않았다는 것을 확신했다.

밤 열 시쯤 되었을 때 도시의 불빛에서 반사된 빛이 보였다. 처음에는 달이 뜨기 전 하늘이 약간 밝아진 것처럼 겨우 알아볼 수 있는 정도였다. 그러더니 바람이 점점 강해지고 파도가 일었다. 마침내 대양 저 건너편에 불빛이 보였다. 그는 빛의 안쪽을 향해 키를 돌리며 이제 곧 물가에 닿게 되리라고 생각했다.

'이제 모든 것이 끝났구나'라고 그는 생각했다. 하지만 그래도 아직 안심할 수는 없다. 상어가 또다시 공격해 올지 모른다. 만약 상어가 오면 무기도 없이 컴컴한 데서 무엇을 어떻게 할 수 있겠는가?

노인은 온몸이 뻣뻣해지는 것을 느꼈다. 몸 구석구석이 고통스럽게 쓰라렸다. 상처와 함께 몸의 모든 긴장했던 부분이 풀어지면서 차가운 밤공기로 인해 통증이 심해졌다. 이제 다시는 싸우지 않아도 된다면 얼마나 좋을까.

그러나 자정께 이르러 노인은 또 싸워야만 했다. 이번에는 싸움이 아무 소용없다는 것을 알았다. 상어가 떼를 지어 몰려왔는데, 지느러미가 해면에 긋는 선과 고기한테 덤벼들 때의 인광만이 보였다. 노인은 몽둥이로 상어의 머리를 후려갈겼다. 수시로 살점을 뜯어 먹는 소리가 들렸으며, 배 밑에 있는 놈이 고기를 물어뜯을 때마다 배가 흔들흔들했다. 그는 몽둥이로 어디쯤이라고 짐작되는 곳과 소리 나는 곳을 필사적으로 후려쳤다. 그러다 마침내는 몽둥이마저 빼앗기고 말았다.

그는 키에서 손잡이를 떼어 냈다. 그리고 그것을 두 손으로 움켜잡고는 상어들을 몰아내기 위해 정신없이 두들겨 팼다. 그러나 상어들은 이제 뱃머리 쪽으로 몰려가더니 서로 번갈아 가며, 또는 한꺼번에 덤벼들어 고기의 살점을 뜯어내는 것이었다. 그들이 또 한 번 몰려오려고 한바퀴 돌 때 노인은 바다 밑에서 고기의 살점들이 빛나는 것을 보았다.

마지막으로 한 놈이 고기를 향해서 덤벼들었다. 이제 노인은 모든 것이 끝난 것을 알았다. 그놈은 뜯기지 않는 고기 머리까지 물고 늘어졌다. 노인은 상어의 머리를 향해 키 손잡이를 휘둘렀다. 한 번, 두 번, 또 한 번 휘둘러 쳤다. 키 손잡이가 부러지는 소리가 들렸다. 노인은 내친 김에 부러진 손잡이 끝으로 상어를 찔렀다. 노 끝이 둔탁하게 상어의 몸통을 뚫고 들어가는 것이 느껴졌다. 끝이 뾰족한 것은 틀림없었다. 그래서 다시 한 번 찔렀다. 상어는 물었던 것을 놓고 맥없이 떨어져 나갔다. 그것이 몰려든 상어 떼 중 마지막 놈이었다. 고기는 더 이상 먹을 것이 없었던 것이다.

노인은 이제 거의 숨을 쉴 수가 없었다. 입속에서 이상한 맛을 느꼈다. 그것은 구리쇠 같은 맛이었는데, 갑자기 입이 달아서 잠시 겁이 났다. 그러나 양이 많지는 않았다. 그는 그것을 바다에다 뱉어 버리고 나서 말했다.

"이거나 먹어라. 갈라노 자식들아. 그리고 사람 죽인 꿈이나 꿔라."

노인은 마침내 자신이 완전히 지고 말았다는 것을 알았다. 배의 고물로 돌아가 살펴보았더니 부러진 손잡이 끝이 키 구멍에 그런대로 맞아서 키질을 하기에 적당했다. 그는 어깨 위에 부대를 두르고 진로를 바로잡았다. 배는 이제 아주 가볍게 달렸다. 그는 아무 생각도 느낌도 없었다. 이제 모든 것이 다 지나가 버렸다. 그는 어서 빨리 내항^(內港)으로 돌아가기 위해 될 수 있는 대로 기민하게 배를 몰고 갔다. 잠시 후에 상어 떼가, 식탁에 남은 찌꺼기를 주우려는 사람처럼 다시 고기의 잔해를 향해 덤벼들었다. 그러나 노인은 더 이상 신경 쓰지 않았다. 키를 잡는 일 외에는 이제 모든 일에 무관심해져 있었다. 무거운 짐이 없어 배가 가볍게 잘 달린다는 것을 느낄 뿐이었다.

배는 무사하다고 그는 생각했다. 배는 온전했다. 키 손잡이 이외에는 아무 이상이 없었다. 키 손잡이쯤은 쉽게 바꿔 달 수 있었다.

노인은 이제 조류의 안쪽으로 들어왔다고 느꼈다. 해안을 따라 늘어선 해변 마을의 불빛이 보였다. 그는 자신이 어디쯤 와 있는지를 알게 되었다. 집으로 돌아가는 것은 이제 조금도 힘든 일이 아니었다.

역시 바람은 우리의 진실한 친구야, 하고 그는 생각했다. 언제나 그런 것은 아니지만 가끔 그렇지. 바다에는 우리의 친구도 있지만 적도 있다. 그리고 침대라는 것도 내 친구다. 그런데 바로 침대가 말이야, 정말 훌륭한 친구다. 내가 지쳐 버렸을 때는 편안하거든. 그 침대란 놈이 얼마나 편안한 것인지 미처 몰랐었어. 그런데 내가 무엇 때문에 이렇게 지쳐 버린 걸까. 그는 곰곰 생각해 보았다.

"아무것도 아닌 걸 가지고." 그가 큰 목소리로 말했다.

"단지 내가 너무 멀리 나갔던 탓이야."

마침내 노인의 배가 작은 항구에 들어왔을 때, 테라스의 불은 이미 꺼져 있었다. 사람들도 모두 잠자리에 들었음을 알 수 있었다. 꾸준히 불던 미풍이 제법 거세졌다. 그러나 항구는 조용했다. 아무 인기척도 없었다. 그는 바위 밑 좁은 자갈밭에다 배를 댔다. 도와줄 사람도 물론 없었다. 그래서 그는 될 수 있는 대로 배를 뭍에 바싹 갖다 대었다. 그리고 배를 바위에 단단히 묶어 놓았다.

그는 돛대를 내리고 돛을 감아서 묶었다. 그의 행동은 민첩하고 정확했다. 그다음 돛을 어깨에 메고 해변을 기어올라 가기 시작했다. 그제야 그는 자신이 얼마나 피로한 상태인지를 절실히 깨달았다. 그는 잠시 걸음을 멈춘 채 뒤를 돌아보았다. 가로등의 반사된 불빛으로 배의 고물에 고기의 거대한 꼬리가 빳빳이 서 있는 것이 보였다. 등뼈가 하얗게 노출되어 생긴 선과 주둥이가 튀어나와 있는 검은 부분이 매우 대조적이었다. 그 사이는 텅 비어 있는 앙상한 모습이었다.

그는 다시 올라가기 시작했다. 꼭대기까지 와서 그는 힘없이 넘어졌다. 돛대를 어깨에 멘 채 그대로 잠시 동안 누워 있었다. 일어나려고 애를 썼다. 그러나 너무나 힘들어서 돛대를 어깨에 메고 앉은 채 망연히 길 쪽을 바라보았다. 고양이 한 마리가 볼일을 보러 저 멀리 길을 건너가고 있었다. 노인은 그것을 바라보았다. 마냥 그 길을 쳐다볼 뿐이었다.

이윽고 그는 돛대를 내려놓고 우선 몸부터 일으켜 세웠다. 그리고 다시 돛대를 집어 어깨에 멘 채 걷기 시작했다. 자신의 판잣집까지 가는 동안 그는 다섯 번을 앉아서 쉬어야만 했다.

판잣집 안으로 들어가서 벽에다 돛대를 세워 놓았다. 어둠 속에서도 그는 익숙하게 물병을 찾아 물을 한 모금 마셨다. 그러고는 침대에 드러누웠다. 담요를 끌어당겨 차례로 어깨와 등과 다리를 덮은 다음, 신문지에 얼굴을 파묻고는 두 팔을 밖으로 쭉 뻗었다. 그리고 손바닥을 위로 편 채 그대로 잠이 들었다.

아침에 소년이 판잣집의 문을 열고 안을 들여다보았을 때도 노인은 그대로 잠들어 있었다. 소년은 바람이 심해지자 노인의 판잣집이 걱정되어 찾아온 것이었다. 소년은 노인이 곤하게 잠들어 있는 것을 발견했다. 그러나 다음 순간 노인의 두 손을 보고 울기 시작했다. 소년은 커피를 가져와야겠다고 생각했다. 소년은 조용히 밖으로 나왔다. 길을 내려가면서도 소년은 내내 울었다.

여러 어부들이 노인의 배 주위에 모여서 배 곁에 묶여 있는 것을 구경하고 있었다. 한 사람은 바지를 걷고 물속에 들어가서 줄자로 뼈의 골격을 재고 있었다. 하지만 소년은 그곳으로 내려가지 않았다. 벌써 가 보았었기 때문이다. 어부 한 사람이 배를 점검하고 있었다.

"노인은 좀 어떠시냐?"

한 어부가 소리쳤다.

"계속 주무시고 계세요." 하고 소년이 소리쳤다. 소년은 사람들이 자기가 울고 있는 것을 보건 말건 개의치 않았다.

"절대로 할아버지를 깨우지 마세요."

"코에서 꼬리까지 무려 18피트나 돼."

골격을 재던 어부가 소리쳤다.

"그럴 거예요." 하고 소년이 대답했다.

소년은 테라스로 내려가서 긴 양철통에 커피를 하나 가득 달라고 청했다.

"뜨겁게 해 주세요. 그리고 우유와 설탕을 많이 넣어 주세요."

"뭐 다른 것은 필요 없니?"

"아니오, 나중에 뭘 드실 수 있나 알아보고요."

"정말 대단한 고기야. 이런 고기는 처음 봤어. 그리고 어제 네가 잡은 두 마리도 괜찮았어."

"그까짓, 내가 잡은 고기는 아무것도 아닌걸요." 하고 소년은 말하다 말고 또다시 울기 시작했다.

"너도 뭐 좀 마시련?" 하고 주인이 물었다.

"아니오."

소년이 대답했다.

"대신 사람들한테 산티아고 할아버지를 귀찮게 하지 말라고 전해 주세요. 곧 돌아올게요."

"내가 마음 아파한다더라고 전해라."

"고맙습니다."

소년은 고개를 끄덕이며 말했다.

소년은 뜨거운 커피가 든 깡통을 조심스럽게 들고 노인의 판잣집으로 올라갔다. 그리고 노인이 깰 때까지 옆에 앉아 지키고 있었다. 노인은 딱 한 번 잠을 깰 듯하더니 다시 깊은 잠에 빠져들었다. 소년은 조용히 밖으로 나왔다. 커피가 식어 버린 것이다. 그는 길을 건너 커피를 데울 나무를 얻으러 갔다.

마침내 노인이 잠에서 깨어났다.

"일어나지 마세요." 하고 소년이 말했다.

"우선 이걸 마시세요."

소년은 커피를 유리컵에 따랐다.

노인은 그것을 받아서 마셨다.

"마놀린, 그놈들한테 내가 지고 말았어. 그놈들이 나를 이겼지."

"하지만 고기가 할아버지를 이긴 건 아니었어요. 저 고기는 아니란 말예요."

"그렇지, 정말. 내가 놈들한테 진 것은 나중의 일이야."

"페드리코가 배와 고기잡이 도구를 점검하고 있어요. 고기 머리는 어떻게 할까요?"

"페드리코더러 쪼개서 고기 덫에나 쓰라고 해."

"그 창날부리는요?"

"갖고 싶거든 네가 가지렴."

"좋아요. 정말 갖고 싶어요." 하고 소년이 말했다.

"이제 그 일을 잊고 다른 계획을 세워야지요."

"다들 날 찾았었니?"

"물론이죠. 해안 경비대와 비행기까지 날았는걸요."

"하지만 바다는 너무나 크고 배는 작으니까 발견하기 어렵지." 하고 노인은 말했다. 순간 노인은 새로운 사실을 뼈저리게 깨달았다. 자기 자신과 바다를 상대로만 말을 하다가 진짜로 얘기를 나눌 상대가 있다는 게 얼마나 즐거운 일인가를 말이다.

"그동안 네가 없어 얼마나 아쉬웠는지 몰라. 너는 뭘 좀 잡았니?"

"첫날은 한 마리, 둘째 날에도 한 마리, 그리고 셋째 날은 두 마리 잡았어요."

"잘했다."

"이제 우리 같이 잡으러 다녀요."

"아니야, 나는 운이 없어. 이제 나는 운이 다했나 봐."

"아니, 운이라니요?"

하고 소년이 의아하다는 표정으로 말했다.

"그렇다면 이제부터는 제가 운을 갖고 갈게요."

"너희 식구들이 뭐라고 하지 않을까?"

"상관없어요. 난 어제 두 마리를 잡았어요. 하지만 나는 아직 배울 것이 많이 있어요. 우리 이제부터 같이 나가요, 네?"

"좋은 작살을 하나 구해서 늘 배에 싣고 다녀야겠어. 아마 고물 포드차의 스프링 조각을 이용해서 날을 만들 수 있을 거야. 구아나바코아에 가서 갈아 오면 돼. 아주 날카로워야 한다. 부러지기 쉬우니까 버려서는 안 돼. 내 칼은 이미 부러졌어."

"아예 칼도 하나 더 구하고 스프링도 갈아 올게요. 이번 강풍이 며칠이나 갈까요?"

"사흘쯤, 아니 좀 더 오래 갈지도 모르겠다."

"제가 모든 걸 잘 챙겨 놓을게요. 할아버지는 이제 그 손이나 잘 보살피세요."

"손이야 별 문제 아냐. 하지만 지난밤에 뭔가 이상한 것을 뱉었었는데 마치 가슴속의 뭐가 깨진 것 같았어."

"그것도 고치세요. 누우세요, 할아버지. 제가 깨끗한 셔츠를 갖다 드릴게요. 뭐 좀 드실 것하고요."

"그리고 내가 없는 동안에 온 신문이 있으면 아무 거나 좀 가져오너라."

노인이 말했다.

"난 앞으로 배울 것이 많고 할아버지는 뭐든지 다 가르쳐 주셔야 하니까 빨리 나으셔야 해요. 그동안 얼마나 고생하셨어요?"

"좀 심했지."

"드실 음식과 신문을 가지고 오겠어요. 약방에 가서 손에 바를 약도 사 가지고 올게요."

"페드리코에게 고기 머리는 그 사람이 가지라고 꼭 전해라."

"네, 잊지 않겠어요."

소년은 문밖으로 나섰다. 그리고 닳아 빠진 산호암 길을 내려가면서 또 다시 울었다.

그날 오후에 테라스에 관광단 일행이 도착했다. 빈 맥주 깡통들과 죽은 꼬치고기가 흩어진 사이에서 바다를 내려다보고 있던 여인이 커다란 꼬리만 우뚝 솟은 길고 하얀 등뼈를 보았다. 마침 동풍이 불어 쉴 새 없이 큰 파도가 일고 있었고, 그때마다 조류에 밀려 떠올랐다 흔들렸다 하고 있었는데 그 허연 등뼈와 꼬리는 물결과 나란히 떠올라서 출렁거리고 있었다.

"저게 뭐예요?"

그녀는 웨이터에게 물었다. 그녀의 손끝은 조류에 쓸려 나가기만을 기다리고 있는, 쓰레기에 지나지 않는 커다란 고기의 긴 등뼈를 가리키고 있었다.

"티뷰론이지요. 상어의 일종이에요."

웨이터는 그 고기에 얽힌 사연을 설명해 주려고 했다.

"상어가 저렇게 멋있고 아름답게 생긴 꼬리를 가지고 있는 줄 몰랐는데요."

"나도 몰랐어."

부인의 동행인 남자가 대답했다.

그때 길 저쪽의 오두막 속에서는 노인이 또다시 깊은 잠에 빠져들고 있었다. 그는 아직도 얼굴을 파묻고 엎드려 잠들어 있었다. 소년은 그 곁에 앉아 잠자는 노인을 지켜보고 있었다. 노인은 사자 꿈을 꾸고 있었다. *

인디언 부락

🖊 작품 정리

작가 : 어니스트 헤밍웨이(9쪽 '작가와 작품 세계' 참조)
갈래 : 성장 소설
성격 : 통과 제의적, 성찰적
배경 : 시간 – 저녁에서 새벽까지 / 공간 – 인디언 부락
시점 : 3인칭 전지적 작가 시점
주제 : 삶과 죽음의 본질에 대한 통찰

🖊 구성과 줄거리

발단 닉은 아버지를 따라 인디언 부락에 감

소년 닉은 숙부 조지와 함께 의사인 아버지를 따라 인디언 부락으로 향한다. 곧 해산할 산모가 있어서 저녁의 추운 강을 뚫고 가는 것이다.

전개 닉의 아버지가 수술을 시작함

닉은 호기심을 가지고 아버지를 지켜본다. 그러나 닉은 아버지가 수술 도구도 없이 제왕 절개 수술을 하는 것을 보고 충격을 받는다. 오두막 램프 불빛 아래서 아버지는 마취제도 없이 메스 대신 잭나이프로 인디언 산모를 수술한다.

절정 비명 속에서 아이가 태어나고 아이 아버지는 자살함

산모는 고통 때문에 짐승처럼 비명을 지른다. 산모의 비명과 함께 아이가 태어나고, 산모의 절개 부위는 낚싯줄로 봉합된다. 다리를 다쳐 2층 침대에 누워 있던 산모의 남편은 아내의 비명 소리를 견디지 못하고 목을 베어 자살한다.

결말 수술이 무사히 끝나고 아버지는 닉을 데려온 것을 후회함

산모 남편이 죽었다는 사실을 알게 된 아버지는 닉을 데려온 것을 후회한다. 하지만 닉은 이 경험을 통해 탄생과 죽음에 대해 생각하고, 자신은 절대 자살하지 않으리라 결심한다.

✏️ 생각해 볼 문제

1. 유년 체험을 바탕으로 쓰인 이 작품은 일종의 통과 제의적 소설이다. 그 이유는 무엇인가?

이 작품은 인간이 태어나고 죽는 과정을 한꺼번에 경험한 소년이 삶에 대해 깨닫고 성장하는 이야기를 담고 있다. 닉은 의사인 아버지가 수술 도구도 없이 잭나이프로 제왕 절개 수술을 하는 것을 보게 된다. 게다가 산모의 남편이 자살하는 충격적인 사건까지 겪는다. 이러한 현장을 목격하고 크게 놀란 닉은 아버지의 보호막에 갇힌 어린 소년이 아니라, 인생의 문제에 직접 대면해 해결 방안을 고민하는 소년으로 성장한다. 하룻밤 사이에 닉은 내면적으로 크게 성장한 것이다.

2. 이 작품의 시간적 배경과 공간적 배경이 주는 의미는 무엇인가?

이 소설의 시간적 배경은 닉이 아버지를 따라 인디언 부락으로 들어가는 저녁부터 산모의 수술이 진행되는 밤, 그리고 수술이 무사히 끝나고 남편의 죽음이 밝혀지는 아침까지다. 따라서 밤은 예전의 닉과 새로운 닉을 가르는 분기점이 된다. 또한, 인디언 부락과 닉의 마을 사이에 가로놓인 공간적 배경인 강 역시 닉이 삶과 죽음의 본질에 대해 눈뜨게 되는 분기점 구실을 한다.

3. 이 작품에 등장하는 아메리칸 인디언에 대해 알아보자.

아메리칸 인디언은 에스키모와 알류트 족을 제외한 아메리카 대륙의 원주민을 가리킨다. 아메리칸 인디언의 조상은 아시아의 몽골 인종에 속하는 수렵민이며, 빙하 시대 말기(약 2만~3만 5,000년 전)에 베링 해협을 건너 북아메리카로 이주한 것으로 추측되고 있다. 불과 도구의 사용, 짐승을 기르는 것과 여러 문화적 특징이 당시의 아시아 문화와 비슷한 양상을 보인다.

인디언 부락

호숫가에 끌어 올려진 두 척의 보트가 보였다. 배 위에 인디언 두 명이 서서 기다리고 있었다. 닉과 아버지가 배에 오르자 조지 숙부도 뒤를 이어 다른 배에 올랐다. 그들이 배에 타자 인디언들이 뒤에서 보트를 밀었다. 배가 미끄러지자 인디언들은 재빨리 올라타 노를 젓기 시작했다. 두 척의 보트는 어둠을 가르며 서서히 앞으로 나아갔다.

닉은 아버지에게 안기듯 기대어 있었다. 저편 보트의 노 젓는 소리가 훨씬 앞쪽에서 들려왔다. 안개 때문에 배는 보이지 않았다. 인디언은 잠시도 쉬지 않고 노를 저었다. 물 위는 추웠다. 어둠 속에서 노 젓는 소리만이 호수를 울렸다.

"어디로 가는 거예요?"

닉은 호기심 가득한 얼굴로 물었다.

"인디언 부락에 간다. 인디언 여자가 많이 아프거든."

아버지가 짧게 대답했다.

"아, 그렇구나."

오래지 않아 보트가 건너편 기슭에 닿았다. 다른 배 한 척은 이미 끌어 올려져 있었다. 조지 숙부가 어둠 속에서 엽궐련(잎담배를 말아서 만든 담배)을 피우며 그들을 맞았다. 젊은 인디언이 와서 닉이 탄 보트도 끌어 올려 주었다. 조지 숙부는 두 인디언에게 엽궐련을 권했다. 랜턴(손에 들고 다니는 등)을 든 인디언이 앞장을 섰다. 그들은 곧장 풀밭 쪽으로 걸어갔다. 안개에 촉촉히 젖은 풀잎이 발목을 스쳤다.

얼마쯤 들어가자 목재 운반용 숲길이 나타났다. 길은 언덕으로 깊숙이 이어져 있었다. 나무가 벌목이 되어 있어서 숲길은 생각보다 훤했다. 인디언은 잠시 멈춰 서서 랜턴의 불을 껐다. 그들은 그 상태로 얼마간 숲길을 걸어 나갔다.

휘어진 모퉁이를 돌아가자 개 한 마리가 뛰어나와 컹컹 짖었다. 저만치 오두막집의 불이 보였다. 숲에서 나무껍질을 벗기는 인디언들이 사는 집이었다. 개는 금세 여러 마리가 되어 달려 나왔다. 안내를 맡은 인디언이 큰 소리로 개를 쫓았다. 문간에 노파가 남포등을 들고 서 있었다.

닉과 아버지는 숙부의 뒤를 따라 안으로 들어갔다. 나무 침대에 젊은 인디언 여자가 누워 있었다. 그들이 다가가자 여자는 괴로운 듯 비명을 질렀다. 출산이 임박한 여자는 벌써 이틀째 고생 중이었다. 부락의 늙은 아낙들이 모두 나서서 산모를 구완(아픈 사람이나 해산한 사람을 돌보는 일)했지만 헛수고였다. 남자들은 산모가 지르는 소리를 듣지 않으려고 길가 어둠 속에 앉아 담배를 피웠다. 여자가 누운 곳은 2층 침대의 아래 칸이었다. 침대 위 칸에는 여자의 남편이 누워 있었다. 여자의 남편 역시 환자이기는 마찬가지였다. 사흘 전에 도끼에 다리를 크게 다친 것이다. 그는 파이프로 연신 담배를 피웠다. 방에서는 악취가 풍겼다.

"이 여자는 지금 아기를 낳으려는 거야, 닉."

아버지가 닉에게 설명했다.

"저도 알고 있는걸요."

"네가 뭘 알아? 여자가 소리를 지르는 건 진통 때문이다. 아기는 세상에 태어나고 싶고, 어머니도 낳아야 한다. 어머니의 온몸의 근육이 아기를 내보내려고 힘을 쓰고 있는 거다."

"예."

그때 여자가 고통에 찬 신음을 흘렸다.

"아버지 빨리 약을 주세요."

"마취약은 가져오지 않았다. 아빠의 귀에는 여자의 고통 소리가 들리지 않는단다. 아기가 태어나는 일에 비하면 그건 아무것도 아니지."

위 칸의 남편은 벽 쪽으로 돌아누웠다. 부엌에서 일을 봐주던 여자가 와서 의사에게 물이 끓었다는 시늉을 했다. 닉의 아버지는 부엌에 들어가서 주전자의 더운물을 대야에 반쯤 부었다. 그런 다음, 손수건에 싼 물건 가운데서 몇 개를 꺼내어 넣었다.

"이걸 먼저 소독하는 게 순서겠지."

아버지는 가져온 비누로 손을 씻기 시작했다. 닉은 아버지가 두 손을 문지르고 있는 것을 물끄러미 바라보았다. 아버지는 꼼꼼히 구석구석 손을 씻었다.

"닉, 아기는 보통 머리부터 태어난단다. 하지만 꼭 그런 건 아니지. 그런 때가 골치가 아픈 거다. 이 여자도 어쩌면 수술을 해야 할지 모르겠다. 조금 지나면 알 수 있을 게다."

아버지는 손을 씻고 여자를 진찰하기 시작했다.

"수술을 해야겠군. 덮고 있는 이불을 치워 다오, 조지. 내 손은 아무것도 만지지 않는 게 좋을 테니까."

조지 숙부와 세 명의 인디언이 여자를 꽉 잡았다. 여자는 고통에 찬 듯 몸을 비틀었다. 그러다가 조지의 팔을 물어뜯었다.

"빌어먹을 인디언 같으니."

숙부는 아픔을 이기지 못하고 비명을 질렀다. 보트를 저어 온 젊은 인디언이 숙부를 보고 싱긋 웃었다. 닉은 아버지 옆에서 잠자코 대야를 들어 주었다. 수술은 한참 걸렸다. 여자의 사타구니 사이에서 마침내 아기가 울음을 터뜨렸다. 아버지는 아기를 안고 찰싹찰싹 엉덩이를 때린 뒤 노파에게 넘겼다.

"사내아이구나, 닉."

아버지가 말했다.

"그래, 수술 도와주는 기분이 어떠니?"

"전 아무렇지도 않아요."

닉은 눈길을 다른 곳으로 돌리고 대답했다.

"이제 끝났구나."

아버지는 무엇인가를 대야에다 넣었다. 닉은 이번에도 보지 않았다.

"수술을 했으니 이제부터 배를 몇 바늘 꿰매야겠다. 보든 말든 너 좋을 대로 해라."

닉은 여전히 보지 않았다. 호기심 따위는 이미 사라져 버렸다.

"후후, 녀석도."

아버지는 수술을 마치고 일어섰다. 조지 숙부와 세 인디언도 일어섰다. 조지 숙부는 자기 팔의 물린 자국을 손으로 쓱쓱 문질렀다. 젊은 인디언은 아까의 일이 생각난 듯 웃었다.

"소독약을 발라 줄게, 조지."

아버지가 말했다. 인디언 여자는 기절이라도 했는지 눈을 감고 있었다. 얼굴에는 핏기가 전혀 없었다. 그녀는 자신의 아기가 어떻게 되었는지 모르고 있을 터였다.

"아침에 다시 오자꾸나."

아버지는 일어서서 말했다.

"점심때 센트 이그네스(미시간 호와 휴런 호 중간에 있는 도시)에서 간호원이 필요한 것은 죄다 가지고 올 거요."

아버지는 지켜보는 인디언들을 향해 말했다. 수술이 무사히 끝나서인지 아버지는 수다스러워져 있었다. 시합이 끝난 뒤 탈의실에 들른 야구 선수들 같았다.

"조지, 이번 일은 의학지에 실릴 만한 사건이야. 잭나이프로 제왕 절개를 하고, 9피트 길이의 가느다란 낚싯줄로 봉합했으니까."

"참, 대단합니다."

조지 숙부는 벽에 기대어 팔을 보고 있었다.

"아기 아버지 얼굴이나 보고 갈까. 그리고 보니 용케도 잘 참았군."

아버지는 침대 모서리로 올라서서 인디언의 얼굴에 덮인 담요를 걷었다. 축축한 것이 손에 닿았다. 한 손에 남포등을 들고 자세히 들여다보았다. 인디언은 얼굴을 벽 쪽으로 돌린 채 꼼짝 않고 누워 있었다. 목이 이 쪽 귀에서 저 쪽 귀까지 베어져 있었다. 흘러나온 피가 침대의 움푹 꺼진 곳에 그득히 괴어 있었다. 인디언의 머리는 왼팔 위에 얹혀 있었다. 시퍼런 면도날이 담요 속에서 빛났다.

"이런 제기랄, 빨리 닉을 이 오두막에서 데리고 나가게, 조지."

아버지가 소리쳤다. 하지만 이미 그럴 필요가 없었다. 부엌 입구에 서 있던 닉은 아버지가 한 손에 남포등을 들고 인디언 남자의 머리를 일으켜 세우는 것을 똑똑히 보았기 때문이다.

"내가 잘못했구나, 닉. 너를 이런 곳에 데려오다니."

수술 뒤의 기쁨이 싹 가셔 버린 아버지가 말했다.

"너, 몹시 혼났겠다."

"아기를 낳는 게 언제나 저렇게 힘든 건가요?"

"아니다, 저런 일은 예외의 사건이란다."

"왜 죽었죠? 그 인디언 말이에요."

"모르겠구나, 닉. 참을 수가 없었던 모양이지."

"자살하는 남자가 많은가요?"

"아니."

"그럼 자살하는 여자는요?"

"거의 없다."

"전혀 자살 안 해요?"

"아니, 더러는 한다."

"아버지!"

"왜."

"아저씨가 안 보여요."

"곧 올 거다."

"죽는 건 괴로워요?"

"아니, 비교적 편할 거야. 하지만 경우에 따라 다르단다."

그들은 배가 있는 곳으로 돌아왔다. 닉은 고물에 앉고 아버지가 노를 저었다. 호수 저편, 언덕 너머에서 해가 떠오르기 시작했다. 농어 한 마리가 뛰어오르며 수면에 파문이 퍼져 나갔다. 닉은 물속에다 손을 담갔다. 새벽의 날카로운 한기 속에서도 물은 따스했다. 노 젓는 아버지를 물끄러미 바라보며 닉은 절대 자살 따위는 하지 않겠다고 생각했다. *

크리스마스 선물

✏️ 작가와 작품 세계

오 헨리(O Henry, 1862~1910)

미국의 소설가. 본명은 윌리엄 시드니 포터. 노스캐롤라이나 주 그린스버러 출생. 오 헨리는 라틴 아메리카의 혁명을 다룬 처녀작 「캐비지와 왕」을 필두로 불과 10년 남짓한 기간 동안 무려 300편에 가까운 단편 소설을 썼다.

　따스한 유머를 바탕으로 한 그의 단편들은 미국 남부나 뉴욕 뒷골목에 사는 서민과 빈민들의 애환을 다채로운 표현과 교묘한 화술로 그려 놓았다는 평가를 받았다. 특히 독자의 의표를 찌르는 결말의 기교가 매우 뛰어나다. 대표 작품으로 따뜻한 휴머니즘을 그린 「경찰관과 찬송가」, 「마지막 잎새」 등이 있다. 이 밖에도 단편집으로 『현자의 선물』, 『20년 후』, 『운명의 길』 등이 있으며, 유고 작품으로 『구르는 돌』이 있다.

✏️ 작품 정리

> **갈래** : 단편 소설
> **성격** : 감상적, 감동적, 서민적
> **배경** : 시간 – 1800년대 후반 / 공간 – 미국의 한 소도시
> **시점** : 3인칭 전지적 작가 시점
> **주제** : 부부간의 사랑

✏️ 구성과 줄거리

발단 **부부인 델라와 짐은 가난하지만 행복하게 지냄**

　　델라와 짐은 1주일에 8달러짜리 셋방에서 살고 있다. 두 사람은 가난하지만 서로 아끼고 사랑한다.

전개 **크리스마스가 다가오자 부부는 고민에 빠짐**

　　크리스마스가 다가오자 부부는 각자 고민에 빠진다. 선물을 살 돈이 없

었기 때문이다. 하지만 짐은 할아버지 대부터 내려온 멋진 금시계가 있었고, 델라는 아름다운 머리카락을 지니고 있었다.

절정 상대방의 선물을 사기 위해 짐은 시계를 팔고 델라는 머리를 자름

크리스마스 날 짐은 시계를 팔아 델라에게 고급 머리빗을 선물한다. 델라는 자신의 탐스러운 머리카락을 팔아 짐에게 시곗줄을 선물한다.

결말 두 사람은 서로의 사랑을 확인함

부부는 서로의 선물이 상대방에게 필요 없게 된 것을 알고 말을 잊는다. 그러나 델라는 곧 머리카락이 자랄 것이라고 짐을 위로하고, 짐 또한 저녁을 먹자고 말하며 델라를 위로한다.

🖊 생각해 볼 문제

1. 이 소설을 통해 작가가 전하고자 한 주제는 무엇인가?

짐과 델라는 가난하지만 누구보다도 행복한 사람들이다. 자신이 가장 소중히 여기는 것을 팔아 상대방의 선물을 마련할 정도로 서로를 극진히 사랑한다. 작가는 두 사람을 통해 인간에게 가장 중요한 것은 물질적인 것이 아니라, 인간과 인간 사이의 사랑임을 보여 준다.

2. '허구'라는 측면에서 볼 때 이 소설은 어떠한가?

델라가 머리카락을 판 가격은 20달러이고, 이는 공교롭게도 선물 가격과 맞아떨어진다. 또 현실적으로 시계값과 머리핀 한 개의 값이 같기는 어렵다. 게다가 크리스마스 선물을 사기 위해 시계를 팔고 머리카락을 자르는 사람은 많지 않을 것이다. 하지만 이러한 점들은 소설에서만 구현 가능한, 독자와의 약속된 허구에 해당된다. 흔히 소설을 가리켜 '가공의 진실'이라고 한다. 꾸며 낸 이야기이지만 그 속에는 진실성이 들어 있기 때문이다. 이 작품이 다소 비논리적인 허구성을 지니고 있지만, 진한 감동을 주는 이유다.

크리스마스 선물

가진 돈이라고는 탈탈 털어 봤자 1달러 87센트가 전부였다. 그중 60센트는 잔돈이었다. 잔돈은 시장에 가서 물건을 살 때마다 채소 가게 주인이나 푸줏간 남자와 얼굴이 빨개지도록 시비를 따져서 한 푼 두 푼씩 모은 것이었다. 혹시 틀린 건 아니겠지? 델라는 돈을 세 번이나 세어 보았다. 1달러 87센트가 틀림없었다.

델라는 허술한 침대에 누워 고민에 빠졌다. 내일은 크리스마스가 아닌가. 그렇다면 이제부터 어떻게 하지? 델라는 푸념을 늘어놓다가 자조 섞인 웃음을 지었다. 그녀는 침대를 벗어나 방 안을 한 바퀴 돌며 생각에 잠겼다. 가구가 딸려 있는 그녀의 아파트는 집세가 1주일에 8달러였다. 집은 좁고 허름했다. 델라는 자신도 모르게 슬픔이 복받쳐 눈물을 흘렸다.

건물 현관에는 늘 비어 있는 우편함이 하나 있었다. 그 옆에는 눌러도 소리가 나지 않는 초인종 단추가 달려 있었다. 초인종에는 '제임스 딜링햄 영'이라고 쓴 명함이 붙어 나불거렸다. '딜링햄'은 그녀의 살림이 풍족하던 시절의 이름이었다. 당시 남편의 수입은 주급 30달러였다. 수입이 20달러로 줄어든 지금 '딜링햄'이라는 이름은 희미해져서 잘 보이지도 않았다. 그러나 남편이 집에 돌아와 2층으로 올라오면 그녀는 여전히 뜨거운 포옹으로 그를 맞이했다.

델라는 울음을 그치고 분첩으로 뺨을 두드렸다. 그녀는 창가로 가서 뒤뜰의 잿빛 담 위를 걸어가는 고양이를 바라보았다. 내일이 크리스마스인데 선물을 살 수 있는 돈이라곤 1달러 87센트가 전부였다. 그나마 몇 달을 두고 한 푼 두 푼 모아 온 것이었다. 주급 20달러로는 어쩔 도리가 없는 일이었다. 지출은 늘 그녀가 생각한 범위를 넘어섰다. 사랑하는 짐의 선물을 살 돈이 불과 1달러 87센트밖에 없다니. 그녀를 마음 아프게 하는 건 바로 그 점이었다. 그녀는 남편을 위해 무엇을 선물하면 좋을까 궁리하며 긴 시간을 보냈다. 그녀는 진기하고 가치 있는 것을 사고 싶었다.

그녀는 생각에 잠겨 있다가 이내 거울이 놓인 곳으로 이동했다. 이윽고 그녀는 머리채를 풀어 한껏 길게 드리웠다. 제임스 딜링햄 부부에게는 자랑거리가 두 가지 있었다. 하나는 짐이 할아버지 대(代)에서부터 물려받아 온 금시계를 소유하고 있다는 점이고, 다른 하나는 델라의 머리채였다. 솔로몬의 왕비인 시바가 만일 바람벽(방이나 칸살의 옆을 둘러막은 둘레의 벽)을 사이에 둔 옆집에 살고 있다면, 델라는 늘 창밖으로 머리채를 늘어뜨리고 왕비의 보석과 타고난 미모를 송두리째 무색하게 만들었을지도 모른다. 지하실에 보물을 산더미처럼 가지고 있는 솔로몬이 이 집의 관리인이었다면, 짐은 그가 지나갈 때마다 자기의 시계를 꺼내 왕으로 하여금 탐이 나게 해서, 자꾸 수염을 쓰다듬는 걸 보게 되었을는지도 모를 일이었다.

거울 속 델라의 머리채는 멋지게 늘어져 황금의 폭포가 물결치듯이 빛났다. 머리채는 무릎 아래까지 내려와 마치 그녀의 옷이라도 될 성싶었다. 하지만 그녀는 단호하고 재빠르게 다시 머리채를 손질해 올렸다. 그녀는 잠시 비틀거리다가 낡아 빠진 붉은 융단 위에 눈물을 뚝뚝 떨어뜨리면서 한동안 조용히 서 있었다. 마침내 어떤 결심을 한 듯 그녀는 낡은 밤색 재킷을 걸치고 밤색 모자를 썼다. 그러고는 층계를 내려가 거리로 나섰다.

그녀가 발을 멈춘 상점에는 이런 간판이 적혀 있었다.

'마담 소프로니 상점. 각종 미용, 머리 용품상'

단숨에 상점으로 뛰어올라 간 델라는 숨을 몰아쉬며 마음을 가라앉혔다. '소프로니'라는 이름과는 달리 당당한 체구에 살갗이 희며 쌀쌀하게 생긴 마담이 그녀를 바라보았다. 델라는 입을 열었다.

"제 머리카락을 사지 않으시겠어요?"

"물론 삽니다."

마담은 다소 무뚝뚝하게 말했다.

"모자를 벗고 어디 한번 보여 줘요."

황금의 폭포가 스스로 흘러내렸다.

"20달러짜리군요."

마담은 익숙한 솜씨로 머리채를 잡아 올리면서 말했다.

"계산해 주세요."

델라는 서둘러 말했다. 머리카락이 싹둑 잘리고 델라는 급히 돈을 받아 가게를 나섰다. 그 순간 델라는 깊은 행복감에 젖었다. 그녀는 짐의 선물을 사러 여러 상점을 쏘다녔다. 그리고 마침내 델라는 자신이 원하는 것을 발견했다. 그것은 정말 남편을 위해 맞추어 놓은 것 같았다. 그것은 백금으로 장식된 시곗줄이었다. 시곗줄은 실용적이고 품위가 있었다. 남편의 시계에 꼭 어울리는 좋은 물건임에 틀림없었다.

시곗줄 대금은 공교롭게도 20달러였다. 그녀는 대금을 치르고 집으로 돌아왔다. 집에 돌아오자 델라의 황홀했던 기분이 어느 정도 가라앉았다. 그녀는 머리 인두를 꺼내 짧은 머리카락을 손질했다. 짧아진 머리는 그녀를 장난꾸러기 초등학교 학생처럼 보이게 했다. 그녀는 거울에 비친 자신의 모습을 오랫동안 자세히 살펴보았다.

"설마 짐이 화를 내지는 않겠지?"

그녀는 거울을 보며 중얼거렸다.

"그이는 나를 코니아일랜드 합창단의 소녀 같다고 할 거야. 하지만 난 들 어떻게 할 수 있겠어. 아아! 1달러 87센트로는 아무것도 할 수가 없었는걸."

저녁이 되자 그녀는 난롯불에다 프라이팬을 달구어 폭찹(돼지 갈비살 요리)을 만들 준비를 했다. 짐은 귀가 시간이 늦는 일이 없었다. 델라는 시곗줄을 손에 집어 들고 테이블 한구석에 앉았다. 이윽고 층계를 올라오는 발소리가 들려왔다. 그녀는 손을 모으고 기도를 올렸다.

"하느님, 부디 저이가 절 예쁘게 여기도록 해 주십시오."

문이 열리고 짐이 들어섰다. 짐은 몹시 굳은 표정을 하고 있었다. 짐은 불과 스물두 살로 가장 노릇을 하기엔 아직 힘이 드는 나이였다. 그는 새 외투가 필요했고 장갑도 없었다.

짐의 시선이 순간 델라에게 가 멎었다. 그 시선 속에는 그녀가 헤아릴 수 없는 복잡한 무엇이 들어 있었다. 그것이 그녀를 소스라치게 했다. 그것은 노여움이나 놀라움이나 불만이나 공포 따위가 아니었다. 그것은 그녀가 짐작하고 있던 어떤 감정도 아니었다. 그는 표현하기 어려운 독특한 표정으로 잠자코 그녀를 쏘아볼 뿐이었다. 델라는 테이블에서 몸을 일으켜 그에게 다가갔다.

"여보! 그런 눈으로 절 보지 마세요. 머리카락은 곧 다시 자라날 테니까 괜찮아요, 그렇지요? 전 이렇게 할 수밖에 없었어요. 제 머리카락은 아주 빨리 자라는걸요. 여보, 어서 '크리스마스를 축하해'라고 말씀하세요. 그리고 유쾌한 기분을 가져요. 당신을 위해 예쁘고 근사한 선물을 마련했어요."

"선물을 준비했다고?"

짐은 괴로운 표정으로 물었다.

"머리카락을 잘라서 팔았어요. 그렇지만 저를 좋아하는 당신의 마음은 전과 다름이 없겠지요? 머리카락이 없어도 저는 그대로예요. 그렇지 않아요?"

짐은 뭔가를 더 알아내려는 듯한 눈초리로 방을 둘러보았다.

"당신 머리카락이 없어졌단 말이지?"

"오늘은 크리스마스예요. 다정하게 대해 주세요. 머리카락은 당신을 위해서 팔았어요. 제가 가지고 있는 머리카락은 하나하나 셀 수 있을는지 몰라도 당신에 대한 제 애정은 누구도 셀 수 없을 거예요."

짐은 대답하지 않았다.

"왜 그래요. 짐, 폭찹을 만들까요?"

짐은 깊은 생각에서 깨어났다. 그는 앞에 서 있는 델라를 힘껏 껴안았다. 그러고는 외투 주머니에서 선물을 꺼내어 테이블 위에 올려놓았다.

"머리카락을 잘라 버렸건, 면도를 했건, 머리를 감았건, 그런 것이 당신을 향한 내 애정을 어떻게 할 수는 없어. 하지만 선물을 보면 내가 왜 당황했는지 알 거야."

델라는 빠른 손길로 끈과 포장지를 풀었다. 짐의 선물은 고급스러운 머리빗이었다. 그것은 델라가 오래전부터 갖고 싶어 하던 물건이었다. 지금은 사라져 버린 아름다운 머리채에 꽂으면 꼭 어울릴 빛깔이었다. 델라는 아무런 말도 하지 못하고 눈물만 뚝뚝 흘렸다. 그러나 그녀는 빗을 가슴에 품고 짐에게 말했다.

"제 머리카락은 무척 빨리 자라요."

델라는 애써 웃으면서 자신이 준비한 선물을 짐에게 건네주었다.

"어때요, 근사하죠? 시곗줄이에요. 이걸 구하느라고 온통 거리를 쏘다닌 걸요. 당신 시계, 이리 주세요. 시곗줄에 채운 모양을 보고 싶어요."

짐은 시계를 꺼내는 대신 빙긋 웃으며 다시 한 번 델라를 껴안았다.

"당신 머리빗을 사는 데 돈이 필요해서 시계를 팔아 버렸어. 하지만 이젠 괜찮아. 이렇게 당신이 곁에 있잖아. 자, 어서 폭찹이나 만들어요." *

🍂 마지막 잎새

✏️ 작품 정리

작가 : 오 헨리(89쪽 '작가와 작품 세계' 참조)
갈래 : 단편 소설
성격 : 감동적, 교훈적
배경 : 시간 – 20세기 초반 / 공간 – 미국 뉴욕 그리니치 빌리지
시점 : 3인칭 전지적 작가 시점
주제 : 따뜻한 인간애와 희망의 중요성

✏️ 구성과 줄거리

발단 **그리니치 빌리지에 수와 잔시가 살고 있음**

그리니치 빌리지는 미국 뉴욕의 가난한 화가촌이다. 그곳에 화가 지망생인 수와 잔시가 살고 있다. 그러던 어느 겨울, 잔시는 당시 유행하던 폐렴에 걸린다. 의사는 잔시가 살아날 가망성은 10퍼센트도 되지 않는다고 말한다.

전개 **잔시는 창밖 담쟁이넝쿨을 보며 절망에 빠짐**

잔시는 모든 의욕을 상실한 채 창밖만 바라보며 지낸다. 창밖에는 담쟁이넝쿨이 뻗어 있다. 잔시는 담쟁이 잎이 모두 떨어지면 자신도 죽고 말거라고 생각한다. 수는 아래층에 사는 베어만 노인을 찾아가 잔시의 일을 이야기한다. 화가인 베어만 노인은 40년 동안 그림을 그렸지만 아직 걸작을 그리지 못했다.

절정 **비바람이 불어도 담쟁이 잎은 떨어지지 않음**

밤사이 세찬 바람이 불어 담쟁이넝쿨을 뒤흔든다. 그러나 어떻게 된 일인지 담쟁이 잎 하나는 끝끝내 넝쿨에 붙어 있다. 하루가 지나고 이틀이 지나도 잎은 떨어지지 않는다. 그 모습을 보면서 잔시는 삶의 희망을 되찾는다.

결말 베어만 노인은 폐렴으로 죽고 잔시는 건강을 되찾음

잔시의 병세는 점점 호전되지만 베어만 노인이 폐렴에 걸린다. 베어만 노인은 결국 숨을 거둔다. 수는 잔시에게 베어만 노인의 부음을 전하고, 그가 담장에 잎새를 그렸다는 것을 말해 준다.

✏️ 생각해 볼 문제

1. 작가가 베어만 노인을 평생 걸작을 그리지 못한 화가로 설정한 이유는 무엇인가?

베어만 노인은 소설의 감동을 극대화하기 위해 설정된 인물이다. 그는 40년간 광고용 그림을 몇 점 그린 것 외에는 변변한 그림 한 장 그리지 못했다. 하지만 마지막 잎새를 그려 잔시의 생명을 구하고 자신은 폐렴에 걸려 죽고 만다.

2. 등장인물의 성격은 각각 어떠한가?

잔시는 떨어지는 담쟁이 잎에 자신의 생명을 걸 정도로 나약하고 섬세한 인물이다. 반면 수는 인정이 많고, 병에 걸린 잔시를 살리기 위해 현명하게 대처한다. 베어만 노인은 술에 찌들어 늘 허풍을 늘어놓지만, 죽어 가는 잔시를 살리기 위해 담쟁이 잎을 그리는 마음씨 따스한 노인이다.

3. 이 작품에 나타난 오 헨리 소설의 전형적인 특징은 무엇인가?

이 소설의 공간적 배경은 가난한 화가들이 모여 사는 도시 뒷골목이다. 하루하루 그림을 그려 입에 풀칠하는 가난한 그들은 다른 사람의 생명을 위해 자신을 희생할 정도로 마음씨 따스한 이웃들이다. 또한, 이 작품은 오 헨리 소설의 특징인 유머와 기지가 넘친다. 베어만 노인이 등장하는 장면이나 그리니치 빌리지를 묘사한 대목 등은 저절로 웃음이 나오게 만든다. 담쟁이 잎이 그림으로 밝혀지는 마지막 반전도 오 헨리 소설의 전형적인 특징이라고 볼 수 있다.

마지막 잎새

워싱턴 광장 서쪽은 입구도 좁고 여러 갈래의 골목길이 난잡하게 뻗어 있다. 사람들은 그곳을 가리켜 플레이스라고 불렀다. 플레이스는 하나같이 기묘한 모퉁이나 곡선을 형성하고 있었다. 하나의 길이 나아가다가 처음의 길과 교차하는 경우도 있었다. 어떤 화가는 이 거리에서 재미있는 사실 하나를 발견했다. 가령 물감이나 종이, 캔버스 대금을 받으러 온 가게 주인이 이 골목에 들어서면 돈을 받아 내기 전에, 자신이 왔던 길로 되돌아 나가고 있다는 사실을 알게 되리란 점이다.

그날 이후 낡고 허름한 그리니치 마을에 잡다한 예술가들이 모여들었다. 사람들은 북쪽으로 향한 창과, 네덜란드식 지붕 밑 다락방과 세가 싼 방을 구하기 위해 골목 이곳저곳을 서성거렸다. 그들은 6번가에서 백랍(밀랍을 표백한 물질)으로 만든 컵이나 간편한 풍로 따위를 두세 개 사 가지고 왔다. 이윽고 이곳에 예술인 마을이 형성되었다.

수와 잔시도 그 많은 예술가 가운데 하나였다. 그들은 5월 어느 날 뭉툭한 3층 벽돌 건물 꼭대기에 화실을 얻고 생활했다. 수는 메인 주 출신이고 잔시는 캘리포니아 주 출신이었다. 두 사람은 8번가에 있는 델모니코 식당에서 우연히 만났다. 가볍게 대화를 나누던 중 두 사람은 예술과 샐러드와 신부(神父), 두루마기 같은 소매가 달린 복장에 대해서 서로 취미가 일치한다는 것을 알게 되었다. 그들은 곧 함께 방을 얻고 동거에 들어갔다.

11월이 되자 전염병인 폐렴이 온 마을을 휩쓸고 지나갔다. 덩달아 의사들도 바빠졌다. 사나운 파괴자는 빈민가를 대담하게 활보해 많은 희생자를 발생시켰다. 비좁고 이끼 낀 플레이스의 미로 곳곳에서 환자들의 신음이 울려 퍼졌다. 폐렴 씨는 아무리 생각해도 기사도를 아는 노신사라고는 할 수 없었다. 캘리포니아 주의 부드러운 바람 속에서 자란 연약한 잔시도 그만 폐렴의 희생자가 되었다. 잔시는 페인트를 칠한 철제 침대에서 거의 꼼짝하지 않고 누워 지내야 했다. 잔시에게 있어 유일한 낙은 조그만 네덜란드식 유리창 밖으로 이웃 벽돌집 벽을 쳐다보는 일이었다.

어느 날 아침에 의사가 잔시를 방문했다. 의사는 잔시를 이리저리 진찰하더니 수를 복도로 불러냈다.

"살아날 가능성은 거의 희박해. 한 10퍼센트쯤 될까."

의사는 담담하게 말했다.

"10퍼센트는 뭘 뜻하나요?"

수는 어두운 얼굴로 물었다.

"살아야겠다는 정신력이지. 그녀는 자신이 영영 낫지 않을 것이라고 생각해. 생을 단념하고 있어."

"뭐, 좋은 방법이 없을까요?"

"힘이 미치는 데까지 서로 노력해 봐야지. 일단은 환자가 희망을 잃지 않도록 주의를 기울여야 해."

수는 의사가 돌아간 뒤 화실로 가서 일본제 종이 냅킨이 흠뻑 젖을 정도로 울었다. 잠시 후 그녀는 냉정을 되찾았다. 죽어 가는 잔시를 위해 무슨 일이든 해야 했다. 그녀는 화판을 겨드랑이에 끼고 휘파람을 불며 잔시의 방으로 들어갔다. 잔시는 창을 바라보며 조용히 누워 있었다. 수는 화판을 반듯하게 놓고 한 잡지사에서 의뢰받은 삽화를 그리기 시작했다. 그녀가 그리는 것은 소설 중간에 들어갈 그림이었다. 잡지에 연재 중인 그 소설의 주인공은 아이다호의 카우보이였다. 수가 주인공의 화려한 승마복과 모노클(렌즈가 하나뿐인 안경)을 그리고 있을 때 낮게 중얼거리는 소리가 들렸다. 수는 얼른 일어나서 침대로 다가갔다.

"잔시, 무슨 일이야?"

잔시는 눈을 동그랗게 뜨고 창밖을 내다보며 숫자를 거꾸로 세고 있었다.

"열둘."

"열하나."

잔시는 자꾸만 숫자를 낮춰 갔다.

"열."

"아홉……."

수는 무슨 일인가 싶어 창밖을 내다보았다. 뭘 세고 있는 것일까? 인기척 없는 쓸쓸한 안마당과 20피트쯤 떨어진 이웃 벽돌집의 벽이 눈에 들어왔다. 밑줄기가 울퉁불퉁한 해묵은 담쟁이넝쿨이 벽 중턱까지 올라와 있었다. 차가운 가을바람이 잎새를 떨어뜨려 해골 같은 줄기가 거의 벌거숭이가 된 채 낡은 벽돌에 달라붙어 있었다.

"너 뭘 세고 있니?"

수가 물었다.

"여섯."

잔시가 낮은 목소리로 말했다.

"점점 더 빨리 떨어지네. 사흘 전에는 백 개쯤 있었는데. 다 세느라 머리가 아팠지. 하지만 이제는 쉬워. 아, 또 하나 떨어지는구나. 다섯 남았다."

"뭐가 다섯이란 말이니? 나한테도 가르쳐 줘."

"잎새 말이야. 저 담쟁이덩굴에 붙은 잎새. 마지막 잎새가 떨어질 때에는 나도 죽게 되는 거야. 삼 일 전부터 알고 있었어. 물론 의사도 그렇게 말했겠지?"

"그런 바보 같은 얘기가 어디 있니!"

수는 말도 안 된다는 것처럼 강경하게 부인했다.

"철 지난 담쟁이 잎새하고 네가 병이 낫는 것과 무슨 상관이 있니? 너는 저 담쟁이에 홀딱 반한 모양이구나. 바보 같은 소리는 하지 마. 의사 선생님이 아침에 그러더라. 병이 나을 가능성은 90퍼센트에 가깝다고. 자, 기운 내야지. 수프라도 조금 먹어 봐. 그리고 내가 그림을 그리게 해 줘. 빨리 그려다 주고 돈을 받아서 환자를 위해서는 포트 와인을, 식욕 왕성한 나를 위해서는 포크찹을 사 와야겠으니까."

잔시는 여전히 창밖을 내다보면서 말했다.

"또 하나 떨어졌네. 아니, 수프도 먹고 싶은 생각이 없어. 앞으로 겨우 네 개. 어두워지기 전에 마지막 하나까지 떨어지는 걸 보고 싶어. 그러면 나도 가는 거야."

"잔시, 내가 일을 끝낼 때까지 눈을 감고 창밖을 내다보지 않는다고 약속하지 않겠니? 그림을 내일까지 갖다 줘야 해."

"저쪽 방에서 그리면 안 될까?"

잔시가 냉정하게 물었다.

"네 옆에 있고 싶으니까 그렇지."

수는 잔시의 이마를 쓰다듬었다.

"마지막 잎새가 떨어지는 걸 보고 싶어. 그걸 기다리는 것도 힘이 드네. 내가 매달려 있는 것에서 손을 떼고 어딘지 모르지만 뚝 떨어져 가고 싶어. 저 가엾은 철 지난 잎새처럼."

"잠을 좀 자 두렴. 난 베어만 할아버지한테 늙은 광부 모델이 돼 달라고 부탁을 해야 돼. 갔다가 바로 돌아오겠지만 내가 올 때까지는 움직이지 마."

베어만 노인은 같은 건물 2층에 사는 그림쟁이었다. 나이는 이미 60세가 넘었으며, 허연 머리에다 턱에는 도깨비 같은 수염이 아무렇게나 뻗어 있었다. 그는 예술의 낙오자였다. 과거 40년간 계속해서 손에 화필을 잡고 살아왔지만 아직도 이렇다 할 작품을 그리지 못하고 있었다. 늘 걸작을 그린다 하면서 아직 한 번도 손을 대지 않았다. 최근 몇 해 동안은 상업용이나 광고 그림밖에는 아무것도 그린 게 없었다. 그는 직업적인 모델을 쓸 만한 재력이 없는 젊은 화가들을 위해 모델 노릇을 하여 근소한 수입을 얻고 있었다. 그러나 아직도 술만 취하면 아무나 붙잡고 미래의 걸작을 주장했다. 그림을 제외하고 보면 몸집은 작으나 기백이 있는 노인이었다.

수는 아래층에 내려가 어두컴컴한 지하실에서 노간주나무 열매[술의 종류 가운데 진(Gin)의 원료] 냄새를 풍기고 있는 베어만 노인을 찾아냈다. 방구석 화가(畵架 그림을 그릴 때에 그림판을 놓는 틀)에 아무것도 그리지 않은 캔버스가 걸려 있다. 걸작이 되는 최초의 일필(一筆)을 25년간이나 기다려 온 캔버스였다. 수는 베어만 노인에게 잔시가 담쟁이 잎새가 다 떨어지면 자기도 죽는다고 말했는데, 그러다가 정말 생명을 지탱하는 힘이 빠져서 저 가벼운 담쟁이 잎새처럼 허공으로 날아가는 건 아닌지 겁이 난다고 말했다. 듣고 있던 베어만 노인의 눈에 눈물이 고였다. 노인은 커다란 소리로 잔시의 어리석은 공상을 비난했다.

"뭐라고? 흥. 담쟁이 잎새가 다 떨어지면 자기도 죽는다고? 그런 바보가 어디 있어! 그런 얘기는 듣지도 못했다. 겨우 그런 얘기나 전하자고 나를 찾아왔나?"

수는 베어만 노인에게 늙은 광부의 모델이 돼 달라고 부탁했다.

"더욱 가관이군. 나더러 폐인이 된 늙은 광부의 모델이 되라고? 왜 하필이면 그런 게 되라는 거야, 딱 질색인걸. 그건 그렇고 잔시가 정말로 그런 생각을 하고 있다면 큰일이군."

"아주 낙담하고 있어요. 열이 높으니까 기분이 들떠서 자꾸 이상한 생각이 드나 봐요. 괜찮아요, 베어만 할아버지. 모델이 되기가 싫으시면 그것도 괜찮아요. 하지만 할아버지는 정말 기분이 오락가락해서 믿을 수가 없군요."

베어만 노인은 더욱 소리를 높여 절규했다.

"내가 언제 모델이 안 된다고 했나? 자, 어서 같이 자네 화실로 올라가세. 그나저나 잔시가 걱정이군. 이곳은 잔시 같은 착한 아가씨가 병이 나서 누워 있을 곳이 못 돼. 나도 자네들도, 이제 곧 걸작을 그려야지. 그리고 다 같이 여기서 나가세. 이 골목을 탈출하는 거야."

두 사람은 3층으로 올라갔다. 잔시는 잠이 들어 있었다. 수는 차양을 내리고, 베어만 노인에게 손짓으로 옆방으로 가자고 했다. 두 사람은 거기서 착잡한 기분으로 창밖을 내다보았다. 담쟁이넝쿨은 정말로 잎새가 몇 개 남아 있지 않았다. 두 사람은 잠시 동안 말없이 얼굴을 마주 보았다. 시간이 흐르자 차가운 비가 내리기 시작했다. 베어만 노인은 낡아 빠진 파란 셔츠를 입은 뒤, 바위 삼아 냄비 위에 걸터앉아 늙은 광부 포즈를 취했다.

이튿날 아침, 수는 눈을 뜨자마자 잔시의 방으로 갔다. 잔시는 생기 없는 눈을 동그랗게 뜬 채 내려진 초록색 차양을 쳐다보고 있었다.

"커튼을 올려 줘. 밖이 보고 싶어!"

잔시는 나지막한 소리로 말했다. 수는 어쩔 수 없이 부탁을 들어주었다. 한데 이게 웬일일까. 밤새 쉬지 않고 사나운 비바람이 휘몰아쳤는데도, 담쟁이넝쿨에는 잎새 하나가 여전히 달라붙어 있지 않은가. 그것은 넝쿨에 달린 마지막 잎새였다. 잎새 아래쪽은 거무스름한 초록색이고 가장자리는 노랗게 물들어 있었다. 그 마지막 잎새는 땅에서 20피트쯤 올라간 줄기에 용감하게 매달려 있었다.

"마지막 한 잎이네."

잔시가 말했다.

"밤사이에 꼭 떨어질 줄 알았더니 용케 견뎠군. 오늘은 떨어지겠지. 그리고 나도 같이 죽어 가겠지."

멀고 먼 신비의 여행을 떠날 준비를 하는 사람처럼 그녀의 표정은 고요했다. 이제 달랑 잎새 하나가 남지 않았는가. 그녀를 이 지상에 연결시키고 있던 모든 인연이 하나하나 풀어짐에 따라 공상(空想)이 더욱더 그녀의 마음을 지배하는 모양이었다.

하루가 지나고 황혼이 다가왔다. 그런데 마지막 남은 담쟁이 잎새는 여전히 벽에 의지한 채 달라붙어 있었다. 황혼 속에서도 뚜렷하게 보였다. 이

익고 어둠이 덮쳐 오면서 다시 또 북풍이 휘몰아치기 시작했다. 비는 계속해서 창을 두드렸다. 빗방울이 낮은 네덜란드식 처마에서 연신 흘러 떨어졌다.

날이 새자 잔시는 또 차양을 올려 달라고 졸랐다. 담쟁이 잎새는 역시 그 자리에 있었다. 잔시는 누운 채 오랫동안 그것을 쳐다보았다. 그러다가 가스난로 위에 놓인 냄비 안의 닭고기 수프를 휘젓고 있는 수를 불렀다.

"내가 잘못 생각했었나 봐."

잔시가 말했다.

"뭐를?"

"뭔지 모르지만, 저기에다 마지막 잎새 하나를 남겨 둬서 내 생각이 잘못이라는 걸 가르쳐 주려고 하는 모양이야. 이젠 알겠어. 죽기를 원한다는 건 일종의 죄악이야. 자, 수프를 조금 줘. 밀크에 포도주를 탄 것도. 그리고 베개를 두세 개 등에 받치고 앉아서 네가 아침 차리는 걸 보고 싶어."

한 시간쯤 지난 후 잔시가 말했다.

"언젠가는 나폴리 만을 그릴 수 있을 것 같아."

오후에 의사가 찾아왔다. 의사가 돌아갈 때 수는 구실을 만들어 복도에 나왔다.

"많이 좋아졌군. 이젠 희망이 반반이라고 할까."

의사는 수의 손을 잡고 말했다.

"간호만 잘하면 당신이 이길 거야. 난 아래층에 가서 새로 발병한 환자를 봐야 돼. 베어만이라는 사람인데 그 역시 폐렴이야. 나이도 많고 몸도 약해. 갑자기 병이 난 모양인데 글쎄, 어려울 것 같군. 그러나 좀 편하게 누워 있도록 오늘 입원을 시킬 작정이야."

그날 오후, 잔시는 침대에 누운 채 파란 털실로 별로 필요하지도 않을 것 같은 목도리를 뜨고 있었다. 그때 수가 와서 그녀를 끌어안았다.

"네게 할 얘기가 있어."

"말해 봐. 수."

"베어만 할아버지가 오늘 폐렴으로 돌아가셨어. 어제 아침에 관리인이 할아버지 방에 가 보니까 신음을 하고 있더래. 구두를 신은 채 누워 있었는데, 옷이 모두 젖어서 온몸이 얼음처럼 차갑더래. 그렇게 비바람이 사나웠던 밤에 어디를 갔다 왔는지 아무도 몰랐다나. 그런데 아직도 불이 켜져 있는 랜턴, 헛간에서 끌어온 사닥다리, 화필 두세 자루, 그리고 초록색과 노랑색 물감을 녹인 팔레트가 방 안에 흩어져 있더라는 거야. 창밖을 보렴. 저기 벽에 붙은 담쟁이의 마지막 한 잎새를. 바람이 부는데도 꼼짝도 안 하잖아. 전혀 흔들리지 않아. 잔시! 저게 바로 베어만 할아버지의 마지막 걸작이었던 거야. 마지막 잎새가 떨어진 그날 밤, 할아버지는 벽에다 새 잎새를 그리고 있었던 거라고." *

# 20년 후

✎ 작품 정리

작가 : 오 헨리(89쪽 '작가와 작품 세계' 참조)
갈래 : 단편 소설
성격 : 감동적, 사실적, 교훈적
배경 : 시간 – 20세기 초반 / 공간 – 뉴욕 뒷골목
시점 : 3인칭 전지적 작가 시점
주제 : 친구와의 우정과 융통성

✎ 구성과 줄거리

발단 경관과 한 사내의 만남

한 경관이 의젓한 걸음걸이로 골목을 순찰하고 있다. 길을 걷던 그는 캄캄한 철물점 앞에 낯선 사내가 서 있는 것을 발견한다.

전개 경관과 사내가 대화를 나눔

사내는 경관에게 20년 전, 이곳에서 친구와 만나기로 한 약속을 지키기 위해 서부에서 먼 길을 달려왔다고 고백한다. 경관은 사내의 이야기를 듣고 난 뒤 순찰을 계속한다.

절정 사내와 친구가 20년 만에 해후함

10시가 조금 지난 시각, 맞은편에서 키가 큰 사내가 나타나고 두 사람은 반갑게 해후한다. 두 사내는 술집을 찾아 골목을 빠져 나온다. 그러나 사내는 그가 자신이 기다리던 친구가 아님을 알게 된다.

결말 사내가 체포되고 경관인 친구의 편지를 받음

키 큰 사내는 서부에서 온 사내에게 지미 경관의 편지를 전해 주고 사내를 체포한다. 경관은 20년 전 약속을 지키기 위해 약속 장소에 나갔지만 친구가 지명 수배자인 것을 보고 차마 자신의 손으로 체포할 수 없어 동료 경관을 보냈던 것이다.

✏️ 생각해 볼 문제 --

1. 경관이 동료를 보내 친구를 체포한 이유는 무엇인가?

경관은 자신의 친구가 수배자임을 알아보고 원칙과 융통성 앞에서 갈등한다. 친구를 체포하자니 20년 전의 약속을 지키기 위해 찾아온 친구를 배신하는 셈이 되고, 체포하지 않으면 자신의 직무를 이행하지 않는 셈이 되기 때문이다. 결국 경관은 친구의 이야기를 들어 주며 약속도 지키고, 동료로 하여금 그를 체포하게 해 자신의 직무도 충실히 이행한다.

2. 이 소설의 주제인 원칙과 융통성은 무엇을 의미하는가?

원칙과 융통성은 서로 상대적이다. 즉, 원칙을 강조할 경우와 융통성을 강조할 경우가 상황에 따라 다를 수 있다. 원칙이 강조되어야 할 경우로는 먼저 법 분야를 들 수 있다. 법은 모든 사람에게 항상 같은 기준으로 적용되어야 한다. 운동 경기도 마찬가지다. 재미있는 경기와 선수들의 보호를 위해 철저한 게임 규칙이 필요하다. 반면에 융통성은 원활한 인간관계를 고려할 때 필요하다. 인간관계는 원리와 원칙대로만 되는 게 아니기 때문이다. 적절한 융통성은 서로의 관계를 부드럽게 해 준다.

20년 후

경관 한 명이 골목을 순찰하며 지나갔다. 보기에도 의젓한 걸음걸이였다. 약간 거드름을 피우는 듯한 그 걸음걸이는 경관의 오래된 습관이었다. 밤 10시가 조금 안 된 시간이었다. 그를 보고 있는 사람은 아무도 없었다. 인적이 끊긴 거리에 찬바람이 몰아쳤다. 곤봉을 빙빙 돌리면서 경관은 조심스러운 눈으로 주변을 살폈다. 거리는 쥐 죽은 듯 조용했다. 그는 시민의 치안을 보호하는 경찰관의 훌륭한 표본이었다. 골목마다 가끔 담배 가게나 노점 식당의 등불이 보였으나 대부분의 가게는 일찌감치 닫혀 있었다.

어느 지점에 이르렀을 때 경관은 갑자기 걸음을 멈추었다. 철물상 점포 앞이었다. 어둠을 등지고 한 사나이가 잎담배를 물고 서 있었다. 경관은 곤봉을 쥔 손에 잔뜩 힘을 주며 사나이에게 다가갔다. 경관이 다가가자 사나이가 재빨리 말을 꺼냈다.

"저는 수상한 사람이 아닙니다. 그저 친구를 기다리고 있을 뿐이지요. 20년 전에 이곳에서 만나기로 약속을 했거든요. 물론 거짓말이 아닙니다. 한번 들어 보시겠어요? 약 20년 전 바로 이 자리는 음식점이었습니다. '빅조'란 별명을 가졌던 브레디라는 친구가 음식점 주인이었지요."

경관은 고개를 끄덕이며 대답했다.

"틀림없군. 그 식당은 바로 5년 전까지 있었소."

사나이는 성냥을 켜서 잎담배에 불을 붙였다. 그 불빛에, 눈이 날카롭고 턱이 네모진 창백한 얼굴과, 오른편 눈썹 옆에 찍힌 조그만 상처 자국이 나타났다. 넥타이핀은 묘한 방식으로 끼운 큼직한 다이아몬드였다.

"그러니까, 지금으로부터 20년 전 오늘 밤……."

사나이가 계속해서 말을 이어 나갔다.

"저는 브레디의 음식점에서 지미와 함께 저녁을 먹고 있었습니다. 지미는 이 세상에서 하나뿐인 저의 친구였지요. 우리는 둘 다 뉴욕에서 자랐습니다. 그때 저는 열여덟 살이었고 지미는 스무 살이었습니다. 저는 그 이튿날 한 재산 잡기 위해 서부로 떠나기로 돼 있었지요. 함께 가고 싶었지만 지미는 무슨 일이 있더라도 뉴욕을 떠나지 않겠다고 했습니다. 이 세상에서 뉴욕보다 더 좋은 곳은 없다고 생각했으니까요. 그래서 우리는 약속했습니다. 20년이 지난 뒤에 이 자리에서 다시 만나자고. 어떤 신분이 돼 있더라도, 아무리 먼 곳에 있더라도 반드시 여기 와서 만나자고 약속을 했던 겁니다."

경관은 사나이의 말에 호기심을 나타냈다.

"그거 참 재미있군. 하지만 재회까지 20년이라는 세월은 좀 긴 것 같군요. 그래, 일단 헤어진 후 그 친구한테서 무슨 소식은 없었소?"

"물론 있었지요. 얼마 동안은 서로 편지 왕래가 있었습니다. 그러다가 몇 년 지나자 피차 소식을 모르게 됐지요. 아시겠지만 서부는 대단히 활발합니다. 일거리가 많아요. 저는 부지런히 돈을 모았습니다."

"그렇군. 그런데 친구가 과연 나타날까요?"

"지미는 반드시 저를 만나러 나타날 겁니다. 죽지 않은 한은 말이죠. 그는 정말 고지식하고 정직한 사람이었으니까요. 약속을 잊어버릴 리가 없습니다. 저는 1,000마일이나 여행해서 여기까지 온걸요. 약속을 지키기 위해서 말입니다."

사나이는 주머니에서 시계를 꺼냈다. 뚜껑에는 화려한 문양의 다이아몬드가 박혀 있었다.

"이제 시간이 다 됐군요. 꼭 10시 정각이었어요. 우리가 이 음식점 문 앞에서 작별한 것은……."

"서부에 가서 한밑천 두둑하게 잡았소?"

"그야 물론이지요. 저는 서부에서 남의 돈을 빼앗으려고 하는 약삭빠른 놈들과 경쟁해야 했습니다. 뉴욕에서는 그날그날 판에 찍은 것처럼 하는 일이 뻔합니다마는, 서부에서는 잠시도 안심을 못 합니다."

경관은 곤봉을 빙빙 돌리면서 두세 걸음 내디뎠다.

"나는 그만 가겠소. 당신 친구가 틀림없이 오기를 바라오. 친구가 늦으면 어떻게 하겠소?"

"기다려야지요. 안녕히 가세요, 경관 나리."

경관은 사내와 작별하고 그가 담당한 구역을 걸어갔다. 거리에는 차가운 이슬비가 내리기 시작했다. 잔잔하던 바람이 거칠게 불어닥쳤다. 허름한 간판들이 바람을 이기지 못하고 이리저리 흔들렸다. 이따금씩 행인들이 옷깃을 여미고 바쁜 걸음으로 지나갔다. 20년 전의 약속을 지키기 위해 1,000

마일의 길을 달려온 사나이는 철물상 앞에 서서 꼼짝도 하지 않고 친구를 기다렸다.

그로부터 20분이 흘렀다. 인기척과 함께 길 건너편에서 한 사나이가 다가왔다. 그는 긴 외투를 입고 있었다. 키가 아주 큰 사나이였다.

"오오, 거기 서 있는 게 보브인가?"

다가오던 사나이가 반신반의하며 물었다.

"그, 그대가 지미 웰즈인가?"

철물상 앞에 서서 기다리던 사나이가 큰 소리로 물었다.

"그렇다네!"

두 사람은 포옹했다.

"살아 있는 한 반드시 여기서 만날 줄 알았다. 20년이라니, 정말 많은 세월이 흘렀구나. 옛날 식당은 없어진 모양이군. 그래 보브, 서부는 경기가 어떤가?"

키 큰 사나이가 물었다.

"그야 대단하지. 내가 바라는 건 뭐든지 다 있어. 그런데 너 참 많이 변했구나. 키도 예전보다 커졌고 목소리도 완전히 바뀌었어."

골목이 어두웠으므로 보브는 지미를 잘 보기 위해 고개를 들었다.

"스물이 넘어서 키가 다시 자랐어."

지미는 변명하듯 대답했다.

"그렇군. 이곳 뉴욕 생활은 어때?"

"그럭저럭이지, 뭐. 난 시청 공무원으로 근무하고 있네. 자, 여기서 이렇게 아니라 이제 그만 가세. 내가 잘 아는 집에 가서 한잔하면서 천천히 옛날 얘기나 하자구."

두 사람은 팔짱을 끼고 골목을 빠져나왔다. 서부에서 온 사나이는 자신이 출세한 경로를 한바탕 늘어놓기 시작했다. 키 큰 사나이는 외투에 얼굴을 파묻은 채 흥미로운 표정으로 경청했다. 이윽고 그들은 환하게 불이 켜져 있는 약국 앞까지 걸어갔다. 전등 밑에 다다르자 두 사람은 동시에 고개를 들어 상대의 얼굴을 확인했다.

"이런, 자넨 내 친구 지미 웰즈가 아니지 않는가?"

서부에서 온 사나이는 걸음을 멈추고 물었다.

"오해를 하고 있군."

"오해가 아냐. 아무리 20년이라는 세월이 길다 해도 매부리코가 납작하게 주저앉을 만큼 길지는 않아."

키 큰 사나이가 대답했다.

"하지만 20년 동안에 착한 사람이 악한으로 변하는 예는 얼마든지 있지."

"앗! 그렇다면……."

서부에서 온 사나이는 키 큰 사내의 손아귀에서 벗어나기 위해 몸부림쳤다.

"넌 지금 끌려가고 있는 거야, 보브. 네가 이쪽으로 올 것 같다고 시카고 정보국에서 전보 연락이 있었지. 순순히 따라오겠나? 매우 어리둥절한 표정이로군. 어떻게 된 일인지 궁금한가? 그렇다면 편지가 있으니 창 밑에서 읽어 보게. 외근 중인 내 동료 지미 웰즈 경관이 자네에게 전해 주라고 한 편지일세."

서부에서 온 사나이는 떨리는 손으로 편지를 펼쳤다. 거기에는 이렇게 적혀 있었다.

　친애하는 보브에게

　나는 우리가 20년 전 약속한 시간에 그 장소로 나갔다네. 그런데 불행하게도 지명 수배자의 얼굴을 보고 말았지. 자네가 성냥을 켜서 잎담배에 불을 붙일 때였다네. 하지만 어떻게 내 손으로 친구를 체포할 수 있겠나. 그래서 이렇게 다른 형사에게 부탁을 한 것이네.

　　　　　　　　　　　　　　　　　　　　　　지미로부터 *

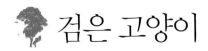
검은 고양이

🖋 작가와 작품 세계 --

에드거 앨런 포(Edgar Allan Poe, 1809~1849)

미국의 소설가. 미국 매사추세츠 주 보스턴 출생. 18세에 시집 『태머레인 외』를 출간한 뒤 육군 사관 학교에 입학했으나 말썽을 자주 부려 퇴학당했다. 그 뒤 시집을 내고 단편 소설과 평론을 연이어 발표했다. 1839년 필라델피아의 〈버튼스 젠틀멘스 매거진〉의 공동 편집자가 되면서 안정된 삶을 살던 그는 시와 단편 소설을 꾸준히 발표해 『그로테스크와 아라베스크에 관한 이야기들』을 출간했으며, 탐정 소설 「모르그가의 살인 사건」, 「황금 벌레」 등으로 명성을 얻었다. 그 뒤 뉴욕 〈미러〉지에서 부주필로 일하면서 1845년 시집 『갈까마귀 외』와 『이야기』 선집을 출간했다.

포는 19세기에 이미 현대 문학이 시도하고 있는 '미와 전율'의 세계를 창조했으나, 거의 한 세기 동안 영어권 문학에서는 인정받지 못했다. 19세기 말에 이르러 프랑스 상징주의 지식인들에 의해 그의 천재성이 알려지고, 모국으로 그의 문학이 역수입되는 불운을 겪었다.

🖋 작품 정리 --

갈래 : 괴기 소설, 환상 소설
성격 : 전율적, 악마적, 공포적
배경 : 시간 - 1800년대 / 공간 - 집과 지하실
시점 : 1인칭 주인공 시점
주제 : 인간의 이중성과 숨은 악마성에 대한 탐구

발단 **'나'는 술 때문에 점점 난폭해짐**

'나'와 아내는 애완동물 기르는 것을 좋아한다. 그중에서 '나'는 플루토라고 이름 붙인 고양이를 가장 귀여워한다. 그러나 몇 년 후 '나'는 알코올 중독 때문에 성격이 점점 포악해지고 급기야 애완동물을 학대하기 시작한다. 심지어 아내에게도 폭언을 퍼붓는다.

전개 **홧김에 고양이의 눈을 파내고 목매달아 죽임**

술을 마시고 들어온 어느 날, '나'는 고양이가 자신을 피하는 듯한 느낌을 받는다. '나'는 홧김에 고양이의 한쪽 눈을 도려 내고 그것도 모자라 고양이를 목매달아 죽인다. 그날 밤, 화재가 발생해 집이 불타는 참변을 겪는다. 몇 달 뒤, '나'는 술집에서 가슴에 흰 털이 나 있는, 플루토를 닮은 검은 고양이를 발견한다. '나'를 따라온 고양이는 곧 집안의 귀염둥이가 된다. 그러나 '나'는 이내 고양이에게 싫증을 느낀다.

절정 **고양이를 죽이려다가 그만 아내를 죽임**

가난해진 '나'와 아내는 옛날에 거주하던 집 지하실에서 생활한다. 어느 날, '나'는 계단을 내려가다가 고양이 때문에 발을 헛디뎌 넘어질 뻔한다. 화가 머리끝까지 치민 '나'는 도끼로 고양이를 내려치려다 실수로 아내의 머리를 내리찍는다. '나'는 아내의 시체를 지하실 벽 속에 집어넣고 석회를 발라 감쪽같이 숨긴다.

결말 **경찰이 집에 들이닥치고 고양이 때문에 모든 게 들통 남**

나흘 뒤 경찰들이 집으로 들이닥친다. '나'는 경찰의 의심을 사지 않기 위해 시종일관 태연하게 행동한다. 경찰들이 떠나려 할 때 벽 속에서 비명 소리가 들리고 경찰들은 놀라 벽을 허문다. 벽이 무너지자 고양이가 죽은 아내의 머리 위에 앉아 '나'를 노려보고 있다.

✐ **생각해 볼 문제**

1. 작가의 실제 삶을 통해 본 이 작품의 창작 배경은 어떠한가?

포는 구속되지 않는 삶을 원했고, 이 때문에 힘겹고 불행한 여생을 보냈다. 늘 가난에 찌들어 살던 그는 알코올 중독자로 전락하고 마약까지 손을 대었다. 포는 죽는 순간까지 우울증과 신경 쇠약에 시달렸으며 41세의 나이로 짧은 생을 마감했다. 따라서 이 작품 속의 '나'는 실제로 포 자신이라고 해도 무방할 정도로 처한 상황이 비슷하다.

2. 이 소설의 특징인 '그로테스크'의 의미는 무엇인가?

그로테스크(grotesque)는 '괴기한 것, 극도로 부자연한 것, 흉측하고 우스꽝스러운 것' 등을 형용하는 말이다. 이 말의 기원은 사람·동물·꽃·과일 등을 포함하는 아라베스크 무늬다. 원래 그로테스코(grotesco)란 이탈리아 어로, 보통의 그림으로는 어울리지 않는 장소를 장식하기 위한 색다른 의장(意匠)을 가리키는 말이었다. 이 작품에서 시체의 머리 위에 애꾸눈의 검은 고양이가 앉아 있는 모습은 그로테스크한 분위기를 자아낸다. 작가는 인간의 병적인 범죄 심리와 공포 분위기를 고양이를 통해 형상화했다.

3. 작가가 고양이의 이름을 '플루토(Pluto)'로 설정한 이유는 무엇인가?

플루토는 '지옥의 신'을 뜻한다. 따라서 작가는 플루토를 통해 앞으로 전개될 비극적인 사건을 독자에게 암시한다. 즉, '나'의 악마적 내면을 의미하는 플루토를 등장시켜 '나'는 아내를 죽게 만들고 자신마저 파멸의 길로 들어선다.

검은 고양이

1. 플루토

지금부터 몹시 끔찍한 이야기 하나를 들려주고자 한다. 물론 내 말을 믿지 않아도 된다. 때로는 나 스스로도 내가 겪은 일을 부인하고 싶으니까. 그렇다고 해서 내가 미쳤다거나 꿈을 꾸고 있는 것은 아니다. 사실을 고백하자면 나는 내일 죽을 목숨이다. 그러므로 죽기 전, 마음속 무거운 짐을 홀가분하게 벗고 싶은 생각뿐이다. 한 가정에서 일어난 일련의 사건을 솔직하고 간결하게, 세상 사람들에게 털어놓으려는 것이다.

결과적으로 그 사건은 나에게 공포를 주고, 번민을 주고, 나를 파멸로 인도했다. 그러나 그 이유를 일일이 설명하고 싶지는 않다. 나에게 크나큰 공포감을 준 사건이지만 경우에 따라서는 허무맹랑한 소리로 들릴 수도 있으니까.

어렸을 때부터 나는 남의 눈에 띌 정도로 온순하고 인정이 많았다. 그것이 지나쳐 다른 아이들의 비웃음을 받을 지경이었다. 특히 동물을 좋아해서 부모님은 여러 가지 애완동물을 자주 사다 주었다. 나는 동물을 데리고 놀며 대부분의 시간을 보냈다. 동물들에게 먹이를 주거나 쓰다듬는 일은 더없이 유익한 시간이었다. 어른이 되어서도 애완동물을 기르는 일은 내 생의 중요한 부분을 차지했다. 말 잘 듣는 개를 길러 본 사람이라면 애완동물로 하여금 얻을 수 있는 만족감이 어떤 것인가, 그 기쁨이 얼마나 큰 것인가를 알 수 있을 것이다. 동물의 애정에는 인간처럼 어떤 사소한 계산도 있을 수 없다. 오로지 자기 희생뿐이다.

나는 일찍 결혼했다. 다행히 아내는 나와 성격이 비슷한 여자였다. 아내는 기회 있을 때마다 귀여운 애완동물들을 사들였다. 그리하여 우리는 갖가지 동물을 사육하게 되었다. 여러 가지 새는 물론이고 금붕어, 개, 토끼, 작은 원숭이, 고양이까지 기르게 되었다. 특히 고양이는 몸집이 크고 아름다웠으며 전신이 새까맣고 놀랄 만큼 영리했다. 아내는 고양이를 볼 때마다 마녀가 변장한 것이라며 옛날부터 전해 내려오는 전설을 들춰내곤 했다. 공교롭게도 고양이의 이름은 플루토(저승의 신)였다. 플루토는 여러 동물들 중에서도 나를 가장 잘 이해해 주는 친구였다. 먹이도 매번 내가 직접 주었으며 화답이라도 하듯 고양이는 집 안 어디를 가도 나를 졸졸 따라다녔다.

나와 고양이와의 우정은 이후로도 몇 년이나 계속되었다. 그사이 나는 서서히 나쁜 습관이 생겼다. 고백하기 부끄러운 일이지만 세월이 흐를수록 음주벽이 날로 악화되었다. 우울증까지 겹쳐 날이 갈수록 침울해지기 일쑤였고 신경이 예민해져 사소한 것에도 발끈 성을 내곤 했다. 걸핏하면 아내에게 욕설을 퍼붓고 심지어는 폭력까지 휘둘렀다.

나의 난폭한 성질은 급기야 집 안에서 기르는 애완동물들에게도 영향을 미쳤다. 나는 토끼나 원숭이, 개들이 어쩌다가 내게 다가오면 사정없이 그것들을 괴롭혔다. 급기야는 늙어 빠져 토라지기 잘하는 플루토까지 학대하게 되었다.

그러던 어느 날이었다. 나는 단골 술집에서 잔뜩 술을 퍼마시고 비틀거리며 집으로 돌아왔다. 문을 열자 고양이가 평소답지 않게 슬금슬금 나를 피해 달아났다. 기분이 나빠진 나는 고양이를 힘껏 붙잡았다. 갑작스러운 행동에 놀란 플루토는 이빨로 내 손을 가볍게 할퀴었다. 피를 보자 나는 이성을 잃고 말았다.

나의 순수한 영혼은 단숨에 내 몸을 빠져나가 버리고, 술에 절어 일그러진 사악한 증오가 온몸을 전율로 떨게 했다. 나는 조끼 주머니에서 조그만 칼을 꺼냈다. 그리고 고양이의 목을 움켜잡고 한쪽 눈을 태연히 도려냈다. 고양이는 미친 듯 소리치며 울부짖었다.

다음 날 아침, 나는 술에서 깨어나 겨우 정신을 차렸다. 그리고 내가 저지른 죄악에 대해 공포와 회한이 뒤섞인 실로 이상한 기분을 맛보았다. 그러나 후회는 잠깐뿐이었다. 나는 이내 다시 술독에 빠져 버렸다. 그 사이, 고양이는 조금씩 상처를 회복했다. 도려 낸 눈은 보기에도 끔찍했다. 고양이는 전과 마찬가지로 집 안을 이리저리 돌아다녔다. 그러다가도 내가 가까이 다가가면 공포에 질려 재빨리 달아났다. 고양이의 달라진 태도는 나를 슬프게 했다.

고양이에 대한 나의 감정은 곧 분노로 바뀌었다. 그리고 그 분노는 추악한 증오심으로 이어져 마침내 구원 받을 수 없는 파멸의 구렁텅이로 나를 몰아넣고야 말았다. 내 마음속에 깊숙이 자리하고 있던 본성이 활활 타오르며 나를 조종했다.

나는 그러한 충동이 존재한다는 것을 의심하지 않는다. 해서는 안 된다는 것을 분명히 알면서도 어리석은 행위를 몇 번이고 되풀이하는 사람이 세상에는 얼마나 많은가? 오히려 그걸 잘 알기 때문에 우리는 그런 행동을 참지 못하는 것이 아닐까? 우리는 법을 어겨서는 안 된다는 분별력을 가지고 있으면서도 그렇기 때문에 오히려 그것을 어기고 싶은 욕구를 늘 갖고 있는 것이다.

말하자면 바로 그런 감정이 나를 파멸로 이끌었다. 죄도 없는 동물을 계속 학대해서 결국 스스로를 파멸로까지 이르게 한 것은, 이 헤아리기 어려운 영혼의 욕구였다. 자신을 나무라며 자신의 본성을 학대하고 죄악이 죄악을 낳는 악순환의 구렁텅이로 빠져드는 것이다.

어느 날 아침, 나는 고양이의 목에 밧줄을 걸어 나뭇가지에 매달았다. 내 행동은 누가 보아도 태연했다. 추호의 망설임도 없었다. 비통한 마음에 계속해서 눈물을 흘렸다. 내가 가슴 아파한 이유는 플루토가 아직 나를 사랑하고 있다는 것을 잘 알고 있기 때문이었다. 고양이는 단 한 번도 나를 화나게 한 적이 없었다. 이유 없이 화를 내고 고양이 눈을 도려 낸 건 나 자신이었다. 고양이 목을 누르며 나는 내가 어떤 죄를 짓고 있는지 자각했다. 나는 그걸 알면서도 점점 헤어 나올 수 없는 나락으로 떨어져 내리고 있었던 것이다.

2. 공포

참혹한 행위를 저지른 그날 밤, 나는 "불이야!" 하는 소리에 퍼뜩 잠에서 깨어났다. 눈을 뜨자 온 집 안이 불길에 휩싸여 있었다. 아내와 하녀, 그리고 나는 가까스로 몸만 빠져나왔다. 화마는 나의 모든 재산을 송두리째 불살라 버렸다. 나는 절망의 함정 속에 빠져 신음하지 않을 수 없었다. 물론 그날 닥친 재난과 나의 포악했던 행위 사이에 어떤 연관성이 있다고 주장하는 것은 아니다. 다만 나는 사실의 연관 관계를 자세히 기록하고 싶을 뿐이다. 어떤 사소한 매듭이라도 불완전하게 내버려 두고 싶지 않기 때문이다.

화재가 일어난 다음 날 나는 불탄 곳에 가 보았다. 벽은 한쪽만 덩그렇게 남아 있고 모두 헐려 있었다. 남아 있는 부분은 집의 중앙, 그러니까 침대

머리맡의 그다지 두껍지 않은 벽이었다. 최근에 석회를 새로 바른 탓에 불에 타지 않고 그대로 남아 있었던 것이다.

많은 사람들이 그 회벽에 달라붙어 조사를 진행했다. 그들은 시종일관 "이상한 일이군."이라든지 "참으로 신기한걸!" 같은 말을 내뱉었다. 무슨 일인가 싶어 나는 그쪽으로 가 보았다. 순간 나는 깜짝 놀라지 않을 수 없었다. 하얀 벽에 조각이나 한 것처럼 거대한 고양이의 상이 나타나 있었던 것이다. 그 인각(印刻 나무나 돌 따위에 새긴 글자나 그림)은 놀라울 만큼 정교했다. 고양이상의 목둘레에는 올가미 한 가닥이 감겨 있었다. 내가 죽인 고양이의 유령이 틀림없었다.

처음 그 유령을 보았을 때 나의 놀라움과 공포는 극심했다. 나는 마음을 가라앉히고 어떻게 된 일인지 추리를 해 보았다. 건물 가까이 붙어 있던 정원수에 고양이를 매달지 않았던가. 불이 나자 누군가 우리 부부를 깨울 요량으로 죽은 고양이 사체를 끌어내려 창문 안으로 던져 넣은 게 틀림없었다. 그 순간 불길이 방 안을 휘감았고 석회벽 위로 떨어진 고양이 사체가 불길에 녹아 고양이 형상을 형성하게 된 게 틀림없었다. 충분히 가능성이 있는 시나리오였다. 그러나 그와 같은 추리가 완전히 나를 납득시키지는 못했다. 아니, 이성은 납득시켰을지언정 내 양심을 완전히 자유롭게 하지는 못했다.

그 후, 고양이의 환영은 여러 달 동안 나를 괴롭혔다. 그런 날이 계속되자 마음속에 막연하게나마 어떤 감정이 생기기 시작했다. 물론 양심의 가책 같은 것은 아니었다. 결국 나는 고양이를 죽인 일을 후회하게 되었다. 그날 이후, 나는 늘상 찾아가는 술집이나 거리에서 내가 죽인 고양이와 비슷한 고양이가 없는지 살피기 시작했다.

그날도 나는 술에 잔뜩 취한 얼굴로 주점에 앉아 있었다. 그러다가 문득 주점의 유일한 가구라고 할 만한 술통 위에 무언가 검은 것이 웅크리고 있는 것을 깨달았다. 실은 아까부터 줄곧 그 술통 쪽을 바라보고 있었는데, 왜 그제야 비로소 그 검은 모양을 알아차린 것인지 사실 무척 이상한 일이었다. 가까이 다가가 손을 뻗어 보았다.

그것은 놀랍게도 죽은 플루토와 같은 검은 고양이였다. 자세히 살펴보니 한 군데만 빼놓고는 플루토와 모습이 똑같았다. 플루토는 온몸이 새까맸으나 그 고양이는 가슴 부분이 하얗고 커다란 얼룩점으로 덮여 있었다. 내가 손을 대자 고양이는 얼른 일어났다. 그리고 목을 쭉 빼고 내 손에 몸을 비비며 아양을 떨었다. 나는 기쁨에 들떴다. 내가 찾던 그런 류의 고양이였기 때문이다.

나는 술집 주인에게 그 고양이를 내게 줄 수 없느냐고 물어보았다. 술집 주인은 고양이가 자기 것이 아니라고 말했다. 어디서 왔는지도 모르고 그 전에는 전혀 본 적도 없는 고양이라는 것이었다. 나는 잠시 고양이를 쓰다 듬어 주다가 집으로 돌아가려고 자리에서 일어섰다. 그런데 고양이가 나를 따라오려는 눈치였다. 나는 그대로 따라오도록 내버려 두었다. 나는 길을 걸으며 이따금 허리를 굽혀 고양이의 등을 가볍게 토닥거려 주었다. 고양이는 집에 오자마자 곧 적응을 했고 아내도 그 고양이를 무척 마음에 들어 했다.

그러나 고양이에 대한 나의 애정은 오래 지속되지 못했다. 시간이 흐르자 나는 슬슬 고양이에 대해 싫증을 느끼기 시작했다. 내가 애초에 기대했던 것과 정반대의 현상이 나타난 것이다. 고양이가 나를 좋아한다는 점이 나를 참을 수 없게 했다. 불쾌한 마음은 점점 격렬한 증오심으로 발전했다. 나는 고양이를 될 수 있는 대로 피했다. 예전에 내가 고양이에게 저지른 잔악한 행위가 생각났기 때문이다. 하지만 피하면 피할수록 나는 더욱 치를 떨며 고양이를 미워하게 되었다. 나는 전염병 환자를 대하듯 고양이를 피해 다녔다. 무엇보다 나를 미치게 했던 것은 그 고양이의 한쪽 눈이었다. 녀석은 죽은 플루토처럼 한쪽 눈이 애꾸였던 것이다. 나는 그 사실을 고양이를 데려온 다음 날에야 알 수 있었다.

아내의 행동은 나와 정반대였다. 아내는 애정을 가지고 고양이를 대했다. 동물을 좋아하는 아내의 행동은 일찍이 내가 간직했다가 잃어버린 것이기도 했다.

한 가지 이상했던 점은 고양이의 태도였다. 내가 고양이를 멀리하면 할수록, 고양이는 이상하다 싶을 정도로 나를 따랐다. 정말, 녀석은 집요하다 싶을 정도로 나를 쫓아다녔다. 어디에 내가 앉아 있으면 언제 왔는지 내 의자 아래 앉아서 쳐다보거나 무릎 위로 뛰어올라 와 몸을 비벼 대기도 했다. 내가 일어나 걸어가려고 하면 다리 사이에 끼어들어 나는 자칫 넘어질 뻔하기도 했다. 어떤 날은 길고 날카로운 발톱을 세워 가슴으로 타고 오르기도 했다. 그럴 때마다 나는 당장 녀석을 때려죽이고 싶은 충동에 사로잡혔다. 하지만 행동으로 옮기지는 못했다. 플루토를 죽인 이후, 고양이가 몹시 무서워졌기 때문이다.

그것은 이해할 수 없는 종류의 공포감이었다. 내 몸에 어떤 위해를 미칠 정도의 공포는 물론 아니었다. 어떻게 표현해야 그때의 내 마음을 정확히 표현할 수 있을까. 모든 부끄러움을 무릅쓰고 고백하자면, 그렇다. 중죄를 짓고 감방에 갇혀 고백하지 못할 게 무엇이겠는가. 그 공포감이란 건 실상 나의 보잘것없는 망상으로 말미암아 생겨난 것이다. 문제는 고양이 가슴의 흰 반점이었다.

처음 고양이를 데려왔을 때 반점은 아주 희미한 것이었다. 그러던 것이 점점 조금씩 변해 가서 마침내는 뚜렷하게 윤곽을 드러냈다. 그것은 무어라고 말할 수 없이 몸서리가 처지는 일이었다. 더욱 나를 고통스럽게 한 것은 그 반점의 형태였다. 반점의 형태는 바로 등골을 오싹하게 만드는 교수대의 형상, 바로 그것과 일치했다. 나는 고양이 가슴의 반점을 볼 때마다 죄악과 죽음 같은 처절한 장면들을 생각하며 치를 떨곤 했다.

나는 점점 돌이킬 수 없는 파국을 향해 치달아 갔다. 보잘것없는 한 마리 동물이 전지전능하신 하느님의 형상에 맞추어 만들어진 인간에게 이와 같이 견딜 수 없는 고통을 주다니! 밤이고 낮이고 나는 고양이를 경멸하며 고통에 몸부림쳤다. 이미 나에게는 '안식의 기쁨' 따위는 사라진 지 오래였다. 밤마다 공포에 시달렸으며 잠이 들었다가도 깜짝 놀라 벌떡 일어나기 일쑤였다. 그때마다 얼굴로 고양이의 뜨거운 입김이 훅 끼쳤다. 악마의 화신은 시간이 흐를수록 내 몸을 짓누르며 나를 나락 속으로 밀어 넣었다.

3. 파국

매일같이 고통에 짓눌리다 보니 인간으로서 가져야 할 최소한의 이성마저 잃게 되었다. 다만 간악한 마음만이, 더없이 암담하고 간악한 마음만이 나의 친구가 되었다. 시간이 흐를수록 나는 세상의 모든 것과 모든 인류를 증오하게 되었다. 억제하기 곤란한 분노가 시시각각 내 몸을 관통했다. 그럴 때마다 아내는 아무 불평도 없이 내 곁을 지켜 주고 나를 다독거렸다.

우리는 가난했기 때문에 불에 타고 남은 옛집 지하실에서 살고 있었다. 하루는 아내와 층계를 내려가다가 고양이가 나를 향해 다가오는 것을 보았다. 나는 고양이를 피하려고 몸을 휙 돌리게 되었고 그러다가 발을 헛디뎌 층계에서 떨어질 뻔했다. 참고 있던 분노가 폭발한 건 그 순간이었다. 화가 머리끝까지 치민 나는 도끼를 들어 힘껏 고양이를 내리쳤다. 그러자 곁에 있던 아내가 온몸으로 내 행동을 제지했다. 완전히 이성을 상실한 나는 도끼를 들어 말리는 아내의 이마를 힘껏 내리쳤다. 고백하건대 그 순간, 나는 온전히 악마의 지배를 받고 있었다. 도끼에 찍힌 아내는 아무런 비명도 지르지 못하고 그 자리에서 힘없이 쓰러졌다. 고양이를 죽이려다가 애꿎은 아내를 죽인 것이다.

나는 냉정을 되찾고 아내 시체를 감출 방법을 생각했다. 하지만 이웃 사람 눈에 띄지 않게 시체를 밖으로 내가는 것은 도저히 불가능한 일이었다. 여러 가지 방법이 머리에 떠올랐다. 시체를 잘게 썰어 불에 태워 버릴 생각도 했다. 지하실 바닥을 파내고 그곳에 시체를 파묻어 버릴 생각도 했다. 아니면 그냥 뜰의 우물에 던져 버릴까. 아니면 커다란 상자에 담아 상품처럼 밖으로 운반할까. 궁리 끝에 나는 무릎을 쳤다. 시체를 지하실 벽에 집어넣고 속이 안 보이게 석회로 발라 버리기로 한 것이다. 중세 시대의 가톨릭 사제들이 자기들의 희생자를 벽 속에 넣고 발라 버렸다는 기록을 떠올렸기 때문이다.

이런 목적에는 지하실이 안성맞춤이었다. 벽을 아무렇게나 쌓아올린 채 최근에 회칠을 슬쩍 한 번 했을 뿐이었다. 습기 때문에 그것은 아직 굳지 않고 있었다. 더욱이 장식용 연통과 난로가 있던 벽 한쪽 튀어나온 부분을 메워 다른 곳과 똑같이 보이게 해 놓았다. 그곳의 벽돌을 들어내고 시체를 집어넣은 다음 완전히 발라 버리면 될 것 같았다. 나는 곧 미소를 되찾았다. 그렇게 하면 누가 보아도 의심하지 않을 것이라는 생각이 들었다. 그건 너무 쉬운 일이었다.

나는 곧 일에 착수했다. 벽돌을 떼어 내고 죽은 아내를 그 안쪽에 살짝 기대 놓았다. 그런 다음 본래대로 벽돌을 쌓아 올렸다. 벽돌 쌓는 일이 끝나자 석회를 반죽해 벽돌과 벽돌 사이를 정성껏 발랐다. 벽은 새로 손질한 것처럼 보이지 않았다. 바닥에 떨어져 있는 부스러기도 낱낱이 주웠다. 나는 득의만만해 주변을 휘돌아보며 "자, 이만하면 헛수고는 아니었지!" 하며 혼자 중얼거렸다.

그다음 내가 한 일은 고양이를 찾아내는 일이었다. 무슨 수를 써서라도 고양이를 찾아 죽여 버리고 싶었다. 그러나 낌새를 챘는지 고양이는 얼씬도 하지 않았다. 고양이가 사라지자 나는 오히려 통쾌함을 느꼈다. 살인죄라는 무거운 짐이 나의 영혼을 압박하고 있었음에도 불구하고 그날 밤, 나는 깊이 잠들 수 있었다.

사흘이 지나도 고양이는 나타나지 않았다. 내가 무서워 영원히 도망친게 틀림없었다. 나는 행복감에 젖었다. 내가 범한 가증스러운 죄의식도 거의 나를 괴롭히지 않았다. 아내의 돌연한 실종 때문에 두세 번 심문을 받기는 했지만 나는 태연하게 진실을 숨길 수 있었다. 가택 수색까지 받았으나 수상한 점이 발견될 리 없었다.

운명의 사건은 아내를 죽인 지 나흘째 되는 날 벌어졌다. 그날 경찰들은 마지막으로 우리 집을 찾아와 샅샅이 수색했다. 그러나 나는 여유로웠다. 벽 속에 감춘 아내의 시체가 발견될 확률은 없었기 때문이다. 경찰들이 어슬렁거리며 지하실을 뒤질 때에도 나는 눈 하나 깜짝하지 않았다. 심장은 아무 일도 없었다는 듯 태연하게 뛰었다. 나는 팔짱을 끼고 지하실의 이곳저곳을 유유히 활보했다. 경찰들은 이제 완전히 의심을 풀고 떠나려 했다. 그럴수록 내 기쁨은 커져 갔다. 나는 점점 승리에 도취되었고 마지막으로 나의 무죄를 확실히 못 박고 싶은 충동에 사로잡혔다.

"자아, 여러분!"

나는 계단을 올라가고 있는 경찰들을 불러 세웠다.

"저는 여러분의 의심이 풀려서 무엇보다 기쁩니다. 여러분의 건강을 빌며 아울러 여러분이 좀 더 예의를 지킬 줄 알기를 기원합니다."

경찰들은 걸음을 멈추고 내가 하는 얘기를 경청했다.

"그런데 여러분, 이 집은, 이 집은 말입니다."

또다시 악마가 나를 지배하기 시작했다. 그때 나는 말을 해야겠다는 강한 충동에 휩싸여 내가 무슨 말을 하고 있는지도 몰랐다. 말은 제어하기 힘든 상태가 되어 술술 내 입을 빠져나왔다.

"이 집은 구조가 썩 잘되어 있답니다."

그 순간 나는 내가 일을 얼마나 완벽하게 처리했는지 확인하고 싶었다.

"정말 잘 지어진 집이라 할 수 있죠. 이 벽들을 보십시오. 이 벽들은 정말 견고하게 쌓아져 있답니다."

나는 가지고 있던 막대기로 아내의 시체가 들어 있는 벽을 힘껏 후려쳤다. 바로 그 순간이었다. 놀랍게도 벽 속에서 알 수 없는 흐느낌 소리 같은 것이 흘러나왔다. 오, 하느님! 나는 너무 놀라 하마터면 비명을 지를 뻔했다. 흐느낌 소리는 점차 커지더니 소름이 돋는 비명 소리로 변해 갔다. 나는 비틀거리며 맞은편 벽 쪽으로 쓰러졌다. 경찰들 역시 공포에 몸을 떨었다. 그러나 오래지 않아 그들은 벽을 향해 달려왔고 완강한 힘으로 벽을 허물기 시작했다. 아아, 그 순간 드러난 참혹한 모습이라니……

벽이 무너지자 핏덩이가 엉겨 붙은 시체 하나가 나타났다. 악취가 코를 찔렀다. 더욱 놀라운 건 그 시체의 머리였다. 시체의 머리 위에는, 새빨간 입을 벌리고 불꽃 같은 애꾸눈을 번뜩이고 있는 고양이 한 마리가 앉아 있었다. 나를 격노시켜 살인을 저지르게 한 것도, 또 비명을 질러 사형대에 끌려가게 한 것도 모두 고양이의 잔악한 계교였던 것이다. 그제야 나는 고양이가 왜 보이지 않았는지 알 수 있었다. 나는 그 괴물을 시체와 함께 벽 속에 넣고 발라 버렸던 것이다. *

어셔가의 몰락

작품 정리

작가 : 에드거 앨런 포(110쪽 '작가와 작품 세계' 참조)
갈래 : 괴기 소설, 환상 소설
성격 : 전율적, 공포적, 추리적
배경 : 시간 – 1800년대 / 공간 – 어셔가의 오래된 저택
시점 : 1인칭 관찰자 시점
주제 : 어셔가의 몰락과 두 남매의 비극적 운명

구성과 줄거리

발단 '나'는 어셔의 편지를 받고 집을 방문함

'나'는 유년의 친구 어셔로부터 도움을 요청하는 편지를 받는다. '나'는 말을 몰아 '어셔가'의 대저택을 방문한다. 저택 앞에 도착했을 때 '나'는 집 안이 이상한 기운에 휩싸여 있는 것을 발견하고 알 수 없는 공포를 느낀다.

전개 어셔를 만나고 그를 위로하기 위해 노력함

'나'는 집 안으로 안내되어 어셔를 만난다. 집 안은 밖에서 보았을 때처럼 괴괴한 공기가 감돌고 있다. 그것은 결코 구원받을 수 없는 우울한 기운이었다. 어셔는 집 안팎의 모든 사물에 지각력이 깃들어 있다는 상상을 하곤 한다. '나'는 어셔와 함께 책을 읽거나 그의 음악 연주를 들으며 시간을 보낸다. 그러던 중 '나'는 어셔의 누이동생 마델라인이 저만치 스쳐 가는 것을 목격한다. '나'는 그녀를 다시 만날 수 없을 것 같다는 이상한 예감에 사로잡힌다.

위기 어셔의 동생 마델라인이 죽음

어느 날 밤, '나'는 어셔로부터 동생 마델라인이 죽었다는 얘기를 듣는다. 어셔는 그녀의 유해를 매장할 때까지 2주일 동안 저택의 지하 납골

실에 안치해 둘 작정이라고 말한다. 그 말을 듣는 순간, '나'는 희귀본 속에 나오는 기괴한 의식들을 혹시 그가 행하고자 하는 것은 아닌지 걱정한다. 어셔가 그런 결심을 하게 된 것은 누이의 병이 이상한 성질의 것이었다는 점과, 어셔가의 묘지가 먼 들녘에 있다는 이유 때문이다. 다음 날, '나'는 그녀의 시체를 가매장하는 일을 거든다. 둘은 유해를 관에 넣고 안치소까지 운반한 뒤 관 뚜껑을 덮는다.

절정 태풍이 몰아치는 밤, 죽은 줄 알았던 마델라인이 나타남

누이가 죽은 후 어셔는 몰라보게 변한다. 어셔는 침착하던 평소의 태도를 잃고, 흐트러진 걸음걸이로 이 방 저 방을 돌아다닌다. 얼굴은 창백한 빛을 더했고 눈은 초점 없이 흔들린다. 여드레째 되는 날, 폭풍이 몰아치고 '나'는 잠을 설친다. 새벽이 되었을 때 어셔가 램프를 들고 방문을 두드린다. 어셔는 무엇인가를 보여 주겠다며 창문을 열고, '나'는 바람 때문에 생겨나는 전기 현상을 목격하고 창문을 닫는다. '나'는 어셔를 안정시키기 위해 라안스러트 캐닝 경의 『광란의 상봉』이라는 책을 어셔에게 읽어 준다. 바로 그때, 누군가 지하실 문을 열고 비명을 지르며 어두운 복도를 걸어 올라오는 소리가 들린다. 문이 활짝 열리자, 거기에는 뜻밖에도 죽은 마델라인이 서 있다.

결말 어셔가 죽고 '나'는 저택을 탈출함

마델라인은 피를 흘리며 어셔의 침대로 쓰러진다. 어셔는 놀라 눈을 뒤집으며 그 자리에서 죽는다. '나'는 비명을 지르며 저택에서 탈출한다. 한참을 정신없이 도망치다가 돌아보니 저택이 무너져 내리며 늪 속으로 빠져 들고 있다.

✏️ **생각해 볼 문제** --

1. 작가가 살았던 19세기 미국의 사회적 분위기와 이 소설의 관계는 어떠한가?

19세기 초 미국은 국가의 발전과 더불어 문학 발전의 토대가 구축되었다. 미국 문학은 신대륙 미국을 소재로 독자적인 자유와 표현을 추구해 낭만주의 시대를 열었다. 이 작품은 과학적 사고로 무장된 '나'를 통해 환상적이고 괴이한 체험을 독자에게 보여 주는 형식을 취하고 있다. 따라서 이 작품은 미국 낭만주의의 환상성과 신비성을 표출한 대표적인 소설이라 할 수 있다.

2. 이 작품에서 작가가 사용한 환상적인 장치들은 무엇인가?

이 소설이 환상적으로 느껴지는 까닭은 작가가 사용한 고풍스럽고 괴기스러운 장치와 암시적 문장 때문이다. 마지막에 저택이 무너지는 장면은 처음부터 치밀하게 암시된다. 저택이 늪지대에 세워진 석조 건물이라는 점이 그것이다. 마델라인의 출현과 어서의 갑작스러운 죽음도 병의 형태로 여러 차례 암시되고 있다. 잘 알려지지 않은 중세의 마법서나 저승과 망령에 관한 문서도 훌륭한 소도구 역할을 한다. 이것들이 묘하게 어울려 현실의 사건을 환상적이고 신비하게 그려 내고 있다.

3. 이 작품 전반에 흐르는 분위기는 어떠한가?

이 소설은 한 가문의 죽음을 다룬 괴이한 형태의 이야기다. 현실과 환상이 섞인 침울한 분위기 속에서 정신적·물질적으로 몰락해 가는 남매의 이야기는 시작부터 끝까지 독자로 하여금 침울함과 공포감, 기이한 감정을 느끼게 한다. 소설 전반에 흐르는 이러한 분위기는 독자로 하여금 공포를 간접 체험하게 한다.

어셔가의 몰락

그의 가슴은 거문고와 같아 스치기만 해도 금세 울리느니라.

- 피에르 장 드 베랑제(프랑스 시인)

어느 가을날이었다. 하늘엔 음산한 구름이 끼어 있고 사방엔 정적이 감돌았다. 나는 혼자서 종일토록 말을 달리고 있었다. 벌판은 황량했고 사람의 모습은 찾아볼 수 없었다. 저녁노을이 깔리기 시작할 무렵에야 나는 어셔가의 저택이 보이는 곳까지 당도할 수 있었다. 어셔가의 저택을 처음 보았을 때 내가 느낀 것은 알 수 없는 음침함이었다. 보면 볼수록 우울한 기분이 마음속에 스며들었다. 나는 눈앞에 펼쳐진 광경, 이를테면 집 안의 평범한 풍물, 쓸쓸한 기분이 감도는 벽, 공허한 눈을 연상케 하는 창들, 몇 개의 무성한 말라 죽은 풀, 몇 그루의 늙고 썩은 나무들을 을씨년스러운 기분으로 바라보았다.

내 기분은 약 기운이 깰 무렵 아편쟁이가 느끼는 허전함, 일상생활로 되돌아가는 그 쓸쓸함, 신비로운 장막이 내리덮일 때의 스산한 감정과 비슷했다. 차가운 물속에 잠기는 것과 같은, 구역질이 나는, 아무리 상상력을 이끌어 내 보아도 도저히 숭고한 기분으로 전환시킬 수 없는, 그런 심정이었다. 왜 자꾸만 이상한 기분이 드는 걸까. 나는 한동안 대문 앞에 서서 생각에 잠겼다. 그것은 풀 수 없는 수수께끼였다. 그렇다고 해서 나를 엄습하는 막막한 감정과 싸울 수도 없는 노릇이었다. 이상한 풍경이 인간에게 주는 감정을 그때그때 분석하기란 우리들의 사고력으로는 불가능했다.

대문을 지나 우중충하게 괴어 있는 늪 언저리로 말을 몰고 갔다. 늪은 어두운 그림자로 저택을 감싸고 있었다. 말을 멈추고 물에 비친 회색빛 풀과 거창한 나무둥치, 공허한 눈을 연상시키는 저택의 창을 가만히 내려다보았다. 또다시 알 수 없는 공포가 전신을 타고 흘렀다. 도무지 원인을 알 수 없는 이상한 형태의 전율이었다.

내가 두려움을 느끼는 이유는 한 가지였다. 나는 어셔가에서 수주일 동안 체류할 참이었다. 저택의 주인인 로데릭 어셔는 나와 소년 시절을 함께 보낸 친구였다. 서로 헤어진 후 오랫동안 보지 못하다가 한 통의 편지를 받고 그의 소식을 알 수 있었다. 그는 편지를 통해 자신의 집으로 급히 방문해 줄 것을 내게 요청했다. 워낙 다급한 요청이어서 나는 사정도 상세히 알지 못한 채 무작정 말을 달려왔던 것이다. 어셔는 심한 육체적, 정신적 혼란을 호소하고 있었다. 내가 옆에 있어 주면 기분도 밝아지고 나아가 자기 병도 퍽 좋아질 것이니, 자기의 제일 친한, 아니 단 하나밖에 없는 친구인 나를 꼭 만나고 싶다는 사연의 편지였다.

소년 시절에 서로 친하게 지냈다고는 하지만 실상 나는 그에 대해 거의 아는 것이 없었다. 그는 어찌할 수 없이 우유부단한 성질이 도드라진 인물이었다. 아주 오래된 가문인 그의 집안은 먼 옛날부터 감수성이 특히 풍부한 것으로 유명했고, 그 자질은 오랜 시대에 걸쳐서 우수한 예술 작품을 탄생시켜 왔다. 어셔가의 혈통은 매우 유서가 깊었으며 온 집안이 한 줄의 직계만으로 이어져 왔다는 점도 놀라운 사실 가운데 하나였다. 방계(시조가 같은 혈족 가운데 직계에서 갈라져 나온 친계)의 자손이 없고 어셔가의 가독(집안의 대를 이어 나갈 맏아들의 신분)은 아버지에게서 아들에게로 똑바로 내려왔다는 사실이 끝내 저택과 거기 사는 사람들을 동일시하게끔 만들었다. 바로 그런 점이 땅의 원이름을 버리고 어셔가라는 고풍스러운 명칭으로 바뀌게 된 것인지도 모를 일이었다. 어셔가라는 호칭은 소작인들에 있어 일족과 저택을 동시에 의미하는 말로 자리 잡았을 터였다.

늪에 눈길을 두고 있으면 있을수록 처음 받았던 이상한 인상이 더욱 깊어졌다. 나의 미심쩍은 생각은 꼬리에 꼬리를 물며 자꾸만 불길한 생각을 불러일으켰다. 공포라는 것을 근처에 둔 일체의 감정은 이런 모순적인 법칙을 가지고 있다는 것을 나는 오래전부터 알고 있었다. 늪에 비치고 있는 그 영상에서 저택으로 눈을 돌렸을 때, 나의 가슴속에 기묘한 망상이 떠오른 것도, 오로지 이와 같은 원인에 따른 것일지도 모를 일이었다. 그것은 참으로 기괴한 망상이어서 나에게 무겁게 덮쳐 오는 그 감정이 얼마나 생생한 것이었냐를 제시하기 위해서 여기에서 말할 따름이다. 이 저택과 영지의 전체에는 저택과 그 부근에 특유한 어떤 분위기가 감돌고 있었다. 썩어 자빠진 수목이나, 회색빛 벽이나 쥐죽은 듯한 늪에서 솟아오르는 독기, 자욱하게 피어오르는 독기에 찬 신비로운 안개 등이 그런 분위기에 더욱 일조했다.

망상을 떨쳐 버리고 나는 눈앞의 건물을 좀더 면밀하게 관찰해 보았다. 첫눈에 알 수 있는 것은 굉장히 오래된 건물이라는 사실이었다. 나무줄기가 여러 해를 묵은 건물의 외부를 빠짐없이 뒤덮고 가늘게 엉킨 거미줄처럼 처마 끝에 드리워져 있었다. 그렇다고 해서 건물이 아주 황폐해 버린 건 아니었다. 석조로 된 그 어느 부분도 허물어지지는 않았다. 그러나 건물의 각 부분이 서로 꽉 짜여져 있는 상태와 개개의 돌이 허물어져 깨질 것같이 된 상태와의 사이에는 뭔가 기괴한 부조화를 느끼게 했다. 버려진 채 전혀 돌보지 않은 지하 납골당에서, 보기에는 멀쩡하지만 오래전에 썩어 빠진 헌 나무 상자를 보는 것 같은 그런 느낌이었다. 그러나 이런 기괴한 느낌을 제외한다면 건물에서 무엇 하나 위험한 모습은 보이지 않았다. 미세한 금 하나가 지붕에서 번개 모양으로 벽을 타고 내려와 물속으로 사라지고 있는 것을 빼고는 말이다.

이러한 것들을 눈여겨보면서 나는 저택으로 통하는 짧은 흙길로 말을 몰았다. 마중 나온 하인이 말을 데리고 가자 나는 고딕풍 현관으로 들어갔다. 다른 하인이 말없이 어둡고 교차된 복도를 지나 주인이 있는 서재까지 나를 안내했다. 이번에도 나는 눈에 보이는 사물들이 막연한 공포감을 불러일으키고 있음을 알 수 있었다. 왜 자꾸 그런 생각이 드는지는 알 수 없었다. 천장의 조각, 벽에 걸쳐진 우중충한 천, 흑단처럼 검은 바닥, 내 걸음에 맞춰서 덜거덕거리는 환상적인 문장이 박힌 전리품. 이 모든 것들이 나에게는 소년 시절부터 낯익은 것이었다. 그래서 나는 이처럼 평범한 것들이 불러일으키는 기괴한 망상에 더욱 의아하지 않을 수 없었다. 그러다가 나는 계단 모서리에서 이 집의 주치의를 만났다. 그의 얼굴에는 교활함과 곤혹이 뒤섞여 있었다. 주치의는 당황한 표정으로 나에게 인사를 건네고는 가 버렸다. 조금 있다가 하인이 한쪽 문을 열고 주인 앞으로 나를 안내했다.

내가 들어간 방은 굉장히 크고 천장이 높았다. 창문은 기다랗고 매우 좁았으며, 검은 참나무 바닥에서 너무나 떨어진 곳에 달려 있었다. 붉은빛으로 물든 약한 광선이 격자로 된 창유리를 통해 비치었다. 그 빛은 방 안의 물건을 뚜렷이 돋보이게 했다. 그러나 방의 구석구석이라든가 둥근 천장의 저 안쪽 같은 곳은 아무리 눈을 크게 뜨고 보려 해도 잘 보이지 않았다. 벽에는 우중충한 벽걸이가 걸려 있었다. 가구는 많이 놓여 있었지만 낡아 빠진 것들뿐이었다. 기타 여러 가지 책과 악기들이 놓여 있었지만 그런 것들이 방에 생기를 불어넣어 주지는 못했다. 슬픈 공기를 호흡하고 있다는 생각이 들었다. 결코 구원받을 수 없는 우울한 기운이 모든 것을 덮고, 모든 것에 스며들어 있었다.

어서는 긴 의자에서 몸을 일으키면서 쾌활하고 친숙한 태도로 나에게 인사를 건넸다. 다소 과장된 우정처럼 느껴졌다. 그러나 그의 얼굴을 보는 순간, 나는 진심으로 그가 나를 대하고 있음을 알게 되었다. 나는 상대가 더 입을 열 때까지 연민과 의구심이 뒤섞인 기분으로 가만히 쳐다보았다. 이토록 짧은 시일에 로데릭 어서처럼 달라진 사람은 아무도 없으리라! 내 앞에 있는 사람을 나의 어린 시절의 친구와 동일인이라고 믿기는 쉬운 일이 아니었다. 그렇지만 그의 얼굴은 어느 때든지 사람의 이목을 끌었다. 시체와 같이 창백한 안색, 비길 바 없이 반짝이는 크고 젖은 눈, 약간 엷고 핏기가 없으나 놀랄 만큼 아름다운 입술! 화사한 유태 인형의, 그러나 그런 형에서는 드물게 볼 수 있는 옆으로 퍼진 코, 튀어나오지 않은 것이 어딘지 정신력의 결여를 상상케 하는 아름다운 형태의 턱, 거미줄보다도 더 가늘고 보드라운 머리털, 이러한 특징은 관자놀이 윗부분이 유난히 퍼진 것과 겹쳐서 잊을 수 없는 독특한 인상을 이루었다. 그의 얼굴은 옛날보다 더욱 뚜렷이 나에게 강한 인상을 주었다. 소름이 끼칠 만큼 창백해진 피부의 빛깔, 그리고 이상한 빛을 뿜는 눈은 무엇보다 나를 당황하게 만들었다. 명주실 같은 머리털은 손질을 하지 않아서 흐트러진 거미줄과 같았다. 얼굴을 가리고 있는 그것 때문에 아무리 애를 써도 그 괴상한 표정은 도저히 사람의 표정이라 생각할 수 없었다.

몇 마디 덕담을 주고받으며 내가 알아차린 것은 그의 말이나 행동이 이상하게 앞뒤가 맞지 않는 것, 일관성이 없다는 점이었다. 잠시도 멈추지 않는 몸의 떨림 때문에, 극도의 흥분을 이겨 내려고 가까스로 헛되이 몸부림치기 때문에 그렇게 보이는 것 같았다. 그의 편지를 읽어 보거나, 소년 시절의 어떤 성벽을 회상해 보거나, 그의 특이한 성질이나 기질에서 우러나오는 결론을 생각해 보면 이런 종류의 일은 당연히 예상하고 있었던 점 가운데 하나였다. 그의 거동은 금방 쾌활하다가도 금세 삐뚤어지곤 했다. 그의 목소리는 수시로 변화를 일으켜 활발하고 유창한 어조였다가 당돌하고, 묵직하고, 침착하고, 공허하게 울리는 어조로, 주정뱅이가 되었다가 때로는 아편쟁이로 변화를 거듭했다.

그는 나에게 와 달라고 한 목적이라든가, 나를 꼭 만나고 싶었다는 것, 나를 만나면 틀림없이 위로가 될 것이라고 생각했다는 것 등을 이야기했다. 그는 자신이 생각하고 있는 자신의 병에 관해서 꽤 상세하게 이야기해 주었다. 그가 말하는 바에 의하면 자신의 병은 체질적인 것이고 그의 일족을 좀먹은 병이어서 그 치료법을 찾아내는 것은 거의 불가능한 노릇이라는 것이었다. 그러다가 그는 곧이어, 이것은 흔히 있는 신경통이기 때문에 아마 머지않아 나을 것이라고 덧붙였다. 그의 병적인 증세는 다양한 형태로 나타났다. 그가 들려준 자신의 병과 관련된 이야기 가운데 어떤 것은 나의 흥미를 끌기도 하고 또한 무척 놀라게 하기도 했다. 아마도 그가 사용한 말이나 이야기 전체의 분위기가 그런 효과를 가져왔을 것이다. 병적으로 예민해진 감각 때문에 그는 몹시 고민하고 있었다. 아주 싱거운 음식 이외에는 어떤 음식도 입에 맞지 않는다고 했다. 입는 것도 특정한 천으로 된 의복에 한정되어 있었다. 꽃 냄새까지 모든 것이 괴롭게 느껴진다는 것이었다. 그에게 공포감을 주지 않는 것은 특별한 소리, 즉 현악기의 소리뿐이라고 했다.

나는 곧 그가 헤어 나올 수 없는 공포의 포로가 되어 있음을 알게 되었다. 집 안 전체에서 괴괴하게 풍겨 나오는 이상한 분위기와 일맥상통하는 데가 있었다. 그는 내게

"나는 죽어 가고 있어."

라고 말했다.

"나는 이렇게 비참하고 어이없이 죽어 가지 않으면 안 된단 말인가. 나는 다만 이렇게 멸망할 수밖에 도리가 없단 말이네. 나는 장래에 일어날 사건 그 자체보다도 그 결과를 두려워하고 있네. 설령 아무리 사소한 사건이라 할지라도 이 견딜 수 없는 마음의 동요에 영향을 미칠 거라는 생각만 해도 치가 떨리네. 나는 정직하게 말해서 위험 그 자체를 무서워하고 있는 것은 아니네. 다만 그 궁극의 결과인 '공포'가 두려운 거네. 이렇게 기력이 쇠퇴해 버린, 이렇게 불쌍한 상태에 놓여 있는 나는 공포라는 그 무서운 망령과의 격투 속에서 생명도 이성도 버리지 않으면 안 될 시기가 조만간에 닥쳐올 것 같은 생각이 든다 이 말이네."

그의 이야기를 듣는 가운데 나는 묘한 특징 하나를 알아차릴 수 있었다.

그것은 그가 이미 몇 해째나 외출할 용기도 없이 살고 있는 현재의 집에서, 어떤 미신적인 주술에 사로잡혀 있다는 사실이었다. 그는 괴이한 힘이 지니는 가공의 지배력에 관한 것을 지금 여기에 묘사할 수 없을 만큼 흐릿하게 말했다. 그의 집인 저택의 형태와 유서 깊은 세월 속에 내포되어 있는 어떤 특이한 성질이 오랫동안 삶을 견디고 있는 동안에, 어느새인가 자신의 정신을 지배하게 된 것이다. 다시 말해서 저택의 회색빛 벽과 작은 탑, 그것들이 그림자를 던지고 있는 어둠침침한 늪, 이러한 것들의 형태가 끝내 자기라는 존재의 정신에 영향을 미치게 된 것이라고 그는 이야기했다.

대화를 나누던 중 나는 좀 더 그의 상태를 파악할 만한 실마리 하나를 발견했다. 그를 괴롭히고 있는 이상한 우울증의 직접적인 원인은, 오랜 세월 동안 그의 유일한 반려자였던, 지상에 단 한 사람 살아남은 혈육인 사랑하는 누이동생의 오랜 병 때문이었다. 아니, 분명히 시시각각으로 다가오고 있는 누이의 죽음 때문이었다.

"누이가 죽는다면." 하고 그는 비통한 어조로 말했다.

"그렇게 되면 아무런 희망도 없는 불쌍한 내가 유서 깊은 어셔가의 피를 받은 최후의 인간이 되는 것이네."

그의 말이 채 끝나기도 전에 마치 약속이라도 한 것처럼 그의 누이인 마델라인이 방의 저쪽을 천천히 지나갔다. 그녀는 내가 도착해 이 집에 있는 것도 알지 못하고 그대로 사라져 버렸다.

짧은 순간, 나는 놀라움으로 그녀를 자세히 살펴보았다. 공포와 기외(꺼리고 두려워함)가 뒤섞인 이상한 감정이었다. 어째서 그런 감정이 들었는가를 마땅히 설명할 수가 없었다. 멀어져 가는 그녀의 모습을 눈으로 좇고 있을 때 마음이 텅 빈 것 같은 기분이 나를 억눌렀다. 그녀의 모습이 사라지고 문이 닫히자 나의 시선은 본능적으로 어셔의 얼굴로 쏠렸다. 그는 두 손에 얼굴을 파묻으며 야윈 손가락 사이로 뜨거운 눈물을 뚝뚝 흘렸다.

마델라인의 병은 주치의들의 솜씨로도 어찌할 수 없는 것이 되어 버렸다. 만성화한 무지각, 점점 더해지는 육체의 쇠약, 일시적이긴 해도 빈번히 일어나는 강직증(관절 굳음증) 등이 그 병의 증상이었다. 그녀는 악착같이 병마와 싸우고 있었다. 몸이 힘들어도 지금까지 단 한 번 눕지 않았다고 한다. 잠깐 사이, 나를 스쳐간 그녀를 생각하며 나는 문득, 그 모습이 어쩌면 살아서의 마지막 모습일지도 모른다는 생각에 사로잡혔다. 그리고 예감은 적중했다.

그로부터 며칠 동안, 어셔도 나도 그녀의 이름을 입에 담지 않았다. 대신에 나는 친구의 우울증을 풀어 주기 위해 수단과 방법을 가리지 않고 대화에 몰두했다. 같이 그림을 그리거나 책을 읽는 것도 중요한 일과였다. 시간이 나면 그의 기타 연주에 귀를 기울이기도 했다. 대부분은 즉흥 연주곡이었다. 우리는 시간이 지날수록 친밀해졌고, 나는 점점 그를 더 깊게 이해할 수 있었다. 하지만 그뿐이었다. 아무리 애를 써도 근본적인 문제는 해결되지 않았다. 그의 마음속에 자리 잡은 어두운 면, 그것은 천성처럼 그의 마음을 떠나지 않았다.

그와 단둘이 보낸 많은 시간을 나는 결코 잊지 않을 것이다. 그의 즉흥적인 노래나 연주곡 또한 언제까지나 내 귀에서 사라지지 않을 것이다. 특히 폰 베버가 지은 마지막 왈츠의 분방한 선율을 기묘하게 뒤틀어서 과장된 연주로 들려준 것을 나는 지금도 마음에 간직하고 있다. 그는 때때로 그림에 몰두하곤 했는데, 그가 치밀한 공상력을 구사해서 그린 그림은 붓 자국마다 애매모호한 것이어서 그것을 볼 때마다 나는 말할 수 없는 전율을 느꼈다. 그 까닭 모를 전율 때문에 나는 더욱더 격렬하게 몸을 떨었다. 그가 그린 그림의 이미지는 지금까지도 뚜렷이 기억에 남아 있지만, 말로 표현할 길은 막막하다.

그림은 단순하고 명확한 구도였는데 단박에 보는 사람의 주의를 끌었다. 그것은 매우 위압적이었다. 관념을 그림으로 그린 사람이 있다면 로데릭 어셔를 가리키는 말이 될 것이다. 대단히 관념적인 것들뿐이었지만 그중 하나는 어렴풋이 말로써 전할 수 있을지도 모르겠다. 그것은 굉장히 긴, 직사각형의 지하실이나 지하도의 내부를 그린 작은 그림이었다. 평평하고 흰, 아무런 장식도 없는 낮은 벽이 끝없이 이어져 있었다. 그림의 일부인 동굴은 지표에서 훨씬 깊은 곳에 있었다. 그 거대한 공간의 어느 부분에도 출구는 보이지 않고, 햇불이나 기타의 인공적인 광원도 보이지 않았다. 그런데도 강렬한 광선이 가득 차 있었고, 모든 것은 기분 나쁜 이상한 광휘(환하고 아름답게 눈이 부심) 속에 잠겨 있었다.

어셔의 모든 신경은 병적인 상태에 있었고, 현악기의 연주 소리 이외에는 모든 음악을 견딜 수 없어 했다. 기타를 연주할 때도 한정된 범위 내의 곡만을 선택했다. 그의 탁월한 연주 실력은 도저히 글로 설명할 수 없다.

그는 즉흥적으로 가사를 읊으며 연주하곤 했는데 그 환상곡들의 가사는 물론이거니와 곡조도 인공적인 흥분이 최고의 상태에 도달하는 순간에만 볼 수 있는 것들이었다. 그 광상곡(일정한 형식에 구속되지 아니하고 자유로운 요소가 강한 기악곡)들 중에서 한 가지 가사를 나는 힘들이지 않고 외웠다. 그가 그것을 읊는 것을 듣고 나는 강한 감명을 받았는데, 그것은 그 노래 가사의 신비로운 흐름 속에서 자신의 고귀한 이성이 그의 왕좌에서 흔들거리고 있는 것을 보았기 때문이다. 어셔 자신도 그것을 충분히 의식하고 있었으며 나 역시 그러한 사실을 어렴풋이 자각했다. '마의 궁전'이라는 제목이 붙은 그 시는 이런 내용이었다.

초록빛의 골짜기에
아리따운 천사가 살고 있었네
그리고 그곳에 그 옛날, 장려한(웅장하고 화려한) 궁전이
빛나는 궁전이 치솟아 있었네
사색이라는 왕의 영토 위에
거기 궁전은 서 있었네
황금빛으로 빛나는 노란 깃발이
그 지붕 위에 펄럭이고 있었네
(모두가 먼 옛날의 일이었네)
그 즐거웠던 날에
깃털 장식이 나부끼는 흰 성벽에 불어오는
온갖 간지러운 소슬바람은
향기로운 내음을 거두어 갔네
이 행복한 골짜기를 헤매는 사람들은
빛나는 두 개의 창을 통해 보았네
류트(가장 오래된 현악기의 하나)의 아름다운 선율에 맞추어
옥적(대금 비슷한 취악기) 언저리에 뛰노는 요정들의 춤을
그 옥좌에 앉아 있는 이
(황제 포오피로진!)
그 영예에 어울리게 당당한 위풍을 떨치고 있는 것은
이 나라를 지배하는 자였네

화려한 궁전의 문짝에는
진주와 루비가 번쩍이고
그 문을 통해서 흐르듯이, 흘러내려 가듯이
항상 번쩍이면서 들어오는 것은
메아리의 무리.
왕 되는 자의 슬기와 지혜를
아름다운 목소리로 노래하는 것이
메아리의 즐거운 임무였다네

그러나 슬픔의 옷을 입은 악마들이
왕의 용상(임금의 얼굴)을 습격했네
(아아, 함께 슬퍼하자! 고독한 왕에게는
이젠 내일의 날이 밝을 수 없기에)
언젠가 왕의 궁전의 둘레에 빛나던 영광도
지금은 묻혀진 그 옛날의
허무한 이야기가 되고 말았네
이제 그 골짜기를 찾는 자들은
빨간 불이 비치는 창 너머로 보네
범벅이 된 음악 소리에 맞춰서
미친 듯이 춤추는 거대한 것들의 괴이한 움직임을
그리고 또한 창백한 문으로
거창한 홍수와도 같이
부정한 것의 무리가 끊임없이 뛰쳐나와서
소리 높이 웃어 대는데
그 옛날의 미소는 이미 찾아볼 수 없구나

　노래 가사는 여러 가지를 연상하게 했다. 생각을 더듬어 보니 어셔가 마음속에 품고 있는 것이 명백해졌다. 그 생각을 내가 여기서 말하는 것은 그것이 새로운 것이라기보다 그가 집요하게 그것을 주장했기 때문이다. 그 생각이란 간단히 말해서 식물은 모두 지각력을 갖추고 있다는 것이다. 그의 미치광이 같은 망상 중에서 그 생각은 보다 더 당돌한 성격을 띠었고,

그는 어떤 조건 아래서는 무기물의 세계에까지 적용된다고 말하기도 했다. 그의 맹목적인 확신이 얼마나 강한 것이었던가. 그리고 얼마나 진지하고 저돌적이었던가를 나로서는 도저히 표현할 도리가 없다.

그런데 어셔의 신념은 묘하게도 대대로 전해 내려오는 저택의 잿빛 석재와 관련이 있었다. 석재들이 배치된 방법, 석재 위에 퍼져 있는 많은 돌버섯이나 저택 둘레에 서 있는 썩어 빠진 나무의 배치뿐만이 아니라 돌 그 자체의 배열, 특히 이러한 배치가 오랫동안 그대로 지속되어 왔다는 것, 그리고 또 늪에 비친 건물의 그림자, 이런 것들 속에 방금 말한 지각력이 존재할 수 있는 조건이 충만해 있다고 그는 믿고 있었다. 식물이 지각력을 가지고 있다는 증거는 늪의 물이나 저택의 벽 근처에, 독특한 분위기가 서서히 그리고 확실하게 응결해 가는 사실 속에서 발견할 수 있다는 것이었다. 그 결과는 수백 년에 걸쳐서 그 일가의 운명을 형성하고 현재의 그를 만들어 낸 어떤 보이지 않는, 그러나 끈질긴, 놀랄 만한 영향력 속에서 발견할 수 있다고 그는 덧붙였다. 나는 그가 광적으로 그런 말을 중얼거릴 때마다 미지의 공포에 직면했으며, 가타부타 대꾸하지 않고 마냥 고개를 끄덕여 주기만 했다.

몇 해 동안 그가 읽은 책들이란 대부분 이처럼 환상을 자아내기에 충분한 것들이었다. 그 책들의 제목은 그레세의 『앵무새와 수도원』, 마키아벨리의 『벨파고르』, 스웨덴보리의 『천국과 지옥』, 홀베르그의 『니콜라이 클리미의 지하 여행』, 로버트 플럿과 장 댕다지느와 드 라 샹브르의 『수상학』, 티이크의 『먼 푸른 곳에의 여행』, 캄파넬라의 『태양의 나라』 등이었다. 특히 그가 애독했던 책은 도미니크 파의 승려 에이메리크 드 지론느의 소형의 8절판인 『종교 재판법』이었다. 폼포니우스 멜라의 저서에는 고대 아프리카의 반인반수 괴물이나 아이기판에 대해서 쓴 대목이 있는데, 어셔는 그것들을 탐독하며 꿈결처럼 몇 시간씩을 보냈다. 그러나 그가 가장 즐겁게 탐독했던 책은 4절판 고딕 글씨의 희귀본, 지금은 잊혀져 버린 어느 교회의 기도서 『마인츠 교회 성가대의 죽은 이를 위한 경야』였다.

그러던 어느 날 밤, 나는 별안간 어셔의 동생 마델라인이 죽었다는 얘기를 들었다. 어셔는 그녀의 유해를 매장할 때까지 2주일 동안 저택의 지하 납골실에 안치해 둘 작정이라고 말했다. 그 말을 듣는 순간, 나는 희귀본 속에 나오는 기괴한 의식을 혹시 그가 행하고자 할까 봐 걱정했다. 그가 그런 결심을 하게 된 것은 누이의 병이 이상한 성질의 것이었다는 점과 어서 가의 묘지가 먼 들녘에 있다는 이유 때문이었다. 나는 처음 그의 집에 도착한 날 계단에서 만났던 의사의 기분 나쁜 얼굴을 떠올리면서 어서의 행동을 조용히 지켜보기만 했다.

다음 날 나는 그녀의 시체를 가매장하는 일을 거들었다. 유해를 관에 넣고 우리는 둘이서 그것을 안치소까지 운반했다. 납골실은 내 침실 바로 밑, 아주 깊숙한 곳에 있었다. 관을 안치한 지하 납골실은 비좁고 축축해서 외부의 광선이 들어올 만한 곳이 전혀 없었다. 추측건대 그 장소는 봉건 시대의 지하 감옥이었거나 가연성 물질의 저장소였던 게 틀림없었다. 복도 입구가 모두 구리판으로 정밀하게 씌워져 있었기 때문에 그런 추측을 할 수 있었고, 육중한 쇠문에도 동판이 씌워져 있었다. 굉장한 무게 때문인지 문짝이 돌쩌귀에 받쳐서 돌아갈 때는 예리한 소리를 내면서 삐걱거렸다.

운반이 끝나자 나와 어서는 관 받침 위에 시체를 얹어 놓고 안에 놓인 사자(死者 죽은 사람)의 얼굴을 들여다보았다. 오빠와 누이의 꼭 닮은 얼굴이 우선 나의 주의를 끌었다. 어서는 나의 생각을 짐작했던지 무언가 몇 마디 중얼거렸는데, 나는 그 말을 듣고 죽은 누이와 그는 실은 쌍둥이였고 둘의 사이에 언제나 설명하기 어려운 공감이 존재하고 있었던 것을 알았다. 시체를 가만히 들여다보고 있자니 공포감이 몰려왔다. 젊은 여자의 목숨을 앗아 간 몹쓸 병은 붉은 기운을 가슴과 얼굴 근처에 남겨 놓았다. 묘하게도 시체의 입술에는 꺼질락 말락 하는 미소 같은 게 서려 있어서 나도 모르게 소름이 돋았다. 우리는 서둘러 관 뚜껑을 덮고 못을 박았다.

슬픔에 잠겨 며칠이 지나갔다. 누이가 죽은 이후 어서는 몰라보게 변화했다. 침착하던 평소의 태도는 찾아볼 수 없었다. 어서는 흐트러진 걸음걸이로 지향도 없이 이 방 저 방 돌아다녔다. 얼굴은 창백한 빛을 더했고 눈도 초점 없이 흔들렸다. 무엇인가 알 수 없는 비밀과 싸우고 있는 것 같았다. 어떤 때는 꼼짝거리지 않고 허공을 바라보며 생각에 잠겨 있기도 했다. 한마디로 그는 미쳐 가고 있었다. 그의 상태는 나를 위협하며 조금씩 영향을 미쳤다. 기괴하면서도 인상적인 그의 미신이 강한 감화력을 가지고 서서히 내 몸에 스며드는 것을 나는 느꼈다.

그런 감정은 마델라인이 죽은 지 여드레째 되는 날 더욱 심해졌다. 그날 잠자리에서 나는 이상한 기분에 사로잡혀 몸을 뒤척였다. 그렇게 몇 시간이 무료하게 지나갔다. 창밖에는 연신 비바람이 몰아치고 있었다. 강한 바람이 연신 창문을 흔들었다. 나는 이성으로써 예민한 신경을 쫓아 버리려고 무한히 애를 썼다.

나는 엄습하는 이상한 기운이 방의 음침한 가구들, 이를테면 벽 위에서 제멋대로 흔들거리며, 침대 곁에서 불안하게 웅성대고 있는 검고 낡아 빠진 벽걸이 따위에 의한 것이라고 믿었다. 그러나 그렇게 생각하려는 나의 노력은 허사였다. 참을 수 없는 전율이 차차 나의 전신에 퍼지고 종래는 나의 심장 바로 위에 말할 수 없는 공포의 악마가 털썩 주저앉아 버리고 말았다. 나는 헐떡거리고 몸부림치면서 그것을 떨쳐 버리려 했다. 나는 베개 위로 몸을 일으키고는 방 안의 캄캄한 어둠 속으로 눈을 돌린 채 귀를 기울였다. 왜 그랬는지, 본능적으로 이끌렸다고밖에 할 수 없으리라. 한차례 폭풍이 멈췄을 때 긴 간격을 두고 어디선지 모르게 들려오는 낮고 흐릿한 소리에 귀를 기울였다. 영문을 알 수 없는 소름끼치는 공포감에 압도되어서, 나는 급히 옷을 걸치고 방 안을 빠른 걸음으로 걸어 다녔다. 공포를 극복하기 위한 몸부림이었다.

서너 번 방을 돌았을까 말까 할 때 복도 가까운 계단을 올라오는 가벼운 발소리가 들렸다. 나는 이내 그것이 어셔의 발걸음인 것을 알았다. 문을 가볍게 노크하며 램프를 손에 든 어셔가 들어왔다. 얼굴은 여느 때와 마찬가지로 시체처럼 창백했지만 눈에는 광기를 띤 기쁨 같은 것이 떠올라 있었고, 어떤 흥분을 억누르고 있는 것처럼 보였다. 그의 이런 모습이 나를 움찔하게 했다. 하지만 내가 그때까지 견뎌 온 불안한 외로움에 비하면 그의 등장은 고마운 것이었다. 나는 내 방에 나타난 그를 구세주라도 되는 것처럼 맞이했다. 그는 주위를 살피며 불쑥 말했다.

"자네는 그걸 보지 못했던 게로군?"

"뭐를 말인가?"

그는 대꾸하지 않고 엉뚱하게 중얼거렸다.

"정말 자네는 그걸 보지 못했던 게로군? 가만있자. 그럼 지금 보여 주겠네."

그는 어리둥절해 있는 나를 뒤로하고 창가로 다가갔다. 그러고는 폭풍이 몰아치는 창문을 확 열어젖혔다. 바람이 미친 듯 창문을 헤집었다. 실로 광폭하지만 한편으로는 엄격한 아름다움을 지닌, 미칠 듯한 공포와 아름다움이 함께 넘치는 밤이었다. 회오리바람은 아마도 저택 부근에 그 힘을 집중하고 있는 것 같았다. 바람의 방향은 몇 번이나 심하게 변했다. 구름이 사방에서 빽빽하게 모여들어, 멀리 떠나가지 않고 마치 살아 있는 것처럼 빠르게 소용돌이치는 것을 볼 수 있었다. 구름이 굉장히 짙게 드리워져 있는데도 잘 보였다. 달이나 별은 조금도 보이지 않았고 번개도 번쩍이지 않았다. 바람 속으로 가스 같은 안개가 기분 나쁜 빛깔 속에서 환하게 빛나고 있었다.

"도대체 무얼 보고자 하는가."

나는 성을 내며 어셔를 진정시켰다.

"저건 다만 폭풍에 의한 전기 현상일 뿐이네. 자아, 그만 창문을 닫게. 찬 공기는 자네 몸에 해롭네. 자네가 가장 좋아하는 소설이 한 권 여기 있네. 내가 읽을 테니 듣게나. 그러면서 이 무서운 밤을 함께 보내도록 하세."

내가 꺼낸 책은 라안스루트 캐닝 경의 『광란의 상봉』이었다. 내가 책을 읽기 시작하자 어셔는 침착함을 되찾고 이내 귀를 기울였다. 나는 소설의 주인공인 에덜레드가 은둔자의 초가로 들어가는 대목까지 읽어 나갔다. 사람들이 잘 알고 있는 바와 같이 소설의 이 부분은 다음과 같다.

"원래 용맹한 자인 데다가 마음껏 마신 술의 효험 덕에 한층 힘을 받은 에덜레드는 묵묵히 은자와의 담판을 기다렸다. 때마침 그는 어깨에 내리치는 비를 느끼고 폭풍우가 올 것이 두려워졌다. 당장에 그는 작두를 휘둘러 몇 번 타격을 가해 순식간에 문에다 주먹이 들어갈 만한 구멍을 뚫었다. 그 구멍에 손을 걸고 힘껏 잡아당기니 문은 갈라지고 산산이 부서졌다. 허공에 울리는 마른 나무의 째지는 소리는 숲 속 가득히 메아리쳤다."

문장의 끝 대목까지 읽은 나는 섬뜩해 이내 말을 멈췄다. 그 까닭은 저택 안 어디에선가 라안스루트 경이 소상히 기술한 문이 쪼개지는 소리와 유사한 소리가 내 귓전에 어렴풋이 들려왔기 때문이었다. 그러나 나는 우연의 일치라고 생각하고 다시 소설을 읽어 내려갔다.

"뛰어난 전사 에덜레드가 문 안으로 쳐들어갔지만 간악한 은자는 그림자도 보이지 않았다. 에덜레드는 매우 화가 났고 또 놀랐다. 대신 거기 있는 것은 비늘로 싸이고 불길 같은 혓바닥을 내민 거대한 몸집의 용이었다. 용은 바닥을 은으로 깐 황금의 궁전을 지키고 있었다. 벽에는 번쩍이는 놋쇠의 방패가 걸려 있고 다음과 같은 글이 새겨져 있었다.

'여기 들어온 자는 승리자이니라

용을 쓰러뜨리는 자는 이 방패를 얻을 지니라'

에덜레드가 작두로 용의 머리를 내리치니 용은 단말마의 독기를 뿜으며 소름끼치는 고함을 질렀다. 귀청을 찢는 듯한 음향 때문에 에덜레드는 두 손으로 귀를 막았다. 그토록 두렵고 심장을 울리는 고함 소리를 들은 사람은 아직 없었으리라."

나는 다시 읽기를 멈췄다. 그리고 깜짝 놀라 멍하니 귀를 기울였다. 그 순간 아무래도 멀리서 들려오는 것 같은, 귀에 거슬리고 길게 잡아끄는 이 상한 외침 소리 같은, 무언가 삐걱거리는 소리가 들리기 시작했던 것이다. 소설 속에 나오는 용의 울음과 아주 비슷한, 소름끼치도록 닮은 소리였다. 두 번씩 우연의 일치가 계속되자 나는 놀라움과 공포에 압도당했다. 그러나 나는 두려움을 입 밖에 내지 않았다. 친구의 신경을 건드리지 않기 위해서였다. 그가 이상한 소리를 들었는지 어떤지는 알 수 없는 일이었다.

나는 호흡을 가다듬고 어셔를 관찰했다. 그의 거동에는 차츰 기묘한 변화가 일어났다. 그는 자기 의자를 서서히 돌려 방 입구 쪽으로 방향을 틀었다. 때문에 나는 그의 얼굴을 한쪽밖에 볼 수 없었다. 그의 입술은 연신 무엇인가를 중얼대며 떨렸다. 머리를 가슴에 파묻을 듯이 숙이고 있었으며 눈은 크게 뜨고 있었다. 그가 몸을 흔들고 있다는 사실도 분명했다. 조용하지만 끊임없이 같은 모습으로 몸을 좌우로 흔들고 있었다. 나는 소설을 다시 읽기 시작했다.

"용은 죽었다. 용의 노여움에서 벗어난 전사는 놋쇠 방패에 생각이 미쳤다. 전사는 주문을 풀기 위해 용의 시체를 밀쳐 내고 은을 깐 성내의 마루 위를 당당히 걸어갔다. 방패는 그가 미처 가까이 가기도 전에 그의 발밑에 떨어졌으며, 무섭고 굉장한 소리가 주위를 뒤흔들었다."

말이 채 끝나기도 전에 나는 마치 놋쇠 방패가 정말로 은의 마룻바닥 위에 큰 소리를 내며 떨어지는 것 같은, 뚜렷하면서도 공허한, 금속성의 물건들이 서로 부딪치면서 울리는 것 같은, 그러면서도 무겁게 누르는 듯한 소리를 들었다. 얼이 빠진 나는 자리를 박차고 벌떡 일어났다. 어셔는 여전히 규칙적으로 몸을 흔들고 있을 뿐이었다. 나는 그가 앉아 있는 의자 곁으로 달려갔다. 그는 가만히 앞을 바라보고 있었다. 얼굴 전체가 마치 돌처럼 굳어 있었다. 그의 어깨에 손을 얹자 심한 전율이 그의 전신을 엄습한 듯이 병적인 미소가 그의 입술 언저리에 피어났다. 그는 내가 곁에 있는 것을 깨닫지 못한 것처럼, 영문 모를 소리를 낮고 빠르게 중얼거렸다. 나는 그에게 몸을 붙이고 웅얼거리는 소리를 듣고자 애썼다.

"저게 들리지 않나? 나에겐 들린단 말일세. 그럼, 똑똑히 들리고말고. 아주 오래 전부터……. 몇 분 동안이나, 몇 시간 동안이나, 며칠 동안이나, 나는 듣고 있었단 말이야……. 하지만 나에겐 용기가 없었지……. 아아, 나를 불쌍하게 여겨 주게. 나는 이 얼마나 비참한 인간이란 말인가! 나는 용기가……. 입 밖에 낼 용기가 없었단 말일세! 우리들은 그녀를 산 채로 무덤에 묻어 버렸단 말일세! 나의 감각이 예민하다는 건 이미 말했지 않나? 지금에 와서야 말하지만 나의 누이가 저 허무한 관 속에서 약간 몸짓을 하는 소리를 들었단 말일세. 난 들었단 말일세……. 그러나 용기가……. 말할 용기가 없었단 말일세! 그런데 지금, 오늘 밤……. 에덜레드가……. 하하……. 은둔자 집의 문이 부서지는 소리, 용의 단말마의 외침, 그리고 방패가 떨어져 울리는 소리! 알겠나, 이렇게 말하는 게 좋을 걸세. 누이가 들어 있는 관이 쪼개지고, 누이가 갇혀 있는 지하 감옥의 돌쩌귀가 삐걱거리고, 구리를 깐 지하 납골실의 복도에서 누이가 몸부림치고 있는 소리가 들린단 말일세! 아아, 나는 어디로 도망쳐야 된단 말인가! 누이가 곧 이곳으로 오지 않겠나! 나의 성급한 처사를 꾸짖기 위해 누이가 빨리 오지 않겠나? 계단을 올라오는 발소리가 들리지 않나? 누이의 그 괴롭고 무서운 심장의 고동 소리가 똑똑히 들리는 것 같군! 이 미친 녀석 같으니!"

그는 맹렬한 기세로 일어섰다. 그러고는 다시 소리쳤다.

"미친 녀석 같으니! 누이는 벌써 문밖에 서 있지 않느냔 말이야!"

나는 그 자리에서 얼어붙었다. 어셔의 말이 채 끝나기도 전에, 방문이 활짝 열린 것이었다. 열린 문으로 억센 바람이 쏟아져 들어왔다. 그리고……. 키가 큰 마델라인이 수의를 입고 떡 버티고 서 있었다. 그녀가 입은 옷에는 피가 배어 있었고 여윈 몸 전체에 무참하게 몸부림쳤던 흔적이 남아 있었다. 그녀는 문지방 근처에서 일순간 부들부들 떨면서 이리저리 흐느적거리다가 잠시 후 낮은 신음 소리를 내면서 방 안에 있던 오빠의 몸 위로 풀썩 쓰러졌다. 그러고는 비명을 지르며 오빠를 마룻바닥 위로 밀어 쓰러뜨렸다. 어셔는 눈을 치뜬 채 그대로 나무토막처럼 넘어졌다. 심장은 공포에 질려 그만 멎어 버렸다. 마침내 그토록 두려워하던 운명이 그를 구렁텅이로 몰아넣은 것이다.

　나는 공포로 온몸을 떨며 그 집에서 도망쳐 나왔다. 저택을 나와 진흙 길을 달려갈 때도 폭풍은 그치지 않고 광란을 부렸다. 어느 순간 내가 달리고 있는 길을 따라서 이상한 빛이 비쳤다. 나는 이 심상치 않은 빛이 어디서 비치는 것인가를 알아보기 위해 뒤를 돌아다보았다. 내 뒤에 있는 것은 커다란 저택과 그 그림자뿐이었기 때문이다. 그 빛은 이제 막 넘어가는 피와 같이 붉은 만월의 빛이었다. 건물 지붕에서 번개 형태를 그리면서 토대까지 뻗치고 있었다. 그 빛은 벽에 그어졌던 균열을 통해서 교교하게(썩 맑고 밝게) 빛나고 있었다. 저택 위에 걸린 것은 커다란 달이었다. 달빛은 저택의 균열을 따라 조금씩 빛을 넓혀 갔고 어느 순간, 수백 년 묵은 저택이 쩍 소리를 내며 눈앞에서 허물어졌다. 회오리바람은 더욱 극성을 부리며 건물을 휘감았다. 벼락이 치듯 요란한 폭음과 함께. 동시에 어셔가를 둘러싸고 있던 깊고 음침한 늪은 소리도 없이, 천천히 어셔가의 잔재를 집어삼켰다. *

큰 바위 얼굴

✎ 작가와 작품 세계

나다니엘 호손(Nathaniel Hawthorne, 1804~1864)

미국의 소설가. 미국 매사추세츠 주 세일럼 출생. 열 살 무렵 다리를 심하게 다쳐 약 2년간 집에서만 지내면서 문학 수업을 받았다. 1821년 보든대학교에 입학해 롱펠로우 등과 교우 관계를 유지했다. 대학 졸업 후 소설 작법을 터득하기 위해 12년간 책을 읽으면서 은거 생활을 했다. 1837년 단편집 『트와이스톨드 테일스』를 발표했다. 호손이 작가로서의 성공을 거둔 것은 1850년에 그의 대표작 『주홍 글씨』를 발표하면서부터다. 17세기 청교도의 식민지 보스턴에서 일어난 간통 사건을 다룬 이 작품은 19세기 미국의 대표적 소설로 꼽힌다. 1851년에는 『일곱 박공의 집(The House of the seven Gables)』과 같은 대작을 발표해 작가로서의 명성을 한층 두텁게 쌓았다.

호손의 작품은 교훈적 경향이 강한데, 이것은 그가 청교도주의를 비판하면서도 그 전통을 계승한 까닭으로 풀이된다. 그는 도덕적 혹은 종교적으로 죄악에 빠진 사람들이나 고독에 사로잡힌 사람들의 내면에 집중했고, 이것을 도덕과 종교, 심리라는 세 가지 측면에서 엄밀하게 고찰하고자 했다. 따라서 철학적이면서도 종교적인 세계를 정교한 비유와 상징으로 형상화하는 것이 특징이다.

✎ 작품 정리

> **갈래** : 단편 소설
> **성격** : 교훈적, 감동적
> **배경** : 시간 – 남북 전쟁 직후 / 공간 – 높은 산에 둘러싸인 계곡 마을
> **시점** : 3인칭 전지적 작가 시점
> **주제** : 다양한 인간상 가운데 이상적인 인간형을 드러냄

발단 **어니스트는 어머니로부터 큰 바위 얼굴에 대한 전설을 들음**

소년 어니스트는 어머니로부터 큰 바위 얼굴에 대한 전설을 듣는다. 어니스트는 큰 바위 얼굴을 닮은 아이가 태어나 훌륭한 인물이 될 것이라는 이야기를 듣고 어서 그런 사람을 만나 보았으면 하는 기대를 품는다. 그리고 어떻게 살아야 큰 바위 얼굴처럼 될 수 있을까 생각하면서 진실하고 겸손하게 살아간다.

전개 **세월이 흘러 큰 부자가 된 상인이 귀향함**

어느 날, 도시로 나가 큰 부자가 된 상인 개더골드가 귀향한다. 사람들은 그의 엄청난 재력과 부를 칭송하며 그가 바로 전설 속의 위인이라고 말한다. 하지만 어니스트는 그의 인색하고 매서운 얼굴을 보고 실망한다. 어니스트는 일과를 마친 후 큰 바위 얼굴을 바라보면서 생각을 정리하고 명상한다.

위기 **전쟁에서 큰 공훈을 세운 장군이 귀향함**

올드 블러드 앤드 선더라는 유명한 장군이 귀향한다. 호위병과 축포를 대동하고 나타난 장군을 보며 사람들은 이번에야말로 전설 속의 위인이 나타났다고 흥분한다. 그러나 어니스트는 굳은 의지가 가득한 장군의 얼굴 속에 지혜나 자비심 같은 것이 보이지 않아 실망한다.

절정 **탁월한 언변을 자랑하는 정치가가 고향을 방문함**

올드 스토니 휘즈라는 정치가가 대통령 선거에 출마하려고 골짜기 마을을 방문한다. 이번에도 사람들은 진정한 전설 속의 위인이 나타났다며 열광하지만 어니스트는 슬픔을 느낀다. 그의 얼굴은 큰 바위 얼굴과 비슷했지만 장엄함이나 숭고함 같은 것이 빠져 있었던 것이다.

결말 **한 시인이 큰 바위 얼굴과 어니스트가 닮았음을 발견함**

백발이 성성해진 어니스트는 동향 시인의 책을 읽으며 그가 전설의 위인일 거라 기대한다. 그러나 그 시인 또한 기다리던 사람이 아님을 알게 된다. 어니스트의 언행일치된 삶과 사상에 감명을 받고 그를 찾아온 시인은 마을 주민들 앞에서 강연하는 어니스트의 소박하고 성실한 얼굴을 바라본다. 시인은 그가 바로 큰 바위 얼굴을 닮은 전설 속의 사람임을 깨닫는다.

🖉 생각해 볼 문제

1. 이 작품에 등장하는 상인과 장군, 정치가, 시인이 전설 속의 위인으로 칭송받는 이유는 무엇인가?

사람들은 큰 바위 얼굴과 닮은 사람이 나타날 거라는 전설을 세속적인 성공으로 이해했다. 그래서 큰 부를 쌓은 상인과 숱한 무공을 쌓은 장군의 위엄, 정치가의 언변과 시인의 명성 같은 것을 칭송했다. 그러나 시간이 지남에 따라 이들은 모두 사람들의 뇌리에서 까맣게 잊혀진다.

2. 큰 바위 얼굴이 상징하는 것은 무엇인가?

큰 바위 얼굴은 장엄함을 갖추었으면서도 부드럽고 자애로운 표정을 담고 있다. 이것은 한쪽으로 치우치지 않는 균형을 유지하면서도 사상과 행동을 일치시키는 내적인 힘을 의미한다. 또한, 작가는 이상적인 인간상에 대한 상징으로 큰 바위 얼굴을 사용했다.

3. 참다운 전설 속의 위인이란 어떤 사람을 일컫는 것인가?

큰 바위 얼굴은 사람이 조각한 것이 아니라 세월의 흐름에 따라 자연 속에서 스스로 모습을 갖춘 것이다. 이것은 매일매일 자신의 생각과 말, 생활을 일치시키고자 노력할 때 이상적인 인간상에 도달할 수 있다는 이 작품의 주제와 닿아 있다. 평범한 사람일지라도 늘 자신을 돌아보며 살아간다면 전설 속의 위인이 될 수 있다.

큰 바위 얼굴

어느 날 오후 해 질 무렵, 어머니와 어린 아들은 오두막의 문 앞에 앉아 큰 바위 얼굴에 대해 이야기했다. 큰 바위 얼굴은 꽤 멀리 떨어져 있었지만, 눈만 들면 햇빛 아래 환하게 빛나는 모습이 뚜렷하게 보였다.

대체 그 큰 바위 얼굴은 무엇일까?

높은 산들로 둘러싸인 분지가 있었다. 그곳 넓은 골짜기에 많은 사람이 살고 있었는데, 그중에는 가파른 산허리의 빽빽한 수풀에 둘러싸인 곳에 통나무집을 짓고 사는 사람들도 있고, 골짜기로 내리뻗은 비탈이나 평탄한 지면의 기름진 흙에 농사를 지으며 안락하게 사는 사람들도 있었다. 또 한곳에 조밀하게 모여 마을을 이루고 사는 사람들도 있었다. 거기에서는 높은 산악 지대로부터 내리지르는 격류(사납고 빠르게 흐르는 물)를 이용해 방직 공장의 기계를 돌렸다.

아무튼 이 골짜기에는 주민 수도 많았고 살림살이 모양도 가지가지였으나, 그들에게 한 가지 공통된 점은 모두가 그 큰 바위 얼굴에 대한 일종의 친밀감을 가지고 있다는 것이었다. 그중에는 그 위대한 자연 현상에 대해 유달리 감격하는 사람들도 없지 않았다.

이렇게 모든 사람이 우러러보는 큰 바위 얼굴은 거대한 암석에 의해 산악의 수직면에 형성되어 있었고, 마치 자연이 장난기 어린 기분으로 만들어 낸 듯했다. 거대한 암석이 모여 있는 모양이 적당한 거리에서 바라보면 확실히 사람의 얼굴과 닮아 있었다. 이 바위 얼굴은 마치 굉장한 거인이나 타이탄(티탄. 그리스 신화에 나오는 거인족)이 절벽 위에 자기 자신의 얼굴을 조각한 것처럼 보였다.

넓은 아치형의 이마는 높이가 30여 미터나 되고, 기름한 콧날과 우람한 입술은 말을 한다면 큰 천둥소리가 골짜기의 이쪽 끝에서 저쪽 끝까지 울릴 것만 같았다.

그러나 가까이 가서 보면 그 거대한 얼굴의 윤곽은 없어지고, 무겁고 큰 바위들이 폐허처럼 질서 없이 포개져 놓인 것처럼 보였다. 그러다 차차 뒤로 물러서면 그 신기한 형상이 점점 드러났고, 멀어질수록 더욱더 사람의 얼굴과 같아져서 본래의 거룩한 모습을 볼 수 있었다. 그리고 얼굴이 희미해질 만큼 멀리서 보면 큰 바위 얼굴은 구름과 안개에 싸여 정말로 살아 있는 것처럼 보였다.

이곳 아이들이 큰 바위 얼굴을 보며 자란다는 것은 큰 행운이었다. 큰 바위 얼굴은 생김생김이 숭고하면서도 웅장하고 표정이 부드러워 온 인류를 사랑으로 감싸고도 남을 것 같았기 때문이다. 그러니 그것을 그저 보는 것만으로도 큰 가르침이 되었다. 사람들은 구름을 비추며 부드러움을 햇빛 속에 불어넣는 그 인자한 큰 바위 얼굴 덕분에 이 골짜기의 땅이 비옥해졌다고 믿었다.

서두에서 이야기한 것처럼 어머니와 어린 소년은 오두막집 문 앞에 앉아서 큰 바위 얼굴을 쳐다보며 그것에 대해 이야기하고 있었다. 아이의 이름은 어니스트였다.

"어머니!" 하고 아이가 말했다. 그때 그 거대한 얼굴은 그에게 미소 짓고 있는 것만 같았다.

"저 큰 바위 얼굴이 말을 할 수 있었으면 좋겠어요. 저렇게 친절해 보이니 목소리도 틀림없이 좋을 거예요. 만약 내가 저런 얼굴을 가진 사람을 만난다면 정말 그 사람을 좋아하게 될 것 같아요."

"옛날 사람들의 예언이 진짜로 일어난다면, 우리는 언젠가 저것과 똑같은 얼굴을 가진 사람을 볼 수 있을 거야."

"어떤 예언인데요, 어머니? 이야기 좀 해 주세요."

어머니는 자신이 어니스트보다 더 어렸을 적 자신의 어머니에게 들은 이야기를 그에게 들려주었다. 그건 지나간 사실에 대한 것이 아니라 앞으로 일어날 일에 대한 이야기였다. 이야기는 상당히 오래전부터 전해 내려왔는데, 옛날 이 골짜기에 살고 있던 아메리칸 인디언들 역시 그들의 조상들로부터 그 이야기를 들어왔다고 했다. 그 조상들의 말에 따르면 산골짜기의 시냇물과 나무 끝을 스치는 바람이 이야기를 속삭여 주었다는 것이다.

이야기의 요지는 이러했다. 장차 이 근처에 한 아이가 태어날 것인데 그 아이는 고아한(뜻이나 품격 따위가 높고 우아한) 인물이 될 운명을 타고날 것이다. 어른이 되는 동안 그 아이의 얼굴은 점점 큰 바위 얼굴을 닮아 갈 것이다. 아직도 많은 사람들은 열렬한 희망과 변하지 않는 신념으로 이 오래된 예언을 믿는다고 했다. 하지만 아무리 기다려도 그 얼굴을 가진 사람을 만나지 못했으므로 사람들은 예언이 그저 허황된 이야기라고 결론지었다. 예언이 말하는 위대한 인물이 아직 나타나지 않았던 것이다.

"어머니! 얼른 커서 그런 사람을 만나 보았으면 좋겠어요!"

어니스트는 손뼉을 치며 외쳤다.

그의 어머니는 상냥하고 사려 깊은 부인이어서 어린 아들의 희망을 깨뜨리지 않는 것이 현명한 일이라고 생각했다. 그래서 그녀는 아들에게 말했다.

"너는 아마도 그런 사람을 만날 수 있을 거야."

어니스트는 어머니가 해 주신 이야기를 절대로 잊어버리지 않았다. 큰 바위 얼굴을 쳐다볼 때마다 그의 마음속에 그 이야기가 떠올랐다. 그는 자신이 태어난 그 오두막집에서 유년 시절을 보냈다. 언제나 어머니 말씀을 따랐고, 어머니가 하는 모든 일을 그의 조그마한 손으로, 그리고 사랑하는 마음으로 도와드렸다. 이렇게 해서 그는 행복하면서도 가끔 깊은 생각에 잠기는 온순하고 겸손한 소년이 되어 갔다. 밭에서 일했기 때문에 햇볕에 얼굴이 검게 그을었지만, 그의 얼굴에는 유명한 학교에서 교육 받은 소년들보다 더한 총기가 어려 있었다.

어니스트에게는 선생님이 없었다. 선생님이 있다면 그것은 큰 바위 얼굴이었다. 어니스트는 하루의 일이 끝나면 몇 시간이고 그 바위를 쳐다보았다. 그 얼굴이 자신을 알아보고 격려하면서 친절한 미소를 보내 준다고 생각했다. 그 큰 바위 얼굴이 어니스트에게만 더 친절하게 비칠 리는 없지만, 그렇다고 해서 어린 어니스트의 생각을 덮어놓고 틀렸다고만은 할 수 없는 일이다. 사실 믿음이 깊고 순진한 사람은 다른 사람들이 보지 못하는 것을 볼 수 있고, 모든 사람이 다 누리는 사랑이 그의 특별한 몫이 되기도 하는 것이니 말이다.

그러던 어느 날, 이 분지 일대에는 마침내 큰 바위 얼굴처럼 생긴 위인이 나타났다는 소문이 떠돌았다. 여러 해 전에 한 젊은 사람이 이 골짜기를 떠나 먼 항구로 가서 가게를 냈다. 그의 이름은—그의 본명이 원래 그런 건지, 아니면 처세술 때문에 그런 별명이 붙은 것인지는 모르지만—개더골드('수전노'라는 뜻)라고 했다. 빈틈없고 눈치가 빠른 데다가 세상 사람들이 '재수'라고 부르는 행운을 타고나서, 그는 대단한 거상이 된 것이다.

그는 자신이 소유한 재산을 헤아리는 데만도 오랜 시간이 걸릴 만큼 큰 부자가 되었을 때 그의 고향을 떠올렸다. 그는 고향으로 돌아가 여생을 마치겠다고 작정했다. 이런 결심하에 그는 백만장자가 살기에 적합한 대궐 같은 집을 짓기 위해 능숙한 목수를 고향으로 먼저 보냈다.

벌써 골짜기에는 개더골드야말로 지금까지 기다렸던 예언의 인물이요, 그의 얼굴은 틀림없이 큰 바위 얼굴 그대로일 거라는 소문이 돌았다. 지금까지 그의 아버지가 살고 있던 초라한 농가 집터에, 마치 요술을 부려 놓은 듯한 굉장한 건물이 들어선 것을 본 사람들은 그 소문을 더욱 확신하게 되었다.

어니스트는 드디어 예언의 인물이 나타났다는 생각으로 몹시 설레었다. 그는 막대한 재산을 가진 개더골드가 자선으로 큰 바위 얼굴의 미소와 같이 너그럽고 자비롭게 모든 사람들의 생활을 돌보아 줄 것이라고 생각했다.

그는 늘 그래 왔던 것처럼 큰 바위 얼굴이 자신의 시선에 답하며 친절하게 자기를 내려다보고 있다고 생각했다. 그때 구불구불한 길을 따라 다가오는 마차 바퀴 소리가 들렸다.

"야! 그가 온다."

개더골드가 도착하는 광경을 보려고 모여 있던 사람들이 외쳤다.

"위대한 개더골드 씨가 오셨다!"

네 마리의 말이 끄는 마차가 길모퉁이에서 속력을 내어 달렸다. 마차 속에서 유리창 밖으로 몸을 반쯤 내민 늙은이의 얼굴이 나타났는데 마이더스의 손으로 빚어 만든 것처럼 피부가 노르스름했다. 이마는 좁았고 작고 매서운 눈가에는 수많은 잔주름이 잡혀 있는 데다가 얇은 입술을 꼭 다물고 있어 더욱더 입술이 얇아 보였다.

"큰 바위 얼굴과 똑같다!"

사람들은 소리를 질렀다.

"옛날 사람의 예언이 맞았어. 마침내 위대한 사람이 우리에게 왔다!"

어니스트는 어리둥절해졌다. 사람들이 개더골드를 옛사람이 예언한 얼굴과 똑같다고 믿고 있었기 때문이다. 때마침 길가에는 먼 지역에서 온 늙은 여자 거지와 어린 거지 둘이 있었다. 이 불쌍한 거지들은 마차가 지나가자 손을 내밀고 슬픈 목소리로 애걸했다. 그러자 재물을 긁어모은 그 누런 손이 마차 밖으로 나오더니 동전 몇 닢을 땅 위에 떨어뜨렸다. 그 위인을 개더골드가 아닌 스캐터코퍼(동전을 뿌리는 사람)라 불러도 될 법한 일이었다. 그럼에도 불구하고 사람들은 여전히 굳은 신념으로 진지하게 외쳐 댔다.

"큰 바위 얼굴과 똑같아!"

그러나 어니스트는 낙심해 그 주름 잡히고 날카롭고 더러운 얼굴로부터 고개를 돌렸다. 그리고 산허리를 올려다보았다. 거기에는 맑고 빛나는 얼굴이 모여드는 안개에 싸여 마지막 햇빛을 받아 반짝이고 있었다. 어니스트의 영혼에 깊은 감명과 영감을 주었던 얼굴이었다. 그는 기분이 유쾌해졌다. 그 인자한 입술이 무슨 말을 하고 있는 것처럼 보였다.

"그 사람은 온다. 걱정하지 마라. 그 사람은 꼭 온다!"

세월이 흐르고 어니스트는 젊은이가 되었다. 그는 골짜기에서 사는 사람들의 주의를 끄는 일이 별로 없었다. 그도 그럴 것이 그의 일상생활에는 유달리 뚜렷한 점이 없었던 것이다.

그가 남과 다른 점이 있다면 하루의 일을 마치고 혼자 떨어져서 큰 바위 얼굴을 쳐다보며 명상을 한다는 점이었다. 다른 사람들은 바보 같은 짓으로 여겼지만 어니스트가 워낙 부지런하고 친절한 데다 자기 할 일을 어김없이 해 왔으므로 아무도 그를 비난하지 않았다. 사람들은 큰 바위 얼굴이 그의 선생님이라는 것과 큰 바위 얼굴에 표현되어 있는 감정이 이 젊은이의 가슴을 다른 사람보다 더 넓고 깊은 동감으로 채워 주고 있다는 사실을 알지 못했다.

사람들은 책에서 배우는 것보다 더 많은 지혜를 큰 바위 얼굴이 주고, 그 얼굴을 바라보는 생활 덕분에 더 나은 인생으로 변화할 수 있다는 것을 알지 못했다. 어니스트 자신도 들 가운데에서나 난롯가에서, 그리고 혼자 깊이 생각하고 반성하는 곳 어디에서나 그에게 자연스럽게 떠오르는 사상과 감정이, 사람과의 접촉을 통해 얻는 것보다 한 단계 더 품격 높은 것임을 알지 못했다.

어머니가 오랜 예언을 일러 주던 처음의 순간처럼 순박한 어니스트는 골짜기를 내려다보고 있는 그 얼굴을 쳐다보며 그것과 똑같이 생긴 얼굴이 좀처럼 나타나지 않는 것을 이상하게 생각하고 있을 따름이었다.

그즈음 개더골드가 죽었다. 기이한 일은 그의 육체요, 영혼이었던 재산이 그의 생전에 모두 사라져서 우글쭈글하고 누런 살갗으로 덮인 해골만 그에게 남은 사실이었다. 그의 황금이 그렇게 사라져 버리자 사람들은 이 거덜 난 상인의 천한 생김새와 산 위에 있는 장엄한 얼굴 사이에 닮은 점이 아무것도 없음을 알게 되었다. 사람들은 그가 살아 있을 때에도 더이상 그를 존경하지 않았고, 죽은 뒤에는 까맣게 잊어버리고 말았다.

그런데 이 골짜기 태생으로 여러 해 전 군대에 들어가 숱한 격전을 겪고 난 끝에 유명한 장군이 된 사람이 있었다. 본명이 무엇인지 알려져 있지 않았으나 병영이나 전쟁터에서는 올드 블러드 앤드 선더('피와 우레'라는 뜻)라는 별명으로 알려져 있었다. 이 백전의 용사도 이제는 노령과 상처로 몸이 허약해져 소란한 군대 생활과 오랫동안 귓속을 울리던 북소리며 나팔 소리에 싫증이 나서, 고향에 돌아와 안식을 얻고자 했다.

골짜기의 주민들은 흥분해 축포를 쏘고 공식 만찬을 열어 군인을 환영하기로 했다. 그러고는 이제야 드디어 큰 바위 얼굴과 똑같은 사람이 정말로 나타났다고 떠들어 댔다. 몇 년 동안 큰 바위 얼굴을 쳐다볼 생각도 않던 사람들은 올드 블러드 앤드 선더 장군이 어떻게 생겼는지 알기 위해 큰 바위 얼굴을 쳐다보며 시간을 보냈다.

축제의 날, 어니스트는 골짜기 사람들과 함께 일자리를 떠나 숲 속에 향연이 마련되어 있는 곳으로 갔다. 배틀블라스트 목사의 목소리가 들렸고, 그의 명예를 위해 사람들이 모여 축복을 간구하고 있었다.

어니스트는 발돋움을 해 이 저명한 손님을 먼발치에서나마 보려고 했다. 그러나 많은 사람이 축사와 연설, 장군의 입에서 흘러나올 답사를 한 마디도 빠뜨리지 않으려는 듯 식탁 주위에 몰려들었고, 뒤따라온 군대가 호위병의 직책을 다하느라 총검으로 사람들을 무지하게 밀어 대는 통에 어니스트는 뒤로 밀려나 그의 얼굴을 볼 수가 없었다. 그는 스스로를 위로하려고 큰 바위 얼굴이 있는 쪽으로 향했다. 큰 바위 얼굴은 전과 다름없이 성실한 빛으로 오랫동안 마음속에 품고 있던 친구를 대하듯 다정히 어니스트를 마주 보고 미소를 띠었다.

이때 이 영웅의 용모와 멀리 산허리 위에 있는 얼굴을 비교해 보고 있던 사람들의 목소리가 들렸다.

"판에 박은 듯 똑같아!"

한 사람이 기뻐 날뛰면서 외쳤다.

"영락없어! 바로 그 얼굴이야!"

또 다른 사람이 맞장구를 쳤다.

"닮다마다! 저건 올드 블러드 앤드 선더의 얼굴이 커다란 거울 속에 비처 있는 것 같은걸."

세 번째 사람이 외쳤다.

"아무렴, 그렇고말고! 장군이야말로 가장 위대한 인물이거든."

이 세 사람이 고함을 질러 대자 소리가 군중 속으로 퍼져 나가 수천의 목소리로 바뀌어 큰 고함 소리를 일으켰다. 고함 소리는 수 마일을 울려 퍼져서 큰 바위 얼굴이 천둥 같은 숨결로 고함을 지른 것이 아닌가 의심될 정도였다.

어니스트는 오랫동안 기다린 그 인물이 지혜를 말하고 선행하며 사람들을 행복하게 하리라고 기대했다. 그러나 그 순간에는 하느님이 피 묻은 칼로 위대한 목적을 이룬 사람으로 그런 일을 성취하도록 하신 게 아닌가 하고 생각했다.

"장군이다! 장군이다!"

사람들이 외쳤다.

"조용히! 장군이 연설을 하신다."

장군은 식사가 끝나고, 그의 건강을 위한 축배가 올려진 뒤에야 감사의 뜻을 표하기 위해 일어섰다. 어니스트는 그를 보았다. 그의 머리 위에는 월계수 얽힌 푸른 나뭇가지가 아치를 이루고, 깃발은 그의 이마에 그늘을 드리우며 축 늘어져 있었다. 숲이 트인 곳으로 큰 바위 얼굴이 그의 얼굴과 나란히 드러나 있었다. 그 둘 사이에 사람들이 외쳐 대는 것과 같은 닮은 점이 정말로 있는 것일까? 아쉽게도 어니스트는 닮은 점을 찾아낼 수가 없었다. 어니스트는 수없이 많은 격전과 갖은 풍상에 찌든 장군의 얼굴을 유심히 바라보았다. 정력과 굳은 의지가 얼굴에 넘쳐흐르고 있는 것은 분명했다. 그러나 선량한 지혜와 깊고 넓으면서도 따사로운 자비심 같은 것은 찾아볼 수가 없었다. 큰 바위 얼굴은 준엄한 표정을 하고 있으면서도 한편으로 온화한 빛을 띠면서 자신의 표정을 누그러뜨리고 있었던 것이다.

"저 사람은 예언 속의 그 사람이 아니야."

어니스트는 군중 사이를 빠져나가면서 한숨을 쉬었다.

"아직도 더 기다려야 한단 말인가?"

또다시 여러 해가 평온한 가운데 흘러갔다. 어니스트는 아직도 그가 태어난 골짜기에 살고 있었고, 이제는 중년의 남자가 되었다. 그리고 미미하지만 차차 사람들 사이에 알려지게 되었다. 그는 아직도 예전처럼 생계를 위해 일하는 순박한 사람이었다. 그러나 그는 많은 일을 생각하고 느끼면서 생의 대부분을 인류를 위해 훌륭한 일을 하면서 보내겠다는 신성한 희망을 품고 지냈다. 그래서 그의 일상생활은 조용하고 사려 깊은 자애심으로 채워졌다. 그것은 마치 길가에 푸른 초원이 만들어 놓은 조용한 시냇물의 흐름처럼 보였다. 이 겸손한 사람은 자기가 가는 길에서 한 번도 벗어난 적이 없었고, 항상 이웃에게 축복을 베풀었다.

어느덧 어니스트는 자신도 모르는 사이에 설교가가 되었다. 그의 맑고 높으며 순박한 사상은 소리 없는 덕행으로, 또 그의 설교 속에서 조용히 흘러나왔다. 그는 사람들에게 깊은 감명을 받고 새로운 생활을 개척할 수 있는 진리를 말해 주었다. 그러나 사람들은 이웃 사람이자 친근한 벗인 어니스트가 비범한 사람이라고 생각하지 않았고, 어니스트 자신도 그런 생각을 품지 않았다. 그러나 개울물의 속삭임처럼 한결같은 힘으로, 그에게서는 아직까지 그 어느 누구도 말해 보지 못한 사상이 술술 흘러나왔다.

얼마간 시간이 흐르자 사람들은 올드 블러드 앤드 선더 장군의 험상궂은 인상과 산 위에 있는 자비로운 얼굴과는 비슷한 점이 없다는 것을 알게 되었다. 그러나 또다시 큰 바위 얼굴과 어떤 저명한 정치가의 얼굴이 똑같다는 소식이 신문에 실렸다.

그는 개더골드나 올드 블러드 앤드 선더 장군과 마찬가지로 이 골짜기에서 태어났으나, 일찍이 고향을 떠나 법률과 정치에 종사해 왔다고 했다. 부자의 재산과 장군의 칼 대신에 그는 오직 한 개의 혀를 가졌을 뿐이었으나 그것은 앞의 두 가지를 합친 것보다 더 강력했다. 그의 언변은 매우 유창해 그가 말하려 하는 것이 무엇이든 청중은 그의 말을 믿지 않을 수 없어 그른 것도 옳게 보고, 정당한 것도 그르게 여기게 되었다. 마음만 내킨다면 그는 그의 숨결만으로 휘황한 안개를 일으키고 대자연의 햇빛을 무색하게 할 수도 있었다. 그의 언변은 때로는 천둥처럼 우르르 울리기도 하고, 때로는 한없이 달콤한 음악 소리처럼 속삭이기도 했다. 그것은 격전의 질풍이었고 평화의 노래였다.

그럴 리는 없겠지만 그는 혀 속에 심장을 지니고 있는 듯했다. 놀라운 사람이었다. 그는 혀 하나로 성공을 거두어 각 주의 정부와 여러 군주의 조정에 그의 목소리가 울렸고, 마침내 온 세계에 그의 명성을 떨쳐 사람들은 그를 대통령으로 선출하려고까지 했다. 그의 이름이 세상에 알려지기 시작할 때부터 그의 숭배자들은 그와 큰 바위 얼굴 사이에 비슷한 모습을 찾아냈다. 이 신사는 올드 스토니 휘즈('바위 같은 얼굴'이라는 뜻)라는 이름으로 전국에 알려졌다.

친구들이 그를 대통령으로 추대하려고 전력을 다하고 있을 때, 그는 자기 고향인 이 골짜기를 방문하려고 길을 떠났다. 기마 행렬은 주 경계선에서 그를 맞기 위해 떠났고, 모든 사람들은 일을 쉬고 길가에 모여 그가 지나가는 것을 보려고 했다. 사람들 속에 어니스트도 있었다.

기마 행렬은 말굽 소리도 요란하게 달려왔다. 먼지가 어찌나 뿌옇게 이는지 어니스트는 그 사람의 얼굴을 볼 수 없었다. 악대가 연주하는 감격적인 음악이 우렁차게 퍼져 골짜기 구석구석에 저명한 손님을 환영하는 소리가 가득 찼다. 저 멀리 산의 절벽이 그 소리에 반향이 되어 울릴 때는 큰 바위 얼굴도 예언 속의 그 사람이 온 것을 인정하듯 승리에 찬 합창을 더 소리 높이는 듯했다.

사람들은 모자를 벗어 위로 던지며 소리쳤다. 이러한 열광적인 환호가 어니스트의 가슴에도 불을 지펴 그도 모자를 위로 던지며 큰 소리로 "위인 만세! 올드 스토니 휘즈 만세!" 하고 외쳤다. 사실 그는 아직 그 사람을 보지 못했다.

"왔다!"

어니스트 가까이 서 있던 사람들이 외쳤다.

"저기 저기, 올드 스토니 휘즈를 봐라. 그리고 저 산 위의 얼굴을 봐라. 마치 쌍둥이 같지 않으냐?"

화려한 행렬 한가운데로 마차가 도착했다. 네 마리의 흰말이 끄는 천정이 없는 사륜마차였다. 그 마차 속에 모자를 벗어 든 유명한 정치가 올드 스토니 휘즈가 앉아 있었다.

"이봐, 큰 바위 얼굴이 마침내 제짝을 찾았다고!"

이웃 한 명이 어니스트에게 말했다.

고개를 끄덕거리며 미소를 짓고 있는 그 얼굴을 보면서 어니스트 역시 산 위에 있는 얼굴과 비슷하다고 생각했다. 훤하게 벗어진 큰 이마며, 얼굴 형상이 대담하고 힘 있게 보였다.

그러나 산 중턱의 얼굴을 빛나게 하고, 육중한 화강암의 암석에 영혼을 불어넣는 신비한 감정의 장엄함이나 숭고함, 웅대함 같은 것은 그 정치가의 얼굴에서 찾아볼 수 없었다. 무엇인가가 원래부터 빠져 있었거나 그렇지 않으면 있던 것이 사라져 버린 것만 같았다. 놀라운 재능을 가진 정치가의 눈 깊숙한 곳에는 모든 것에 지친 듯한 우울함이 깃들어 있을 따름이었다.

그러나 어니스트 옆에 서 있던 사람은 팔꿈치로 그를 쿡쿡 찌르면서 대답을 재촉했다.

"어때? 어떤가 말이야! 이 사람이야말로 저 산 중턱의 얼굴과 똑같지 않나?"

"아니오!"

어니스트는 무뚝뚝하게 말했다.

"조금도 닮지 않았소."

"그렇다면 저 큰 바위 얼굴한테는 안된 일이로군."

어니스트의 이웃은 이렇게 대답하더니 다시 올드 스토니 휘즈를 위해 환호성을 질렀다.

어니스트는 낙담해 우울한 얼굴로 그곳을 떠났다. 예언을 충분히 실현시킬 수 있는 사람이 그렇게 하지 않고 있었기 때문에 이번 실망은 어느 때보다 더 컸다. 기마대, 깃발, 음악, 사륜마차는 소란스러운 군중을 뒤에 두고 그의 옆을 스쳐 지나갔다. 먼지가 차츰 가라앉았다. 어니스트는 장엄한 큰 바위 얼굴을 다시 쳐다보았다.

"나는 여기에 있다, 어니스트!" 그 인자한 입술이 말하는 듯했다.

"나는 너보다 더 오래 기다려 왔다. 그러나 아직 지치지 않았으니 걱정 말아라. 그는 올 것이다."

세월은 빨리 지나갔다. 어니스트의 머리에도 서리가 내렸다. 이마에는 점잖은 주름살이 잡히고, 양쪽 뺨에는 고랑이 생겼다. 그는 늙은이가 되었다. 그러나 헛되이 나이만 먹은 것은 아니었다. 머리 위의 백발보다 더 많은 현명한 생각이 머릿속에 담겨 있었고, 이마와 뺨의 주름살에는 인생의 갖가지 시련을 통해 얻은 슬기가 간직되어 있었다. 어니스트는 더 이상 무명이 아니었다. 추구한 것도, 원한 것도 아니었으나 많은 사람이 쫓아다니는 명성이 그에게 찾아와 그의 이름은 그가 살고 있던 산골을 넘어 세상에 널리 알려지게 되었다. 대학교수들, 그리고 대도시의 사람들조차 어니스트와 만나 이야기하기 위해 멀리서 찾아왔다. 이 순박한 농부가 다른 사람들과 다른 고아하고 깊은 사상을 가지고 있다는 소문이 해외까지 퍼졌다.

어니스트의 사상에는 천사와 일상의 친구처럼 이야기하는 듯한 조용하고 친숙한 위엄이 있었다. 현인이든 정치가든 혹은 박애주의자든, 어니스트는 방문객을 성실하게 맞아들여 그들과 자유로이 이야기를 나누었다. 사람들과 이야기하는 동안 어니스트의 얼굴은 환하게 빛나 부드러운 저녁빛처럼 비추었다. 그와 나눈 충실한 대화를 가슴에 깊이 새기고 사람들은 작별을 고하며 떠나갔다. 이들은 계곡을 오르면서 큰 바위 얼굴을 쳐다보고는 어디에선가 본 얼굴과 닮았다고 생각했으나 딱히 기억해 내지는 못했다.

이 무렵, 하느님의 섭리로 새로운 시인 한 사람이 세상에 나타났다. 그역시 이 골짜기에서 태어난 사람이었으나 고향을 떠나 도시의 소음 속에서자신의 음률을 풀며 살았다. 그는 장엄한 송가(공덕을 기리는 노래)로 큰 바위 얼굴을 찬양한 적도 있었다. 이 천재는 타고난 재능으로 산을 읊어 사람들이그 산허리에서 한층 더한 장엄함을 보게끔 만들었다.

그 시인이 아름다운 호수에 대해 노래하면 하늘은 미소를 던져 그 호수위를 영원히 비추었으며, 망망한 바다를 읊으면 그 깊고 넓고 무서운 가슴도 그의 정서에 감화해 약동하는 듯 보였다. 시인이 행복한 마음으로 세상을 축복하면 온 세상은 과거와는 다른, 더 훌륭한 모습을 가지게 되었다.조물주는 자신이 손수 창조한 세계를 마지막으로 손질할 사람으로 그를 내려보냈던 것이다. 시인이 조물주의 창조에 대한 해석을 말할 때까지 천지창조는 완성된 것이 아닌 것 같았다.

시인의 노래는 어니스트에게도 찾아들었다. 그는 하루의 일과가 끝난 뒤에 문 앞에 놓인 긴 의자에 앉아서 그 시들을 읽었다. 그 자리는 그가 큰 바위 얼굴을 쳐다보며 사색에 잠기는 곳이었다. 어니스트는 자기의 영혼에강력한 충격을 주는 그 시들을 읽으면서 인자하게 미소 짓고 있는 큰 바위얼굴을 쳐다보았다.

"오, 장엄한 벗이여! 이 사람이야말로 그대를 닮을 자격이 있는 사람이아닙니까?"

그는 큰 바위 얼굴을 보고 중얼거렸다. 그 얼굴은 미소 짓는 것 같았지만아무 대답이 없었다.

이 시인은 어니스트의 소문을 듣고 그의 인격을 사모하게 되었고, 어니스트를 몹시 만나고 싶어 했다. 배우지 않고도 얻게 된 그의 지혜와 고아한 순수함을 흠모했던 것이다. 시인은 어느 여름 아침에 기차를 탄 뒤 며칠 후 어니스트의 집에서 멀지 않은 곳에서 내렸다. 예전에 개더골드의 저택이었던 호텔이 바로 옆에 있었지만, 그는 손가방을 든 채 어니스트의 집으로 찾아가서 거기서 하룻밤 신세를 지려고 결심했다.

시인은 문 앞에 가까이 이르러, 점잖은 노인이 책을 한 손에 들고 읽으면서 책갈피에 손가락을 끼운 채 큰 바위 얼굴을 쳐다보고는 다시 책을 들여다보는 모습을 보았다.

"안녕하십니까? 지나가는 나그네입니다. 하룻밤 머물러 갈 수 있겠습니까?"

시인이 말을 건넸다.

"네, 그러시지요."

어니스트는 웃으면서 덧붙여 말했다.

"큰 바위 얼굴이 저렇게 다정한 얼굴로 손님을 맞이하는 것을 본 일이 없는데요."

시인은 어니스트 옆에 앉아 이야기를 주고받기 시작했다. 시인은 지금까지 재치 있고 지혜로운 사람들과 적잖이 이야기를 나누어 왔지만, 어니스트처럼 자유자재로 사상과 감정이 우러나오면서도 소박한 말솜씨로 위대한 진리를 알기 쉽게 말하는 사람을 본 적이 없었다.

시인의 이야기에 귀를 기울이고 있는 어니스트에게는, 큰 바위 얼굴이 몸을 앞으로 내밀고 귀를 기울이는 것만 같았다. 그는 열심히 시인의 빛나는 눈을 들여다보았다.

"손님께서는 비범한 재주를 가지셨는데 대체 뉘십니까?"

어니스트가 물었다. 시인은 어니스트가 읽고 있던 책을 가리키며 대답했다.

"당신께서는 이 책을 읽으셨지요? 그러면 저를 아실 것입니다. 제가 바로 이 책을 지은 사람입니다."

어니스트는 다시 한 번 열심히 시인의 모습을 살폈다. 그러고는 큰 바위 얼굴을 쳐다보더니 이상하다는 표정으로 다시 한 번 더 손님을 쳐다보았다. 그의 얼굴에 실망의 빛이 떠올랐다. 어니스트는 머리를 흔들며 한숨을 쉬었다.

"왜 슬퍼하십니까?"

시인이 물어보았다.

"저는 일생 동안 예언이 실현되기를 기다리고 있었습니다. 저는 이 시를 읽으면서 이 시를 쓴 분이야말로 예언을 실현시켜 줄 분이 아닐까 하고 생각했습니다."

어니스트의 대답에 시인은 약간 미소를 띠면서 말했다.

"어른께서는 제게서 저 큰 바위 얼굴과 비슷한 점을 찾기를 원하셨다는 말씀이신가요? 그런데 지금 보니 개더골드나 올드 블러드 앤드 선더나 올드 스토니 휘즈와 마찬가지로 제게서도 닮은 점을 찾지 못하셨다는 말씀이지요? 그렇습니다. 저는 그 정도밖에 안 됩니다. 저 역시 앞서 나타난 세 사람처럼 당신에게 실망만 더해 드렸을 뿐입니다. 정말로 부끄럽고 슬픈 이야기입니다만, 저는 저기 있는 인자하고 장엄하게 생긴 얼굴에 비할 가치가 없는 인간입니다."

"어째서지요? 이 시집에 담긴 생각이 신성하지 않단 말씀입니까?"

어니스트는 시집을 가리키며 슬픈 목소리로 물었다.

"그 시에는 신의 뜻을 전하는 바가 있습니다. 하늘나라 노래의 먼 메아리 정도는 들릴 것입니다. 친애하는 어니스트 씨여! 그러나 제 생활은 제 사상과 일치하지 못했습니다. 저 역시 큰 꿈을 가졌지만, 그것들은 다만 꿈으로 그쳐 빈약하고 천한 현실 속에서 사는 것을 택하게 되었고 실제로 또 그렇게 살아왔습니다. 솔직하게 말씀드리자면 제 시 속에 쓰여 있는 자연과 인생에 깃든 장엄함이라든지 아름다움, 선함 같은 것에 대해 제 자신이 신념을 가지지 못할 때도 있었습니다. 그러니 순수한 아름다움과 참된 진실을 찾으려는 당신이 이런 저에게서 큰 바위 얼굴을 찾을 수가 있겠습니까?"

시인의 두 눈에는 눈물이 어려 있었다. 어니스트의 눈에도 어느새 눈물이 괴었다.

저녁 해가 질 무렵, 오래전부터 해 오던 관례대로 어니스트는 야외에서 동네 사람들에게 강연을 하기로 되어 있었다. 그와 시인은 여전히 이야기를 주고받으며 그곳으로 걸어갔다. 그곳은 나지막한 산으로 둘러싸인 숲속의 구석진 장소였다. 뒤쪽으로 회색빛 절벽이 솟아 있었고, 그 앞으로는 담쟁이넝쿨들이 무성해 울퉁불퉁한 벼랑으로부터 줄기줄기 덩굴져 내려와 험상궂은 바위를 마치 비단 휘장처럼 덮고 있었다. 거기에 평지보다 약간 높게 푸른 나뭇잎으로 둘러싸인 아늑한 곳이 있어서 한 사람이 그리로 들어가 자기의 진심에서 우러나오는 몸짓을 하며 이야기를 할 수 있었다.

어니스트는 자연이 만들어 낸 이 연단 위로 올라가 따뜻하고 다정한 미소를 띠며 청중을 보았다. 설 사람은 서고, 앉을 사람은 앉고, 기댈 사람은 기대고 해, 저마다 편한 자세를 취하며 어니스트를 바라보았다. 서산으로 기우는 해가 그들의 모습을 비춰 주었고, 햇빛이 잘 통하지 않는 울창한 고목 숲 속으로 명랑한 햇빛을 던지고 있었다. 그 한편에 예나 다름없이 장엄하면서도 인자한 모습의 큰 바위 얼굴이 있었다.

어니스트는 청중에게 이야기하기 시작했다. 그의 말은 그의 사상과 일치되어 있었으므로 힘이 있었고, 그의 사상은 그의 일상생활과 조화되어 있었으므로 현실성과 깊이가 있었다. 이 설교자가 하는 말에는 선행과 성스러운 사랑의 생활이 녹아들어 가 있었기 때문에 단순한 음성이 아닌 생명의 부르짖음에 가까웠다. 마치 윤택하고 순결한 진주가 그의 말속에 녹아들어 가 있는 것 같았다. 그의 이야기에 귀를 기울이고 있던 시인은, 어니스트의 인성과 품격 자체가 자신이 쓴 어떤 시보다 더 고상하다고 느꼈다. 그는 눈물이 어린 눈으로 이 숭고한 사람을 우러러보았다. 그리고 온화하고 다정하고 사려 깊은 얼굴에 백발이 흩어져 있는 그의 모습이야말로 예언자나 성자다운 모습이라고 생각했다.

그때 저쪽 멀리 높은 곳에, 지는 해의 황금빛에 물든 큰 바위 얼굴이 보였다. 큰 바위 얼굴의 주위를 둘러싼 흰 구름은 어니스트의 이마를 덮고 있는 백발과 비슷했다. 그 거대하고 자애로운 얼굴은 이 세상을 감싸 안고 있는 것처럼 보였다.

그 순간 어니스트의 얼굴은 그가 말하려는 생각과 하나가 되어 자애로움이 가득 찬 장엄한 빛을 띠었다. 시인은 참을 수 없는 충동으로 팔을 높이 처들고 외쳤다.

"보십시오! 보십시오! 어니스트 씨야말로 큰 바위 얼굴과 똑같습니다."

모든 사람들은 어니스트를 쳐다보았다. 그리고 그 안목 있는 시인의 말이 사실이라는 것을 깨달았다. 예언은 실현되었다. 그러나 할 말을 다 마친 어니스트는 시인의 팔을 잡고 천천히 걸어 집으로 돌아갔다. 그는 여전히 자기보다 더 현명하고 선량한 사람이 큰 바위 얼굴 같은 용모를 가지고 나타나기를 마음속으로 바랐다. *

🦋 이해의 선물

✏️ 작가와 작품 세계 ----------------------------------

폴 빌라드(Paul Villiard, 1910~1974)

미국의 아동 문학가이자 소설가. 주로 뉴욕 주의 얼스터 카운티에 있는 작은 마을 소거티스에서 지냈다. 공학과 수의학, 생태학 등 다양한 학문 분야에서 연구하고 활동하기도 했다. 어린이의 순수한 심리를 섬세하게 묘사해 세대 간의 이해와 배려, 사랑에 대한 교훈을 깨닫게 하는 작품을 주로 썼다. 「안내를 부탁합니다」는 1966년 〈리더스 다이제스트〉(1922년 미국에서 창간된 잡지)에 최초로 실린 작품이다. 대표 저서로 『보석 세공의 기초』, 『나방과 나방을 기르는 방법』 등이 있다.

✏️ 작품 정리 ----------------------------------

> **갈래** : 성장 소설
> **성격** : 감동적, 사실적
> **배경** : 시간 – '나'의 어린 시절 / 공간 – 위그든 씨의 사탕 가게
> **시점** : 1인칭 주인공 시점
> **주제** : 어린이의 순수한 동심을 지켜 준 어른의 이해심

✏️ 구성과 줄거리 ----------------------------------

발단 '나'는 위그든 씨의 가게에서 사탕을 고르던 과거의 일을 회상함

'나'는 네 살 무렵, 위그든 씨의 사탕 가게에 있는 갖가지 사탕의 향기로운 냄새에 마음을 빼앗긴다. 어머니를 따라 시내 나들이에 나선 '나'는 종종 어머니가 무언가를 위그든 씨에게 내고 사탕을 건네받는 것을 본다.

전개 '나'는 사탕값으로 버찌씨를 내고 거스름돈까지 받음

어느 날 '나'는 집에서 한참 떨어진 위그든 씨의 사탕 가게까지 혼자 걸어가 사탕을 고른다. 그리고 사탕값으로 버찌씨를 낸다. 위그든 씨는 가만히 내 얼굴을 들여다보다가 거스름돈을 거슬러 준다.

절정 '나'는 열대어를 사려는 남매에게 열대어를 주고 거스름돈까지 줘서 돌려보냄

세월이 흘러 동부로 이사한 '나'는 결혼 후 열대어 장사를 한다. 어느 날 어린 남매가 값비싼 열대어를 고르더니 열대어값으로 겨우 20센트를 내민다. '나'는 비로소 그 옛날 위그든 씨가 어린 '나'의 순수함을 지켜 주려 했던 것을 깨닫는다. '나'는 그때의 위그든 씨처럼 남매에게 거스름돈을 거슬러 준다.

결말 위그든 씨에 대한 그리움이 되살아남

볼멘소리를 하는 아내에게 '나'는 위그든 씨가 '나'에게 베풀었던 친절과 배려에 대해 이야기해 준다.

✐ 생각해 볼 문제

1. 이 작품 속의 두 가지 사건은 어떤 연관성을 지니는가?

이 소설은 어린이의 순진한 행동과 그것을 이해하는 어른의 마음을 감동적으로 그리고 있다. 어린 시절 '나'는 사탕 가게 주인인 위그든 씨에게 사탕값으로 버찌씨를 내민다. 위그든 씨는 '나'의 순진한 행동을 나무라지 않고 이해해 준다. 세월이 흘러 '나'는 열대어 가게의 주인이 되고 열대어값으로 20센트를 내는 남매를 보며 위그든 씨의 마음을 이해하게 된다. 시간차를 두고 벌어진 두 사건을 통해 '나'는 어린이의 순수함을 지켜 주려 한 위그든 씨의 마음과 어른이 된 '나'의 마음이 같음을 이해한 것이다.

2. '거스름돈'은 무엇을 상징하는가?

이 작품에서 아이들은 사탕이나 열대어를 갖고 싶은 마음에 얼토당토않은 거래를 시도한다. 그러나 위그든 씨와 어른이 된 '나'는 아이들에게 거스름돈을 줌으로써 동심이 다치지 않도록 배려한다. 그러므로 거스름돈은 아이들의 순수한 마음에 대한 위그든 씨와 '나'의 이해를 상징한다.

3. 위그든 씨가 '나'에게 물려준 유산은 무엇인가?

'나'는 남매가 열대어를 사기 전까지 자신이 위그든 씨에게 받은 것이 무엇인지 마음 깊이 새기지 못했다. 그러다 옛날과 비슷한 상황에 처하자 자신이 위그든 씨로부터 어떤 배려를 받았는지 깨닫는다. 그것은 어린아이들의 순진함을 이해하고 지켜 주려는 어른의 이해심이었다. '나'가 위그든 씨로부터 물려받은 유산은 바로 이것이다.

4. 이 작품의 제목인 '이해의 선물'은 어떤 의미인가?

이 소설에는 세 가지 이해가 나온다. 첫 번째는 어린 시절 '나'의 순수한 마음을 이해해 준 사탕 가게 주인 위그든 씨의 '이해'다. 두 번째는 열대어를 사러 온 남매의 순수한 마음을 지켜 준 '나'의 '이해'다. 세 번째는 '나'의 행동을 처음에는 타박하지만 '나'의 이야기를 듣고 감동의 눈물을 흘리는 아내의 '이해'다. 이 세 사람의 '이해'를 통해 독자는 '이해의 선물'이 무엇인지 감동적으로 깨닫게 된다.

이해의 선물

나는 네 살 무렵, 처음으로 위그든 씨의 사탕 가게에 들렀다. 가게 안은 온통 사탕 천지였다. 사탕에서 풍기던 향기로운 냄새는 50여 년이 지난 지금까지도 잊혀지지 않는다.

위그든 씨는 늘 방울 소리와 함께 나타났다. 가게 문에 달린 조그만 방울이 울리면 조용히 나타나서 진열대 뒤에 서곤 했던 것이다. 그는 꽤 나이가 많아서 구름처럼 희고 고운 백발 머리를 하고 있었다.

많은 사탕 중에서 딱히 하나를 고른다는 것은 무척 힘든 일이었다. 먼저 머릿속으로 어느 것 하나를 충분히 맛보지 않고는 다음 것을 고를 수 없었다. 그렇게 해서 마침내 내가 고른 사탕이 하얀 종이 봉지에 담길 때에는 늘 괴로운 아쉬움이 뒤따랐다. 다른 것이 더 맛있지 않을까? 더 오래 먹을 수 있지 않을까?

위그든 씨는 골라 놓은 사탕을 봉지에 넣은 다음, 잠시 기다려 주었다. 무슨 말을 더 했던 것은 아니다. 그러나 그는 하얀 눈썹을 치키고 서 있으면서 방금 산 사탕을 다른 사탕과 바꿀 수 있는 마지막 기회가 남아 있음을 말없이 일러 주었다.

계산대 위에 사탕값을 올려놓은 다음 사탕 봉지가 비틀려 묶이고 나면 잠깐 동안 주저하던 시간은 끝이 나는 것이었다.

우리 집은 전찻길에서 두 구간이나 떨어져 있었다. 때문에 차를 타러 나갈 때나 차에서 내려 집으로 돌아올 때는 언제나 그 가게 앞을 지나야 했다. 어느 날 어머니는 볼일이 있어 시내에 나를 데리고 나가셨다가, 전차에서 내려 집으로 돌아오는 길에 위그든 씨의 가게에 들르셨다.

"음, 어디 볼까."

어머니는 기다란 유리 진열장 앞으로 나를 데리고 가셨다. 그때 커튼 뒤에서 노인이 나타났다. 어머니와 노인이 잠시 이야기를 나누는 동안 나는 눈앞에 진열된 사탕을 정신없이 바라보고 있었다. 어머니는 내게 줄 사탕을 몇 가지 고른 다음, 값을 치르셨다.

어머니는 매주 한두 번씩은 시내를 나가셨고 그 시절에는 아이를 돌봐 주는 사람이 없었기 때문에 나는 늘 어머니를 따라다녔다. 어머니는 나를 위해 그 사탕 가게에 들르는 것이 규칙처럼 되어 버렸다. 그 무렵 나는 돈이라는 것에 대해 전혀 아는 바가 없었다. 그저 어머니가 다른 사람에게 무엇인가를 건네주면, 그 사람은 또 으레 무슨 꾸러미나 봉지를 내주는 것을 보고는 '아하, 물건을 팔고 사는 건 저렇게 하는 것이로구나'라고 생각했다.

그러던 어느 날 나는 한 가지 결단을 내렸다. 위그든 씨 가게까지 두 구간이나 되는 먼 거리를 나 혼자 가 보기로 한 것이다. 상당한 고생 끝에 간신히 그 가게를 찾아 커다란 문을 열었을 때 귀에 들려오던 그 방울 소리를 지금도 나는 뚜렷이 기억한다. 나는 두근거리는 가슴을 안고 천천히 진열대 앞으로 걸어갔다.

이쪽엔 박하 향기가 나는 납작한 박하사탕이 있었다. 그리고 쟁반에는 조그만 초콜릿 알사탕, 그 뒤에 있는 상자에는 입에 넣으면 흐뭇하게 뺨이 불룩해지는 굵직굵직한 눈깔사탕이 있었다.

단단하고 반들반들하게 짙은 암갈색 설탕 옷을 입힌 땅콩을 위그든 씨는 조그마한 주걱으로 떠서 팔았는데, 두 주걱에 1센트였다. 물론 감초 과자도 있었다. 그것을 한 입 문 채로 입안에서 녹여 먹으면 꽤 오래 우물거리며 먹을 수 있었다.

충분하다 싶을 만큼 내가 이것저것 골라 내놓자 위그든 씨는 나에게 몸을 구부리며 물었다.

"이걸 다 사려고? 그래, 돈은 가지고 왔니?"

"네."

나는 대답했다. 그리고 주먹을 내밀어 위그든 씨의 손바닥에 반짝이는 은박지로 정성스럽게 싼 여섯 개의 버찌씨를 조심스레 떨어뜨렸다.

위그든 씨는 잠시 자기의 손바닥을 들여다보더니 다시 한참동안 내 얼굴을 구석구석 쳐다보았다.

"돈이 모자라나요?"

나는 걱정스럽게 물었다.

그는 조용히 한숨을 내쉬고 나서 대답했다.

"아니다. 돈이 좀 남는 것 같아. 거슬러 주어야겠는데……."

그는 구석 금고 쪽으로 걸어가더니 '철컹' 소리를 내며 서랍을 열었다.

그러고는 계산대로 돌아와서 몸을 굽혀 내 손바닥에 2센트를 떨어뜨려 주었다.

내가 혼자 거기까지 가서 사탕을 샀다는 사실을 아신 어머니는 나를 꾸중하셨다. 그러나 돈의 출처는 물어보지 않으셨던 것으로 기억된다. 나는 다만 어머니의 허락 없이 다시는 거기에 가지 말라는 주의를 받았을 뿐이었다. 나는 확실히 어머니의 말씀에 순종했다. 그리고 그 후로 두 번 다시 버찌씨를 쓴 기억이 없는 것으로 보아 허락이 있었을 때에는 분명히 1, 2센트씩 어머니가 돈을 주셨던 것 같다.

당시로서는 그 모든 사건이 내게 별로 대단한 일이 아니었으므로 나는 자라는 동안 그 일을 까맣게 잊고 있었다.

내가 예닐곱 살이 될 무렵 우리 가족은 동부로 이사를 갔다. 거기서 나는 성장해 결혼도 하고 가정도 이루었다. 아내와 나는 외국산 열대어를 길러 파는 장사를 시작했다. 당시는 양어장(물고기를 인공적으로 기르는 곳)이 아직 초창기를 벗어나지 못했던 시절이라 대부분의 물고기는 아시아, 아프리카, 남아메리카 등지에서 직접 수입하고 있었다. 그래서 한 쌍에 5달러 이하짜리는 없을 정도였다.

어느 화창한 오후 남자 아이 하나가 제 누이동생과 함께 가게에 들어왔다. 남자아이는 예닐곱 살 정도밖에는 안 되어 보였다. 나는 바쁘게 어항을 닦고 있었다. 두 아이는 눈을 커다랗게 뜨고 수정처럼 맑은 물속을 헤엄치고 있는 아름다운 열대어들을 바라보았다.

그러다가 남자아이가 소리쳤다.

"야아! 우리도 저거 살 수 있죠?"

"물론이지."

나는 대답했다.

"돈만 있다면야."

"네, 돈은 많아요."

하고 남자아이가 자신 있게 말했다. 말하는 폼이 어딘가 친근하게 느껴졌다. 아이들은 얼마 동안 물고기들을 살펴보더니 손가락으로 몇 가지 종류를 가리키며 한 쌍씩 달라고 했다. 나는 아이들이 고른 것을 그물로 건져 휴대 용기에 담은 후, 들고 가기 좋도록 비닐봉지에 넣어 남자아이에게 건네주며 말했다.

"애들아, 조심해서 들고 가야 한다."

"걱정 마세요."

남자아이는 고개를 끄덕이며 제 누이동생을 돌아보고 말했다.

"네가 돈을 내."

나는 손을 내밀었다. 다음 순간 꼭 쥐어진 여자아이의 주먹이 내게 다가왔을 때, 나는 앞으로 일어나게 될 사태를 금세 알아챘다. 그리고 그 어린 소녀의 입에서 나올 말까지도. 소녀는 쥐었던 주먹을 펴고, 내 손바닥에 5센트짜리 백동화 두 개와 10센트짜리 은화 한 개를 쏟아 놓았다. 그 순간 나는 먼 옛날에 위그든 씨가 내게 물려준 유산이 내 마음속에서 솟아오르는 것을 느꼈다. 그제야 비로소 지난날 내가 그 노인에게 안겨 주었던 곤란함이 어떤 것이었는지를 알았고, 그가 얼마나 멋지게 그것을 해결했던가를 깨달았다.

내 손 위에 올려진 그 동전들을 바라보고 있노라니 나 자신이 그 조그만 사탕 가게에 와 있는 듯한 기분이었다. 나는 그 옛날 위그든 씨가 그랬던 것처럼 두 어린이의 순진함과, 그 순진함을 보전할 수도, 파괴할 수도 있는 힘이 무엇인지를 알게 되었다. 그날의 추억이 너무나도 가슴에 벅차 나는 목이 메었다. 소녀는 기대에 찬 얼굴로 내 앞에 서 있었다.

"모자라나요?"

소녀는 작은 목소리로 물었다.

"아니다. 돈이 좀 남는걸."

나는 목이 메는 것을 참으며 간신히 말했다.

"잠깐 기다려라. 거슬러 줄 게 있다."

나는 금고 서랍을 뒤져 소녀가 내민 손바닥 위에 2센트를 떨어뜨려 주었다. 그러고 나서 자기들의 보물을 소중하게 들고 길을 걸어 내려가고 있는 두 어린이의 모습을 문 옆에서 지켜보며 서 있었다.

가게 안으로 들어와 보니 아내는 어항 속의 물풀들을 다시 가다듬어 놓느라고, 걸상 위에 올라서서 두 팔을 팔꿈치까지 물속에 담그고 있었다.

"대관절 무슨 까닭인지 말씀해 보세요."

아내는 나를 보고 말했다.

"물고기를 몇 마리나 주었는지 알기나 해요?"

"한 삼십 달러어치는 주었지."

나는 아직도 목이 멘 채로 대답했다.

"이해해 줘, 그럴 수밖에 없었으니까."

내가 위그든 씨에 대한 이야기를 끝마쳤을 때, 아내의 두 눈은 젖어 있었다. 아내는 걸상에서 내려와 나의 뺨에 조용히 입을 맞추었다.

"아직도 그 박하사탕의 향기가 잊혀지지 않아."

나는 숨을 길게 내쉬었다. 그리고 마지막 어항을 닦으면서 어깨 너머에서 들려오는 위그든 씨의 나지막한 웃음소리를 들었다. *

안내를 부탁합니다

작품 정리

작가 : 폴 빌라드(158쪽 '작가와 작품 세계' 참조)
갈래 : 성장 소설
성격 : 감동적, 감상적
배경 : 시간 – '나'의 어린 시절 / 공간 – 집 안 계단 옆 전화기 근처
시점 : 1인칭 주인공 시점
주제 : 어린이의 순수함을 존중하고 배려하는 어른의 아름다운 모습

구성과 줄거리

발단 **'나'는 전화기 속에 '안내를 부탁합니다'가 산다고 생각함**

'나'는 집 안 계단 옆 벽에 붙은 전화기 속에 '안내를 부탁합니다'가 살고 있다고 생각한다. '안내를 부탁합니다'는 전화기를 들어 묻기만 하면 무엇이든 척척 대답해 준다.

전개 **'나'는 '안내를 부탁합니다'와 자주 전화 통화를 함**

어느 날 '나'는 손을 다쳐 '안내를 부탁합니다'에게 전화를 건다. '안내'로부터 응급 처방을 일러 받게 되고 이 일이 계기가 되어 '나'는 일상사에 관한 궁금증뿐 아니라 기르던 동물의 죽음 소식까지 '안내'에게 알린다.

절정 **고향을 떠난 후에도 '안내'를 그리워함**

'나'는 누나의 장난으로 전화기가 고장 나 '안내'와 통화가 끊긴다. '나'는 '안내'가 다쳤을까 걱정하고, '안내' 역시 걱정이 되어 전화 수리공을 '나'의 집으로 보낸다. '나'는 보스턴으로 이사한 후에도 고향의 낡은 전화기 속에 사는 '안내'를 그리워한다.

결말 **대학생이 된 '나'는 '안내'와 통화하지만 얼마 후 그녀의 사망 소식을 들음**

몇 년 뒤, 방학이 끝나갈 무렵 '나'는 고향 마을의 전화국에 전화를 걸어 '안내'를 찾는다. 마침 근무 중이던 '안내'와 통화하면서 그리움과 반가

움을 나눈다. '나'는 '안내'와 저녁 약속을 하고, 그녀의 집에서 만나 지난 시절에 대한 이야기를 나누며 즐거운 시간을 갖는다. 석 달 후 '나'는 '안내'의 사망 소식을 전해 듣는다.

✐ 생각해 볼 문제

1. 이 작품 속에 등장하는 전화 안내원의 성격은 어떠한가?

「이해의 선물」에 등장하는 사탕 가게 주인 위그든 씨처럼 이 작품 속의 전화 안내원 역시 어린아이의 동심을 이해하고 배려하는 인물이다. 얼굴도 모르는 어린아이의 갖가지 질문에 참을성 있게 대답해 주고 진심으로 대하는 자세로 미루어 보아 그녀가 얼마나 친절하고 사려 깊은 사람인지 알 수 있다.

2. '나'가 이사한 후 새 전화기에 선뜻 손이 가지 않았다고 말한 이유는 무엇인가?

'나'는 어린아이에 불과했던 자신의 하소연과 고민을 들어주던 고향 마을 전화 안내원과의 통화를 그리워한다. 어린 날의 안도감, 그녀와의 정겨운 대화 등은 번쩍거리는 새 전화기가 아니라 고향 집의 낡은 전화기를 통해 얻은 것이기 때문이다.

3. 전화 안내원이 남긴 "죽어서도 노래를 부를 수 있는 다른 세상이 있다."라는 말의 의미는 무엇인가?

어린 '나'에게 죽음은 충격으로 받아들여질 수 있다. 그래서 전화 안내원은 '나'가 기르던 새가 죽었을 때, 죽음이 끝이 아니며 죽음 이후에도 여전히 새는 새로서 노래할 수 있는 다른 세상이 있다는 말로 슬픔을 달래려 한 것이다. 즉, 안내원이 남긴 말은 자신의 사망 소식을 듣고 슬퍼할 주인공에게 전하는 위로의 말이다.

안내를 부탁합니다

내가 아주 어렸을 때의 일이다. 우리 집은 동네에서 제일 먼저 전화를 놓은 집이었다. 2층으로 올라가는 계단 옆의 벽에 붙어 있던 참나무 전화기가 지금도 기억에 생생하다. 반질반질 윤이 나는 수화기가 전화기 옆에 걸려 있었다. 우리 집 전화번호도 생각난다. 정확히 켄 우드-3105번이다. 나는 일곱 살밖에 안 된 꼬마라서 전화통에 손이 닿지는 않았지만 어머니가 전화기에 대고 무슨 말을 할 때면 마치 귀신에 홀린 듯이 귀를 기울이곤 했다. 한번은 어머니가 나를 번쩍 들어 올려 지방에 출장 중인 아빠와 통화할 수 있게 해 주었다. 아빠의 다정한 목소리가 들려오자 나는 머뭇거리면서 "아, 아빠, 안녕."이라고 인사했다. 정말 요술 같은 일이었다.

이윽고 나는 이 멋진 기계 속 어딘가에 놀라운 인물이 살고 있다는 것을 알게 되었다. 그녀의 이름은 '안내를 부탁합니다'였다. 그녀는 무엇이든 알고 있었다. 어머니가 어떤 사람의 전화번호를 물어도 척척 대답해 주었다. '안내를 부탁합니다'는 이 세상에서 가장 머리가 좋은 사람임에 틀림없다고 생각했다.

심지어 밥을 주지 않아 우리 집 괘종시계가 멎었을 때도 그녀는 즉시 정확한 시간을 알려 주었다.

내가 이 전화기 속의 요정과 처음으로 직접 이야기를 나눈 때는 어머니가 이웃집에 볼일을 보러 가느라 집에 안 계신 어느 날이었다. 그날 나는 지하실에 꾸며 놓은 작업대 앞에서 놀다가 그만 망치로 손가락을 찧었다. 너무 아팠지만 집 안에는 나를 달래 줄 사람이 아무도 없어서 울어 봤자 소용이 없을 것 같았다. 나는 쿡쿡 쑤시는 손가락을 입으로 빨면서 집 안을 헤매다가 어느덧 층계 옆에 이르렀다. 그래, 전화통이다! 나는 얼른 응접실로 달려가 발 받침대를 끌고 와서 그 위에 올라섰다. 수화기를 들고 귀에 갖다 대자 누군가가 물었다.

"몇 번 바꿔 드릴까요?"

나는 키가 작아 가까스로 전화에 대고 말했다.

"안내를 부탁합니다."

한두 번 짤깍거리는 소리가 나더니 작지만 또렷한 음성이 귀에 들려왔다.

"안내입니다."

"손가락을 다쳤어, 잉⋯⋯."

나는 전화기에 대고 울음을 터뜨렸다. 이제 하소연을 들어줄 사람이 생기자 기다렸다는 듯이 눈물이 펑펑 쏟아졌다.

"엄마가 안 계시나요?"

'안내를 부탁합니다'가 물었다.

"나 말고는 아무도 없어⋯⋯."

나는 훌쩍거리며 대답했다.

"피가 나나요?"

"아냐, 망치로 손가락을 쳤는데 그냥 막 아파요."

"냉장고를 열 수 있나요?"

"네."

"그럼, 얼음을 조금 꺼내서 손가락에 대고 있어요. 그렇게 하면 금방 아픔이 가실 거예요. 참, 얼음을 꺼낼 때는 조심해야 해요."

'안내를 부탁합니다'는 상냥하게 덧붙였다.

"이제 그만 울어요. 금방 나을 테니깐⋯⋯."

그녀의 말대로 했더니 정말 아프지 않았다. 그런 일이 있은 후 나는 무슨 일이든 모르는 게 있으면 '안내를 부탁합니다'를 불러 도움을 요청했다. 지리 공부를 하다가 모르는 게 있어 전화를 걸면 그녀는 필라델피아가 어디 있는지, 오리노코 강은 어디로 흐르는지 자세히 가르쳐 주었다. 오리노코 강은 내가 이다음에 크면 꼭 가 봐야겠다고 마음먹은 멋진 곳이다. 그녀는 철자법 숙제도 도와주었고, 우리 집 고양이가 석탄 담는 통 안에서 새끼를 낳았을 때 처음 며칠 동안은 가까이 가서는 안 된다는 사실도 일러 주었다. 내가 공원에서 잡은 다람쥐에게는 과일이나 땅콩을 먹이면 된다고 가르쳐 주기도 했다.

우리 가족이 애지중지하던 카나리아인 패티가 죽었을 때도 마찬가지였다. 나는 즉시 '안내를 부탁합니다'를 불러 이 슬픈 소식을 전했다. 가만히 듣고 있던 그녀는 어른들이 흔히 어린아이를 달랠 때 하는 말로 나를 위로했다. 하지만 내 마음은 풀어지지 않았다. 그토록 아름답게 노래하며 온 가족에게 기쁨을 선사하던 카나리아가 어떻게 한낱 깃털 뭉치로 변해 새장 바닥에 누워 있을 수 있단 말인가! 그녀는 내 마음을 읽었는지 가만히 말했다.

"폴, 죽어서도 노래 부를 수 있는 다른 세상이 있다는 것을 잊지 말아요."

그 말을 듣자 왠지 기분이 한결 나아졌다.

어느 날 나는 또 전화기에 매달렸다.

"안내입니다."

이제는 귀에 익은 목소리였다.

"픽스(수리하다)라는 말은 어떻게 쓰죠?"

"픽스 말인가요? 에프 아이 엑스(fix)예요."

내가 고맙다는 인사를 하려는데 갑자기 누나가 뒤에서 나를 향해 달려들며 '왁' 하고 소리쳤다. 나는 깜짝 놀라 수화기를 쥔 채 의자에서 굴러 떨어졌다.

그 바람에 수화기는 뿌리째 전화통에서 뽑히고 말았다. 내가 놀라는 것을 보고 깔깔대던 누나는 내가 전화선을 움켜쥐고 있는 것을 보자 이내 겁에 질려 소리를 질렀다.

"그걸 그냥 잡고 있으면 어떻게 해. 전화선이 뽑혔잖아!"

내게는 전화선이 문제가 아니었다. '안내를 부탁합니다'의 음성이 더 이상 들려오지 않기 때문이다. 내가 전화선을 뽑아내 혹시 그녀가 다치지 않았는지 걱정되었다. 누나는 어디론가 사라져 버렸다. 훌쩍거리며 혼자 계단에 앉아 있었는데, 누군가가 현관문을 두드렸다. 문을 열어 보니 한 남자가 현관에 서 있었다.

"뭐가 잘못됐니?"

나는 눈물을 흘리면서 고개를 끄덕였다.

"나는 전화를 수리하는 아저씨란다. 저 아래 동네에서 일하고 있지. 전화 안내하는 분이 이 집 전화에 문제가 생긴 것 같다면서 가 보라고 하더라."

그는 아직도 내 손에 들려 있는 수화기를 잡으며 물었다.

"무슨 일이 있었니?"

나는 조금 전에 일어난 일에 대해 말해 주었다.

"아, 그런 건 잠깐이면 고칠 수 있어."

그는 내게서 수화기를 받아 들고는 전화통을 열었다.

얽히고설킨 전선과 코일이 드러났다. 그는 끊어진 전화선을 어디엔가 대고 잠시 만지작거리더니 조그만 드라이버로 조여서 고정시켰다. 이어서 수화기 걸이를 몇 번 위 아래로 흔든 다음 전화에 대고 말했다.

"저, 피터예요. 3105번 전화는 이제 괜찮아요. 누나가 동생을 놀라게 하는 바람에 전화선이 뽑혔더군요. 이젠 신경 쓸 것 없어요. 다시 연결했으니까. 그럼, 수고하세요."

그는 수화기를 전화통에 걸고는 빙그레 웃으면서 내 머리를 한 번 쓸어주고 밖으로 나갔다.

이 모든 일은 태평양 연안에 있는 시애틀의 한 작은 마을에서 일어났다. 내가 아홉 살이 되던 해에 우리는 대륙을 가로질러 보스턴으로 이사했다. 몸은 멀어졌지만 '안내를 부탁합니다'는 여전히 내 마음속에 친절한 만물박사로 남아 있었다. 나는 새로 이사 가는 집의 전화통 안에도 그녀가 있을 거라고 생각했으므로 그녀에게 작별 인사도 하지 않았다.

이사를 하고 며칠 지나서 짐이 거의 다 정리되었을 때의 일이다. 엄마가 거실 소파에 앉아 테이블 위에 있는 이상한 검은 물건을 들고 이야기를 하기 시작했다. 엄마가 말을 마치자 나는 그게 뭐냐고 물었다.

"뭐긴 뭐야, 새 전화지."

나는 공포에 질린 채 그 검은 물건을 뚫어지게 쳐다보았다. '안내를 부탁합니다'는 그 홀쭉하고 흉측한 물건 속에 들어가 있을 수는 없을 것이다. 계단 옆의 벽에 걸려 있던 반짝반짝 빛나던 아름다운 참나무 전화통은 이제 더 이상 볼 수 없었다. 내 귀에 대고 속삭이던 작고 부드러운 목소리도 사라졌다.

나는 심한 배신감을 느꼈다. 이제는 내가 모르는 게 있어도 '안내를 부탁합니다'에게 물어볼 수 없게 된 것이다.

나는 새 전화기를 사용하고 싶지 않았다. 아니, 새 전화기가 미웠다. 내 인생에서 소중한 것을 빼앗아 간 새 전화기는 더 이상 친구가 아니라 적이었다.

나는 심통이 나서 새 전화기를 밀쳤다. 전화기가 테이블에서 떨어져 바닥에 나뒹굴었지만 내버려 둔 채 밖으로 나가 버렸다.

세월이 흘러 십 대가 되어서야 전화기가 어떻게 작동되는지를 알게 되었다.

'안내를 부탁합니다'는 점점 기억에서 희미해졌지만 내 마음속 깊은 곳에 여전히 남아 있었다.

간혹 어려운 문제나 난처한 일이 생기면 그 옛날의 '안내를 부탁합니다' 가 떠올랐다. 내가 모르는 것을 물어보면 언제나 척척 대답을 해 주던 그녀가 있었기에 내 마음은 얼마나 든든했던가!

새 전화기의 '안내'는 나의 질문에 대답을 해 주려 하지 않았다. 전화를 해서 '안내'를 찾으면 "미안합니다만, 우리는 그런 정보는 가지고 있지 않아요."라고 대답하기 일쑤였다. 이제는 나도 알 것 같다……. 얼굴도 모르는 호기심 많은 꼬마에게 자신의 귀중한 시간을 내어 준 그녀는 얼마나 참을성 있고 이해심이 깊은 사람이었던가!

누나가 결혼을 한 뒤 어릴 적에 살던 켄우드에서 그리 멀지 않은 곳에 살게 되었다. 몇 년 후 나는 대학에 입학하기 전에 누나 집에 며칠 머물렀다. 누나가 사는 동네의 전화국도 켄우드에 있었다. 어느 날 오후, 별생각 없이 누나의 전화를 집어 들고 귀에 갖다 댔다. 그러자 "몇 번을 바꿔 드릴까요?"라는 목소리가 들려왔다.

나는 마법에 홀린 듯 무의식적으로 대답했다.

"안내를 부탁합니다."

한두 번 짤깍거리는 소리가 나더니 이어서 낯익은 목소리가 들려왔다.

"안내입니다."

그 한마디에 나는 타임머신이라도 탄 듯 어린 시절로 되돌아갔다. 목소리는 전혀 변하지 않았다. 시간도, 공간도 그 옛날 그대로인 것 같았다.

"저, '픽스'라는 단어를 어떻게 쓰는지 가르쳐 주시겠어요?"

그때 나는 들었다. 급하게 숨을 들이쉬다 멈추는 소리를. 한참 동안 침묵이 흐른 후 그녀가 물었다.

"……손가락은 다 나았겠지요?"

나도 잠깐 숨을 들이켠 다음 그녀에게 물었다.

"안내하시는 분은 누구신가요? 만나고 싶습니다."

"나는 샐리 존슨이에요. 원래 이름은 샐리지만 사람들은 나를 오리 (Orrie)라고 불러요. 여기 있는 직장 사람들 말고 옛날 친구들이 그렇게 부르지요."

잠시 후 그녀는 말을 이었다.

"그냥 나를 오리라고 불러 주세요."

"왜요?"

"나도 만나고 싶어요. 직접 만나서 그 이유를 말해 주는 게 어떨까 해요."

내가 물었다.

"오늘 저녁 식사는 어떠세요? 괜찮으시다면 남편 분인 존슨 씨도 함께 말이죠."

그녀는 조용히 대답했다.

"존슨 씨는 몇 년 전에 돌아가셨답니다."

그녀는 다시 생기 있는 목소리로 말을 이었다.

"그래요, 우리 함께 저녁 식사를 해요. 나는 저녁 6시에 퇴근합니다."

"그럼 어디서 만날까요?"

"우리 집이 어떨까요? 식당에 가는 것보다는 편안할 거예요. 함께 아름다운 오리노코 강에 대해 이야기를 나누고 싶네요."

그녀는 내게 집 주소를 알려 주었다. 옛날에 내가 살던 바로 그 동네였다.

"조금 있다 다시 전화를 드릴게요, 존슨 부인."

전화 속의 목소리에게 '안내를 부탁합니다'라고 부르지 않고 존슨 부인이라고 부르는 것이 왠지 어색하게 느껴졌다.

나는 전화를 끊고 여행사에 전화를 걸어 비행기 시간을 이튿날 같은 시간으로 변경했다. 다시 '안내를 부탁합니다'에게 전화를 해서 약속 시간을 정했다.

나는 마치 파티에라도 초대 받은 것처럼 그날 오후 내내 들떠 있었다.

외출 준비를 하는 내 모습을 보고 누나가 막 놀려 댔다.

"어이구, 우리 도련님. 여자 친구와 데이트라도 하시나요?"

나는 잠시 누나를 쳐다보며 말했다.

"그래, 맞아. 나는 데이트하면 안 돼?"

존슨 부인의 집은 아담했고 정원은 예쁘게 가꾸어져 있었다. 나는 설렌 마음으로 벨을 눌렀다. 괜히 방문하는 것은 아닌가 하는 생각도 들었다. 잠시 후 문이 열렸고 '안내를 부탁합니다'가 모습을 드러냈다.

그녀는 생각했던 것보다 젊어 보였다. 50대 후반은 된 것 같았다. 머리는 생기 있는 백발이었고, 눈가의 주름은 웃음을 머금고 살아오기라도 한 듯 인자한 모습을 띠었다. 그녀는 지금도 웃고 있었다. 그녀의 빛나는 갈색 눈은 착하게 살아온 지난날을 말해 주는 것 같았다.

그녀가 말했다.

"어서 오세요, 어서 들어오세요."

그녀는 나를 거실로 안내했다. 그런데 나를 거실 한가운데 세워 놓고는 작은 의자에 앉아 나를 유심히 쳐다보았다.

"어디 한번 볼까요. 이런, 정말 멋진 청년이네!"

그러다 애써 우울한 표정을 지으며 말했다.

"하지만 내가 생각했던 모습과는 다른데!"

내가 물었다.

"어떤 모습일 거라고 생각하셨는데요?"

그녀는 미소를 지으며 대답했다.

"아폴로 신이나 백마 탄 왕자님 정도는 될 줄 알았죠."

우리는 함께 웃었다.

"사실 저는 복장도 불량하고 장난이나 좋아하는 문제아인데 어쩌죠."

우리는 또다시 웃었다.

나는 거실을 둘러보았다. 서가에는 책들이 잘 정돈되어 있었다. 존슨 부인(이 호칭은 내게 여전히 불편하다)이 내 옆에 서서 서가의 한쪽을 가리키며 말했다.

"이 책들은 나의 '델피언(Delphian) 그룹'이에요."

내가 의아해서 물었다.

"델피언 그룹이 도대체 무엇을 말하는 건가요?"

"학생과 관련이 있어요. 또 다른 내 이름인 오리(Orrie)와도 관련이 있지요."

내가 그녀를 바라보자 그녀가 말했다.

"자, 식사가 준비되었으니 먹으면서 이야기하죠."

음식은 정말 맛있었다. 내가 존슨 부인에게 "일류 요리사입니다."라며 엄지를 올리자 매우 흡족해하는 듯했다.

그녀는 자랑스럽게 말했다.

"내 남편 월터도 내가 만든 음식을 좋아했지요."

그녀는 한숨을 쉬더니 말을 이었다.

"무슨 이유인지는 모르겠지만 우리에게는 아기가 없었어요. 그래서인지 켄우드의 꼬마가 전화를 걸기 시작했을 때, 그 꼬마가 마치 내 아이처럼 느껴졌답니다. 나는 늘 다시 전화가 오기를 기다렸지요. 그런데 말이죠……."

그녀는 갑자기 이야기를 멈추고 내게 물었다.

"픽스의 철자가 어떻게 된다고 생각했나요?"

내가 대답했다.

"F-i-c-s, 아니면 F-i-k-s나 F-i-c-k-s 정도로 생각했어요. 정확히 기억하지는 못하지만 제게 x는 이상한 글자였거든요."

그녀가 기다렸다는 듯이 말했다.

"나도 그럴 거라고 생각했어요. 어쨌든 나는 남편과 저녁을 먹으면서 학생이 던진 질문에 대해 이야기를 나누었지요. 그는 질문 내용을 듣고는 한바탕 크게 웃고 나를 막 놀려 댔어요. 내가 아폴로 신의 성역인 델포이의 정식 여사제가 됐다고 말이에요. 결국 나를 오라리고 부르기 시작했죠. 처음에는 장난으로 부르다가 나중에는 나의 또 다른 이름으로 굳어졌지요."

그녀는 회상에 잠긴 듯 이야기를 이어 나갔다.

"켄우드의 꼬마가 내가 모르는 걸 물으면 어떻게 해야 할지 고민했어요. 그래서 주로 묻는 질문에 관한 책들을 모으기 시작했죠. 지리, 자연, 동물 등에 관한 책들이지요. 내가 새로운 책을 사 가지고 집에 올 때마다 남편은 나를 짓궂게 놀려 댔죠. '오우, 여사제님, 신전의 서가에 또 새로운 조언자를 모시는군요.' 그렇게 해서 '델피언 그룹'이 형성된 거죠."

우리는 즐거운 저녁 시간을 보냈다. 그녀가 내게 물었다.

"그때 죽은 카나리아 페티는 어떻게 되었죠?"

"아버지의 시가 상자에 넣어 체리 나무 아래에 묻어 주었어요. 작은 비석 하나도 세워 주었지요."

나는 떠나면서 말했다.

"저는 내일 집으로 돌아갈 거예요. 하지만 학기가 끝나면 다시 누나 집에 올 거예요. 그때 전화해도 되지요?"

그녀가 웃으며 대답했다.

"켄우드에 있는 아무 전화나 집어 들고 '안내를 부탁합니다'를 찾으세요. 나는 오후에 근무해요."

몇 달 뒤 나는 다시 시애틀로 돌아왔다. 공항에 내리자마자 제일 먼저 '안내를 부탁합니다'에게 전화를 걸었다.

"안내입니다."

'다른 목소리'가 대답했다. 나는 샐리 씨를 찾는다고 말했다.

"샐리 씨의 친구이신가요?"

"오랜 친구입니다. 폴 빌라드라고 전해 주세요."

'다른 목소리'가 가라앉은 음성으로 말했다.

"유감스럽지만 말씀드리지 않을 수가 없군요. 샐리 씨는 몸이 좋지 않아 지난 몇 달 동안 오후에만 근무를 해 오셨어요. 그러다 5주 전에 돌아가셨어요."

내가 전화를 끊으려 하자 그녀가 물었다.

"잠깐만요, 혹시 폴 빌라드 씨라고 했던가요?"

"그렇습니다."

"샐리 씨가 마지막 출근하던 날 빌라드 씨에게 남긴 메모가 있어요. 빌라드 씨가 전화를 걸어 오면 그때 읽어 주라고 부탁을 하셨거든요."

"무슨 메모인데요?"

그녀가 대답하지 않아도 순간적으로 나는 그게 무슨 말인지 알 것 같았다.

"여기 있군요. 읽어 드리겠습니다. '폴에게 말해 줘요. 내게는 여전히 죽어서도 노래를 부를 수 있는 다른 세상이 있다고. 그는 내 말뜻을 이해할 거예요.'"

나는 감사하다고 말하고 전화를 끊었다. '안내를 부탁합니다'가 남긴 말이 무엇을 뜻하는지 나는 잘 알고 있었다. 하지만 눈시울이 붉어지는 것은 어쩔 수 없었다. *

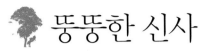

뚱뚱한 신사

🖉 작가와 작품 세계

워싱턴 어빙(Washington Irving, 1783~1859)

미국의 소설가이자 수필가. 뉴욕 출생. 부유한 상인 집안에서 자란 워싱턴 어빙은 오그던 호프먼의 사무실에서 법률을 공부했으나 문학을 좋아했다. 1802년부터 1803년까지 연극에 대한 평론이나 풍자 기사를 신문에 기고했다. 1807년에는 잡지 〈샐머건디〉를 창간해 극평이나 시평을 기고했다.

1809년에 발표한 『뉴욕의 역사』는 풍자적이고 유머러스한 필치가 돋보이는 작품이다. 그 뒤 1820년에 기행문, 이야기, 회상기, 단편 소설 등으로 구성된 문집 『스케치 북』을 출간했다. 『스케치 북』은 영국의 전통과 미국의 전설을 사색적인 문체와 스케치 기법을 통해 그린 미국 최초의 단편집이다. 이 작품으로 그는 미국 작가로서는 최초로 국제적인 명성을 얻었다. 미국 단편 소설의 선구자로 불리는 워싱턴 어빙의 작품은 아름다운 문체와 기지가 넘치는 구성을 특징으로 한다. 주요 저서로 『알함브라 전설(The Alhambra)』, 『대초원 여행』, 『워싱턴 전(George Washington)』(5권) 등이 있다.

🖉 작품 정리

갈래 : 단편 소설

성격 : 묘사적, 현실적

배경 : 시간 – 11월의 어느 비 오는 날과 다음 날 아침 / 공간 – 시골 여관

시점 : 1인칭 관찰자 시점

주제 : 허상적 인간관계와 소통의 부재

발단 **'나'는 여행을 하는 도중에 시골 여관에 묵게 됨**

비가 내리는 11월의 어느 날, '나'는 여행을 하는 도중에 몸 상태가 좋지 않아 시골 여관에 묵게 된다. '나'는 아침부터 계속 내리는 비 때문에 여관에서 종일 지루한 시간을 보낸다. '나'는 여관에 굴러다니는 잡지와 신문 등을 읽기도 하고 다른 손님들을 관찰하기도 한다.

전개 **'나'는 위층의 뚱뚱한 신사에 대해 궁금증을 가짐**

권태와 무료함을 느끼던 '나'는 사환이 13호실의 손님을 '뚱뚱한 신사'라고 부르는 것을 듣게 된다. '나'는 뚱뚱한 신사가 어떤 사람인지 궁금해진다. 아침 식사를 자기 방으로 가져오게 한다든지, 맛이 없다고 되돌려 보내는 행동과 위층에서 들려오는 육중한 발소리를 듣고 '나'는 그에 대한 상상의 나래를 펼친다.

위기 **뚱뚱한 신사에 대해 이상한 상상을 함**
절정

'나'는 하루 종일 뚱뚱한 신사에 대해 생각한다. 밤이 되자 '나'는 그의 실체를 직접 확인하기 위해 위층으로 올라간다. 하지만 '나'는 결국 그의 실체를 확인하지 못하고 방으로 돌아온다. '나'는 복도를 걷다가 침실 입구에 있는 밀랍을 먹인 그의 커다란 가죽 장화를 보게 된다. '나'는 그의 잠을 방해했다가는 권총으로 살해당할지도 모른다는 무서운 상상을 하기 시작한다. '나'는 꿈속에서 뚱뚱한 신사와 가죽 장화에 쫓기며 괴로워한다.

결말 **다음 날 아침 뚱뚱한 신사의 뒷모습을 봄**

다음 날 아침, '나'는 밖에서 들려오는 떠들썩한 소리에 잠에서 깬다. '나'는 뚱뚱한 신사가 역마차를 타고 여관을 떠나려 한다는 것을 알고 창밖을 바라본다. 하지만 '나'는 역마차 안으로 들어가는 그의 뒷모습만 볼 수 있을 뿐이다.

✏️ **생각해 볼 문제**

1. 이 소설의 구성상의 특징은 무엇인가?

소설의 구성 요소는 인물, 사건, 배경이다. 이 소설은 사건과 배경이 뚜렷하게 드러나지만 인물의 특징은 명확하게 드러나지 않는다. 즉, '나'에 대한 묘사는 비교적 뚜렷하게 나타나지만 '뚱뚱한 신사'는 '나'의 추측을 통해서만 그려질 뿐이다. 독자는 오로지 '나'가 제시하는 정보에 의존하기 때문에 결말까지 긴장을 늦출 수 없다. 또한, 마지막까지 인물의 실체를 밝히지 않고 상상의 여지를 남겨 둠으로써 긴장과 호기심을 더하고 있다.

2. 이 작품에서 드러난 인간관계의 문제점은 무엇인가?

이 소설은 허상적 인간관계와 진정한 소통의 부재를 다루고 있다. 이 작품의 '나'는 단지 별명으로 이름 붙여진 타인에 대해 제멋대로 상상하고 규정짓는다. 작가는 이렇게 맺어진 인간관계를 허상적인 것이라고 말한다. 타인이 타인을 진정으로 이해하기 위해서는 외면적인 정보만이 아닌 서로의 사상, 가치관, 배경까지도 이해하고 소통하려는 노력이 수반되어야 하기 때문이다.

뚱뚱한 신사

비가 내리는 우울한 11월의 어느 날이었다. 여행을 하던 도중에 나는 몸 상태가 좋지 않아 가던 길을 멈추고 여관에 머물렀다. 병도 거의 나아가고 몸 상태도 많이 좋아졌지만 아직은 열이 완전히 떨어지지 않은 상태였다. 그래서 나는 다비라는 마을의 한 여관에서 종일 갇혀 있을 수밖에 없었다. 비 내리는 일요일의 시골 여관이라니! 이런 체험을 해 보지 않았다면 지금 나의 처지를 이해할 수 없을 것이다.

비는 계속 창문을 두드리고 있었다. 어디선가 교회의 종소리가 쓸쓸히 울려 왔다.

나는 뭔가 볼만한 것이 없을까 하고 창가 쪽으로 다가갔다. 그러나 위안이 될 만한 것이 전혀 없었다. 침실의 창으로는 기와지붕과 굴뚝이 보였고, 거실의 창으로는 마구간 앞의 공터가 보였다. 비 오는 날의 마구간 앞마당은 세상에서 가장 지긋지긋한 것일지도 모른다. 그곳에는 지나가는 나그네와 마부들이 흩어 놓은 젖은 지푸라기들이 너저분하게 펼쳐져 있었다. 한쪽 구석에는 가축의 배설물이 수북하게 쌓여 있었고, 그 주변에는 누런 물이 고여 있었다.

짐수레 밑에는 닭 몇 마리가 비에 흠뻑 젖어 있었다. 그중에는 닭 벼슬을 축 늘어뜨린 가련한 수탉이 한 마리 보였다. 꽁지깃이 축 늘어진 채 하나로 뭉쳐 있고, 그 깃을 따라 등에서 물이 뚝뚝 흘러내리는 모습은 마치 죽은 닭처럼 보였다. 짐수레 옆에는 소가 되새김질을 하며 비를 맞고 서 있었다. 말은 쓸쓸하고 황량한 마구간에 질렸다는 듯이 흐리멍덩한 눈을 하고 긴 목을 창밖으로 내놓고 있었다. 말 옆의 개는 정체 모를 소리를 이따금씩 내고 있었다.

식모는 날씨처럼 잔뜩 찌푸린 얼굴을 하고 파텐(patten 진흙길에서 신발을 보호하기 위해 덧신은 나막신)을 신은 발로 쿵쾅거리며 마구간 앞마당을 왔다 갔다 했다. 이 모든 상황을 요약하자면 정말 모두 무미건조하고 쓸쓸했다. 오리 떼만이 이런 상황을 아랑곳하지 않고 다정한 술친구처럼 웅덩이 주변에 모여 시끄러운 소리를 내고 있었다.

외로운 마음에 나는 기운이 빠졌다. 도저히 이런 기분으로 방 안에 있을 수가 없었다. 뭐든지 내 마음을 위로해 줄 만한 것이 있었으면 했다. 나는 여관을 빠져나와 '장돌뱅이의 방'이라는 이름으로 불리는 방을 찾아갔다. 그 방은 흔히 장돌뱅이라든가 세일즈맨 — 즉, 이륜마차나 합승 마차를 타고 온 지방을 돌아다니면서 돈벌이하는 사람들 — 들을 받아들이기 위해 여관에서 특별히 준비해 놓은 단체 방이었다.

그들은 옛날의 무사 수행자들의 후계자라 할 수 있었다. 창이 채찍으로, 방패가 상품 샘플 리스트로, 갑옷이 외투로 바뀌었을 뿐이다. 그들은 과거와 똑같이 떠돌며 살아가고 있다. 아름다운 여인을 지키는 대신에, 세계 각국을 돌아다니면서 부자 혹은 제조업자를 대신해 거래하고 그들의 명예를 높이기 위해 노력했다.

이 시대의 유행은 싸움이 아니라 거래이기 때문이다. 옛날처럼 싸움이 일상적으로 일어났던 시대였다면, 여관방에는 밤이 되면 무사들의 갑옷과 투구가 빽빽이 걸렸을 것이다. 하지만 이 무사 후계자들의 방은 두꺼운 나사 외투, 각종 채찍과 박차(구두 뒤축에 댄 톱니 모양의 물건), 각반(무릎 아래에 감는 헝겊 띠), 기름 헝겊으로 싼 모자 등으로 장식되어 있었다.

나는 이런 후계자들 가운데 말 상대가 될 만한 사람을 만났으면 했다. 하지만 기대는 곧 어긋났다. 방 안을 둘러보니 두세 사람 정도 있긴 했다. 그러나 한 사람은 버터와 빵을 정신없이 먹으면서 사환을 나무라고 있었고, 한 사람은 구두를 잘 닦지 않았다고 구두닦이에게 욕하고 있었다. 또 다른 사람은 식탁을 손으로 두드리면서 창밖의 비를 바라보고 있었다. 그들은 모두 한마디 말도 주고받지 않은 채 방을 나가 버렸다.

나는 맥이 빠진 채 창가로 갔다. 창밖의 사람들은 바지를 무릎까지 걷어 올리고 정신없이 교회로 향하고 있었다. 교회의 종소리가 그쳐 거리는 고요했다.

나는 여관 맞은편 상점의 딸들을 보면서 눈요기를 해야겠다고 생각했다. 그 집의 딸들은 행여나 옷이 젖을까 싶어 집 안에서 여관 손님들의 마음을 끌기 위해 모습을 내보이고 있었다. 하지만 잠시 후 그녀들의 어머니로 보이는 여인이 못마땅한 표정을 짓고 딸들을 불렀다.

나는 또다시 이 지루하고 긴 낮 시간을 뭘 하고 보내야 할지 생각했다. 거기에다 여관에 있는 모든 것은 지루함을 열 배 더 심하게 만드는 것들뿐이었다. 맥주와 담배 냄새가 풍기는, 수차례 되풀이해 읽은 오래된 신문, 비보다 더 지루하고 쓸모없는 책들. 옛 잡지 〈부인의 벗〉을 보자, 이 견딜 수 없는 무료함 때문에 화가 날 지경이었다. 나는 스미스 가, 브라운 가, 잭슨 가, 존슨 가 등등 틀에 박힌 가문의 이름이며 창문에 낙서된 시 구절들을 읽고 또 읽는 수밖에 다른 도리가 없었다.

그날은 우울하게 지나갔다. 찢겨진 뜬구름이 느리게 흘러가고, 비는 단조롭게 주룩주룩 내렸다. 어쩌다 우산을 툭툭 때리는 빗방울 소리가 들려오면 시원한 소나기를 연상할 뿐이었다. 잠시나마 우울한 기분에서 벗어나 개운함을 느낄 수 있는 유일한 순간이었다.

정오가 지날 무렵, 경적이 울리며 역마차가 달리는 모습을 보았을 때는 가슴이 후련해졌다. 무명 우산을 쓴 채 밖으로 나온 승객들의 옷은 구겨져 있었고, 비에 젖은 외투에는 김이 모락모락 나고 있었다.

역마차의 경적 소리가 울리자 아이들과 개들, 붉은 머리의 마부, 구두닦이 등 여관 일대에서 사람들의 돈을 구걸하며 먹고사는 모든 부랑자들이 우르르 몰려나왔다.

그러나 이 소동도 잠시뿐이었다. 역마차는 서둘러 그 자리를 떠나갔다. 그곳에 모였던 아이들도, 개도, 마부도, 구두닦이도 모두 원래 자리로 슬슬 되돌아갔다. 거리는 또다시 고요해졌다. 날씨는 도무지 갤 기미가 보이지 않았고, 기압계에는 우천이 표시됐다. 여관 안주인의 고양이는 불 앞에 쭈그리고 앉아, 손으로 얼굴을 비비거나 귀를 긁었다. 끔찍한 예보는 한 달 동안 '비 옴'으로 한결같았다.

나는 마치 시간이 멈춰 있는 것처럼 느껴졌다. 똑딱거리는 시계의 시침 소리가 권태롭게 들려왔다. 이때 갑자기 벨소리가 울리고, 이어 주방에서 사환의 목소리가 들렸다.

"13호실의 뚱뚱한 손님께서 아침 식사를 주문하셨습니다. 차와 버터, 빵. 그리고 햄과 계란입니다. 단, 계란은 너무 삶지 마세요."

드디어 내게 생각할 거리가 생겼다. 이제 상상의 나래를 마음껏 펼칠 수 있게 된 것이다. 나는 지금 마음속에 그리는 그림의 소재를 얻은 셈이었다. 만약 위층 손님을 스미스 씨라든가 브라운 씨, 잭슨 씨, 존슨 씨 혹은 단지 '13호'라고만 불렀다면 그에 대해 아무것도 연상하지 못했을 것이다. 그런데 '뚱뚱한 손님!'이라는 호칭 때문인지 머릿속에 뭔가 떠올랐다.

먼저 그의 체격을 짐작할 수 있었다. 뚱뚱한 체격을 가진 인물이 뚜렷하게 떠올랐다. 비록 뚱뚱한 손님이라고 불렸지만 다르게 표현하면 육중하다고 볼 수도 있다. 어쩌면 상당히 나이 든 사람일지도 모른다. 나이가 들수록 점점 살이 찌는 사람이 많으니까 말이다. 다른 사람이 다 먹고 난 아침 식사를, 그것도 자기 방에서 먹는 것으로 미루어 보면, 하고 싶은 대로 하고, 아침 일찍 일어나지 않아도 되는 신분일 것이다. 또 분명히 얼굴이 붉고 체격이 큰 사나이일 것이다.

또 벨이 울렸다. 뚱뚱한 신사가 아침 식사를 재촉하는 모양이었다. 그는 상당히 높은 신분의 사람일 것이다. 아마도 이 세상에서 어떤 억압도 받지 않는 신분일 것이다. 뚱뚱한 신사의 뒤치다꺼리는 항상 누군가가 바로바로 해 주었을 것이다.

그는 공복 상태라서 다소 기분이 상했을지도 모른다. 그는 혹시 런던 시의 참사 회원이거나 하원 의원이 아닐까. 아침 식사가 위층으로 배달되자 잠시 조용해졌다. 신사가 차를 마시는 중인가 보다.

또다시 요란스레 벨이 울렸다. 그리고 벨소리에 대답할 틈도 없이 연이어 벨이 울렸다. '왜 저러지! 꽤나 까다로운 노인네로군!'

사환은 잔뜩 화가 난 얼굴로 위층에서 내려왔다. 뚱뚱한 신사가 버터에서 썩은 냄새가 난다, 계란을 너무 익혔다는 등 불평한 모양이다. 그는 확실히 입맛이 까다로운 사람인 듯하다. 음식을 먹고 호통치고, 사환을 한시도 가만두지 않고, 집안사람들과는 사이가 나쁠지도 모른다.

여관 안주인은 매우 화가 났다. 안주인은 잔소리가 좀 심하고 채신머리가 없어 보이기는 하지만, 얼굴은 꽤 예쁜 편이었다. 대개의 잔소리 심한 여자들처럼 그녀의 남편 또한 지능이 낮은 반편이었다. 안주인은 볼품없는 음식을 위층으로 올려 보냈다고 직원들을 나무랐다. 그러면서도 뚱뚱한 신사에 대해서는 한마디도 하지 않았다. 역시 그 뚱뚱한 신사는 신분이 상당히 높은 모양이다. 이런 시골 여관에서 떠들썩하게 굴어도 허용되는 것을 보니 말이다. 사환은 계란과 햄, 버터와 빵을 다시 위층으로 가져갔다. 이번에는 더 이상 잔소리가 없었다.

내가 '장돌뱅이의 방'을 몇 번 오가는 사이 또 벨이 울렸다. 곧 사환이 집안을 구석구석 샅샅이 뒤졌고, 여관 안은 금세 부산해졌다. 뚱뚱한 신사가 〈타임스〉나 〈크로니클〉 신문을 읽겠다고 분부를 내린 모양이다. 그렇다면 그는 호이크 당(黨)인가 보다, 하고 나는 생각했다.

아니면 핑곗거리만 있으면 제멋대로 행패를 부리는 것으로 보아 급진파일 가능성도 있다. 헌트(영국의 수필가. 급진파로 유명함)는 체격이 크다고 했는데, 어쩌면 바로 헌트가 아닐까.

나는 사환에게 아까부터 여관을 떠들썩하게 만드는 그 뚱뚱한 신사가 도대체 뭐하는 인물이냐고 물었으나 아무 대답도 듣지 못했다. 여관 안의 그 누구도 이 뚱뚱한 신사의 이름을 모르는 것 같았다. 뜨내기손님들을 맞느라 항상 분주한 여관 주인은 잠깐 머물다 가는 손님의 이름이나 직업에 대해서는 관심을 두지 않기 마련이다. 입고 있는 옷의 색깔과 차림새만으로도 오가는 나그네의 이름 따위는 충분히 짓고도 남았다.

키가 큰 신사라거나 혹은 키가 작은 신사, 검정색 옷을 입은 신사, 갈색 옷을 입은 신사, 아니면 이번 경우처럼 뚱뚱한 신사라고 부르면 된다. 일단 이렇게 대충 이름을 붙이면 별다른 사항이 없는 한 이 이름이 그대로 쓰이니, 그 밖의 사항들을 손님들에게 물어 볼 필요가 없는 것이다.

비! 비! 비! 끊임없이 내리고 있는 비! 나는 이 비 때문에 여관 밖으로 나갈 엄두도 못 내고 있었다. 여관 밖이나 안이나 나의 무료함을 해소해 주는 것은 아무것도 없었다.

머리 위에서 누군가의 발소리가 들려왔다. 아마도 뚱뚱한 신사의 방일 것이다. 소리의 육중함으로 보아 분명 몸집이 큰 사람일 것이다. 또 삐걱대는 구두창 소리가 나는 것으로 보아 늙은이일 것이다. 나는 '그는 분명 꽤나 규칙적인 습관을 가진 꼬장꼬장한 부자 노인일 것이다. 지금은 아침 식사 후 운동을 하고 있는 모양이다'라고 생각했다.

나는 무료한 나머지 난로 위 선반 둘레에 붙어 있는 합승 마차, 여관 따위의 광고를 모조리 읽었다. 『부인의 벗』은 도저히 더 읽을 수 없었다. 나는 흐르는 시간을 어떻게 해야 할지 몰라 서둘러 내 방으로 올라갔다. 이때 갑자기 문이 벌컥 열리더니 다시 쾅 하고 닫혔다. 항상 명랑한 모습의, 혈색이 좋은 여자 사환이 방에서 나와 굳은 표정을 하고 아래층으로 내려갔다. 혹시 뚱뚱한 신사가 그녀에게 폭언을 한 게 아닐까!

이로써 뚱뚱한 신사에 대한 추리는 완전히 뒤집혀지고 말았다. 뚱뚱한 신사는 어쩌면 노신사가 아닐지도 모른다. 노신사들은 웬만하면 여자들에게 난폭하게 굴지 않기 때문이다. 하지만 그렇다고 해서 젊은 신사도 아닌 것 같았다. 젊은 신사는 상대방을 이렇게까지 무지막지하게 몰아세우지는 않을 것이다.

그렇다면 뚱뚱한 신사는 분명히 중년의 사내거나 못생겼을 확률이 높다. 만약 못생기지 않았다면 저 여자 사환이 사람의 말을 듣고 저토록 불쾌한 표정을 짓지는 않았을 것이다. 어쨌든 나는 왜 뚱뚱한 신사가 화가 났으며 여자 사환이 불쾌해하는지 알 길이 없었다.

잠시 후 여관 안주인의 목소리가 들려왔다. 곧이어 여관 안주인이 쿵쾅거리며 2층으로 올라오는 모습이 얼핏 보였다. 안주인은 모자를 계속 흔들면서 얼굴이 벌게져서 계속 입을 놀렸다.

"여기선 절대 그런 짓은 하면 안 돼. 아무리 여관 손님이 돈이 많더라도 이 여관에서는 있을 수 없는 일이야. 우리 집에서 일하는 여급을 이렇게 막 대하는 건 아주 질색이야."

나는 원래 싸움을 싫어하는 성격이다. 특히 여자, 그중에서도 아름다운 여인이 상대라면 더욱 어찌할 줄 모른다. 나는 조심히 내 방으로 돌아와서 문을 반쯤 닫아 버렸다. 그래도 호기심 때문에 귀를 기울이게 되는 건 어쩌지 못했다.

여관 안주인은 전혀 기죽은 기색 없이 적의 보루(적의 접근을 막기 위해 돌, 흙, 콘크리트 등으로 튼튼하게 쌓은 진지)로 뛰어 들어갔다. 여관 안주인은 들어가자마자 문을 쾅 닫았다. 한동안 뚱뚱한 신사를 몰아세우는 소리가 들렸다. 하지만 그 소리는 점점 누그러졌다. 곧이어 웃음소리가 들리고 이후로 아무 소리도 들리지 않았다.

잠시 후 여관 안주인은 비뚤어진 모자를 바로하면서 얼굴에는 야릇한 미소를 띠고 방에서 나왔다. 안주인이 아래층으로 내려가자 그녀의 남편이 어찌된 영문인지 묻는 소리가 들렸다. 안주인은 '아무 일도 아니에요. 그 애가 바보 같았지 뭐예요'라고 대답했다. 나는 성격 좋아 보이는 여자 사환을 화나게 하고 타박과 잔소리가 심한 안주인을 웃게 하는, 도무지 이해할 수 없는 그 인물을 어떻게 생각해야 할지 도대체 알 수가 없었다. 그 뚱뚱한 사나이는 틀림없이 늙은 신사도, 괜한 심술을 부리는 심술쟁이도 아닌 듯싶었다.

나는 뚱뚱한 신사의 얼굴을 다르게 추측하지 않으면 안 되었다. 나는 그를 시골 여관 대문에서 흔히 볼 수 있는, 배를 불쑥 내민 뚱뚱한 신사로 생각했다. 얼룩덜룩하게 염색된 목도리를 두르고, 맥주 때문에 얼굴이 다소 불그레한, 약간 끈적끈적한 인상을 가진 사람. 세상의 안팎을 두루 구경하면서 술집 분위기에도 익숙해서 좀처럼 직원에게 속지 않는 사람. 야비한 술집 주인의 수법을 잘 아는, '하이게이트의 맹세'를 한 그런 사나이. 그는 식도락을 즐겨 1기니 정도의 돈쯤은 흔쾌히 쓰기도 하고, 여자 사환을 마음 내키는 대로 다루기도 하고, 카운터 옆에서 마담과 쑥덕거리기도 한다. 식사 후에 마시는 1파운드의 붉은 포도주나 니가스 주(온수에 포도주, 설탕, 향료를 섞은 음료)를 한 잔 마시면 취한 듯이 말이 많아지는 남자일 것이다.

뚱뚱한 신사에 대해 이런저런 추측을 하는 동안에 오전 시간이 지났다. 추측에 대한 확신을 종합하는 순간 그것을 깨뜨리는 무언가가 나타나는 바람에, 나는 또 어떻게 추측해야 옳은 건지 분간을 못했다. 혼자서 열이 오른 머리로 이것저것 생각하다 보니 그렇게 되었다. 얼굴도 못 본 사람에 대해 이것저것 잡다하게 생각하다 보니 나는 점점 이상해짐을 느꼈다. 조용히 있을 수 없는 초조함에서 나온 신경질적인 발작 같은 거였다.

점심때가 되었다. 뚱뚱한 신사가 만약 '장돌뱅이의 방'에서 식사를 한다면 그의 모습을 볼 수 있겠지 하고 생각했지만, 나의 기대는 어긋났다. 뚱뚱한 신사는 아침과 마찬가지로 위층 자기 방으로 식사를 가져오게 했다. 뚱뚱한 신사는 왜 그렇게 혼자 있고 싶어 하는 것일까? 아무래도 급진파일 가능성은 없는 듯하다. 세상 사람과 어울리기 싫어하고, 비가 내리는 날에 하루 종일 방 안에 있는 것은 귀족적인 성향을 보여 주는 것이다. 더구나 세상에 불만을 품은 정치가치고는 너무 사치스러운 생활이다. 음식에 대해 이러쿵저러쿵 까다롭게 굴고 사치스러운 생활을 예찬하는 사람처럼 조용히 술잔만 기울인다.

그러나 의혹이 곧 풀렸다. 한 병을 다 마시지 않았으려니 하고 생각할 때, 노랫소리가 희미하게 들려왔다. 그 노랫소리는 '신이여, 우리 국왕을 보호하옵소서'라는 영국 국가였다. 노랫소리로 미루어 보아 뚱뚱한 사나이는 급진파가 아니라 충성스러운 시민임이 분명하다. 술잔을 기울일 때 충성심이 우러나오는 사람이라면, 평상시에도 기꺼이 왕과 헌법만을 고수할 것이다.

그는 도대체 어떤 사람일까? 어떤 목적을 달성하기 위해 자신의 정체를 숨기고 돌아다니는 사람이 아닐까. '천만에, 그럴 리가 있겠어!' 하고 나는

중얼댔다. '혹시 왕실 사람인지도 모르지. 어쨌든 그는 뚱뚱하니까.'

밖의 날씨는 여전했다. 위층의 미스테리한 인물은 방에 틀어박힌 채—아마도 의자에 앉아 있는 것 같다—움직이는 소리조차 들리지 않았다. 이러는 동안에 시간이 흐르고 '장돌뱅이의 방'에 사람들이 모이기 시작했다. 방금 도착한 사람들 가운데 두꺼운 외투의 단추도 풀지 않은 사람도 있었다. 여기저기 도시를 돌아다니다 돌아온 사람도 있었다. 어떤 이는 앉아서 식사를 하고 어떤 이는 차를 마셨다.

만일 오늘, 지금 같은 기분이 아니었더라면 나는 그들을 자세하게 관찰했을지도 모른다. 여행자들 가운데 장난꾸러기 같은 사람이 둘이 있었다. 그들은 나그네 특유의 농담을 마구 지껄이고 있었다. 루리자라든가 에세린다라든가 그 외에도 대여섯 가지 귀여운 이름을 불러 대면서 여자 사환에게 시시껄렁한 농담을 하며 히죽거렸다.

그러나 나는 이 순간 뚱뚱한 신사가 머릿속에 가득 차 다른 것은 아무것도 생각할 수 없었다. 비 오는 하루 내내 이 신사를 대상으로 추측과 상상을 반복하다 보니 이제는 멈출 수가 없게 되었다.

밤이 깊어 갔다. 모여 있던 나그네들은 신문을 두세 번 반복해서 읽었다. 나그네들 중에는 불 주변에 모여서 말 이야기나 갖가지 경험담과 실패담을 늘어놓는 사람들도 있었다.

두 장난꾸러기는 예쁜 여자 사환 이야기, 친절한 여관 안주인 이야기를 꺼내기도 했다. 이러한 이야기들은 그들이 나이트 캡(잠들기 전에 마시는 술), 즉 물과 설탕을 넣고 섞은 브랜디나, 아니면 혼합주 등 독한 술잔을 조용히 비우는 동안에 계속되었다. 이야기가 끝나면 그들은 차례로 벨을 울려서 구두닦이나 여자 사환을 부른 뒤, 낡은 슬리퍼를 질질 끌면서 잠자리로 돌아갔다.

결국 모두 나가고 한 사람만 남았다. 허리가 길고 다리가 짧은 그는 다혈색(혈액이 증가해 얼굴이 붉어짐)이 있었고, 엷은 갈색 머리에 큰 머리둘레를 갖고 있었다. 그는 혼자 조용히 앉아서 붉은 포도주를 마시고 있었다. 포도주를 한 모금 마시고는 컵에 꽂힌 스푼으로 젓고, 또 한 모금 마시고는 스푼으로 저었다.

그는 뭔가 곰곰이 생각하는 듯 보였는데, 계속 그 행동을 반복했다. 마침내 포도주 잔 안에는 스푼밖에 남지 않게 되었다. 그는 빈 잔을 앞에 둔 채 의자에 몸을 기대더니 곧바로 꾸벅꾸벅 잠이 들었다.

방 안을 밝히던 촛불도 졸린 듯 보였다. 촛불 심지는 검어지고 끝이 돌돌 말려 방 안에 그나마 남아 있던 빛마저 사라졌다. 방 안에 퍼진 어둠은 모든 것을 휩쓸어 갔다. 나그네들의 두꺼운 외투가 방 구석구석에 마치 귀신처럼 걸려 있었다. 이야기가 끝나자마자 방을 나간 그들은 아마도 벌써 잠이 들었을 것이다. 다만 시간을 알리는 시계 소리와 술꾼들의 코 고는 소리, 처마 끝에서 뚝뚝 떨어지는 빗방울 소리만 들릴 뿐이었다.

밤이 깊어지자 몇몇 교회의 종소리가 서로 엇갈려 들려왔다. 그때 머리 위에서 뚱뚱한 신사가 왔다 갔다 하기 시작했다. 갑자기 무서운 생각이 들었다. 어쩐지 오싹하고 섬뜩한 느낌을 주는 걸린 외투, 골골거리는 목구멍에서 들리는 잠결 소리, 거기다 머리 위에 있는 이상한 인물이 내는 삐걱거리는 발소리, 발소리는 차츰 작아지다가 마침내 들리지 않았다. 나는 더 이상 참을 수 없었다. 어느 이야기의 주인공처럼 극도로 흥분한 나머지 돌진할지도 몰랐다. '어떤 녀석인지 한번 보고야 말겠어!' 하고 나는 중얼거렸다.

나는 불빛을 더듬어 13호실로 걸어갔다. 뚱뚱한 신사의 방문은 약간 열려 있었다. 나는 잠시 주저하다가 안으로 들어갔다. 방은 비어 있었다. 테이블 앞 커다란 좌석엔 넓은 안락의자가 있었다. 테이블 위에는 비어 있는 컵과 〈타임스〉 신문이 놓여 있었다. 방 안에서는 스틸튼 치즈의 냄새가 났다.

이 미스테리한 인물이 방금 잠자리로 간 모양이었다.

나는 몹시 낙담한 채 내 방으로 돌아왔다. 그런데 복도를 걷다가 침실 입구에 밀랍(꿀 찌꺼기를 녹여 만든 물질)을 먹인 더럽고 커다란 가죽 장화가 맨 위에 놓인 것을 보았다. 가죽 장화는 이 미스테리한 사람의 것이 틀림없었다. 그러나 그 굴속으로 들어간 그를 깨워서 시끄럽게 해서는 안 된다. 그가 내 머리를 권총 혹은, 그보다 더 무서운 것으로 날려 버릴지도 모르니까.

나는 꿈속에서도 뚱뚱한 신사와 침실 입구에 놓여 있던 가죽 장화에 계속 쫓기었다. 그리고 이튿날 아침, 늦잠을 자다가 밖에서 들려오는 떠들썩한 소리에 눈을 떴다. 처음에는 그것이 무슨 소리였는지 분간할 수 없었다. 하지만 완전히 잠에서 깨자 그 소리가 역마차가 출발하려고 하는 소리임을 알게 되었다. 그때 갑자기 아래층에서 누군가가 외쳤다.

"손님이 우산을 놓고 오셨대! 빨리 13번에서 우산을 찾아와!"

이어 여자 사환이 복도를 탕탕탕 뛰어가고, 뛰면서 큰 소리로 대답하는 것이 들렸다.

"여기 손님의 우산이 있어요!"

나는 그 뚱뚱한 신사가 막 출발하려는 것을 알고, 지금이 그를 볼 수 있는 마지막 남은 유일한 기회임을 직감했다. 나는 침대에서 재빨리 일어나 창가로 뛰어갔다. 커튼을 확 젖히자 막 역마차를 타려고 하는 그의 뒷모습이 보였다.

갈색의 웃옷 뒷자락은 둘로 갈라져 있고, 갈색 바지를 입은 커다란 엉덩이가 눈에 확 띄었다. 역마차의 문이 닫히자, '출발!' 하는 소리와 함께 역마차는 달리기 시작했다. 뚱뚱한 신사에 대해 본 것은 이것뿐이었다. *

행복한 왕자

✎ 작가와 작품 세계 ────────────────

오스카 와일드(Oscar Fingal O'Flahertie Wills Wilde, 1854~1900)

영국의 소설가. 아일랜드 더블린 출생. 1871년 더블린에 있는 트리니티 컬리지에서 수학한 후 1874년 옥스퍼드의 모들린 칼리지에 장학생으로 진학했다. 그는 학업 성적이 우수했을 뿐만 아니라, 고전에 대한 교양도 남달랐다. 또한, 당시 옥스퍼드대학교에서 순수 예술을 강의하던 러스킨의 예술론에 큰 감화를 받았다. 와일드는 '예술을 위한 예술'론을 표방하면서 버나드 쇼, 예이츠 등과 함께 유미주의(아름다움을 최고의 가치로 여겨 이를 추구하는 문예 사조)의 대표 주자로 활약했다.

　1888년 영국의 물질주의에 대한 비판과 인간에 대한 연민 어린 시선을 간결하고 아름다운 문체로 그려 낸 첫 단편집 『행복한 왕자』를 발표했다. 이후 1891년 단편집 『아더 새빌경의 범죄』, 장편 『도리언 그레이의 초상』을 잇달아 발표해 전성기를 구가했다. 그러나 『도리언 그레이의 초상』은 퇴폐적이고 관능적인 묘사와 등장인물의 비도덕성 때문에 격렬한 비난을 받기도 했다. 1998년에는 그의 삶과 작품이 재평가되어 런던 트라팔가 광장에 동상이 세워지기도 했다.

✎ 작품 정리 ────────────────

갈래 : 단편 소설
성격 : 비판적, 성찰적, 감동적
배경 : 시간 – 늦가을에서 겨울 / 공간 – 행복한 왕자의 동상이 있는 도시
시점 : 3인칭 전지적 작가 시점
주제 : 가난한 이들을 위해 자신을 희생하는 왕자와 제비의 사랑과 봉사

✏️ 구성과 줄거리

발단 한 도시에서 존경과 사랑을 받는 행복한 왕자의 동상과 제비가 만남

한 도시에 찬란한 보석으로 치장된 행복한 왕자의 동상이 있다. 사람들은 동상 근처를 지날 때마다 존경과 사랑의 마음으로 동상을 올려다본다. 갈대와 사랑에 빠져 혼자 무리에서 떨어진 제비가 이집트로 날아가던 도중 행복한 왕자의 동상 아래서 하룻밤을 묵는다. 잠에 막 들려던 제비는 눈물을 흘리고 있는 왕자를 발견한다.

전개 제비는 왕자의 부탁대로 가난한 재봉사의 집에 보석을 가져다줌

왕자는 동상이 되어서야 세상의 가난과 슬픔에 대해 알게 되고 마음 아파한다. 왕자는 가난한 재봉사의 집에 자신의 칼자루에 달려 있는 루비를 빼서 가져다주라고 제비에게 부탁한다. 왕자의 부탁대로 좋은 일을 하고 돌아온 제비는 마음이 따뜻해짐을 느끼며 하룻밤을 더 묵는다.

위기 제비는 가난한 작가와 성냥팔이 소녀에게도 왕자의 눈을 하나씩 뽑아 가져다줌

이집트로 떠나려던 제비는 왕자의 간곡한 부탁 때문에 하룻밤을 더 묵기로 한다. 제비는 가난과 실의에 빠져 있던 청년 작가에게 왕자의 눈에 달려 있던 사파이어 하나를 빼내 가져다준다. 다음 날 떠나려던 제비는 가난한 성냥팔이 소녀를 도와주라는 왕자의 부탁을 거절하지 못한다. 결국 제비는 왕자의 남은 눈알 하나를 뽑아 소녀에게 준다.

절정 제비는 장님이 된 왕자 곁에서 머물며 마지막 심부름을 하다 죽음

떠나라는 왕자의 말에도 제비는 장님이 된 왕자 곁을 떠나지 않는다. 제비는 왕자의 부탁대로 왕자의 동상에 덧입혀진 순금 막을 떼어 도시의 가난한 사람들에게 나누어 준다. 혹독한 추위가 찾아온 어느 겨울날 제비는 죽음을 맞는다. 그때 왕자의 납 심장도 두 쪽으로 갈라져 부서진다.

결말 행복한 왕자의 동상이 철거되고 왕자와 제비의 영혼은 천국으로 감

시장과 시의원들은 행복한 왕자의 동상을 철거한 후 그 자리에 자신의 동상을 세우려고 서로 다툰다. 두 쪽으로 갈라진 왕자의 심장은 용광로 속에서도 녹지 않아 죽은 제비와 함께 쓰레기 더미에 버려진다. 천사는 그 도시에서 가장 소중한 것을 가져오라는 하느님의 명령에 왕자의 심장과 죽은 제비를 가져간다.

🖉 생각해 볼 문제

1. 행복한 왕자의 동상이 보석으로 치장되어 있을 때와 흉한 모습으로 변했을 때 사람들의 반응은 어떻게 다른가?

사람들은 보석과 금으로 치장한 왕자의 동상을 세워 놓고 그것을 '행복한 왕자'라고 부른다. 하지만 눈에 보이는 물질의 현란함이 사라지고 동상이 흉한 모습으로 변하자 서둘러 동상을 철거한다. 사람들은 왕자의 동상이 어떻게 해서 그런 모습이 되었는지에 대해서는 생각하지 않는다. 단지 눈에 보이는 모습에만 집착할 뿐이다.

2. "슬픔보다 더 큰 신비는 없다."라는 말의 의미는 무엇인가?

제비가 세상을 두루 날아다니며 알게 된 이야기를 듣고서도 왕자는 전혀 놀라지 않는다. 왕자를 정말로 놀라게 한 것은 사람들의 고통과 불행이다. 그는 납으로 만든 심장을 가지고도 자신이 본 것 때문에 눈물을 흘린다. 왕자의 눈물 속에는 사람들의 고통과 곤궁함에 마음 아파하며 그것을 나누어 짊어지고자 하는 마음이 깃들어 있다. 즉, 슬픔을 그저 단순한 슬픔으로 느끼지 않고, 한 단계 더 끌어올려 남을 돕고 정신을 정화하는 과정을 왕자는 '신비'라는 말로 표현했다.

3. 이 작품에 나오는 행복의 의미는 무엇인가?

왕자는 아름다운 정원이 있는 궁전에서 부족함 없이 살면서 자신이 행복하다고 생각했다. 그러나 그것은 쾌락에 불과했다. 죽은 후 동상이 되어 사람들의 불행한 모습을 보면서 왕자는 자신이 누렸던 것이 진정한 행복이 아니었음을 깨닫는다. 왕자의 동상은 자신이 가진 보석을 모두 나누어 주어 결국 철거되고 만다. 하지만 왕자는 실천하는 헌신과 사랑 속에서 진정한 의미의 행복을 새롭게 발견한다.

행복한 왕자

어느 도시의 높고 둥근 기둥 위에 '행복한 왕자'의 동상이 우뚝 솟아 있었다. 온몸은 얇은 금박으로 덮여 있었고, 두 눈은 빛나는 사파이어였으며, 칼자루에는 루비가 빛나고 있었다.

동상을 보는 사람들은 누구라도 감탄하지 않을 수 없었다.

"마치 바람개비새처럼 아름답구나."

시의회의 의원 한 사람은 예술적인 취향을 드러내 보이려고 일부러 이런 표현을 쓰기도 했다. 그러나 실용적이지 못한 사람이라는 비난을 들을까 두려워 이렇게 한마디 덧붙였다.

"물론 그렇게 쓸모 있는 것은 아니지만……."

어린아이들이 떼를 써 대면 분별력이 있는 어머니들은 이렇게 말하기도 했다.

"너는 왜 저 왕자님을 본받지 못하는 거지? 행복한 왕자는 욕심을 부리거나 우는 일 같은 건 꿈도 꾸지 않는단다."

실의에 빠진 어떤 사나이는 이 멋진 동상을 바라보며 이렇게 중얼거렸다.

"나 아닌 누군가라도 저렇게 행복하다니 좋은 일이야."

주황색 외투와 깨끗한 턱받이를 댄 고아원의 어린아이들은 성당에서 나오며 말했다.

"야, 정말 천사님 같아!"

"너희가 그런 걸 어떻게 알지? 너희는 천사를 본 적이 없을 텐데 말이야."

수학 선생이 아이들에게 물었다.

"꿈속에서 천사님을 보는걸요."

아이들이 대답했다. 그 수학 선생은 어린아이들의 꿈 같은 것은 믿지 않았기 때문에 얼굴을 찌푸리며 싸늘한 표정을 지었다.

어느 날 밤에 작은 제비 한 마리가 그 도시 위를 날아가고 있었다. 친구들은 이미 6주 전에 이집트로 모두 날아가 버렸지만, 이 제비는 아름다운 갈대와 사랑을 하느라 혼자 뒤에 남게 된 것이었다. 지난봄, 제비는 커다란 노랑나비를 쫓아 강을 따라 날아가다가 갈대를 보았고, 갈대의 날씬한 허리에 반해 다가가 말을 걸었다. 제비는 마음속 생각을 당장 말하지 않고는 견디지 못하는 성격이었다.

"당신을 사랑해도 될까요?"

그러자 갈대가 가만히 머리를 숙이며 제비에게 인사했다. 제비는 갈대의 주위를 빙빙 돌면서 자신의 날개로 강의 수면을 스쳐 잔잔한 은빛 물결을 일으켰다. 제비는 여름 내내 갈대 곁에서 사랑을 속삭였다.

"거참, 별나단 말이야. 갈대는 가난한 데다, 친척이 너무 많아서 귀찮을 텐데……."

다른 제비들은 옆에서 수군거리곤 했다. 사실 그 강은 갈대로 온통 무성했다. 그러는 사이, 어느새 가을이 돌아와 제비들은 모두 날아가 버렸다.

친구들이 모두 날아가고 혼자 남게 되자 제비는 어쩐지 쓸쓸해졌고, 그렇게 사랑했던 갈대에게도 싫증이 나기 시작했다.

"그녀는 말을 전혀 하지 않아. 어쩌면 바람둥이인지도 몰라. 항상 바람이란 녀석하고만 시시덕거리고 있으니 말이야!"

제비가 이렇게 생각하는 것도 무리는 아니었다. 바람이 불면 갈대는 언제나 부드럽게 무릎을 굽혀 인사했기 때문이다.

"그녀가 가정적이라는 건 인정해. 하지만 나는 여행을 즐기는 사나이야. 내 아내가 될 사람이 여행을 좋아하지 않는다면 곤란하지."

"나와 함께 먼 곳으로 떠나시겠어요?"

제비는 마음을 먹고 갈대에게 마지막으로 물었다. 그러나 갈대는 자기 집에 강한 애착을 가지고 있었기 때문에 고개를 가로저었다.

"당신은 그동안 날 희롱해 왔던 거군요. 전 이제 피라미드가 있는 나라로 갈 겁니다. 잘 있어요!"

제비는 이렇게 소리치고는 날아가 버렸다.

제비는 하루 종일 날아서 밤이 될 무렵 그 도시에 도착했다.

"어디에서 묵으면 좋을까? 시내에 머물 만한 곳이 있으면 좋겠는데."

그때 높은 원기둥 위에 서 있는 동상이 눈에 띄었다.

"저기가 좋겠군."

제비가 소리쳤다.

"공기도 좋고 아주 기막히게 좋은 장소로군그래!"

그렇게 해서 제비는 행복한 왕자의 두 발 사이에 내려앉았다.

"황금으로 꾸민 침실에서 자게 됐는걸."

제비는 주위를 둘러보면서 잠잘 준비를 했다. 그런데 목을 날개 밑으로 넣고 막 잠을 청하려는 순간 큰 물방울 하나가 툭 떨어졌다.

"이상한 일도 다 있네! 하늘엔 구름 한 점 없고, 별들도 저렇게 반짝거리는데 이렇게 비가 오다니. 북유럽의 날씨란 정말 지독하군. 하긴, 그 갈대도 비를 무척 좋아했어. 제멋대로의 변덕이긴 했어도."

그때 또 한 방울이 떨어졌다.

"이렇게 비도 피할 수 없다면 이따위 동상은 도대체 뭘 하려고 만든 거야? 이거, 어디 괜찮은 굴뚝이라도 찾아야겠는걸."

제비는 다른 곳을 찾아 날아가기로 마음먹었다.

그러나 제비가 날개를 펴기도 전에 물방울이 또 떨어졌다. 제비는 위를 쳐다보았다. 제비의 눈에 비친 것은……. 아! 과연 제비는 무엇을 봤을까.

행복한 왕자의 두 눈에 눈물이 가득 고여 있었고, 왕자의 황금빛 두 볼을 따라 눈물이 흘러내리고 있었다. 달빛을 받은 그 아름다운 얼굴을 바라보자 제비는 어쩐지 왕자가 무척 가엾어졌다.

"당신은 누구신가요?"

제비가 물었다.

"나는 행복한 왕자란다."

제비가 다시 이렇게 물었다.

"그런데 왜 울고 있는 거죠? 흠뻑 젖었잖아요!"

"내가 살아서 마음을 가지고 있었을 때에는 눈물이 무엇인지도 몰랐단다. 슬픔이라고는 없는 안락한 궁전에서 살았으니까 말이야. 낮에는 정원에서 친구들과 함께 놀고, 밤이면 큰 홀에서 앞장서서 춤을 추었어. 정원은 높은 성벽으로 둘러져 있었는데 그 너머에 무엇이 있는지에 대해서는 전혀 생각도 해 본 적이 없었단다. 내 주위에 있는 것으로도 충분히 아름다웠기 때문이지. 궁전에서 일하는 사람은 모두 나를 '행복한 왕자'라고 불렀지. 만약 '즐거움'이 행복이라면, 난 분명 행복했어.

어쨌든 난 행복하게 살았고 또 그렇게 죽었단다. 내가 죽자 신하들은 나를 여기 이렇게 높은 곳에 세워 주었지. 덕분에 난 이 도시의 온갖 보기 싫은 것, 슬픈 일을 빠짐없이 볼 수 있게 됐지. 그래서 심장이 납으로 만들어졌는데도 불구하고 난 내가 본 것들 때문에 울지 않고는 견딜 수가 없어."

행복한 왕자가 대답했다.

"그럼 이 양반이 전부 순금으로 만들어진 게 아니란 얘기군."

제비는 중얼거렸다. 그러나 예의 바른 제비는 차마 이런 얘기를 대놓고 하지 않았다.

"저 멀리 말이야……."

왕자는 낮게 울리는 목소리로 얘기를 계속했다.

"여기서 훨씬 먼 저쪽, 좁은 골목길에 가난한 집이 있어. 창문이 열려 있어서 그 집 식탁에 어떤 여자가 앉아 있는 게 보이는구나. 얼굴은 비쩍 여위었고 초췌해. 바늘에 찔린 자국 때문에 손은 온통 벌겋게 거칠어졌어. 재봉사거든. 그녀는 지금 두껍고 윤이 나는 비단 옷감에 정열화라는 열대 지방의 꽃무늬를 수놓고 있어. 궁전에서 열리는 무도회에서 여왕의 제일 아름다운 시녀가 입을 옷이야.

이 집의 방 한구석에는 조그만 사내아이가 침대에 앓아누워 있어. 열이 심하고 오렌지를 먹고 싶어 해. 하지만 그녀는 자기 아이에게 맹물밖에 먹여 줄 수가 없어. 그래서 아이는 지금 울고 있단다. 제비야, 제비야, 작은 제비야. 네가 내 칼자루의 루비를 뽑아서 저 여자에게 가져다주지 않겠니? 나는 발이 받침대에 붙어 있어서 전혀 움직일 수가 없구나."

"친구들이 이집트에서 절 기다리고 있어요."

제비가 대답했다.

"지금쯤 나일 강 위를 날면서 커다란 연꽃과 얘기하고 있을 거예요. 그러고 나면 위대한 왕의 무덤으로 잠을 자러 갈 테지요. 그 왕은 화려하게 색칠한 관 속에 누워 있어요. 노란 삼베를 두르고 향료를 바른 왕의 목에는 연녹색 비취 목걸이가 둘러져 있지요. 양손은 마치 시든 나무 잎사귀 같아요."

"제비야, 제비야, 작은 제비야."

왕자가 말했다.

"단 하룻밤이라도 좋으니 나와 함께 있으면서 심부름해 줄 수 없겠니? 저 어린아이는 이제 목이 타서 더 이상 견딜 수 없을 지경이야. 아이의 어머니가 애타하는 모습을 차마 지켜볼 수가 없구나."

제비는 대답했다.

"전 아이들을 좋아하지 않아요. 지난여름에는 제가 강가에 앉아 있는데, 버릇없는 사내아이 두 녀석이 오더군요. 물방앗간 아들들이었는데 이 녀석들은 늘 제게 돌을 던졌어요. 물론 절 맞추지는 못했지요. 우리 제비들이 그렇게 어설프지는 않아요. 게다가 우리 집안은 대대로 몸이 날쌘 것으로 유명하거든요. 그래도 어쨌든 녀석들이 그 바보 같은 짓을 한 건 사실이에요."

제비는 막상 말을 그렇게 하기는 했지만, 슬픈 얼굴을 하고 있는 왕자를 보니 측은한 마음이 생겼다.

"여긴 너무 춥네요. 하지만 하룻밤 왕자님과 같이 있으면서 심부름을 할게요."

"고맙다, 작은 제비야."

왕자는 말했다. 그래서 제비는 왕자의 칼자루에서 커다란 루비를 뽑아내 그것을 부리에 물고 도시의 지붕 위로 날아갔다.

제비는 하얀 대리석으로 천사들의 모습이 새겨진 성당의 탑을 지나갔다. 궁전 옆을 지나면서 무도회의 음악 소리를 들었다. 어떤 아름다운 소녀가 연인과 함께 테라스에 나와 있었다. 그 연인이 소녀에게 이렇게 속삭였다.

"아, 얼마나 아름다운 밤입니까, 그리고 사랑의 힘은 얼마나 아름답습니까!"

"제 드레스가 궁중 무도회가 열릴 때까지 다 완성되면 좋겠는데……." 소녀는 애인의 말에 이렇게 대꾸했다.

"전 그 옷에다 정열화 무늬를 수놓아 달라고 얘기했답니다. 하지만 재봉사들은 어쩌나 게으른지요."

제비는 강을 건너가면서 배의 돛대에 매달아 놓은 등불을 보았다. 유태인 거리를 지날 때는 늙은 유태인들이 가격을 흥정해 물건을 거래하고, 구리 저울로 달아서 돈을 나누어 갖는 것도 보았다.

드디어 제비가 그 가난한 집에 이르러 안을 들여다보았다. 아이는 열 때문에 괴로운지 침대 위에서 뒤척이고 있었고, 아이의 어머니는 피곤한 탓에 잠들어 있었다. 제비는 창문을 통해 안으로 날아 들어가 루비를 아이 어머니의 골무 옆에 떨어뜨렸다. 그리고 나서는 조용히 침대 주위를 날면서 아이의 이마를 날개로 부채질해 주었다.

"열이 많이 내린 것 같아! 이제 몸이 나을 거야."

그렇게 말하고 나서 아이는 단잠에 빠져들었다.

제비는 행복한 왕자에게 돌아가 자기가 한 일을 이야기해 주었다.

"참 이상한 일이에요. 이렇게 추운 밤인데도 나는 지금 무척 따뜻함을 느껴요."

"그건 네가 좋은 일을 했기 때문이야."

왕자가 말했다. 제비는 그 말에 대해 좀 더 생각해 보려고 했지만 곧 잠이 들어 버렸다. 생각하는 일은 언제나 제비를 졸리게 만들었다.

날이 밝자 제비는 강으로 날아가 몸을 씻었다. 그때 지나가던 한 조류학 교수가 그 모습을 봤다.

"이거 정말 놀라운 일이로군. 이런 겨울에 제비라니!"

교수는 그 현상에 대한 긴 글을 써서 지방 신문에 실었다. 그 내용은 사람들 사이에서 화제가 되었지만, 이해할 수 없는 수많은 용어들로 꽉 차 있었다.

"오늘 밤에 나는 이집트로 갈 거야."

이렇게 말하고 나니 제비는 온몸에 기운이 솟구치는 것을 느꼈다. 제비는 도시의 기념탑 따위를 하나도 빠트리지 않고 모두 구경한 뒤 오랫동안 교회의 뾰족탑 꼭대기에 앉아 있었다. 어디를 가나 참새들이 제비를 보고 짹짹거리면서 "정말 품위 있는 손님 아니니?" 하고 주고받는 소리를 듣는 것이 즐거웠다.

달이 떠올랐을 때 제비는 행복한 왕자에게 돌아갔다.

"혹시 이집트에 부탁할 말이라도 있나요? 저는 지금 떠날 거예요."

그러자 왕자가 말했다.

"제비야, 제비야, 작은 제비야. 하룻밤만 더 나와 함께 있어 주지 않으련?"

"모두들 이집트에서 절 기다리고 있어요. 내일쯤에는 제 친구들이 모두 나일 강 상류의 두 번째 여울까지 올라갈 거예요. 거기에는 창포 수풀이 무성한 풀 속에서 하마가 잠을 자고 있고, 커다란 화강암 왕좌에 '멤논(그리스 신화에 나오는 에티오피아의 왕)' 신이 앉아 있죠. 그 신은 밤새 가만히 별을 바라보다가 새벽에 샛별이 반짝이기 시작하면, 외마디로 환성을 터뜨려요. 하지만 금방 잠잠해지죠. 정오에는 누런 사자들이 물가로 내려와서 물을 마셔요.

사자들의 눈은 파란 에메랄드 같고, 부르짖는 소리는 폭포 소리보다 더 크다구요."

왕자는 말했다.

"제비야, 제비야, 작은 제비야. 이 도시의 저 멀리에 젊은 청년이 지붕 밑 다락방에 있단다. 그 청년이 앉아 있는 책상에는 종이가 온통 흩어져 있고, 옆에 놓인 큰 컵에는 제비꽃 한 다발이 꽂혀 있어. 청년은 다갈색 곱슬머리를 하고 있고, 입술은 석류처럼 붉고, 그 눈은 마치 꿈을 꾸는 것 같단다. 그는 지금 극장 감독에게 주문 받은 대본을 끝마치려고 하는데 너무 추워서 더 이상 글을 쓰지 못하고 있어. 불은 꺼지고 배가 고파서 정신을 잃을 지경이거든."

"그렇다면 제가 하룻밤만 더 여기에 있을게요."

마음씨 고운 제비는 왕자의 얘기를 듣고 이렇게 대답했다.

"루비를 하나 더 가져다줄까요?"

"루비는 더 없단다. 남아 있는 건 내 두 눈뿐이야. 이건 사파이어인데 천 년 전에 인도에서 가져온 거란다. 하나를 뽑아서 청년에게 갖다 주렴. 이걸 보석상에 팔면 양식과 땔감을 장만해서 대본 쓰는 것을 끝마칠 수 있을 거야."

"왕자님, 저는 그런 일은 할 수 없어요."

제비는 울기 시작했다.

"제비야, 제비야, 작은 제비야. 내가 말한 대로 해 줘."

왕자가 말했다.

그래서 제비는 왕자의 눈알을 하나 뽑아내 청년이 살고 있는 지붕 밑 다락방으로 날아갔다. 지붕에 구멍이 뚫려 있어서 안으로 들어가는 것은 어렵지 않았다. 제비는 날렵하게 날아서 구멍 안으로 들어갔다.

청년은 양손으로 머리를 감싸 안고 있느라 제비가 날개를 파닥이는 소리를 듣지 못했다. 그저 언뜻 고개를 들어 보니, 시든 제비꽃 위에 아름다운 사파이어가 굴러떨어져 있는 게 눈에 띄었을 뿐이었다.

"이제야 세상이 나의 가치를 알게 된 모양이군. 누군가 내 작품을 좋아하는 사람이 몰래 갖다 놓은 것이 틀림없어. 나는 이제 대본을 끝마칠 수 있어."

청년은 기쁨에 넘쳐서 이렇게 외쳤다.

다음 날 제비는 항구로 날아갔다. 커다란 배의 돛대 위에 앉아 선원들이 배의 창고에서 큰 상자들을 끌어 올리는 것을 보았다. 선원들은 상자를 끌어 올릴 때마다 "영차, 영차, 어이—!" 하고 소리를 질렀다.

"나도 이제 이집트에 간다!" 제비도 지지 않고 큰 소리로 외쳤다. 하지만 아무도 그 말에 신경 쓰는 사람은 없었다. 달이 떠올라 제비는 다시 행복한 왕자에게 날아갔다.

"작별 인사를 하러 왔어요."

제비가 소리쳤다.

"제비야, 제비야, 작은 제비야. 하룻밤만 더 나와 같이 있어 주지 않겠니?"

왕자가 말했다.

"겨울이에요. 곧 차가운 눈이 내릴 거구요. 이집트에는 태양이 푸른 야자나무 위를 따뜻하게 비추고 있을 거예요. 악어들은 진흙탕 속에서 나른하게 주위를 둘러보고 있을 거구요. 제 친구들은 바알베크의 사원에 둥지를 짓고 분홍빛, 흰빛의 비둘기들은 서로를 쳐다보면서 정답게 노래하고 있을 거예요. 친애하는 왕자님, 나는 떠나야 해요. 하지만 왕자님을 잊지는 않을게요. 그리고 내년 봄에는 왕자님이 사람들에게 준 보석 대신 다른 아름다운 보석 두 개를 가져다 드릴게요. 빨간 장미보다 더 빨간 루비와 큰 바다보다 더 푸른 사파이어를 말이에요."

"아래 광장에."

왕자가 말했다.

"어린 성냥팔이 소녀가 서 있어. 그런데 그만 성냥을 모두 시궁창에 빠트려 못쓰게 되었단다. 소녀가 돈을 벌어가지 못하면 그녀의 아버지가 매질을 할 거야. 그래서 소녀는 울고 있어. 신발도 스타킹도 신지 못한 데다 작은 머리에 아무것도 쓰지 못한 채로 말이야. 부탁이니 내 다른 눈을 뽑아서 소녀에게 가져다주렴. 그럼 소녀의 아버지가 소녀를 때리지 않을 거야."

"하룻밤 더 왕자님 곁에 있을게요."

제비가 말했다.

"하지만 전 왕자님의 눈을 뽑을 수 없어요. 그러면 왕자님은 전혀 볼 수가 없잖아요."

"제비야, 제비야, 작은 제비야. 내가 하라는 대로 하렴."

그래서 제비는 왕자의 다른 눈을 뽑아서 쏜살같이 광장으로 날아 내려갔다. 제비는 성냥팔이 소녀의 옆으로 급강하하면서 소녀의 손바닥 안에 보석을 살짝 밀어 넣었다.

"너무 예쁜 유리 보석이네!" 하고 어린 소녀가 소리쳤다. 소녀는 기뻐 웃으면서 집으로 달려갔다.

제비는 왕자에게로 돌아와 말했다.

"왕자님은 이제 아무것도 보지 못해요. 그래서 이제부터는 제가 왕자님 곁에 머물 거예요."

"안 돼. 너는 이집트로 떠나야 해."

가엾은 왕자가 말했다.

"전 항상 왕자님 곁에 있을 거예요."

그렇게 말하고 나서 제비는 왕자의 발치에서 잠을 잤다.

그다음 날 하루 종일 제비는 왕자의 어깨 위에 앉아 낯선 땅에서 보았던 것에 대해 왕자에게 이야기해 주었다. 나일 강 강가에서 길게 줄지어서 부리로 금붕어를 잡는 따오기 이야기며, 사막에 살면서 모든 것을 다 아는 스핑크스 이야기, 호박(琥珀)으로 만든 구슬을 들고 낙타 옆에서 천천히 걷는 상인의 이야기, 큰 수정을 숭배하고 흑단처럼 검은 달에 있는 산의 왕에 대한 이야기, 야자수 속에서 잠자고 벌꿀 과자를 먹여 주는 20명의 승려를 데리고 있는 커다란 푸른 뱀 이야기와 크고 평평한 나뭇잎을 타고 호수를 건너 항해서서 나비와 전쟁을 하는 난쟁이들의 이야기를 들려주었다.

"사랑하는 귀여운 제비야. 너는 나에게 놀랄 만한 일들에 대해 이야기해 주었지만 무엇보다도 놀랄 만한 것은 인간들의 고통이란다. 슬픔만큼 큰 신비는 없어. 귀여운 제비야, 시내로 날아가 네가 본 것을 나에게 들려주겠니."

왕자의 말에 제비는 도시 위를 날면서 부자들은 멋진 집에서 즐겁게 지내는 반면에 거지들은 그 집 문 앞에서 구걸하는 것을 보았다. 제비는 어둡고 좁은 길로 날아가서 어두운 거리를 멍하니 보고 있는 굶주린 아이들의 창백한 얼굴도 보았다. 다리의 아치 밑에는 어린 소년 둘이 몸을 따뜻하게 하려고 서로의 몸을 끌어안고 있었다. 소년들은 "너무 배고파!" 하고 말했고 경비원은 "여기서 자면 안 돼!" 하고 소리치고 있었다.

제비는 돌아와서 왕자에게 자신이 본 것들을 이야기했다.

"나는 순금으로 덮여 있어."

왕자가 말했다.

"너는 그걸 한 장 한 장 떼어 내서 가난한 사람들에게 가져다주어야 해. 사람들은 금이 있으면 행복해질 수 있다고 생각하거든."

제비가 순금을 한 장 한 장 떼어 내는 만큼 행복한 왕자는 흐릿한 회색으로 변해 갔다. 제비는 떼어 낸 순금을 가난한 사람들에게 날라다 주었다. 어린 아이들은 장밋빛으로 얼굴이 밝아졌고 활짝 웃으며 거리로 나가 놀았다.

"우리한테 빵이 생겼어." 하고 아이들은 소리쳤다.

눈이 내렸고 모든 것이 얼어붙었다. 거리는 은으로 만들어진 것처럼 밝게 빛났다. 수정으로 된 단검 같은 고드름이 집집의 처마마다 달려 있었다. 모든 사람이 털옷을 입었고 어린 소년들은 주황색 모자를 쓰고 얼음 위에서 스케이트를 탔다.

점점 더 날이 추워졌지만 불쌍한 작은 제비는 왕자를 사랑했기 때문에 떠날 수가 없었다. 제비는 빵 가게 문밖에서 주인이 보지 않을 때 빵 부스러기를 쪼아 먹었고 날개를 퍼덕거려 몸을 따듯하게 하려고 애썼다.

그러나 제비는 마침내 자기가 죽게 될 거라는 걸 알고 있었다. 이제 제비는 왕자의 어깨 위로 겨우 날아올랐다.

"안녕히 계세요, 친애하는 왕자님!"

제비는 왕자에게 나지막하게 말했다.

"제가 왕자님 손에 입 맞출 수 있게 해 주세요."

"드디어 이집트로 떠나는 거구나. 잘됐다, 작은 제비야. 넌 여기서 너무 오랫동안 머물러 있었어. 하지만 내 입술에 입 맞춰 다오. 나는 너를 사랑한단다."

왕자가 말했다.

"제가 가는 곳은 이집트가 아니에요. 죽음의 집으로 가는 거예요. 죽음과 잠은 형제죠, 그렇죠?"

제비는 행복한 왕자의 입술에 키스를 한 뒤 왕자의 발아래로 떨어져 죽었다.

그 순간, 마치 무엇인가가 부서지는 것처럼 왕자의 동상 안에서 이상한 소리가 났다. 납으로 된 심장이 소리를 내며 두 쪽으로 갈라졌던 것이다.

무서울 정도로 혹독하게 추운 날이었다.

다음 날 아침 일찍 그 도시의 시장은 시의원들과 함께 광장을 걷고 있었다. 그들이 동상의 원기둥을 지날 무렵 시장이 동상을 올려다보고 외쳤다.

"아니 이런! 행복한 왕자의 동상이 어쩌다 저렇게 흉물스러운 꼴이 되었담!"

"정말 보기 흉한 모습이군요!"

언제나 시장의 말에 찬성만 하는 시의원들도 이렇게 소리쳤다. 그들은 왕자의 동상을 살펴보려고 위로 올라갔다.

"칼자루에 박혀 있던 루비가 떨어져 없어졌고, 누군가 눈도 파내 갔어. 몸을 감싸고 있던 순금도 모조리 사라졌고! 이제 왕자는 거지나 마찬가지 잖아!"

시장이 말했다.

"거지나 마찬가지죠."

시의원들도 그렇게 말했다.

"동상 발밑에 있는 이 죽은 새는 또 뭐지? 포고령을 만들어서, 앞으로는 새가 이런 데서 죽으면 안 된다고 발표해야겠어."

시장은 말했다. 그러자 시청의 서기가 그 말을 받아서 종이에 적었다.

그래서 사람들은 행복한 왕자의 동상을 끌어내렸다.

"행복한 왕자의 동상은 더 이상 아름답지 않으므로 이제 아무짝에도 쓸모가 없습니다."

대학의 미술 교수는 이렇게 말했다.

사람들은 왕자의 동상을 용광로에 집어넣어 녹였고 시장은 녹인 쇳덩어리를 어디에 쓸 것인지 의회를 소집해 의논했다.

"당연히 이 쇳덩어리로 새로운 동상을 만들어야 할 것이오. 그리고 내 모습을 동상으로 만들려고 하오."

시장이 말했다.

"아니오, 내 모습을 동상으로 만들어야 합니다!"

시의원들도 저마다 나서서 이렇게 소리쳤고 다툼이 벌어졌다. 들리는 소문으로는 그 사람들은 아직도 계속 다투고 있다고 한다.

"거참 이상한 일이군!"

용광로 공장의 감독이 말했다.

"이 납으로 된 부서진 심장 조각은 아무리 해도 용광로에서 녹지 않으니 말이야. 이건 그냥 버려야겠군."

그래서 사람들은 그것을 죽은 제비가 버려진 쓰레기 더미 위에 버렸다.

하느님이 한 천사에게 이렇게 명령했다.

"그 도시에서 가장 소중한 것 두 가지를 이곳으로 가져오너라."

천사는 납으로 만들어진 심장과 죽은 제비를 하느님에게 가져갔다. 그러자 하느님이 말했다.

"아주 잘 골랐구나. 이 작은 새는 천국의 정원에서 노래하도록 하자. 그리고 '행복한 왕자'는 내 황금의 도시에서 영원히 내 이름을 찬양하도록 할지어다!" *

원유회(가든파티)

🖊 작가와 작품 세계

캐서린 맨스필드(Katherine Mansfield, 1888~1923)

영국의 소설가. 뉴질랜드 웰링턴 출생. 14세 때 영국으로 건너가 런던 퀸즈 칼리지에서 음악과 문학을 공부했다. 그러나 부모의 명령 때문에 곧 귀향할 수밖에 없었다. 22세에 다시 런던으로 가서 결혼까지 했으나 파경에 이르고 투고한 원고를 계속 거절당하는 등 힘겹게 생활했다. 맨스필드는 「독일의 하숙에서」를 발표하면서 주목을 받기 시작했고, 비평가인 J. M. 머리와 두 번째 결혼을 했다. 이후 『서곡』, 『행복』, 『원유회』, 『비둘기의 둥지』 등의 단편집을 연이어 발표하면서 여성 작가로서의 뛰어난 재능을 보여 주었다. 그러나 오랫동안 가난과 질병에 시달리다가 35세에 폐결핵으로 짧은 생을 마감했다.

맨스필드의 작품은 평범하고 일상적인 소재를 다루면서, 작중 인물에게 직면한 내적 갈등이 해결되어 가는 과정을 미묘한 감수성으로 포착해 낸 것이 특징이다. 또한, 안톤 체호프의 영향을 받아 시적이고 섬세한 감성에 바탕을 둔 문체를 지니고 있다. 이러한 감각적인 문체는 다음 세대 작가들에게 많은 영향을 주었다. 사후에는 안톤 체호프와 비교되는 영국 제일의 단편 작가로 평가받았다.

🖊 작품 정리

갈래 : 단편 소설
성격 : 사실적, 성찰적
배경 : 시간 – 1900년대 / 공간 – 런던
시점 : 3인칭 전지적 작가 시점
주제 : 인생에 공존하는 밝음과 어둠, 행복과 불행의 대비

발단 로라의 집은 가든파티 준비에 들뜸

가든파티가 열리는 날, 세리던 가는 꽃을 주문하고, 음식을 장만하며, 악대를 부르는 등 파티 준비에 분주하다.

전개 빈민촌의 마차꾼이 사고를 당해 목숨을 잃음

고급 주택가 아래 빈민촌에서 마차꾼 스코트가 사고를 당해 죽었다는 소식이 전해진다. 가든파티를 그만두어야 하지 않겠느냐는 로라의 말에 모두들 바보 같은 짓이라며 핀잔을 준다.

위기 파티가 끝나고 로라는 남은 음식을 상갓집에 가져감

거울에 비친 눈부신 자신의 모습을 본 로라는 마차꾼의 죽음은 잠시 잊은 채 파티를 즐긴다. 가든파티가 성공적으로 끝나자, 엄마는 로라에게 남은 음식과 백합꽃을 상갓집에 전해 주고 오라고 한다. 상갓집에 도착한 로라는 화려한 드레스를 입은 채 집 안으로 들어간다.

절정 세상 모든 것과 작별한 마차꾼의 시체를 보고 울음을 터뜨림

로라를 부엌으로 안내한 여자는 시신 곁으로 그녀를 데리고 간다. 로라는 파티가 열리는 중에 죽음을 맞은 마차꾼을 보며 울음을 터뜨린다.

결말 오빠를 만나 인생에 대해 짧은 답을 들음

상갓집을 나와 집으로 돌아가던 길에 로라는 오빠를 만난다. "인생이란……." 하고 말을 더듬는 로라에게 로리는 "인생이란 그런 것 아니겠니?" 하고 말한다.

✏️ **생각해 볼 문제**

1. 가든파티를 반대했던 로라가 마음을 바꾼 이유는 무엇인가?

사춘기는 반성적 자의식과 욕망을 발산하고자 하는 의식이 공존하는 시기다. 가든파티를 준비하는 상황에서 발생한 이웃 사람의 죽음은 로라에게 반성적 자의식을 갖게 한다. 사람이 죽었는데 어떻게 파티를 열 수 있겠느냐는 것이다. 그러나 그녀는 거울에 비친 자신의 눈부신 모습을 보자 생각이 바뀐다. 화려한 드레스를 입고 그것에 어울리는 모자를 써 파티에서 미모를 한껏 과시하고 싶어진 것이다. 자아에 대한 원초적 욕망과 반성적 의식의 소용돌이 속에 있는 로라는 사춘기 소녀의 모습을 잘 보여 준다.

2. 부유하고 행복한 로라의 집과 가난하고 불행한 빈민촌을 대비한 작가의 의도는 무엇인가?

로라의 집은 아름다운 꽃과 넉넉한 음식, 흥겨운 음악 등 밝고 행복한 이미지로 가득 차 있다. 반면, 빈민촌 마차꾼의 집은 누추한 부엌, 일그러진 얼굴, 죽은 사람 등 어둡고 불행한 이미지가 지배적이다. 이것은 우리 삶에 공존하는 밝음과 어둠, 행복과 불행을 뚜렷이 보여 준다. 또한, 어둠과 불행은 가까운 곳에 존재한다는 사실을 깨우쳐 준다.

3. 로라가 죽음의 현장에서 발견한 것은 무엇인가?

로라는 죽은 마차꾼의 모습을 보고 아름답다고 생각한다. 세상 모든 것과 작별한 사내에게서 평화와 행복을 발견한 것이다. 그녀는 인생의 무게와 죽음의 엄숙함을 생각한다. 주검 앞에서 파티나 레이스 달린 옷 등은 아무 의미가 없다. 로라는 삶과 죽음이라는 중대한 문제를 인식한다. 그러나 아직 사춘기의 그녀는 인생이 어떤 건지 제대로 설명할 수는 없다.

원유회(가든파티)

더할 나위 없이 좋은 날씨였다. 가든파티에 이만큼 어울리는 날씨는 없을 것이다. 바람도 없고 따뜻하며 하늘은 구름 한 점 없이 쾌청했다. 초여름에 이따금 보이는 금빛 안개가 엷게 끼어 있을 뿐이었다. 정원사는 아침 일찍부터 찾아와 잔디를 깎고 있다. 데이지가 핀 화단에는 파릇파릇한 풀들이 햇빛을 받아 빛났다.

가든파티를 가장 멋지게 장식해 주는 꽃은 뭐니 뭐니 해도 사람들의 시선을 단번에 독차지하는 장미꽃이다. 장미 자신도 이런 사실을 안다는 듯 하룻밤 사이에 수백 송이의 꽃을 피웠다. 초록색 덩굴은 천사의 방문을 받은 것처럼 꽃을 향해 몸을 굽힌 채 내려보았다.

아침 식사가 끝나기도 전에 인부들이 커다란 천막을 치러 왔다.

"엄마, 천막을 어디에 치면 좋을까요?"

"애 좀 봐, 나한테 물어야 소용없어. 올해는 너희에게 모든 걸 맡기기로 했잖니. 나를 엄마라 생각하지 말고 특별한 손님으로 대우해 줬으면 좋겠다."

로라는 엄마의 말이 끝나자 언니 메그를 찾았다. 그러나 메그는 도저히 인부들에게 가서 이것저것 일을 시킬 수가 없는 상황이다. 그녀는 아침 식사 전에 머리를 감아서 머리에 녹색 터번을 두르고 있었다. 게다가 젖은 밤색 머리카락이 뺨에 찰싹 들러붙은 채 커피를 마시고 있었다. 멋쟁이 조스는 언제나 그랬던 것처럼 비단 페티코트(스커트 밑에 받쳐 입는 속치마)에 긴 재킷을 걸치고 식사를 하러 내려왔다.

"로라, 네가 가 보렴. 우리 집에선 네가 가장 미적 감각이 뛰어나니까 말이야."

조스의 말이 떨어지자마자 로라는 버터를 바른 빵을 손에 든 채 바깥으로 뛰어나갔다. 집 밖에서 무엇을 먹을 수 있는 좋은 구실이 생긴 데다가, 그녀는 이것저것 판단하고 결정 내리기를 아주 좋아했다. 그런 일은 누구보다도 잘할 수 있다고 스스로 믿고 있었던 것이다.

소매를 걷어붙인 인부 네 사람이 정원 통로에 모여 있었다. 그들은 둘둘

만 천막을 손에 들고 어깨에는 커다란 연장통을 메고 있었다. 그 모습에는 어딘지 사람을 압도하는 분위기가 있었다. 로라는 속으로 '이럴 줄 알았으면 빵을 들고 나오는 게 아니었는데' 하고 생각했다. 그러나 어디다 둘 데도 없고 그렇다고 아무 데나 버릴 수도 없는 노릇이었다. 그녀는 얼굴을 붉힌 채 공연히 근시인 듯한 표정을 지으며 인부들에게 다가갔다.

"안녕하세요?"

그녀는 엄마의 목소리를 흉내 내어 인사를 했다. 그러나 자기 목소리가 너무 꾸민 것 같다는 생각이 들자 부끄러워서 말을 제대로 할 수 없었다.

"저, 그러니까 …… 저 …… 천막 때문에 오셨죠?"

"그렇습니다, 아가씨."

그들 중 키가 제일 크고 주근깨가 있는 남자가 대답했다. 그는 연장통을 내려놓고 밀짚모자를 뒤로 젖히더니 미소를 지으며 말했다.

"네, 그 일 때문에 왔지요."

남자의 미소는 매우 상냥하고 친밀감이 있었다. 로라는 갑자기 자신감이 생겼다.

'이 사람의 눈은 정말 아름다운걸. 검은빛이 도는 푸른 눈이야.'

이런 생각을 하며 그녀는 딴 남자들에게 눈을 돌렸다. 그들 역시 미소를 짓고 있었다.

'자, 기운을 내세요. 아가씨를 물어뜯지는 않을 테니까요.'

그들의 미소는 마치 이렇게 말하는 듯했다.

'이 인부들은 정말 순박한 사람들이야! 아, 게다가 오늘 아침은 왜 이렇게 상쾌하담! 하지만 이런 이야기를 할 때가 아니야. 사무적인 말만 해야 해. 천막을 칠 장소에 대해서 말이야.'

"저기 백합이 있는 잔디밭 쪽에 천막을 치면 어떨까요? 괜찮지 않아요?"

그녀는 이렇게 말하며 빵을 들지 않은 손으로 백합이 있는 쪽을 가리켰다. 인부들은 고개를 돌려 그쪽을 바라보았다. 뚱뚱하고 작달막한 남자가 아랫입술을 내밀었다. 키 큰 남자는 얼굴을 찌푸렸다.

"별로 좋은 것 같지 않은데요."

키 큰 남자가 말했다.

"별로 눈에 띄지 않는 장소로군요."

그는 특유의 친근한 표정으로 로라를 돌아보며 말했다.

"어디든 눈에 확 띄는 곳에 세워야 합니다."

로라는 태생이 태생인지라 일꾼이 자기에게 '눈에 확 띄는' 하고 말한 게 실례가 아닐까 생각했다. 하지만 그의 말뜻은 충분히 알 수 있었다.

"테니스 경기장 구석 쪽은 어때요?"

그녀는 다시 한 번 말해 보았다.

"그 근처 어디에 악단이 오기로 되어 있거든요."

"흠, 악단이 올 거라구요?"

다른 인부가 물었다. 얼굴이 창백하고 눈자위에 그늘이 앉은 남자였다. 그 눈으로 테니스 경기장을 살펴보는 모습이 어딘지 초조해 보였다. 그는 지금 무슨 생각을 하고 있을까.

"하지만 규모가 아주 작은 악단이에요."

로라는 상냥하게 말했다. 악단이 아주 작다고 하면 이 사람도 그리 신경을 쓰진 않을 거라는 생각에서였다. 그때 키 큰 남자가 다시 말했다.

"그렇다면 아가씨, 저기 저 나무들 앞은 어떻습니까? 저기라면 아주 적당한 것 같은데요."

그는 카라카 나무들을 가리켰다. 하지만 그렇게 하면 카라카 나무가 가려서 보이지 않게 된다. 넓고 반짝이는 잎사귀와 노란 열매가 주렁주렁 매달린 아름다운 나무인데……. 카라카는 바다 한가운데 서 있는 섬처럼 고고한 느낌을 주는 나무였다. 저런 나무를 천막 때문에 보이지 않게 할 수는 없지!

하지만 인부들은 이미 천막과 연장통을 들고 그곳으로 가는 중이었다. 키 큰 남자만 그 자리에 남아 있었다. 그는 허리를 굽혀 자그마한 라벤더 가지를 꺾더니 손으로 문질렀다. 그리고 엄지와 집게손가락을 코에 갖다 대고 향기를 맡았다.

로라는 그 모습을 보면서 카라카 나무 따위는 까맣게 잊어버렸다. 라벤더 향기에 마음을 쓸 수 있는 남자에게 그만 감동해 버린 것이다. 지금까지 그녀가 알고 있는 사람 가운데 몇 사람이나 이런 행동을 할 수 있을 것인가.

'아아, 이 남자는 정말 멋있는 사람이야. 같이 춤을 추고 일요일 밤엔 집으로 식사를 하러 오는 멍청한 남자친구들보다 이런 일꾼을 친구로 삼는 게 훨씬 나을 텐데!'

그녀는 그렇게 할 수 없는 이유가 말도 안 되는 계급 차별 때문이라고 생각했다.

키 큰 남자는 봉투 뒷면에 무언가 계속 그렸다. 천막을 고리로 죌 것인가 그대로 늘어뜨릴 것인가 하는 작업 계획인 것 같았다. 그녀는 이러한 그의 동작에서 계급의 차이 따위는 눈곱만큼도 느낄 수 없었다. 그때 쿵쿵하는 나무망치 소리가 들려왔다. 누군가는 휘파람을 불었고 또 누군가는 커다랗게 소리를 질렀다.

"어이, 어떤가, 친구."

친구라니! 얼마나 다정한 말인가! 로라는 자기가 지금 얼마나 행복한지, 그리고 그들을 얼마나 흉허물 없이 느끼고 있는지 보여 주고 싶었다. 그래서 자신이 하찮은 인습 따위는 마음껏 경멸하고 있다는 것을 키 큰 남자가 알도록 하고 싶었다. 로라는 봉투에 그려진 것을 바라보면서 빵을 한 입 덥석 베어 물었다. 그녀는 자기 자신도 노동 계급의 여자가 된 것 같은 기분이 들었다.

"로라, 로라, 어디 있니? 전화 왔다, 로라!"

집 안에서 그녀를 부르는 소리가 들렸다.

"지금 가요!"

그녀는 경쾌하게 잔디를 지나, 계단을 뛰어오르고, 베란다를 가로질러 현관으로 들어갔다. 현관홀에서는 아버지와 로리가 사무실에 나갈 준비를 하느라 브러시로 모자를 털고 있었다.

"이봐, 로라."

로리가 재빠르게 말했다.

"점심때까지 내 코트의 주름을 좀 폈으면 좋겠는데 좀 살펴봐 줄래? 다림질을 해야 할지 어떨지 좀 봐 줘."

"그래, 알았어."

하고 대답한 로라는 갑자기 자기 자신을 억제할 수가 없어서 로리에게 뛰어들어 그를 살짝 끌어안았다.

"난 파티가 정말 좋아. 그렇지 않아, 오빠?"

로라는 숨이 차서 말했다.

"그럼, 좋고말고!"

로리 역시 따뜻하고 앳된 목소리로 말하면서 동생을 꽉 껴안아 주었다. 그리고 살며시 그녀를 떼어 놓으며 말했다.

"자, 어서 가서 전화를 받아야지."

"맞아, 전화가 왔다고 그랬지, 참."

로라는 전화기로 달려갔다.

"그래, 그래, 키티구나. 잘 있었어? 점심 식사 때에 오지 않겠니? 뭐 그냥 이것저것 있는 대로 차릴 거야. 샌드위치 몇 조각이랑 메링게 조각들, 그리고 먹다 남은 음식이 조금 있거든. 그래, 정말 오늘 아침은 어쩜 이렇게 날씨가 좋을까? 너 흰옷을 입고 올 거니? 응, 응, 나도 꼭 그렇게 할 거야. 잠깐만 기다려, 끊지 말고. 지금 엄마가 부르셔."

이렇게 말하고 로라는 의자에 앉아 몸을 뒤로 젖혔다.

"뭐라구요, 엄마? 잘 안 들려요!"

위층에서 세리던 부인의 부드러운 목소리가 들려왔다.

"요전 일요일에 썼던 그 멋진 모자를 쓰고 오라고 그러렴."

"엄마가 말이야, 네가 지난번 일요일에 썼던 그 멋진 모자를 다시 쓰고 오라고 그러셨어. 그래, 좋아. 그럼 한 시에 보는 거야, 안녕."

로라는 수화기를 내려놓고, 심호흡을 하면서 두 팔을 위로 쭉 뻗었다가 내렸다. 그리고 나서 '휴' 하고 한숨을 내쉬고는 자리에서 벌떡 일어났다.

분주한 발소리와 여기저기서 들리는 사람들의 말소리로 집 안은 생기가 넘쳤다. 주방으로 통하는 초록색 문이 계속 열렸다 닫혔다 했다. 이번에는 킥킥거리는 길고 이상한 웃음소리 같은 게 들려왔다. 딱딱한 바퀴가 달린 무거운 피아노를 옮기는 중이었다.

그런데 이 공기! 가만히 주의를 기울이면 오늘은 여느 때와 공기의 움직임이 다른 것 같았다. 가느다란 바람이 숨바꼭질을 하면서 창문 위에서 들어와 다른 문으로 나간다. 햇빛을 받은 두 개의 작은 그림자가 하나는 잉크병, 또 하나는 은빛 사진 액자에서 반짝반짝 장난을 치고 있다. 귀엽고 작은 얼룩들, 특히 잉크병 위에 있는 것은 더욱 귀여워 보인다. 무척이나 따뜻한 느낌이다. 따뜻하고 귀여운 은빛 별. 그녀는 그것에 키스라도 해 주고 싶었다.

현관의 벨이 울리고 세이디의 치마가 날렵하게 스치는 소리가 들려왔다. 어떤 남자가 뭐라고 낮게 말하는 소리도 들렸다. 세이디는 무관심한 목소리로 대답하고 있었다.

"전 잘 모르겠어요. 조금만 기다리세요. 세리던 마님께 물어보고 올 테니까."

"무슨 일이야, 세이디?"

로라가 현관홀로 걸어가며 물었다.

"꽃 가게 사람이에요, 아가씨."

사실이었다. 문 안쪽에 넓적하고 속이 얕은 화분이 놓여 있었다. 거기에는 핑크빛 백합꽃만 가득했다. 활짝 핀 칸나 백합이 햇살을 가득 받아 짙푸른 가지 위에서 말할 수 없이 싱그러운 향기를 풍겼다.

"오오, 세이디!"

로라의 목소리는 거의 신음 소리에 가까웠다. 그녀는 마치 그 백합의 빨간 불꽃에 불을 쬐듯 허리를 굽혔다. 손가락 사이에, 입술에, 또는 가슴속에 백합꽃의 불길이 타오르는 것 같았다.

"뭔가 잘못 배달된 것 아닐까?"

그녀는 속삭이듯 말했다.

"이렇게 꽃을 어마어마하게 주문한 사람은 없을 텐데. 세이디, 가서 엄마를 찾아봐."

마침 그때 세리던 부인이 나타났다.

"잘못 배달된 게 아니란다."

그녀는 조용히 말했다.

"내가 주문한 거야. 어때, 예쁘지 않니?"

그녀는 로라의 팔을 부드럽게 잡았다.

"어제 가게 앞을 지나다가 우연히 이 꽃들이 진열돼 있는 것을 보았단다. 그래서 갑자기, 일생에 단 한 번이라도 좋으니 칸나 백합을 마음껏 사 보고 싶었어. 실은 가든파티가 좋은 핑계가 된 셈이지."

"하지만 엄마는 가든파티에 전혀 참견하지 않겠다고 그러시지 않았어요?"

로라가 말했다. 세이디의 모습은 이미 보이지 않았다. 꽃집 남자는 아직 현관 밖 수레 옆에 서 있었다. 로라는 엄마의 목에 팔을 감고 부드럽게 귀를 깨물었다.

"애야, 너도 융통성이 없는 엄마는 싫겠지. 그러니 이제 그만해. 봐라, 저기 꽃집 아저씨도 보고 있지 않니."

꽃 가게 사람은 다시 백합꽃이 가득 담긴 화분을 들고 들어왔다.

"현관 양쪽에 한 줄로 나란히 놓아 주세요."

세리던 부인이 말했다.

"얘, 로라야. 그렇게 하는 게 좋겠지?"

"네, 좋아요. 엄마."

응접실에서는 메그와 조스, 그리고 하인 한스가 이제야 제대로 피아노를 옮겨 놓은 참이었다.

"그런데 말이야, 이 커다랗고 긴 의자는 벽 쪽으로 밀어붙이고, 의자만 빼놓고 나머지 것은 모두 방 밖으로 내놓는 것이 좋을 것 같은데."

"그래, 그게 좋겠어."

"한스, 테이블을 모두 흡연실로 옮기고, 융단에 난 얼룩을 지워 없애게 청소기를 가져와. 아, 잠깐, 한스."

조스는 하인들에게 일을 시키는 것을 좋아했다. 그리고 하인들도 그녀의 말을 잘 따랐다. 그녀는 언제나 하인들에게 무슨 연극을 하는 듯한 느낌을 주곤 했다.

"엄마와 로라에게 빨리 좀 와 달라고 해 줘."

"네, 네, 조스 아가씨."

그러고 나서 조스는 메그 쪽을 돌아보았다.

"피아노 소리가 어떤지 좀 봐야겠어. 오늘 오후에 노래를 부르라는 요청을 받을지도 모르니까 말이야. '세상살이가 괴로워'를 한번 해 볼까?"

땅! 따르르 땅 따땅! 피아노 소리가 너무 격렬하게 울리자 조스의 안색이 변했다. 그녀는 두 손을 꼭 쥐었다. 엄마와 로라가 함께 들어왔을 때 그녀의 얼굴은 이상하게 슬픈 표정을 띠고 있었다.

이 세상살이 괴로워
눈물과 한숨
사랑도 덧없는 것

이 세상살이 괴로워
눈물과 한숨
사랑도 덧없는 것
이제는 안녕 작별을 고해야지

'작별'이라고 하는 부분에서 피아노는 한층 더 격정적이고 애절한 소리로 울렸다. 그러나 조스는 갑자기 노래 가사와는 전혀 어울리지 않는 미소를 지었다.

"제 목소리 괜찮지요, 엄마?"

그녀는 미소를 띠면서 말했다.

> 이 세상살이 괴로워
> 희망은 모두 사라지고
> 꿈인가 현실인가

이때 세이디가 들어와 노래는 중지됐다.

"왜 그래, 세이디?"

"저, 마님, 요리사가 샌드위치에 꽂을 작은 깃발이 있는지 묻는데요."

"샌드위치에 꽂을 깃발이라니, 그게 무슨 말이야, 세이디?"

세리던 부인은 꿈을 꾸듯 되물었다. 그 얼굴 표정을 보고 아이들은 그것이 없다는 것을 알아차렸다.

"그러면 말이야."

세리던 부인이 분명하게 세이디에게 말했다.

"십 분 내로 가지고 가겠다고 요리사에게 말해라."

세이디는 방을 나갔다.

"그럼, 로라야."

엄마는 서두르며 말했다.

"나하고 함께 흡연실로 가자. 어디 봉투 뒤엔가 필요한 물품 목록을 적어둔 것 같은데, 그것을 네가 다시 좀 써 줘야겠다. 메그, 넌 빨리 2층으로 올라가서 그 젖은 머리 좀 만지렴. 조스는 빨리 가서 옷을 갈아입고. 알겠니? 자, 어서어서 서둘러야 해. 말을 안 들으면 오늘 밤 아버지가 돌아오셨을 때 다 이를 거야. 그리고 아차, 깜빡했구나. 조스야, 넌 주방에 가서 요리사 좀 잘 달래 줘라. 오늘 아침은 어쩐지 그 여자가 안심이 되질 않는구나."

봉투는 식당 시계 뒤에서 겨우 발견됐다. 하지만 세리던 부인은 그게 어떻게 해서 그런 곳에 들어가 있는지 도무지 알 수가 없었다.

"틀림없이 너희들 중 누군가가 내 핸드백에서 끄집어냈을 거야. 거기 집어넣은 것을 똑똑히 기억하고 있거든. 크림치즈하고 레몬 커드(치즈를 만드는 데 씀), 그건 다 적었니?"

"네."

"그리고 달걀하고, 또……."

세리던 부인은 로라의 손에서 봉투를 빼앗아 살펴보았다.

"이건 마치 생쥐라고 쓴 것 같구나. 그럴 리는 없겠지만 말이야."

"달걀하고 올리브예요."

로라가 엄마의 어깨너머로 건너다보며 말했다.

"그래, 그럼 그렇지. 올리브로구나. 그게 생쥐였다면 얼마나 끔찍스러웠 겠니. 달걀과 올리브!"

겨우 끝내고 나서 로라는 그것을 주방으로 가져갔다. 주방에서는 조스가 요리사를 달래느라고 애를 쓰는 중이었다. 그러나 요리사가 심통을 부리는 것 같지는 않았다.

"이렇게 근사한 샌드위치는 구경도 못해 봤어."

조스가 들떠서 말하는 소리가 들렸다.

"종류가 몇 가지나 된다고 그랬죠? 열다섯 가지?"

"네, 열다섯 가지예요, 아가씨."

"정말 훌륭해요, 아줌마. 고마워요."

요리사는 기다란 샌드위치 칼로 빵 부스러기를 긁어모으며 활짝 웃었다.

"고드버 상점에서 사람이 왔어요."

세이디가 식기실에서 나오며 말했다. 그녀의 말은 창 너머로 상점의 점 원을 보았다는 얘기였다. 드디어 슈크림이 도착한 것이다. 고드버는 슈크 림으로 잘 알려진 가게였다. 이런 것을 집에서 만든다는 것은 상상하기 어 려운 일이었다.

"세이디, 그걸 날라다가 테이블에 올려놓아라."

요리사가 지시했다.

세이디는 슈크림을 날라 놓고 문간 쪽으로 돌아갔다. 물론 로라나 조스 모두 이제 어린애가 아니기 때문에 그것을 달라고 조르지 않았다. 그래도 역시 슈크림 쪽으로 눈이 자꾸 가는 것은 어쩔 수 없었다. 요리사는 그것을 가지런히 놓으면서 여분으로 붙어 있는 설탕 가루를 모두 털어 냈다.

"파티가 끝나면 사람들이 모두 이걸 자기 집으로 가져가겠지?"

로라가 말했다.

"그럴지도 모르지."

조스가 대꾸했다. 현실주의자인 조스는 다른 사람이 그걸 가져간다고 생각하니 탐탁지 않았다.

"아가씨들, 하나씩 먹어 보세요."

요리사가 다정한 목소리로 말했다.

"마님은 모르실 거예요."

하지만 그럴 수는 없었다. 아침 식사를 막 끝냈는데 또다시 슈크림을 먹다니, 생각만 해도 속이 거북해지는 것 같았다. 그러나 2분 뒤, 조스와 로라는 크림이 묻은 손가락을 빨고 있었다. 거품이 알맞게 일어난 맛있는 크림을 맛볼 때에만 볼 수 있는 표정, 먹고 난 뒤 마음이 황홀해질 때에만 볼 수 있는 그런 눈빛이었다.

"우리, 뒤뜰 정원으로 나가 보지 않을래?"

로라가 말을 꺼냈다.

"천막이 어떻게 되었는지 보고 싶어. 그 인부들 말이야, 정말 멋있는 사람들이야."

그러나 뒤뜰에는 요리사, 세이디, 고드버의 점원, 게다가 한스까지 모두 모여 있었다. 무슨 일이 있었던 것이다.

"세상에나, 저런, 저런."

요리사는 놀란 암탉 같은 소리를 지르고 있었다. 세이디는 치아가 아픈 사람처럼 두 손을 양 볼에 대고 서 있었다.

한스는 뭔가 이해하려고 하는 사람처럼 찌푸린 표정을 했다. 재미있어 하는 사람은 고드버 상점의 점원뿐인 것 같았다. 아무래도 그가 무슨 이야기를 끄집어낸 모양이었다.

"도대체 왜들 그래? 무슨 일이 생긴 거야?"

"끔찍한 일이 생겼답니다."

요리사가 말했다.

"사람이 죽었대요."

"사람이 죽었다고? 어디서? 왜? 언제?"

고드버 상점 점원은 자기가 꺼낸 이야기를 다른 사람이 전하도록 놔두지 않았다.

"아가씨, 요 아래 작은 오두막이 모여 있는 곳을 아세요?"

물론 그녀는 알고 있었다.

"거기에 스코트라는 젊은 마차꾼이 살고 있죠. 그런데 오늘 아침 호크 거리 모퉁이에서 그놈의 말이 말씀이에요……. 견인차를 보고 놀라서 뛰는 바람에, 그 불쌍한 스코트가 떨어져서 길바닥에 뒤통수가 부딪쳐 죽었어요!"

"죽었다구요?"

로라는 점원의 얼굴을 뚫어지게 바라보았다.

"사람들이 달려가서 안아 일으켰을 때는 벌써 죽어 있었답니다."

점원은 흥미진진하다는 듯 이야기를 계속했다.

"제가 여기 올 때 마침 사람들이 시체를 집으로 옮기고 있더군요."

그런 다음 점원은 요리사를 보며 말했다.

"마누라와 어린것들을 다섯이나 남겨 두고 죽었으니 딱하게 됐죠."

"조스, 이리 좀 와."

로라는 언니의 소매를 붙들고 주방을 거쳐 녹색 문 저쪽까지 갔다. 발걸음을 멈춘 로라는 문에 몸을 기대고 겁에 질린 목소리로 말했다.

"이봐, 조스. 다 그만둬야 하는 것 아닐까?"

"다 그만두다니, 그게 무슨 말이야?"

조스는 놀라서 목소리를 높였다.

"그야 물론 가든파티를 그만두자는 거지."

조스는 왜 모르는 척하는 걸까? 그러나 조스는 점점 더 놀라고 있었다.

"가든파티를 그만둔다고? 이봐 로라, 어쩜 그런 바보 같은 소리를 할 수 있니? 물론 그런 짓은 할 수 없어. 다른 사람들도 모두 내 생각과 같을걸? 그런 터무니없는 소리는 하지도 마."

"하지만 바로 이웃에 사는 사람이 죽었는데 어떻게 가든파티를 할 수 있어?"

사실 그것은 황당한 일이었다. 작은 오두막들은 이 저택으로 통하는 가파른 고갯길 아래쪽 골목에 모여 있었다. 그 집들과 이 저택 사이에는 꽤 넓은 길이 있었지만 그렇다고 멀리 떨어져 있는 것은 아니었다. 그런데 그 오두막들은 아무리 봐도 눈에 거슬렸다. 이를테면 그곳에 있을 권리가 전혀 없는 집들이라고 할 수 있었다. 갈색 비슷한 옅은 초콜릿색 페인트로 엉성하게 칠한 작고 초라한 집뿐이었다. 좁은 뜰에는 양배추 잎사귀와 말라 빠진 닭, 빈 토마토 깡통 외에는 아무것도 없었다. 굴뚝에서 나오는 연기마저 가난에 찌들어 기운 없이 풀풀 흩날리는 것 같았다. 누더기를 연상시키는 그 가냘픈 연기는 세리던 가문의 굴뚝에서 힘차게 솟아나는 커다란 은빛 깃털 같은 연기와는 거리가 멀었다.

그 골목에는 빨래하는 여자, 굴뚝쟁이, 구두 수선공, 그리고 집 정면의 벽에 작은 새장을 가득 걸어 놓고 파는 남자가 살고 있었다. 아이들은 언제나 우글거렸다. 세리던 가문의 아이들에게는 어릴 때부터 그곳이 출입 금지 지역으로 정해져 있었다. 말투가 상스럽고 게다가 무슨 병을 옮겨 올지 모른다는 이유 때문이었다.

그러나 조금 자라고 나서 로라와 로리는 산보를 하면서 몇 번 그곳을 지나치곤 했다. 역시 불쾌하고 더러운 곳이었다. 그들은 몸서리를 치면서 그 길을 빠져나왔다. 그러나 사람은 어디든지 가 보고 될 수 있으면 많은 것을 경험해 보아야 한다. 그들은 이런 생각을 하면서 그 길을 지나가곤 했다.

"조스, 생각을 좀 해 봐. 그 불쌍한 여자가 우리 집에서 나오는 음악 소리를 들으면 기분이 어떻겠어?"

로라가 말했다.

"하지만, 로라!"

조스는 드디어 정색을 하고 화를 내기 시작했다.

"누군가 사고를 낼 때마다 음악 연주를 하지 않는다면 평생 동안 어떻게 살겠니? 나도 그 사람들이 불쌍해. 동정하고 있다고. 하지만……."

조스의 눈이 험악해졌다. 그녀가 동생을 바라보는 눈초리는 어렸을 적 자주 싸우던 모습 그대로였다.

"그렇게 감상적이 된다고 해서 그 주정뱅이 마차꾼이 되살아나지는 않아."

그녀는 조용히 말했다.

"주정뱅이라고! 누가 그 사람이 주정뱅이라고 했어?"

로라는 화를 내며 조스에게 대들었다. 그녀는 둘이 싸울 때마다 자주 하던 말을 끄집어냈다.

"엄마한테 가서 일러주고 말 거야."

"그래, 얼마든지 이르렴."

조스는 비둘기처럼 입을 삐쭉 내밀었다.

"엄마, 방에 들어가도 돼요?"

로라는 커다란 유리문의 손잡이를 돌렸다.

"오냐, 들어오렴. 아니 그런데 얼굴이 왜 그러니?"

세리던 부인은 화장대에서 몸을 홱 돌렸다. 그녀는 지금 막 새 모자를 써보고 있던 참이었다.

"그런데 엄마, 지금 막 사람이 죽었대요."

로라는 말을 끄집어냈다.

"설마 우리 집 정원에서 그런 건 아니겠지?"

엄마가 로라의 말을 막았다.

"그런 건 아니에요."

"애는, 사람 좀 놀라게 하지 마라."

세리던 부인은 안도의 한숨을 내쉬면서 커다란 모자를 벗어서 무릎 위에 올려놓았다.

"엄마, 내 말 좀 들어 봐요."

로라는 그 끔찍하고 무시무시한 이야기를 해 주었다.

"그러니 가든파티는 당연히 할 수 없잖아요!"

그녀는 애원하듯 말했다.

"악단이랑 사람이 많이 오잖아요? 그러니 틀림없이 언덕 아래 사는 사람들에게도 그 소리가 들릴 거예요. 바로 우리 이웃에 사는 그 사람들에게 말이에요."

하지만 로라는 엄마의 태도가 조스와 똑같아서 놀랐다. 게다가 엄마가 그 사건을 무척 재미있어 하는 것 같아서 더욱 견딜 수 없었다. 엄마는 로라의 말을 조금도 진지하게 받아들이려고 하지 않았다.

"하지만 애야, 상식적으로 생각해 보자꾸나. 우리가 그 이야기를 들은 것은 그저 우연일 뿐이야. 만일 누군가 그 동네에서 그냥 평범하게 죽었다면 파티는 그대로 열리지 않았겠니?"

로라는 "네." 하고 대답하지 않을 수 없었다. 그러나 마음속으로는 그것도 잘못된 것이라는 생각을 지우기 어려웠다. 그녀는 소파에 앉아 쿠션의 술을 만지작거렸다.

"엄마, 우리가 정말 지나친 짓을 하고 있는 것 아닐까요?"

"얘, 이리 와 봐."

세리던 부인은 모자를 들고 로라에게 다가왔다. 그러고는 로라가 미처 막을 사이도 없이 그 모자를 머리에 씌웠다.

"이 모자는 널 줘야겠다. 꼭 맞춘 것처럼 잘 어울리는구나. 나한테는 너무 요란스러워서……. 정말 그림처럼 예쁘기도 하지, 어디 한번 거울에 비춰 보렴."

그녀는 손거울을 들고 로라 앞에 대 주었다.

"하지만 엄마."

로라는 다시 말을 꺼내기 시작했다. 거울에 비친 자신의 모습 따위는 보기도 싫었다. 그녀는 고개를 옆으로 돌려 거울을 외면했다.

이번에는 세리던 부인도 화를 내며 어처구니없다는 표정을 지었다.

"넌 정말 바보 같은 소리만 하는구나, 로라."

그녀는 쌀쌀하게 말했다.

"저런 사람들은 우리가 무언가를 해 주어도 고맙다는 생각을 하지 않는 사람들이야. 로라, 너는 지금 다른 사람들의 즐거움을 모두 망치려 하고 있어. 그건 옳지 않아."

"저는 잘 모르겠어요."

로라는 서둘러 방을 나와 자기 침실로 들어갔다. 거기서 정말 우연히 그녀의 눈길을 붙든 것은 거울에 비친 아름다운 아가씨의 모습이었다. 황금빛 데이지와 검고 긴 벨벳 리본이 달린 모자를 쓴 아름다운 소녀, 그것은 로라 자신의 모습이었다.

로라는 자신의 모습이 이렇게 아름다운 줄은 생각해 본 적이 없었다.

'엄마가 말한 것처럼 나는 정말 예쁜 걸까? 어쨌든 내가 아름다워지고 싶어 한 건 사실이지. 그런데 내가 엄마한테 한 말은 정말 잘못된 말일까? 어쩌면 정말 그럴지도 몰라.'

짧은 순간 그녀는 오두막의 가엾은 여자와 어린애들, 시체가 집으로 운반되어 가는 모습을 다시 한 번 머리에 떠올렸다. 그러나 이제는 그것이 훨씬 희미해졌다. 가까운 곳의 일이 아닌, 신문에 난 사건처럼 현실감이 약해졌다. 그래, 가든파티가 끝나고 나서 다시 한 번 생각해 보자. 그녀는 마음 속으로 작정했다. 어쨌든 그렇게 하는 것이 제일 나을 것 같았다.

점심 식사는 한 시 반에 다 끝나고 두 시 반에는 요란스러운 파티를 할 준비가 다 되었다. 녹색 윗도리를 입은 악단이 도착해 테니스 운동장 한구석에 자리를 잡았다.

로리가 집에 돌아와 옷을 갈아입으러 가면서 사람들에게 들뜬 목소리로 인사를 했다. 로라는 아까 그 사건을 로리에게 이야기해 주고 싶었다. 만일 로리도 다른 사람과 마찬가지 생각이라면 그건 틀림없이 옳다는 얘기일 것이다. 그녀는 그의 뒤를 따라 현관홀로 들어갔다.

"로리."

"응?"

로리는 계단을 올라가다가 로라를 발견하자 볼을 불룩하게 하고 눈을 휘둥그렇게 떠 보였다.

"야, 참 근사한데! 놀랐어, 로라. 정말 굉장해."

로리는 말했다.

"정말 그 모자 멋지구나."

"그래?"

로라는 중얼거리듯 말하고 미소를 지으며 로리를 올려다보았다. 그러나 결국 오빠에게 아무 말도 못하고 말았다.

사람들이 곧 엄청나게 몰려들었다. 악단이 연주를 시작했다. 임시로 고용한 웨이터들이 집에서 천막으로 부지런히 뛰어다녔다. 어디를 보아도 쌍쌍이 정원을 거닐고 있거나 허리를 굽혀 꽃을 바라보거나 하고 있었다. 그들은 서로 인사를 주고받기도 하며 잔디 위를 돌아다녔다.

마치 명랑한 작은 새들이 날아다니다 오늘 저녁 동안만 잠깐 세리던 가의 정원에 내려와 앉은 것 같았다. 지금부터 이 새들은 어디로 날아가게 될까. 고생이라곤 모르는 사람들이 함께 손을 잡기도 하고 뺨을 갖다 대기도 하며, 혹은 서로 미소를 지으면서 상대의 눈을 바라본다는 것은 얼마나 행복한 일인가!

"어머, 로라. 정말 예쁘구나!"

"어쩜 이렇게 모자가 잘 어울릴까."

"로라, 마치 스페인 여자 같구나. 네가 이렇게 아름다운 줄 정말 몰랐다."

로라 역시 이런 말을 들을 때는 완전히 들떠서 상냥하게 대답하곤 했다.

"차는 드셨어요? 아이스크림을 드시지 않겠어요? 시계풀 열매로 만든 얼음과자는 정말 별미랍니다."

마침내 그녀는 아버지한테 뛰어가서 이렇게 부탁했다.

"아빠, 악사들한테도 마실 것 좀 갖다 주는 게 좋지 않겠어요?"

더할 나위 없이 흥겨운 오후가 지나고 가든파티도 드디어 막을 내렸다.

"이렇게 즐거운 가든파티는 처음이에요."

"정말 훌륭한 잔치였어요!"

"그래요, 정말 대단했어요."

로라는 엄마를 도와서 사람들을 배웅했다. 한 사람 한 사람 모두에게 작별 인사를 했다. 두 모녀는 사람들이 완전히 다 돌아갈 때까지 현관에 나란히 서 있었다.

"이제 끝났다. 모두 끝났어, 휴."

세리던 부인은 숨을 돌리며 말했다.

"로라야, 다른 사람들도 오라고 해라. 우리끼리 커피라도 마시자꾸나. 아유, 피곤해. 하지만 정말 대성공이었어. 내가 원래 가든파티는 딱 질색이었는데. 무엇 때문에 너희는 이런 파티 같은 걸 열자고 그러는지 모르겠더라."

가족 모두 텅 빈 천막 안에 둘러앉았다.

"아빠, 샌드위치 드실래요?"

"얘야, 고맙다."

세리던 씨는 샌드위치를 하나 집어 들고 한입에 집어넣었다. 그러고 나서 한 조각을 더 입에 넣으며 말했다.

"너희는 오늘 끔찍한 일이 생긴 걸 몰랐겠지?"

"알고 있었어요."

세리던 부인은 손을 추켜올리며 말했다.

"그것 때문에 하마터면 가든파티를 못할 뻔했지 뭐예요. 로라가 막무가내로 가든파티를 연기해야 한다고 고집을 부려서 말예요."

"어머, 엄마는……."

로라는 그 일로 더 이상 놀림감이 되고 싶지는 않았다.

"하지만 정말 끔찍한 일이야."

세리던 씨가 다시 말했다.

"게다가 그 남자는 혼자가 아니었어. 바로 아래 골목에 사는데, 아내와 여섯이나 되는 아이가 있다지 뭐냐."

갑자기 어색한 침묵이 흘렀다. 세리던 부인은 안절부절못하고 손으로 컵을 만지작거렸다.

'저이는 왜 눈치 없이 이런 이야기를 꺼낸 것일까.'

세리던 부인은 갑자기 고개를 들었다. 눈앞의 테이블에 샌드위치, 과자, 슈크림 등 손도 안 댄 음식들이 잔뜩 남아 있었다. 이대로 두면 어차피 버릴 수밖에 없다. 그녀는 그럴듯한 생각을 떠올렸다.

"좋은 생각이 있어."

그녀는 손뼉을 쳤다.

"바구니를 가져오렴. 그 불쌍한 사람들에게 이 맛있는 음식을 보내 주자. 어쨌든 그 집 아이들은 무척 좋아할 거야. 그렇지 않니? 그리고 틀림없이 이웃사람들도 몰려들어 법석일 텐데, 이럴 때 음식을 가져다준다면 아주 안성맞춤이겠지, 로라?"

세리던 부인은 자리에서 벌떡 일어섰다.

"계단 밑 선반에서 큰 바구니를 가지고 오렴."

"하지만 엄마, 그게 정말 좋은 일이라고 생각해요?"

로라가 물었다.

또 한 번 느낀 것이지만, 그녀는 자기 혼자만 의견이 다른 것 같다는 생각이 들었다. 파티에서 먹고 남은 음식을 그 사람들에게 주다니, 그들이 과연 이런 것을 고마워할까?

"물론이야. 오늘은 네가 좀 이상한 것 같구나. 한두 시간 전에는 그 사람들을 무척 동정하는 말을 하면서 고집을 부리더니 말이야."

"좋아요."

로라는 바구니를 가지러 뛰어갔다. 바구니는 금방 가득 찼다. 세리던 부인은 음식을 산더미처럼 바구니 안에 담았다.

"네가 이걸 가져다주렴."

세리던 부인이 말했다.

"지금 빨리 갔다 와. 아, 그리고 잠깐 기다려라. 이 빨간 칸나 백합꽃도 가져다주는 게 좋겠어. 저런 계층의 사람들은 칸나 백합꽃을 보면 무척 감격할 거야."

"하지만 로라의 레이스 옷이 더럽혀질 거예요."

현실주의자인 조스가 말했다.

"그럴지도 모르겠구나. 그럼 로라야, 바구니만 가져가렴."

엄마는 로라를 따라 천막 밖으로 나왔다.

"그런데 로라야, 절대로……."

"뭐라고요, 엄마?"

"아니, 이런 얘기는 너 같은 어린 여자애에겐 들려주지 않는 게 좋겠어. 아무 것도 아니다. 빨리 다녀와야 한다."

로라가 밖으로 나가 정원의 문을 닫았을 때는 이미 땅거미가 지고 있었다. 커다란 개가 로라 앞을 그림자처럼 달려갔다. 길게 뻗은 길은 하얗게 빛나고, 그 아래 우묵한 곳에 작고 엉성한 집들이 어두운 그림자를 이루며 모여 있었다. 오후의 파티 다음에 찾아오는 적막한 느낌은 깊고 깊었다.

'나는 지금부터 언덕을 내려가서 죽은 사람이 있는 곳으로 가는 것이다.'

로라는 이렇게 생각했지만 어쩐지 그것이 사실처럼 느껴지지는 않았다. 무엇 때문일까. 그녀는 잠깐 걸음을 멈추었다. 아직도 그녀의 몸에는 사람들이 해 준 키스, 떠들어 대는 목소리, 스푼이 달그락거리는 소리, 웃음 소리, 발에 밟힌 풀 냄새 따위가 짙게 배어 있었다. 다른 것이 끼어들 여지는 전혀 없었다. 얼마나 이상한 일인가. 그녀는 검푸른 하늘을 올려다보았다. 그녀의 머릿속에는 '정말 멋진 파티였다'는 것 외에는 아무 생각도 떠오르지 않았다.

그녀는 큰길을 가로질렀다. 어둠침침한 샛길로 접어들자 공기가 매캐하고 더 어두운 것 같았다. 어깨에 숄을 걸친 여인과 모자를 쓴 남자들이 바쁘게 걸어갔다. 어떤 남자들은 계단 난간에 몸을 기대고 있었고, 아이들은 문밖에서 뛰어놀고 있었다. 비좁고 누추한 움막 같은 집에서 사람들이 낮게 웅성대는 소리가 들려왔다. 몇몇 집에는 등불이 꺼질 듯 가물거리고 사람의 그림자가 창가에 어른거렸다.

로라는 고개를 숙인 채 급히 그곳을 지나갔다.

'코트를 입고 왔으면 좋았을걸. 그랬으면 내 옷이 얼마나 더 멋지게 보일 것인가. 거기에 벨벳 리본이 달린 큰 모자까지 썼더라면 더욱 좋았을 거야. 이 사람들은 지금 나를 쳐다보고 있는 것일까. 그래, 틀림없이 보고 있을 것이다. 여기 온 것이 잘못이었어. 지금이라도 돌아가는 것이 좋지 않을까.'

그러나 이미 때는 늦었다. 바로 그 집 앞에 당도한 것이다. 대문 밖에 사람들이 검은 그림자를 이루며 모여 있는 것을 보면 그 집임이 분명했다. 문 옆에 허리가 꼬부라진 할머니가 소나무 지팡이를 짚고 의자에 앉아 있었다. 바닥에는 신문지를 깔고 그 위에 발을 얹어 놓았다. 로라가 가까이 가자 사람들의 말소리가 그쳤다. 사람들은 재빨리 길을 터 주었다. 마치 그녀가 오리라는 것을 알고 있었던 듯했다.

로라는 몹시 조마조마했다. 벨벳 리본을 어깨 위로 활기차게 젖히면서 그녀는 옆에 서 있는 여인에게 물었다.

"이 집이 스코트 씨 댁인가요?"

여인은 야릇한 미소를 띠며 "네, 그래요, 아가씨." 하고 말했다.

로라는 빨리 도망치고 싶었다. 문 안쪽으로 쭉 이어진 뜰을 지나 현관문을 두드리며 '하느님, 도와주세요' 하고 속으로 말했다. 그녀는 이상스럽게 훑어보는 사람들의 눈초리에서 도망치고 싶었다.

'이 여인들의 숄 아래라도 좋으니 숨어 버리고 싶어. 바구니만 전해 주면 곧바로 돌아가야지.'

그녀는 마음속으로 굳게 다짐했다. 바구니를 열어 볼 때까지 기다릴 생각도 전혀 없었다. 그때 문이 열렸다. 검은 상복을 입은 몸집이 작은 여자가 침침한 어둠 속에서 모습을 나타냈다.

로라는 "스코트 씨 부인이세요?" 하고 물었다. 그런데 당황스럽게도 그 여자는 질문에 대답도 하지 않고 말했다.

"자, 아가씨, 어서 들어오세요."

그러고는 로라를 안으로 안내했다. 로라는 좁은 복도에 갇히고 말았다.

"아니 괜찮아요. 안에까지 들어갈 필요는 없어요. 이 바구니만 전해 드리면 되거든요. 저희 엄마가 보내셔서……."

그러나 몸집이 작은 그 여인은 이 말을 듣지 못한 모양이었다.

"자, 어서 안으로 들어오세요."

그녀의 부드러운 말투 때문에 로라는 자기도 모르게 그녀의 뒤를 따라 들어갔다.

문득 정신을 차려 보니 희미한 등불이 비치는, 지저분하고 천장이 낮은 좁은 부엌에 들어와 있었다. 난로 앞에는 한 여인이 앉아 있었다.

"엠마."

로라를 안내한 작은 몸집의 여인이 말했다.

"엠마! 아가씨가 왔어."

몸집이 작은 여인이 로라 쪽을 돌아보며 말했다.

"나는 저 애의 언니예요. 저 애의 실례를 용서해 주세요."

"어머, 천만에요! 저는 괜찮아요. 저는, 저는 그냥 이것을 전하러 왔을 뿐이니까요."

그때 난로 앞에 있던 여인이 몸을 휙 돌려 로라가 있는 쪽을 바라보았다. 여인은 얼굴이 벌겋게 부었고 눈과 입술이 부르터 보기만 해도 무서웠다. 그녀는 로라가 어째서 이곳에 찾아왔는지 알 수 없는 모양이었다. 그녀의 가련한 얼굴은 잔뜩 일그러졌다.

엠마의 언니가 말했다.

"제가 대신 아가씨에게 감사하다는 인사를 드리죠. 그리고 제발 저 애의 무례를 용서해 주세요."

그녀는 부석부석 부은 얼굴로 친절한 미소를 지었다.

로라는 이곳에서 빨리 도망쳐 집으로 돌아가고 싶었다. 엠마의 언니는 다시 복도로 나와 다른 방의 문을 열었다. 죽은 남자가 누워 있는 방이었다.

"잠깐 저 사람을 보고 가시지 않겠어요?"

그녀는 이렇게 말하며 침대 가까이 다가갔다.

"아가씨, 전혀 무서워하실 건 없어요."

그녀의 부드러운 음성에 어쩐지 장난기가 섞여 있는 것 같았다. 그녀는 조심스럽게 하얀 천을 들추었다.

"아주 착한 표정을 하고 있지요? 마치 그림처럼 아무것도 변하지 않았어요. 이리 가까이 와 보세요."

로라는 가까이 다가갔다. 그곳에는 젊은 남자가 깊이 잠들어 있었다. 이승을 떠나 너무 평화롭게 잠을 자고 있어 그를 바라보는 두 사람에게서 아주 멀리 떨어져 꿈이라도 꾸고 있는 것 같았다. 두 번 다시 깨지 않을 꿈을, 머리를 베개에 깊이 파묻은 채 눈을 감고서…… 그를 깨워서는 안 된다. 그의 눈은 감겨져 있고 아무것도 보이지 않는다. 그는 꿈의 세계를 거닐고 있다.

가든파티나 음식 바구니, 레이스 달린 옷 따위는 지금 그에게 아무 상관도 없다. 그는 이런 모든 것들과 작별하고 아주 먼 세상에 가 있는 것이다. 이 사내야말로 아주 멋있고 아름다운 모습이다. 사람들이 왁자하게 웃고 있는 동안, 악단이 음악을 연주하고 있는 동안에 이런 놀라운 기적이 골목에 찾아온 것이다. 나는 행복해, 모든 것이 다 그대로 좋아…… 잠든 얼굴은 이렇게 말하고 있다.

하지만 어쩔 수 없이 울음이 나왔다. 로라는 사내에게 뭔가 말을 걸지 않고는 방을 나올 용기가 없었다. 로라는 그만 어린애처럼 흐느끼기 시작했다.

"이런 모자를 쓰고 와서 미안해요."

로라는 이렇게 말한 후 혼자서 그 집을 빠져나왔다. 그녀는 작은 뜰을 내려가 골목을 지나고 검은 사람들의 그림자를 지나쳤다. 골목 모퉁이에서 그녀는 로리를 만났다. 그는 어둠 속에서 로라 앞으로 걸어왔다.

"로라냐?"

"응."

"엄마가 걱정하고 계셔. 아무 일도 없었니?"

"응, 괜찮아. 로리!"

그녀는 그의 팔을 붙들고 그에게 온몸을 기대었다.

"아니, 울고 있잖아?"

로라는 고개를 저었다. 그러나 그녀는 소리 없이 울고 있었다. 로리는 그녀의 어깨를 껴안았다.

"울긴."

그는 다정하고 부드럽게 말했다.

"무서워서 그러는 거야?"

"아니."

로라는 흐느꼈다.

"다만 이상할 뿐이야. 그렇지만 오빠……."

그녀는 발을 멈추고 오빠를 올려다보았다.

"인생이란 …… 인생이란……."

그녀는 더듬거렸다.

인생이 어떤 것인지 그녀는 설명할 방법이 없었다. 하지만 아무래도 좋았다. 오빠는 모든 것을 충분히 이해하고도 남았던 것이다.

로리는 말했다.

"그래, 인생이란 그런 거 아니겠니?" *

어린 왕자

✏️ 작가와 작품 세계

앙투안 드 생텍쥐페리(Antoine de Saint-Exupery, 1900~1944)

프랑스의 소설가이자 비행사. 프랑스 리옹 출생. 1917년 해군 사관 학교에 지원했으나 실패해 파리 미술 학교의 건축과에서 수학했다. 1921년에는 공군에 입대해 비행기 조종술 훈련을 받았다. 제대 후 항공 회사에 입사해 새로운 노선을 개선하는 등 조종사로 활약하면서 「남방 우편기」, 「야간 비행」 등을 집필했다. 죽음에 직면한 상황에서도 분투하는 조종사들의 모습을 그린 「야간 비행」은 프랑스 3대 문학상 가운데 하나인 페미니상을 받았다. 1939년에는 조종사로서의 체험을 바탕으로 한 「인간의 대지」를 발표했다. 이 작품은 「바람과 모래와 별들」이라는 제목으로 미국에서 출판되어 큰 호응을 얻었다. 그는 1941년 미국으로 망명해 「전투 조종사」, 「어느 인질에게 보내는 편지」, 「어린 왕자」를 집필하다가 제2차 세계 대전이 일어나자 군용기 조종사로 동원됐고, 1944년 7월 31일 정찰 비행 도중 행방불명됐다.

생텍쥐페리는 비행사 특유의 관조적인 시선과 체험에 근거해 일관되게 인간의 본질적인 삶의 문제들을 탐구했다. 그는 역경을 극복하고 삶을 영위해 나가는 인간의 행동 속에 깃든 숭고한 의지에 주목했던 행동주의 문학의 대표 작가로 손꼽힌다.

✏️ 작품 정리

갈래 : 중편 소설
성격 : 현실 비판적, 성찰적, 감동적
배경 : 시간 – 뚜렷하게 나타나지 않음 / 공간 – 현대의 사막
시점 : 1인칭 관찰자 시점
주제 : 현대인의 공허한 삶과 회복해야 할 인간적 가치

📝 구성과 줄거리

발단 **'나'는 어린 왕자를 만나고 그에 대해 조금씩 알게 됨(1~9)**

비행기 조종사인 '나'는 엔진이 고장 나서 사막에 불시착한다. 이때 어린 왕자가 나타나 양 한 마리를 그려 달라고 하자, '나'는 그 부탁을 들어 준다. '나'는 어린 왕자의 별과 그 별에서의 생활, 어린 왕자가 자신의 별을 떠나 여행을 하게 된 이유 등을 알게 된다.

전개 **어린 왕자는 자신의 별과 이웃해 있던 별들을 방문함(10~15)**

어린 왕자는 여러 별을 여행한다. 자신의 권위만 내세우는 왕과 젠체하는 사람, 자책만 일삼는 술꾼과 소유하는 것만이 중요하다고 생각하는 부자, 책상을 떠나지 않으면서 세상의 지도를 그리는 지리 학자 등 다양한 사람을 만나고 그들의 가치관이 잘못되었음을 느낀다.

위기 **어린 왕자는 지구 이곳저곳을 방문함(16~20)**

지구에 온 어린 왕자는 사람들을 찾아다니다가 뱀과 사막에 핀 꽃을 만나기도 하고, 높은 산에 올라가서는 외로움도 느낀다. 그러다 어떤 정원에 피어 있는 약 5,000송이의 장미꽃을 보고 놀란다. 어린 왕자는 자신의 장미꽃이 세상에서 단 하나뿐인 존재가 아니라는 사실에 슬퍼한다.

절정 **여우를 만나 길들인다는 것에 대한 의미를 깨달음(21~23)**

어린 왕자가 풀밭에 엎드려 울고 있을 때 여우가 말을 걸어 와 둘은 친구가 된다. 여우는 중요한 것은 눈에 보이지 않으며 상대방을 길들이는 일이란 책임이 뒤따르는 것임을 일러 준다. 어린 왕자는 자신의 장미가 소중한 이유는 작은 일들을 함께 겪으며 쌓아 온 시간 때문임을 깨닫고 장미를 보호할 책임을 되새긴다.

결말 **어린 왕자는 뱀의 도움을 받아 자기 별로 돌아감(24~27)**

어린 왕자는 뱀에게 도움을 청해 자신의 별로 돌아가고자 한다. 때마침 비행기 엔진 수리를 마친 '나'는 어린 왕자와의 이별을 몹시 슬퍼하며 그가 모래 언덕에서 사라지는 것을 지켜본다. 시간이 지나 '나'는 밤하늘을 바라보면서 어린 왕자의 별과 그의 장미꽃에 대해 생각한다. 그리고 어떤 마음으로 바라보느냐에 따라 세상이 달라질 수 있다는 것을 깨달으며 어린 왕자를 그리워한다.

1. 이 작품에서 어린 왕자와 어린 왕자의 여행은 어떤 의미를 지니는가?

어린 왕자는 인간의 마음속에 존재하는 어린아이, 즉 순수한 동심을 일깨우기 위한 존재로 그려진다. 어린 왕자는 편견과 쓸데없는 고집, 허황된 것에 매달려 있는 어른들을 차분하게 바라본다. 이 시선은 어린아이들이 어른들의 세계를 바라보며 느끼는 낯섦 또는 의아함과 맥락을 같이한다. 어린 왕자가 여행하면서 다양한 사람을 만나고 여러 가지 일들을 경험하는 것은 그런 의미에서 성장의 한 과정으로 이해할 수 있다. 생텍쥐페리는 어린아이가 어른으로 성장하면서 잊어버린 소중한 가치를 어린 왕자의 입을 통해 일깨우고 있다.

2. 이 작품 속의 다양한 어른의 모습은 현대인의 삶을 어떻게 빗대어 전하고 있는가?

기차를 타고 이리저리 바쁘게 움직이면서도 현대인은 자신이 무엇을 찾고 있는지 모른다. 갈증을 달래는 알약으로 시간을 절약했다 하더라도 이렇게 해서 아낀 시간을 정작 원하는 일을 하면서 여유롭게 사용하지 못한다. 타인의 눈에 보이는 위엄이나 젠체하는 허영심에 신경을 쓰느라 눈에 보이지 않는 소중한 가치를 잊고 사는 것이다. 공허한 계산에 몰두하며 '난 지금 중요한 일을 하고 있다'라고 말하는 어른들의 모습을 통해 늘 시간에 쫓겨 사는 현대인의 삶을 드러내고 있다.

3. 여우가 말한 '길들인다'라는 말이 인간관계에서 갖는 의미는 무엇인가?

'길들인다'는 것은 서로의 삶에 대한 의미가 될 수 있을 만큼 정서적으로 돈독한 유대를 갖는다는 뜻이다. 어린 왕자가 장미를 위해 자신의 시간을 바치며 책임을 다하는 자세가 바로 이러하다. 따라서 참다운 인간관계를 맺으려면 어린 왕자가 여우에게 날마다 조금씩 다가앉듯이, 상대방의 인격과 삶을 존중하고 배려하는 노력을 기울여야 한다.

어린 왕자

레옹 베르트에게

이 책을 어른에게 바치는 것에 대해 어린이들에게 용서를 구한다. 중요한 이유가 있는데, 그것은 그 어른이 이 세상에서 가장 좋은 내 친구이기 때문이다. 또 다른 이유는 이 어른이 모든 것, 심지어 어린이들에 관한 책까지도 이해할 수 있다는 점에 있다. 세 번째 이유는 프랑스에 살고 있는 그가 지금 굶주림과 추위에 시달리고 있기 때문이다. 그에게는 위로가 필요하다. 이것으로도 충분한 설명이 되지 않는다면, 나는 이 책을 그 어른의 유년 시절에 바치겠다. 어른들은 누구나 한때 어린아이였다. 비록 그것을 기억하는 어른이 드물다 할지라도. 그래서 나는 나의 헌사를 이렇게 고쳐 쓴다.

어린 소년이었던 시절의 레옹 베르트에게

1

여섯 살 때 나는 『자연에서 체험한 이야기』라는 제목의 책에서 굉장한 그림을 본 적이 있다. 그것은 짐승을 집어삼키고 있는 보아 구렁이의 그림이었다. 여기에 그 그림을 그대로 옮겨 본다.

그 책에는 "보아 구렁이는 먹이를 씹지 않고 통째로 삼킨다. 그러고는 움직일 수가 없게 되는데, 그 먹이를 소화하느라 여섯 달 동안 잠을 잔다."라고 쓰여 있었다.

나는 밀림 속에서의 모험에 대해 곰곰이 생각해 보다가 색연필로 난생처음 그림을 완성시켜 보았다. 나의 그림 제1호, 그것은 이런 그림이었다.

나는 내 걸작품을 어른들에게 보여 주면서 무섭지 않느냐고 물었다.

그러나 어른들은 "모자를 무서워하는 사람이 어디 있겠니?" 하고 대답할 뿐이었다.

나는 모자를 그린 게 아니었다. 그것은 코끼리를 소화시키고 있는 보아 구렁이었다. 어른들이 이해하지 못했기 때문에 똑똑히 알아볼 수 있도록 나는 보아 구렁이의 배 속을 그렸다. 나의 그림 제2호는 이와 같았다.

어른들은 보아 구렁이 그림은 집어치우고 지리학, 역사, 산수와 문법이나 열심히 공부하라고 충고했다. 이게 바로 내가 여섯 살 때 화가라는 멋진 직업을 포기한 이유다.

나는 다른 직업을 선택했고 비행기 조종술을 배웠다. 세계 곳곳을 안 가본 데 없이 비행했으니 지리학이 도움이 된 것만은 사실이다. 나는 한눈에 중국과 애리조나 주를 구별할 수 있게 되었는데, 그런 지식은 밤에 길을 잃었을 때 도움이 되었다.

나는 중요한 일을 하고 있는 많은 사람을 만나며 살아왔다. 어른들 사이에서 살았고, 가까이에서 그들을 지켜봐 왔다. 그렇다고 어른에 대한 내 생각이 나아진 건 아니었다.

조금이라도 명석해 보이는 사람을 만나면 나는 늘 지니고 다니던 내 그림 제1호를 보여 주었다. 그가 정말로 뭔가 이해할 줄 아는 사람인가를 나는 알고 싶었던 것이다. 그러나 으레 "모자로군요." 이렇게 대답할 뿐이었다.

　나는 그 사람들과 보아 구렁이나 원시림은 물론이고 별에 대한 이야기도 하지 않았다. 내 수준을 낮춰 그들이 이해할 수 있는 브리지 게임이니, 골프, 정치나 넥타이 같은 것에 대해서만 이야기했다. 그러면 어른들은 꽤 재치 있는 사람을 만나게 되었다며 몹시 기뻐했다.

2

　그래서 6년 전, 사하라 사막에서 비행기 사고를 당할 때까지 나는 속 이야기를 털어놓을 상대도 없이 혼자 지냈다. 그러다 비행기 엔진 어딘가가 고장이 난 거였다. 정비사도, 승객도 없어서 나 혼자 수리를 해야 했다. 죽느냐 사느냐 하는 문제가 달려 있었다. 마실 물도 일주일분 밖에 남아 있지 않았다.

　첫날 밤, 나는 사람들의 거주지에서 1,000마일이나 떨어진 사막에서 잠이 들었다. 나는 고립되어 있었다. 그러니 이상한 작은 목소리를 듣고 깨어났을 때 내가 얼마나 놀랐을지 여러분은 짐작할 수 있을 것이다.

　"저, 양 한 마리를 그려 주세요!"

기겁을 해서 벌떡 일어나 조심스레 주위를 둘러보았다. 그리고 이상하게 생긴 조그만 사내아이가 나를 지켜보는 것을 발견했다. 이것은 훗날 내가 그를 그린 초상화 가운데에서 가장 잘된 것이다. 물론 실물보다는 훨씬 못하다.

나는 이 느닷없는 아이의 출현에 놀라 눈이 휘둥그레져 그를 바라보았다. 그 아이는 사막에서 길을 잃거나 피로나 굶주림, 갈증이나 두려움에 시달리는 것처럼 보이지는 않았다.

"넌 여기서 뭘 하고 있는 거니?"

그는 아주 천천히, 대단히 심각한 이야기라도 하듯 되풀이해서 말했다.

"저, 양 한 마리를 그려 주세요……."

예상치 못한 일을 당하게 되면 누구나 상황에 순응하기 마련이다. 참으로 터무니없는 짓을 하는 거라고 여기면서도 나는 주머니에서 종이 한 장과 만년필을 꺼냈다. 하지만 내가 공부한 것은 지리학, 역사, 산수와 문법뿐이라는 생각이 들어 나는 그 조그만 녀석에게 그림을 그릴 줄 모른다고 시무룩하게 말했다.

"괜찮아요. 양 한 마리를 그려 줘요……."

양이라곤 그려 본 적이 없었기 때문에 나는 내가 자주 그리던 두 가지 그림 중 하나를 그려 주었다. 보아 구렁이의 겉모습이었다. 그런데 그 어린 아이가 이렇게 말하는 게 아닌가.

"아니, 이게 아니에요. 나는 배 속에 코끼리가 든 보아 구렁이를 원하는 게 아니에요. 내가 사는 곳은 모든 게 아주 작거든요. 나한테 필요한 건 양이에요. 양을 그려 주세요."

그래서 나는 양을 그렸다. 그는 그것을 유심히 들여다보았다.

"이 양은 벌써 병이 들었는걸요. 다른 양을 그려 주세요."

나는 다른 그림을 그렸다.

"이건 양이 아니라 염소네요. 뿔이 있는걸요."

나는 또다시 그림을 그렸다. 그러나 역시 퇴짜를 맞았다.

"너무 늙었어요. 난 오래 살 수 있는 양을 갖고 싶어요."

내 인내심도 바닥이 났다. 고장 난 엔진을 분해하려면 서둘러야 했다. 나는 아무렇게나 그림을 그려 놓고 설명을 덧붙였다.

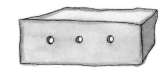

"이건 상자야. 네가 원하는 양은 이 안에 있어."

나는 내 어린 심판관의 얼굴이 환해지는 것을 보고 놀랐다.

"내가 원했던 게 바로 이거예요! 이 양에겐 풀을 많이 줘야 하나요? 내가 사는 곳은 모든 게 아주 작거든요……."

"거기에 있는 걸로도 충분할 거야. 너한테 준 건 아주 작은 양이니까."

그는 고개를 숙여 그림을 들여다보고 있었다.

"그렇게 작은 건 아닌데요. 보세요! 잠이 들었어요……."

이렇게 해서 나는 어린 왕자를 알게 되었다.

3

어린 왕자가 어디에서 왔는지를 알기까지는 꽤 오랜 시간이 걸렸다. 그는 많은 것을 물어보면서도 내 질문에는 귀를 기울이는 것 같지 않았다. 그가 우연히 내뱉는 말들로 나는 조금씩 모든 것을 짐작해야 했다.

이를테면 그가 내 비행기를 처음 봤을 때 (비행기는 그리지 않겠다. 그건 나에게 너무 복잡한 그림이다.) 이렇게 물었다.

"이 물건은 대체 뭐죠?"

"이건 물건이 아니야. 날아다니는 거지. 이건 비행기야. 내 비행기."

"뭐라구요! 아저씨가 하늘에서 떨어졌다는 거예요? 야! 그거 재미있네!"

어린 왕자가 까르르 웃어 대서 나는 좀 언짢았다. 내 불행한 사고를 그가 진지하게 생각해 주기를 바랐던 것이다.

"그러면 아저씨도 하늘에서 온 거로군요! 어느 별에서 온 거죠?"

그 순간 나는 그를 이해할 수 있는 실마리를 찾은 것 같았다.

"그럼 너는 다른 별에서 왔니?"

그는 내 비행기에서 시선을 떼지 않은 채 대답 대신 조용히 머리를 끄덕였다.

"저걸 타고 왔다면 그렇게 멀리서 온 건 아니겠군요……."

그는 오랫동안 생각에 잠겨 있다가 제 주머니에서 내가 그려 준 양의 그림을 꺼내 보물 보듯 들여다보았다.

"넌 어디에서 온 거니? '네가 사는 곳'이란 어디를 말하는 거지? 네 양을 어디로 데려가려고 하는 건데?"

"아저씨가 준 상자를 밤에는 집으로 쓸 수 있을 테니 다행이에요."

"그래, 네가 좋다면 낮에 양을 매어 둘 수 있도록 고삐랑 말뚝도 줄게."

"매어 놓는다구요? 이상한 생각을 하시네요!"

"매어 놓지 않으면 양이 아무 데나 가서 길을 잃어버릴지도 몰라."

어린 왕자는 다시 까르르 웃음을 터트렸다.

"아니, 양이 가면 어디로 가겠어요?"

"어디든. 쭉 앞으로."

그러자 어린 왕자가 진지하게 말했다.

"괜찮아요. 내가 사는 곳은 모든 게 아주 작으니까요!"

그러고는 조금 서글퍼졌는지 이렇게 말했다.

"똑바로 앞으로만 간다고 해도, 누구도 그렇게 멀리 갈 수는 없어요……."

4

이렇게 해서 나는 어린 왕자의 별이 겨우 집 한 채만 하다는 사실을 알게 되었다.

놀랄 일은 아니었다. 지구, 목성, 화성, 금성처럼 큰 별들 외에도 수많은 별들이 있고 어떤 것들은 망원경으로 관측하기도 힘들만큼 작다는 것을 나는 알고 있었다. 천문학자는 그런 별들을 발견하면 이름 대신 번호를 매긴다. '소혹성 325호' 하는 식으로 말이다.

나는 어린 왕자가 떠나온 별이 소혹성 B612호라고 생각한다. 1909년 터키 천문학자가 이 소혹성을 망원경으로 딱 한 번 관측한 적이 있다. 당시 그는 국제 천문 학회에서 자신이 발견한 사실을 훌륭하게 증명해 보였는데, 터키 옷을 입고 있었다는 것 때문에 아무도 그의 말을 믿지 않았다. 그 천문학자는 1920년 멋진 옷을 입고 그의 발견을 다시 증명했다. 이번에는 모두 그의 보고를 받아들였다.

내가 소혹성 B612호에 관해 이렇게 자세히 설명하고 그 번호까지 적는 것은 어른들 때문이다. 어른들은 숫자를 좋아한다. 만약 여러분이 어른들에게 "창가에는 제라늄 화분이 있고 지붕에는 비둘기가 있는, 장밋빛 벽돌로 지은 예쁜 집을 봤어요."라고 말한다면 그들은 아무것도 떠올리지 못한다. 차라리 "2만 달러짜리 집을 보았어요."라고 말하는 게 낫다.

"어린 왕자는 매력적이었고, 웃었으며, 양 한 마리를 가지고 싶어 했어. 이것이 그가 이 세상에 있었다는 증거야."라고 말한들 어른들은 어깨를 한 번 으쓱하고 말 것이 분명하다. 하지만 "그는 소혹성 B612호에서 왔대요."
라고 말한다면 어른들은 이내 수긍할 것이다.

내 친구가 양을 데리고 떠난 지도 벌써 6년이 지났다. 내가 지금 여기에
서 그를 묘사하려고 애쓰는 이유는 그를 잊어버리지 않기 위해서다. 만약
내가 그를 잊는다면 나 역시 숫자 이외의 어떤 것에도 흥미를 느끼지 못하
는 어른들처럼 될지 모른다.

그래서 나는 그림물감 한 상자와 연필을 샀다. 여섯 살 이후로 어떤 그림
도 그려 본 적이 없는 내가 이 나이에 다시 그림을 그린다는 건 쉽지 않은
일이었다. 잘될지 모르겠다. 다만 최선을 다해 그려 보겠다.

어린 왕자는 나에게 아무것도 설명해 주지 않았다. 내가 자기와 비슷하
다고 생각했던 것인지도 모르겠다. 그러나 나는 상자 안에 있는 양을 보는
법을 알지 못한다. 어쩌면 나도 어른들과 비슷한지 모르겠다. 나도 나이를
먹어야만 했던 것이다.

5

시간이 지남에 따라 나는 어린 왕자의 별과 그의 여행에 대해 조금씩 알
게 되었다. 사흘째 날, 바오바브나무의 비극에 대해 알게 된 것도 그렇게
해서였다. 심각한 의문이라도 생긴 듯 어린 왕자가 느닷없이 물었다.

"양이 작은 나무를 먹는다는 게 정말이에요?"

"그럼, 정말이지."

"아! 잘됐다! 그럼 바오바브나무도 먹겠지요?"

나는 어린 왕자에게 바오바브나무는 성당만큼이나 큰 나무이고, 코끼리
한 떼를 몰고 간다 해도 바오바브나무 한 그루를 다 먹어치울 수는 없을 거
라고 일러 주었다.

코끼리 한 떼라는 말에 어린 왕자는 웃었다.

"바오바브나무도 커다랗게 자라기 전에는 작은 나무이지요?"

"물론! 하지만 왜 양이 바오바브나무를 먹어야 되는 거지?"

어린 왕자는 뻔한 걸 다 묻는다는 양 "그것도 몰라요!"라고 대꾸했다. 나
는 혼자 머리를 짜내 수수께끼를 풀어야만 했다.

내가 아는 바로는, 어린 왕자의 별에는 다른 별들과 마찬가지로 좋은 식
물과 나쁜 식물이 있었다. 씨앗들은 땅속 깊이 잠들어 있다가 기지개를 켜

고 태양을 향해 조그마한 싹을 쏘옥 내민다. 그것이 무나 장미처럼 좋은 식물의 싹이라면 그대로 자라게 해도 좋다. 하지만 나쁜 식물일 경우에는 눈에 띄는 대로 뽑아 버려야 한다.

어린 왕자의 별에는 나쁜 씨앗이 있었는데 바오바브나무의 씨앗이었다. 바오바브나무는 늦게 손을 쓰면 뿌리로 별에 구멍을 뚫어 별을 온통 엉망으로 만들어 버렸다. 그래서 바오바브나무가 너무 많으면 그 작은 별은 산산조각이 나 버린다.

"그건 훈련의 문제예요. 아침에 몸단장을 마치고 나면 그다음에는 별을 정돈해 주는 거죠. 바오바브나무의 가지는 장미와 비슷하지만 조금만 더 자라면 구별이 되니까 그때 뽑아 버리는 거예요. 귀찮은 일이지만 그리 어려운 일도 아니에요. 그 나무가 어떤 것인지 정확히 알 수 있도록 아저씨는 그림을 잘 그려야 해요. 언젠가 도움이 될 수도 있을 테니까요. 바오바브나무처럼 할 일을 뒤로 미뤘다가는 큰 재난이 따르거든요. 저는 어떤 게으름뱅이가 작은 나무 세 그루를 무심히 내버려 두었다가……."

내 친구들 또한 이런 위험에 놓여 있었다. 나는 그들에게 경각심을 불러일으키기 위해서 어린 왕자가 설명하는 대로 이 그림을 그렸다. 이걸 교훈으로 삼는다면 힘든 그림을 그리는 보람이 있을 것 같다.

6

이렇게 해서 나는 어린 왕자의 서글프고 단조로운 생활을 알게 되었다. 오랫동안 그에게는 해 질 녘 석양을 바라보는 고요한 기쁨밖에 없었다. 나흘째 날 아침, 나는 그 사실을 알게 되었다.

"나는 해 질 무렵을 제일 좋아해요. 해가 지는 걸 보러 가요."

"하지만 우린 기다려야 해."

"기다려요? 무엇을요?"

어린 왕자는 처음에는 놀란 기색이었으나 곧 웃음을 터뜨렸다.

"난 언제나 내 집에 있는 것으로 생각해서 말이에요!"

그럴 수도 있었다. 미국에서 정오일 때 프랑스에서는 해가 진다. 만약 1분 동안에 프랑스로 달려갈 수만 있다면 해 지는 광경을 볼 수 있을 테지만 안타깝게도 프랑스는 너무 먼 곳에 있다. 그의 조그만 별에서 의자를 몇 발짝 뒤로 물려 놓기만 하면 언제라도 석양을 볼 수 있었던 것과는 달리……

"어떤 날은 해가 지는 걸 44번이나 보았어요! 사람들은 슬플 때 해 지는 모습을 좋아하게 되잖아요……"

"44번이나 해가 지는 걸 본 날은 그만큼 무척 슬펐던 거구나?"

어린 왕자는 아무 대답도 하지 않았다.

7

닷새째 날, 어린 왕자의 비밀을 하나 더 알게 되었다. 오랫동안 곰곰이 생각하다가 갑자기 그가 물었다.

"양이 작은 나무를 먹는다면 꽃도 먹겠네요?"

"양은 닥치는 대로 먹지."

"가시가 있는 꽃도?"

"가시가 있는 꽃도 먹고말고."

"그럼 가시는 있으나마나겠네요?"

그때 나는 엔진에 꽉 조여 있는 나사를 빼내는 일에 정신이 팔려 있었다. 비행기 고장이 심각해 보였고 먹을 물까지 떨어지고 있어 불안했다.

"가시가 무슨 쓸모가 있을까요?"

어린 왕자는 일단 질문을 하면 포기하는 법이 없었다. 나사 때문에 신경이 곤두서 있던 나는 아무렇게나 대답했다.

"가시는 아무짝에도 쓸모가 없어. 꽃들이 공연히 심술부리는 거지."

어린 왕자는 원망스럽다는 듯 나에게 쏘아붙였다.

"그렇지 않아요! 꽃들은 연약하고 순진해요. 꽃들은 가능한 방법으로 자신을 보호하는 거라구요……."

그 순간에도 나는 '이 나사가 계속 말을 듣지 않으면 망치로 부수어 버려야지' 하고 생각하고 있었다.

"그럼 아저씨는 정말로 꽃들이……."

"그만! 그만해 둬! 나는 그냥 되는대로 대답했을 뿐이야. 난 지금 중요한 일을 하고 있잖아!"

"중요한 일이라니요?"

그는 깜짝 놀라 나를 바라보았다. 망치를 손에 들고 손가락은 시커먼 기름투성이인 채 흉측스러운 물체 위로 몸을 기울이고 있는 내 모습을.

"아저씬 어른들처럼 말하는군요! 아저씨는 모든 걸 뒤섞고 있어요……. 모든 걸 혼동하고 있다구요!"

그는 정말로 화가 나 있었다. 그의 금빛 머리카락이 바람에 흩날렸다.

"나는 얼굴이 붉은 신사가 사는 별을 알아요. 그는 꽃향기를 맡아 본 적도, 별을 바라본 적도 없고 누구를 사랑해 본 일도 없어요. 오로지 숫자만 더하면서 살았지요. 아저씨처럼 '나는 중요한 일로 바빠!' 그러면서 말이에요. 하지만 그는 사람이 아니에요, 버섯이에요! 버섯이라구요!"

어린 왕자는 분노로 얼굴이 하얗게 질려 있었다.

"수백만 년 전부터 꽃들은 가시를 길러 왔어요. 양도 수백만 년 전부터 꽃을 먹어 왔구요. 그런데도 아무짝에도 쓸모없는 가시를 꽃들이 왜 그렇게 애써 만들어 내는지 알려고 하는 건 중요한 일이 아니라는 거지요? 그건 얼굴이 붉은 신사가 하는 계산보다 중요하지 않다는 건가요? 그래서 이 세상에서 단 하나뿐인 내 꽃을 어느 날 아침 작은 양이 무심코 먹어 버릴 수도 있다는 게 중요하지 않다는 말인가요?"

어린 왕자는 얼굴이 새빨개졌다.

"만약 어떤 사람이 수백만 개의 별에서 자라고 있는 단 한 송이의 꽃을 사랑한다면, 그 사람은 별들을 바라보는 것만으로도 행복해질 거예요. 그 사람은 '내 꽃이 어딘가에 있겠지' 하고 생각할 수 있거든요. 하지만 양이 그 꽃을 먹어 버린다면, 모든 별들이 어두워질 거예요……. 그런데도 그게 중요하지 않다는 거죠!"

어린 왕자는 말을 잇지 못했다. 흐느끼느라 목이 메었던 것이다.

밤이었다. 나는 손에서 연장을 놓았다. 지금 이 순간 망치나 나사, 갈증이나 죽음이 대체 뭐란 말인가! 어떤 별, 어떤 행성, 나의 별, 이 지구 위에 내가 위로해야 할 어린 왕자가 있었다. 나는 두 팔로 그를 부둥켜안고 조용히 달래면서 말했다.

"네가 사랑하는 꽃은 위험하지 않아. 네 양에게 씌울 입마개를 그려 줄게. 네 꽃을 둘러쌀 울타리도 그려 줄 거야. 나는……."

나는 무슨 말을 더 해야 할 지 몰라 머뭇거렸다.

8

어린 왕자의 별에는 소박한 꽃들이 있었다. 꽃잎이 한 겹이고 자리도 많이 차지하지 않았다. 그 꽃들은 어느 날 아침 풀 속에서 피어났다가 저녁이면 사라져 버렸다.

그러던 어느 날 어디에선가 씨앗이 날아와 싹을 틔웠다. 어린 왕자는 그 싹을 주의 깊게 관찰했다. 새로운 종류의 바오바브나무인지도 모를 일이었다.

그 작은 나무는 성장을 멈추고 꽃을 피울 준비를 시작했다. 커다란 꽃망울이 맺히는 것을 지켜보면서 어린 왕자는 거기에서 어떤 기적 같은 것이 나타나리라고 짐작했다. 그러나 꽃은 연초록색 방 속에 숨어서 세심하게 빛깔을 고르며 꽃잎을 하나둘 다듬을 뿐이었다. 그 꽃은 자신의 아름다움이 최고로 빛을 발할 때라야 세상에 나오고 싶어 했다.

그렇게 여러 날이 지나고 어느 날 아침, 태양이 떠오를 때 꽃이 마침내 제 모습을 드러냈다. 그런데 그토록 공들여 치장을 끝내 놓고 꽃은 정작 하품을 하는 것이었다.

"아! 아직 잠이 덜 깼나 봐. 용서하세요. 제 머리가 아직 헝클어져 있지요……. 저는 해와 함께 태어났어요……."

어린 왕자는 이 꽃이 그다지 겸손하지는 않다는 걸 알아챘지만 그 아름다움에 마음이 설레었다.

"아침 식사 할 시간이군요. 제게 아침 식사를 가져다주실 수 있나요……."

어린 왕자는 물뿌리개를 찾아 꽃에게 맑은 물을 뿌려 주었다.

꽃은 변덕스러운 허영심으로 왕자를 괴롭혔다. 어떤 날은 자기가 가진 네 개의 가시에 대해 이야기하면서 어린 왕자에게 이렇게 말하기도 했다.

"호랑이들이 발톱을 세우고 덤벼 보라지요!"

"여기에는 호랑이가 없어요. 호랑이는 풀을 먹지도 않고요."

어린 왕자는 꽃의 말에 반박했다.

"저는 풀이 아니에요."

꽃이 대답했다.

"미안……."

"전 호랑이 따위는 무섭지 않지만 바람은 질색이거든요. 혹시 바람막이 가지고 있어요?"

'바람은 질색이라…… 식물로서는 안된 일이군. 어쨌든 이 꽃은 아주 까다롭군.' 어린 왕자는 속으로 생각했다.

"밤에는 유리 덮개를 씌워 주세요. 여긴 무척 춥군요. 내가 살던 곳은……."

꽃은 말을 더 잇지 못했다. 씨앗으로 여기에 왔으니 다른 세상에 대해 아는 게 있을 리 없었다. 빤한 거짓말을 하려다 당황한 꽃은 왕자에게 잘못을 몰아세우려고 기침을 했다.

"바람막이가 있냐고 물었잖아요?"

"찾아보려는 참이었는데 당신이 계속 말을 하는 바람에……."

꽃은 왕자가 가책을 느끼도록 더 심하게 기침해 댔다. 다정다감한 마음을 가진 왕자였지만 꽃이 대수롭지 않게 지껄인 말들을 심각하게 받아들인 왕자는 그만 우울해지고 말았다.

"나는 꽃이 하는 말을 듣지 말았어야 했어요."

어느 날 왕자는 나에게 속마음을 털어놓으며 말했다.

"꽃은 단지 바라보고 향기를 맡기만 해야 하는 건데. 꽃이 내 별을 향기로 뒤덮었거든요. 난 그걸 즐길 줄 몰랐어요. 발톱 이야기에 괴로워했을 뿐이죠. 꽃의 말이 아니라 행동을 보고 판단했어야 했는데. 꽃이 향기를 풍기고 내 마음을 환하게 해 주었는데. 도망치지 말았어야 하는 건데……. 그 불쌍한 거짓말 뒤에 애정이 숨어 있다는 걸 나는 눈치채지 못했던 거예요. 꽃은 정말 모순덩어리예요! 하지만 난 너무 어려서 그 꽃을 사랑할 줄 몰랐어요."

9

나는 어린 왕자가 철새들의 이동을 이용해 별을 떠나왔으리라고 생각한다. 떠나던 날 아침, 그는 말끔히 별을 정돈했다. 불을 뿜는 화산들도 정성스레 청소했다. 언제 어떻게 될지 알 수 없었기 때문에 사화산 역시 깨끗이 청소해 놓았다. 화산들은 청소만 깨끗이 되어 있으면 폭발하지 않고 서서히 일정하게 타올랐다.

다시 돌아오리라 생각하지 않았기 때문에 어린 왕자는 서글픈 마음으로 바오바브나무의 마지막 싹들도 뽑아냈다. 그런데 늘 하던 일들 하나하나가 그날 아침에는 유난히 소중하게 느껴졌다. 마지막으로 꽃에 물을 주고 유리 덮개를 씌워 줄 때 왕자는 그만 울 뻔했다.

"안녕."

왕자는 꽃에게 말했다. 꽃은 대답하지 않았다.

"잘 있어."

왕자는 다시 인사를 건넸다. 꽃이 기침을 했다. 감기 때문은 아니었다.

"내가 어리석었어요."

마침내 꽃이 왕자에게 말했다.

"날 용서해요. 행복해지길 바랄게요."

왕자는 꽃이 자신을 원망하지 않는 것에 놀랐다. 그는 바람막이 유리 덮개를 손에 든 채 멍하니 서 있었다. 꽃의 그 조용하고 다정한 모습을 왕자는 이해할 수 없었다.

"물론 난 당신을 사랑해요. 그동안 당신이 그걸 알지 못했던 건 내 잘못이에요. 하지만 이젠 상관없어요. 당신도 나처럼 어리석었거든요. 부디 행복하세요…… 유리 덮개는 내버려 둬요. 그런 건 이제 필요 없어요."

"하지만 바람이 불면……."

"내 감기는 그리 심한 게 아니에요……. 서늘한 밤공기는 오히려 나에게 좋을 거예요. 난 꽃이니까."

"그래도 짐승이……."

"나비와 친해지려면 두세 마리의 쐐기벌레쯤은 견뎌 내야죠. 그나마 나비가 아니라면 누가 나를 찾겠어요? 당신은 멀리 떠날 테고……. 큰 짐승들은 두렵지 않아요. 나한테는 가시가 있으니까."

꽃은 네 개의 가시를 천진난만하게 보여 주며 말을 이었다.

"그렇게 우물쭈물하지 말아요. 떠나기로 했으니 어서 가요!"

꽃은 울고 있는 제 모습을 어린 왕자에게 보이고 싶어 하지 않았다. 그렇게 자존심 강한 꽃이었다…….

10

어린 왕자는 소혹성 325, 326, 327, 328, 329 그리고 330호의 별과 이웃해 있었다. 왕자는 견문을 넓힐 생각으로 그 별들을 찾아가 보기로 했다.

첫 번째 별에는 왕이 살고 있었다. 왕은 붉은 옷에 흰 담비 모피로 만든 옷을 입고 위엄 있는 옥좌에 앉아 있었다.

"신하가 한 명 왔구나!"

어린 왕자가 오는 것을 보자 왕은 큰 소리로 외쳤다. 왕에게는 모든 사람이 다 신하였다.

"너를 좀 더 자세히 볼 수 있도록 가까이 다가오라."

왕은 누군가의 왕 노릇을 하게 된 것이 무척 자랑스러워져서 어린 왕자에게 명령했다.

그 별은 호화스러운 흰 담비 모피로 온통 뒤덮여 있었다. 어린 왕자는 서 있을 수밖에 없었다. 피곤해서 하품이 나왔다.

"왕 앞에서 하품하는 것은 예절에 어긋나는 일이다. 하품을 금하노라."

"하품을 참을 수가 없어요. 긴 여행 탓에 잠을 자지 못했거든요…….''

어린 왕자는 어리둥절한 표정을 지으며 대답했다.

"그렇다면 하품을 해도 좋다. 하품하는 걸 본 지도 여러 해가 되었구나. 짐은 너의 하품하는 모습이 참 신기하게 보이는구나. 자! 또 하품하라. 명령이다."

"그렇게 말씀하시니까 하품이 안 나와요…….''

어린 왕자는 얼굴을 붉히며 말했다.

"어흠! 어흠! 그렇다면 짐이 …… 짐이 명하노니 어떤 때는 하품을 하고 또 어떤 때는…….''

왕은 자신의 권위가 존중되기를 원하고 있었다. 불복종은 용서할 수 없었다. 하지만 왕은 인품 있는 사람이었으므로 사리에 맞는 명령만 내렸다.

"앉아도 될까요?"

"네게 앉기를 명하노라."

왕은 흰 담비 모피로 된 망토 한 자락을 위엄 있게 끌어 올리며 대답했다.

어린 왕자는 이상하기만 했다. 별은 아주 조그마한데 왕은 도대체 무엇을 다스린다는 것일까?

"폐하, 한 가지 여쭈어 봐도 좋을까요."

"네게 명하노니 질문하라."

"폐하는 무엇을 다스리고 계신지요?"

"모든 것을 다스리느니라."

왕은 위엄 어린 몸짓으로 그의 별과 다른 모든 별을 가리켰다.

"이 모든 것을 다요?"

"물론 전부 다."

왕은 온 우주의 군주이기도 했던 것이다.

"그럼 별들도 폐하에게 복종하나요?"

"물론이다. 별들도 나에게 즉시 복종하지. 짐은 규율을 어기는 것을 용서치 않느니라."

어린 왕자는 경탄했다. 자신이 그런 권력을 가질 수 있다면, 의자를 뒤로 물리지 않고도 하루에 44번뿐 아니라 72번, 아니 100번, 200번까지도 해지는 것을 볼 수 있을 게 아닌가! 자신의 별에 대한 추억 때문에 서글퍼진 어린 왕자는 용기를 내 왕에게 청했다.

"저는 해가 지는 것을 보고 싶어요……. 제 소원을 들어주세요……. 해가 지도록 명령을 내려 주세요……."

"누구에게든 그가 할 수 있는 것을 요구해야 하는 법이다. 정당한 권력은 무엇보다 합리적이어야 한다. 내 명령이 이치에 맞을 때에만 나는 복종을 요구할 권한을 갖는 것이다."

"그럼 제가 해 지는 것을 보게 해 주십사 한 것은요?"

어린 왕자는 한 번 한 질문은 절대 잊어버리지 않았다.

"그렇게 해 주겠다. 하지만 내 통치 철학에 따라서 조건이 갖추어지기를 기다리기로 하자."

"언제요?"

"에헴, 에헴! 오늘 저녁 …… 7시 40분쯤이면 되겠다! 짐의 명령에 복종하는 것을 너는 보게 될 것이다."

어린 왕자는 하품을 했다. 자신의 별에서 보았던 석양이 그리워졌다. 지루하기도 했다.

"이제 저는 여기서 할 일이 없어요. 그만 가 보겠습니다!"

"가지 마라."

왕은 신하가 한 사람 생겨 몹시 자랑스럽게 생각하던 참이었다.

"떠나지 마라. 너를 대신(大臣)으로 삼겠다!"

"무슨 대신이요?"

"음……. 사법 대신이다!"

"하지만 재판 받을 사람이 아무도 없는데요! 제가 벌써 다 둘러보았어요!"

허리를 굽혀 별 저쪽을 다시 힐끗 바라보면서 어린 왕자가 말했다. 여기는 물론 별 저쪽에도 아무도 없었다.

"그럼 너 자신을 재판하라. 남을 재판하는 것보다 자기 자신을 재판하는 게 훨씬 더 어려운 법이다. 자신을 공정하게 재판할 수 있다면 참으로 지혜로운 사람일 게다."

"어느 곳에서든 저 자신을 재판할 수 있어요. 이 별에서 살 필요는 없습니다."

"에헴! 에헴! 내 별 어딘가에 늙은 쥐 한 마리가 있느니라. 밤에 소리를 들었지. 그 늙은 쥐를 심판하고 가끔 사형에 처해라. 쥐의 운명이 네 심판에 달리게 되는 것이다. 그러나 매번 그에게 특사를 내려라. 단 한 마리밖에 없는 쥐니까 아껴 둬야지."

"저는 사형 선고를 내리는 건 싫습니다. 가겠습니다."

"안 돼."

어린 왕자는 떠날 채비를 끝마쳤으나 늙은 왕을 섭섭하게 하고 싶지 않았다.

"폐하에게 복종하기를 원하신다면 제게 명령을 내려 주시면 되지 않겠습니까. 이를테면 1분 내로 떠나도록 제게 명령하실 수 있습니다……."

왕은 아무 대답도 하지 않았다. 어린 왕자는 머뭇거리다 한숨을 내쉬고 곧 길을 떠났다.

"너를 대신으로 삼겠다." 왕은 황급히 외쳤다.

왕은 여전히 권위에 가득 찬 표정이었다.

"어른들은 정말 이상해." 어린 왕자는 중얼거리며 여행을 계속했다.

11

두 번째 별에는 젠체하는 사람이 살고 있었다.

"아! 나를 찬미하는 사람이 찾아오는구나!"

젠체하는 사람은 어린 왕자를 보자마자 멀리서 소리쳤다.

젠체하는 사람은 자기 외의 사람들은 모두 자기를 찬미할 뿐이라고 생각했다.

"안녕하세요. 이상한 모자를 쓰고 계시는군요."

"답례하기 위한 거지. 사람들이 나에게 환호를 보낼 때 모자를 들고 인사한단다. 그런데 애석하게도 지나가는 사람이 없어. 자, 손뼉을 쳐 봐."

젠체하는 사람이 지시했다. 어린 왕자는 손뼉을 쳤다. 그러자 젠체하는 사람은 모자를 쳐들고 점잖게 인사했다.

'왕을 방문했을 때보다는 재미있군.'

어린 왕자는 속으로 중얼거리며 다시 손뼉을 쳤다. 젠체하는 사람이 살짝 모자를 들어 올리며 답례했다. 그러나 그렇게 5분쯤 지나고 나니 이런 단조로운 장난도 재미가 없어졌다.

"그 모자를 떨어뜨리려면 어떻게 해야 하죠?"

젠체하는 사람은 어린 왕자의 말을 듣지 못했다. 그는 찬미하는 말이 아니면 귀담아듣지 않았다.

"너는 정말로 나를 찬미하는 거지?"

"찬미한다는 게 뭔가요?"

"찬미한다는 건 네가 나를 이 별에서 제일 잘생긴 데다 옷도 잘 입고, 가장 부자일 뿐 아니라 누구보다 지적인 사람이라고 생각하고 인정해 주는 거지."

"하지만 이 별에는 아저씨 혼자뿐이잖아요!"

"나를 기쁘게 해 다오. 어쨌건 나를 찬미해 줘."

"아저씨를 찬미해요." 어린 왕자는 어깨를 으쓱하며 말했다.

"하지만 그게 뭐 그리 재미있나요?"

어린 왕자는 가 버렸다.

"어른들은 확실히 별난 데가 있단 말야."라고 중얼거리며 어린 왕자는 여행을 계속했다.

12

그다음 별에는 술꾼이 살고 있었다. 어린 왕자는 이 별을 아주 잠깐 동안 방문했을 뿐이지만 몹시 우울해지고 말았다.

"거기서 뭘 하고 있는 거예요?"

빈 병과 술이 가득 찬 병을 쌓아 놓고 말없이 앉아 있는 술꾼을 보고 어린 왕자가 물었다.

"술을 마시고 있지."

술꾼은 침울한 표정을 지으며 대꾸했다.

"왜 술을 마시는 거지요?"

"잊기 위해서지."

"무엇을 잊기 위해서요?"

"내가 부끄럽다는 걸 잊기 위해서."

술꾼은 고개를 숙인 채 대답했다.

"뭐가 부끄럽다는 건가요?"

"술을 마시는 게 부끄러워!"

그러고 나서 술꾼은 입을 다물어 버렸다.

난처해진 어린 왕자는 다시 길을 떠났다.

"어른들은 정말 이상해." 그는 혼잣말을 하며 계속 여행했다.

13

네 번째 별은 사업가의 별이었다. 어찌나 바쁜지 어린 왕자가 도착했을 때도 그는 고개조차 들지 않았다.

"안녕하세요. 담뱃불이 꺼졌네요."

어린 왕자는 사업가를 보며 말했다.

"3에다 2를 더하면 5, 5하고 7을 더하면 12, 12에 3을 더하면 15. 안녕. 15에 7을 더하면 22, 22에 6을 더하면 28. 담뱃불 붙일 시간도 없네. 26에 5를 더하면 31. 휴우! 그러니까 5억 162만 2,731이 되는구나."

"5억 뭐라구요?"

"아? 너 아직 거기 있었니? 5억 100만…… 이걸 계속해야 해……. 난 지금 중요한 일을 하고 있다구. 쓸데없는 이야기를 할 틈이 없어! 2에다 5를 더하면 7……."

"5억 100만이 뭐가 어쨌다는 거예요?"

사업가가 고개를 들었다.

"54년 동안 이 별에 살고 있는데, 내가 방해를 받은 건 딱 세 번뿐이야. 첫 번째는 22년 전에 웬 풍뎅이가 날아와 떨어졌을 때야. 그놈 소리가 어찌나 요란하던지 네 군데나 계산이 틀렸었지. 두 번째는 11년 전이었는데, 신경통 때문이었어. 운동 부족으로 생긴 병이지. 빈둥거릴 시간이 없었으니까. 지금이 바로 세 번째야! 가만, 내가 5억 100만이라고 했었지……."

"대체 뭐가 5억 100만이라는 건가요?"

사업가는 어린 왕자의 질문에 대답해 주기 전에는 조용히 일할 수 없다는 걸 깨달았다.

"가끔씩 하늘에 보이는 저 작은 물체들 말이다."

"파리? 꿀벌 말인가요?"

"아니. 게으름뱅이들을 쓸데없는 공상에 빠져들게 하는 금빛 나는 작은 물체 말이야. 하지만 난 중요한 일을 하는 사람이거든. 공상에 빠져 있을 틈이 없어."

"별 말이군요?"

"그래, 맞았어. 별."

"5억 개나 되는 별을 가지고 뭘 하는 건데요?"

"5억 162만 2,731개야. 나는 중요한 일을 하고 있어."

"그 별로 뭘 할 셈인데요?"

"아무것도 하지 않아. 단지 소유하는 거야."

"별을 소유한다구요? 하지만 내가 전에 본 어떤 왕은……."

"왕은 소유하지 않아. 다스릴 뿐이지. 그건 아주 다른 문제야."

"그 별들을 소유하는 게 아저씨에게 무슨 도움을 주나요?"

"부자가 되는 데 필요하지."

"부자가 되면 뭐가 좋은데요?"

"누군가 별을 발견하면 그걸 살 수 있지."

'이 사람도 그 술꾼처럼 말하는구나' 하고 생각하며 어린 왕자는 계속 질문했다.

"어떻게 별들을 소유한다는 거지요?"

"별들이 누구 거지?" 투덜대듯 사업가가 되물었다.

"몰라요. 누구의 것도 아니겠지요."

"그러니까 내 것이 되는 거야. 내가 제일 먼저 그 생각을 했으니까. 임자 없는 다이아몬드가 그걸 발견한 사람의 것이 되고 주인 없는 섬을 발견하면 그게 그 사람의 소유가 되는 것처럼. 만약 어떤 좋은 생각을 제일 먼저 해냈다면 특허를 내서 자기 것으로 만들 수 있는 거야. 그런 식으로 나도 별들을 갖는 거지. 나보다 먼저 별을 가질 생각을 한 사람은 없었거든."

"아저씨는 그 별들을 가지고 뭘 하는데요?"

"관리하지. 별을 세어 보고 또 세어 보는 거야. 힘든 일이긴 하지만 나는 진지한 일에 관심이 많아서 말이야!"

"저는요, 실크 스카프를 가지고 있을 때는 그걸 목에 두르고 다녀요. 또 꽃이 내 것이라면 꺾어서 다닐 수가 있겠지요. 하지만 아저씨는 하늘에서 별을 딸 수는 없잖아요……."

"그럴 수는 없지. 하지만 그것들을 은행에 맡길 수는 있어. 조그만 종잇조각에 내 별들의 숫자를 적어 놓은 뒤 그걸 서랍에 넣고 잠가 두는 거야."

"그것뿐인가요?"

"그뿐이지."

'그것 참 재미있군. 시적(詩的)이기도 하고. 하지만 그렇게 대단한 일은 아니군.' 어린 왕자가 중요하게 여기는 것은 어른들의 생각과 상당한 차이가 있었다.

"저는 꽃을 가지고 있어요. 매일 물을 주지요. 화산도 세 개나 가지고 있어서 매주 청소를 해요. 내가 꽃과 화산을 가지고 있는 건 내 화산이나 내 꽃에게 도움을 주는 일이에요. 하지만 아저씨는 별들에게 무슨 도움을 주고 있는 게 아니죠……."

사업가는 딱히 할 말이 없었다.

"어른들은 모두 이상하단 말이야." 어린 왕자는 혼잣말을 하며 다시 여행길에 올랐다.

14

다섯 번째 별은 아주 이상했다. 그 별은 다른 모든 별들 중에서 제일 작았다. 가로등 하나와 가로등을 켜는 사람 하나가 있을 만한 크기였다. 하늘 어딘가, 집도 없고 사람도 살지 않는 별에 가로등 켜는 사람이 무슨 필요가 있다는 건지 어린 왕자는 알 수가 없었다.

'이 사람도 어리석은 사람인지 몰라. 그래도 그가 하는 일에는 의미가 있어. 가로등에 불을 켜는 건 별 하나를, 또는 꽃 한 송이를 피어나게 하는 것과 마찬가지니까. 가로등을 끄면 그 꽃이나 별을 잠들게 하는 거고. 아름다운 직업이야. 아름다운 만큼 유익한 일일 테지.'

어린 왕자는 가로등 켜는 사람에게 공손히 인사했다.

"안녕하세요. 방금 왜 가로등을 끄신 건가요?"

"명령이기 때문이야."

가로등 켜는 사람이 대답했다.

"좋은 아침이야."

"무슨 명령인데요?"

"가로등을 끄라는 명령이지. 잘 자."

그는 다시 가로등 불을 켰다.

"지금은 왜 가로등을 켰나요?"

"명령이야."

"무슨 말인지 모르겠어요."

"이해하지 못할 것도 없어. 명령은 명령인 거야. 좋은 아침."

가로등 켜는 사람은 그렇게 말하면서 또다시 가로등을 껐다. 그러고는 붉은 바둑판 무늬 손수건으로 이마의 땀을 닦았다.

"난 정말 힘든 직업을 가졌어. 전에는 괜찮았는데. 아침에 불을 끄고 저녁이면 다시 불을 켜는 일이었지. 낮에는 쉬고 밤에는 잠을 잘 수 있었거든……."

"그때 이후로 명령이 바뀐 거군요?"

"명령은 바뀌지 않았어. 그게 비극이야! 이 별은 점점 빨리 돌고 있는데 명령은 바뀌지 않았단 말이야! 그래서 이제는 이 별이 1분마다 한 바퀴를 돌게 되었고, 1초도 쉴 틈이 없게 된 거야. 나는 1분마다 한 번씩 가로등 불을 켰다 껐다 해!"

"참 이상하네요! 아저씨네 별에선 하루가 1분이라니!"

"그래. 30분은 30일이 되는 거지! 잘 자."

그는 다시 가로등을 켰다.

어린 왕자는 명령에 충실한 가로등 켜는 사람이 좋아졌다. 의자를 뒤로 물리면 계속해서 석양을 볼 수 있는 곳을 찾아가던 일도 떠올랐다. 어린 왕자는 그를 돕고 싶었다.

"저 …… 쉬고 싶을 때 쉴 수 있는 방법을 알아요……. 아저씨의 별은 아주 작으니까 세 발짝이면 한 바퀴를 돌 수 있잖아요. 천천히 걷기만 해도 늘 해를 볼 수 있어요. 쉬고 싶어지면 걷도록 하세요……. 아저씨가 원하는 만큼 낮이 길어질 거예요."

"도움이 안 되겠는걸. 내가 원하는 건 잠자는 거니까."

"안됐네요."

"난 운이 없어. 좋은 아침이야."

그는 다시 가로등을 껐다.

'저 사람은 사람들에게서 비웃음을 살 거야. 왕이나 젠체하는 사람, 술꾼, 사업가 같은 사람들은 그를 경멸하겠지. 하지만 내가 보기에는 저 사람이 제일 성실해. 그건 저 사람이 자신을 제쳐 놓고 일만 생각하고 있기 때문이겠지.' 어린 왕자는 섭섭한 마음에 한숨을 내쉬었다.

'내 친구가 될 수 있는 사람은 저 사람뿐이었어. 그렇지만 그의 별은 너무 작아. 두 사람이 있을 자리도 없으니 말이야……'

어린 왕자는 하루에 1,440번이나 아름답게 해가 지던 자신의 별을 떠나온 일이 아쉬웠다.

15

여섯 번째 별은 방금 전의 별보다 열 배나 더 컸다. 거기에는 엄청나게 큰 책을 쓰고 있는 노신사가 살고 있었다.

"오! 탐험가가 오는군!"

그는 어린 왕자를 보며 큰 소리로 외쳤다.

어린 왕자는 테이블에 걸터앉아 숨을 몰아쉬었다. 지금까지 너무도 먼 거리를 여행해 왔던 것이다.

"어디서 왔지?"

"그 두꺼운 책은 뭐죠? 여기서 뭘 하시는 건데요?"

"난 지리학자란다."

"지리학자가 뭔데요?"

"바다, 강, 도시, 산 그리고 사막이 어디에 있는지 아는 사람이지."

어린 왕자는 지리학자의 별을 둘러보았다. 지금까지 보아 온 별 가운데 가장 장엄한 별이었다.

"별이 참 아름답군요. 바다도 있나요?"

"모르겠는걸."

지리학자가 대답했다.

"그럼 산은요?"

어린 왕자는 실망해서 되물었다.

"그것도 몰라."

"그럼 도시와 강과 사막은요?"

"그 역시 알 수 없는걸."

"할아버진 지리학자잖아요!"

"그렇지. 하지만 난 탐험가가 아니야. 도시와 강과 산, 바다와 태양과 사막을 세러 다니는 건 지리학자의 일이 아니거든. 지리학자는 중요한 일을 하니까 한가히 돌아다닐 수가 없어. 책상을 떠날 수가 없단다. 대신 서재에서 탐험가들을 만나는 거야. 탐험가들에게 여러 가지 질문을 하고 기록하는 거지. 흥미로운 게 있으면 지리학자는 그 탐험가가 양심적인지 아닌지를 조사하기도 해."

"왜요?"

"탐험가가 거짓말을 한다면 지리학자의 책에 큰 이변이 일어날 테니까. 탐험가가 술을 너무 마셔도 그렇지. 술에 잔뜩 취한 사람에겐 모든 게 둘로 보이거든. 그렇게 되면 지리학자는 산이 하나밖에 없는 곳에다 산 두 개를 기록하게 될 지도 몰라. 그래서 탐험가에게 증거를 요구하지. 큰 산을 발견했다면 커다란 돌멩이 몇 개를 가져오라고 하는 거야. 그런데 넌 멀리서 왔지? 그렇다면 너는 탐험가야! 네 별에 대해 자세히 설명해 다오!"

지리학자는 갑자기 흥분해 큰 기록장을 펼쳐 놓고 연필을 깎았다. 탐험가의 이야기를 처음에는 연필로 적어 놓았다가 증거를 가져오면 그때서야 잉크로 쓰는 거였다.

"제가 사는 곳은 흥미로울 게 없어요. 아주 작거든요. 화산이 셋 있어요. 두 개는 활화산이고 하나는 사화산이지요. 꽃도 한 송이 있어요."

"꽃은 기록하지 않아."

"왜죠? 그 꽃은 내 별에서 가장 아름다운 건데요!"

"꽃은 덧없는 거니까."

"'덧없다'는 게 뭐예요?"

"지리책은 세상에서 가장 중요한 책이야. 유행을 타거나 하지 않아. 산이 옮겨 가거나 바닷물이 말라 버리거나 하지는 않으니까. 우리는 그렇게 영원히 변하지 않는 것만 기록해."

"하지만 사화산이 되살아날 수도 있잖아요."

"우리에게는 마찬가지라구. 우리한테 중요한 건 산이야. 산은 변하지 않거든."

"그런데 '덧없다'는 건 무슨 뜻이죠?"

"그건 '곧 사라져 버릴 위험에 처해 있다'는 뜻이지."

"그럼 내 꽃이 곧 사라질 위험에 처해 있다는 건가요?"

"그래."

"내 꽃은 덧없는 존재구나. 세상에 대항할 무기라곤 가시 네 개뿐이고. 그런데 나는 그 꽃을 혼자 내버려 두고 왔어!"

어린 왕자는 처음으로 후회하고 있었다. 그러나 그는 다시 용기를 냈다.

"이제 저는 어디를 가 보는 게 좋을까요?"

"지구라는 별로 가 봐. 평판이 좋은 곳이지."

어린 왕자는 자신의 꽃에 대해 생각하며 그 별을 떠났다.

16

그래서 일곱 번째로 방문한 별은 지구였다.

지구는 평범한 별이 아니었다! 그곳에는 111명의 왕(물론 흑인 나라의 왕을 포함해서)과 7,000명의 지리학자와 90만 명의 사업가, 750만 명의 술꾼들, 3억 1,100만 명의 젠체하는 사람들, 다시 말해 20억쯤 되는 어른들이 살고 있었다.

전기가 발명되기 전까지는 여섯 대륙을 통틀어 가로등 켜는 사람이 46만 2,511명이나 필요했다고 하니 지구가 얼마나 큰지 여러분도 짐작할 수 있을 것이다.

좀 멀리 떨어진 곳에서 보면 그건 대단히 멋진 광경이었다. 그들이 무리 지어 움직이는 모습은 오페라 발레단처럼 질서가 정연했다. 맨 처음 뉴질랜드와 오스트레일리아의 가로등 켜는 사람들이 불을 켜고 나서 잠을 자러 가면 중국과 시베리아의 가로등 켜는 사람들이, 그다음에는 러시아와 인도의 사람들, 이어 아프리카와 유럽, 남아메리카와 북아메리카의 사람들이 차례로 무대에 나타났다가 사라졌다.

순서가 틀리는 법이 절대 없었다. 오직 북극과 남극에서 가로등을 책임지고 있는 두 사람만이 태평스럽게 지내고 있었다. 그들은 1년에 두 번만 바빴다.

17

재치를 부리려다 보면 거짓말을 조금 하게 된다. 가로등 켜는 사람들에 대한 이야기가 그렇다. 어쩌면 이 이야기 때문에 지구에 대해 오해를 하게 되었을지도 모르겠다.

사람들이 지구에서 차지하는 자리란 사실 좁은 편에 속한다. 20억에 달하는 지구의 사람들이 바짝 붙어 선다면 세로 20마일, 가로 20마일 크기의 광장에도 충분히 들어갈 수 있을 것이다. 태평양의 작은 섬에 그들을 차곡차곡 쌓아 올릴 수 있을지도 모른다.

어른들은 이런 말들을 믿지 않는다. 자신들이 굉장히 넓은 곳을 차지하고 있다고 생각하기 때문이다.

지구에 왔을 때 어린 왕자는 사람이라곤 통 보이지 않아 놀랐다. 다른 별에 잘못 찾아온 게 아닌가 걱정이 되기도 했다. 이때 달빛을 띤 황금색 고리가 모래 위를 지나가는 게 보였다.

"안녕."

어린 왕자는 공손하게 인사했다.

"안녕."

뱀이 대답했다.

"여기는 무슨 별이지?"

어린 왕자가 물었다.

"지구야. 아프리카지."

"그렇구나! 그런데 지구에는 사람이 살지 않니?"

"여긴 사막이야. 사막에는 아무도 없어. 지구는 크거든."

어린 왕자는 돌 위에 앉아 눈길을 하늘로 향했다.

"누구든 언젠가 자신의 별을 찾아낼 수 있게 별들이 환하게 밝혀져 있는 걸까……. 내 별을 좀 봐. 바로 우리 머리 위에 있어……. 그런데 어쩌면 저렇게 먼 거지!"

"아름다운 별이구나. 여기엔 왜 온 거니?"

"내 꽃하고 골치 아픈 일이 좀 있었어."

"그렇구나."

그들은 잠자코 있었다.

"사람들은 어디에 있지? 사막이란 곳은 좀 쓸쓸한데……."

"사람들 사이에서도 외롭기는 마찬가지야."

뱀이 말했다. 어린 왕자는 그를 한참 바라보았다.

"넌 아주 재미있게 생겼네. 손가락처럼 가느다랗고……."

"그래도 난 왕의 손가락보다도 강해."

"넌 강하지 못해. 다리도 없고 여행도 할 수 없잖아……."

"난 어떤 배보다도 더 먼 곳으로 널 데려다 줄 수 있어."

뱀은 어린 왕자의 발목을 팔찌처럼 휘감으며 말했다.

"누구라도 나를 건드리면 난 그 사람을 태어난 땅으로 돌려보내 주지. 하지만 너는 순진하고 정직한 데다 다른 별에서 왔으니까……. 너처럼 약한 애가 화강암으로 된 이 지구에 있는 걸 보니 가엾어지는구나. 언제고 네 별로 돌아가고 싶어지면 내가 도와줄게……."

"그래. 그런데 넌 왜 그렇게 수수께끼 같은 말만 하니?"

"난 모든 걸 할 수 있어."

뱀이 대답했다. 그들은 다시 침묵했다.

18

어린 왕자는 사막을 가로질러 갔으나 꽃 한 송이밖에 만나지 못했다. 꽃잎 세 장을 가진 볼품없는 꽃이었다.

"안녕. 사람들은 어디에 있는 거니?"

그 꽃은 언젠가 대상(隊商 사막 등을 다니면서 특산물을 교역하는 상인의 집단)의 무리가 지나가는 것을 본 적이 있었다.

"사람들? 예닐곱 사람 정도 있는 것 같아. 몇 년 전에 봤거든. 하지만 지금 어디에 있는지는 몰라. 사람들은 바람을 따라 이리저리 다니거든. 뿌리가 없어서 살아가는 데 힘이 많이 들 거야."

"그래, 잘 있어."
어린 왕자가 말했다.
"잘 가."
꽃이 대답했다.

19

어린 왕자는 높은 산 위로 올라갔다. 그때까지 그가 아는 산이라곤 무릎에 닿는 세 개의 화산이 고작이었다. '이렇게 높은 산에서는 이 별과 이 별에 사는 모든 사람들을 한눈에 볼 수 있겠지……' 그러나 바늘처럼 뾰족뾰족한 산봉우리만 보일 뿐이었다.

"안녕."
어린 왕자는 혹시나 하고 말해 보았다.
"안녕 …… 안녕 …… 안녕……"
메아리가 대답했다.
"너는 누구지?"
"너는 누구지 …… 너는 누구지 …… 너는 누구지……"
"내 친구가 되어 줘. 난 외로워."
"난 외로워 …… 난 외로워 …… 난 외로워……"
'참 이상한 별이야! 건조하고 뾰족하고 험악해. 상상력도 없어서 남이 한 말을 그대로 따라하고 …… 내 별에는 꽃이 있었지. 그 꽃은 늘 나에게 먼저 말을 걸어 왔는데……'

20

모래와 바위와 눈을 헤치고 오래 걸어가자 마침내 길 하나가 나타났다. 길은 사람들이 사는 곳과 통하기 마련이었다.

"안녕."
어린 왕자는 장미가 가득 피어 있는 정원에 서 있었다.
"안녕."
장미꽃들이 대답했다.
어린 왕자는 자신의 꽃과 쏙 빼닮은 꽃들을 보고 놀랐다.
"너희는 누구니?"

"우리는 장미꽃이야."

어린 왕자는 슬퍼졌다. 꽃은 이 세상에 자기 같은 꽃은 오직 하나뿐이라고 어린 왕자에게 말했었는데 이 정원에는 똑같은 꽃이 5,000송이 넘게 가득 피어 있었다!

'내 꽃이 이걸 보면 몹시 괴로워할 거야. 비웃음을 당하지 않으려고 기침을 지독히 해 대면서 죽는 시늉을 하겠지. 내가 간호해 주는 척이라도 하지 않으면 정말로 죽어 버릴지도 몰라……. 난 내가 부자인 줄 알았어. 하지만 내가 가지고 있는 건 흔해 빠진 장미꽃 한 송이와 무릎 높이만 한 화산 세 개……. 그중 하나는 완전히 불이 꺼져 버린 화산일지도 몰라……. 겨우 이런 것들을 가지고 어떻게 위대한 왕자가 되겠어…….'

어린 왕자는 풀밭에 엎드려 소리 내어 울었다.

21

여우가 나타난 건 바로 그때였다.

"안녕."

여우가 인사했다.

"안녕."

어린 왕자는 공손하게 대답하며 주위를 돌아보았으나 아무것도 보이지 않았다.

"여기야. 사과나무 아래."

조금 전의 그 목소리가 말했다.

"넌 누구니? 참 예쁘게 생겼구나."

"난 여우야."

"이리 와 함께 놀자. 난 지금 우울해……."

"난 너와 함께 놀 수 없어. 나는 길들여져 있지 않거든."

어린 왕자는 잠깐 생각하다가 다시 말했다.

"'길들인다'는 게 무슨 말이니?"

"넌 여기 사는 애가 아니구나. 뭘 찾고 있는 거니?"

"사람들을 찾고 있어. '길들인다'는 건 무슨 뜻이지?"

"사람들은 총을 가지고 사냥을 하지. 참 곤란한 일이야. 사람들은 닭도 길러. 그게 유일한 관심사지. 너, 닭을 찾고 있는 거니?"

"아니야. 난 친구들을 찾고 있어. 그런데 '길들인다'는 게 무슨 뜻이니?"

"소홀하게 취급되는 것 중 하나지. 그건 '관계를 맺는다'는 의미야."

"관계를 맺는다?"

"그래. 나한테 넌 수많은 다른 소년들과 다를 바 없는 소년에 지나지 않아. 너에게 나는 수많은 다른 여우와 같은 여우 한 마리에 지나지 않을 테고. 하지만 네가 나를 길들인다면 우리는 서로를 필요로 하게 돼. 나에게 너는 세상에 오직 하나밖에 없는 존재가 되는 거고, 나 역시 너에게 이 세상에 단 하나뿐인 존재가 되는 거야……."

"이제 좀 알 것 같아. 꽃이 하나 있는데……. 그 꽃이 나를 길들인 것 같아……."

"그래. 지구에는 온갖 일들이 다 있으니까……."

"아, 그건 지구에서의 일이 아니야."

"그럼 다른 별에서의 일이라는 거야?"

"응."

"그 별에도 사냥꾼들이 있지?"

"아니, 없어."

"그거 이상하네! 그럼 닭은?"

"닭도 없어."

"완벽한 곳은 아니군." 여우는 한숨을 내쉬고는 하던 이야기로 다시 돌아왔다.

"내 생활은 아주 단조로워. 나는 닭을 사냥하고 사람들은 나를 사냥하는 거야. 닭은 다 비슷하고 사람들도 모두 비슷해. 그래서 난 좀 지루해. 하지만 네가 나를 길들인다면 내 삶은 환하게 바뀔 거야. 나는 네 발자국 소리와 다른 발자국 소리를 구별하게 되겠지. 다른 사람들의 발자국 소리를 들으면 나는 땅 밑으로 기어들어 가겠지만, 네 발자국 소리를 듣는다면 음악이라도 들은 것처럼 굴에서 뛰어나올 거야. 저길 봐. 푸른 밀밭이 보이지? 나는 빵을 먹지 않으니까 밀밭을 봐도 아무것도 떠오르지 않아. 서글픈 일이지. 하지만 넌 금빛 머리칼을 가졌어. 네가 나를 길들인다면 밀을 보고 너를 떠올리게 되는 거지. 그러면 나는 밀밭을 지나가는 바람 소리조차도 사랑하게 될 거야……."

여우는 말을 멈추고 어린 왕자를 오래 쳐다보더니 "부탁이야……. 나를 길들여 줘!" 하고 말했다.

"나도 그러고 싶어. 하지만 시간이 별로 없어. 친구를 찾아야 하고 알아볼 일도 많거든."

"길들인 것만 알 수 있게 되는 거야. 사람들은 이제 무얼 할 시간이 없어. 그래서 상점에서 이미 만들어져 있는 것을 사지. 그런데 우정을 파는 상점이 없으니 친구는 없는 거야. 친구가 필요하다면 나를 길들여……."

"어떻게 해야 하는 거지?"

"인내심이 필요해. 우선 나와 좀 떨어져서 풀숲에 앉아 있어. 난 너를 곁눈질해 볼 거야. 아무 말도 하지 마. 말은 오해만 불러일으키니까. 너는 그냥 날마다 조금씩 나한테 더 가까이 다가앉는 거야……."

다음 날 어린 왕자는 다시 그곳으로 갔다.

"언제나 같은 시각에 오는 게 더 좋을 거야. 이를테면 네가 오후 4시에 온다면 난 3시부터 행복해질 거야. 시간이 갈수록 점점 더 행복해지겠지. 4시가 되면 난 안절부절못할지도 몰라. 넌 행복에 가득 찬 내 모습을 보게 되겠지. 하지만 네가 아무 때나 온다면 나는 언제 널 맞을 마음의 준비를 해야 할지 알 수 없게 돼……. 그러니까 뭔가 정해 놓을 필요가 있어."

"뭔가 정해 놓을 필요가 있다구?"

"그것도 다들 아무렇게나 잊고 사는 것 중의 하나야. 그건 어느 하루를 다른 날들과 다르게 만들고, 어느 한 시간을 다른 시간들과 다르게 만든다는 의미야. 내가 아는 사냥꾼들은 매주 목요일에는 마을의 처녀들과 춤을 춰. 덕분에 목요일은 나에게 신나는 날이 되었어! 난 포도밭까지도 산책을 가지. 하지만 사냥꾼들이 아무 때나 춤을 춘다면, 그날이 그날일 테니까 난 하루도 휴가가 없게 되는 거야."

어린 왕자는 여우를 길들였다. 떠날 시간이 다가오자 여우는 "난 울 것만 같아." 하고 말했다.

"네 잘못이야. 난 너를 괴롭히고 싶지 않았어. 하지만 길들여 달라고 한 건 너야……."

"맞아."

"그런데 넌 울려고 하잖아! 그러기에 이런 일이 너한테 무슨 소용이 있는 거니!"

"그렇지 않아. 밀밭의 색깔을 보면 널 생각할 테니까. 가서 장미꽃들을 다시 봐. 네 장미꽃이 이 세상에 단 하나뿐이라는 걸 깨닫게 될 거야. 그때 다시 돌아와서 나에게 작별 인사를 해 줘. 그러면 선물로 비밀을 가르쳐 줄게."

어린 왕자는 장미꽃을 보러 갔다.

"너희들은 내 장미와 전혀 닮지 않았고 나에게 아무 의미도 없어. 아무도 너희들을 길들이지 않았고 너희들 역시 아무도 길들이지 않았기 때문이야. 너희들은 예전의 내 여우와 같아. 그는 수많은 다른 여우들과 다를 바 없는 여우였어. 하지만 그 여우는 이제 이 세상에 단 하나밖에 없는 여우가 되었지."

장미꽃들은 어쩔 줄 몰라 했다.

"너희들은 아름답지만 텅 비어 있어. 지나가는 사람들은 내 꽃이 너희와 비슷하다고 생각할 수도 있겠지만, 나에게는 그 꽃 한 송이가 너희들 전부보다 더 중요해. 내가 그 꽃에 물을 주고 유리 덮개를 씌워 바람을 막아 주었기 때문이지. 내가 벌레를 잡아 준 것도, 그 꽃이 불평하거나 자랑하는 것을 들어준 것도, 때로는 침묵을 지키는 것도 내가 다 이해한 건 그 꽃이 내 장미꽃이기 때문이야."

어린 왕자는 여우에게로 돌아갔다.

"잘 있어."

어린 왕자가 말했다.

"잘 가. 그럼 이제 내 비밀을 말해 줄게. 아주 단순한 거야. 마음으로 봐야만 제대로 볼 수 있다는 거야. 중요한 건 눈에 보이지 않아."

"중요한 건 눈에는 보이지 않는다." 잊어버리지 않으려고 어린 왕자는 따라서 말했다.

"네 장미가 그토록 소중한 건 그 꽃에 바친 시간 때문이지."

"내 장미를 위해 바친 시간이라……."

"사람들은 그걸 잊어버리고 말았어. 하지만 넌 그걸 잊으면 안 돼. 넌 네가 길들인 것에 대해 끝까지 책임을 져야 하는 거야. 넌 네 장미를 책임져야 해……."

"나는 내 장미를 책임져야 해……."

그 말을 기억하기 위해 어린 왕자는 따라서 말했다.

22

"안녕하세요."

어린 왕자가 인사했다.

"안녕."

철도 전철 기사가 대답했다.

"여기서 뭘 하고 있는 건가요?"

"기차 승객을 1,000여 명씩 나눠 보내는 일을 하는 거야. 기차를 어느 때는 오른쪽으로, 어느 때는 왼쪽으로 보내는 거지."

환하게 불을 밝힌 급행열차 한 대가 천둥소리를 내며 전철 기사의 조종실을 뒤흔들었다.

"저 사람들은 아주 바쁘군요. 뭘 찾고 있는 건가요?"

"나도 몰라."

두 번째 급행열차가 엄청난 소리를 내며 반대 방향으로 달려갔다.

"그들이 벌써 돌아오는 건가요?"

"같은 사람들이 아니야. 기차가 서로 엇갈리는 거지."

"그들은 살던 곳이 마음에 들지 않나 본데요?"

"사람들은 자기가 있는 자리를 마음에 들어 하지 않는단다."

전철 기사가 말했다. 세 번째의 급행열차가 우렁차게 달려왔다.

"저 사람들은 조금 전의 승객들을 쫓아가는 건가요?"

"쫓아가는 게 아니야. 기차 안에서 자고 있지 않으면 하품하고 있을 거야. 어린아이들만이 유리창에 코를 납작 대고 바깥을 내다보지."

"어린아이들만이 자기가 무얼 찾고 있는지를 알고 있는 거로군요. 아이들은 누더기 같은 인형에 시간을 보내고, 그래서 아이들에게 인형은 아주 소중한 게 되는 거죠……."

"아이들은 행복하단다." 전철 기사가 말했다.

23

"안녕하세요."

어린 왕자가 인사했다.

"어서 오십시오."

장사꾼이 대답했다. 그는 갈증을 없애는 특효약을 팔고 있었다. 일주일에 한 알만 먹으면 아무것도 더 마시고 싶지 않다고 했다.

"왜 그런 약을 파는 거죠?"

"시간을 아낄 수가 있잖니. 전문가들의 계산으로는 매주 53분이나 절약할 수 있다고 해."

"그 53분으로 뭘 하죠?"

"뭐든 하고 싶은 걸 하지……."

'나라면 시원한 물이 있는 샘을 향해 천천히 걸어갈 텐데…….' 어린 왕자는 생각했다.

24

비행기가 사막에서 고장을 일으킨 지 8일째 되는 날이었다. 나는 마지막으로 남겨 두었던 물을 마시며 장사꾼 이야기를 들었다.

"네 이야기들은 참 재미있구나. 하지만 난 아직도 비행기를 고치지 못했고 마실 물도 없어. 시원한 물이 있는 샘으로 한가하게 걸어갈 수 있다면 얼마나 좋을까!"

"내 친구 여우는……."

"꼬마 친구, 여우 이야기를 할 때가 아니야! 목이 말라 죽을 지경이니까……."

"죽어 간다 할지라도 친구를 가졌다는 건 좋은 일이에요. 난 여우 친구가 있다는 게 기뻐요……."

'지금이 얼마나 위험한 상황인지 모르는군. 배가 고프지도, 목이 마르지도 않은 거야. 햇볕만 조금 내리쬐면 충분한가 보군.' 나는 속으로 생각했다.

그런데 그가 잠자코 나를 지켜보더니 내 속마음을 읽은 듯 이렇게 말하는 것이었다.

"저도 목이 말라요. 우물을 찾으러 가요……."

사막 한가운데서 무턱 대고 우물을 찾아 나선다는 건 어리석은 짓이었다. 그렇지만 우리는 걷기 시작했다.

몇 시간 동안 터덜터덜 걷다 보니 어둠이 내리고, 별들이 반짝였다. 갈증 때문에 나는 열이 조금 나고 있었고 그래서 마치 꿈속에서 별을 보는 것 같았다. 조금 전에 어린 왕자가 한 말들이 기억 속에서 가물거렸다.

어린 왕자는 지쳐서 앉았다. 나도 곁에 앉았다. 침묵을 지키던 그가 다시 입을 열었다.

"별들이 아름다운 것은 보이지 않는 꽃 한 송이 때문이에요."

"맞아, 정말 그래."

나는 달빛 아래 펼쳐져 있는 모래 언덕을 바라보았다.

"사막은 아름다워요."

어린 왕자가 말했다.

나도 사막을 좋아했다. 모래 언덕 위에 앉아 있으면 아무것도 보이지 않고 아무 소리도 들리지 않았다. 그러나 그 침묵 속에 무엇인가 빛나는 것이 있었다.

"사막이 아름다운 건 어딘가에 우물을 감추고 있기 때문이에요."

어린 왕자가 말했다.

나는 흠칫 놀랐다. 사막의 모래 속에서 신비롭게 빛나는 것이 무엇인지를 문득 깨달았던 것이다. 어렸을 때 내가 살던 낡은 집만 해도 그랬다. 다들 그 집에 보물이 감춰져 있다고 했다. 물론 아무도 그걸 발견한 사람은 없었다. 그런데도 그 보물로 인해 우리 집은 마술에 쌓여 있는 듯했다. 우리 집은 저 가장 깊숙한 곳에 보물을 감추고 있었다…….

"그래. 집이든 별이든 사막이든 그것들을 아름답게 하는 건 눈에 보이지 않는 어떤 것 때문일 거야!"

"아저씨가 내 친구 여우와 같은 말을 하는 걸 들으니 기쁘네요."

어린 왕자가 잠이 들어 나는 그를 안고 걸었다. 마음이 뭉클해졌다. 깨지기 쉬운 보물을 안고 가는 것 같았다. 이보다 더 연약한 게 지구에는 없을 것 같았다.

창백한 이마, 감은 눈, 바람에 날리는 머리카락을 달빛 아래에서 바라보며 나는 생각했다. '지금 내가 보고 있는 건 껍데기에 불과해. 중요한 건 눈에 보이지 않아.'

어린 왕자의 살짝 벌어진 입술에 희미한 미소가 어리는 것을 보며 나는 또 생각했다.

'잠들어 있는 그가 나를 이렇게까지 감동시키는 건 꽃 한 송이에 대한 그의 성실한 마음 때문이야. 잠들어 있을 때조차 그의 가슴속에는 램프의 불꽃처럼 장미꽃 한 송이가 빛나고 있어…….' 그러자 어린 왕자가 더욱 더 연약하게 느껴졌다. 한 자락 바람에도 꺼질 것 같은 그를 보호해야겠다는 생각이 들었다…….

그렇게 걷다가 동이 틀 무렵 나는 우물을 발견했다.

25

어린 왕자가 말했다. "사람들은 급행열차를 타고 가면서도 그들이 무얼 찾으러 가는 건지 몰라요. 그래서 여기저기 다니며 돌고 또 도는 거지요……. 소용없는 짓이에요……."

우리가 찾은 우물은 사하라 사막의 여느 우물과 달랐다. 모래에 파 놓은 구멍이 아니라 마치 마을에 있는 우물 같았다. 나는 꿈을 꾸고 있는 게 아닌가 생각했다.

"이상해. 모든 게 갖추어져 있잖아. 도르래, 두레박, 밧줄……."

어린 왕자는 내 말에 웃으며 줄을 잡고 도르래를 움직였다. 바람이 일 때 낡은 풍차가 삐걱거리듯이 도르래는 소리를 내며 돌아갔다.

"들려요? 우리가 잠을 깨우니까 이 우물이 노래를 하네요."

"내가 할게. 너한테는 너무 무거워."

나는 두레박을 천천히 우물 가장자리로 들어 올렸다. 피곤했지만 성취감으로 마음이 흐뭇해졌다. 도르래의 노랫소리가 귀에 들려왔고, 출렁이는 물속에 햇살이 일렁이고 있었다.

"목이 말라요. 마실 물을 조금만 줘요."

나는 두레박을 어린 왕자의 입술에 갖다 댔다. 그는 눈을 감고 물을 마셨다. 물은 달았다. 별빛 아래 밤길을 걸어 도르래의 노랫소리를 들으며 내 두 팔로 길어 올린 물이었기 때문이었다.

"아저씨가 사는 별의 사람들은 정원 안에 장미꽃을 5,000송이나 가꾸지만……. 그 정원에서 아무것도 보지 못해요. 꽃 한 송이나 물 한 모금에서 그들이 찾고 있던 걸 볼 수도 있을 텐데……. 하지만 눈이 아닌 마음으로 찾아야 하죠."

나도 물을 마셨다. 그제야 좀 살 것 같았다. 동틀 무렵이 되자 모래가 벌꿀 빛깔을 띠었다. 나는 그 빛깔에서도 행복을 느꼈다.

"약속을 지켜 줘요. 내 양에게 입마개를 씌워 준다고 했지요……? 난 꽃을 책임져야 해요……."

나는 주머니에서 대충 끄적여 두었던 그림을 꺼냈다. 어린 왕자는 그림을 보고 웃었다.

"아저씨가 그린 바오바브나무들은 양배추랑 비슷해요……. 여우는 ……귀가 뿔처럼 생겼고, 너무 길어요."

어린 왕자는 또 웃었다.

"보아 구렁이의 배 속 아니면 겉모습밖에 그릴 줄 몰라서 그래."

"괜찮아요. 아이들은 이해할 테니까."

나는 연필로 입마개를 그렸다. 그걸 어린 왕자에게 줄 때 가슴이 미어지는 것 같았다.

"제가 지구에 온 지 …… 내일이면 꼭 1년이 돼요. 바로 이 근처에 떨어졌었어요……."

어린 왕자는 얼굴을 붉혔다.

왠지 모르게 나는 슬픔에 사로잡혔다.

"일주일 전 내가 널 처음 만났던 날, 여기에 네가 혼자 있었던 건 우연이 아니었구나. 도착했던 지점으로 돌아가고 있는 거였니?"

나는 머뭇거리며 말을 이었다.

어린 왕자는 또 한 번 얼굴을 붉혔다. 그는 내 질문에 대답하지 않았다. 하지만 얼굴을 붉힌다는 건 내 말이 맞다는 뜻이 아닌가?

"두려워지는구나……."

"아저씨는 비행기로 돌아가 일을 하세요. 난 여기서 아저씨를 기다릴게요. 내일 저녁에 다시 여기서 봐요……."

안심이 되지 않았다. 문득 여우 생각이 났다. 길들여진 사람은 울 각오를 해야 한다.

26

우물 옆에 무너진 돌담이 있었다. 다음 날 저녁, 일을 마치고 돌아오면서 보니 어린 왕자가 그 위에 앉아 다리를 늘어뜨리고 있었다. 이렇게 말하는 소리가 들렸다.

"기억하지 못하는구나. 여기가 아니야."

누군가에게 대답하는 게 틀림없었다.

"그래! 바로 오늘이야. 하지만 여기가 아니야."

나는 담 쪽으로 걸어갔다. 아무것도 보이지 않고, 들리는 소리도 없는데 어린 왕자는 여전히 대꾸하고 있었다.

"……물론이지. 내 발자국이 어디에서 시작되는지 봐 둬. 거기에서 날 기다리면 돼. 오늘 밤 그리로 갈게."

나는 담에서 20미터쯤 떨어진 거리에 있었지만 눈에 띄는 건 없었다.

"좋은 독을 가지고 있는 거지? 나를 오랫동안 아프게 하지 않을 자신이 있지?"

나는 우뚝 멈춰 섰다. 가슴이 찢어지는 것 같았다.

"자, 이제 가 봐. 담에서 내려갈 거야."

나는 담 밑을 내려다보다가 기겁을 했다. 노란 뱀 한 마리가 어린 왕자를 향해 머리를 쳐들고 있었던 것이다. 권총을 꺼내려고 주머니를 마구 뒤적였다. 내 기척에 뱀은 모래 속으로 스르르 미끄러져 들어가더니 교묘히 몸을 감추었다. 나는 담 밑으로 가서 하얗게 질린 어린 왕자를 품에 받아 안았다.

"도대체 무슨 짓이야? 왜 뱀과 이야기를 하고 있는 거지?"

나는 그가 늘 목에 두르고 있던 금빛 머플러를 느슨하게 하고 물을 마시게 했다. 하지만 무얼 물어볼 엄두는 나지 않았다. 어린 왕자는 나를 쳐다보다가 내 목을 끌어안았다. 총에 맞아 죽어 가는 새처럼 그의 심장이 뛰는 게 느껴졌다.

"아저씨의 엔진 문제를 해결하게 돼서 기뻐요. 이젠 집에 돌아갈 수 있겠네요……."

"어떻게 알았지?"

가망이 없어 보이던 것을 고치는 데 성공했다고 그에게 막 알리려던 참이었다.

"저도 오늘 집으로 돌아가려고 해요……. 훨씬 더 멀고 …… 더 힘들겠지만……."

뭔가 심상치 않은 일이 일어나고 있었다. 나는 어린 왕자를 품 안에 꼭 껴안았다. 그러는 사이에도 그가 깊은 심연 속으로 빠져들어 가고 있는 것만 같았다.

"나한테는 아저씨가 준 양이 있구요. 양이 살 수 있는 상자도 있고, 입마개도 있고……."

어린 왕자가 쓸쓸히 미소 지었다.

나는 오래 기다렸다. 그의 몸이 차츰 따뜻해지는 것을 느낄 수 있었다.

"두려워하고 있구나······."

어린 왕자는 겁을 내고 있으면서도 부드럽게 웃었다.

"오늘 밤에는 두려움이 더할 거예요."

돌이킬 수 없는 어떤 일이 일어나고 있다는 생각에 눈앞이 아찔했다. 그 웃음소리를 다시 듣지 못한다면 견딜 수 없을 것 같았다. 어린 왕자의 웃음은 내게 사막의 우물 같은 것이었다.

"오늘 밤이면 꼭 1년이 돼요······. 작년에 내가 지구에 떨어진 곳 바로 위에 내 별이 있을 거예요······."

"뱀이니 만날 장소니 별이니 하는 이야기는 모두 터무니없는 얘기지, 그렇지······."

"중요한 건 눈에 보이지 않아요······."

"그래······."

"꽃도 마찬가지예요. 아저씨가 어떤 별에 있는 꽃 한 송이를 사랑한다면 밤에 하늘을 올려다보는 일이 무척 즐거울 거예요. 모든 별에 꽃이 피어 있을 테니까······. 물도 그래요. 아저씨가 나에게 준 물은 도르래랑 밧줄 때문에 마치 음악 같았어요. 물맛이 참 좋았지요."

"그래······."

"아저씨는 밤에 별들을 바라보겠죠. 내 별은 너무 작아서 어디 있는지 가리킬 수가 없어요. 그 편이 더 나을지도 몰라요. 아저씨한테는 여러 별들 중의 하나가 곧 내 별이 될 테니까요. 그럼 아저씬 하늘에 있는 어느 별이든 바라보는 게 즐거워질 거예요······. 그 별들이 다 아저씨의 친구가 되는 거예요. 아저씨한테 선물을 하나 할게요······."

어린 왕자가 웃었다.

"난 네 웃음소리면 돼."

"그게 바로 제 선물이에요······. 우리가 우물의 물을 마신 것처럼 말이에요."

"그게 무슨 말이지?"

"사람마다 별은 다른 의미를 갖죠. 여행하는 사람에겐 별이 길잡이가 되지만, 어떤 사람에겐 그저 조그만 빛에 불과하죠. 하지만 그런 별들은 모두 말이 없어요. 오직 아저씨만이 어느 누구도 갖지 못한 별을 가지게 될 거예요. 아저씨가 밤에 하늘을 바라보면 내가 그 별들 중 하나에 살고 있고, 거기에서 웃고 있을 테니까요. 아저씨에게는 모든 별들이 웃고 있는 것처럼 보일 거예요."

어린 왕자는 다시 웃었다.

"아저씨의 슬픔이 가라앉고 나면 나를 알게 된 걸 행복하게 생각할 수 있게 될 거예요. 아저씬 나와 함께 웃고 싶어지면 이따금 창문을 열겠지요. 아저씨가 하늘을 바라보며 웃는 걸 보고 아저씨의 친구들은 놀랄지도 몰라요. '별을 보면 웃고 싶어져!' 아저씨가 그렇게 말하면 친구들은 아저씨가 미쳤나 보다 하고 생각하겠죠. 난 그럼 아저씨에게 못할 짓을 한 셈이 되는 거네요……. 별 대신 웃을 줄 아는 조그만 방울들을 내가 아저씨에게 잔뜩 준 셈이 되겠네요……."

어린 왕자는 또다시 웃더니 곧 심각한 표정이 되었다.

"오늘 밤엔 …… 오면 안 돼요."

"네 곁을 떠나지 않을 거야."

"난 괴로워 보일 거예요. 죽는 것처럼 보일지 몰라요. 그런 모습을 보러 오지 마세요. 헛수고일 뿐이에요."

"난 네 곁을 떠나지 않겠어."

"이런 말을 하는 건 …… 뱀 때문이에요. 뱀은 …… 사나워서 장난삼아 아저씨를 물지도 몰라요……."

"그래도 네 곁을 떠나지 않을 거야."

어린 왕자는 그러다 무슨 생각에서인지 안심하는 것처럼 보였다.

"뱀이 두 번째 물 때는 독이 없다고 했어요."

그날 밤 나는 어린 왕자가 떠나는 것을 보지 못했다. 그는 기척 없이 사라졌다. 내가 겨우 뒤쫓아 갔을 때 그는 잰걸음으로 단호히 걷고 있었다.

"아! 아저씨군요……."

어린 왕자는 내 손을 잡았다. 그는 걱정하고 있었다.

"오지 않았으면 좋았을 텐데. 내가 죽는 것처럼 보여서 괴로울 텐데. 정말로 죽는 건 아닌데……."

나는 아무 말도 하지 않았다.

"아시겠지만 …… 내 별은 너무 먼 곳에 있어서 거기까지 내 몸을 끌고 갈 수가 없어요. 무거워서요. 내 몸은 버려진 낡은 조개껍데기 같을 거예요. 조개껍데기를 보고 슬퍼할 이유는 없는 거죠."

나는 아무 말도 하지 않았다. 어린 왕자는 낙담한 것 같았다. 그는 다시금 기운을 내려고 했다.

"나도 별들을 볼 거예요. 모든 별이 녹슨 도르래가 있는 우물로 보이겠죠. 별들이 저한테 마실 물을 부어 줄 거예요……. 재미있겠죠! 아저씨는 5억 개의 조그만 방울들을, 나는 5억 개의 시원한 샘을 가지게 됐으니까……."

나는 아무 말도 하지 않았다. 어린 왕자 역시 아무 말이 없었다. 그는 울고 있었다…….

"자, 이젠 혼자 가게 해 주세요."

그는 자리에 주저앉았다. 겁이 났던 것이다.

"내 꽃……. 나는 그 꽃을 책임져야 해요. 그 꽃은 너무 약하거든요! 너무 순진하구요! 별것도 아닌 가시 네 개로 자신을 지키고 있어요……."

나 역시 앉았다. 더 이상 서 있을 수가 없었다.

"자 …… 이제 더 이상 할 말이 없어요……."

어린 왕자는 조금 망설이더니 일어서 한 발짝 걸음을 내디뎠다. 나는 꼼짝도 하지 못하고 있었다. 잠시 후 그의 발목 근처에서 노란빛이 반짝하는 것을 보았다. 그는 한순간 그대로 서 있다가 나무가 쓰러지는 것처럼 조용히 쓰러졌다. 아무 소리도 들리지 않았다.

27

그로부터 6년이 지나는 동안 나는 이 이야기를 한 번도 한 적이 없다.

이제는 내 슬픔도 조금 가라앉았다. 나는 어린 왕자가 그의 별로 돌아갔다는 걸 알고 있다. 다음 날 날이 밝았을 때 그의 몸을 찾을 수 없었던 것이다……. 밤이 되면 나는 별들에게 귀를 기울인다. 그것들은 마치 5억 개의 조그만 방울들 같다…….

한 가지 걱정이 있기는 하다……. 어린 왕자에게 그려 준 입마개에 가죽 끈 붙이는 걸 잊어버렸던 것이다. 끈 없이 양에게 입마개를 씌울 수는 없을 것이다. 그의 별에서 무슨 일이 일어나고 있는 건 아닐까?

'그렇지 않을 거야! 어린 왕자는 매일 밤 유리 덮개로 꽃을 잘 덮어 주고, 양도 잘 지키고 있겠지……' 이렇게 생각하면 나는 행복해진다. 그러면 모든 별들이 부드럽게 웃는다.

'하지만 방심하면 끝장인데! 유리 덮개 씌우는 걸 잊었거나 밤중에 양이 밖으로 나온다면……' 이런 생각에 사로잡히면 조그만 방울들은 모두 눈물로 변해 버린다…….

그러니 이건 정말 커다란 수수께끼다. 내가 본 적도 없는 양 한 마리가 꽃을 먹었느냐 먹지 않았느냐에 따라 세상 모든 게 달라지는 것이다.

하늘을 바라보라. 자신에게 물어보라. 양이 그 꽃을 먹었을까 먹지 않았을까? 그 대답에 따라 모든 게 달라지는 것이다. 어른들은 이것이 얼마나 중요한 문제인지 이해하지 못한다.

이것이 나에게는 세상에서 가장 아름답고도 슬픈 풍경이다. 어린 왕자가 나타났다가 사라진 곳이 바로 여기다.

이 그림을 찬찬히 보아 두었다가 언제고 아프리카 사막을 여행할 때, 이와 똑같은 풍경을 알아볼 수 있기를 바란다. 혹시 이곳을 지나게 되면 별빛 아래에서 잠시 기다려 보기를! 그때 만약 머리칼이 금빛이고 묻는 말에 대답을 하지 않는 어린아이가 나타나 웃으면 여러분은 그가 누구인지 금방 알아볼 수 있을 것이다. 그러면 그 애가 돌아왔다는 말을 나에게 꼭 전해 주기를. *

🌿 목걸이

✏️ 작가와 작품 세계

기 드 모파상(Guy de Maupassant, 1850~1893)

프랑스의 소설가. 13세 때 신학교로 보내졌으나 고의로 교칙을 위반해 퇴학당하고, 1869년 파리에서 법률을 공부하던 중에 독일과의 전쟁이 벌어지자 자원입대했다. 1871년 제대 후 법률 공부를 마치고 해군부, 공공 교육부 등의 관료 사회에 진출했다. 플로베르는 모파상에게 있어 문학적인 스승이자 아버지 같은 존재였다. 모파상의 습작을 보아주고 에밀 졸라, 이반 투르게네프 같은 당대의 일류 작가들에게 그를 소개시켜 주었던 것이다. 1880년 모파상은 「비곗덩어리」를 『메당의 저녁』이라는 동인집에 발표해 플로베르를 계승하면서도 절제와 균형의 미학을 가진 새로운 단편의 세계를 열어 보였다. 이 작품으로 그는 수많은 원고 청탁을 받았고, 집필에 전념하게 된다. 1880년부터 1890년까지 그는 300편에 달하는 단편 소설과 6편의 장편 소설을 발표했다.

　모파상의 단편들은 프랑스와 독일의 전쟁, 그가 속했던 관료 사회와 노르망디 농민들, 센 강 주변의 생활 등을 소재로 삼았다. 후기에는 「오를라」처럼 불길하고 환상적인 분위기를 다룬 작품을 발표하기도 했다. 그의 작품은 간결하고 정확한 사실적 묘사로 인간의 어리석음과 비참함을 그려 내 프랑스 자연주의 문학에 새로운 활기를 불어넣었다는 평가를 받는다.

✏️ 작품 정리

갈래 : 단편 소설, 자연주의 소설
성격 : 교훈적, 비판적
배경 : 시간 - 19세기 말 / 공간 - 프랑스 파리
시점 : 3인칭 전지적 작가 시점
주제 : 인간의 어리석은 욕망과 허영심이 초래한 비극

✍ 구성과 줄거리

발단 아름답지만 가난했던 르와젤 부인은 교육청의 하급 관리와 결혼함

아름답고 매력적인 용모를 가진 마틸다 르와젤은 운명의 장난으로 가난한 집에 태어났다고 생각하는 허영심 많은 처녀. 그녀는 지참금도 없고 유산도 없었기 때문에 교육청의 하급 공무원과 결혼한다.

전개 무도회 초대를 받은 르와젤 부인은 부유한 친구에게 목걸이를 빌림

어느 날 남편은 교육청 장관의 무도회 초대장을 가지고 온다. 르와젤 부인은 남편의 비상금을 털어 드레스를 사고 친구에게 다이아몬드 목걸이까지 빌려 파티에 참석한다. 그녀는 사람들의 주목을 받으며 즐거운 시간을 보내지만 목걸이를 잃어버리고 만다.

절정 부부는 목걸이를 사서 돌려준 후 빚에 허덕임

부부는 전 재산을 처분하고 돈을 빌려 똑같은 목걸이를 산 후 르와젤 부인의 친구에게 돌려준다. 10년 동안 궁핍한 생활을 한 부부는 돈을 모아 마침내 빚을 다 갚는다.

결말 우연히 만난 친구는 르와젤 부인에게 목걸이가 가짜였음을 말해 줌

르와젤 부인은 어느 날 거리를 산책하던 중 목걸이를 빌려 주었던 친구를 만난다. 그녀는 목걸이 때문에 고생한 이야기를 하다가 그때 자신이 빌린 목걸이가 가짜였음을 알게 된다.

✍ 생각해 볼 문제

1. 르와젤 부인과 그녀의 남편, 포레스티에 부인의 성격은 각각 어떠한가?

르와젤 부인은 자신이 모든 사치와 향락을 누릴 수 있는 권리를 타고났다고 생각할 만큼 허영심과 과시욕이 많다. 그녀는 가난한 하급 관리의 아내임에 만족하지 못하고 현실에 대해 강한 불만을 가진다. 이것은 결국 자신을 파멸로 이끄는 계기가 된다. 반면 그녀의 남편은 현실에 만족하며 살아간다. 남편은 아내가 목걸이를 잃어버렸을 때도 대처 방법을 찾고, 돈을 갚기 위해 퇴근 후에도 일을 하는 등 현실적인 모습을 보여 준다. 포레스티에 부인은 친구에게 보석을 빌려 줄 만큼 너그럽고 여유 있는 성품을 가졌으나 빌려 준 목걸이를 자세히 살펴보지 않는 무심한 성격 탓에 르와젤 일가의 비극을 불러오는 데 일조한다.

2. 이 작품의 제목인 '목걸이'는 무엇을 상징하는가?

르와젤 부인은 남편이 애써 장만해 준 드레스를 보고도 부족함을 느껴 친구에게 목걸이를 빌린다. 무도회에서 자신을 과시하고 싶은 허영심 때문에 그녀와 남편은 긴 세월 동안 빚을 갚느라 온갖 고생을 한다. 하지만 10년 전의 목걸이가 가짜였다는 결말은 자못 의미심장하다. 처음부터 가짜였던 잃어버린 목걸이, 그리고 목걸이값을 마련하느라 보낸 10년이라는 시간은 그녀의 허영심에 대한 대가일지도 모른다.

3. 자연주의 소설의 특징은 무엇인가?

자연주의 소설은 과학적이고 객관적인 태도로 마치 과학자가 대상을 관찰하듯이 인간을 분석하고 서술한다. 자연주의는 19세기 중엽 이후 사실주의의 영향 아래 형성된 문예 사조로, 인간의 운명과 성격은 유전이나 환경에 의해 결정된다는 주장을 담고 있다. 자연주의 소설 속의 인물들은 주로 탐욕스럽거나 야수성을 띠고 있으며, 내부적 혹은 외부적인 압력에 따라 비극으로 치달으며 사회의 모순된 현실을 고발하려는 모습을 보인다. 에밀 졸라, 발자크 등이 자연주의 소설을 썼다.

목걸이

　그녀는 예쁘고 매력적인 아가씨였으나 운명의 장난으로 월급쟁이 집안에서 태어났다. 그녀에게는 지참금도 희망도 없었으며 돈 많은 남자의 눈에 띄어 사랑을 하고 결혼할 가능성도 없었다. 그래서 그녀는 교육청의 하급 공무원과 결혼할 수밖에 없었다.

　그녀는 몸치장을 할 여유가 없었기 때문에 항상 검소한 차림을 했으나 신분에 맞지 않는 결혼을 한 여느 여인처럼 불행했다. 왜냐하면 여자에게는 계급이라든가 혈통, 가문보다 그녀들의 아름다움이라든가 우아함, 그리고 매력 같은 것이 더 도움이 되기 때문이다. 타고난 섬세함과 본능적인 우아함, 부드러운 재치가 있다면 서민의 딸이라도 고귀한 부인과 동등한 대우를 받을 수 있었다.

　그녀는 자신이 세상의 모든 고상하고 호화스러운 것 속에서 살아야 할 운명을 타고났다고 생각했기 때문에 더러운 벽, 낡은 의자, 바랜 커튼처럼 가난에 찌들어 있는 지금 자신의 집을 견딜 수가 없었다. 그녀와 같은 입장에 있는 다른 여자라면 생각지도 못할 그런 모든 일이 그녀를 괴롭혔고 그녀의 비위를 건드렸다. 자기 집의 초라한 살림살이를 돌보는 브르타뉴 출신의 어린 식모를 볼 때마다 그녀의 마음속에서는 절망적인 후회와 잃어버린 꿈이 되살아났다. 그녀는 동양적인 도배지를 바른 조용한 응접실에 밝힌 높은 청동 촛대를 상상했고, 난로의 훈훈한 온기 때문에 큰 안락의자에서 잠이 든, 짧은 바지를 입은 덩치가 큰 하인들도 상상했다. 고풍스러운 비단을 드리운 커다란 응접실, 귀중한 골동품이 놓인 우아한 가구, 모든 여자가 부러워하고 동경하는 저명한 남성들과 오후 다섯 시에 대화를 나눌 수 있는 향수가 뿌려진 귀여운 방들도 떠올려 보았다.

　사흘 동안 식탁을 덮고 있는 식탁보 위에 저녁 밥상을 차려 놓고 "아! 맛있는 수프로군! 이것보다 더 맛있는 것은 없어."라고 기쁘게 말하면서 수프 그릇의 뚜껑을 여는 남편과 마주 앉아 그녀는 고상한 만찬 요리며 빛나는 은식기며 요정의 숲 속에서 노니는 고대인과 진귀한 새가 수놓아진 융단의 벽을 꿈꾸었다.

그녀는 옷이나 보석이 아무것도 없었다. 하지만 그녀는 바로 이런 것들을 좋아했다. 그녀는 옷과 보석들 때문에 자기가 이 세상에 태어났다고 믿고 있었다. 그만큼 그녀는 선망의 대상이 되어 다른 사람을 매혹시키고 총애를 받고 구애받기를 간절히 원했다.

그녀에게는 잘사는 친구가 하나 있었다. 수녀원에서 운영하는 학교를 다니던 시절의 친구였는데 이제는 그 친구를 만나는 일이 꺼려지고 싫었다. 그 친구를 만나고 집으로 돌아오면 으레 며칠 동안 슬픔과 후회와 절망과 비애로 울면서 격심한 고통을 느꼈기 때문이었다.

어느 날 저녁, 남편은 손에 커다란 봉투를 들고 의기양양하게 집으로 돌아와 말했다.

"이봐, 이거 당신 거야."

그녀는 재빨리 봉투를 찢어 인쇄된 카드를 꺼냈다.

교육청 장관 조르주 랑포노 부부는 1월 18일 월요일 저녁, 공관에서 열리는 야회에 르와젤 부부를 초대합니다.

그녀는 남편이 예상한 것과는 달리 기뻐하기는커녕 초대장을 테이블 위에 던지면서 중얼거렸다.

"이걸 어떻게 하란 말이에요?"

"아니 여보, 난 당신이 좋아할 줄 알았는데. 당신은 변변히 외출도 못하는데 좋은 기회가 아니겠소. 아주 좋은 기회지. 이걸 얻느라 얼마나 애를 썼는데. 초대 받기를 원하는 사람이 많아서 우리 같은 직원들에게는 얼마 배당되지도 않는 거라고. 고위층들은 전부 모일 거고 말이오."

그녀는 초라한 눈초리로 그를 보고 있다가 참지 못하고 이렇게 외쳤다.

"거기에 뭘 입고 가란 말이에요?"

남편은 미처 그 생각은 못했다. 그래서 그는 말을 더듬거리며 이렇게 말했다.

"왜 극장에 입고 갔던 옷 있지 않소. 참 잘 어울리던데, 내 보기에는……."

그는 아내의 우는 모습을 보고 어이가 없고 당황해 입을 다물었다. 구슬 같은 눈물이 두 눈 끝에서 양쪽 입 언저리로 천천히 흘러내렸다. 그는 더듬거리며 말했다.

"뭐가 문제인 거요? 응, 뭐가 문제인데."

그녀는 괴로움을 누르고 젖은 두 볼을 닦으며 침착한 목소리로 조용하게 대답했다.

"아무것도 아니에요. 다만 옷이 없어서 거기에 못 가요. 당신 친구 중에 부인이 나보다 좀 나은 옷을 걸칠 수 있는 사람한테나 초대장을 주세요."

그는 실망하며 말했다.

"여보, 마틸다. 다른 때에도 입을 수 있는 적당한 옷을 마련하려면 얼마나 들겠소? 아주 수수한 것으로 말이야."

그녀는 잠시 생각했다. 검소한 월급쟁이 남편이 놀라지 않을 만큼의 적당한 가격을 속으로 계산한 다음 거절하지 않고 들어줄 수 있는 금액과 드레스의 가격을 어림잡아 보았다.

마침내 그녀는 머뭇거리며 대답했다.

"정확히는 모르겠지만, 400프랑 정도 있으면 어떻게 될 것 같아요."

남편의 안색이 변했다. 그는 오는 여름에 엽총을 산 뒤 사냥을 다니는 친구들과 낭테르 벌판으로 사냥을 가려고, 꼭 그만큼의 돈을 저축해 두었기 때문이다.

그래도 그는 대답했다.

"좋아. 400프랑 주리다. 되도록 예쁜 것으로 장만해요."

무도회 날이 가까워졌다. 그런데 르와젤 부인은 슬프고 불안한 데다 초조해 보이기까지 했다. 드레스가 준비되었는데도 말이다.

어느 날 저녁, 남편이 그녀에게 물었다.

"왜 그러는 거지? 사흘 전부터 당신 참 이상해."

그녀가 대답했다.

"장신구가 없어서 걱정이에요. 몸에 지닐 것이라곤 하나도 없어요. 내가 초라해 보일 거예요. 연회에 안 가는 편이 더 낫겠어요."

"생화를 달고 가는 건 어떨까. 요즘 같은 계절에 꽃을 꽂으면 보기 좋을 텐데. 10프랑이면 훌륭한 장미꽃을 두서너 개 살 수 있을 거야."

그녀는 전혀 말을 듣지 않았다.

"아녜요…… 돈 많은 여자들 틈에서 초라한 모습을 하고 있는 것처럼 창피한 일이 또 어디 있겠어요."

그러자 남편이 외쳤다.

"당신 참 바보군! 포레스티에라는 당신 친구를 찾아가서 보석을 좀 빌려 달라고 부탁하면 되지 않소. 그런 부탁을 할 만큼은 친한 처지 아닌가?"

그녀는 기뻐하며 소리를 질렀다.

"그러게요. 그 생각을 못했네요."

이튿날 그녀는 친구 집에 가서 자신의 걱정거리를 말했다.

포레스티에 부인은 거울이 달린 벽장으로 가서 큰 보석 상자를 꺼내 가지고 와서는 그것을 열고 르와젤 부인에게 말했다.

"골라 봐."

그녀는 먼저 반지를 보았다. 다음에는 진주 목걸이, 금과 보석으로 공을 들여 만든 베네치아 십자가를 보았다. 그녀는 거울 앞에서 장신구들을 한 번씩 달아 보고 머뭇거렸지만 어떤 것을 할지 마음을 정하지 못했다. 그래서 친구에게 이렇게 물었다.

"또 다른 건 없니?"

"있고말고. 찾아봐. 어떤 게 네 맘에 들지 모르겠구나."

문득 그녀는 검은 공단으로 만든 상자 속에서 훌륭한 다이아몬드 목걸이를 발견했다. 그녀의 마음은 참을 수 없는 욕망으로 뛰기 시작했다. 그것을 쥐고 있는 손이 떨리기까지 했다. 그녀는 그것을 목에 걸어 보았다. 그리고 거울 속에서 황홀경에 빠져 있는 자신의 모습을 보았다. 그러고는 주저하면서 불안한 목소리로 물었다.

"이걸 빌려 줄 수 있겠니, 이것만?"

"그럼, 물론이지."

그녀는 감격해서 친구의 목에 매달려 키스하고 그 다이아몬드를 가지고 도망치듯이 돌아왔다.

무도회 날이 다가왔다. 르와젤 부인은 큰 인기를 끌었다. 그녀는 누구보다도 아름답고 우아하고 상냥했다. 그녀는 미소를 머금은 얼굴로 기뻐서 미칠 지경인 마음을 다스려야 했다. 모든 남자가 그녀의 이름을 물었고 소개받고 싶어 했다. 내각의 관리들은 모두들 그녀와 왈츠를 추고 싶어 했다. 교육청 장관도 그녀를 주의 깊게 바라보았다.

그녀는 쾌락의 기쁨에 도취되었고 자신의 아름다움이 거둔 승리, 그 성공의 영광, 자신에게 향하는 남성들의 온갖 존경과 찬미, 욕망과 여자의 마음에 찾아든 상쾌하고도 달콤한 승리와 행복한 구름 속에서 아무 생각도 할 수가 없었다.

그녀는 새벽 네 시가 다 되어서야 집으로 갈 준비를 했다. 남편은 다른 세 남자와 함께 자정부터 작은 객실에서 반쯤 잠들어 있었고, 아내들은 유쾌하게 놀고 있었던 것이다.

남편은 아내의 어깨에 돌아갈 때를 위해 가지고 왔던 옷을 걸쳐 주었다. 검소한 평상복이었는데, 그 초라한 행색이 우아한 무도회의 드레스와는 대조적이었다. 그녀는 초라함을 느끼고, 호화로운 털옷을 휘감은 다른 부인들에게 들키지 않으려고 서둘러 달아나려고 했다.

남편이 아내를 붙잡았다.

"이대로 밖에 나가면 감기 들겠소. 내가 마차를 불러 올 테니 기다려요."

그러나 그녀는 남편의 말을 듣지도 않고 층계로 빨리 내려갔다. 그들이 거리에 나왔을 때 마차는 보이지 않았다. 그래서 멀리 지나가는 마차를 큰 소리로 부르면서 걷기 시작했다.

그들은 추위에 떨면서 센 강 쪽으로 내려갔다. 드디어 강가에서 낡은 야간 이인승 마차를 잡았다. 그들이 탄 마차는 파리에서는 밤이 아니면 볼 수 없었다. 마치 낮에는 그 초라한 모습이 부끄럽다는 듯이 말이다.

마차는 그들을 마티르 가의 집 앞까지 데려다 주었다. 그들은 서글픈 심정으로 계단을 올라갔다. 그녀의 일은 이제 끝났고 남편은 열 시까지 다시 직장에 가야 했다.

그녀는 자신의 빛나는 모습을 마지막으로 보려고 어깨에 둘렀던 옷을 벗고 거울 앞에 섰다. 그녀는 갑자기 소리를 질렀다. 목에 걸었던 목걸이가 보이지 않았던 것이다.

옷을 반쯤 벗은 남편이 물었다.

"무슨 일이오?"

그녀는 남편을 휙 돌아다보았다.

"포레스티에의 목걸이 …… 그 목걸이 …… 그게 없어요."

그는 벌떡 일어났다.

"뭐라고? ……어떻게 그런 일이? 그럴 리가 있나."

그들은 드레스의 주름 속과 호주머니 속 등을 뒤졌으나 어디에도 목걸이는 없었다.

남편이 물었다.

"무도회에서 나올 때는 분명히 있었소?"

"그럼요, 공관의 복도에서 그것을 만져 보았는걸요."

"거리에서 떨어뜨렸다면 떨어지는 소리가 들렸을 텐데. 아마 마차 속에 있을 거야."

"네, 그런 거 같아요. 마차 번호를 봤어요?"

"아니, 당신은? 당신도 못 봤어?"

"못 봤어요."

그들은 기가 막혀 얼굴을 마주 쳐다보았다.

"혹 떨어졌을지도 모르니 우리가 온 길을 다시 되짚어 보도록 할게."

남편은 옷을 다시 입고 밖으로 나갔다. 그녀는 누울 기력도 없어 드레스를 입은 채 의자 위에 쓰러졌다. 그러고는 온기도 없는 방에서 아무 생각 없이 앉아 있었다.

남편은 일곱 시경에 돌아왔다. 그는 아무것도 찾지 못했다.

그는 경시청과 신문사에 가서 현상금을 걸고 왔다. 소형 마차 조합에도 가 보았다. 희망이 있는 일이라면 무엇이든지 다 했다.

이 끔찍한 사태 속에서 그녀는 질겁한 채 막연히 기다렸다. 남편은 저녁 때, 주름 잡히고 창백한 얼굴로 돌아왔다.

"당신 친구한테 편지를 써요. 목걸이의 고리가 망가져서 고치러 보냈다고 말이오. 그러면 숨 돌릴 시간이 좀 있을 테니."

그녀는 남편이 부르는 대로 편지를 썼다.

주말이 되자 그들은 모든 것을 포기했다. 5년은 더 늙어 버린 것 같은 남편이 말했다.

"보석을 대신할 방도를 생각해야겠어."

이튿날 그들은 목걸이가 들었던 상자를 들고 상자 속에 상호가 적혀 있는 보석상으로 갔다. 보석상 주인은 장부를 조사했다.

"우리는 그 목걸이를 팔지 않았습니다. 아무래도 상자만 판 것 같습니다."

그래서 그들은 이 보석상에서 저 보석상으로 다니며 목걸이를 구하러 다녔다. 그들은 후회와 불안감 때문에 병이 날 지경이었다.

그들은 팔레 루아얄 가의 어떤 상점에서 찾고 있는 것과 꼭 같은 다이아몬드 목걸이를 찾았다. 4만 프랑짜리였으나 3만 6,000프랑이면 살 수 있었다.

그들은 보석상에게 3일만 남에게 팔지 말라고 부탁했다. 그리고 만약 2월 말까지 잃어버린 물건을 찾으면 3만 4,000프랑으로 물러 준다는 조건을 붙였다.

남편은 자신의 아버지가 남겨 준 1만 8,000프랑을 가지고 있었다. 나머지는 다른 곳에서 빌렸다.

그는 한 사람에게서 1,000프랑, 다른 사람에게서 500프랑, 여기서 5루이(프랑스 혁명 이전에 쓰이던 화폐 종류), 저기서 3루이 하는 식으로 돈을 꾸었다. 그는 차용증을 썼고 파멸할지도 모르는 계약을 맺었고, 고리대금 업자를 비롯한 모든 돈 빌리는 사람과 관계를 맺었다. 그는 모든 인생을 내던졌다. 갚을 수 있을지 없을지도 모르면서 서명했다. 미래에 대한 불안과 자신에게 닥친 암울한 불행, 앞으로 겪어야 할 모든 신체적인 부자유, 정신적인 고통 등에 시달리며 그는 새 목걸이를 가지러 가서 3만 6,000프랑을 보석상의 카운터에 늘어놓았다.

르와젤 부인이 포레스티에 부인에게 새로 산 목걸이를 가지고 갔을 때, 포레스티에 부인은 좀 냉정하게 말했다.

"좀 일찍 돌려주었어야지. 내가 필요했을지도 모르지 않니."

르와젤 부인은 보석 상자를 열까 봐 두려웠지만 친구는 상자를 열어 보지 않았다. 만약 바꿔치기했다는 것을 알면 어떻게 생각할까, 뭐라고 말을 할까, 자기를 도둑이라고 생각하지는 않을까?

르와젤 부인은 이제 가난이라는 것이 무엇인지 알게 되었다. 그러나 그녀는 자신의 역할을 영웅적으로 실천에 옮겼다. 자신들이 진 무서운 빚을 갚아야만 했고, 반드시 갚고 말리라 다짐했다. 식모도 내보내고 집을 옮겨 지붕 밑의 골방을 하나 빌렸다.

그녀는 살림살이의 막일과 끔찍히 싫어했던 부엌일을 배웠다. 기름 낀 그릇과 냄비 바닥 등을 닦느라 장미빛 손톱을 다쳐 가면서도 접시를 닦았다. 더러운 속옷과 셔츠, 행주를 빨았고 그것들을 빨랫줄에 널어 말렸다. 또 매일 아침 쓰레기를 들고 나가 버렸고 매 층마다 쉬어 가며 물을 길어 올렸다. 가난한 여인 차림으로 팔에는 바구니를 걸치고 과일 가게, 반찬 가게, 푸줏간 등에 가, 한 푼이라도 아끼려고 값을 깎아 가며 아귀다툼을 했다. 매달 어음의 일부를 갱신해서 기일을 연기 받고 몇몇 어음은 갚아 나갔다. 남편은 저녁에는 장사꾼의 장부를 정리했고, 밤에는 한 페이지에 5수우를 받고 가끔 필사를 했다.

이러한 생활이 10년 동안 계속되었다.

그들은 10년이 지나서야 모든 빚을 갚았다. 고리 대금업자에게 빌린 돈의 이자와 함께 쌓였던 이자를 포함해 전부 다 갚았다.

이제 르와젤 부인은 늙어 보였다. 그녀는 가난한 가정의 억세고 무뚝뚝하고 거친 마누라가 되어 버렸다. 머리도 제대로 안 빗었고 치마는 구겨졌으며 손은 발갛게 거칠어졌다. 큰 소리로 이야기했고 큰 양동이에 물을 담아 마룻바닥을 닦는 여자가 되었다. 그러나 남편이 사무실에 가고 없을 때면 그녀는 창문 앞에 앉아 옛날의 그 무도회, 자신이 그토록 아름답고 매력적이었던 그 무도회에 대해 생각했다.

그 목걸이만 잃어버리지 않았다면 어떻게 되었을까? 그걸 누가, 대체 누가 알 수가 있겠는가? 인생이란 그 얼마나 이상야릇하고 무상한 일인가? 사소한 일로 파멸하기도 하고 되살아나기도 하니 말이다.

어느 일요일, 그녀는 한 주일 동안의 피로를 풀기 위해 샹젤리제 거리를 산책했다. 그때 르와젤 부인은 뜻밖에도 어린이와 함께 걷는 한 여자를 보았다. 포레스티에 부인이었다. 그녀는 여전히 젊고 아름답고 매력적이었다. 르와젤 부인은 감개무량했다. 그녀에게 말을 걸어 볼까? 물론이지. 빚을 다 갚고 난 지금, 모든 이야기를 그녀에게 하리라. 말해서 안 될 이유가 없지 않은가?

그녀는 포레스티에 부인에게 다가갔다.

"잘 있었니, 잔느?"

포레스티에 부인은 그녀를 전혀 알아보지 못한 데다 행색이 초라한 여자가 자신을 그처럼 정답게 부르는 데에 깜짝 놀랐다. 그래서 말을 더듬거렸다.

"부인, 저는 당신을 모르겠어요. 아마 잘못 보신 게죠?"

"아니, 난 마틸다 르와젤이야."

친구는 소리를 질렀다.

"오……! 가엾게도 마틸다. 너 참 많이 변했구나……!"

"그래, 고생을 많이 했단다. 너하고 헤어지고 나서 말이야. 엄청난 불행이었어……. 이 모든 것은 다 너 때문이야!"

"나 때문이라니……. 그건 왜?"

"내가 장관의 무도회에 가려고 네 다이아몬드 목걸이를 빌렸던 일 기억하지?"

"그래. 그런데?"

"그런데 나는 그것을 잃어버렸지 뭐니."

"뭐? 너 나한테 돌려주었잖아?"

"똑같은 목걸이를 돌려준 거야. 그래서 우리는 그 빚을 갚느라 10년이 걸렸어. 너도 알겠지만 가진 게 없었던 우리는 빚을 갚는 일이 쉽지 않았어. 하지만 이제 다 갚아서 마음이 놓여."

포레스티에 부인은 걸음을 멈추고 물었다.

"마틸다, 내 목걸이를 돌려주려고 다이아몬드 목걸이를 샀다는 거지?"

"그래, 너는 몰랐겠지. 그렇지? 정말로 똑같은 것이었거든."

그녀는 자랑스러움과 순진한 기쁨에 겨워 미소 지었다. 포레스티에 부인은 몹시 감동해서 그녀의 두 손을 꼭 쥐었다.

"오! 가엾은 마틸다! 내 것은 가짜였단다. 그건 기껏해야 500프랑밖에는 안 되는 거였는데!" *

 두 친구

작품 정리

작가 : 기 드 모파상(273쪽 '작가와 작품 세계' 참조)
갈래 : 단편 소설
성격 : 현실 비판적
배경 : 시간 – 1870년대 / 공간 – 프랑스 파리
시점 : 3인칭 전지적 작가 시점
주제 : 전쟁의 참상과 상황에 휩쓸리는 나약한 인간의 운명

구성과 줄거리

발단 보불 전쟁이 한창인 파리에서 모리소와 소바주가 만남

보불 전쟁(프로이센과 프랑스 사이의 전쟁)으로 파리는 포위되고 시민들은 피폐한 삶을 산다. 낚시라는 공통된 취미로 친구가 된 모리소와 소바주는 우연히 길에서 만나 술을 마시며 암울한 상황에 대해 토로한다. 둘은 즉흥적으로 낚시하러 가자고 뜻을 모은다.

전개 두 친구는 전투가 한창인 섬에서 낚시를 함

통행증을 발급 받은 두 친구는 전쟁 전에 항상 낚시하던 섬으로 들어간다. 프러시아 군인들을 만날까 봐 불안에 떨면서도 둘은 조심스레 낚시터에 도착한다. 그들은 강물에 낚싯대를 드리우면서 형용할 수 없는 기쁨을 되찾는다.

절정 프러시아 군인들에게 스파이 혐의로 잡혀가 심문을 당함

두 친구는 전쟁을 일으켜 파리 시민의 생활을 황폐하게 만든 프러시아 군인들에 대해 험담한다. 그때 두 친구 앞에 프러시아 군인이 나타난다. 둘은 체포되어 섬으로 이송된다. 프러시아 장교는 전쟁통에 낚시만 했을 리 없다며 둘을 스파이로 단정한다. 그리고 프랑스 초소의 암호를 대면 살려 주겠다고 둘을 협박한다.

결말 군인들은 두 친구를 총살하고 두 친구가 잡은 생선을 먹으려 함

어떤 변명도 허용되지 않는 기계적인 심문 끝에 둘은 총에 맞아 죽는다. 그들을 죽인 프러시아 군인들은 아무런 죄책감도 없이 두 친구가 잡아 놓은 생선을 요리해 먹을 궁리를 한다.

✏️ 생각해 볼 문제

1. 이 작품에서 두 친구의 죽음과 프러시아 군인들을 그린 작가의 시선은 어떠한가?

모파상은 이 작품에서 등장인물과 일정한 거리를 유지하면서 사건을 사실적으로 그리고 있다. 그 이유는 모든 판단을 독자에게 맡기고 전쟁의 비정함과 비극성을 부각하기 위해서다. 변명도 도피도 불가능한 상황을 꾸밈없이 담담하게 표현해 전쟁의 냉혹함을 인상 깊게 남겼다.

2. 전쟁이 한창인 섬에서 낚시를 하며 낭만적인 감회에 젖어 있던 두 친구의 행동을 어떻게 분석할 수 있는가?

전쟁이 가져온 생활의 황폐함과 고통을 비난한 두 친구의 견해는 온당하다. 그러나 화포가 무성한 섬에 들어가 낚시의 즐거움에 빠져 있는 행동은 어리석다. 두 친구는 자신들의 현실에 대해 다소 안이하고 좁은 시야를 가졌다고 할 수 있다.

3. 전쟁이 야기하는 폭력성이란 무엇인가?

사람들은 평범한 일상 속에서 작은 기쁨과 행복을 누리며 산다. 그러나 전쟁은 일상을 파괴해 사람들을 폭력적인 상황으로 몰아넣는다. 인간은 대수롭지 않은 이유 때문에 숱한 죽음에 처한다. 또 전쟁이라는 명목하에 인간에 대한 일체의 동정이나 연민도 고려되지 않는다. 전쟁 자체가 가진 폭력의 테두리 안에서는 어떠한 이유나 변명도 허용되지 않는 것이다.

두 친구

파리는 포위되었고 사람들은 굶주림에 허덕였다. 지붕 위의 참새도 드물었고 하수도 근처의 쥐들도 사라졌다. 사람들은 아무것이나 먹어 댔다.

정월의 어느 청명한 아침. 직업은 시계상이지만 집에서 한가로이 지내기를 좋아하는 모리소는 제복 바지 주머니에 두 손을 찌른 채 허기진 배를 안고 큰 외곽 도로를 따라 우울하게 거닐다가, 친구로 지내는 한 동료 앞에서 우뚝 걸음을 멈추었다. 그는 물가에서 알게 된 소바주였다.

전쟁 전에 모리소는 일요일이면 새벽부터 한 손에는 대나무로 만든 낚싯대를, 등에는 양철통을 메고 길을 떠나곤 했다. 그는 아르장퇴유(프랑스 지명) 행 기차를 타고 콜롱브에서 내려 마랑트 섬까지 걸어갔다. 그는 꿈의 장소인 그곳에 도착하면 곧바로 낚시질을 시작해 밤늦게까지 고기를 잡았다.

일요일마다 그는 거기에서 쾌활하면서도 뚱뚱하고 체구가 작은 남자, 소바주를 만나곤 했었는데, 그는 노트르담 드 로레트 거리에서 잡화상을 하는 또 하나의 광적인 낚시꾼이었다. 그들은 종종 손에는 낚싯줄을 드리우고, 흐르는 물 위로 발을 흔들면서 나란히 앉아 반나절을 보내곤 했다. 이렇게 그들은 서로 우의를 다지게 되었다.

어떤 날에는 서로 말을 하지 않기도 했다. 그들은 비슷한 취미와 같은 느낌을 가졌기 때문에 아무 말을 하지 않아도 놀랄 만큼 뜻이 맞았다.

봄날 아침 열 시 무렵이면 원기를 회복한 태양이 잔잔한 강에 옅은 수증기를 띄우고 열중해 있는 두 낚시꾼의 등에 새봄의 따뜻한 햇볕을 내리쬐었다. 모리소는 곁에 있는 사람에게 가끔 "어때요, 얼마나 따스합니까!" 하고 말을 건넸고, 소바주는 "이보다 더 좋은 것은 없을 거요." 하고 대답했다. 서로를 이해하고 믿기에는 이것으로 충분했다.

가을날 해 질 녘의 하늘은 저무는 태양 때문에 핏빛처럼 붉어져 강물을 온통 붉게 물들였고 두 친구를 붉게 비추었다. 겨울의 오한으로 살랑거리는 단풍나무가 금빛으로 물들어 갈 때면 소바주는 모리소를 바라보며 미소지으며 말했다.

"얼마나 아름다운 광경입니까?"

그러면 모리소도 감탄하여 낚시찌에서 눈을 떼지 않고 대답했다.

"큰 거리보다 훨씬 낫지요, 안 그래요?"

그들은 서로 알아보자마자 힘껏 악수를 했다. 너무도 다른 상황에서 만나 감격했던 것이다. 소바주는 한숨을 내쉬며 중얼거렸다.

"이게 무슨 일들인지!"

모리소도 매우 침울해하며 한탄했다.

"무슨 날씨가 이런지! 오늘은 올해 들어 처음으로 날씨가 좋군요."

아닌 게 아니라 하늘은 새파랗고 햇빛으로 가득했다.

그들은 침울하게 생각에 잠겨 나란히 걷기 시작했다. 모리소가 다시 말했다.

"낚시는 얼마나 좋은 추억이오!"

소바주가 물었다.

"언제 거기에 다시 갈 수 있을까요?"

그들은 어느 작은 카페에 들어가 압생트(프랑스 양주) 한잔을 마셨다. 그러고 나서 보도 위를 다시 거닐기 시작했다.

모리소가 갑자기 걸음을 멈추었다.

"한잔 더 할까요, 어때요?"

소바주는 동의했다.

"좋으실 대로."

그래서 그들은 다른 술집으로 들어갔다.

얼마 뒤 그들은 많이 취한 상태로 술집에서 나와 아무것도 먹지 않고 알코올로 배를 채운 사람들처럼 비틀거렸다. 날씨는 따스했다. 살랑거리는 미풍이 그들의 얼굴을 간질였다.

훈훈한 공기에 완전히 취해 버린 소바주가 걸음을 멈추었다.

"거기에 갈까요?"

"거기가 어디요?"

"낚시질하러 말이오."

"그러나 어디로?"

"우리들의 섬으로. 프랑스의 전초(前哨 군대가 주둔할 때, 적을 경계하기 위해 가장 앞쪽에 배치한 초소나 초병)가 콜롱브 근처에 있어요. 내가 뒤물랭 육군 대령을 알고 있으니까 쉽게 통과시켜 줄 것이오."

모리소는 낚시질하고 싶은 욕망 때문에 몸이 떨렸다.

"결정됐소. 찬성이오."

그들은 낚시 도구를 가지러 가기 위해 서로 헤어졌다.

한 시간 후에 그들은 나란히 대로를 걸어 대령의 별장에 이르렀다. 대령은 미소 짓더니 그들의 엉뚱한 생각에 동의했다. 통행증을 마련한 그들은 다시 걷기 시작했다.

얼마 안 가서 그들은 전초선을 넘고 비어 있는 콜롱브를 가로질러, 센 강쪽으로 내려가는 작은 포도밭 가에 이르렀다. 열한 시쯤이었다.

정면에 있는 아르장퇴유 마을은 죽은 듯 보였다. 오르즈몽과 사느와의 고지(高地)들이 온 지방을 굽어 내려보고 있었다. 낭테르까지 이르는 큰 평야는 벌거벗은 벚나무와 잿빛 땅만 있을 뿐 텅 비어 있었다.

소바주는 손가락으로 산꼭대기를 가리키며 중얼거렸다.

"프러시아인들이 저 위에 있겠지요!"

황량한 지역을 앞에 두고 두 친구는 불안감에 몸을 떨었다.

'프러시아인들!'

그들은 한 번도 그 사람들을 본 적이 없었다. 그러나 몇 달 전부터 파리 주변에서 프랑스를 파괴하고, 약탈하고, 학살하고, 굶주리게 하면서 절대적인 권력을 휘두르는 그들의 존재를 느낄 수는 있었다. 그들은 그 미지의 승리한 국민들에 대한 증오심에다 미신적인 공포를 추가했다.

모리소는 더듬거리며 말했다.

"어때요! 우리가 그자들을 만난다면?"

소바주는 어떤 일에도 기죽지 않고 다시 기운을 차리는 파리 사람답게 빈정거리며 대답했다.

"그들에게 튀김이나 하나 줍시다."

그러나 온 지평선에 깔린 침묵에 문득 겁을 먹은 그들은 위험을 무릅쓰면서까지 들판으로 내려가는 것에 망설였다.

마침내 소바주가 결단을 내렸다.

"자, 출발! 그러나 신중히."

그들은 몸을 가리기 위해 덤불을 이용하면서 불안한 눈으로 귀를 곤두세우고 포도밭 안으로 내려갔다. 강가로 가려면 벌거벗은 광야를 가로질러야 했다. 그들은 달리기 시작했다. 높다란 둑에 다다르자 마른 갈대 속에 몸을 웅크렸다. 모리소는 땅에 뺨을 대고 근방에서 발자국 소리가 들리지 않나 들어 보았다. 아무 소리도 들리지 않았다. 그들만이, 오직 그들만이 있을 뿐이었다.

그들은 안심하고 낚시질을 시작했다. 그들 앞에 있는 버려진 마랑트 섬이 그들을 제방 쪽에서 보이지 않게 가려 주었다. 작은 음식점은 닫혀 있었는데 몇 년 전부터 그렇게 버려진 것 같았다.

소바주가 첫 번째로 모샘치(잉엇과의 민물고기)를 잡았고 모리소가 뒤를 이었다. 그리고 그들은 팔딱이는 작은 고기가 매달린 낚싯대를 수없이 들어 올렸다. 참으로 놀라운 낚시질이었다.

그들은 코가 아주 촘촘한 그물주머니 속에 물고기를 조심스럽게 넣었다. 형용할 수 없는 기쁨이 그들의 마음에 스며들었다. 그것은 오래전에 빼앗겼던 즐거움을 다시 찾았을 때 느끼는 벅찬 기쁨이었다.

쾌적한 태양이 그들의 어깨 사이로 열기를 흘려보냈다. 이제 그들은 아무 소리도 듣지 않았다. 아무것도 생각하지 않았다. 단지 낚시질만 했다.

그런데 갑자기 땅 밑에서 들려오는 듯한 둔탁한 소리가 지면을 흔들었다. 대포 소리가 다시 쾅쾅 울리기 시작했다.

모리소가 머리를 돌려 제방 위로 왼쪽에 있는 발레리앙 산의 커다란 윤곽을 언뜻 보니 그 전면에는 방금 총구에서 불을 뿜어낸 화약의 연기가 흰 깃털 장식처럼 걸려 있었다.

그리고 곧 두 번째 연기가 요새 꼭대기에서 솟아올랐다. 잠시 후에 또다시 포성이 울렸다. 연달아 포성이 울리고 산은 죽음의 숨결과 뿌연 연기를 내뿜었는데, 그것은 고요한 하늘로 서서히 올라가 산 위에서 구름을 만들었다.

소바주는 어깨를 으쓱했다.

"또 시작하는군."

낚시찌의 깃털이 연방 물속에 잠기는 것을 걱정스럽게 바라보던 모리소는 갑자기 화가 났다. 그토록 서로 싸워 대는 미친 사람들에 대한 분노였다. 그는 투덜거렸다.

"저렇게 서로 죽이다니, 어리석기 짝이 없어."

소바주가 말을 이었다.

"짐승보다도 나쁘지."

방금 잉어 한 마리를 잡은 모리소는 이렇게 분명히 말했다.

"정부가 있는 한 언제나 이럴 것이오."

소바주는 그 말을 중단시켰다.

"공화국이라면 전쟁을 선포하지 않았을 겁니다……."

모리소는 그의 말을 가로막았다.

"왕을 세우면 밖에서 전쟁을 하고 공화국을 세우면 안에서 전쟁을 하지요."

그들은 시야가 좁은 온순한 사람들이 가지는 건전함으로 사람들은 결코 자유로워질 수 없으리라는 점에 대해 의견의 일치를 보면서 정치적인 현안에 대해 조용히 이야기를 나누었다. 그러는 중에도 발레리앙 산은 쉬지 않고 쾅쾅 울려 대면서 프랑스의 집들을 파괴하고, 생활을 부수며, 사람들을 으스러뜨렸다. 또한, 꿈과 고대하던 기쁨과 바라 마지않던 수많은 행복을 끝장내면서 다른 나라에 있는 부인들의 가슴에, 딸의 가슴에, 어머니의 가슴에 그치지 않는 고통을 안기었다.

"이것이 인생이지요."

소바주가 분명하게 말했다.

"차라리 죽음이라고 말하세요."

모리소는 웃으면서 말을 이었다. 그러나 그들은 뒤에서 누군가가 걸어오는 소리를 들은 것 같아 질겁하며 몸을 떨었다. 눈을 돌려 보니 그들의 어깨 곁에 네 명의 남자가 서 있는 것이 보였다. 제복을 입은 하인처럼 옷을 걸치고 납작한 모자를 쓴, 키가 크고 수염이 덥수룩한 무장한 네 명의 남자가 총 끝을 그들의 뺨 쪽으로 겨냥했다.

두 사람의 낚싯대가 손에서 미끄러져 강물에 떠내려갔다.

그들은 당장 체포되어 결박당한 채 배에 던져져 섬으로 이송되었다. 그들이 비어 있다고 생각한 그 집 뒤로, 스무 명가량의 독일 병정이 보였다.

의자에 말 타듯 걸터앉아 커다란 사기 파이프로 담배를 피우던 거인 같은 털보가 그들에게 훌륭한 프랑스 어로 물었다.

"그래, 선생들, 낚시질은 잘하셨소?"

그때 한 병사가 물고기가 가득 든 어망을 장교의 발치에 내려놓았다. 프러시아인이 미소를 지었다.

"오! 오! 꽤 많군. 그러나 문제는 다른 것이라오. 잘 들어요, 당황하지 마시고. 내가 보기에 당신 둘은 내 동정을 살피라고 보낸 스파이오. 난 당신들을 잡았으니 총살형에 처할 것이오. 당신들은 계획을 보다 잘 감추기 위해 낚시질하는 체한 것이오. 당신들이 내 수중에 떨어진 사실은 당신들에게는 딱한 일이지만. 이게 전쟁이란 거요. 그러나 당신들은 초소를 빠져 나왔으니 다시 들어가기 위한 암호를 확실히 알고 있을 게요. 그 암호를 내게 말하시오. 그러면 당신들을 용서해 주겠소."

나란히 선 두 친구는 창백해졌다. 그들은 손을 신경질적으로 떨면서 잠자코 있었다.

장교가 다시 말했다.

"아무도 그것을 절대로 알지 못할 것이고, 당신들은 조용히 돌아갈 수 있을 것이오. 비밀은 당신들과 함께 사라질 것이오. 만약 거절한다면 죽음이 있을 뿐이오. 당장 선택하시오."

그들은 입을 다물고 그대로 꼼짝하지 않았다.

프러시아인은 여전히 침착하게 강 쪽으로 손을 펴면서 말했다.

"생각해 보시오. 5분 후에는 당신들이 강바닥에 있게 된다는 것을. 5분 후! 당신들에게는 가족이 있겠지요?"

발레리앙 산은 여전히 쾅쾅 울려 댔다.

두 낚시꾼은 그대로 말없이 서 있었다. 독일인은 자기 나라 말로 명령을 내렸다. 그러고는 포로들로부터 좀 떨어진 곳으로 의자를 끌고 가 앉았다.

열두 명의 남자가 집총(총을 쥐거나 지님)을 하고 이십 보 거리에 자리했다.

장교가 다시 말했다.

"1분의 여유를 주겠소. 그 이상은 절대로 안 되오."

그러고 나서 그는 갑자기 몸을 일으켜 두 프랑스인에게로 가까이 오더니 모리소의 겨드랑이를 잡고 좀 먼 곳으로 끌고 가 낮은 목소리로 말했다.

"빨리, 그 암호는? 당신 동료는 아무것도 모를 것이오. 내가 동정하는 표정을 지을 테니까?"

모리소는 아무 대답도 하지 않았다. 그러자 프러시아인은 소바주를 끌고 가 똑같은 질문을 했다. 소바주도 대답하지 못했다. 그들은 다시 나란히 서게 되었다. 장교가 명령을 내리자 병정들이 총을 들어 올렸다. 그러자 모리소의 눈길이 몇 발짝 떨어진 풀밭에 그대로 있는, 모샘치가 가득한 어망 위로 우연히 향했다. 한 줄기 햇살이 아직도 움직이는 많은 물고기를 반짝이게 했다. 그는 온몸의 맥이 빠졌다. 안간힘을 썼으나 눈에는 눈물이 가득했다. 그는 더듬거리며 말했다.

"안녕히 가세요, 소바주 씨."

소바주가 대답했다.

"안녕히 가세요, 모리소 씨."

그들은 서로의 손을 꽉 잡았지만 전율을 이길 수가 없어서 머리부터 발 끝까지 몸을 떨었다.

장교가 소리쳤다.

"발사!"

열두 발의 총알이 일시에 튀어 나갔다. 소바주는 단번에 코를 박고 쓰러졌다. 그보다 키가 큰 모리소는 비틀거리면서 빙그르르 돌더니, 얼굴을 하늘로 하고 친구 위에 모로 쓰러졌다. 그러는 사이에 핏줄기가 가슴의 터진 윗옷에서 스며 나왔다.

독일인은 다시 명령을 내렸다. 그의 부하들은 흩어졌다가 밧줄과 돌을 가지고 돌아와 두 시체의 발에 붙들어 매었다. 그러고 나서 시체를 강둑으로 운반했다.

발레리앙 산은 쾅쾅 울리는 것을 멈추지 않았고 이제는 연기를 이고 있었다.

두 병정이 모리소의 머리와 발을 잡았고 다른 두 병정이 똑같은 방법으로 소바주를 잡았다. 시체들은 잠깐 힘차게 좌우로 흔들리다가 멀리 던져졌다. 그것은 곡선을 그리면서 날아가다가 발에 매인 돌 때문에 선 자세로 강물 속에 잠겼다.

물은 숫구쳐 튀어 올랐다가 거품이 일면서 흔들렸으나 곧이어 잔잔해졌다. 그러는 동안 자디잔 물결이 강기슭까지 밀려왔다. 물 위에 피가 약간 떠돌았다.

장교는 여전히 침착하고 낮은 목소리로 "이제는 고기들의 차례로군." 하고 말했다. 그러고는 집을 향해 되돌아가던 중 모샘치가 들어 있는 어망이 그의 눈에 띄었다. 그는 그것을 살펴보더니 미소를 지으며 "빌헴!" 하고 소리를 질렀다. 흰 앞치마를 두른 한 병사가 달려왔다. 그러자 장교는 총살당한 두 사람이 잡은 고기를 병사에게 던지면서 명령했다.

"아직 살아 있는 동안에 이 조그만 고기들을 당장 튀겨 오게나, 맛있을 걸세."

그러고 나서 그는 파이프에 다시 불을 붙였다. *

미뉴에트

✏ 작품 정리

作家 : 기 드 모파상(273쪽 '작가와 작품 세계' 참조)
갈래 : 단편 소설
성격 : 감상적, 회고적
배경 : 시간 - 1800년대 / 공간 - 프랑스 파리 교외
시점 : 1인칭 관찰자 시점
주제 : 사라져 가는 것에 대한 아쉬움과 비애

✏ 구성과 줄거리

도입 장 부리델의 입을 통해 회상이 시작됨

장 부리델은 어떤 큰 불행도 자신을 슬프게 하지는 않는다며 이야기를
시작한다.

발단 어느 날 '나'는 기이한 복장을 한 노인과 만남

젊은 시절 '나'는 친구들과 어울리기보다는 임업 시험장을 산책하면서
명상을 즐기는 것을 더 좋아한다. 그러던 어느 날 기이한 복장을 한 노
인을 만난다.

전개 노인이 유명한 무용수였다는 사실이 밝혀짐

몰래 노인을 훔쳐보던 '나'는 그에게 말을 건네고 싶은 충동을 느낀다.
결국 용기를 내 그에게 말을 걸고, 그 노인이 유명한 무용수였다는 것을
알게 된다.

절정 노부부가 미뉴에트 춤을 추자 '나'는 애수에 젖음

노인 부부는 미뉴에트에 대해 설명해 달라는 '나'에게 미뉴에트 춤을 선
보인다. 낡은 두 인형이 녹슨 기계의 힘으로 움직이는 듯한 노부부를 바
라보며 '나'는 말로 표현할 수 없는 애수와 감동에 젖는다.

결말 '나'는 지방으로 떠났다가 다시 임업 시험장으로 돌아와 과거의 노부부를 추억함

2년 후, 지방으로 떠났다가 다시 파리로 돌아온 '나'는 다시 임업 시험장으로 가 보지만 임업 시험장은 이미 사라진 후다. '나'는 다시는 만날 수 없는 노부부를 잊지 못한다.

🖉 생각해 볼 문제

1. 이 작품 속의 임업 시험장이 상징하는 의미는 무엇인가?

젊은 날, 염세적인 철학에 빠졌던 '나'는 아침마다 임업 시험장으로 간다. 그곳의 정원은 자연의 섭리대로 고요히 운행되고 있어 명상에 잠겨 휴식을 취하기에 적합한 곳이기 때문이다. 즉, 이 소설에서 임업 시험장은 아직 문명의 손이 미치지 않은 자연인 동시에 세상에서 잊혀져 가는 소중한 것들을 원형 그대로 보존하고 있는 장소다.

2. 죽음조차 대수롭게 여기지 않았던 장 부리델이 노부부의 미뉴에트를 보면서 감동을 느꼈던 이유는 무엇인가?

장 부리델은 진정한 슬픔과 감동이란 재앙이나 전쟁 같은 큰 사건 속에 있는 것이 아니라 사소한 일 안에서 발견되는 순간순간의 진실에 있다고 이야기한다. 늙은 무용수의 어설픈 춤 동작에서 느껴지는 인생의 허망함 한편에는 화려했던 젊은 날에 대한 추억이 아련하게 상기되어 있다. 그것이 장 부리델을 울게도 하고 웃게도 만든 것이다. 즉, 인생을 살면서 느끼는 기쁨과 슬픔 등이 미뉴에트를 바라보는 장 부리델의 시선 속에 녹아 있다고 볼 수 있다.

미뉴에트

"어떤 큰 불행도 나를 슬프게 하지는 못해요." 하고 장 부리델은 말했다. 그는 회의주의자로 세상에 널리 알려진 사람이었다.

나는 이번 전쟁을 가까이서 목격했어요. 별로 대수롭지 않게 시체를 밟고 넘기도 했지요. 대자연이나 인간이 엄청난 야수성을 띠고 다가와 전율하게 하고 분개해 고함을 지르게 하는 것도 사실이지만, 우리가 어떤 작은 슬픈 일을 대할 때만큼 등골에 소름이 오싹 돋고 가슴이 미어지는 듯한 아픔을 안겨 주지는 않아요.

두말 할 것 없이 인간이 체험하는 것 중에서 가장 큰 고통은 어머니로서는 자식을 잃어버리는 일이고 사나이로서는 어머니를 잃어버리는 일이 되겠지요. 그건 분명 무섭고 끔찍한 일이고 정신이 나가 버릴 일이고, 가슴이 미어지는 일이지요. 흡사 피가 마구 쏟아지는 큰 상처와 같은 그런 재앙은 쉬 아물게 마련이지요. 그런데 어떤 우연한 기회에 일어난 눈에 잘 띄지 않고 짐작밖에 할 수 없는 사소한 일에서 오는 어떤 은밀한 슬픔이나 불신 같은 것은 인간을 고통스럽게 하고 고뇌하게 하는데, 이건 얽히고설켜서 좀처럼 치유가 되지 않아요.

너무도 고통이 심한 까닭에 어찌 보면 무슨 시련 같기도 하고, 너무나 쥐어짜는 아픔이라 얼른 종잡을 수도 없지요. 또 괴로움이 습관적인 고통처럼 여겨져 오랜 시일이 지나야 비로소 헤어날 수 있는 것처럼 생각하게 되므로 그냥 가슴속에 팽개쳐 두기 일쑤이지요.

내 눈앞에는 항상 몇 가지 기억이 떠올라요…… 여느 사람에게는 눈에 띄지도 않았을 테지만, 그것들은 내 가슴속으로 곧장 들어와 마치 빼낼 수 없는 가시 자국처럼 되어 버렸어요.

여러분은 아마도 그런 순간적인 인상에서 시작된 감정이 이렇게까지 뚜렷이 남아 있다는 것을 얼른 이해하기 어려울 거예요. 저는 그중 한 가지만 이야기해 볼까 해요.

그건 꽤 오래된 이야기이지만 마치 어제 일처럼 떠오르는군요. 지금 머릿속에 그 기억을 그려 보기만 해도 당시의 감동이 새록새록 느껴져요. 나는 올해로 나이가 쉰인데 이 이야기는 내가 아직 젊어서 법률 공부를 하던 때의 일이에요. 그 무렵의 나는 좀 우울하고 생각이 많은 청년이었어요. 그래서인지 염세적인 철학에 빠져, 시끄러운 친구들과 어울려 소란한 카페에 드나들며 어리석은 계집애들과 상종하는 일 따위에는 끼어들지 않았더랬지요.

나는 아침마다 일찍 일어났어요. 내가 가장 즐겼던 즐거움 가운데 하나가 아침 여덟 시쯤에 뤽상부르(룩셈부르크) 임업 시험장을 혼자서 산책하는 것이었거든요.

여러분들은 아마 이 임업 시험장에 대해 잘 모르실 거예요. 그건 이전 세기부터 이미 세상에서 잊혀진 정원으로 노인네의 인자한 미소처럼 아늑한 곳이었어요. 우거진 나무 울타리의 무성한 가지가 비좁은 오솔길에 쭉 늘어서 있었고 정원사는 커다란 가위로 쉴 새 없이 그 가지들을 손질하고 있었지요. 마치 소풍을 가는 중학생들처럼 늘어선 어린 나무들이며, 울창한 장미와 과일나무가 숲을 이룬 가운데 군데군데 여러 가지 꽃이 만발한 꽃밭이 눈에 띄었어요.

내 시선을 송두리째 빼앗은 그 숲 속 가장자리에는 꿀벌 일가가 살고 있었어요. 짚으로 된 벌통들은 나뭇가지 사이에 적당한 간격을 두고 하늘을 향해 얌전히 놓여 있었고, 재봉틀 뚜껑 같은 널따란 문이 열려 있었지요. 그래서 근처의 길가에는 어디나 금빛 꿀벌들이 붕붕거리며 고요한 정원의 주인아씨 행세를 하고 있었는데, 이들이야말로 이 주랑(朱廊 붉은 칠을 한 복도) 같은 고요한 숲길의 진정한 산책자가 아닌가 생각하곤 했지요.

나는 거의 매일같이 정원을 찾아와서 의자에 걸터앉아 책을 읽었어요. 때로는 책을 무릎에 올려놓고 명상에 잠기기도 했고, 주위에서 파리 떼가 떠드는 소리에 귀를 기울이며 해묵은 관목 숲 속의 무한한 휴식을 즐기곤 했지요.

그런데 나는 이윽고 이 정원에 드나드는 단골손님이 나뿐만이 아니라는 사실을 알게 되었어요. 나는 그 우거진 숲 속의 한 모퉁이 같은 데서 때때로 몸집이 작달막한 어떤 기이한 노인과 마주치곤 했거든요.

그는 승마복 같은 바지에 스페인식의 밤색 프록코트(남자용의 서양식 예복의 하나)를 두르고 버클이 달린 단화를 신고 있었어요. 넥타이 대신 레이스를 졸라매고, 챙이 넓고 긴 털이 달린 커다란 모자를 쓴 모습이 흡사 노아의 홍수 시절을 연상케 하는 노인이었어요. 그는 몸이 매우 가냘프고 뼈대가 앙상하게 드러났으며 얼굴을 찌그러뜨리면서 미소를 지어 보이곤 했어요. 그리고 끊임없이 눈꺼풀을 움직이며 눈동자를 번뜩이고 손잡이에 금이 박힌 짧은 지팡이를 손에 들고 있었는데 거기에는 굉장한 추억이 서려 있는 듯싶었지요.

나는 처음에 이 노인을 만나고 꽤 놀랐지만 나중에는 호기심이 생겼지요.

나는 담을 둘러싼 나무 잎사귀 사이로 노인을 바라보며 멀찌감치 뒤를 밟았어요. 노인이 숲 모퉁이를 돌아갈 적에는 그의 눈에 띄지 않도록 발길을 멈추곤 했지요.

하루는 그 노인이 자기 혼자만 있는 줄 알고 괴상한 몸동작을 하기 시작했어요. 처음에는 깡충깡충 뛰다가 멈춰 서서 한 번 경례를 붙이더니, 성큼 뛰어오르면서 그 가느다란 다리로 짝짜꿍을 하더군요. 그런 후 맵시 있게 빙그르르 돌며 괴상한 모습으로 다시 뛰어오른 뒤에 흡사 여러 관중이라도 앞에 있는 것처럼 인상을 쓰며 포옹하는 듯한 몸짓을 하고 한바탕 웃는 것이었어요. 그러고 이어서 그 인형 같은 초라한 몸을 뒤틀면서 텅 빈 정원을 향해 우스울 정도로 정다운 절을 가볍게 해 보이는 것이 아니겠어요.

깜짝 놀란 나는 잠자코 멈춰 서서 분명히 우리 두 사람 중에서 어느 하나가 미쳤구나 생각했지요. 저 노인이 미쳤나, 아니면 내가 미쳤나 중얼거리면서 말이에요.

그는 어느 한순간 갑자기 춤을 멈추더니 마치 무대 위에 선 배우들이 하듯이 앞으로 나갔다가 몇 걸음 뒤로 물러서더군요. 그러고는 입가에 부드러운 미소를 띠고 나무숲을 향해 희극 배우처럼 떨리는 손으로 입맞춤을 하고는 의젓하게 다시 산책을 했어요.

그 후에도 나는 종종 그 노인의 뒤를 밟아 보았고 그리하여 나는 그가 날마다 그 괴상한 짓을 하는 것을 알게 되었답니다.

나는 그에게 말을 건네 보고 싶어서 하루는 용기를 내어 그에게 인사를 했지요.

"오늘은 날씨가 꽤 좋군요."

노인은 가볍게 고개를 끄덕이더니 대답했지요.

"그래, 꼭 옛날의 그 날씨야!"

일주일 후, 우리는 서로 친구가 되었고 나는 그의 과거에 대한 이야기를 들을 수 있었어요.

　노인은 루이 15세 때부터 오페라단에서 무용을 가르쳐 온 분으로, 그 멋진 지팡이는 끌데르몽 백작이 선사한 것이라고 했어요. 그는 무용에 관한 이야기를 하기 시작하면 입을 다물 줄 모르고 끊임없이 말했어요.

　어느 날 노인은 나에게 이런 비밀을 털어놓았어요.

　"나는 라 까스뜨리쓰와 결혼했소. 원한다면 자네에게 소개해 주지. 그런데 아내는 저녁때만 이곳으로 온다네. 이 정원은 바로 우리의 기쁨이자 생명이거든. 옛것 가운데 우리에게 남아 있는 것이라고는 고작 이것뿐이니까. 만일 우리한테 이것마저 없다면 우리는 살아갈 재미를 잃게 될 거야. 나는 여기 오면 젊은 시절과 다름없는 공기를 마시는 기분이 되지. 그래 우리 내외는 언제나 오후를 여기서 함께 보내네. 난 아침나절에 미리 이리로 발길을 옮기는 거고. 난 워낙 아침 일찍 일어나니까."

　나는 점심을 먹고 다시 뤽상부르로 돌아왔어요. 그 노인도 와 있었어요.

　그는 검은 드레스를 걸친 작달막한 할머니에게 점잖게 팔을 내어 맡기고 나를 소개했어요. 할머니가 바로 라 까스뜨리쓰로, 임금님들과 귀공자들을 비롯해 온 세계에 낭만의 달콤한 씨를 뿌리고 다닌, 모든 사람의 사랑을 받아 온 위대한 무용가였어요. 산뜻한 숲의 숨결에는 여러 가지 꽃향기가 풍겨 오고, 부드러운 햇빛이 나뭇잎 사이로 흘러들어 물방울처럼 우리의 머리 위에서 군데군데 떨어지곤 했어요. 라 까스뜨리쓰의 검은 드레스 위로 햇살이 내려앉아 반짝거렸구요.

　정원에는 아무도 없었고 마차가 굴러가는 소리만 멀리서 들려올 뿐이었지요.

　나는 노인에게 부탁했어요.

　"이제 그 미뉴에트 무용의 유래를 말씀해 주십시오."

　그는 몸을 한참 떨다가 설명하기 시작했어요.

　"미뉴에트는 춤 가운데서 단연 으뜸, 이를테면 춤의 여왕이라네. 알겠나? 그러나 왕이 없어지면서부터 이 춤도 자취를 감추어 버렸다네."

　그는 말을 마치고 나서 위엄 있는 태도로 매우 선정적인 긴 무용을 시작했는데 정작 나는 전혀 이해할 수가 없었어요. 하지만 그 스텝과 몸놀림, 자세만은 기억해 두고 싶었지요. 노인은 몸이 말을 잘 듣지 않는다며 화를 내고 짜증을 부리다가 서글픈 표정을 지었어요. 그러더니 엄숙한 태도로 잠잠히 지켜보고 있던 옛 동료에게 말했지요.

"엘리지, 어때요? 한번 출래요? 이분에게 미뉴에트가 뭔지 우리 같이 보여 주지 않으려우? 당신 의향은 어때요?"

작달막한 할머니는 불안한 듯한 눈으로 사방을 둘러보다가 말없이 일어나 영감과 함께 춤을 추기 시작했어요. 그리하여 나는 영원히 잊을 수 없는 기억을 간직하게 되었어요.

두 늙은이는 꼭 어린아이처럼 이리저리 오가면서 히죽거리는가 하면 서로 몸을 의지하며 공손하게 인사도 하고 깡충깡충 뛰었어요. 그 모습은 녹슨 기계—옛날에는 상당히 정교한 기술자의 손으로 된 것이지만, 지금은 금이 간—의 힘으로 움직이고 있는 낡은 인형의 모습 같았지요.

나는 두 사람을 번갈아 바라보면서 커다란 감동을 받았어요. 가슴이 설레고 말로 형언할 수 없는 애수로 인해 흥분되었지요. 마치 서글프면서도 그 희극적인 상황에 웃음이 터져 나왔다고 해야 할까. 아무튼 한 세기쯤 뒤떨어진 어떤 그림자를 보는 느낌이었어요. 그래서 울음과 웃음이 동시에 터져 나왔지요.

이윽고 두 분은 춤을 멈추고는 한동안 서로를 마주 바라보며 놀란 듯한 표정을 짓다가 부둥켜안고 흐느껴 울기 시작했지요.

사흘 후, 나는 다른 지방으로 떠났어요. 그 때문에 두 분을 만날 기회도 없었지요. 2년 후 내가 파리로 다시 돌아왔을 때에는 그 임업 시험장은 이미 없어진 뒤였어요. 두 늙은이는 그 정든 옛 추억의 장소인 정원을 잃고 어떻게 되었을까요? 미궁처럼 숲이 우거져 있던 정원의 옛 향취와 그 꾸불꾸불한 오솔길이 잊혀지지 않는군요.

두 분은 이미 세상을 떠났을까요? 그래서 그 망령이 희망을 잃은 망명객처럼, 현대식 거리를 방황하고 있을까요? 그 창백한 망령은 지금도 달 없는 밤 같은 때, 묘지의 나무숲을 누비며 샛길을 무대로 그 꿈결 같은 미뉴에트를 추고 있을까요?

두 분에 대한 추억은 머리에서 잠시도 떠나지 않고 마음을 아프게 하여 무슨 불치병이나 되는 것처럼 내 안에 살고 있답니다. 무슨 까닭일까요? 나로서는 알 수 없어요.

여러분께서는 우스운 일이라고 조롱하실 지도 모르겠지만. *

마지막 수업

작가와 작품 세계

알퐁스 도데(Alphonse Daudet, 1840~1897)

프랑스의 소설가. 프랑스의 남부 님 출생. 견직물 제조업자였던 아버지가 공장을 팔고 리옹으로 이사하면서 리옹의 고등중학교에 입학했으나 가업이 파산하여 학교를 중퇴했다. 그 후 진학을 포기하고 알레스에 있는 한 학교에서 사환으로 일하다가 1857년 형 에르네스트가 있는 파리로 갔다. 1858년 처녀시집 『연인들』을 발표하면서 문필 하나로 스스로 일어섰다. 그는 풍부한 서정성과 잔잔한 묘사가 돋보이는 소설 「별」이 실린 단편집 『방앗간 소식』을 발표하면서 작가로서의 이름을 알리기 시작했다. 이후 「프티 쇼즈」, 「쾌활한 타르타랭」, 「월요 이야기」, 「젊은 프로몽과 형 리슬레르」 등을 발표했다. 이 가운데 「젊은 프로몽과 형 리슬레르」로 아카데미 프랑세즈 상을 받아 문학적인 입지를 확고히 했다.

알퐁스 도데는 냉철한 현실을 묘사하면서도 그 이면에 숨은 아름다움을 노래했다. 또한, 섬세한 감각으로 불행한 사람들에 대한 연민, 사물과 개인에 대한 외경심 등을 작품 속에 담아 냈다.

작품 정리

갈래 : 단편 소설
성격 : 성장적, 교훈적, 역사적
배경 : 시간 – 보불 전쟁이 있던 1870년대 / 공간 – 프랑스의 알자스 지방
시점 : 1인칭 주인공 시점
주제 : 국가와 모국어의 소중함

발단 '나'는 학교 가는 길에 면사무소 앞에 모여 있는 사람들을 봄

여느 날과 같이 학교에 지각해 뛰어가던 '나'는 면사무소 앞 게시판 앞에 사람들이 모여 있는 것을 본다. '나'는 무슨 일인지 궁금해하며 서둘러 학교로 간다. 다른 때 같으면 왁자지껄할 교실이 오늘은 조용하다. '나'는 선생님의 꾸중을 두려워하며 교실로 들어간다.

전개 '나'는 그날 수업이 프랑스 어로 하는 마지막 수업임을 알게 됨

선생님은 정장 차림을 하고 '나'를 맞는다. 교실 뒤쪽에는 마을 사람들이 앉아 있다. 선생님은 오늘이 프랑스 어로 하는 마지막 수업이라고 이야기한다. 프랑스 어 초보 교재를 펴 놓고 앉아 있는 마을 노인들과 학생들은 엄숙하면서도 슬픈 분위기에 휩싸인다.

절정 모두 온 마음을 다해 프랑스 어 수업에 열중함

선생님은 늘 내일로 미루고 게을렀던 지난 시간을 반성하자며 나라를 잃더라도 국어만 잃지 않는다면 문제 될 것이 없다고 말한다. 모두 정성을 다해 외우기와 쓰기 연습을 한다. 역사 시간에는 다 같이 교과서를 들고 합창한다. '나'는 이 마지막 수업을 평생 잊지 못할 것 같다는 생각을 한다.

결말 프러시아 군의 나팔 소리가 들려옴

수업이 끝날 무렵 프러시아 군의 나팔 소리가 울려온다. 선생님은 아쉬운 듯 말을 잇지 못하다가 칠판에 '프랑스 만세!'라고 쓴다.

🖉 **생각해 볼 문제**

1. 이 작품에서 아멜 선생님이 모국어에 대한 사랑을 고취한 이유는 무엇인가?

아멜 선생님은 마지막 수업에서 모국어를 잊어버려서는 안 된다고 강조한다. 비록 나라를 잃는다 해도 모국어는 언젠가는 어려움을 타개할 힘이 되어 주기 때문이다. 모국어를 잊어버리면 민족의 얼과 정신은 물론 정체성까지 상실할지도 모른다. 그런 의미에서 내적인 힘을 쌓은 모국어를 감옥 열쇠에 비유한 것이다.

2. 아멜 선생님은 왜 알자스에 벌어진 상황에 대해 가책을 느껴야 한다고 말했는가?

학생들은 모국어와 글을 배우는 데 게을렀고, 부모들은 당장 눈앞의 이익만 추구하느라 교육에 열의가 없었다. 게다가 아멜 선생님 역시 그런 상황에 안주해 열성적으로 교육할 의지를 잃었었다고 고백한다. 즉, 아멜 선생님은 미래를 내다보지 못한 어리석음, 의지의 부족 등이 알자스의 식민 통치 상황을 불러왔다고 이야기한다.

3. 아멜 선생님과 학교 수업에 대한 '나'의 생각은 어떻게 변하고 있는가?

'나'는 아멜 선생님이 엄격하고 무뚝뚝하다고 생각했고, 학교 수업은 지루하다고만 여겼다. 하지만 마지막 수업을 계기로 아무런 제약 없이 모국어를 사용한다는 것이 매우 소중한 일이었음을 깨닫는다. 그리고 무뚝뚝한 표정 뒤에 숨어 있던 아멜 선생님의 국가와 모국어에 대한 사랑을 보고 마음의 변화가 생긴다. 이는 세계에 대한 이해를 넓혀 가는 '나'의 정신적 성장을 보여 준다.

마지막 수업

　그날 나는 지각을 했다. 게다가 아멜 선생님이 분사법(分詞法 보통 주절의 동사와 동시에 일어난 동작을 표현하는 방법)에 관해 질문하겠다고 하셨는데, 전혀 공부를 하지 않았기 때문에 책망을 들을까 봐 꽤 겁이 나 있었다. 차라리 학교에 가지 말고 벌판이나 돌아다닐까 생각해 보기도 했다.

　날씨는 활짝 개어 있었다. 숲가에서는 티티새가 떼 지어 지저귀고 제재소 뒤 리뻬르 들에서는 프러시아 군대가 훈련하는 소리가 들려왔다. 이런 풍경과 소리가 분사법보다 더 마음에 들었지만 나는 꾹 참고 학교로 뛰어갔다.

　면사무소 앞을 지나는데 사람들이 철책을 두른 게시판 앞에 모여 있는 게 보였다. 이태 전부터 패전이니 징발이니 하는 프러시아 군사령부의 여러 언짢은 뉴스는 다 이곳에서 흘러나왔다.

　"또 무슨 일이 일어나려는 걸까?"

　나는 뛰어가면서 생각했다. 광장을 지날 때였다. 대장간집 와슈테르 영감이 조수와 함께 게시판을 들여다보다가 말했다.

　"애야, 그렇게 서두를 거 없다. 지각은 하지 않을 테니까."

　나는 영감이 나를 놀리는 줄로만 알고 숨을 몰아쉬면서 아멜 선생님 댁의 비좁은 마당으로 뛰어 들어갔다.

　평소에는 수업이 시작되면 으레 책상 뚜껑을 여닫는 소리며 책을 잘 외우려고 귀를 막고 커다란 소리로 읽어 내려가는 소리, 그리고 "좀 조용히 해!" 하고 책상을 마구 두들겨 대는 선생님의 회초리 소리 등이 떠들썩하게 한길까지 들려왔기 때문에 나는 그 법석을 떠는 틈에 살짝 내 자리로 가 앉곤 했다.

　그런데 그날은 마치 일요일 아침처럼 조용했다. 열린 창문을 통해 진작부터 자리에 앉아 있는 아이들과 그 무서운 회초리를 팔에 끼고 서성대는 아멜 선생님이 보였다. 나는 이렇게 조용한 분위기 속에서 문을 열고 들어가 앉아야 했다. 얼굴이 붉게 달아오르고 가슴이 두근거렸을 거라고 생각한다면 오해다. 선생님은 전혀 화를 내지 않고 나를 바라보면서 부드러운 목소리로 말했다.

"프란츠, 어서 네 자리로 가 앉아라. 너를 빼고 수업을 시작할 뻔했구나."

나는 얼른 의자 너머의 내 자리로 가서 앉았다. 두려운 마음이 가시고 나니 선생님이 푸른 프록코트 차림에 가슴에는 주름 잡힌 장식을 달고, 수놓아진 검은 비단 모자를 쓰고 있다는 것을 알아차릴 수 있었다. 그것은 장학관의 시찰이 있거나 시상식이 있을 때에만 입는 예복 차림이었다.

교실 전체에 여느 때와 다른 엄숙한 분위기가 감돌았다. 가장 놀란 일은 평소에 비어 있던 교실 안쪽 의자에 마을 사람들이 조용히 앉아 있었다는 사실이다. 머리에 삼각모를 쓴 오제 영감과 전 면장, 우체부, 그 밖에 많은 사람이 있었다. 저마다 슬픈 표정이었다. 오제 영감은 모서리가 다 해어진 프랑스 어 초보 교재를 무릎 위에 펴 놓고 그 위에 커다란 안경을 올려놓았다.

나는 이런 광경을 보면서 그저 어리둥절하기만 했다. 아멜 선생님은 교단 위로 올라가더니 방금 전 나를 맞아 줄 때처럼 부드럽고 엄숙한 어조로 말했다.

"여러분, 오늘은 내 마지막 수업이에요. 베를린에서 알자스(프랑스 동북부 마을)와 로렌(독일과의 국경에 있는 지방)의 학교에서는 독일어만 가르치라는 지시를 내렸답니다. 내일 새 선생님이 오실 겁니다. 그러니 오늘로서 프랑스 어 공부는 끝입니다. 명심해 들으세요."

나는 선생님의 말씀을 듣고 마음이 흔들렸다. 고약한 놈들 같으니! 면사무소에 나붙은 게시물은 바로 그거였다.

마지막 프랑스 어 공부.

그때 나는 겨우 글을 쓸 수 있을 정도였다. 그런데 이제 아주 배우지 못하게 된단 말인가! 이대로 끝맺어야 하다니! 헛되이 보낸 시간이, 새 둥지나 찾아다니고 자르 강에 얼음이나 지치러 다니느라고 학교를 빠진 시간들이 한심스럽게 느껴졌다. 조금 전만 해도 그렇게 지겹고 두렵기만 하던 문법책, 성경 등이 이제 와서는 헤어지기 아쉬운 친구처럼 느껴졌다.

아멜 선생님에 대해서도 같은 심정이었다. 선생님이 떠나면 다시는 만나지 못할 것이라는 생각을 하니 벌을 받고 회초리로 얻어맞던 기억마저 씻은 듯 가서 버렸다.

가엾은 선생님!

그러니까 선생님께서 옷을 잘 차려입은 건 이 마지막 수업을 하기 위한 것이었다. 마을 영감들이 교실에 와 있는 것도 그 때문이었다. 그것은 마치 그들이 학교에 좀 더 자주 얼굴을 내놓지 못한 것을 뉘우치는 것처럼 보였다. 그리고 또 그것은 우리 선생님이 사십 년 동안 수고하신 공로에 대해 감사하고 사라져 가는 조국에 대한 자신들의 의무를 다하려는 의지도 곁들여 있는 것같이 보였다.

이런 생각을 하고 있을 때, 선생님은 나를 지명했다. 내가 외울 차례였다. 내가 그 분사법을 조금도 틀리지 않고 큰 소리로 줄줄 외울 수 있었다면 얼마나 좋았겠는가! 그러나 나는 첫마디부터 막혀 버렸다. 나는 안타까운 생각에 고개도 들지 못하고 몸만 흔들었다. 그러자 아멜 선생님이 말했다.

"프란츠, 난 널 탓하지 않아. 넌 충분히 뉘우치고 있을 테니까. 으레 그런 거야. 누구나 이렇게 생각해 왔지. '뭐 서두를 것 없지 않나, 내일도 있는데…….' 하고. 그 결과 너처럼 되는 거야. 공부할 것을 날마다 내일로 미룬 게 우리 알자스의 가장 큰 불행이었어. 이제 저 프러시아인들은 우리에게 이렇게 말할 수가 있는 거야. '뭐라고? 너희는 프랑스인이라며 너희 말도 할 줄 모르고, 쓸 줄도 모르는군!' 하고. 하지만 프란츠, 너만의 잘못은 아니야. 우리 모두 가책을 느껴야 해. 여러분의 부모님은 교육에 별 관심이 없었어. 몇 푼의 돈을 더 벌기 위해 여러분을 밭이나 공장으로 보내기를 원했지. 그렇다고 나 자신은 떳떳한가 하면 그것도 아니야. 공부를 시키는 대신 우리 집 마당에 물을 주라고 하거나, 은어 낚시를 가고 싶을 때 여러분을 놀리기도 했었으니까."

아멜 선생님은 곧이어 프랑스 어에 대해 말했다. 즉, 프랑스 어는 세계에서 가장 아름답고 명징한 말이므로 우리가 잘 간직해야 한다는 것이었다. 한 겨레가 남의 나라의 지배를 받게 될지라도 자기 나라의 언어만 잘 간직하면, 마치 감옥 열쇠를 쥐고 있는 것과 다를 바가 없다는 거였다.

그리고 나서 선생님은 문법책을 읽어 주었다. 나는 선생님의 말이 너무 쉬워 놀랄 지경이었다. 하긴 내가 이렇게 열심히 들은 적이 없었고, 또 선생님이 이렇게 성의를 가지고 설명해 준 적도 없었다. 이건 흡사 이 가엾은 선생님이 이곳을 떠나기 전에 자신의 지식을 전부 우리의 머릿속에 넣어 주려는 것처럼 보였다.

우리는 외우기를 끝마친 다음 쓰기 연습을 했다. 아멜 선생님은 이날을 위해 새 쓰기 책을 준비했는데, 거기에는 동그스름한 아름다운 글씨체로 '프랑스, 알자스, 프랑스, 알자스' 하고 씌어 있었다. 그것은 마치 조그마한 깃발들이 우리 책상에 꽂혀 교실 전체에서 펄럭이는 것처럼 보였다.

모두가 얼마나 열심이었는지 모른다. 아무도 떠들지 않았다. 펜촉이 노트 위를 스치는 소리밖에 들리지 않았다. 풍뎅이들이 교실 안으로 날아들었으나 아무도 거기에 눈길을 돌리지 않았다. 꼬마들까지도 그게 무슨 프랑스 어라도 되는 것처럼 용기와 신념을 가지고 열심히 작대기를 긋고 있었다. 나는 학교 지붕 위에서 꾸르륵 우는 비둘기들의 울음소리를 들으면서 생각했다.

'저 비둘기들도 머지않아 독일어로 울게 되지 않을까?'

가끔 책에서 눈을 들면 아멜 선생님은 교단 위에서 꼼짝도 하지 않고 마치 이 조그마한 학교를 눈 속에 넣어 가기라도 할 듯 주위의 물건들을 뚫어지게 바라보고 있었다. 돌이켜 보면 선생님은 같은 교실에서 교정을 마주보며 사십 년 동안을 지내 왔다. 그 시간 동안 의자와 책상들은 닳아 반들거렸고, 마당의 호두나무가 자랐고, 선생님이 심은 홉(뽕나뭇과의 여러해살이 덩굴풀) 덩굴이 지붕까지 뻗어 창문을 장식했다. 그런데 선생님은 이제 이 모든 것과 헤어져야 했다. 2층에서는 선생님의 누이가 짐을 꾸리느라 왔다 갔다 하는 발소리가 들려왔다.

선생님은 얼마나 가슴이 아플까! 이튿날이면 선생님과 그 누이는 이 땅을 아주 떠나야 했다.

하지만 선생님은 수업을 끝까지 계속하려는 각오를 굳게 했다. 쓰기가 끝나고 다음은 역사 시간이었다. 우리 꼬마들은 '바, 브, 비, 보, 뷔'를 합창했다. 교실 안쪽에 앉은 오제 영감은 교과서를 두 손으로 든 채 안경을 쓰고 아이들과 함께 한 자 한 자 떼어 읽었다. 그도 무척 열심이었다. 그의 목소리는 감동한 나머지 조금 떨렸다. 그의 책 읽는 소리가 하도 우스워 우리는 웃어야 할지 울어야 할지 알 수가 없었다. 나는 이 마지막 수업을 평생 잊을 수 없을 것 같았다.

성당의 괘종시계가 열두 시를 치더니 이어 앙젤뤼의 종소리가 들려왔다. 때마침 교실 창문 아래로 훈련을 끝내고 돌아오는 프러시아 군의 나팔 소리가 들려왔다. 아멜 선생님은 창백한 얼굴을 하고 교단에서 일어났다. 선생님이 그렇게 커 보일 수가 없었다.

"여러분, 나는…… 나는……!"

하고 선생님은 말했다.

무엇인가가 선생님의 목줄을 죄이고 있었다. 선생님은 말을 다 끝맺지 못했다.

선생님은 칠판을 향해 돌아서더니, 분필을 쥐고 커다란 글씨로 이렇게 썼다.

'프랑스, 만세!'

선생님은 벽에 이마를 대고 한참 계시더니 우리에게 손짓했다.

"끝났다……. 다들 돌아가거라!" *

별 — 프로방스 지방의 한 목동의 이야기

✎ 작품 정리

작가 : 알퐁스 도데(301쪽 '작가와 작품 세계' 참조)
갈래 : 단편 소설
성격 : 동화적, 감동적, 서정적
배경 : 시간 – 어느 일요일 / 공간 – 프랑스의 프로방스 지방
시점 : 1인칭 주인공 시점
주제 : 한 목동의 순수한 사랑과 동경

✎ 구성과 줄거리

발단 산에서 혼자 사는 목동인 '나'에게 스테파네트 아가씨가 식량을 가지고 옴

뤼브롱 산에서 혼자 양을 치고 사는 '나'는 보름마다 식량을 실어다 주
는 마차를 기다린다. 그날은 아무도 오지 않아 궁금해하던 참에 소낙비
가 내린다. 잠시 후 주인댁의 스테파네트 아가씨가 식량을 실은 노새를
타고 나타난다.

전개 산 아래로 내려갔던 스테파네트 아가씨가 물에 흠뻑 젖어 나타남

스테파네트 아가씨는 아픈 머슴 아이와 휴가를 간 노라드 아주머니 대
신 식량을 싣고 온다. 그녀는 오는 도중 길을 잃어 늦었다고 말하면서
'나'의 거처 주변을 흥미롭게 둘러보다 떠난다. 하지만 저녁 무렵 물이
불어난 강을 건너다가 물에 빠져 다시 산 위로 돌아온다.

절정 잠이 깬 스테파네트 아가씨가 모닥불 근처에 있는 '나'의 곁으로 옴

'나'는 추위와 불안에 떠는 스테파네트 아가씨에게 따뜻한 잠자리를 마
련해 주고 우리 밖에 나가 앉는다. 낯선 환경과 양들의 기척 때문에 잠
이 깬 아가씨는 밖에서 모닥불을 피우고 있던 '나'의 곁으로 다가앉는다.

결말 스테파네트 아가씨가 '나'의 어깨에 기대어 잠이 듦

'나'와 스테파네트 아가씨는 밤하늘에 떨어지는 유성, 별자리 이야기 등

에 관해 이야기한다. 그러다가 잠이 든 아가씨가 '나'의 어깨에 머리를 기댄다. '나'는 밤하늘의 어느 별 하나가 길을 잃고 내려와 '나'의 어깨에 내려앉아 잠들어 있다고 생각한다.

🖊 생각해 볼 문제

1. 이 작품에서 사건의 전개와 관련된 복선은 무엇인가?

갑자기 내린 소나기는 사건 전개에 중요한 역할을 한다. 식량을 싣고 올 사람을 기다리던 '나'는 뜻밖에도 스테파네트 아가씨가 나타나자 깜짝 놀란다. 그리고 소나기 때문에 강물이 불어나 스테파네트 아가씨는 집으로 돌아가지 못하고 '나'의 집에 머물게 된다. 또한, 낮에 내린 소나기 때문에 밤하늘의 별들이 더 또렷하게 보인다.

2. '밤'이라는 시간적 배경은 소설 속에서 어떤 역할을 하는가?

낮이 활기에 찬 세계의 모습을 보여 준다면, 밤은 고독과 적막이 가득한 가운데 낮에는 들을 수 없었던 소리와 기운을 느끼게 해 준다. 낮이 '나'와 스테파네트 아가씨의 사랑이 불가능한 현실을 상징한다면, 밤은 이런 모든 제약에서 벗어나 자유로운 꿈과 동경이 펼쳐지는 세계라고 할 수 있다.

3. 이 작품에서 '별'이 상징하는 것은 무엇인가?

소나기가 지나간 밤하늘의 별은 이 작품 속의 목가적이고 서정적인 배경과 더불어 보이지 않는 것을 향한 그리움, 닿을 수 없는 것에 대한 동경을 간접적으로 그려 내고 있다. 이것은 주인댁의 딸인 스테파네트와 목동인 '나'의 신분을 초월한 순수한 사랑을 상징한다.

별 — 프로방스 지방의 한 목동의 이야기

내가 뤼브롱 산에서 양을 치고 있을 때의 이야기입니다. 몇 주일 내내 사람이라고는 그림자도 구경하지 못하고 양 떼와 사냥개 검둥이만을 상대로 홀로 목장에 남아 있어야 했습니다. 이따금 몽 들 뤼르의 수도자들이 약초를 찾아 그곳을 지나가는 일도 있었고, 피에몽에서 온 숯 굽는 사람의 거무데데한 얼굴이 눈에 띄는 일도 있었습니다만, 그들은 사람들과 접촉이 없는 소박한 생활을 해 왔기 때문에 좀처럼 입을 여는 일이 없었고, 남에게 말을 거는 취미도 없는 사람들이었습니다. 게다가 무엇이 지금 산 아래 여러 마을이나 읍에서 이야깃거리가 되고 있는지도 모르는 사람들이었습니다.

그래서 두 주일마다 보름치의 먹을 것을 실어다 주는 우리 농장 노새의 방울 소리가 언덕길에서 들려올 때, 그리고 어린 머슴 아이인 미아르의 그 또랑또랑한 얼굴이라든지 늙은 노라드 아주머니의 다갈색 모자가 언덕 위로 남실남실 떠오를 때면 나는 너무나 기뻐 어쩔 줄을 몰랐던 것입니다. 그때마다 나는 어느 집 어린이가 세례를 받았고, 누가 결혼을 했는지, 그 사이 산 아래에서 일어난 소식을 연거푸 캐물었습니다. 그러나 무엇보다도 가장 큰 관심은 주인댁 따님, 이 근처 백 리 안에서 가장 예쁜 우리 스테파네트 아가씨가 어떻게 지내는가에 기울어 있었습니다. 나는 과히 관심을 가지는 기색을 보이지 않으면서도 아가씨가 자주 잔치에 참석하여 저녁 나들이를 하는지, 여전히 새로운 남자 친구들이 아가씨의 환심을 사러 오는지를 넌지시 알아보는 것이었습니다. 보잘것없는 일개 목동인 나에게 이런 일들이 무슨 소용이 있는 것이냐고 묻는다면 아마도 나는 이렇게 대답할 것 같습니다. 나는 스무 살이었고, 스테파네트 아가씨는 그때껏 내가 본 사람들 중에서 가장 아름다웠다고.

어느 일요일이었습니다. 보름치의 식량이 오기를 눈이 빠지도록 기다렸는데, 그날따라 아주 늦게 식량이 도착했었습니다. 아침나절에는 '큰 미사를 보고 오느라 그럴 테지'라고 생각했고, 점심때가 되어 소나기가 퍼부었으므로 이번에는 길이 나빠 노새를 몰고 떠날 수가 없었으리라고 짐작하며 초조한 마음을 달랬습니다. 그런데 세 시쯤 되자 마침내 하늘은 씻은 듯 개었고 비에 젖은 온 산이 햇빛을 받아 눈부시게 빛나는데, 나뭇잎에 물방울 듣는(눈물이나 빗물 따위의 액체가 방울져 떨어지는) 소리와 개천에 물이 불어 좔좔 넘쳐 흐르는 소리에 섞여 문득 방울 소리가 들려왔습니다. 그건 마치 부활절에 울리는 교회 종소리만큼이나 맑고 경쾌한 소리였습니다. 그런데 막상 노새를 몰고 나타난 사람은 꼬마 미아르도 아니고, 늙은 노라드 아주머니도 아니었습니다. 누구였을까요? ……바로 우리 아가씨였습니다. 우리 아가씨가 노새 등에 실린 버들고리 사이에 의젓이 올라타고 몸소 나타난 것이었습니다. 맑은 산의 정기와, 소낙비로 시원하게 씻긴 바람을 맞아 그녀의 얼굴은 온통 발갛게 상기되어 있었습니다.

미아르는 앓아누워 있고, 노라드 아주머니는 휴가를 얻어 자기 아이들을 보러 갔다는 것이었습니다. 아름다운 스테파네트 아가씨는 노새에서 내리면서 내게 그 소식들을 전해 주었습니다. 그리고 오는 도중 길을 잃어 늦어졌다고 덧붙였습니다. 그러나 그 곱고 빛나는 레이스로 단장한 옷차림을 보면, 덤불 속에서 길을 찾아 헤맸다느니보다는 차라리 어느 무도회에라도 들러서 놀다가 늦어진 것처럼 보일 지경이었습니다. 오, 귀여운 아가씨! 아무리 바라보아도 싫증이 나지 않았습니다. 그때까지 그렇게 가까이에서 아가씨를 바라본 적이 없었던 것입니다. 겨울이 되어 양 떼를 몰고 벌판으로 내려가서 저녁을 먹기 위해 농장으로 들어가면, 가끔 아가씨가 식당을 휙 가로질러 지나가는 때도 있었습니다만, 거의 하인들에게는 말을 거는 일이 없었습니다. 늘 아름답게 차려입고 어쩐지 좀 깔끔해 보이고……. 그런데 지금, 그 아가씨가 바로 내 눈앞에 와 있는 것입니다. 오로지 나만을 위해서 말입니다. 그러니 그만하면 넋을 잃을 법도 하지 않습니까?

바구니에서 식량을 끌어내기가 무섭게, 스테파네트 아가씨는 신기한 듯 주위를 휘휘 둘러보기 시작했습니다. 아가씨는 고운 나들이옷의 스커트 자락을 살짝 걷어 올리더니, 양을 몰아넣는 우리 안으로 들어갔습니다. 내 잠자리며, 양모피를 깐 짚자리며, 벽에 걸린 커다란 두건 달린 외투며, 내 채찍, 그리고 구식 엽총 따위를 보고 싶어 했습니다. 그 모든 것이 아가씨에는 재미있고 신기했던 것입니다.

"그래, 여기서 산단 말이지? 가엾기도 해라. 항상 이렇게 혼자 있으니 얼마나 갑갑할까! 무얼 하며 시간을 보내지? 무슨 생각을 하면서?"

'당신을 생각하며…… 아가씨.'

불현듯 이렇게 대답하고 싶은 생각이 치밀었습니다. 사실 그렇게 대답한
다고 해도 거짓은 아니었을 것입니다. 그러나 그 순간 어찌나 당황스럽던
지 나는 선뜻 한마디도 하지 못했습니다. 아가씨는 아마 그러한 낌새를 분
명히 눈치채고도 일부러 얄궂은 질문을 던져 내가 쩔쩔매는 꼴을 보고 즐
거워했던 것인지도 모르겠습니다.

"예쁜 여자 친구라도 가끔 만나러 올라오니? ……황금의 양이나 저 산
봉우리 위를 날아다니는 에스테렐 선녀를 눈앞에 보는 듯하겠구나."

이런 말을 하며 머리를 뒤로 젖히고 웃는 귀여운 몸짓이라든지, 요정처
럼 나타났다가 숨 돌릴 겨를 없이 가 버리는 그 서운한 느낌이 내게는 아가
씨 자신이야말로 영락없이 에스테렐 선녀처럼 느껴지는 것이었습니다.

"잘 있어."

"조심히 가세요, 아가씨."

마침내 아가씨는 빈 바구니를 싣고 떠났습니다.

아가씨가 비탈진 산길 속에 가뭇없이 사라진 뒤에도 그 노새 발굽에 채
어 연방 굴러떨어지는 돌멩이 소리가 여전히 들려왔습니다. 그리고 그 돌
멩이 하나하나가 그대로 내 심장 위에 덜컥덜컥 떨어져 내리는 것 같았습
니다. 나는 오래오래 그 소리에 귀를 기울였습니다. 해가 질 무렵까지 그
애틋한 꿈이 달아날까 봐 감히 손 하나 까딱 못하고 졸음에 겨운 듯 우두커
니 서 있었습니다. 저녁때가 다 되어 깊은 골짜기들이 차차 푸른빛으로 변
하고, 양들도 우리 안으로 돌아오려고 '메메' 울면서 서로 몸을 비비대고
있을 무렵이었습니다. 바로 그때 비탈길에서 나를 부르는 소리가 들리더니
우리 아가씨가 나타났습니다.

방금 전처럼 생글생글 웃던 모습은 간 데 없고, 흠뻑 물에 젖어서 추위와
공포로 몸을 떨고 있었습니다. 아마 소나기 때문에 물이 불어난 산 아래 소
르그 강을 건너가려다가 물에 빠진 모양이었습니다. 딱하게도 날까지 저물
어 농장으로 돌아갈 생각을 하지 못한 것입니다. 지름길이 있기는 했지만,
아가씨 혼자서는 도저히 찾아갈 수 없을 터이고, 그렇다고 내가 양 떼를 내
버려 두고 떠날 수는 없었기 때문입니다. 산에서 밤을 보낸다고 해도 가족
들이 걱정할 생각에 아가씨는 안절부절못했습니다. 나는 아가씨를 안심시
키려고 애썼습니다.

"칠월이라 밤이 아주 짧습니다. 아가씨, 잠시만 참으시면 될 겁니다."

이렇게 아가씨를 달래 놓고는 얼른 불을 활활 피워 발과 시냇물에 젖은 옷을 말리게 했습니다. 우유와 치즈도 가져다주었습니다. 그러나 가엾은 아가씨는 불을 쬐려고도, 무엇을 먹어 볼 생각도 하지 않았습니다. 아가씨의 눈에 굵은 눈물방울이 맺히는 것을 보았을 때는 나까지 울고 싶어졌습니다.

그러는 동안 밤이 되었습니다. 아득한 산꼭대기 뒤에 뿌연 햇볕과 희미한 석양빛이 남아 새 모피를 깔아 놓고 안녕히 주무시라는 인사를 하고 나서 나는 밖으로 나와 문 앞에 앉았습니다. 마음속에 뜨거운 사랑이 타오르는 것 같았지만, 나쁜 생각은 티끌만큼도 떠올리지 않았다는 것을 하느님은 아실 겁니다. 누추할망정 그래도 내 우리 안에, 아가씨의 잠든 얼굴을 신기한 듯 들여다보는 양들 곁에 우리 주인댁의 따님이 — 다른 어떤 양보다 더 귀하고 더 순결한 한 마리 양처럼 — 내 보호 아래 마음 놓고 쉬고 있다는 생각으로 자랑스러운 마음만 벅차오를 뿐이었습니다. 밤하늘이 그처럼 아득하고 별들이 그렇게 찬란하게 보인 적은 없었습니다.

그런데 갑자기 사립문이 삐걱 열리면서 아름다운 스테파네트 아가씨가 나타났습니다. 아가씨는 잠을 이룰 수가 없었던 것입니다. 양들이 뒤척이는 기척에 짚이 버스럭거렸고, 잠결에 '메' 하고 울음소리를 내는 놈도 있었습니다. 그래서 아가씨는 차라리 모닥불 곁으로 나오는 게 더 낫겠다고 생각했던 것입니다. 나는 양모피를 벗어 아가씨 어깨 위에 걸쳐 주고, 모닥불을 더 강하게 지폈습니다. 그리고 우리들은 아무 말 없이 나란히 앉아 있었습니다.

만약 당신이 별을 바라보며 바깥에서 밤을 새워 본 적이 있다면, 사람이 모두 잠든 깊은 밤중에는 또 다른 신비로운 세계가 적막 속에 눈을 뜬다는 것을 누구나 알고 있을 것입니다. 그때 샘물은 훨씬 더 맑은 소리로 노래 부르고, 못에는 자그마한 불꽃들이 반짝입니다. 온갖 산신령들이 거침없이 오락가락 노닐며, 대기 속에는 마치 나뭇가지나 풀잎이 부쩍부쩍 자라는 소리라도 들리듯이 바스락거리는 소리들, 그 들릴 듯 말 듯한 온갖 소리들이 일어납니다. 낮은 생물들의 세상이지요. 그러나 밤은 사물들의 세상이랍니다. 누구나 이런 밤의 세계에 익숙하지 못한 사람은 좀 무서워질 것입니다만.

그래서 우리 아가씨 역시 무슨 바스락거리는 소리만 들려도 소스라치며 놀라 바싹 내게로 다가앉는 것이었습니다. 한번은 저 편 아래쪽 못에서 처량하고 긴 소리가 은은하게 굽이치며 우리가 앉아 있는 산등성이로 솟아올랐습니다. 바로 그 순간 아름다운 유성이 우리 머리 위를 지나 한 줄기 긴 꼬리를 끌고 떨어졌습니다.

"저게 뭘까?"

스테파네트 아가씨가 나지막한 목소리로 물었습니다.

"천국으로 들어가는 영혼이지요."

나는 이렇게 대답하고 성호를 그었습니다.

아가씨는 나를 따라 성호를 긋고는 잠시 고개를 들고 하늘을 쳐다보며 깊은 명상에 잠겼습니다. 그러더니 불쑥 이렇게 물었습니다.

"그게 정말이니? 너희들 목동은 모두 마법사라면서?"

"천만에요, 아가씨. 하지만 우리는 여기서 남들보다는 더 별들과 가까이 지내는 셈이지요. 그러니 평지에 사는 사람들보다는 별에 일어나는 일을 더 잘 알게 되는 거지요."

아가씨는 여전히 공중을 쳐다보고 있었습니다. 그렇게 손으로 턱을 괸 채 양모피를 두른 모습은, 그대로 귀여운 천국의 목자였습니다.

"어머나, 저렇게 많아! 정말로 아름답구나! 저렇게 많은 별은 생전 처음이야. 넌 저 별들 이름을 잘 알 테지?"

"아무렴요, 아가씨. 자! 바로 우리들 머리 위를 보세요. 저게 '성(聖) 야곱의 길(은하수)'이랍니다. 프랑스에서 곧장 에스파냐 상공으로 통하지요. 샤를마뉴 대왕이 사라센 사람들과 전쟁을 할 때, 바로 갈리스의 성 야곱이 용감한 사를마뉴 대왕에게 길을 알려 주기 위해서 그어 놓은 것이랍니다. 좀 더 저쪽으로 '영혼들의 수레(큰곰자리)'와 그 번쩍이는 굴대 네 개가 보이지요? 그 앞에 있는 별 셋이 '세 마리의 야수'이고, 그 세 번째 별 바로 곁에 붙어 있는 아주 작은 꼬마 별이 '마차꾼'이고요, 그 언저리에 온통 빗발처럼 내리 떨어지는 별들이 보이죠? 그건 하느님께서 당신 나라에 들이고 싶지 않은 영혼들이랍니다…… 그보다 아래쪽의 저걸 보세요. 저게 '갈퀴' 또는 '삼왕성(三王星 오리온)'이랍니다. 우리들 목동에게는 시계 구실을 해 주는 별이지요. 그 별로 지금 자정이 지났다는 걸 알 수 있지요. 더 아래쪽에 있는 게 별들의 횃불인 '장 드 밀랑(시리우스)'이에요. 저 별에 관해서는 목동들 사이에 이런 얘기가 전해지고 있어요. 어느 날 밤, 장 드 밀랑이 삼왕성과 '병아리 집'(북두칠성)들과 함께 그들의 친구 별 잔치에 초대를 받았다나 봐요. '병아리 집'은 남들보다 일찍 서둘러서 맨 먼저 떠나 윗길로 접어들었지요. 저 위쪽 하늘 한복판을 보세요. 그래서 삼왕성은 좀 더 아래로 곧장 가로질러 마침내 '병아리장'을 따라갔어요. 하지만 게으름뱅이 장 드 밀랑은 늦잠을 자다가 제일 뒤에 처지게 되었지요. 그래 불끈해서 그들을 멈추게 하려고 지팡이를 냅다 던졌다는 거예요. 그래서 삼왕성을 '장 드 밀랑의 지팡이'라고 부르지요……. 그러나 온갖 별들 중에서도 가장 아름다운 별은 뭐니 뭐니 해도 역시 우리들의 별이죠. 저 '목동의 별' 말이에요. 우리가 새벽에 양 떼를 몰고 나갈 때나 저녁에 다시 몰고 돌아올 때, 한결같이 우리를 비추어 주는 별이랍니다. 우리는 그 별을 '마글론'(직녀성)이라고도 부르지요. 예쁜 마글론은 '프로방스의 피에르'(견우성)의 뒤를 쫓아가서 칠 년 만에 한 번씩 결혼을 한답니다."

"어머나! 그럼 별들도 결혼을 하는 거야?"

"그럼요, 아가씨."

그러고 나서 그 결혼이라는 게 어떤 것인지를 이야기해 주려고 하고 있을 무렵 나는 무엇인가 서늘하고 보드라운 것이 살며시 내 어깨에 얹히는 감촉을 느꼈습니다. 그것은 아가씨가 졸음에 겨워 리본과 레이스와 곱슬곱슬한 머리카락을 앙증스럽게 비비대며 머리를 가만히 기대 온 것이었습니다. 아가씨는 훤하게 먼동이 터 올라 별들이 해쓱하게 빛을 잃을 때까지 꼼짝 않고 그대로 기대고 있었습니다. 나는 그 잠든 얼굴을 지켜보며 꼬빡 밤을 새웠습니다. 가슴이 설레는 것을 어쩔 수 없었지만, 그래도 내 마음은 오직 아름다운 것만을 생각하게 해 주는 그 맑은 밤하늘의 보호를 받으며 순결함을 잃지 않았습니다. 우리 주위에는 총총한 별들이 마치 헤아릴 수 없이 거대한 양 떼처럼 조용히 운행을 계속하고 있었고 나는 이따금 이런 생각을 했습니다. 저 숱한 별들 중에서 가장 가냘프고 가장 빛나는 별 하나가 그만 길을 잃고 내 어깨에 내려앉아 고이 잠들어 있노라고. *

산문으로 쓴 환상시

✏️ 작품 정리

작가 : 알퐁스 도데(301쪽 '작가와 작품 세계' 참조)
갈래 : 단편 소설
성격 : 성찰적, 동화적
배경 : 시간 – 분명하게 드러나지 않음 / 공간 – 한 나라의 궁전, 숲 속
시점 : 3인칭 전지적 작가 시점(도입부 : 1인칭 주인공 시점)
주제 : 인간의 한계와 삶의 진정한 가치에 대한 자각

✏️ 구성과 줄거리

서문 흰 서리로 덮인 라벤더 숲 속에서 두 편의 환상시를 씀

왕자의 죽음

발단 죽음을 앞둔 왕자 때문에 궁전 분위기가 침통함

어린 왕자의 죽음이 가까워 오자 거리와 궁전은 침통한 분위기에 휩싸인다. 여왕은 왕자의 머리맡에 앉아 눈물을 흘리며 슬퍼한다.

전개 왕자는 죽음을 피할 방법을 찾으려 하지만 불가능하다는 것을 알게 됨

왕자는 죽음을 피하기 위해 근위병의 호위를 요구하고 돈을 주어 다른 사람이 대신 죽게 할 수는 없는지 묻는다. 하지만 죽음을 피할 방법이 없다는 것을 알게 된 왕자는 절망한다.

결말 왕자는 천국에 가도 명예가 유지되지 않는다는 것을 알고 절망함

왕자는 죽음을 받아들이는 대신 천국에서도 왕자의 명예를 가질 수 있을 거라 기대한다. 그러나 그 또한 불가능한 일이라는 것을 알게 되고 흐느껴 운다.

숲 속의 군수님

발단 **군수는 연설을 방해하는 숲 속 동물들에게 화를 냄**

군수는 멋진 연설을 위해 숲 속에 들어간다. 그러나 딱따구리와 오랑캐
꽃들이 자연의 아름다움을 뽐내며 군수의 연설을 방해한다.

결말 **군수는 자연의 아름다움에 빠져들어 연설을 잊음**

군수는 숲의 매력에 빠져들지 않으려고 저항한다. 하지만 결국 새들의
노랫소리와 꽃향기에 취해 서서히 연설을 잊는다.

✎ 생각해 볼 문제

1. 「왕자의 죽음」에서 왕자가 죽음에 직면해 자신의 존재에 대해 깨달아 가는
과정은 어떠한가?

왕자는 처음에는 병사들을 자기 주변에 배치해 죽음에 대항하려고 한다.
그러다 돈으로 죽음을 해결해 보려 한다. 이 또한 불가능하다는 것을 알게
되자 비록 죽더라도 왕자로서의 명예를 얻고자 한다. 하지만 왕자는 결국
권력이나 재물, 명예 같은 것들이 죽음 앞에서는 아무 소용이 없음을 알게
된다.

2. 「숲 속의 군수님」의 주제는 무엇인가?

이 작품은 사람들 앞에서 연설하는 것보다 자연과 함께하는 행복을 보다
진솔하게 나타내고 있다. 즉, 사회적 지위와 품위 유지 대신 자연이 주는 아
름다운 세계에서 진정한 행복을 느낄 수 있음을 드러내고 있다. 이는 인생
의 참다운 행복이 무엇인가에 대해 다시금 생각하게 해 준다.

3. 작가가 두 개의 작품을 하나로 묶은 이유는 무엇인가?

왕자와 군수는 부와 권력을 가졌지만 이러한 것들이 필요 없게 된 상황에
처해 있다. 왕자는 죽음을 눈앞에 두고 있고 군수는 차츰 연설 연습에 흥
미를 잃어버리고 만다. 따라서 독자는 두 개의 작품을 통해 인생의 참다
운 목표와 행복이란 무엇인가에 대해 보다 다양한 각도로 생각해 볼 수
있다.

왕자의 죽음

어린 왕자가 병이 들어 죽게 되었습니다. 왕국의 모든 교회에서는 왕자의 회복을 빌며 밤낮으로 성체를 내놓고, 커다란 초에 불을 켜 놓았습니다. 고색창연한 거리는 고요하고 쓸쓸했으며 교회의 종소리도 들리지 않았고, 마차들도 조용조용히 다녔습니다……. 궁궐 주위의 주민들은 궁금해서, 위엄 있는 태도로 궁정 안에서 이야기를 하고 있는 금줄 단 뚱뚱보 위병들을 창살 틈으로 바라보았습니다.

성안이 온통 들끓고 있었습니다. 시종들과 청지기들이 종종걸음으로 대리석 층계를 오르내립니다. 현관에는 비단옷을 입은 신하들과 시동들로 가득 차 있으며 그들은 이리 몰리고 저리 몰리면서 새로운 소식을 알아내려고 수군거립니다. 넓은 계단 위를 지나는 시녀들은 수놓은 고운 손수건으로 눈물을 닦으면서 서로 인사를 주고받습니다.

오렌지 온실 안에서 가운을 입은 의사들의 회합이 거듭됩니다. 그들의 긴 검정 소매가 움직이고, 길게 늘인 가발이 점잖게 수그러지는 모습이 유리창 너머로 보입니다. 사부와 시종은 문 앞에서 서성대며 시의의 발표를 기다립니다. 요리사들은 그들 곁을 인사도 없이 지나갑니다. 시종은 이교도처럼 욕설을 퍼붓고, 사부는 호라스의 시를 읊습니다. 그러는 동안 저편 마구간 쪽에서는 구슬픈 말 울음 소리가 길게 들려옵니다. 마부들이 잊고 밥을 주지 않아 왕자의 밤색 말들이 텅 빈 구유 앞에서 슬프게 울부짖는 것이었습니다.

그런데 임금님은 어디 계신가? 임금님은 성 끝에 있는 방 안에 홀로 들어앉아 계십니다. 임금님들이란 남에게 눈물을 보이는 것을 좋아하지 않습니다. 그러나 여왕님은 다릅니다. 여왕님은 어린 왕자의 머리맡에 앉아 모든 사람들이 보는 앞에서 고운 얼굴을 온통 눈물로 적시며 큰 소리로 흐느껴 울고 계십니다.

레이스가 달린 침대에는 어린 왕자가, 깔고 누운 요보다도 더 흰 얼굴로 눈을 감은 채 누워 있습니다. 잠든 것처럼 보였지만 자고 있는 것은 아니었습니다. 왕자는 어머니를 향해 몸을 돌리더니, 그녀가 울고 있는 것을 보자 이렇게 말했습니다.

"어마마마, 왜 우세요? 정말 제가 죽을 거라고 생각하세요?"

여왕님은 대답하려고 했지만 목이 메어 말이 나오질 않습니다.

"어마마마, 제발 울지 마세요. 제가 왕자라는 것을 잊으셨군요. 왕자가 이렇게 죽을 수 있나요?"

여왕님은 더욱더 흐느껴 웁니다. 그래서 문득 왕자도 무서워집니다.

"그만두세요! 전 죽고 싶지 않아요. 절대로 죽음이 여기까지 오지 못하도록 막을 수 있을 거예요……. 당장 사십 명의 아주 힘센 근위병을 오게 해서 침대 주위를 둘러싸게 해 주세요……. 대포 백 문을 창 밑에 배치해 도화선에 불을 붙여 밤낮으로 지켜 주세요. 그래도 죽음이 접근해 오면 호통을 칠 거예요!"

여왕님은 왕자를 안심시켜 주려고 손짓을 합니다. 당장 궁정 안으로 커다란 대포가 굴러 오는 소리가 들리고 창을 든 장대한 사십 명의 근위병들이 몰려와 방 안에 둘러섭니다. 이들은 수염이 허옇게 된 노병들입니다. 왕자는 그들을 보자 손뼉을 칩니다. 왕자는 그들 중에서 자기가 알고 있는 한 사람을 불렀습니다.

"로뎅! 로뎅!"

로뎅은 침대 앞으로 한 걸음 나섭니다.

"로뎅, 난 당신이 참 좋아……. 당신의 장검을 좀 보여 줘. 죽음이 나를 잡으려고 하면 죽여 버려야 하겠지?"

로뎅이 대답합니다.

"그렇습니다, 전하!"

노병의 거무죽죽한 뺨 위에는 굵은 눈물이 두 줄 흘러내립니다.

이때 궁정 목사가 왕자 곁으로 가까이 오더니 십자가를 보이며 낮은 목소리로 오랫동안 이야기를 합니다. 어린 왕자는 아주 놀란 얼굴로 이야기를 듣고 있더니 갑자기 목사의 말을 가로막습니다.

"사제님의 말씀은 잘 알겠습니다. 그렇다면 친구 베뽀 녀석에게 돈을 많이 주고 내 대신 죽게 할 수는 없을까요?"

목사는 낮은 목소리로 이야기를 계속합니다. 어린 왕자는 더욱더 놀란 얼굴을 합니다. 목사가 이야기를 다 끝내자 어린 왕자는 한숨을 쉬며 이렇게 말했습니다.

"사제님의 말씀 한마디 한마디가 저를 아주 슬프게 하는군요. 하지만 저 하늘 위 별들의 낙원에 가도 나는 역시 왕자일 테니까 안심이 되는군요…… 하느님은 나의 친척이니까 내 신분에 맞는 대우를 하시겠지요."

그리고는 어머니 쪽으로 몸을 돌리며 왕자는 이렇게 덧붙여 말합니다.

"제 가장 고운 옷들, 흰 담비 가죽 저고리와 벨벳 무도화를 가져오라고 하세요! 왕자의 옷을 입고 천국에 들어가서 천사들에게 뽐내고 싶습니다."

목사는 어린 왕자를 향해 세 번째로 다시 몸을 숙이며 낮은 목소리로 오랫동안 이야기를 합니다. 이야기를 듣던 왕자는 벌컥 화내며 말을 가로막더니 이렇게 말합니다.

"그렇다면 왕자란 아무것도 아니군요!"

그리고는 더 이상 이야기를 들어 보려고 하지 않고 벽을 향해 돌아누워 흐느껴 울었습니다.

숲 속의 군수님

나이팅게일(딱샛과의 작은 새)의 말에 한시름 놓은 새들은 다시 노래를 계속하고, 샘물도 다시 흐르기 시작했으며 오랑캐꽃은 다시 향기를 풍기기 시작했습니다. 마치 군수님이 그곳에 있다는 사실엔 아랑곳하지 않는 듯이……. 군수님은 이러한 경쾌한 소란 속에서 태연하게 공진회 시신의 가호를 마음속으로 기원하며 연필을 들더니 엄숙한 목소리로 연설문을 낭독하기 시작했습니다.

"내빈 및 친애하는 군민 여러분……."

군수님이 엄숙하게 서두를 꺼내자 웃음소리가 터져 나왔습니다. 그는 말을 멈추고 뒤를 돌아다보았지만 보이는 거라곤 커다란 딱따구리 한 마리뿐이었습니다. 딱따구리는 그가 벗어 놓은 모자 위에 앉아서 그를 바라보며 웃고 있었습니다. 군수는 어깨를 으쓱 추켜올리고 나서 연설을 계속하려고 했습니다.

그러나 딱따구리가 잽싸게 말을 가로채며 멀리서 이렇게 소리쳤습니다.

"소용없어요!"

"뭐라고? 소용없다고?"

군수님은 얼굴이 새빨개져서 소리를 질렀습니다. 그리고 팔을 휘둘러 저 방자한 새를 쫓아 버리고 나서 더욱 목소리를 가다듬어 연설을 시작했습니다.

"내빈 및 친애하는 군민 여러분……."

똑같은 서두가 시작되자 귀여운 오랑캐꽃들이 줄기 끝에서 군수님에게 고개를 내밀며 은근한 목소리로 말했습니다.

"군수님, 우리들에게서 좋은 향기가 나죠?"

이어서 이끼 밑으로 샘물이 졸졸 맑은 소리로 흐르고, 머리 위 나뭇가지 위에서는 휘파람새들이 우르르 몰려와 명랑한 소리로 울어 댑니다. 작은 숲 전체가 결탁한 듯이 군수님의 연설문 작성을 한사코 방해했습니다.

작은 숲 전체의 결사적인 방해에 군수님은 오랑캐꽃 향기에 취하고, 노랫소리에 넋을 잃어 온몸을 파고드는 숲의 매력에 끌려들어 가지 않으려 저항했지만 허사였습니다. 그는 팔꿈치를 괴고 풀 위에 누워 고운 옷의 단추를 풀며 두어 번 중얼거려 보았습니다.

"내빈 및 친애하는 군민 여러분……."

"내빈 및 친애하는 군민 여러분……."

"내빈 및 친애……." *

코르니유 영감의 비밀

✎ 작품 정리 ---

작가 : 알퐁스 도데(301쪽 '작가와 작품 세계' 참조)
갈래 : 단편 소설
성격 : 감상적, 감동적
배경 : 시간 – 산업 혁명 전후 / 공간 – 프랑스의 프로방스 지방
시점 : 1인칭 관찰자 시점
주제 : 코르니유 영감의 장인 정신과 시간의 흐름

✎ 구성과 줄거리 ---

발단 **피리 부는 할아버지가 코르니유 영감의 이야기를 들려줌**

프랑세 마마이라는 피리 부는 할아버지가 20년 전 마을에 있었던 이야기를 들려준다. 그는 향긋한 포도주를 마시며 과거를 회상한다.

전개 **풍차 방앗간은 프로방스 마을 사람들의 행복이자 삶의 활력소임**

마을 언덕에는 방앗간의 풍차가 돌아가고 노새들이 밀가루 포대를 싣고 끊임없이 언덕을 오르내린다. 마을 사람들은 일요일이면 풍차 방앗간에 모여 피리 소리에 맞춰 춤을 추기도 하고 담소를 나누기도 한다.

위기 **마을에 증기 제분소가 세워지자 방앗간이 사라지기 시작함**

마을에 증기 제분소가 생기자 사람들은 더 이상 방앗간에 밀을 맡기지 않는다. 마을의 방앗간이 하나둘 없어지고 추억도 사라져 간다. 하지만 60년 동안 방앗간 일을 해 온 코르니유 영감의 풍차만은 쉬지 않고 돌아간다. 코르니유 영감은 사람들은 물론 손녀에게도 방앗간 안을 절대 보여 주지 않는다.

절정 **코르니유 영감이 외출한 사이에 아이들이 방앗간 안을 몰래 들여다봄**

마을 사람들은 코르니유 영감이 밤마다 당나귀에 밀가루 포대를 싣고 언덕을 오르내리는 것을 보며 궁금증을 갖는다. 어느 날, 영감이 외출한

사이 아이들이 사다리를 타고 올라가 방앗간 안을 들여다본다. 그러나 방앗간 안 어디에도 밀가루는 보이지 않는다. 결국 영감이 나른 것은 밀이 아닌 백토(白土)였고, 밀을 빻는 것처럼 보이게 하려고 풍차를 돌렸음이 밝혀진다.

결말 **마을 사람들이 밀을 모아 코르니유 영감에게 가져감**

코르니유 영감의 이야기를 들은 마을 사람들은 그날부터 영감의 방앗간에 일감을 맡긴다. 그러나 얼마 후 코르니유 영감이 죽고, 마을에 유일하게 남아 있던 방앗간은 역사 속으로 사라진다.

✏ 생각해 볼 문제

1. 코르니유 영감은 왜 풍차 방앗간을 지키고자 했는가?

코르니유 영감은 마을에 증기 제분소가 들어서고 풍차 방앗간이 하나둘 사라지자 그 사실을 받아들이지 못한다. 평생을 함께한 풍차 방앗간은 그에게는 사랑하는 가족이자 친구와 같다. 즉, 코르니유 영감이 지키고자 한 것은 단순히 풍차 방앗간이 아니라 방앗간과 함께한 자신의 인생과 추억이다. 그래서 영감은 밀가루 포대 대신 백토를 당나귀 등에 싣고 언덕을 오르내린 것이다.

2. 풍차의 시대가 시간 속으로 사라졌다는 말의 의미는 무엇인가?

이 작품은 산업 혁명 때문에 증기 제분소가 들어서면서 풍차 방앗간이 자취를 감추었던 시대를 그리고 있다. 코르니유 영감은 풍차 방앗간을 지키기 위해 노력하자고 외치지만 마을 사람들은 아무도 귀 기울이지 않는다. 풍차의 시대가 지나갔다는 말은 이 작품의 주제인 시간의 흐름을 가리킨다. 사람들을 싣고 다니던 나룻배, 유행 지난 옷과 마찬가지로 모든 것에는 끝이 있다. 하지만 새로운 것을 받아들이는 과정에는 언제나 고통이 따른다. 왜냐하면 과거는 우리의 추억이자 친구이고 가족이기 때문이다.

코르니유 영감의 비밀

　함께 달콤한 포도주를 마시려고 가끔 나를 찾아오는 프랑세 마마이. 그는 늙은 피리 연주자입니다. 며칠 전 그는 나의 방앗간에서 20년 전쯤에 일어난 일에 대해 이야기해 주었습니다. 프랑세 마마이의 이야기는 감동적이었습니다. 저는 그에게 들은 이야기 그대로 여러분에게 전합니다.

　친애하는 여러분, 아주 잠깐이라도 좋습니다. 여러분도 향긋한 포도주가 담긴 술통을 앞에 놓고 앉아서 피리 부는 연주자의 이야기를 듣는다고 상상해 보세요.

　여보게, 옛날에 우리 마을은 지금처럼 황량한 곳이 아니었다네. 그때는 밀가루 거래가 번성해서 농부들이 사방 백 리 근처에서 밀을 갈기 위해 이곳으로 오곤 했지. 마을 어느 쪽을 바라보아도 방앗간이 보일 정도였어. 소나무 숲에서 불어오는 북풍에 돌아가는 풍차 날개와, 언덕 비탈길 위 밀가루 자루를 싣고 다니는 당나귀들의 긴 행렬을 곧잘 볼 수 있었지. 참 즐거운 일이었네. 월요일부터 토요일까지 산꼭대기에서 들리는 채찍 소리와 풍차 날개 소리, 그리고 방앗간에서 일하는 사람들의 소리를 듣는 일 말일세.

　사람들은 일요일이 되면 삼삼오오 모여서 방앗간으로 놀러갔다네. 그러면 방앗간 주인들은 사람들에게 백포도주를 한 잔씩 돌렸지. 방앗간 주인의 아내들은 레이스 달린 숄을 두르거나 금으로 만든 십자가로 치장하기도 했어. 마치 그 모습은 여왕과도 같았다네. 나는 방앗간에 갈 때마다 항상 피리를 들고 갔고, 사람들은 밤이 깊도록 파랑돌(프랑스의 프로방스 지방에서 비롯된 춤곡)을 추곤 했지. 이해할 수 있겠나? 그때 마을의 방앗간들은 마을의 재산이자 우리의 행복이었네.

　그런데 불행한 일이지. 파리에서 온 몇몇 프랑스인들이 타라스콩 거리에 증기 제분기를 설치하려고 했다네. 들리는 소문에 의하면, 사람들은 새로 생긴 근사한 제분소로 밀을 보내기 시작했다고 하더군. 사람들이 제분소로 밀을 보내는데 방앗간이 뭘 할 수 있었겠나. 아니 한동안 방앗간들이 제분소에 맞서기는 했지. 하지만 방앗간이 증기 기관을 당해 낼 수는 없었어. 그래, 슬픈 일이지. 그때부터 방앗간이 하나둘씩 문을 닫았다네.

이제 더 이상 작은 당나귀들의 모습은 보이지 않았어. 여왕처럼 보였던 방앗간 주인의 아내들은 금으로 만든 십자가를 팔았다네. 심지어 이제는 백포도주도, 음악에 맞춰 춤을 추는 사람도 없었어! 풍차 날개는 세게 부는 바람에도 꿈쩍하지 않았다네…… 그런데 어느 화창한 날, 관리들이 폐허가 된 방앗간을 모두 부수고 말았어. 그리고 방앗간이 있던 곳에 포도나무와 올리브나무를 심어 버렸지 뭔가.

하지만 그때 한 방앗간만은 증기의 힘으로 돌아가는 제분소에 맞서 꿋꿋하게 풍차를 돌렸네. 바로 코르니유 영감의 방앗간이었네. 그렇다네. 나는 지금 이 밤에 이렇게 달콤한 포도주를 마시면서 코르니유 영감의 방앗간 이야기를 하려고 하는 것일세.

코르니유 영감은 장장 60년 동안 방앗간 일을 해 왔어. 그는 그 사실을 아주 자랑스럽게 생각했네. 그래서 코르니유 영감은 마을에 제분소가 들어서자 사람들에게 부당함을 알렸어. 그는 일주일 동안 마을을 돌아다니며 자신과 뜻을 같이할 사람을 구했어. 그러고는 증기 제분소에서 만든 밀가루는 곧 프로방스 전체를 독살할 것이라고 외치고 다녔다네.

"여보게들, 저놈들 근처에는 절대 가지 말게."

영감은 사람들에게 이렇게 말했어.

"그놈들은 증기를 이용해 빵을 만들어. 그것은 저 악당 같은 놈들이 만든 악마의 발명품이야. 내가 이용하는 북서풍과 북풍은 바로 하느님의 숨결이지."

코르니유 영감은 방앗간과 풍차를 찬양하는 노래를 불렀어.

하지만 그의 말에 귀를 기울이는 사람은 아무도 없었다네. 더욱 화가 난 영감은 자신의 방앗간에 틀어박혀 혼자 지냈지. 영감은 하나밖에 없는 손녀딸 비베느와도 함께 살지 않았다네. 손녀딸은 그때 겨우 열다섯 살이었고, 부모님이 모두 돌아가셔서 피붙이라고는 할아버지밖에 없었는데도 말일세. 비베트는 생계를 스스로 해결해야 했지. 그래서 농장의 추수를 거들고, 누에를 치고, 올리브 열매를 따야 했어. 사실 비베트의 할아버지는 어린 손녀를 지극히 사랑했어. 농장에서 일하는 손녀를 보기 위해 뜨겁게 태양이 내리쬐는 날에도 먼 길을 걸어왔으니까. 영감은 손녀와 함께 있을 때는 몇 시간 동안이나 손녀를 바라보았다네.

사람들은 늙은 방앗간 주인 영감이 돈을 아끼기 위해서 손녀와 같이 살지 않는다고 생각했어. 또 손녀가 여러 농장을 다니면서 그 나이 때에 겪지 않아도 될 온갖 비참한 일을 겪는데도 가만히 있는다고 나쁘게 생각했지. 체면을 중시하던 코르니유 영감이 구멍 난 모자를 쓴 채 낡은 허리띠에 맨 발로 거리를 돌아다니는 것을 보는 것도 민망하게 생각했지.

사실 우리처럼 나이가 든 사람들은 미사에 참석하기 위해 마을로 들어오는 그의 보잘것없는 행색을 보고 꽤나 수치스러워 했네. 코르니유 영감 자신도 그 사실을 잘 알고 있었지. 그래서인지 우리와 같은 의자에 앉을 생각을 더 이상 하지 않더군. 그때부터 그는 언제나 가난한 사람이 모여 있는 뒤쪽에 가서 앉았다네.

하지만 무엇보다 많은 사람들이 이해할 수 없는 점이 한 가지 있었어. 아무도 영감의 방앗간으로 곡식을 가져가지 않는데, 풍차는 계속 돌아간다는 사실 말이야……. 게다가 저녁때면 밀가루 자루를 실은 당나귀를 앞세우고 오솔길을 걸어가는 영감을 보기도 했다네.

"코르니유 영감님, 안녕하세요."

영감과 마주친 농부들은 큰 소리로 인사했지.

"방앗간이 아직도 돌아가는 모양이네요?"

"내 방앗간의 풍차는 결코 멈추는 법이 없다네."

영감은 매우 유쾌하게 대답했어.

"하느님께 감사할 일이야. 일거리가 떨어지는 경우가 없으니까."

하지만 많은 일감을 도대체 어디서 얻어 오냐고 누가 물어보기라도 하면, 영감은 엄숙한 말투로 대답했지.

"떠들어서는 안 되네! 난 지금 수출 쪽 일을 하고 있어."

어느 누구도 더 이상은 알아낼 수 없었지. 만약 어떤 용감한 사람이 방앗간 안을 훔쳐볼 생각을 했다 하더라도 말일세. 손녀인 비베트조차 방앗간 안으로 들어갈 수는 없었다네…….

코르니유 영감의 방앗간 문은 항상 닫혀 있었고, 커다란 풍차 날개는 여전히 돌아가고 있었다네. 영감의 당나귀는 한가롭게 풀을 뜯고, 야윈 고양이도 창틀 위에서 햇볕을 쬐고 있었지. 고양이는 가끔 심술궂은 표정을 짓기도 했어.

이런 모습들이 사람들에게 신비롭게 다가왔다네. 사람들은 영감의 방앗간에 대해 이야기하기 바빴어. 사람들은 방앗간 안에 밀가루 부대보다 더 많은 돈 자루가 있을 거라는 둥 제멋대로 생각하기 시작했다.

그리고 모든 것은 곧 밝혀졌지. 어느 날, 내가 부는 피리 소리에 맞춰 마을 젊은이들이 춤을 추고 있을 때였네. 나는 그때 내 큰아들과 영감의 손녀 비베트가 서로 사랑하는 사이라는 걸 알게 되었네.

솔직히 말하자면 난 싫지 않았어. 어쨌든 코르니유 집안은 명문이었으니까. 더군다나 예쁘고 어린 비베트가 집 안에서 귀엽게 종종거리며 돌아다니는 모습을 보게 된다고 생각하니 나는 즐거웠다네. 나는 두 아이가 자주 만나 혹시라도 사고라도 칠까 봐 일을 당장 매듭지어야겠다고 결심했지.

나는 영감의 집으로 갔어. 아, 자네도 봤어야 했는데 말이야. 그 늙은이가 나를 어떻게 대했는지 아는가? 문도 열어 주지 않아서 조그만 열쇠 구멍을 사이로 내가 왜 이곳까지 올라왔는지 설명해야 했다네. 내 머리 위 창틀에서는 고양이가 악마처럼 숨을 할딱거리고 있었지. 코르니유는 내 말을 끝까지 듣지도 않았다. 영감은 나더러 돌아가서 피리나 불라고 말했어. 여기엔 왜 왔느냐, 그렇게 아들 혼사가 급하면 제분소 여자들한테나 가 봐라, 하면서 아주 고함을 지르더군. 이런 말을 듣고 가만히 있을 사람은 없지. 하지만 나는 분별력 있는 사람일세. 매우 화가 났지만 그런 바보 같은 늙은이는 내버려 두고 집으로 돌아왔다네. 그리고 내가 어떤 대접을 받았는지 아이들에게 이야기했어.

아이들은 도저히 믿을 수 없다는 눈치였어. 직접 방앗간으로 가서 영감과 얘기를 해 보겠다고 하는 거야. 아, 나는 아이들의 청을 차마 거절하지 못했어. 내 허락이 떨어지자 아이들은 밖으로 뛰어나갔네.

아이들이 방앗간에 도착했을 때 코르니유 영감은 마침 외출 중이었지. 문에 자물쇠가 채워져 있었지만, 영감이 밖에 사다리를 놔두고 외출했기 때문에 아이들은 창문을 통해 안을 내다보려고 했어. 아이들은 방앗간의 비밀을 알고 싶었던 거야.

그런데 창문을 통해 들어간 아이들은 더욱 의문을 가졌다네. 밀가루 부대는 어디에도 없었고, 밀알 한 톨도 보이지 않았다네. 벽 구석구석이나 거미줄에도 밀가루의 흔적은 찾을 수 없었지……. 심지어 밀을 갈 때 풍기는 향긋한 냄새도 없었어. 심지어 맷돌에는 먼지가 쌓여 있었다네. 그 위에서 비쩍 야윈 고양이가 잠을 자고 있었어.

황량하기는 아래층도 마찬가지였네. 정리가 안 된 흐트러진 침대, 누더기 옷 몇 벌, 계단 위에 아무렇게나 널브러져 있는 빵 한 조각. 그런데 구석에 서너 개 정도의 자루가 열린 채 놓여 있었어. 그 자루 안에는 깨진 회벽 조각과 다른 방앗간에서 가져온 잡동사니들이 가득 들어 있었다네.

아, 그 자루 안의 것들이 코르니유 영감의 비밀이었어! 영감은 방앗간에서 계속 밀을 갈아 밀가루를 만드는 것처럼 보이려고 밤마다 회벽 조각, 벽돌, 폐기물들을 오솔길을 오르내리며 날랐던 거야.

아, 불쌍한 영감! 하지만 코르니유 영감의 방앗간은 이미 오래전에 손님을 제분소에 뺏겨 버렸지. 풍차는 계속 돌았지만 그의 맷돌은 아무것도 갈지 않았던 거야.

눈물을 흘리며 아이들이 나에게 돌아왔다네. 그러고는 자신들의 눈으로 본 내용을 나에게 알려 줬지. 슬픔과 안타까움을 느낀 나는 마을 사람들에게 달려가 코르니유 영감의 비밀을 말해 주었다네. 우리는 밀을 가능한 한 많이 모아서 영감에게 가져다주자고 의견을 모았다네. 우리는 진짜 밀을 실은 당나귀들과 함께 영감의 방앗간에 도착했네.

그런데 방앗간 문이 열려 있지 뭔가! 방앗간 안을 들여다보니 코르니유 영감이 주저앉은 채 손에 얼굴을 묻고 눈물을 흘리고 있었다네. 영감은 자신의 슬픈 비밀이 파헤쳐진 사실을 알아버린 거야.

"아, 이런 불쌍한 꼴이라니!"

그는 이렇게 말했다네.

"이제 죽는 일밖에 남지 않았어. 수치스러운 일이야. 너도 이제 끝이구나."

그러고는 방앗간과 풍차에게 말을 걸면서 흐느꼈네.

바로 그때 당나귀들이 방앗간에 도착했다네. 우리는 모두 영감에게 목청껏 소리를 질렀지.

"영감님! 여기! 방앗간! 이봐요, 코르니유 씨!"

우리는 영감님을 소리쳐 부르고는 방앗간 문 앞에 자루를 쌓아 올렸네. 바닥에는 황금빛이 도는 밀알이 흘러넘쳤지. 눈을 휘둥그레 뜬 코르니유 영감은 우리를 멍하니 바라보았네. 영감은 밀알을 한 움큼 움켜쥐고 우는 것도 아닌 웃는 것도 아닌 채 말했어.

"오, 하느님! 밀이에요! 여보게들! 이게 진짜 밀인가?"

그러고는 우리를 향해 말했지.

"아! 난 자네들이 조만간 다시 올 거라는 걸 알고 있었네! 저 제분소 놈들은, 저 증기로 빵을 만드는 놈들은 모두 도둑놈들이야!"

승리감에 들뜬 우리는 영감을 어깨에 태우고 마을 중심까지 가고 싶었네.

"아니야, 여보게들. 난 내 방앗간에게 먹을 걸 좀 줘야겠어. 지금 당장 말일세! 그렇지 않나? 너무 오랫동안 저놈은 아무것도 먹지 못했어!"

영감은 바쁘게 움직이면서 자루를 열었다네. 영감은 밀을 갈아 고운 밀가루들을 천장까지 날려 보내는 동안 한 번도 눈을 떼지 않았어. 그 모습을 본 우리는 눈물을 글썽였지.

우리는 그날 이후로 코르니유 영감의 방앗간에 일감이 떨어지지 않게 했네. 하지만 어느 날 아침 코르니유 영감이 세상을 떠났고, 그 후 우리 마을 풍차 방앗간의 역사도 끝나 버렸다네. 영원히 말일세. 코르니유 영감이 떠난 뒤 그 뒤를 아무도 잇지 않았지. 어쩔 수 없는 일이야. 세상의 모든 것에는 끝이 있게 마련이니까. 론 강을 나룻배와 꽃 장식이 달린 코트가 유행이 지난 것처럼, 영감의 풍차 방앗간도 시간 속으로 흘러간 거지……. *

가난한 사람들

✎ 작가와 작품 세계

빅토르 위고(Victor Marie Hugo, 1802~1885)

프랑스의 시인이자 소설가. 15세에 아카데미 프랑세즈의 시 콩쿠르에 입상하면서 문학의 길로 들어섰다. 1822년 시집『오드』, 1826년 시집『오드와 발라드』를 발표하면서 본격적인 창작 활동을 시작했다. 낭만주의 문학의 대표적작가인 그는 1830년경 인도주의와 자유주의로 기울어 시「가을 나뭇잎」,「황혼의 노래」등과 희곡「왕은 즐긴다」,「뤼 블라」, 소설『노트르담 드 파리』를집필했다. 1843년 딸의 죽음으로 슬픔에 빠져 10년간 작품 활동을 중단하고정치에 관심을 쏟았다. 공화주의에 기울었던 그는 나폴레옹 3세의 쿠데타를반대하다 추방당해 19년간 망명 생활을 했다. 장편 소설『레 미제라블』을 비롯해『징벌 시집』,『관조의 시집』등 방대한 시집과 소설, 평론 등이 이 시기에집필되었다.

위고는 시, 소설, 희곡 등 다양한 부문에 걸쳐 탁월한 상상력과 변화무쌍한창조력을 보여 주었다. 또한, 그의 인도주의와 자유정신은 작품 안에서 가난하고 억압받는 사람들에 대한 박애 정신으로 나타난다.

✎ 작품 정리

> **갈래** : 단편 소설
> **성격** : 사실적, 극적
> **배경** : 시간 – 19세기 / 공간 – 프랑스 바닷가 마을
> **시점** : 3인칭 전지적 작가 시점
> **주제** : 비참한 삶 속에 살아 있는 박애 정신

✏️ 구성과 줄거리

발단 폭풍우가 몰아치는 밤, 자니는 남편이 무사히 돌아오기를 기다림

폭풍우가 몰아치는 어느 날 밤, 어부의 아내 자니는 고기잡이를 나간 남편을 걱정하며 낡은 돛을 깁는다. 그녀는 제대로 먹지도 못하고 신발도 없이 돌아다니는 다섯 아이들의 잠든 모습을 보며 건강하게 잘 자라 주는 것에 감사한다.

전개 폭풍우가 심해지자 자니는 마음이 초조해 집을 나섬

폭풍우가 점점 심해지자 자니는 집을 나선다. 남편이 돌아오고 있는지, 등댓불이 켜져 있는지 알아보기 위해서다. 그녀는 남편이 병든 과부 시몬을 걱정하던 일을 생각한다.

위기 병든 과부가 두 아기를 남겨 놓고 죽음
절정

과부의 집을 찾아간 자니는 그녀가 싸늘하게 식어 누워 있는 것을 발견한다. 시신의 발치에는 어린아이 둘이 엄마의 옷을 덮고 잠들어 있다. 자니는 외투 속에 무언가를 훔쳐 들고 도망치듯 그 집을 빠져나온다.

결말 남편이 돌아오고, 엄마를 잃은 두 아이를 돌보게 됨

이튿날 남편이 돌아오자 자니는 과부가 죽었다는 이야기를 전한다. 남편은 가슴 아파하며 과부의 아이들을 데려오라고 한다. 자니는 침대의 이불을 걷고 쌔근쌔근 잠든 두 아이를 보여 준다.

✏️ 생각해 볼 문제

1. 이 작품을 통해 알 수 있는 작가의 중심 사상은 무엇인가?

빅토르 위고의 작품 세계는 인도주의와 자유정신, 박애 정신 등을 중심 사상으로 한다. 이 작품 역시 이러한 그의 사상이 나타나 있다. 이 작품에서 자니와 그녀의 남편은 자신들보다 더 불쌍한 이웃을 생각한다. 이 부부에게는 잘 먹이지도 입히지도 못하는 다섯 아이가 있다. 하지만 이들은 고아가 된 두 아이를 기꺼이 자기 집으로 데려온다. 이렇듯 힘든 여건 속에서도 다른 사람에게 사랑을 베푸는 부부의 모습은 숭고한 박애 정신을 보여 준다.

2. 자니와 남편이 가난 속에서도 감사의 마음과 이타적인 정신을 가지고 살아
   갈 수 있는 이유는 무엇인가?

이 작품 전반에는 인간에 대한 사랑이 흐르고 있다. 자니의 다섯 아이는 검은 빵도 제대로 먹지 못하고 신발이 없어 맨발로 다닌다. 그러나 그녀는 아이들이 아무 탈 없이 건강하게 자라고 있음에 감사한다. 또 그녀와 남편은 힘든 생활 속에서도 언제나 병든 이웃을 걱정한다. 죽은 과부의 집에서 아이들을 데려온 자니는 남편이 더 고생을 하게 될까 봐 가슴 졸이고, 마침내는 남편에게 아이들을 보여 준다. 이렇듯 고난 속에서도 감사와 희생정신을 잃지 않게 하는 기본 조건은 사랑이다. 작가는 가족과 어린아이들에 대한 사랑, 이웃에 대한 사랑 등을 이 작품을 통해서 보여 준다.

3. 이 작품의 분위기와 결말이 주는 효과는 무엇인가?

이 소설의 배경은 폭풍우가 몰아치는 어두운 밤이다. 자니의 남편은 비바람을 뚫고 고기를 잡으러 나간다. 하지만 집 안의 분위기는 다르다. 따뜻한 집 안에는 부부의 다섯 아이가 고요히 잠들어 있다. 작가는 집 밖과 집 안의 분위기를 대조해 앞으로 부부가 보여 줄 행동을 예측하게 해 준다. 하지만 과부의 집을 찾아간 자니가 옆집에서 가져온 것이 무엇인지 알려 주지 않고, 불안하고 초조해하는 자니의 모습을 묘사함으로써 긴장감을 더하고 있다. 즉, 독자는 자니가 잠들어 있는 두 아이의 모습을 확인시켜 줄 때까지 안심할 수 없다. 그래서 결말의 극적 반전이 주는 감동은 더욱 크게 다가온다.

가난한 사람들

　폭풍우가 사정없이 몰아치는 어두운 밤이었다. 자니는 꺼져 가는 난로 옆에서 넝마 조각을 잇대어 헐어 빠진 돛을 깁고 있었다. 밖에는 사나운 바람이 기승을 부리는 가운데 억수 같은 빗줄기가 사정없이 유리창을 때렸다. 성난 파도가 바닷가 암벽에 부딪쳐 철썩거리는 소리가 요란하게 들려왔다. 자니는 그 요란하고도 무서운 파도 소리를 몹시 싫어했다.

　밖은 여전히 춥고 어두웠으며 몸서리쳐지는 폭풍우가 끊임없이 계속되었다. 하지만 가난한 어부의 오막살이는 더없이 포근하고 아늑했다. 방바닥은 비록 흙바닥이긴 했지만 먼지 하나 없이 깨끗했다.

　마른나무들이 바지직 소리를 내며 난로 안에서 열심히 타고 있었다. 방한쪽 구석의 찬장에는 희고 깨끗한 접시와 그릇들이 가지런히 놓여 있었다. 그리고 흰 보료를 깐 침대에는 아무도 누워서 잔 흔적이 없었다. 그러나 낡은 카펫이 깔린 방바닥에는 폭풍 소리를 아랑곳하지 않고 어부의 아이들 다섯 명이 쌔근거리며 꿈길을 헤매고 있었다.

　돛을 깁고 있는 자니의 남편은 고기를 잡으러 바다에 나가 있었다. 이처럼 춥고 비바람이 몰아치는 사나운 날씨에 바다로 나가는 것은 위험한 일이다. 그러나 가만히 앉아 있으면 누가 먹을 것을 가져다주기라도 하겠는가? 식구들을 앉아서 굶어 죽게 할 수는 없는 일이었다. 자니는 바느질을 하면서도 마음은 줄곧 바다에 나가 있었다.

　더구나 오늘 밤처럼 억세게 비바람이 몰아치는 날이면 한시도 마음을 놓을 수가 없었다. 거센 폭풍 소리를 뚫고 간간이 어린애 울음소리 같은 갈매기 소리가 들려왔다. 비는 줄기차게 퍼부었다. 자니는 마음이 너무 불안해 불길한 예감마저 들었다. 폭풍우에 배가 난파당하는 무서운 장면이 자꾸 눈앞에 떠올랐다. 배는 암초에 걸려 박살이 나고 물에 빠진 사람들은 저마다 살려달라고 아우성이었다.

　"아아, 끔찍해!"

　자니는 몸을 웅크렸다. 그때 낡은 괘종시계가 목쉰 소리로 땡땡 울렸다. 그러나 철부지 어린것들은 아무것도 모른 채 잠에 빠져 있었다.

자니는 생각에 잠겼다. 살아가는 일이란 결코 쉬운 일이 아니었다. 남편은 추위와 비바람을 무릅쓰고 바다에 나가 시시각각으로 조여 오는 위험 속에 자신의 몸을 맡기고 있다. 그는 이렇게 이른 새벽부터 밤늦게까지 쉴 새 없이 일한다. 그러나 달리 생각하면 부지런히 일한다는 것은 얼마나 값지고 보람된 일인가!

어린것들은 사계절 신발도 없이 노상 맨발로 다닌다. 그들에게는 검은 빵조차 고급스러운 빵이다. 날마다 귀리밥이라도 배부르게 먹일 수만 있다면 얼마나 좋을까. 하지만 바다에 사는 덕분에 생선은 가끔 얻어먹을 수가 있었다. 어떻든지 아이들이 탈 없이 그저 건강하게 자라 주는 것만으로도 하느님께 감사할 뿐이다.

자니는 두 눈을 지그시 감고 이렇게 기도했다.

"하느님! 그이는 지금 어디에 있을까요. 부디 그이를 지켜 주세요."

그러나 비바람은 점점 더 기승을 부릴 뿐이었다.

아직 잠자리에 들기는 이른 시간이었다. 참다못해 자니는 외투를 걸친 후 램프를 켜 들고 밖으로 나갔다. 혹시 남편이 돌아오고 있는지, 바다가 조금 잔잔해지기는 했는지, 등댓불은 켜져 있는지 알아보기 위해서였다.

밖은 추웠고 심한 폭풍우가 휘몰아치고 있었다. 자니의 발길은 점점 더 아랫마을로 향했다. 그녀는 동네 어귀, 해변에 인접한 낡은 초가집까지 걸어 내려갔다. 허물어진 벽의 앙상한 기둥에 매달린 낡은 문짝 하나가 보였다. 그 문짝은 바람이 휘몰아칠 때마다 삐걱삐걱 이상한 소리를 냈다. 유난히 사나운 바람이 초가집을 한입에 삼키기라도 할 듯 세차게 몰아쳤다. 문짝은 쉬지 않고 삐걱거리고 지붕을 덮은 낡은 지푸라기는 마치 살려 달라고 애걸하듯 파닥거렸다.

자니는 한참 머뭇거리다가 생각했다.

'가엾은 사람! 내가 깜빡 잊었군. 저 불쌍한 환자를 돌봐 줬어야 했는데. 그이는 저 여자가 외롭고 아무도 돌봐 줄 사람이 없다고 노상 걱정을 했었어.'

자니는 문을 두드렸다. 그러나 안에서는 아무런 인기척도 들리지 않았다. 자니는 다시 머뭇거리며 생각했다.

'가엾어라! 어린것들도 돌봐 줘야 할 텐데 자신마저 앓아눕다니! 저 여잔 무슨 팔자가 저렇게 사나울까! 둘째 아이를 임신하면서부터 과부가 됐

으니, 어린것들은 저이 하나만 바라보고 사는 것이 아닌가. 가엾어라!'

자니는 여러 차례 문을 두드렸지만 여전히 집 안에선 인기척이 없었다.

"안에 아무도 안 계세요?"

이렇게 소리쳐 보았지만 마찬가지였다. 자니는 돌아서 가려고 했다. 비에 온몸이 젖어 갑자기 몸이 와들와들 떨렸다. 발길을 돌리려는 순간 거센 바람이 자니의 외투를 날려 버리기라도 하려는 듯 사납게 몰아쳤다. 휘청대던 몸이 문에 부딪치면서 문이 활짝 열렸다.

자니는 그 집 안으로 들어갔다. 손에 든 램프 불이 캄캄한 집 안을 두루 비춰 주었다. 말이 집이지 바깥보다 더욱 썰렁한 냉기가 감돌았다. 천장 이 구석 저 구석에서 빗물이 새어 흘러내리고 있었다. 문 뒤의 벽 근처에 지저분한 지푸라기 더미가 보였다. 그 위에 과부의 죽은 시체가 놓여 있었다.

머리를 뒤로 젖히고 입을 커다랗게 벌린 싸늘한 얼굴은 꽁꽁 얼어붙은 절망과 고뇌를 그대로 보여 주었다. 임종하면서까지 뭔가를 붙잡으려고 애쓴 듯 쭉 뻗은 푸르스름한 손은 지푸라기 침대 아래로 맥없이 축 처져 있었다.

죽은 여인의 발치에는 때에 전 포대기에 아기 둘이 누워 있었다. 파리하게 야위긴 했어도 금발의 곱슬머리에 예쁜 얼굴을 한 아기들이었다. 아이들은 미간을 찌푸린 채 서로 얼굴을 맞대고 잠들어 있었다. 시시각각으로 죽음의 그림자가 다가오는 줄도 모른 채, 사나운 폭풍우를 까마득히 모른 채……

어머니는 마지막 순간까지 어린것들의 발을 헌 이불로 감싸 주고 자기 옷으로 몸을 덮어 준 모양이었다. 참으로 죽음보다 강한 어머니의 사랑이었다. 한 아기는 고사리 같은 뽀얀 손으로 뺨을 고이고 있었고, 다른 한 아기는 형의 목에 귀여운 자기 얼굴을 맞대고 있었다. 아기의 숨소리는 꺼질 듯 조용하고 가냘팠다.

밖에서는 비바람이 점점 더 거칠게 몰아치고 있었다. 천장을 타고 내리던 빗물 한 방울이 죽은 여인의 얼굴에 툭 떨어져 뺨으로 주르륵 흘러내렸다. 그것은 마치 근심과 걱정을 남긴 채 죽어야 했던 어머니의 한스러운 눈물처럼 보였다.

자니는 갑자기 외투 속에 뭔가를 훔쳐 들고 도망치듯 그 집을 뛰쳐나왔다. 그녀의 심장은 세차게 고동쳤다. 누군가 뒤에서 쫓아오는 것만 같았다.

집으로 돌아오자마자 자니는 외투 속에 싸들고 온 물건을 침대 위에 놓고 재빨리 이불로 덮었다. 그리고 정신없이 의자를 끌어당겨 그 위에 주저앉았다. 침대 끝에 이마를 대고 엎드렸다. 그녀의 얼굴은 몹시 창백했고 흥분한 듯 보였다.

그녀는 마치 양심의 가책을 받고 자신을 저주하는 것처럼 보였다. 그녀는 이따금 실성한 사람처럼 외쳤다.

"그이, 그이가 뭐라고 할까? 도대체 내가 무슨 짓을 했지? 아이들 뒤치다꺼리에 지쳐서……. 아, 흑흑 …… 난 바보야, 바보. 혹시 그이가 왔나? 아, 오지 않았군! 차라리 그이가 와서 나를 실컷 때려 주기라도 했으면! 난 몹쓸 짓을 했어. 아아, 그이가, 차라리 내가!"

그때 문소리가 나더니 인기척이 들리는 것 같았다. 자니는 몸을 벌벌 떨며 의자에서 일어났다.

"아, 안 왔어! 하느님! 제가 왜 이런 짓을 했을까요? 이런 짓을 저지르고 어찌 남편의 얼굴을 바로 대할 수 있을까요?"

자니는 가슴을 졸이며 한동안 말없이 침대 옆에 앉아 있었다.

비가 멎더니 이윽고 먼동이 트기 시작했다. 그러나 바람은 여전히 세차게 불고 바다는 성난 듯 아우성쳤다.

갑자기 문소리가 들렸다. 이윽고 문이 열리면서 축축하고 시원한 바람 한 줄기가 방 안으로 흘러 들어왔다. 이와 함께 키가 크고 햇볕에 그을린 건장한 어부가 갈기갈기 찢어진 그물을 질질 끌며 오막살이 안으로 들어왔다.

"여보, 나 왔어!"

하고 그는 반가운 듯이 말했다.

"오, 당신이군요!"

자니는 이렇게 대답했지만 똑바로 일어서지도 못한 채 고개를 푹 숙이고 말았다.

"정말 무서운 밤이었어! 날씨 한번 정말 사납더군."

"정말 그래요. 그래, 고긴 많이 잡았나요?"

"고기가 다 뭐야. 아주 망했어. 멀쩡한 그물만 다 찢고 돌아왔지. 글쎄, 내 머리털 나고 처음 보는 무서운 폭풍우였어. 뭐랄까, 꼭 미친 악마야! 마치 배를 공치기라도 하듯이 마음대로 들었다 내려놓고, 밧줄을 금방 끊어

놓고, 선체를 마구 흔들리게 하고……. 이렇게 살아온 것만도 다행이지. 그렇지? 그런데 당신은 혼자서 뭘 하는 거야?"

어부는 피곤한 듯 그물을 끌고 방 안에 들어와 난로 옆에 앉았다.

"글쎄, 그저 이렇게……."

자니는 새파랗게 질린 채 남편을 쳐다보았다.

"뜨개질을 하고 있지요……. 간밤에 어찌나 비바람 소리가 무섭던지 정말 혼자 있기가 두려웠어요. 내내 당신 걱정만 했지요."

"그랬을 거야, 정말 지독한 날씨였으니까. 그래 간밤에 어떻게 지냈어?"

남편은 걱정하듯 말했다.

두 내외는 한동안 멍하니 앉아 있었다. 마침내 자니는 큰 죄라도 지은 듯 겁을 집어먹고 더듬더듬 말했다.

"시몬 아주머니가 죽었어요. 언제 죽었는지는 몰라도 당신이 그 집에 다녀온 엊그제쯤 될까요. 죽을 때 몹시 고통스러웠나 봐요. 어린것들을 생각하면 가슴이 찢어졌겠지요. 더구나 젖먹이 둘을 남겨 놓고 죽었으니. 큰 녀석은 겨우 기어 다니기라도 하지만 작은놈은 아직 저 혼자 앉지도 못하는걸요."

자니는 갑자기 입을 다물었다. 남편은 자니의 말을 듣다가 두 눈을 껌벅이며 엄숙한 표정을 지었다. 정직하고 순박한 그의 얼굴이 어둡게 굳어졌다.

"정말 안됐군! 앞날이 걱정인데……."

그는 못내 안쓰럽다는 듯이 목덜미를 손으로 벅벅 긁으며 말했다.

"그러니 어쩌지? 아기들이라도 당신이 데려와야 하지 않겠어? 잠이 깨면 엄마를 찾을 텐데. 여보, 어서 가 어린것들부터 데려와요."

그러나 자니는 말뚝에 묶인 사람처럼 좀처럼 일어서려고 하지 않았다.

"여보, 빨리 가라니까. 왜, 당신 싫어? 아이들을 데려오는 게 내키지 않는단 말이야? 정말 당신답지 않군!"

그제야 자니는 천천히 일어섰다. 그러고는 말없이 그녀의 남편을 침대 곁으로 데리고 갔다. 그녀는 이불을 걷어 올렸다. 이불 속에는 과부의 두 아기가 얼굴을 맞댄 채 깊은 잠에 빠져 평화로운 꿈을 꾸고 있었다. *

사람은 무엇으로 사는가

✏️ 작가와 작품 세계

레프 톨스토이(Lev Nikolaevich Tolstoi, 1828~1910)

러시아의 작가이자 사상가. 러시아 남부 야스나야 폴랴냐 출생. 카잔대학교를 중퇴하고 농민 생활 개선에 힘쓰다 실패했다. 24세에 「유년 시대」를 익명으로 발표하면서 작품 활동을 시작했다. 1862년 궁정 의사의 딸 소피야 안드레예브나 이슬레네프와 결혼하고, 1869년 불후의 명작 『전쟁과 평화』를 발표했다. 나폴레옹의 모스크바 침공을 바탕으로 쓴 이 소설은 예술성과 내용의 깊이, 웅대한 구상 등에 있어 세계 문학 최고봉으로 손꼽힌다. 두 번째 대작 『안나 카레리나』 역시 러시아 국가 조직과 특권 계층의 도덕성을 비판한 최고의 걸작으로 평가받는다.

톨스토이는 1880년대에는 위선에 찬 귀족 사회와 러시아 정교에 회의를 품고 초기 기독교 사상에 기울어, 예술가에서 도덕가로 변모했다. 『참회록』, 『나의 사상』은 그의 사상이 집약된 작품으로 무저항주의, 반국가, 반문명, 반토지 사유론, 이웃에 대한 사랑 등의 주제가 설득력 있게 녹아 들어가 있다. 톨스토이는 19세기 말에서 20세기 초에 다시 예술 지향적인 작품을 썼는데, 그의 만년을 장식한 『부활』과 함께 『신부 세르기』, 『산송장』, 『유일한 수단』, 「세 가지 질문」 등을 남겼다.

✏️ 작품 정리

갈래 : 단편 소설

성격 : 교훈적, 신비적, 환상적

배경 : 시간 - 19세기 말 / 공간 - 러시아

시점 : 3인칭 전지적 작가 시점

주제 : 인간의 내면에 깃든 사랑과 그 사랑으로 살아가는 인간

✏️ 구성과 줄거리

발단 **세몬은 외출했다가 길 위에 알몸으로 쓰러져 있는 젊은이를 집에 데려옴**

세몬은 가난한 구두 수선공이다. 그는 양가죽을 사러 나갔다 돌아오는 길에 벌거벗은 채 길에 쓰러져 있는 젊은이를 발견하고는 집으로 데려온다.

전개 **젊은이는 구두 만드는 일을 배우며 세몬의 가족과 함께 살게 됨**

미하일이라는 젊은이는 세몬의 집에 살면서 구두 만드는 것을 배운다. 미하일의 구두 만드는 솜씨가 좋아 주문이 밀려든다. 그는 열심히 일만 할 뿐 외출도 하지 않고 웃지도 않는다. 그가 웃은 것은 처음 세몬의 집에 왔을 때, 화를 내던 세몬의 아내가 마음이 누그러져 저녁을 차려 주었을 때뿐이다.

위기 **한 신사가 가죽 장화를 주문하고 돌아가다 마차에서 죽음**

어느 날 돈 많은 신사가 찾아와 가죽 장화를 만들어 달라고 한다. 미하일은 신사의 등 뒤를 보며 두 번째 미소를 짓는다. 그리고 신사가 돌아가자 슬리퍼를 만들기 시작한다. 슬리퍼를 다 만들었을 때, 신사의 하인이 찾아와 주인의 죽음을 전하고 장화 대신 슬리퍼를 만들어 달라고 한다.

절정 **어느 귀부인이 쌍둥이 자매에게 구두를 맞춰 주려고 찾아옴**

한 부인이 쌍둥이 자매에게 구두를 맞춰 주려고 찾아온다. 부인은 친자식이 아닌 쌍둥이를 기르게 된 내력을 이야기한다. 미하일은 세 번째로 미소를 짓는다. 부인이 돌아가자 미하일에게 후광이 드리워진다. 미하일은 자신이 천사라는 것과, 쌍둥이의 친어머니를 하늘로 데려오라는 하느님의 명령을 어겼다가 이 세상으로 추락하게 된 사연을 이야기한다.

결말 **미하일은 하느님의 세 가지 진리를 말하고 하늘로 올라감**

미하일은 자신이 세 번 미소를 지은 이유를 설명한다. 그것은 그가 하느님이 낸 세 가지 질문에 대한 답을 깨달았기 때문이었다. 그는 사람의 마음속에 있는 것은 사랑이고, 사람은 사랑에 의해 살아간다는 말을 한 후 하늘로 올라간다.

✎ 생각해 볼 문제

1. 작가가 세몬과 마트료나를 통해 보여 주고자 한 것은 무엇인가?

구두 수선공 세몬과 그의 아내 마트료나는 날마다 끼니 걱정을 하는 가난한 사람들이다. 그러나 그들은 자신보다 못한 사람을 동정하고 잠자리와 음식을 나눠 준다. 이는 사랑의 힘 때문에 가능한 일이다. 고아가 된 쌍둥이 자매를 데려다 귀하게 키운 부인도 같은 맥락에서 이해할 수 있다. 작가는 그들을 통해 '인간이 타인에게 선행을 베풀 수 있는 조건은 사랑'임을 보여 주고 있다.

2. 가죽 장화를 주문하고 돌아가는 길에 죽은 신사가 일깨워 주는 것은 무엇인가?

신사는 가죽 장화를 맞추러 와 한껏 거드름을 피우고 돌아간다. 그러나 권력과 재물을 가진 그도 자신이 곧 죽게 된다는 사실은 알지 못한다. 죽음 앞에 무력한 그의 모습을 통해 인간의 한계를 알 수 있다. 이 작품에 따르면 인간에게 허락되지 않은 것은 자신에게 진정 필요한 것이 무엇인지를 아는 능력이다. 즉, 미래를 내다볼 수 없는 힘없는 존재인 인간은 자신의 한계를 알고 겸손해야 한다는 것을 일깨워 준다.

3. 이 작품에 나타난 작가의 사상은 무엇인가?

세계적인 문호이자 사상가인 톨스토이는 힘없는 민중의 편에 서서 자신의 이상을 실현하고자 한 사람이었다. 그는 당대 민중의 삶을 사실적으로 그려 냈으며, 그들의 분노와 기쁨, 절망과 희망을 보여 주려고 했다. 그리고 그는 많은 작품 속에서 '사랑'이라는 주제를 형상화했다. 민중을 향한 톨스토이의 애정 어린 시선이 돋보이는 이 소설 역시 환상적인 기법을 통해 인간의 사랑을 강조한 작품이다. 즉, 천사 미하일과 구두 수선공의 만남으로 시작되는 이 이야기는 선(善)을 향한 인간의 의지를 잘 보여 준다.

사람은 무엇으로 사는가

1

세몬이라는 구두 수선공은 아내와 자식들을 데리고 어느 농가에 세 들어 살았다. 그는 집도 땅도 없이 오직 구두를 수선하는 일로만 가족을 먹여 살렸다. 빵은 비싸고 품삯은 쌌기 때문에 돈을 버는 족족 입에 풀칠을 하기에도 바빴다.

그에게는 아내와 번갈아 가며 입는 단 한 벌의 외투가 있는데, 그것마저도 낡고 해져서 거의 입을 수가 없었다. 그래서 그는 2년 전부터 양가죽을 사서 새 외투를 만들려고 마음먹고 있었다.

초가을로 접어들자 약간의 돈이 모아졌다. 아내의 조그마한 나무 궤 속에는 3루블짜리 지폐가 소중히 보관되어 있었고, 고객에게 받을 돈도 5루블 20코페이카쯤 되었다.

구두 수선공은 이른 아침부터 양가죽을 사기 위해 마을로 갈 준비를 했다. 그는 아침을 먹자마자 아내의 짧은 코트를 셔츠 위에다 껴입고, 그 위에 다시 카프탄(농부들이 입는 소매가 긴 윗옷)을 걸쳐 입었다. 그러고는 3루블짜리 지폐를 주머니에 넣고 나무 막대를 지팡이 삼아 마을로 향했다. 그는 마음속으로 생각했다.

'마을 사람들한테 받을 돈 5루블에다 주머니에 있는 3루블을 보태면 양가죽을 사기에 충분하겠지.'

구두 수선공은 마을에 도착해 한 농부의 집을 찾아갔다. 그러나 농부는 외출 중이라, 그의 아내에게 일주일 안으로 돈을 보내겠다는 약속만 받아놓고 나올 수밖에 없었다. 또 다른 집 농부도 맹세컨대 지금은 돈이 없다며 고작 20코페이카를 갚았을 뿐이다. 구두 수선공은 할 수 없이 외상으로 가죽을 사려고 했지만, 가게 주인은 절대 그럴 수 없다고 잘라 말했다.

"우선 돈을 가지고 오쇼. 그럼 마음에 드는 것으로 줄 테니. 외상값을 받아 내기가 얼마나 어려운지 진절머리가 난다니까."

결국 구두 수선공은 밀린 수선비 20코페이카와 어느 집에서 털 장화를 수선하는 일감을 맡았을 뿐 헛수고만 하고 그냥 집으로 돌아가게 되었다.

그는 속이 상해 20코페이카로 술을 마시고 집으로 터덜터덜 돌아갔다. 아침에 집을 나설 때에는 몹시 추운 것 같았는데, 술을 마시자 양가죽 외투가 없어도 몸이 따뜻했다. 그는 한 손에 쥔 지팡이로 꽁꽁 얼어붙은 땅을 두드리고, 다른 손으로는 털 장화를 흔들고 걸어가면서 혼잣말로 중얼거렸다.

"양가죽 외투 같은 것 없어도 따뜻하기만 하네. 겨우 한 잔을 마셨을 뿐인데 이렇게 열이 나잖아. 그래, 그까짓 양가죽 외투 따위 없어도 얼마든지 살 수 있어. 하지만 아내가 가만있지 않을 텐데, 골치 아프게 되었군. 빌어먹을. 나는 열심히 구두를 고쳐 주는데 이건 콧방귀만 뀌고들 앉아 있으니……. 어디 두고 보자, 이번에도 돈을 안 가져오면 옷이라도 벗겨 올 테니. 해도 너무하잖아! 20코페이카로 도대체 뭘 할 수 있단 말이야? 술 한잔 마셔 버리면 끝인걸. 자기들은 그렇게 엄살을 부리면서, 나는 괜찮단 말이야? 지들은 집도 있지만 나는 맨몸뚱이뿐이라고. 자기네들은 농사를 짓지만 나는 돈을 주고 빵을 사야 해. 빵값만 해도 일주일에 3루블은 있어야 한다고."

이렇게 중얼거리면서 구두 수선공은 길모퉁이의 작은 교회 근처까지 왔다. 그때 교회 뒤쪽에서 무언가 하얀 것이 보였다. 하지만 주위가 이미 어두워졌기 때문에 그것이 무엇인지 분간할 수가 없었다.

'저기에 돌 같은 건 없었는데……. 소인가? 하지만 가축 같지는 않아. 머리는 사람 같은데 너무 새하얗단 말이야.'

구두 수선공은 좀 더 가까이 다가갔다. 그제야 그 물체가 또렷이 보였다. 그런데 이상한 일이었다. 사람이 분명한데 죽었는지 살았는지, 벌거벗은 알몸으로 교회 벽에 기대 꼼짝도 하지 않았다. 구두 수선공은 갑자기 무서운 생각이 들었다.

'누군가 이 남자를 죽인 후 옷을 벗기고 여기에다 버린 게 틀림없어. 근처에서 얼쩡거리다간 나중에 무슨 변을 당할지 알 수 없는 일이야.'

그는 못 본 체하고 발걸음을 돌렸다. 교회 모퉁이를 돌아서자 그 남자의 모습은 더 이상 보이지 않았다. 그런데 얼마쯤 가다가 뒤돌아보니 그 남자가 몸을 일으켜 바라보고 있는 것 같았다.

구두 수선공은 더럭 겁이 났다.

'다시 가 볼까? 아니야, 괜히 다가갔다가 무슨 변이라도 당하게 되면……? 저 사람이 누군지도 모르잖아. 좋은 일로 저렇게 버려졌을 리도 만무해. 어쩌면 내가 가까이 오기를 기다렸다 갑자기 달려들어 목을 조를지도 모르지. 설사 그런 일이 생기지 않는다 해도 성가신 일을 당할지 몰라. 그렇지만 아, 저 벌거숭이를 어떻게 하지? 내가 입은 옷을 몽땅 벗어 줄 수도 없고. 하느님, 제발 이곳을 무사히 지나가게 도와주소서!'

구두 수선공은 걸음을 재촉했다. 하지만 교회를 거의 다 지나자 양심의 가책을 느끼기 시작했다. 그는 길 한복판에 멈춰 서서 중얼거렸다.

'세몬, 이럴 수가 있니? 사람이 저렇게 곤란에 처했는데 슬그머니 지나가 버리다니. 네가 무슨 부자라도 돼서 가진 돈을 몽땅 털릴까 봐 그러니? 이건 옳지 않아!'

구두 수선공은 발길을 되돌려 남자 쪽으로 갔다.

2

세몬이 다가가 살펴보니 남자는 젊고 건강해 보였으며 얻어맞은 흔적 같은 것은 보이지 않았다. 다만 추위 때문에 몸이 얼어붙은 데다가 겁에 질려 있었다. 그는 벽에 기대앉은 채 세몬을 쳐다보려고도 하지 않았다. 고개를 들 기운조차 없는 모양이었다.

세몬이 옆으로 바짝 다가서자 남자는 그제야 고개를 들고 세몬을 쳐다보았다. 젊은 남자와 눈길이 마주치자 세몬의 모든 두려움은 사라졌다. 세몬은 털 장화를 땅바닥에 내려놓고 허리띠를 풀러 장화 위에 놓고는 급히 카프탄을 벗었다.

"자, 이걸 입으라고."

세몬은 젊은이를 일으켜 세웠다. 일어선 모습을 보니 훤칠한 키에 몸도 깨끗했으며, 팔과 다리에는 상처 하나 없고 얼굴은 온화해 보였다.

세몬은 옷을 입히고 난 후 그를 다시 앉히고 털 장화를 신겼다.

"이만하면 됐겠지? 자, 다리를 펴고 움직여 보라고. 몸이 따스해지도록 말이야. 그런데 걸을 수는 있겠어?"

젊은 남자는 생각했던 것보다 힘들지 않게 잘 걸었다. 길을 걸어가면서 세몬이 물었다.

"그런데 자넨 어디서 왔나?"

"저는 이 고장 사람이 아닙니다."

"나도 그렇게 생각했네. 이 고장 사람은 내가 거의 알고 있거든. 그런데 내 말은 어째서 이곳에 와 있느냐는 거야. 더구나 교회 모퉁이에 그런 몰골로 말이야."

"그건 말씀드릴 수 없습니다."

"봉변이라도 당했나?"

"아닙니다. 하느님께서 내리신 벌을 받은 겁니다."

"그야 물론 모든 일은 하느님의 뜻이지. 그건 그렇고, 어디 가서 좀 쉬어야 할 텐데. 어디로 갈 작정인가?"

"특별히 정해 놓은 곳은 없습니다."

"그러면 우리 집으로 가세. 몸을 녹이면 정신도 날 테니까."

세몬이 집을 향해 걷기 시작하자 젊은이는 뒤처지지도 않고 잘 따라왔다. 찬바람이 옷 속으로 파고들자 세몬은 뼛속까지 추위가 느껴졌다.

'양가죽을 사러 갔다가 낡은 카프탄까지 남에게 벗어 주다니! 벌거숭이 나그네까지 데려가면 마트료나가 펄펄 뛰겠지?'

세몬은 아내 생각을 하자 우울해졌다. 하지만 옆에서 걷고 있는 젊은이를 보는 순간, 그를 처음 보았을 때의 눈빛이 떠오르며 마음이 즐거워졌다.

3

세몬의 아내 마트료나는 그날 일찌감치 집안일을 마쳤다. 장작을 패고, 물을 긷고, 아이들과 함께 저녁을 먹은 다음 그녀는 생각에 잠겼다.

'빵을 지금 구울까 아니면 내일 아침에 구울까.'

커다란 빵 덩어리 하나가 아직 남아 있었다.

'세몬이 밖에서 식사를 하고 오면 밤참은 별로 먹지 않을 테고, 그러면 내일 아침은 이 빵으로 충분하겠지.'

그녀는 빵을 만지작거리면서 궁리했다.

'그래, 오늘 저녁에는 빵을 굽지 않아도 될 거야. 밀가루도 조금밖에 없으니 이걸 가지고 버틸 때까지 버텨야지.'

마트료나는 빵 굽는 일을 그만두기로 하고 남편의 셔츠를 깁기 시작했다. 그녀는 바느질을 하면서 남편이 어떤 양가죽을 사 올 것인지를 생각했다.

'모피 가게 주인에게 속지나 말았으면 좋으련만. 그이는 너무 순진해서 걱정이야. 어린애한테도 속아 넘어가거든. 8루블 정도면 좋은 양가죽을 살 수 있었을 거야. 변변한 외투 하나 없이 겨울을 나려니 작년엔 고생이 이만 저만이 아니었지. 추운 날이면 어디 나갈 엄두도 못 냈잖아. 오늘만 해도 그래. 그이가 옷이란 옷은 모두 껴입고 나가 버리니 난 걸쳐 입을 옷 하나 없다고. 그런데 이이는 왜 이렇게 늦을까. 돌아올 시간이 넘었는데. 혹시 술을 마신 건 아닐까?'

마트료나가 이런 생각에 잠겨 있을 때, 현관 계단이 삐걱거리며 누군가 들어오는 소리가 났다. 바늘을 옷감에 꽂고 밖으로 나가니 두 사나이가 들어서고 있었다. 세몬 옆에 있는 낯선 남자는 털 장화를 신었고 모자는 쓰지 않았다.

마트료나는 남편이 술 냄새를 풍기는 것을 즉각 알아차렸다.

'그러면 그렇지.'

남편이 카프탄을 입지 않고 여자용 코트만 걸친 채 빈손으로 서서 히죽 웃는 모습을 보자 마트료나는 화가 치밀었다.

'그 돈으로 몽땅 술을 마셔 버렸군. 이런 형편없는 건달하고 말이야. 게 다가 뻔뻔스럽게 집에까지 데리고 오다니.'

마트료나는 어쨌든 두 사람을 안으로 들어오게 했다. 그런데 자세히 보니 이 낯선 남자가 입은 카프탄이 바로 자기네 것이 아닌가. 그는 외투 속에 셔츠도 입지 않았고 모자도 쓰지 않았다. 방 안에 들어온 젊은이는 가만히 서 있을 뿐 움직이거나 고개를 들려고도 하지 않았다. 마트료나는 생각했다.

'이 사람은 틀림없이 무슨 나쁜 짓을 저질러 잔뜩 겁을 먹은 거야.'

마트료나는 얼굴을 찌푸린 채 난로 쪽으로 물러나 두 사람의 하는 양을 지켜보았다.

세몬은 모자를 벗고 태연하게 의자에 앉았다.

"여보, 왜 그러고 있어. 식사 준비를 해야지."

마트료나는 아무런 대꾸도 하지 않았다. 그녀는 두 사람을 번갈아 바라보며 고개만 가로저었다. 세몬은 아내가 화난 것을 알았지만 어쩔 도리가 없었다. 그는 남자의 손을 잡으며 말했다.

"자, 앉게. 저녁이나 들자고."

낯선 사내는 의자에 앉았다.

"여보, 먹을 것 좀 없어?"

세몬의 재촉에 마트료나는 화를 버럭 냈다.

"없긴 왜 없어요! 하지만 당신 몫은 없어요. 술을 마시면서 분별력마저 마셔 버린 모양이군요. 양가죽을 사러 간다더니 입고 간 카프탄마저 벗어 던지고 돌아오고, 게다가 벌거벗은 부랑자까지 데려오다니! 어쨌든 당신들 같은 주정뱅이들에게 줄 음식은 없다고요."

"잘 알지도 못하면서 계속 떠들 거야? 어떻게 된 일인지 들어 보기나 한 다음에 말하라고."

"돈을 어떻게 했는지 말해 봐요."

세몬은 호주머니에서 지폐를 꺼냈다.

"3루블은 여기 있어. 하지만 트리포노프에겐 돈을 받지 못했어. 내일이나 모레쯤 주겠다고 약속하더군."

하지만 마트료나는 점점 더 화가 났다. 양가죽을 사 오지 못한 것은 그렇다 치더라도, 하나밖에 없는 카프탄을 낯선 부랑자에게 벗어 주고 그를 집에까지 데리고 오다니. 마트료나는 테이블에 놓인 지폐를 낚아채 간수하고는 말했다.

"아무튼 저녁은 없어요. 주정뱅이들까지 챙겨 먹일 수는 없다고요."

"여보, 말 좀 조심해서 하라니까. 우선 이 사람의 이야기를 들어 보라고."

"얼간이 주정뱅이 말은 들어 무엇해요. 사실 말이지, 난 처음부터 당신 같은 주정뱅이와 결혼할 생각이 없었어요. 어머니가 주신 옷감들도 모두 술값으로 써 버리더니, 이제는 양가죽 살 돈까지 목구멍에 들이붓고 와요?"

세몬은 술은 20코페이카어치밖에 마시지 않았다는 것과, 어떻게 해서 젊은이를 데려오게 되었는지를 설명하려고 애썼다. 하지만 마트료나는 쉴 새 없이 떠들어 대며 세몬이 말할 틈을 주지 않았다. 그러더니 세몬에게 달려들어 그의 옷소매를 움켜잡았다.

"내 코트나 돌려줘요. 하나밖에 없는 옷을 빼앗아 입고는 뻔뻔하게! 정말 못난 인간이야, 차라리 내가 죽어 버리는 게 낫지."

세몬이 코트를 벗는 중에 마트료나가 코트를 세게 잡아당기는 바람에 솔기가 부지직 뜯어졌다. 마트료나는 코트를 낚아채 입고는 밖으로 나가려다 문득 걸음을 멈추었다. 그녀는 화가 나긴 하지만 그 젊은 남자가 도대체 누군지 알아내야겠다고 생각한 것이다.

4

마트료나는 그 자리에 선 채로 말했다.

"만일 이 사람이 제정신이라면 겨울에 알몸으로 돌아다니진 않겠지요. 어디서 이 남자를 데려왔는지 말해 봐요."

"아까부터 그 말을 하려던 참이야. 집으로 돌아오는 길에 이 사람이 벌거벗은 몸으로 교회 옆에 쭈그리고 앉아 있는 것을 보았어. 벗고 있을 만한 날씨가 전혀 아닌데 말이야. 하늘이 도와서 나를 이 사람이 있는 데로 데려다 주셨기에 망정이지, 그렇지 않았더라면 이 사람은 얼어 죽었을 거야. 나로서는 선택의 여지가 없었어. 이 젊은이에게 무슨 일이 있었는지 모르지만 어쨌든 내 외투를 입히고는 집에까지 데려온 것이지. 제발 그렇게 화만 내지 마. 그것도 죄를 짓는 거야."

마트료나는 말대꾸하고 싶었지만 낯선 젊은이를 보자 말문이 막혔다. 그는 의자 끝에 걸터앉은 채 꼼짝도 하지 않았다. 두 손을 무릎 위에 모으고 고개는 떨어뜨린 채, 두 눈을 감고 이마를 찌푸리고 있을 뿐이었다. 세몬이 다시 말했다.

"마트료나, 당신에겐 하느님도 없소?"

이 말에 마트료나는 낯선 젊은이를 흘끗 바라보았다. 그 순간 그녀의 가슴속에서 동정심이 일었다. 그녀는 방구석의 난로 옆으로 가서 저녁을 준비했다. 그녀는 테이블 위에 잔을 놓고 크바스(보리, 엿기름, 호밀 따위로 만든 러시아 맥주)를 따른 뒤 남은 빵을 내놓으며 말했다.

"식사들 하세요."

세몬은 젊은이를 식탁 쪽으로 슬며시 밀며 말했다.

"어서 앉게."

세몬은 빵을 잘게 썰었고, 두 사람은 곧 식사를 시작했다. 마트료나는 테이블 한쪽 구석에 앉아 손으로 턱을 괸 채 젊은이를 바라보았다. 그녀는 어느새 그가 가엾게 생각되어 돌보아 주고 싶은 마음이 생겼다. 그 순간 젊은이의 얼굴이 갑자기 밝아지더니 찌푸렸던 표정도 사라졌다. 그는 마트료나를 바라보고 미소를 지었다.

두 사람이 식사를 마치자 마트료나는 테이블을 정리한 후 젊은이에게 궁금한 것을 묻기 시작했다.

"당신은 어디서 왔죠?"

"저는 이 고장 사람이 아닙니다."

"그러면 왜 길에 쓰러져 있었죠?"

"그건 말할 수가 없습니다."

"당신이 입고 있던 옷은 누가 벗겨 갔나요?"

"저는 하느님께 벌을 받았습니다."

"그래서 벌거벗고 쓰러져 있었단 말인가요?"

"네, 벌거벗은 채로 쓰러져 얼어 죽을 뻔했지요. 마침 당신의 남편이 저를 발견하고는 불쌍히 여겨 카프탄을 벗어 입혀 주고 털 장화를 신겨 이렇게 집에까지 데리고 온 것입니다. 게다가 이곳에 오니 아주머니께서는 먹을 것과 마실 것을 주셨습니다. 틀림없이 하느님께서는 두 분께 보답을 해 주실 겁니다."

마트료나는 조금 전에 깁고 있던 세몬의 낡은 셔츠를 가져다가 낯선 남자에게 주었다. 또 속바지도 찾아서 건네주었다.

"이거라도 입고 어디든 누워서 좀 자도록 해요."

젊은이는 카프탄을 벗고 셔츠와 속바지를 입고는 침대 위에 누웠다. 카프탄을 집어 든 마트료나는 등불을 끄고 난롯가의 남편 곁으로 갔다. 마트료나는 카프탄을 덮고 눕기는 했지만 잠이 오지 않았다. 젊은이의 일이 좀처럼 머리에서 떠나지 않았다. 그가 마지막 빵을 먹어 버려 내일 먹을 빵이 없다는 사실과 그에게 셔츠와 속바지를 주어 버린 것을 생각하면 몹시 우울했다.

하지만 그가 미소 짓던 것을 생각하자 또다시 가슴이 뭉클해졌다. 마트료나는 오랫동안 잠을 이루지 못했다. 세몬도 잠을 이루지 못하고 연신 카프탄 자락을 끌어당겼다.

"이봐요, 세몬."

"왜 그래?"

"남은 빵을 다 먹어 버렸으니 내일은 어떻게 하면 좋을지 모르겠어요. 이웃에 사는 마라냐 아주머니에게서 좀 꾸어 올까요?"

"그래, 그게 좋겠군. 어떻든지 산 입에 거미줄이야 치겠어?"

"그런데 말예요. 저 사람은 나쁜 사람 같지는 않은데 왜 자기 신분을 밝히지 않을까요?"

"말 못할 사정이 있겠지."

"세묜, 참 이상해요."

"뭐가?"

"우리는 늘 남에게 베풀고 사는데, 왜 우리에게 베푸는 사람은 아무도 없을까요?"

세묜은 뭐라고 대답을 해야 할지 몰랐다.

"그 문제는 다음에 이야기하고 이제 그만 자자고."

세묜은 그렇게 말하고는 돌아누워 곧 잠이 들었다.

5

다음 날 아침 세묜은 일찍 잠이 깼다. 아내는 이웃집에 빵을 꾸러 가고 없었다. 어젯밤에 데리고 온 낯선 남자는 의자에 앉아 천장만 바라보고 있었다. 그의 표정은 어제보다 훨씬 더 밝아 보였다.

"이봐, 젊은이! 배는 먹을 것을 원하고 몸은 입을 것을 원하니 무언가 벌이를 해야지. 자네는 무슨 일을 할 줄 아나?"

"아무것도 할 줄 모릅니다."

"뭐든 해 보겠다는 마음만 있으면 돼. 배워서 하면 되니까."

"다들 일을 하니 저도 해 보겠습니다."

"그런데 자네 이름이 뭔가?"

"미하일이라고 합니다."

"이봐, 미하일. 자네는 신상에 관한 이야기는 하고 싶지 않은 모양인데, 그건 아무래도 좋네. 하지만 밥벌이는 해야지. 내가 시키는 대로 일을 하겠다면 밥은 먹여 주겠네, 괜찮은가?"

"고맙습니다. 열심히 일을 배우겠습니다. 무엇이든 가르쳐 주십시오."

세묜은 실을 손가락에 감아 실 꾸러미를 만들기 시작했다.

"별로 어려운 일은 아니야. 잘 보라고."

미하일은 자세히 들여다보더니 금방 배워 실을 꼬았다.

이어 세묜은 실에 초를 칠해 뻣뻣하게 만드는 법을 가르쳐 주었다. 미하일은 이것도 금방 익혔다. 다음으로는 뻣뻣한 실로 가죽을 꿰매는 법을 가르쳐 주었는데 이것도 이내 익혔다.

미하일은 세묜이 가르쳐 주는 일마다 쉽게 터득해, 사흘째부터는 모든 작업 과정을 능숙하게 해낼 수 있었다. 그는 쉬지 않고 일했으며, 조금밖에 먹지 않았다. 집 밖에 나가는 일도 없었고 쓸데없는 말을 하거나 농담도 하지 않았다. 심지어 웃지도 않았다. 미하일이 웃었던 때는 이 집에 처음 오던 날 저녁 마트료나가 식사를 대접하던 순간뿐이었다.

6

어느새 1년이란 세월이 흘렀다. 미하일은 여전히 세몬의 집에서 살면서 부지런히 일했다. 세몬의 집에 새로 온 직공이 튼튼하고 멋진 구두를 만든다는 소문이 돌자 여기저기에서 주문이 밀려들었다. 가게는 번창했다.

어느 겨울날, 방울 소리가 요란하게 들리더니 삼두마차가 세몬의 집으로 다가왔다. 창문으로 내다보니 마차는 집 앞에 멈추어 섰고, 한 젊은 사람이 마부석에서 뛰어내려 마차의 문을 열었다. 마차 안에서 모피 외투를 걸친 신사가 나왔다. 그는 세몬의 가게를 향해 다가왔다. 마트료나는 서둘러 달려 나가 문을 열었다.

신사는 머리가 천장에 닿을 듯 키가 컸고 몸집은 방 안을 가득 채울 것처럼 거대했다. 그는 자신의 키보다 낮은 문을 통과하기 위해 허리를 구부려야 했다.

세몬은 신사의 모습을 보고 입을 다물지 못했다. 이제까지 그렇게 큰 사람은 본 적이 없었기 때문이다. 세몬은 몸이 호리호리하고 미하일도 깡말랐으며 마트료나 역시 나뭇가지처럼 여위었는데, 신사는 혈색 좋은 얼굴에 목은 황소처럼 굵은 게 몸 전체가 무쇠로 만들어진 것처럼 보였다.

신사는 거친 숨을 내쉬며 모피 외투를 벗더니 의자에 앉으며 물었다.

"이 가게 주인이 누군가?"

세몬이 나서며 말했다.

"제가 주인입니다, 손님."

그러자 신사는 큰 소리로 하인에게 말했다.

"페드카, 가죽을 가져와."

하인이 곧장 보따리 하나를 가지고 들어왔고, 신사는 그것을 받아 테이블 위에 놓았다.

"풀어라."

그가 말하자 하인은 지체 없이 보따리를 풀었다. 신사는 가죽을 가리키며 세몬에게 말했다.

"이게 어떤 가죽인지 알겠나?"

세몬은 가죽을 잠깐 만져 보고 나서 말했다.

"네, 아주 좋은 가죽이군요."

"그야 물론 좋은 가죽이지. 얼간이 같으니라고. 자넨 이런 가죽을 한 번도 본 적이 없을 거야. 독일제 가죽인데 20루블이나 주고 샀다고."

세몬은 기가 죽은 표정으로 말했다.

"저 같은 놈이 어디서 이런 것을 구경하겠습니까."

"그렇지. 그런데 자네 이 가죽으로 장화를 하나 만들어 줄 수 있겠나?"

"만들 수 있고말고요, 나리."

그러자 신사는 버럭 고함을 질렀다.

"만들 수 있다고? 나는 1년을 신어도 모양이 변하지 않고 찢어지지도 않는 그런 장화를 원해. 그러니 자신이 있으면 맡아서 재단을 하고, 자신이 없으면 그만두겠다고 지금 바로 말해. 미리 말해 두지만, 만일 장화가 1년도 못 가 찢어지거나 모양이 망가지면 널 감옥에 처넣을 거야. 대신 1년이 지나도 모양이 그대로 있으면 그때 품삯으로 10루블을 지불하겠어."

세몬은 겁이 나서 뭐라고 어떻게 대답을 해야 할지 몰랐다. 그는 미하일을 흘끔 돌아보았다. 그러고는 그의 옆구리를 찌르면서 작은 소리로 속삭였다.

"미하일, 어떻게 하면 좋지?"

미하일은 '좋아요, 일을 맡으세요'라고 말하듯이 고개를 끄덕였다. 세몬은 미하일을 믿고 장화를 만들기로 했다.

신사는 하인을 불러 왼발의 장화를 벗기게 하고 다리를 내밀었다.

"어서 치수를 재게!"

세몬은 50센티미터의 길이로 종이를 잘라 바닥에 펼쳤다. 그런 다음 무릎을 꿇고 앉아 신사의 발 치수를 재기 시작했다. 발바닥을 재고 이어 발등을 잰 다음 장딴지를 잴 차례였는데, 종이의 길이가 아무래도 모자랐다. 신사의 장딴지가 통나무만큼이나 굵었기 때문이다.

"장딴지가 꼭 끼지 않도록 잘해."

세몬은 다른 종이를 덧대어 붙였다. 신사는 의자에 앉은 채 발가락을 꼼지락거리며 방 안의 사람들을 둘러보았다. 그러고는 미하일을 가리키며 물었다.

"저 사람은 누군가?"

"우리 가게의 직공인데 솜씨가 아주 그만입니다. 나리의 장화도 저 친구가 만들 겁니다."

신사는 미하일에게 말했다.

"자네도 잘 알아 둬. 1년이 지나도 끄떡없을 장화를 만들어야 한다고."

그런데 미하일은 신사의 얼굴은 보지도 않고, 마치 누군가가 신사의 등 뒤에 서 있는 듯 한쪽 구석을 응시했다. 그러더니 갑자기 빙긋 웃으면서 얼굴을 환하게 폈다.

"뭘 보고 싱글거리는 거야, 이 얼간아! 장화를 기한 내에 만들어 낼 궁리나 하지 않고."

신사의 핀잔에 미하일이 말했다.

"원하시는 대로 기한 내에 꼭 만들겠습니다."

"좋아!"

신사는 장화를 다시 신고 모피 외투를 단단히 여며 입은 후 문 쪽으로 걸어갔다. 그는 깜박 잊고 허리를 구부리지 않아 문틀에 이마를 꽝 부딪쳤다. 신사는 한참 뭐라고 욕을 해 대더니 마차를 타고 떠났다.

신사가 사라지자 세몬이 말했다.

"정말 바위처럼 단단한 사람이야. 저런 사람은 쇠망치에 맞아도 죽지 않을걸. 그렇게 세게 이마를 부딪쳤는데도 별로 아파하지도 않더라니까."

그러자 마트료나가 나서며 말했다.

"그렇게 호강하며 사니까 몸도 튼튼하겠지요. 저승사자도 저 사람에겐 접근을 못 하겠어요."

세몬은 미하일에게 말했다.

"일을 맡기는 했지만 걱정이야. 까딱 잘못했다간 감옥살이를 하게 생겼으니 말이야. 자네는 나보다 눈도 밝고 솜씨도 좋으니 치수대로 재단을 하게. 나는 나중에 장화 코나 꿰맬 테니까."

7

미하일은 가죽을 작업 테이블에 펴 놓고 재단을 하기 시작했다.

마트료나는 미하일이 재단하는 것을 지켜보다가 깜짝 놀랐다. 마트료나도 이제는 구두 만드는 일은 알 만큼 아는데, 미하일이 가죽을 주문받은 대로 재단하지 않고 둥근 모양으로 재단하고 있었기 때문이다. 마트료나는 지적을 해 줄까 하다가 그만두었다.

'나보다는 미하일이 더 잘 알고 있겠지. 괜히 나서서 참견하지 말자.'

미하일은 재단을 마치고 꿰매기 시작했다. 그런데 두 겹의 실로 꿰매는 것이 아니라 슬리퍼를 만들 때처럼 한 겹의 실로 꿰매는 것이었다. 마트료나는 다시 한 번 놀랐으나 역시 아무 말도 하지 않았다.

점심때가 되어 세몬이 바라보니, 미하일은 그 가죽으로 슬리퍼를 만들어 놓았다. 세몬은 탄식이 절로 나왔다.

'이게 웬일이지? 우리 집에서 1년을 일하면서 한 번도 실수를 하지 않던 미하일이 중요한 때에 엄청난 실수를 저지르다니. 손님은 장화를 주문했는데 슬리퍼를 만들었잖아! 이제 손님에게 뭐라고 변명을 하지? 이런 비싼 가죽은 구할 수도 없는데.'

세몬은 떨리는 목소리로 말했다.

"여보게, 도대체 어떻게 된 건가? 나를 감옥에 처넣을 작정인가? 손님은 장화를 주문했는데, 자네는 도대체 무엇을 만들어 놓은 건가?"

이때 누군가 문을 두드렸다. 문을 여니 아까 그 신사와 같이 왔던 젊은 하인이었다.

"주문한 장화 때문에 심부름을 왔습니다. 장화가 필요 없게 되었어요. 나리께서 갑자기 돌아가셨거든요."

"뭐라고요?"

"나리께서 댁으로 돌아가는 길에 마차 안에서 돌아가셨어요. 마차가 집에 도착해 내려 드리려고 팔을 잡는 순간 곡식 자루처럼 툭 아래로 쓰러지셨죠. 나리의 몸은 이미 돌처럼 굳어 있었어요. 마님께서는 곧바로 저를 이리로 보내며 말씀하시길, 장화는 더 이상 필요 없게 되었으니 그 대신 죽은 사람에게 신길 부드러운 슬리퍼를 만들어 달라고 하셨어요. 그래서 이렇게 급히 달려온 겁니다."

미하일은 남은 가죽을 챙기고 나서 완성된 슬리퍼를 집어 먼지를 닦은 다음 하인에게 건네주었다. 하인은 기뻐하면서 그것을 가지고 돌아갔다.

8

세월이 흘러, 미하일이 세몬의 집에 온 지도 어느덧 5년이 되었다. 하지만 그의 생활은 조금도 달라진 것이 없었다. 밖에 나가는 일도 없었고 쓸데 없는 말을 하지도 않았다. 그동안 웃은 일은 단 두 번밖에 없었다. 한 번은 마트료나가 저녁을 대접했을 때였고, 또 한 번은 장화를 주문하러 왔던 신사를 보았을 때였다. 세몬은 미하일이 어떤 사연을 가지고 있는지는 여전히 묻지 않았다. 그는 다만 미하일이 가 버리지나 않을까 걱정스러울 뿐이었다.

어느 날, 식구가 모두 집 안에 있을 때였다. 마트료나는 냄비를 화덕에 올리고, 아이들은 의자 사이를 뛰어다니거나 창문 밖을 내다보곤 했다. 세몬은 창가에 앉아 구두를 꿰매고 있었고, 미하일은 다른 쪽 창가에서 구두에 뒤축을 붙이는 중이었다. 그때 사내아이가 미하일에게 다가와 어깨를 흔들면서 창밖을 가리켰다.

"미하일 아저씨, 저길 좀 보세요. 어떤 아주머니가 계집애 둘을 데리고 오고 있어요. 우리 집으로 오고 있는 것 같아요. 그런데 한 아이는 절름발이예요."

그러자 미하일은 갑자기 일손을 멈추고 창밖을 유심히 내다보았다. 세몬은 이상한 생각이 들었다. 여태껏 한 번도 창밖을 내다보지 않던 사람이 아예 창문에 얼굴을 붙이고 밖을 내다보았기 때문이다. 세몬도 하던 일을 멈추고 밖을 내다보았다. 옷을 잘 차려입은 부인이 모피 외투에 털목도리를 두른 여자아이 둘을 데리고 자기 집으로 오고 있었다. 두 여자아이는 분간을 할 수 없을 정도로 닮은 모습이었다. 다만 한 아이가 왼쪽 다리를 절룩거릴 뿐이었다.

부인은 층계를 올라와 문을 열더니, 먼저 여자아이들을 들여보내고 자기도 뒤따라 들어왔다.

"안녕하세요?"

"어서 오십시오. 무슨 일로 오셨나요?"

부인은 작업 탁자 옆에 앉았다. 여자아이들은 그녀의 무릎에 매달리며 낯설어하는 눈치였다.

"아이들에게 봄에 신을 구두를 맞춰 주고 싶어서요."

"아, 그래요. 그렇게 작은 구두를 만들어 본 적은 없지만, 정성껏 해 드리지요. 이 미하일이란 사람은 아주 솜씨가 뛰어나거든요."

이렇게 말하며 세몬은 미하일을 바라보았다. 그런데 미하일은 두 여자아이만 뚫어져라 바라보고 있었다. 이러한 미하일의 모습에 세몬은 얼떨떨했다. 하긴 여자아이들은 아주 예뻤다. 눈은 새까맣고 두 뺨은 발그스름하고 포동포동했으며, 멋진 모피 외투를 입고 목도리를 둘렀다. 그렇다고 해도 세몬은 미하일이 무슨 이유로 그토록 아이들을 열심히 바라보는지 이해할 수 없었다.

세몬은 이상하다고 생각하면서도 부인과 흥정을 계속했다. 마침내 값이 정해졌고 아이들의 발 치수를 재야 할 차례였다. 부인은 다리가 불편한 아이를 무릎 위로 들어 올리며 말했다.

"이 아이의 발 치수로 두 사람 분의 구두를 만들어 주세요. 불편한 발을 먼저 재서 한 짝을 만들고, 다른 발 치수로 똑같이 세 짝을 만들면 될 거예요. 두 아이의 치수가 같거든요. 쌍둥이니까요."

세몬은 그렇게 발 치수를 재고 나서 다리가 불편한 아이를 바라보며 물었다.

"어쩌다가 이렇게 되었습니까? 이처럼 귀여운 아이가, 태어날 때부터 이랬나요?"

"아니에요. 애들 엄마가 잘못해서 그만……."

이때 마트료나가 끼어들었다.

"그럼 부인은 이 아이들의 친엄마가 아니세요?"

"네, 친엄마도 아니고 친척도 아니에요. 하지만 제가 맡아 기르고 있지요."

"친자식도 아닌데 굉장히 귀여워하시는 것 같군요."

"어떻게 귀여워하지 않을 수 있겠어요. 내 젖을 먹여 키웠는데요. 나도 한때는 친자식이 하나 있었지만 하느님이 데려가셨지요. 하지만 솔직히 말해 나는 그 아이를 이 아이들만큼 귀여워하지는 않았어요."

"대체 이 아이들은 어느 댁 따님들인가요?"

9

부인은 자초지종을 이야기했다.

"6년 전의 일이에요. 이 두 아이는 태어난 지 일주일도 못 돼 고아가 되어 버렸지요. 아버지는 아이들이 태어나기 사흘 전에 죽고, 엄마는 아이들을 낳은 후 곧 세상을 떠났으니까요. 그 무렵 우리 부부는 이웃에서 농사를 지으며 살아가고 있었어요. 그래서 아이들 부모에 대해 잘 알고 있는 거예요. 아이들 아버지는 숲 속에서 나무를 베다 나무가 쓰러지면서 덮치는 바람에 죽었어요. 아이들 어머니도 몹시 가난한 데다 돌봐 주는 친척이 없어 혼자 아이들을 낳다 죽은 거고요. 해산 다음 날 집으로 찾아가니 부인의 몸은 이미 싸늘하게 굳어 있더군요. 그런데 숨을 거둘 때 고통으로 몸부림치다가 그만 한 아이를 덮쳐서 한쪽 다리를 못 쓰게 만들었어요.

마을 사람들이 몰려와 부인의 몸을 씻기고 관을 만들어 장례를 지내 주었어요. 모두들 친절한 사람들이었죠. 그러나 갓 태어난 아이들이 문제였어요. 정말 난처한 일이었죠. 그때 마을에서 젖을 먹일 수 있는 사람은 나뿐이었어요.

나는 태어난 지 8주째 되는 아들이 있었거든요. 어쩔 수 없이 제가 당분간 아이들을 맡기로 하고 집으로 데려왔죠. 나는 내 아이와 두 여자아이, 이렇게 세 아이를 젖을 먹여 키웠어요. 그때만 해도 젊고 음식도 잘 먹었기 때문에 흘러넘칠 정도로 젖이 나왔지요.

그런데 하느님의 돌보심으로 두 아이는 아주 건강하게 자랐지만, 내가 낳은 아이는 두 살도 못 되어 죽고 말았어요. 그 뒤로는 아이를 낳지 못했죠. 그 후 집안 형편이 차츰 나아졌고 남편은 곡물 상인의 방앗간을 맡게 되었어요. 지금은 꽤나 유복하게 살고 있지요. 하지만 이 두 아이가 없다면 무척 외로울 거예요. 그러니 어떻게 이 아이들을 귀여워하지 않을 수 있겠어요? 이 아이들은 나에게 촛불과 같은 존재예요."

부인은 한 손으로 다리가 불편한 아이를 끌어안고, 다른 한 손으로는 흐르는 눈물을 닦았다. 마트료나는 한숨을 길게 내쉬며 말했다.

"부모 없이는 살아도 하느님 없이는 살 수 없다더니, 그 말이 맞는 것 같군요."

그들이 이런 말을 나누고 있을 때, 갑자기 미하일이 앉아 있는 쪽에서 섬광이 비치는 것 같았다. 세몬과 마트료나는 부인을 배웅하고 들어와 미하일을 쳐다보았다. 미하일은 두 손을 무릎 위에 포개고 앉아 하늘을 바라보며 미소를 지었다.

10

미하일은 의자에서 일어나 작업용 앞치마를 벗은 후 세몬과 마트료나에게 공손히 절을 하며 말했다.

"이제 작별을 해야 할 것 같습니다. 하느님께서도 저를 용서해 주셨으니 두 분께서도 저를 용서해 주십시오."

그때 세몬과 마트료나는 미하일에게서 눈부신 후광이 비치고 있는 것을 보았다. 세몬도 일어나 마주 절하며 미하일에게 말했다.

"역시 자네는 보통 인간이 아니었군. 자네를 더 이상 붙들어 둘 수도, 자네에 관해 더 이상 물을 수도 없다는 것을 잘 알고 있네. 하지만 꼭 한 가지만은 알고 싶네. 내가 자네를 처음 발견하고 집으로 데려왔을 때는 몹시 어두운 표정이었네. 그런데 아내가 저녁을 차려 주자 자네는 미소를 지으며 밝은 표정이 되었지. 그 까닭이 무엇인가? 또 어느 신사가 장화를 주문했을 때도 자네는 웃으면서 밝은 표정을 지었고, 방금 전 부인이 여자아이들을 데리고 왔을 때도 빙그레 웃었네. 그리고 자네의 온몸에서 밝은 빛이 비쳤지. 미하일, 왜 자네에게서 빛이 나며 왜 세 번 미소를 지었는지 그 이유를 들려주게나."

그러자 미하일은 비로소 말을 시작했다.

"제 몸에서 빛이 나는 것은 하느님께서 내리신 벌을 받고 있다가 이제 용서를 받았기 때문입니다. 또 세 번 미소를 지은 것은 하느님께서 말씀하신 세 가지 진리를 발견했기 때문입니다. 첫 번째 진리는 아주머니께서 저를 불쌍히 여겨 보살펴 주셨을 때 깨달았지요. 그래서 웃었던 거예요. 두 번째 진리는 부유한 손님이 장화를 주문했을 때 깨달았습니다. 그래서 두 번째로 웃었던 겁니다. 그리고 방금 전 두 여자아이를 보았을 때 세 번째 진리를 알게 되었고, 그래서 미소를 지은 것입니다."

세몬이 다시 물었다.

"그런데 미하일, 어째서 하느님이 자네에게 벌을 내리셨나? 그리고 하느님의 세 가지 진리란 무엇인지 알고 싶네."

"하느님께서 벌을 내리신 것은 제가 그분의 명령을 따르지 않았기 때문입니다. 저는 원래 천사였는데 하느님께서 한 여인의 영혼을 거두어 오라고 저를 지상으로 보내셨습니다. 그런데 세상에 내려와 보니 그 여인이 몸이 아주 쇠약해져 누워 있는 것이었어요. 그리고 쌍둥이 딸을 낳았던 것입니다.

그 여인은 저를 보자 눈물을 흘리며 애원했습니다. '천사님, 제 남편의 장례식을 며칠 전에 치렀습니다. 그이는 숲에서 일하다가 나무에 깔려 죽었지요. 이 불쌍한 아이들에게는 키워 줄 사람이 하나도 없습니다. 이 아이들이 제 발로 걸을 수 있을 때까지는 제 영혼을 거두어 가지 말아 주세요.' 여인의 애원을 듣고 저는 한 아이에게는 젖을 물려 주고 다른 한 아이에게는 팔을 안겨 주고 나서 하늘나라로 돌아갔습니다.

저는 하느님께 말씀드렸습니다. '하느님, 저는 여인의 영혼을 거두어 올 수가 없었습니다. 남편은 나무에 깔려 죽었고, 여인은 며칠 전에 쌍둥이를 낳아 기진맥진해져서는 제발 자기의 영혼을 데려가지 말라고 애원했습니다. 그래서 그냥 돌아올 수밖에 없었습니다.' 그러자 하느님께서 다시 분부하셨습니다.

'지금 곧 내려가 여인의 영혼을 거두어 오너라. 그러면 너는 세 가지 진리를 발견할 것이다. 사람의 내면에는 무엇이 있는가? 사람에게 허락되지 않은 것은 무엇인가? 사람은 무엇으로 사는가? 이 세 가지 진리를 알게 되는 날 너는 하늘나라로 돌아올 수 있을 것이다.'

저는 다시 인간 세상으로 내려와 그 여인의 영혼을 거두었습니다. 영혼이 떠나는 순간 시신이 침상에서 떨어지면서 한 아이를 덮쳐 그 아이가 한쪽 다리를 못 쓰게 되었습니다. 저는 그 여인의 영혼을 하느님께로 데려가려고 하늘로 올라갔습니다. 그런데 갑자기 강풍이 불어와 제 두 날개를 부러뜨렸습니다. 그래서 그 여인의 영혼만 하느님께로 가고 저는 지상으로 떨어진 것입니다."

11

세몬과 마트료나는 자신들이 먹이고 입혔던 사람이 누구인지 알게 되자 두려움과 기쁨으로 눈물을 흘렸다.

"저는 혼자 벌거숭이가 된 채 들판에 버려졌습니다. 인간이 된 저는 몹시 추웠고 배가 고팠습니다. 하지만 어떻게 해야 할지 알 수가 없었습니다. 그때 들판 한가운데 하느님을 섬기는 교회가 있는 것을 보고 그곳으로 갔습니다. 문이 잠겨 있어 교회 뒤편에 앉아 있었지요. 배고픔은 더욱 심해지고 몸은 꽁꽁 얼어붙어 견딜 수가 없었습니다.

그때 사람의 발소리가 들려왔습니다. 그는 털 장화를 든 채 제가 있는 쪽으로 오면서 혼자 뭐라고 중얼거렸습니다. 가만히 들어 보니 이 추운 겨울을 어떻게 날 것인가, 어떻게 처자식을 먹여 살릴 것인가를 걱정하고 있었습니다. 그는 저를 발견하긴 했지만 얼굴을 찡그리고 무서운 표정을 지으면서 그냥 지나쳤습니다. 나를 구해 주리란 희망을 가졌던 저는 곧 실망을 하고 말았지요.

그런데 그 사람이 다시 제게로 오는 소리가 들렸습니다. 나는 그의 얼굴을 보고 놀랐습니다. 조금 전의 얼굴에는 죽음의 기운이 서려 있었지만, 다시 돌아온 얼굴에는 인자한 하느님의 그림자가 어리어 있었기 때문입니다. 그는 입고 있던 옷을 벗어 제게 입혀 주고는 저를 자기 집으로 데리고 갔습니다.

그의 집에 도착하자 한 여자가 사나운 말을 하기 시작했습니다. 그 여인은 남자보다 훨씬 무서운 얼굴을 했습니다. 그녀의 입에서는 죽음의 독기가 뿜어져 나와 저는 숨조차 쉴 수가 없었습니다.

그러나 남편이 하느님에 대해 이야기를 하자 그녀는 금세 태도가 바뀌었습니다. 서둘러 저녁을 준비하면서 저를 쳐다보았을 때, 그녀의 얼굴에는 죽음의 그림자가 사라지고 생기가 가득했습니다. 그녀에게서도 저는 하느님의 모습을 볼 수 있었습니다.

그때 저는 '사람의 내면에는 무엇이 있는가'라고 했던 하느님의 첫 번째 말씀이 떠올랐습니다. 저는 사람의 내면에 있는 것은 바로 사랑이란 것을 깨달았습니다. 하느님께서 제게 약속하신 것을 이런 방법으로 깨닫게 하시는구나, 생각하니 매우 기뻤습니다. 그래서 처음으로 미소를 지었던 것입니다. 하지만 세 가지 진리를 모두 안 것은 아니었습니다. '사람에게 허락되지 않은 것은 무엇인가, 또 사람은 무엇으로 사는가'는 아직 모르고 있었습니다.

어느새 두 분과 함께 지낸 지 1년이 지났습니다. 어느 날 부유한 신사가 찾아와 1년이 지나도 모양이 변하지 않는 장화를 주문했습니다. 그런데 저는 뜻밖에도 그의 등 뒤에 저의 동료인 죽음의 천사가 서 있는 것을 보았습니다. 해가 지기 전에 그가 신사의 영혼을 거두어 가리라는 것도 알았지요. 그때 저는 '사람에게 허락되지 않은 것이 무엇인가'라는 말씀의 뜻을 깨달았습니다. 사람에게 허락되지 않은 것은 바로 자신에게 진정 필요한 것이 무엇인지를 아는 힘이었습니다. 하느님께서 두 번째 진리를 계시하셨기에 저는 두 번째로 미소를 지었습니다.

하지만 아직 모든 진리를 깨달은 것이 아니었습니다. 저는 '사람은 무엇으로 사는가'를 깨닫지 못했던 것입니다. 그런데 6년째 되는 오늘, 한 부인이 쌍둥이 여자아이들을 데리고 왔습니다. 저는 그 순간 그 아이들을 금세 알아보았고, 어머니가 죽은 후에도 쌍둥이가 무사히 잘 자라고 있다는 사실을 알게 되었지요. 저는 생각했습니다. '그 어머니가 아이들을 위해서 자신의 목숨을 살려 달라고 애원했을 때, 나는 그녀의 말을 믿고 부모 없이 아이들은 살아갈 수 없다고 생각했지. 그러나 아이들과 아무 상관도 없는 여인이 젖을 먹여 이렇게 잘 키우지 않았는가.' 저는 그 부인이 아이들에게 쏟는 애정과 감격의 눈물을 보고 살아 계신 하느님을 발견했습니다. 물론 '사람은 무엇으로 사는가'라는 말씀의 뜻도 깨닫게 되었죠. 하느님께서 마지막 깨달음을 주시어 저를 용서하셨다는 기쁨에 저는 세 번째로 빙긋 웃은 것입니다."

12

마침내 천사의 모습이 드러났는데, 전신이 찬란한 빛에 휩싸여 똑바로 바라볼 수조차 없었다. 천사의 맑은 목소리는 마치 하늘에서 울려 오는 것 같았다.

"모든 인간은 사랑으로 살아간다는 것을 저는 알게 되었습니다. 제가 인간이 되어서도 무사히 살아갈 수 있었던 것은 길을 가던 한 사람과 그 아내의 마음속에 깃든 사랑 때문이었습니다. 또한, 두 고아가 잘 자라 온 것도 한 여인의 가슴속에 깃든 사랑 때문이었습니다. 모든 인간이 자신을 걱정하는 마음으로 이 세상을 살아가고 있는 것이 아니라, 그들 속에 사랑이 있기 때문에 살아간다는 것입니다.

저는 일찍이 하느님께서 인간에게 생명을 부여하시고 그들이 잘 살아가길 바라고 있다는 것을 알고 있었지만, 이제 또 한 가지를 알게 되었습니다. 그것은 하느님께서 모든 사람이 홀로 살아가기를 원치 않으신다는 것입니다. 그래서 하느님은 인간이 자신에게 필요한 것이 무엇인지를 아는 능력을 주시지 않았습니다.

그리고 인간이 평화롭게 하나가 되길 원하시므로 모든 사람이 진정 무엇으로 살아가야 하는지를 계시하셨습니다. 저는 깨달았습니다. 사람들이 자기 자신을 걱정함으로써 살아갈 수 있다는 건 착각일 뿐, 진실로 인간은 사랑에 의해 살아간다는 것을 말입니다. 사랑이 가득한 사람은 하느님 속에서 사는 사람이고, 하느님은 바로 그 사람 안에 계시는 것입니다. 하느님은 사랑이시기 때문입니다."

말을 마친 후 천사는 하느님을 찬미하는 노래를 부르기 시작했다. 그 웅장한 목소리는 온 집 안을 울리는 것 같았다. 이어 천장이 갈라지고 땅에서 하늘까지 한 줄기 불기둥이 솟아올랐다. 세몬과 그의 아내는 땅에 엎드렸다. 그러자 천사는 날개를 활짝 펼치더니 하늘로 날아 올라갔다. 세몬이 정신을 차렸을 때, 집은 아무것도 달라진 것이 없고 집 안에는 가족 외에는 아무도 없었다. *

유년 시대

📝 작품 정리

작가 : 레프 톨스토이(339쪽 '작가와 작품 세계' 참조)
갈래 : 단편 소설
성격 : 회고적, 감상적, 서정적
배경 : 시간 – 19세기 / 공간 – 러시아
시점 : 1인칭 주인공 시점
주제 : 순수하고 아름다웠던 유년 시절에 대한 그리움

📝 구성과 줄거리

도입 **'나'는 즐겁고 행복했던 유년 시절의 추억에 잠김**

'나'는 다시는 돌아오지 못할, 감미로운 기쁨의 원천이 되는 유년 시절의 추억에 잠긴다.

전개 **어머니에 대한 사랑과 순진무구했던 자신의 모습을 생각함**

어릴 적 '나'는 실컷 뛰어놀고 난 뒤 탁자에 앉아, 사람들과 이야기하는 어머니를 바라본다. 잠이 들면 '나'를 어루만지는 손길을 느끼며, 어머니에 대한 사랑이 가슴 가득히 차오른다. 침대에 들어가서는 어머니와 아버지, 모든 사람에게 복을 내려 주시기를 하느님께 기도하며 눈물을 흘린다.

결말 **유년 시절의 순수함과 사랑이 사라진 현실을 안타까워함**

어린 시절의 순수함과 낙천성은 어디로 간 것인지, 사랑에 대한 기도와 순결한 눈물은 한낱 추억에 불과한 것인지, '나'의 마음은 영원히 떠나 버린 그 시절에 대한 안타까움으로 가득 찬다.

🖊 생각해 볼 문제 --

1. '나'의 유년 시절에 대한 회상이 경건한 느낌을 주는 이유는 무엇인가?

누구에게나 유년 시절이 있고, 그 시절은 대부분 맑고 순수한 기억으로 남아 있다. 이 작품에서 작가는 어린 시절의 풍부한 감수성과 사랑에 대한 열망, 깨끗한 신앙심 등을 섬세하고 서정적인 필치로 그려 낸다. 따라서 유년 시절에 대한 그리움은 당시의 순수함을 찾고 싶어 하는 간절함으로 귀결되고, 현재의 삶에 대한 진지한 반성으로 이어진다.

2. 이 작품은 톨스토이의 문학을 이해하는 데 어떤 가치를 지니고 있는가?

이 소설은 톨스토이의 처녀작으로 「소년 시대」, 「청년 시대」와 함께 그의 반생애를 기록한 자전적 소설 3부작 가운데 첫 번째 작품이다. 사실과 허구를 넘나드는 유년 시절에 대한 회상은 톨스토이의 성장 배경과 사상적 기초를 이해하는 데 중요한 역할을 한다. 또 뛰어난 관찰력과 섬세한 감성으로 형상화된 '나'의 어린 시절은 훗날 톨스토이의 문학적 자질을 짐작할 수 있게 한다. 결국 이 소설은 작가로서 톨스토이의 역량을 예견할 수 있다는 점에서 의미 있는 작품이다.

유년 시대

즐겁고 행복한, 다시는 돌아가지 못할 유년 시대여! 어찌 그 추억을 사랑하지 않을 수 있으랴. 어찌 그 추억에 잠기지 않을 수 있으랴. 유년 시대의 추억은 내 영혼에 맑고 산뜻한 기운을 불어넣어, 보다 높이 나의 기분과 정신을 북돋는다. 그 추억은 나에게 더없이 달콤한 기쁨의 원천이다.

방에서 실컷 뛰놀고 난 다음, 나는 테이블 앞에 놓인 높다란 의자에 가서 앉는다. 내 자리로 정해진 팔걸이의자다. 밤이 꽤 깊었고, 설탕을 탄 우유를 마셔 버린 지도 한참이 지났다. 눈꺼풀이 무거워진다. 잠이 오는 것이다. 그래도 꼼짝 않고 앉아서 어른들이 하는 얘기를 듣는다. 어찌 그 얘기들을 놓칠 수 있으랴.

어머니가 누군가와 이야기를 한다. 말할 수 없이 감미로운 목소리가 귓가에 조용조용 들려온다. 그 소리만으로도 내 마음에는 수없이 많은 이야기가 전해져 온다. 졸음 때문에 안개가 낀 듯 몽롱해진 눈으로 나는 언제까지나 어머니의 얼굴을 바라본다. 그러고 있으면 갑자기 어머니의 눈이 점점 줄어들면서 그 얼굴이 단추만 하게 보인다. 그러나 윤곽만은 여전히 또렷하다. 어머니가 나에게 살며시 웃어 주는 것까지 분명히 볼 수 있다.

이렇게 콩알만큼 작아진 어머니의 모습을 바라보는 것이 나는 무엇보다 좋다. 눈을 더욱 가늘게 뜨면, 어머니는 마치 눈동자에 비친 어린아이의 형상만큼 작아진다. 그러나 조금이라도 몸을 움직이면 그 형상은 금세 허물어져 버리고 만다. 다시 몸에 힘을 주거나 눈을 가늘게 뜨면서 그 모습을 재생시키려고 애써도 결국은 헛일이 되고 만다.

나는 좀 더 편한 자세를 취해 보려고 두 발을 의자 위로 올린다.

"애야, 니콜렌카. 또 거기서 자려고 그러는구나."

라고 어머니가 말한다.

"졸리면 어서 이 층에 올라가 자거라."

"저 졸리지 않아요."

하고 나는 대답한다.

그러나 몽롱하면서도 달콤한 환상에 휩싸여 나도 모르는 사이에 두 눈을 스르르 감고 만다. 그런 후엔 아무것도 의식하지 못하게 되어 내쳐 잠을 잔다. 하지만 누군가의 부드러운 손길이 와 닿는 것은 꿈결에도 느낄 수 있다. 그리고 그 감촉만으로도 나를 어루만지는 손의 주인이 누구인지를 알 수 있다. 그러면 잠에 취한 상태에서 거의 본능적으로 그 손을 잡아다 입술에 대고 비빈다.

　모두들 이미 자기 방으로 흩어져 들어가고, 응접실에는 촛불 하나가 타오르고 있을 뿐이다. 어머니가 나를 깨우겠다고 말한 모양이다. 어머니는 내 곁에 앉아서 말할 수 없이 부드러운 손길로 나의 머리를 쓰다듬는다. 바로 내 귀 가까이에서 낯익은 달콤한 음성이 들린다.

　"이제 일어나야지, 니콜렌카. 이 층에 올라가서 자자."

　어머니의 애무를 방해할 그 어떤 시선도 방 안에는 없다. 어머니는 아무 거리낌도 없이 모든 애정을 나한테 쏟는다. 나는 꼼짝도 하지 않는다. 어머니의 손을 더욱 세차게 내 입술에 비빌 뿐이다.

　"어서 일어나거라, 응?"

　어머니는 다른 손으로 나의 목을 잡는다. 그 손가락이 빠르게 움직이며 내 여린 살을 간질인다. 방 안은 어둡고 조용하다. 간지럼 때문에 나의 신경은 예민해진다. 어머니는 내 곁에 앉아 계속해서 나를 쓰다듬는다. 나는 어머니의 체취를 느끼고 어머니의 음성을 듣는다.

　이 모든 것에 감정이 고조되어 나는 벌떡 몸을 일으킨다. 그리고는 두 팔을 어머니의 목에 감고 머리를 가슴에 묻으며 숨 가쁜 소리로 이렇게 말한다.

　"엄마, 나는 엄마가 좋아, 엄마가 제일 좋아!"

　어머니는 언제나처럼 그 서글프고도 매력적인 미소를 띠며 두 손으로 나의 머리를 감싼다. 이마에 키스를 한 다음 어머니는 나를 무릎 위에 앉힌다.

　"정말 엄마가 그렇게 좋으니?"

하고는 잠시 입을 다물었다가 다시 이렇게 말한다.

　"그 마음 변치 말아야 해, 알겠니? 그리고 이 엄마를 잊어서는 안 된다. 혹시 엄마가 죽더라도 넌 이 엄마를 잊지 않겠지, 응? 니콜렌카."

　어머니는 더욱 다정하게 키스를 해 준다.

　"그런 말은 싫어! 이젠 그런 말 하지 말아요, 네? 엄마!"

나는 어머니의 무릎에 입 맞추며 이렇게 외친다. 내 눈에서는 눈물이 줄줄 흘러내린다. 애정과 환희의 눈물이다.

나는 이 층으로 올라가 솜을 넣은 파자마를 입고 성상 앞에 선다.

"주여, 우리 아버지와 어머니에게 복을 내려 주시옵소서."

이런 기도를 드릴 때는 참으로 형언할 수 없을 만큼 황홀한 기분에 휩싸인다.

사랑하는 어머니를 위해, 잘 돌아가지 않는 혀로, 갓 배운 이 기도문을 몇 번이고 되풀이하노라면, 어머니에 대한 사랑과 신에 대한 사랑이 신기하게 하나의 감정으로 융합된다.

기도를 끝내고 이불 속으로 기어들어 가면, 홀가분해지고 밝아진 마음에 기쁨이 넘치곤 한다. 잠들기 전에는 온갖 공상이 꼬리에 꼬리를 물고 떠오른다. 그것은 무엇에 대한 공상이었을까? 모두 두서없고 갈피를 잡을 수 없는 것들뿐이었지만, 그것은 순결한 애정에서 우러나는 것이었다. 그리고 어두운 그늘 없는 행복에 대한 기대에서 우러나는 것이었다.

이런 때 나는 카를 이바느이치와 그의 불행한 운명을 자주 떠올린다. 내가 알고 있는 사람들 중에 그가 가장 불행한 인간이기 때문이다. 나는 참을 수 없이 그가 불쌍해진다. 그리고 못 견디게 그가 사랑스러워진다. 어느새 내 눈엔 눈물이 글썽한다.

"하느님, 그 사람에게 행복을 내려 주시옵소서. 그를 도와주시고 그의 슬픔을 덜어 줄 수 있는 능력을 저에게 주시옵소서. 그를 위해서라면 어떠한 어려움도 참아내겠나이다."

그런 다음 나는 가장 아끼는 사기 인형들, 토끼나 강아지를 푹신한 베개 옆에 놓고 그 장난감 동물들이 앉아 있는 모양을 대견스럽게 바라본다. 그러고는 하느님께서 모든 사람에게 행복을 내려 주시기를, 누구나가 다 만족한 생활을 누릴 수 있게 해 주시기를 빈다. 그리고 나서는 내일 소풍을 가는데 좋은 날씨를 주십사고 빈다. 나는 벽 쪽으로 돌아눕는다. 상상과 공상이 뒤죽박죽 헝클어진다. 그러면 나는 눈물에 젖은 얼굴로 그냥 고이 잠들어 버리는 것이다.

유년 시대에 내가 가진 그 순결성과 낙천성, 사랑에 대한 요구와 신앙의 힘을 되찾을 날이 과연 있을 것인가? 순진무구함과 사랑에 대한 끝없는 요구, 이 두 가지 선(善)이 삶의 유일한 원동력이었던 그 시대보다 더 좋은 시대가 과연 있을 것인가?

그때의 그 열정적인 기도는 어디 갔는가? 하느님의 귀중한 선물인 그 순결한 감격의 눈물은 어디로 사라졌는가? 위로의 천사가 날아와 미소 지으며 눈물을 닦아 주고, 아직 더럽혀지지 않은 어린 마음에 달콤한 공상의 씨를 뿌려 주던 그 시대는…….

과연 나의 인생이, 그때의 기쁨과 감격의 눈물을 영원히 떠나 버리게 할 만큼 무거운 발자국을 내 가슴에 새겨 놓은 것일까? 그리고 그 기쁨, 그 눈물은 이제 한낱 추억에 지나지 않는 것일까? *

🍃 귀여운 여인

🖊 작가와 작품 세계 --

안톤 체호프(Anton Pavlovich Chekhov, 1860~1904)

러시아의 소설가이자 극작가. 러시아의 항구 도시 타간로크 출생. 16세에 모스크바대학 의학부에 입학한 후 파산한 일가를 부양하기 위해 필명으로 7년간 400여 편의 단편을 썼다. 1886년 본명으로 「추도회」를 발표하면서 본격적으로 문학 활동을 시작했으며, 「광야」, 「초원」, 「등불」, 「지루한 이야기」 등을 잇달아 발표해 작가로서의 명성을 얻었다. 2년 뒤 단편집 『황혼』으로 푸시킨상을 수상함으로써 문단의 인정을 받았다. 이후 시베리아를 횡단해 르포르타주(기록 문학) 「사할린 섬」을 발표하고, 「6호실」, 「결혼 3년」, 「산다는 것은」 등 사회 문제를 주제로 한 작품을 발표했다. 톨스토이의 극찬을 받은 「귀여운 여인」, 「개를 거느린 아주머니」, 「약혼자」 등 주옥같은 작품을 쓰면서 러시아 문학계의 중심 인물로 떠올랐다.

후기에는 단편 소설보다는 희곡에 주력해 「갈매기」, 「바냐 아저씨」, 「세 자매」, 「벚꽃 동산」 같은 세계 희곡사의 걸작들을 남겼다. 삶의 사소한 것들에 주목하는 그의 작품들은 서정적이면서도 뭉클한 감동을 주는 것이 특징이다. 또한, 그는 유머러스하고 경쾌한 필치로 소시민들의 삶을 희화한 작품과 병든 사회를 고발하는 염세주의적 작품을 쓰기도 했다.

🖊 작품 정리 --

갈래 : 단편 소설

성격 : 사실적

배경 : 시간 – 19세기 / 공간 – 러시아

시점 : 3인칭 전지적 작가 시점

주제 : 잠시도 사랑하지 않고는 살 수 없는 한 여인의 삶

🖉 구성과 줄거리

발단 **올렌카는 극장 일로 비관하는 쿠킨에게 연민과 애정을 느낌**

극장 지배인 쿠킨은 극장 운영의 어려움과 저급한 관객들에 대해 날마다 한탄한다. 올렌카는 이런 그에게 연민과 애정을 느낀다.

전개 **쿠킨과 결혼한 올렌카는 쿠킨이 죽자 목재상 푸스토발로프와 재혼함**

쿠킨과 결혼한 올렌카는 온통 연극과 극장 일에만 관심을 쏟는다. 남편이 하는 말은 그대로 그녀의 말이 되고, 남편의 의견은 그녀의 의견이 된다. 그러나 쿠킨이 죽자 그녀는 목재상을 하는 푸스토발로프와 사랑에 빠져 재혼한다. 이제 그녀의 관심은 오로지 목재 일에만 집중된다. 그녀는 경건한 생활을 하는 남편에게 자신의 생각을 맞추며 행복을 찾는다. 그러나 6년 후 푸스토발로프는 병으로 세상을 떠난다.

위기 **두 남편과 사별한 뒤 수의관(獸醫官)을 사랑하게 되지만 곧 이별함**

남편과의 사별을 두 번이나 겪은 올렌카는 이혼남이자 수의관인 스미르닌을 사랑하게 된다. 그러나 스미르닌이 근무지를 옮기자 그녀는 외톨이가 된다.

절정 **노쇠해진 그녀에게 스미르닌이 아들과 함께 나타남**

사랑 없이 혼자 살아가는 동안 올렌카는 형편없이 늙어 버린다. 그녀의 머릿속은 텅 비어 버리고 자기 의견이라고는 한마디도 말할 수 없다. 그러던 어느 날 스미르닌이 그 마을에 정착하러 온다. 그는 올렌카의 청에 따라 본처와 아들을 데리고 그녀의 집에 들어와 살게 된다.

결말 **올렌카는 스미르닌의 아들 사샤에게 사랑을 퍼부음**

올렌카는 스미르닌의 아들 사샤에게 애착을 느낀다. 언니의 집에 간 사샤의 어머니가 돌아오지 않고 스미르닌 역시 집을 많이 비우자, 올렌카는 사샤를 친자식처럼 보살핀다. 그녀는 어린 사샤를 돌보면서 삶의 희망과 기쁨을 되찾는다.

🖉 생각해 볼 문제

1. 올렌카에게 '귀여운 여인'이라는 별명이 붙은 이유는 무엇인가?

올렌카는 사랑을 하지 않고서는 견딜 수 없는 성격의 소유자다. 그녀는 쉽게 사랑에 빠질 뿐만 아니라 그때마다 사랑의 대상에 완전히 동화된다. 극장 지배인과 사랑할 때는 극장과 연극이, 목재상 주인과 사랑할 때는 목재가, 수의관과 사랑할 때는 동물이 인생의 전부가 된다. 이처럼 온 마음을 다해 사랑하는 그녀는 언제나 생기 넘치고 다른 사람을 즐겁게 한다. 그래서 정 많고 자상한 올렌카를 사람들은 '귀여운 여인'이라 부르는 것이다.

2. 주어진 현실에 따라 새로운 남자를 만나 사랑하는 올렌카의 사랑이 순수해 보이는 까닭은 무엇인가?

올렌카의 사랑은 상대에게 무엇을 요구하는 사랑이 아니라 그를 온전히 받아들이는 사랑이다. 그녀는 매번 사랑에 완전히 동화되고 몰두하며, 사랑을 위해 어떠한 계산도 하지 않는다. 그녀의 사랑이 가장 완전한 형태로 나타나는 것은 사샤에 대한 사랑이다. 이전까지의 사랑에는 자기만족이 개입돼 있었지만 사샤를 향한 사랑에는 헌신과 희생이 뒤따른다. 그녀의 사랑이 순수해 보이는 것은 이렇듯 아무런 조건 없이 모든 것을 주고, 그 사랑 때문에 무한한 행복과 희열을 느끼기 때문이다.

귀여운 여인

　퇴직한 팔등관(八等官) 플레마니아코프의 딸 올렌카는 뒤뜰 현관 층계에 앉아 생각에 잠겨 있었다. 무더운 날씨에 파리까지 귀찮게 굴어, 곧 저녁이 되리란 생각을 하자 기분이 좀 나아졌다. 동쪽에서 검은 비구름이 몰려들어 습기를 먹은 바람이 불어왔다.

　뜰 한가운데에서는 건넌방을 빌려 쓰고 있는 쿠킨이 하늘을 올려다보고 있었다. 그는 야외극장 치볼리의 지배인이었다.

　"젠장, 또 비야!"

　쿠킨은 절망적으로 말했다.

　"매일같이 비, 비, 비. 마치 장난이라도 치는 것 같군! 내 모가지를 조르겠다는 건가. 매일같이 늘어나는 엄청난 손해를 어쩌라는 거야. 이러다간 파산하기 딱 알맞지!"

　쿠킨은 올렌카에게 두 손을 쳐들어 보이며 불평을 계속했다.

　"올가 세묘노브나, 이게 바로 우리의 생활이란 거요. 정말 엉엉 울고 싶다니까요! 별별 고생을 다 하며 조금이라도 더 잘살아 보려고 애쓴 보람이 이겁니까? 관객들은 교양도 없고 야만인처럼 무지막지하단 말이오. 나는 일류 배우들을 동원해 고상한 오페레타(가벼운 희극에 통속적인 노래나 춤을 곁들인 오락성이 짙은 음악극)나 환상극을 공연하고 있지만, 과연 저속한 관객들이 그런 것을 원하겠습니까? 그들이 요구하는 것은 광대예요! 게다가 날씨조차 이 모양이니, 원. 거의 매일 저녁 비가 오지 않습니까. 5월 10일부터 내내 비가 오고 있으니, 이렇게 기가 막힐 데가 어디 있겠어요. 배우들에게 출연료도 줘야 하고 임대료도 내야 하는데 말예요."

　이튿날도 저녁때가 되자 비구름이 몰려왔다. 쿠킨은 히스테릭하게 웃어대며 말했다.

　"재미있군, 재미있어. 그래, 또 퍼부어라. 야외극장에 물이 잠겨 거기 빠져 죽었으면 속이 시원하겠다! 어차피 이승에서나 저승에서나 잘살긴 글러먹었으니 말이야! 배우들이 날 고소하겠다면 하라고 해! 재판이 대수야? 시베리아로 유형(죄인을 귀양 보내던 형벌)을 보내든지 단두대에 목을 올려도 겁날 거 없어. 하, 하, 하!"

그다음 날도 역시 마찬가지였다…….

올렌카는 아무 말도 없이 심각한 표정으로 쿠킨의 이야기를 들었다. 그녀의 눈에 가끔 눈물이 글썽거릴 때도 있었다. 그러다 결국 올렌카는 쿠킨의 불행에 마음이 흔들렸다. 그를 사랑하게 된 것이다.

쿠킨은 작은 키에 몸이 말랐고, 누렇게 뜬 얼굴에 곱슬머리가 이마를 덮고 있었다. 목소리는 가느다란 테너(남성의 가장 높은 음역)였는데 말할 때마다 입을 실룩거리는 버릇이 있었다. 얼굴에는 언제나 절망의 빛이 감돌았다. 그래도 어쨌거나 이 사나이는 올렌카의 마음에 순결하고도 깊은 사랑을 불러일으켰다.

올렌카는 누군가를 사랑하지 않고는 잠시도 견디지 못하는 여자였다. 어릴 적에는 자기 아버지를 무척이나 사랑했었다. 지금 그 아버지는 병이 들어 어두운 방 안락의자에 앉아 고통스럽게 숨을 몰아쉬고 있었다. 언젠가는 숙모를 사랑한 적도 있었다. 브리얀스크에 사는 그 숙모는 2년에 한 번 정도 올렌카의 집을 다녀간다. 여학교 시절에는 프랑스 어 선생을 사랑했었다.

올렌카는 고운 마음씨를 가진, 정이 많고 자상한 여자였다. 그녀는 온화하고 부드러운 눈동자를 가졌으며 몸은 아주 건강한 편이었다. 그녀의 통통한 장밋빛 뺨이나 까만 점 하나가 있는 하얗고 부드러운 목덜미, 재미있는 이야기에 귀를 기울일 때 떠오르는 티 없는 미소를 보면 사내들은 "응, 거 괜찮게 생겼는걸!" 하며 웃음을 지었다. 또 여자들은 얘기를 나누다가도 "참 귀엽기도 하지!" 하며 느닷없이 올렌카의 손을 잡기 일쑤였다.

올렌카가 태어나면서부터 살고 있는 이 집은 아버지의 유언장에 따라 그녀의 명의로 되어 있었다. 도심지에서 조금 떨어진 집시촌에 있고 티볼리 야외극장에서도 멀지 않아 매일 저녁 늦도록 음악 소리와 폭죽 터지는 소리가 들려왔다. 그 소리들이 올렌카에게는 쿠킨이 무관심한 관객에게 돌격해 들어가는 소리처럼 들렸다. 올렌카의 마음은 달콤한 고민으로 가득 찼다. 그녀는 밤새 잠도 자지 않고, 날이 밝아 쿠킨이 돌아오면 침실 창문을 똑똑 두드리며 커튼 사이로 얼굴과 한쪽 어깨만을 내밀고 상냥한 미소를 지었다.

쿠킨이 청혼했고 두 사람은 결혼했다. 올렌카의 목덜미와 통통하고 건강한 어깨를 보았을 때 쿠킨은 손뼉을 치며 말했다.

"정말 귀여운 여자야!"

쿠킨은 행복했다. 그러나 결혼식 날에도 계속 비가 내린 것처럼, 그의 얼굴에서는 절망의 빛이 완전히 사라지지는 않았다.

결혼 후 두 사람은 다정하게 살았다. 올렌카는 입장권을 팔거나 극장 일을 이것저것 거들었으며, 장부를 기입하고 직원들의 급료를 지불하기도 했다. 그녀의 장밋빛 뺨과 사랑스럽고 티 없는 미소는 때로는 매표구에서, 또 때로는 무대 뒤나 매점 같은 곳에서 볼 수 있었다. 올렌카는 어느덧 친구와 친지들에게 이 세상에서 제일 멋있고 중요한 것은 연극이며, 연극을 통해서만 참된 위안을 느낄 수 있고 교양과 휴머니즘을 겸비한 인간이 될 수 있다고 역설했다.

"하지만 관객들이 그걸 이해할지 모르겠어."

하고 올렌카는 걱정하곤 했다.

"관객이 요구하는 것은 광대라니까요. 어제 바니치카와 내가 『파우스트』를 공연했더니 관람석이 거의 텅 비었더라구요. 만일 저속한 신파극 같은 걸 공연했더라면 틀림없이 초만원이었겠지요. 내일 바니치카와 나는 『지옥의 오르페우스』를 공연할 거예요. 꼭 보러 오세요."

그러고는 쿠킨이 연극이나 배우에 대해 하는 말을 그대로 되풀이했다. 그녀는 남편이 하는 그대로, 관객이 예술에 무지하고 교양이 없다며 그들을 경멸했다. 연습에 끼어들어 배우와 악사(樂士)들을 감독하기도 했으며, 지방 신문에 연극에 관한 악평이라도 실리면 눈물을 흘리며 신문사에 직접 해명을 하러 다니기도 했다.

배우들은 올렌카를 좋아해 그녀를 '바니치카와 나'라거나 '귀여운 여인'이라 불렀다. 올렌카도 배우들을 동정해 적은 돈은 빌려 주기도 하고, 때로는 속더라도 몰래 눈물만 흘릴 뿐 남편에게 일러바치지는 않았다.

즐거운 생활은 계속되었다. 공연이 없는 겨울 동안 두 내외는 우크라이나에서 온 극단이나 마술단, 그곳 아마추어 극단에 극장을 빌려 주었다. 올렌카는 점점 몸이 좋아지기 시작하고 얼굴도 환해졌다. 그러나 쿠킨은 갈수록 마르고 혈색도 나빠졌으며, 사업이 그럭저럭 잘되어 가는데도 큰 손해를 보았다고 엄살을 부렸다. 그는 밤마다 심하게 기침을 해 댔다. 올렌카는 그에게 나무딸기나 보리수꽃을 달여 먹이기도 하고, 오 드 콜로뉴를 발라 주거나 자기의 따뜻한 숄로 덮어 주기도 했다.

"당신이 얼마나 좋은지 몰라요."

올렌카는 남편의 머리를 쓰다듬으며 다정하게 말했다.

"당신은 정말 좋은 분이에요."

사순절(부활 주일 전 40일 동안의 기간)에 쿠킨은 극단 출연 교섭을 위해 모스크바로 떠났다. 올렌카는 남편이 떠난 뒤 밤잠을 못 이루고 창가에 앉아 별을 바라보았다. 그러면서 닭장에 수탉이 없어 밤새 잠을 못 자는 암탉과 자신을 견주어 보았다.

쿠킨의 모스크바 체류는 의외로 길어졌다. 그는 부활절까지는 돌아오겠다고 하며 극장 일에 대해 여러 가지 지시를 적은 편지를 보내왔다. 그런데 부활절 일주일 전인 월요일 밤늦게, 불길한 예감을 주는 노크 소리가 갑자기 들려왔다. 커다란 나무통을 텅텅하고 두드리는 듯한 소리였다. 잠이 덜 깬 식모 마브라가 맨발로 물이 질퍽하게 괸 뜰을 지나 대문으로 달려갔다.

"문 좀 열어 주세요!"

문밖에서는 굵직하고 거친 목소리가 들려왔다.

"전보예요!"

올렌카는 전에도 몇 번 남편이 보낸 전보를 받은 적이 있었으나, 이번에는 전보를 보자 웬일인지 정신이 아찔해지는 것 같았다. 떨리는 손으로 전보용지를 펼쳐 보니 다음과 같은 글이 적혀 있었다.

'이반 페트로비치 오늘 급사. 화요일 장례식. ××× 지시를 바람.'

서명은 오페레타 연출가의 이름으로 되어 있었다.

"여보!"

올렌카는 흐느껴 울었다.

"가엾은 바니치카, 어떻게 된 일인가요! 왜 나는 당신과 만났을까요? 어째서 당신을 사랑하게 된 것일까요? 이 가엾고 불행한 올렌카를 두고 당신은 어디로 가 버린 건가요?"

쿠킨의 장례식은 화요일에 모스크바에서 치러졌다. 올렌카는 이튿날 집으로 돌아왔다. 그녀는 자기 방에 들어가자마자 침대에 몸을 던지고는 이웃집과 길에서도 들릴 만큼 큰 소리로 통곡하기 시작했다.

"불쌍하기도 해라!"

이웃에 사는 여자들은 성호를 그으며 말했다.

"귀여운 올렌카가 비탄에 젖어 있군요!"

그로부터 석 달이 지난 어느 날이었다. 올렌카는 아직도 상복을 입은 채 낮 미사에서 돌아오고 있었다. 그녀는 우연히 이웃에 사는 바실리 안드레이치 푸스토발로프와 나란히 걷게 되었다. 이 사나이는 바바카예프라는 목재상의 주인이었다. 맥고모자(밀짚이나 보릿짚으로 만든 모자)를 쓰고 흰 조끼에 금시곗줄을 드리운 모습은 상인이라기보다는 오히려 시골 지주에 가까웠다.

"세상일은 다 주님의 뜻에 따라 정해지는 것입니다, 올가 세묘노브나."

그는 심각하고 동정 어린 목소리로 말했다.

"소중한 사람이 세상을 떠났다 해도 그것은 주님의 뜻이니, 우리는 슬픔을 참고 순종하는 마음으로 사는 것이 옳지 않겠습니까?"

올렌카를 문까지 바래다준 다음 그는 작별 인사를 하고 돌아갔다.

그날 이후 올렌카에게는 그의 진실 어린 목소리가 사라지지 않았고, 눈을 감기만 하면 그의 검은 수염이 떠올랐다. 그녀의 마음에 또 한 남자가 자리 잡은 것이다. 남자 쪽에서도 올렌카에게 관심이 있는 게 분명했다. 며칠이 지난 뒤 별로 친하지도 않은 중년 부인이 커피를 마시러 와서는, 테이블에 앉기가 무섭게 푸스토발로프에 관한 이야기를 하는 것이다. 그분은 착실하고 믿음직스러운 신랑감이라는 둥, 그분에게라면 어떤 여자라도 혹하고 덤빌 거라는 둥 중년 부인은 입에 침이 마르도록 푸스토발로프를 칭찬했다.

사흘 뒤에는 푸스토발로프가 직접 찾아왔다. 그가 10분 정도 앉아 있었을까, 올렌카는 그에게 완전히 반해 버렸다. 얼마나 그가 좋았는지 밤새 잠도 못 자고 열병에라도 걸린 듯 몸을 뒤척였다. 아침이 되자 올렌카는 사람을 보내 중년 부인을 불러왔다. 그리고 나서 얼마 안 돼 혼담이 오갔고 곧 결혼을 하게 되었다.

결혼한 푸스토발로프와 올렌카는 의좋게 지냈다. 남편은 대개 점심때까지 상점에 있다가 일을 보러 외출을 했는데, 그다음에는 올렌카가 그를 대신해서 저녁때까지 계산서를 떼거나 물건을 발송했다.

"재목값이 해마다 20퍼센트씩이나 오르고 있어요."

올렌카는 목재를 사러 오는 사람이나 친지들에게 이렇게 말했다.

"여태까지는 이 지방 목재만 가지고도 장사를 했는데, 지금은 우리 주인 바시치카가 해마다 모길레프 현까지 재목을 사러 가야 해요. 그 운임이 어찌나 비싼지!"

그녀는 무섭다는 듯 두 손으로 얼굴을 감싸며 거듭 말했다.

"아주 엄청나다니까요!"

올렌카는 이미 오래전부터 목재상을 경영해 온 것 같은 기분이 들었고, 인생에서 가장 중요하고 또 필요한 것은 목재라고 생각했다. 그래서 각재, 통나무, 판자, 기둥, 톱밥 같은 말들이 어쩐지 다정스럽게 들렸다. 그녀는 산더미같이 쌓인 판자나 나무토막, 다른 마을로 재목을 운반하는 짐마차의 행렬이 나타나는 꿈을 꾸곤 했다. 직경 25센티미터, 길이 8미터나 되는 통나무들이 당당하게 재목 저장고로 들어오는 모습이나, 통나무의 각재와 판자가 서로 부딪쳐 요란한 소리를 내면서 무너지고 다시 쌓이는 꿈을 꾸기도 했다. 올렌카가 놀라 소리를 지르고 깨어나면 푸스토발로프가 다정하게 말을 했다.

"올렌카, 왜 그래 여보? 어서 성호를 그어요!"

남편이 생각하는 것은 곧 올렌카가 생각하는 것이었다. 남편이 이 방은 덥다거나 이 무렵엔 장사가 잘 안 됐다고 하면 올렌카도 그렇게 생각했다. 남편은 오락이라면 질색을 하고 축제가 있어도 외출을 하지 않았는데, 올렌카도 역시 마찬가지였다.

"매일 집이나 사무실에만 틀어박혀 있지 말고 연극이나 서커스 구경이라도 다녀오지."

그녀와 가깝게 지내는 사람들은 이렇게 권하기도 했다. 그러면 올렌카는 이렇게 대답했다.

"바시치카와 저는 극장엔 가지 않기로 했어요. 일이 바쁜데 그런 우스꽝스러운 것을 구경할 틈이 어디 있겠어요. 연극이라고 해 봐야 어디 이로운 데가 있어야지요."

토요일마다 푸스토발로프와 올렌카는 저녁 기도회에 나갔고, 일요일에는 아침 미사에 참석했다. 교회에서 돌아올 때는 언제나 감동의 빛을 띤 채 어깨를 나란히 하고 걸었다. 올렌카의 명주옷은 사락사락 듣기 좋은 소리를 냈다. 두 사람은 다른 사람들의 눈에도 행복해 보였다.

집에 돌아오면 두 내외는 버터 빵에다 잼을 발라 먹으면서 차를 마시고, 그다음엔 케이크를 먹었다. 점심 식사 때가 되면 양고기나 오리고기를 굽는 냄새가 뜰과 문 앞에까지 풍겼다. 육식을 금하는 사순절에는 생선 요리

냄새가 번져 나가 군침을 삼키지 않고는 그 집 앞을 지나지 못할 정도였다. 사무실에서는 언제나 사모바르(러시아 전래의 특유한 주전자)가 끓었고, 손님들은 차와 둥근 빵을 대접받았다. 일주일에 한 번씩 이 부부는 목욕탕에 갔는데, 두 사람 모두 불그스름하게 상기된 얼굴로 돌아오곤 했다.

"덕분에 잘 지내고 있어요."

올렌카는 아는 사람을 만나면 이렇게 말했다.

"누구나 바시치카와 나처럼 행복하다면 세상은 평화로울 거예요."

푸스토발로프가 모길레프 현으로 재목을 구입하러 가면, 올렌카는 적적해서 잠도 못 이루고 눈물만 흘렸다. 저녁에는 가끔씩 건넌방에 세든 군수의(軍獸醫) 스미르닌이 놀러 오곤 했다. 그는 세상 돌아가는 이야기도 해 주고 트럼프 상대도 해 주어 올렌카에게 위로가 되었다. 스미르닌의 가정사는 특히 올렌카의 호기심을 끌었다. 스미르닌은 이미 결혼해 자식이 하나 있었으나, 부인이 바람을 피워 이혼했다. 그는 아내를 원망하면서도 양육비로 매달 40루블의 돈을 보내 준다고 했다. 올렌카는 그 얘기를 들으면서 계속 한숨을 쉬고 머리를 좌우로 흔들었다. 그가 가엾게 생각되었다.

"그럼, 조심해서 가세요."

올렌카는 스미르닌을 층계까지 바래다주면서 말했다.

"심심한데 와 주셔서 고마웠어요. 지루하지는 않으셨나요? 성모 마리아께서 당신에게 은총을 내려 주시길……."

그녀의 말투는 남편을 닮아 침착하고 차분했다. 그녀는 스미르닌이 아래층 문을 열고 나가려는 순간, 일부러 그를 불러 이렇게 말했다.

"블라지미르 플라토니치, 부인과 화해하세요. 아드님을 위해서라도 부인을 용서해야 해요! 아이의 마음을 어둡게 해서는 안 돼요."

푸스토발로프가 돌아오자 올렌카는 스미르닌에 대한 이야기를 소곤소곤 들려주었다. 두 사람은 한숨을 쉬고 고개를 저으면서, 그 어린애는 얼마나 아버지가 보고 싶겠느냐고 동정했다. 그러고는 이심전심 마음이 통해 성상(聖像 성인이나 임금의 화상이나 초상) 앞에 무릎을 꿇고, 우리에게도 자식을 내려 달라고 기도했다.

이렇듯 푸스토발로프 내외는 말다툼 한 번 없이 서로를 사랑하며 6년을 보냈다.

그러던 어느 해 겨울, 푸스토발로프는 모자도 쓰지 않은 채 재목이 발송

되는 것을 살피러 나갔다가 그만 감기가 들어 자리에 눕고 말았다. 이름난 의사들을 모두 불러 진찰받았지만 병은 좀처럼 낫지 않았다. 그는 넉 달이나 병석에서 신음하다가 결국 세상을 떠나고 말았다. 그리하여 올렌카는 또다시 미망인이 되었다.

"그렇게 혼자 떠나 버리면 나는 누구를 믿고 살란 말이에요."

그녀는 남편의 장례를 치르고 나서 통곡했다.

"당신 없이 앞으로 어떻게 살아가란 거예요? 내가 가엾고 불쌍하지도 않으세요? 이제 의지할 사람이라곤 아무도 없어요. 고아가 되었다구요……."

올렌카는 언제나 검은 상복에 흰 상장(喪章)을 달았으며, 교회나 남편의 묘지에 갈 때가 아니면 집 밖에도 나가지 않았다. 그녀는 거의 수녀와 같은 생활을 했다.

6개월이 지나자 겨우 상장을 떼고 덧문을 열어 놓았다. 낮에는 가끔 식모를 데리고 반찬거리를 사러 시장에 가는 모습이 보였다. 그러나 올렌카가 어떻게 지내고 있는지, 집에서 무엇을 하는지에 대해서는 추측만 무성할 뿐이었다. 그녀가 뜰에 앉아서 수의관(獸醫官)과 차를 마시고 있다느니, 수의관이 그녀에게 신문을 읽어 주는 것을 보았다느니 하는 소문들이 추측의 근거가 되었다. 올렌카가 우체국에서 만난 여자에게 한 얘기는 금세 마을에 퍼졌다.

"이 고장에서는 가축 관리가 제대로 되지 않아서 질병이 많은 거예요. 우유를 마시고 배탈이 났다거나, 말이나 소에게 병이 전염됐다는 이야기가 퍼지고 있지 않아요? 가축의 건강도 인간의 건강과 마찬가지로 주의를 해야 한다구요."

올렌카는 수의관이 한 얘기를 하고 다녔고, 어떤 문제에서나 그와 의견이 같았다. 애정 없이는 1년도 살지 못하는 올렌카가 자기 집 건넌방에서 새로운 행복을 발견한 것임에 틀림없었다. 다른 여자라면 세상의 비난을 받았겠지만, 올렌카의 경우에는 누구 하나 이를 나쁘게 생각하는 사람이 없었다. 사람들은 그것이 그녀의 인생에서는 당연하다고 여겼다.

올렌카와 수의관은 자신들의 관계가 달라진 것을 숨기려 했으나 그것은 불가능한 일이었다. 올렌카는 비밀을 가질 수 없는 여자였기 때문이다. 군대 동료들이 수의관을 찾아오면 올렌카는 차와 저녁을 대접하면서, 가축이 앓는 홍역이나 결핵이나 도살장 이야기를 늘어놓기 일쑤였다. 입이 딱 벌어진 수의관은 손님들이 돌아간 후 올렌카를 붙잡고 화를 내며 나무랐다.

"알지도 못하는 소리는 하지 말라고 하지 않았소! 우리끼리 얘기할 때는 제발 말참견 좀 하지 말고 가만히 있어요. 내 체면이 뭐가 되겠소!"

그러면 올렌카는 불안한 눈초리를 하며 물었다.

"그럼 나는 무슨 얘기를 해야 하나요?"

그러고는 눈물이 글썽해서 그를 껴안으며 화내지 말라고 애원했다. 어쨌거나 두 사람은 행복했다. 그러나 이 행복도 오래 계속되지는 못했다. 군대가 먼 벽촌으로 이동하게 되어 수의관도 군대와 함께 떠나 버린 것이다.

올렌카는 다시 혼자 남았다. 이번에야말로 올렌카는 완전한 외톨이었다. 아버지는 오래전에 세상을 떠났고, 그가 앉던 안락의자는 다리가 하나 부러진 채 먼지투성이가 되어 다락방에 틀어박혀 있었다. 올렌카는 많이 야위어 예전의 귀엽던 모습은 사라지고 없었다. 길에서 만나는 사람들도 예전처럼 그녀를 보고 좋아하거나 미소를 짓지 않았다. 분명 젊고 아름다웠던 시절은 지나가 버리고 다시는 돌아올 수 없게 되었다. 이제는 행복과는 거리가 먼 새로운 인생이 시작되고 있었다.

저녁이 되면 올렌카는 현관 층계에 앉아 있었다. 그녀는 티볼리 야외극장의 음악이나 폭죽 터지는 소리를 듣고는 했지만 아무런 감흥도 일어나지 않았다. 낮에는 아무 생각도 없고 아무 희망도 없이 멍하니 정원을 바라보았다. 밤이 깊으면 잠자리에 들긴 했으나, 꿈속에서도 음산한 자기 집 정원을 바라보고 있었다. 그녀는 먹고 마시는 것조차 싫었다.

그러나 무엇보다도 큰 불행은 이제 아무 일에도 자기 의견이 없다는 것이었다. 눈으로는 주위의 사물을 바라보고 주변에서 일어나는 일들을 이해할 수 있지만, 그런 것에 대해 자기 생각을 내세우지 못할 뿐 아니라 무슨 말을 해야 할지조차 몰랐다. 아무 의견도 갖지 못한다는 것은 얼마나 무서운 일인가. 가령 병이 하나 놓여 있다든지, 비가 내린다든지, 농부가 달구지를 타고 간다든지 하는 것을 분명히 보고는 있으면서도, 그 병이 왜 거기 놓여 있는지, 어째서 비가 오는지, 농부가 무엇을 하러 가는지를 전혀 생각하지 못하는 것이다. 그녀는 누가 천 루블을 준다 해도 한마디도 하지 못했을 것이다. 쿠킨이나 푸스토발로프가 살아 있을 때, 혹은 수의관과 함께 있을 때 올렌카는 모든 것을 설명할 수 있었고, 어떤 것에 대해서도 자기 의견을 말할 수 있었다. 그러나 지금은 머릿속도 마음도 자기 집 정원과 같이 텅 비어 있었다. 그것은 쑥을 씹는 것같이 씁쓸하고 기분 나쁜 일이었다.

시가지는 점점 사방으로 확장되어 나갔다. 집시촌은 이미 집시가로 이름이 바뀌었고, 티볼리 야외극장과 재목 하치장이 있던 곳에는 건물이 즐비하게 들어서고 골목길도 많이 생겼다. 시간은 얼마나 빠르게 흘러가는가!

올렌카의 집은 너무 낡아 지붕은 녹슬고 창고는 기울어졌으며, 뜰에는 잡초와 가시나무가 무성하게 자랐다. 올렌카의 얼굴도 그것들과 마찬가지로 보기 싫게 주름이 지고 늙어 보였다. 그녀는 여름이면 현관 층계에 나와 앉아 있었고, 겨울에는 창가에 앉아 눈 내리는 것을 바라보았다. 마음은 점점 공허하고 적적해졌다. 봄바람이 불기 시작하고 바람에 실려 교회의 종소리가 들려오면 문득 옛날 생각이 되살아났다. 그러면 가슴이 미어질 듯 아프고 눈물이 나왔다. 그러나 그 눈물도 잠깐뿐, 다시금 무엇 때문에 살고 있는지조차 모르는 공허감에 휩싸였다. 검은 고양이 브리스카가 야옹거리며 재롱을 부렸지만 올렌카의 마음을 움직이지는 못했다. 그녀에게 고양이의 재롱이 무슨 소용이 있겠는가! 그녀에게 필요한 것은 자기의 전 존재를, 영혼과 이성 그 모든 것을 사로잡아 생활에 방향을 찾아 주고 식어 가는 피를 덥혀 줄 수 있는 사랑이었다. 그녀는 옷자락에 매달리는 고양이를 쫓아 버리며 소리를 질렀다.

"저리 가! 저리! 귀찮다!"

이렇게 날이 가고 해가 갔으나 그녀는 여전히 아무런 기쁨도 없고 아무런 의견도 없었다. 생활은 식모가 하는 대로 맡겨 두었다.

무더운 7월 어느 날, 시외로 나갔던 소들이 먼지를 자욱하게 일으키며 지나가는 저녁 무렵이었다. 누군가가 대문을 두드리는 사람이 있었다. 문을 열어 주러 나간 올렌카는 기절을 할 뻔했다. 문밖에 서 있는 사람은 머리가 희끗해진 수의관 스미르닌이었다. 그는 일반인 복장을 하고 서 있었다. 그를 보는 순간 올렌카는 잊어버렸던 과거가 한꺼번에 되살아났다. 그녀는 흥분한 나머지 한마디 말도 하지 못한 채 그의 가슴에 머리를 파묻고 엉엉 울었다. 두 사람이 어떻게 집 안으로 들어오고, 어떻게 차를 마시러 식탁에 마주 앉았는지조차 모를 지경이었다.

"당신이군요!"

올렌카는 기쁨에 떨면서 속삭였다.

"블라지미르 플라토니치! 도대체 무슨 바람이 분 거예요?"

"여기 정착해 살려고 왔습니다."

수의관이 말했다.

"군대를 그만두고 왔죠. 내 마음껏 일을 하며 안정된 생활을 해 보고 싶어서요. 그리고 아들놈도 이젠 다 자라 중학교에 들어갈 나이가 되었어요. 실은 마누라와 다시 결합했습니다."

"그럼, 부인은 어디에……?"

"아들과 함께 여관에 있지요. 나는 집을 빌리러 다니는 중이고요."

"어머, 그렇다면 우리 집에 와서 사세요! 왜요, 여기가 마음에 안 드세요? 집세 같은 건 한 푼도 필요 없어요."

올렌카는 흥분하여 다시 눈물을 흘렸다.

"이 방을 쓰도록 하세요. 나는 건넌방 하나면 충분해요. 그렇게 한다면 전 정말 기쁠 거예요!"

이튿날, 일꾼들은 올렌카의 집 지붕에 페인트칠을 했고 벽에는 희게 회칠을 했다.

올렌카는 두 손을 허리에 얹고서 뜰을 거닐며 모든 일을 감독했다. 얼굴에는 전처럼 미소가 되살아났고, 온몸은 생기가 넘쳐흘렀다. 그녀는 마치 긴 잠에서 깨어난 것 같았다. 수의관은 아내와 아들을 데리고 이사를 왔다. 수의관의 아내는 비쩍 마르고 못생겼으며, 짧게 자른 머리에 어딘가 모르게 고집스러운 표정을 짓고 있었다. 아들 사샤는 열 살 난 어린애치고는 키가 작고 뚱뚱했으나, 눈동자는 파랗고 볼에는 보조개가 오목 패었다. 사샤는 뜰에 들어서자마자 고양이를 쫓아 달려가더니 명랑하게 웃으며 말했다.

"아줌마, 이거 아줌마네 고양이예요? 새끼를 낳으면 한 마리 주세요. 우리 엄마는 쥐를 제일 싫어하거든요."

올렌카는 사샤에게 차를 따라 주며 이야기를 하고 있노라면 마치 그 아이가 자기 자식인 것처럼 가슴이 뭉클해지는 것을 느꼈다. 저녁에 사샤가 책상에 앉아 복습을 하고 있으면, 올렌카는 사랑의 눈길로 그 아이를 바라보며 중얼거렸다.

"참 귀엽고 상냥한 아이야. 어쩜 저렇게 영리하고 잘생겼을까!"

사샤는 소리를 내어 책을 읽었다.

"섬이란 육지의 일부로서 사방이 바다로 둘러싸인 것을 말한다."

"섬이란 육지의 일부로서……."

올렌카는 사샤가 읽은 내용을 반복했다. 그것은 침묵과 공허로 많은 세월을 보낸 뒤 처음으로 확신을 갖고 하는 말이었다. 이제야 올렌카는 자기 의견을 갖게 된 것이다.

올렌카는 저녁을 먹으면서 사샤의 부모에게 여러 가지 이야기를 했다. 중학교 공부가 아이들에게는 어렵다고 하지만 그래도 실업 교육보다는 기초적인 고전 교육을 시키는 중학교가 장래를 위해서는 더 낫다, 왜냐하면 중학교를 졸업하면 희망에 따라 기술자도 되고 의사도 될 수 있기 때문이다, 하는 등등의 이야기였다.

사샤는 중학교에 다니기 시작했다. 사샤의 어머니는 하르코프에 있는 자기 언니네 집에 가서 돌아올 생각을 하지 않았고, 아버지는 가축 검사를 하러 출장을 가서는 2, 3일씩 묵고 오는 일도 있었다. 올렌카는 사샤가 부모에게 거추장스러운 존재가 되었고, 완전히 버림받은 것이나 다름없다고 생각했다. 그녀는 사샤가 굶어 죽지나 않을까 걱정이 돼 그를 데려다 건넌방에 붙은 작은 방 하나를 비워 주었다.

사샤가 올렌카에게 온 지도 벌써 반년이 지났다. 올렌카는 매일 아침 사샤의 방으로 갔다. 사샤는 한쪽 뺨에 손바닥을 대고 깊이 잠을 잤다. 올렌카는 사샤가 안쓰러워 매번 조심스럽게 그를 흔들었다.

"사샤."

올렌카는 애처로운 듯 아이를 불렀다.

"착하지, 일어나요, 학교 갈 시간이야."

사샤는 일어나 옷을 갈아입고 아침 기도를 올렸다. 그는 차 석 잔을 마시고 커다란 도넛 두 개와 버터 바른 빵을 조금 먹었다. 아직 잠이 덜 깨었기 때문에 인상을 쓰고 있기 일쑤였다.

"그런데 사샤, 아직 학교에서 배운 우화(寓話)를 제대로 외우지 못하더구나."

올렌카는 이렇게 말하면서 그 아이를 멀리 보내기라도 하는 듯 타일렀다.

"나는 항상 네가 걱정이야. 열심히 공부해야 한다. 선생님 말씀도 잘 듣고. 알겠니?"

"제발 그만하세요."

사샤는 뽀로통해서 내쏘았다.

그러고는 자기 머리보다 큰 모자를 쓰고 책가방을 둘러메고는 집을 나섰다. 올렌카는 뒤따라 나서며 그를 불렀다.

"사샤!"

사샤가 뒤를 돌아보면 올렌카는 대추나 캐러멜을 소년의 손에 쥐어 주었다. 학교가 보이는 골목길로 접어들면 사샤는 뚱뚱한 여자가 따라오는 것이 부끄러워 뒤를 돌아보며 말했다.

"아주머니, 이제 돌아가세요. 나 혼자서도 갈 수 있어요."

올렌카는 그 자리에 서서 사샤가 교문 안으로 사라질 때까지 지켜보았다. 아아, 그녀는 얼마나 이 소년을 사랑했는지! 그녀는 지금까지 그 누구에게도 이토록 깊은 사랑을 느낀 적이 없었다. 날이 갈수록 모성애가 불타오르고 있는 지금처럼, 그렇게 희생적이며 순결하고 오롯한 애정이 그녀의 마음을 사로잡은 일은 결코 없었다. 자기 핏줄은 아니지만 그녀는 이 소년을 위해서, 그 볼에 팬 보조개와 커다란 학생모를 위해서 감동의 눈물을 흘리며 기꺼이 한평생을 바칠 수도 있었다. 그 이유를 누가 대답할 수 있을까!

사샤를 학교까지 바래다주고 올렌카는 흡족하고 평온한 마음으로 집으로 돌아왔다. 반년 동안에 한결 젊어진 얼굴은 미소로 가득했다. 길에서 만나는 사람들은 그런 올렌카에게 친밀감을 느끼며 말을 건네었다.

"안녕하세요, 귀여운 올가 세묘노브나! 요즘 어떠세요?"

"요즘은 중학교 공부도 어려워졌어요."

이런 말을 시작으로 올렌카는 시장에서 수다를 떨곤 했다.

"농담이 아니에요. 어제 일 학년 숙제가 뭐였는지 아세요? 우화 암송과 라틴어 번역, 그리고 수학 문제까지 내줬더라고요. 그게 말이나 돼요? 어린 학생들에겐 너무 무리한 숙제지 뭐예요."

그리고 교사들과 수업에 대한 이야기, 교과서 이야기를 끄집어냈다. 그녀가 하는 말은 사샤에게서 들은 그대로였다.

오후 두 시가 넘어 두 사람은 함께 점심을 먹었다. 밤에는 함께 예습을 하느라 진땀을 빼기도 했다. 사샤를 재우고 나서 올렌카는 오래도록 기도를 올렸다. 그러고는 자기도 침실에 들어가 먼 미래에 대한 공상을 펼쳤다. 사샤가 대학을 졸업하고, 의사나 기술자가 되고, 큰 저택과 자가용 마차를 갖게 되고, 그리고 결혼해서 아이를 낳고……. 눈을 감고 그런 생각을 하다 보면 눈물이 흘러내렸다. 검은 고양이는 올렌카 곁에서 야옹거리고 있었다.

어느 날 밤중에 갑자기 문을 쾅쾅 두드리는 소리가 났다. 올렌카는 겁을 먹고 벌떡 일어나 숨을 죽였다. 심장이 마구 뛰었다. 잠깐 조용하더니 다시 문 두드리는 소리가 들렸다.

'하르코프에서 전보가 왔구나!'

올렌카는 온몸이 후들후들 떨리기 시작했다.

'사샤의 어머니가 사샤를 하르코프로 보내라고 전보를 친 건가? 아아, 어쩌면 좋아!'

올렌카는 절망에 빠졌다. 그녀는 머리와 팔다리가 모두 얼어붙는 것 같았다.

'나보다 불행한 사람은 이 세상에 없을 거야.'

그러나 잠시 후 낯익은 목소리가 들렸다. 수의관이 돌아온 것이다.

'아아, 다행이야!'

올렌카는 숨을 몰아쉬었다. 심장의 고동이 점점 가라앉으면서 기분이 다시 가벼워졌다. 그녀는 다시 드러누워 사샤의 일을 생각했다. 사샤는 옆방에서 깊이 잠들어 있었다. 가끔 잠꼬대가 들려왔다.

"이 자식, 저리 가! 한번 맞아 볼래?" *

사랑에 대하여

✏️ 작품 정리

작가 : 안톤 체호프(369쪽 '작가와 작품 세계' 참조)
갈래 : 단편 소설, 액자 소설
성격 : 서정적, 비극적
배경 : 시간 – 19세기 말 / 공간 – 러시아
시점 : 3인칭 전지적 작가 시점
주제 : 사회적 통념 때문에 이루지 못한 사랑

✏️ 구성과 줄거리

발단 **연인 사이인 니까노르와 빼라기야를 보며 사랑에 대한 토론이 벌어짐**
(외화) 빼라기야는 니까노르를 사랑해 동거하지만 결혼은 원치 않는다. 신앙심
이 강한 니까노르는 결혼을 고집한다. 이들에 대한 이야기가 동기가 돼
알료힌과 그의 집을 방문한 두 손님은 사랑에 관해 토론을 벌인다.

전개 **젊은 시절, 알료힌은 유부녀와 사랑에 빠짐**
(내화) 알료힌은 대학을 졸업한 후 아버지가 물려준 영토에서 농사일을 하는
한편, 지방 법원 재판관으로 선출되어 가끔씩 읍내로 나간다. 어느 날
지방 법원 차장인 루가노비치의 집에 초대되어 갔다가 그의 아내 안나
알렉세예브나와 사랑에 빠진다.

위기 **두 사람의 사랑이 깊어질수록 사랑을 드러내길 두려워함**
(내화) 알료힌은 루가노비치의 집에 자주 드나들면서 한 가족처럼 지내게 되
고, 안나와의 사랑은 더욱 깊어진다. 평탄한 결혼 생활을 해 왔던 안나
는 이룰 수 없는 사랑 때문에 결국 신경 쇠약증까지 앓는다.

절정 **두 사람은 사랑에 관해 침묵한 채 이별을 함**
(내화) 안나는 크림 반도로 요양을 떠난다. 루가노비치도 서부 러시아 현(懸)의
재판장으로 임명돼 그곳으로 옮겨 간다. 떠나는 열차 안에서 안나와 알
료힌은 서로의 사랑을 확인하지만 결국 이별을 맞는다.

결말 **알료힌의 이야기를 들은 손님들은 두 사람의 슬픈 이별에 대해 생각함**
(외화) 알료힌이 이야기를 마치자 비가 그치고 햇살이 비친다. 안나의 아름다운 모습을 기억하는 손님들은 이별할 때 슬픈 표정을 지었을 그녀를 떠올린다.

✏️ **생각해 볼 문제**

1. 알료힌과 안나의 공통점은 무엇인가?

알료힌은 안나를 사랑하지만 유부녀인 그녀에게 사랑을 고백하지 못한다. 그러면서도 계속 그녀를 만나 가슴속의 사랑을 키워 간다. 그는 아름답고 총명한 안나가 고지식하고 지루한 남자와 결혼 생활을 해야 하는 것을 이해하지 못하면서도, 그녀를 위해 아무런 행동도 하지 못하는 우유부단함을 보인다. 안나 역시 알료힌을 사랑하지만 자신의 사랑을 표현하지 못한 채 끝내는 신경 쇠약에 걸린다. 두 사람 모두 사회적 통념에 얽매여 그것을 뛰어넘지 못했다. 그들은 진실한 사랑을 하지만 장애물을 넘고자 하는 용기는 내지 못한다. 그들은 불행하게도 이별하는 순간에 그것을 깨닫는다.

2. 이 작품에서 작가가 알료힌의 깨달음을 통해 말하고자 한 것은 무엇인가?

작가는 알료힌을 통해 사회적 통념으로 규정되는 행복과 불행, 도덕과 부도덕으로 사랑을 판단해서는 안 된다고 말한다. 즉, 사랑은 그보다 더 높은 차원의 문제이고, 사랑 자체에 가치가 부여되어야 한다는 것이다. 두 사람의 불행한 결말은 이러한 생각이 옳다는 것을 증명해 준다. 도입부의 사랑에 대한 토론에서 나왔듯 '사랑은 위대한 신비'이기 때문이다.

사랑에 대하여

다음 날 점심 식사에는 매우 맛있는 파이와 가재 요리와 양고기 커틀릿이 나왔다. 음식을 먹는 동안 요리사 니까노르가 손님들이 저녁으로 뭘 먹고 싶어 하는지를 묻기 위해 위층으로 올라왔다. 이 요리사는 통통하게 살찐 얼굴에 작은 눈을 가졌고, 면도를 어찌나 심하게 했는지 마치 수염이 뿌리째 뽑혀 나간 것같이 맨질맨질해 보였다.

알료힌은 아름다운 뻬라기야가 이 요리사를 사랑한다고 말했다. 그녀는 요리사가 술꾼에다가 성질이 난폭했기 때문에 결혼을 원치는 않았지만, 함께 사는 것만은 허락할 수 있었다. 하지만 이 요리사는 매우 신앙심이 깊은 사람이어서 그렇게 사는 것을 용납할 수 없었다. 때문에 그는 반드시 결혼을 해야 한다고 고집하고 있었고, 술에 취하면 그녀에게 욕설을 퍼붓고 심지어 때리기까지 했다. 그가 술에 취하면 그녀는 위층에 숨어 흐느껴 울었고, 그때마다 알료힌과 하녀는 그녀를 지켜 주기 위해 집 밖으로 나가지 않았다.

이 이야기가 동기가 되어 우리는 사랑에 관해 말하기 시작했다.

"사랑이란 감정은 어떻게 생기는 것일까요?"

알료힌이 말했다.

"어째서 뻬라기야는 정신적으로나 외모로나 자신에게 맞는 사람을 택하지 않고 괴물 같은 니까노르를 좋아하게 되었을까요? 사랑에 관한 문제들은 대부분 알 수 없는 것들뿐인데, 그렇기 때문에 각기 나름대로의 해석을 할 수도 있는 것이겠지요. 지금까지 사랑에 관해 의심의 여지가 없는 진리는 단 한 가지밖에 없습니다. 그것은 바로 '사랑은 위대한 신비'라는 것입니다. 그 밖에 사랑에 관해 말하거나 쓴 것들은 단지 문제 제기를 한 것에 지나지 않습니다. 따라서 문제 자체는 해결되지 않은 채 그대로 남아 있는 것이죠. 어떤 한 경우에 들어맞는 진리도 다른 열 가지 경우에는 적용이 되질 않습니다. 제 생각에 가장 좋은 것은 일반적인 결론을 내리려 하지 말고 각각의 경우를 따로따로 해석하는 것입니다. 즉, 박사들이 말하는 것처럼 모든 경우는 개별적으로 다루어야 할 필요가 있습니다."

"지당한 말씀입니다."

불긴이 동의했다.

"우리 위대한 러시아 사람들은 흔히 사랑을 미화하고 그것을 장미니 꾀꼬리니 하는 것들로 장식하죠. 사랑을 운명적인 문제들로 치장하고, 게다가 그중 가장 별 볼 일 없는 것을 고릅니다. 모스크바에서 제가 대학에 다닐 때 저는 사랑스러운 여자 친구와 동거한 적이 있었습니다. 그런데 그녀는 제가 껴안고 키스해 줄 때마다 이 남자가 한 달에 생활비를 얼마나 줄까, 쇠고기는 1푼트에 얼마나 할까 하는 생각만 했습니다. 정말 우리도 사랑에 빠지면 그와 다를 바 없습니다. 이 사랑이 진심인지 아닌지, 현명한 건지 어리석은 건지, 사랑이 무엇을 가져올 것인지에 대해 끊임없이 생각한다는 말입니다. 저는 이것이 좋은 것인지 나쁜 것인지는 잘 모릅니다. 그러나 이런 생각을 많이 하면 성가시고 불만스럽고 초조해진다는 것만은 알고 있습니다."

알료힌은 무언가 말하고 싶은 게 있는 것 같았다. 혼자 사는 사람들은 늘 마음속에 잔뜩 엉킨 것들이 있어서, 기회만 생기면 다른 사람들에게 그것을 풀어내고 싶어 하는 법이다. 도시의 독신자들은 누군가와 얘기를 나누고 싶어서 일부러 대중목욕탕과 레스토랑 같은 데를 찾아가곤 한다. 덕분에 목욕탕에서 일하는 사람들과 레스토랑 급사들은 이따금씩 매우 흥미로운 이야기를 들을 수가 있다. 시골에 사는 독신자들은 흔히들 자기를 찾아온 손님들 앞에서 속마음을 털어놓는다. 그래서 지금처럼 날씨가 흐리거나 비라도 오는 날에는 집 안에 들어앉아 말하고 듣는 것 외에는 달리 할 일이 없는 것이다.

"저는 소핀에 살면서 오래전부터 농사를 지어 왔습니다."

알료힌이 말하기 시작했다.

"실은 대학을 졸업하면서부터 줄곧 여기서 살았지요. 저는 게으른 인텔리에다 일에 대해서는 무지한 사람이었습니다만, 제가 집으로 돌아왔을 때 영지에는 이미 많은 빚이 있었습니다. 그 빚은 아버지가 제 교육비 때문에 진 빚이었지요. 그래서 저는 이 빚을 다 갚기 전에는 이곳을 떠나지 않고 일을 하기로 마음먹었습니다. 저는 이렇게 결정한 후 곧바로 일을 시작했지만, 솔직히 약간의 혐오감을 갖긴 했습니다. 이곳의 땅은 토질이 좋지 않아 수익이 적었기 때문에, 손해를 보지 않기 위해서는 농노나 품팔이꾼을 쓰든가 온 집안 식구가 팔을 걷어붙이고 나설 수밖에 없었습니다. 다른 방법은 없었지요.

그러나 저는 당시 그런 문제에 크게 신경 쓰지는 않았습니다. 저는 땅 한 뙈기도 놀리지 않았고 이웃 마을의 모든 남자와 아낙들을 끌어모아 미친 듯이 일했습니다. 저 역시 직접 밭을 갈고 씨를 뿌리고 꼴을 베긴 했지만, 처음부터 좋아서 한 일이 아니었기에 채소밭에서 오이를 주워 먹는 굶주린 시골 고양이마냥 얼굴을 찌푸리곤 했지요. 몸은 항상 쑤시고 아팠으며 걸어가면서도 졸기 일쑤였어요.

처음에 저는 이러한 노동이 제 문화적인 습관과 쉽게 조화될 줄로 알았습니다. 이를 위해 몇 가지 규칙만 잘 지키면 된다고 생각했으니까요. 그래서 저는 이곳 위층의 방에 거처를 정하고, 아침 식사와 점심 식사 후에는 리큐르(알코올. 술)를 탄 커피를 내오게 했으며, 잠자리에 들기 전에는 〈유러피언 헤럴드〉를 읽었습니다.

그러나 언제부터인지 교구 사제인 이반 신부가 찾아와 제 리큐르 커피를 단숨에 마셔 버렸고, 신문 또한 그의 딸들 차지가 되어 버렸습니다. 왜냐하면 여름에, 특히 꼴 베는 시기에 저는 침실까지 갈 힘조차 없어 헛간이나 현관 아니면 숲의 오두막에서 잠이 들어 버리곤 했기 때문입니다. 독서는 할 생각조차 할 수 없었지요.

제 생활은 조금씩 아래층으로 옮겨졌고, 점심도 부엌에서 하인들과 때우는 일이 많아졌습니다. 예전에 누리던 사치 중에서 남은 거라곤 아버지 때부터 부려 오던 하인들을 거느리고 있다는 것이었는데, 이들을 내보낸다는 것은 제겐 무척 섭섭한 일이 될 것 같았습니다.

처음에 저는 여기서 명예로운 재판관으로 선출되었습니다. 그래서 얼마간은 배심원 모임과 지방 법원에 참석하기 위해 읍내로 다녀야 했는데, 이것은 기분 전환을 하기에 좋은 일이었습니다.

겨울에 외출 한 번 없이 2, 3개월 동안 농가에 틀어박혀 지내면 검은 프록코트가 그리워집니다. 지방 법원에 나가면 프록코트를 입은 사람도 있고, 연미복을 입은 사람도 있습니다. 모두들 교양을 지닌 법률가들이라 그들과 대화를 나누면 이야기가 잘 통했지요. 썰매 위에서 잠이 깬 후 부엌에서 하인들과 식사를 하다가, 깨끗한 셔츠를 입고 가벼운 구두를 신고 가슴에는 시곗줄을 드리우고 안락의자에 앉아 있게 되면 정말로 최고가 된 기분이 들었습니다.

읍내에 나가면 어디서나 저를 환대해 주었고, 저는 그들과 쉽게 친해졌습니다. 그들 중에서 가장 믿음직스럽고 저를 위해 기꺼이 진실을 말해 줄 사람으로는 루가노비치를 들 수 있습니다. 그는 지방 법원의 차장이었지요. 그가 얼마나 훌륭한 사람인지는 당신들도 잘 알고 계실 겁니다. 그 유명한 방화 사건 직후의 일이었습니다만, 재판이 이틀이나 계속되어 모두들 완전히 지쳐 버렸을 때 루가노비치가 절 보며 말하더군요.

'괜찮으시다면 저의 집에 가셔서 식사라도 하지 않겠습니까?'

그의 제안은 저로서는 참 뜻밖이었습니다. 왜냐하면 루가노비치와 전 그저 인사나 하고 지내는 정도였고 그의 집을 한 번도 방문한 적이 없었기 때문입니다.

전 숙소에 들러 옷을 갈아입고는 곧바로 그의 집으로 갔습니다. 그리고 바로 거기서 그의 아내인 안나 알렉세예브나를 알게 되었습니다. 당시 그녀는 매우 젊었는데 스물둘 이상으로는 보이지 않았습니다. 첫아이를 낳은 지 반년이 조금 안 되었다고 했습니다. 이미 오래전의 일이기 때문에 저는 그녀의 무엇이 그리도 특별해 보였는지, 왜 그렇게 그녀가 마음에 들었는지는 설명할 수는 없습니다.

아무튼 그날 식사를 함께하는 동안 저는 불가항력적으로 그녀에게 매혹당했던 것 같습니다. 저는 젊고 아름다우며 친절하고 교양 있는, 전에 한 번도 만나 본 적이 없는 그런 여자를 본 것입니다. 그녀를 보자마자 전 그녀가 옛날부터 친했던 사람처럼 가깝게 느껴졌습니다. 마치 그 얼굴, 그 공손하고 현명한 눈을 이미 어릴 적 어머니의 서랍 속 앨범에서 본 듯한 기분이 들었으니까요.

방화 사건에서는 네 명의 유태인들이 유죄 판결을 받았습니다. 그들은 범죄 집단으로 판명이 났지만 제 생각으로는 그건 말도 안 되는 것이었습니다. 식사를 하면서 저는 매우 흥분했고 제 심정은 무거웠습니다. 그때 제가 무슨 말을 했는지 지금은 기억이 나지 않지만, 안나 알렉세예브나가 머리를 저으며 남편에게 말했던 것은 기억납니다.

"드미뜨리, 어떻게 그런 일이 일어났을까요?"

호인인 루가노비치는 만약에 누군가가 재판에 회부되었다면 그 사람에게 죄가 있다는 증거가 된다, 또 판결의 정당성에 의혹을 표명하는 일은 합

법적인 서면 절차로만 가능한 일이다. 따라서 식사 중이나 개인적인 대화에서 이런 얘기를 하는 것은 아무 소용이 없다는 식의 생각을 하는 고지식한 사람이었습니다.

"당신이나 나나 방화를 한 일은 없습니다."

그는 점잖게 말했습니다.

"그러니 우리는 재판에 회부되지도 않을 것이고, 감옥에 가지 않을 겁니다."

그들 내외는 제게 잘 대해 주었습니다. 저는 그들이 원만한 가정생활을 하고 있다는 것과 손님을 맞아 기뻐하고 있다는 것을 짐작할 수 있었습니다. 예를 들어 두 사람이 함께 차를 끓인다든지 한마디 말만 꺼내면 벌써 상대방이 무슨 얘기를 할 것인지 알아채는 것만 보아도 충분히 알 수 있었지요. 식사 후에 부부는 함께 피아노를 쳤습니다. 날이 곧 저물었기 때문에 저는 숙소로 돌아갔습니다. 이른 봄의 일이었습니다.

여름 내내 저는 소핀에만 틀어박혀 외출 한 번 없이 지냈습니다. 읍내에 대해서는 별로 생각하지 않았지요. 그러나 금발의 여인 안나 알렉세예브나의 모습은 머릿속에서 지워지지 않았습니다. 그녀를 생각했다기보다는 그녀의 가벼운 그림자가 제 가슴속에 드리워져 있었던 것입니다.

늦가을에 읍내에서는 자선을 목적으로 한 연극이 상연되었습니다. 휴식 시간에 지방 법원 차장 지정석으로 갔을 때(막간에 저는 그곳으로 초대받았던 것입니다) 저는 안나 알렉세예브나를 보았습니다. 그리고 이번에도 역시 그녀의 불가항력적인 아름다움과 상냥한 눈과 친밀한 느낌에 매료되었습니다. 그녀와 저는 잠시 나란히 앉아 있다가 밖으로 나와 홀을 거닐었습니다.

"좀 야위신 것 같군요."

그녀가 말했습니다.

"어디 아프시기라도 하셨나요?"

"예, 실은 비를 흠뻑 맞은 적이 있는데 그 이후로 비 오는 날에는 잠을 통 못 자서 그렇습니다."

"생기가 없어 보이세요. 봄에 저희 집에 식사하러 오셨을 때는 젊고 활기차 보이셨는데 말예요. 그때 당신은 힘찬 목소리로 여러 가지 얘기를 하셨지요. 아주 재미있는 분이라고 생각했었어요. 솔직히 말씀드리면 당신에게 약간 마음이 끌렸었거든요. 웬일인지 여름 내내 당신 생각이 나곤 했어요. 그리고 오늘은 극장에 오면 당신을 보게 될 것만 같은 예감이 들었구요."

이렇게 말하고 그녀는 살짝 웃었습니다.

"하지만 오늘은 정말 기운이 없어 보이세요."

그녀가 다시 말했습니다.

"그래서 그런지 좀 나이가 들어 보여요."

다음 날 저는 루가노비치 집에서 점심 대접을 받았습니다. 식사 후 그들은 월동 준비를 해 두기 위해 별장으로 떠났습니다. 물론 저도 함께 갔지요. 그리고 그들과 함께 도시로 돌아와서는 밤늦도록 조용하고 가정적인 분위기에서 차를 마셨습니다. 벽난로에서는 빨갛게 불이 타오르고 있었고, 젊은 부인은 잠든 딸을 살피기 위해 조용히 들락거렸지요.

그날 이후부터 저는 읍내에 갈 때마다 루가노비치네 집을 방문했습니다. 그들은 저를 가족처럼 가깝게 대해 주었고 저도 허물없이 그들을 대하게 되었습니다. 그 집에 들를 때 저는 하인의 안내도 없이 한 식구처럼 자연스레 안으로 들어가곤 했습니다.

"거기 누구시죠?"

제가 집 안으로 들어가면 거실 안쪽에서는 아름다운 목소리가 들려왔습니다.

"빠벨 꼰스딴찌노비치 씨가 오셨어요."

하녀나 유모가 제 대신 그렇게 대답했지요. 그러면 안나 알렉세예브나는 근심스러운 얼굴로 제게 다가와 물었습니다.

"왜 그렇게 오랫동안 오지 않으셨어요? 무슨 일이라도 있었나요?"

그녀의 눈길과 그녀가 내민 우아하고 품위 있는 손, 실내복과 머리 모양, 목소리, 발걸음은 매번 제게 중요하고도 새로운 느낌을 불러일으켰습니다. 우리는 오랫동안 얘기를 나누기도 하고 각자 자기 생각에 빠져 말없이 앉아 있기도 했습니다. 그녀가 저를 위해 피아노를 쳐 주는 적도 있었지요. 그 집에 주인이 없을 때는 유모와 얘기를 나누거나 아이들과 놀아 주며 그녀를 기다렸습니다. 서재에 있는 소파에 누워 신문을 읽을 때도 있었지요. 그리고 안나 알렉세예브나가 돌아오면 그녀를 현관에서 맞으며 무거운 짐들을 받아 들어 주었습니다. 저는 이 짐들을 한없는 사랑과 만족감을 가지고 옮기곤 했습니다.

속담에 농부의 아내가 심심하면 돼지 새끼를 산다는 말이 있던가요. 루가노비치 부부에겐 걱정이 없었고 그래서 그들은 제게 친절했습니다. 제가 아프거나 무슨 일이 생겨 오랫동안 읍내에 가지 않으면 그들은 무척 걱정을 하곤 했습니다. 그들은 교육도 많이 받고 몇 가지 외국어도 할 줄 아는 제가 시골에 처박혀 일만 하면서도 언제나 돈에 쪼들리는 것을 안타까워했습니다. 그리고 제가 말을 하거나 웃거나 하는 것은 괴로움을 숨기기 위해 그런 것이라고 생각하는 것 같았습니다. 심지어 제가 기분이 좋아서 웃고 있을 때도 말입니다. 저는 세심하게 저를 살피는 그들의 눈길을 느끼곤 했습니다.

특히 감동스러운 것은 제가 빚 독촉을 받거나 정기 지불 이자를 갚지 못했을 때 그들이 보여 주는 태도였습니다. 그럴 때 그들 부부는 창가에서 무언가 소곤소곤 이야기를 나눈 뒤 제게 다가와 신중한 얼굴로 말했지요.

"빠벨 꼰스딴찌노비치 씨, 만약 지금 돈이 필요하시다면 사양치 말고 우리 돈을 쓰세요."

그러고는 귀까지 빨개지는 것이었습니다. 때때로 이런 일도 있었습니다. 창가에서 또 무언가 얘기를 나누다 역시 귀가 빨개져서는 다가와 말하는 것입니다.

"저와 아내가 드리는 선물을 받아 주셨으면 좋겠습니다."

그러고는 커프스 버튼이나 담배 케이스, 혹은 램프를 내밀곤 했습니다. 그러면 저는 감사의 뜻으로 그들에게 오리나 버터, 꽃 등을 갖다 주었습니다.

말이 나왔으니 하는 얘긴데, 그들 부부는 꽤 부유했습니다. 초기에 저는 남의 돈을 자주 빌려야 했고 누구의 돈이든 가리지 않고 얻어 썼습니다. 그러나 루가노비치 부부에게만은 절대로 돈을 빌리지 않았습니다. 별 소용도 없는 얘기지만요.

저는 불행했습니다. 집에서나 들에서나 헛간에서나 저는 그녀만을 생각했습니다. 노인이 다 된(그때 그녀의 남편은 마흔이 훨씬 넘었습니다) 남자와 결혼해 아이까지 낳은 저 젊고 아름다운 여자는 무슨 생각을 하고 있는 것일까? 그리고 재미없고 선량하기만 한 남자, 지루하고 고지식한 말만 늘어놓으며 무도회나 야회에서도 위엄 있는 사람들 주위에서 공손하고 무표정한 얼굴을 하고 있는 남자, 그러나 자신이 행복을 누리고 그녀에게 아이를 낳게 할 권리가 있다고 믿는 저 남자는 무슨 생각을 하고 있는 걸까? 저는 스스로 이런 질문을 하며 그들을 이해하려고 노력했습니다. 또한, 저는 왜 그녀가 제가 아닌 그 남자를 만났는지, 그리고 무엇 때문에 인생에 그러한 착오가 일어났는지를 이해하려고 해 보았습니다.

읍내에 나갈 때마다 저는 그녀 역시 저를 기다리고 있었다는 것을 그녀의 눈빛으로 알 수 있었습니다. 그녀는 제가 올 것 같은 예감이 들었다는 말을 하곤 했습니다. 아침부터 어떤 특별한 느낌이 있으면 제가 오는 것을 알 수 있다고 말입니다. 우리는 오랫동안 얘기를 나누고 때로 말없이 앉아 있기도 했지만 서로 애정을 고백하지는 않았습니다. 우리는 무엇보다도 우리의 비밀이 우리 자신 앞에서 드러날까 봐 두려웠던 것입니다.

저는 그녀를 한없이 사랑했습니다. 그러나 저는 스스로에게 묻곤 했습니다. 만약 우리에게 사랑을 위해 싸울 만한 힘이 부족하다면 그때는 어떤 결과를 초래할 것인가? 저의 말 없는 슬픈 사랑이 그녀의 남편과 아이들, 저를 그토록 사랑하고 믿어 준 이 가정의 행복을 무참하게 깨뜨릴 수도 있다는 생각을 하지 않을 수 없었습니다.

그렇게 된다면 그것은 정말 정당한 것일까? 그녀가 나와 함께한다면 어디로 그녀를 데려갈 것인가? 만약 내 삶이 아름답고 흥미로운 것이라면, 만약 내가 조국의 해방을 위해 싸운 영웅이나 저명한 과학자, 예술가나 작가였다면 문제는 달라졌을 것이다. 그러나 지금의 나로서는 그녀를 더욱 지루한 삶으로 끌고 가게 될지도 모른다. 우리의 행복은 얼마나 지속될 것인가? 만약 내가 병들거나 죽게 된다면, 또 우리의 사랑이 식어 버리기라도 하게 된다면 그때는 어떻게 할 것인가? 저는 줄곧 이런 생각에 매달려 있었습니다.

그녀도 분명히 나와 같은 생각을 했을 것입니다. 그녀는 남편과 아이들, 그리고 남편을 자신의 아들처럼 사랑해 주시는 그녀의 어머니를 생각했겠지요. 만일 그녀가 자신의 감정을 따른다면 그때는 거짓을 말하거나 진실을 말해야 했겠지요. 하지만 어느 쪽이든 그녀의 입장에서는 똑같이 엄청난 불행을 가져올 것이 분명했습니다.

그녀를 괴롭히는 문제는 또 있었습니다. 그녀의 사랑이 과연 제게 행복을 가져다줄 수 있을지, 그렇지 않아도 고생스러운 제 삶을 더욱 어지럽히지나 않을지 말입니다. 그녀는 자신이 저에 비해 너무 나이가 많고 새 삶을 시작하기에는 정열과 힘이 모자란다고 생각했습니다. 그리고 제가 좋은 안주인이 될 수 있는 총명하고 훌륭한 여자와 결혼해야 한다고 남편과 자주 말하기도 했습니다. 그러나 그런 여자를 찾기란 쉽지 않을 거란 말도 잊지 않고 했지요.

그러는 동안 몇 해가 지나갔습니다. 안나 알렉세예브나는 이미 두 아이의 엄마가 되었습니다. 제가 루가노비치네 집을 방문할 때면 하녀들은 공손히 웃으며 맞았고, 아이들은 빠벨 아저씨가 오셨다고 소리치며 제 목에 매달렸습니다. 이렇게 온 식구가 저를 환영하며 즐거워했습니다. 제가 어떤 생각을 하고 있는지 알지 못했으니까요. 그들은 저도 역시 자기들처럼 즐거울 거라고만 생각했겠지요. 그들 모두 저를 훌륭한 성품을 가진 사람이라고 생각했습니다. 어른들도 아이들도 저와 함께 있을 때는 한 고상한 인간이 방을 거닐고 있다고 느꼈을 것입니다. 이것은 저에 대한 그들의 태도에 특별한 매력을 부여했습니다. 그들은 저란 존재가 그들의 삶을 보다 순수하고 아름답게 한다고 생각하는 모양이었습니다.

저와 안나 알렉세예브나는 걸어서 함께 극장엘 가곤 했습니다. 우리는 특별 좌석에 어깨가 닿을 정도로 나란히 앉았습니다. 그녀의 손에서 오페라글라스(연극이나 오페라 등을 관람할 때 쓰는 쌍안경의 하나)를 집어들 때면 저는 그녀가 제 사람인 것처럼 여겨졌고, 그녀와 떨어져서는 살 수 없을 것처럼 느껴졌습니다. 그러나 매번 어떤 오해가 생겨 극장을 나와서는 마치 낯선 사람들처럼 따로 돌아오곤 했습니다. 읍내에는 이미 우리 둘에 관한 소문이 파다했지만 모두 진실과는 거리가 먼 소문들이었습니다.

마지막 몇 해 동안 안나 알렉세예브나는 친정어머니와 여동생을 자주 방문했습니다. 그 무렵 그녀는 기분이 좋지 않은 날이 많아졌고, 자기 인생이 엉망이 되었다는 불만이 생기면 남편은 물론 아이들까지 보지 않으려 했습니다. 그녀는 신경 쇠약으로 치료를 받는 중이었습니다.

그녀와 저는 아무 말도 없이 침묵을 지켰습니다. 그러나 다른 사람들과 함께 있을 때면 그녀는 저에 대해 반감을 표시하곤 했습니다. 그녀는 제 말에 대해서는 항상 반대했고, 제가 누군가와 논쟁을 벌이면 그의 편을 들어주곤 했습니다. 그리고 제가 무언가를 떨어뜨리거나 하면 차갑게 내뱉는 것이었습니다.

"그것 참 잘됐군요."

또 극장에 갈 때 제가 글라스를 깜박 잊고 가져가지 않으면 이렇게 쏘아붙였지요.

"당신이 잊고 올 줄 알았어요."

다행인지 불행인지 우리의 삶에 끝이 나지 않는 것은 없습니다. 이별의 시간은 오고야 말았지요. 루가노비치가 서부 러시아의 현(懸)에서 재판장으로 선출된 것입니다. 그는 가구와 말들과 별장을 팔아야 했습니다. 별장에 다니러 갔을 때 우리는 마지막으로 정원과 푸른 지붕을 봐 두기 위해 유심히 둘러보고 살폈습니다. 당시 우리 모두는 우울해 있었지요. 저는 이별을 고해야 하는 것이 단순히 별장만은 아니라는 것을 깨닫고 있었습니다.

8월 말에 의사의 권고대로 안나 알렉세예브나는 크림 반도(우크라이나 남부에 있는 반도)로 요양을 가기로 했습니다. 바로 그 며칠 뒤에는 루가노비치와 그의 아이들이 서부의 부임지로 떠나기로 되어 있었지요. 우리는 모두 안나 알렉세예브나를 배웅하기 위해 역으로 나갔습니다. 그녀는 남편과 아이들에게 작별 인사를 했습니다. 마지막 기적이 울릴 때까지는 짧은 시간밖에 남아 있지 않았지요.

저는 그녀가 잊어버린 바구니를 선반에 올려 주려고 그녀가 앉아 있는 객차 안으로 들어갔습니다. 그러고는 그녀와 작별을 해야만 했습니다. 서로의 시선이 마주치는 순간, 우리 두 사람은 자제력을 잃고 말았습니다. 저는 그녀를 품에 안았고, 그녀는 제 가슴에 얼굴을 묻고 눈물을 흘렸습니다. 저는 눈물에 젖은 그녀의 얼굴과 어깨와 두 손에 입을 맞추며 사랑을 고백했습니다(아, 그녀와 나는 얼마나 불행했던가요!).

저는 가슴속의 타는 듯한 아픔을 느끼며 깨달아야만 했습니다. 우리의 사랑을 방해하는 것들은 모두 하찮고 거짓된 것들이었음을 말입니다. 사랑에 대해 생각할 때는 일반적 통념에서의 행복과 불행, 선과 악을 떠나 그보다 더 높고 이상적인 것에서부터 출발해야 한다, 그렇지 않으면 아무런 가치도 없다, 제가 깨달은 것은 그것이었습니다. 저는 마지막 키스를 한 후 그녀의 손을 꼭 쥐어 주었습니다. 그것이 우리의 영원한 이별이 되었습니다. 기차는 이미 움직이기 시작했고, 저는 다른 객실에 앉아(그곳은 비어 있었습니다.) 다음 정거장에 닿을 때까지 혼자 울었습니다. 거기서 내린 뒤 저는 걸어서 소핀까지 돌아왔습니다."

알료힌이 이야기를 하는 동안 비는 그치고 태양이 구름 사이로 얼굴을 내밀었다. 불긴과 이반 이바노비치는 발코니로 나왔다. 발코니에서는 아름다운 정원 풍경과 저수지를 한눈에 볼 수 있었다. 햇빛을 받은 저수지는 거울처럼 반짝였다. 두 사람은 그러한 경치에 도취되면서도 한편으로는 안타까운 생각이 들었다. 그런 이야기를 자신들에게 솔직하게 털어놓은 선량하고 총명한 눈을 가진 이 사람이 학문이나 그의 삶을 보다 즐겁게 해 줄 수 있는 다른 일을 하지 않고 광대한 영지에서 인생을 허비하고 있는 것 같았기 때문이다. 그들은 또 알료힌이 젊은 부인과 이별하면서 그녀의 얼굴과 어깨에 입을 맞출 때, 그녀가 틀림없이 슬픈 표정을 지었을 거라고 생각했다. 두 사람 모두 읍내에서 그녀를 만난 적이 있었고, 특히 불긴은 그녀와 아는 사이였으며 그녀가 아름다웠다는 것을 기억하고 있었다. *

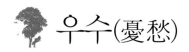

우수(憂愁)

🖊 작품 정리

작가 : 안톤 체호프(369쪽 '작가와 작품 세계' 참조)

갈래 : 단편 소설

성격 : 애상적

배경 : 시간 – 19세기 / 공간 – 러시아

시점 : 3인칭 전지적 작가 시점

주제 : 아들을 잃고 난 후 하소연할 상대가 없는 마부 요나의 고독

🖊 구성과 줄거리

도입 마부 요나의 아들이 갑자기 세상을 떠남

마부 요나 포타포프의 아들이 어느 날 병을 얻어 갑자기 세상을 떠난다. 요나는 슬픔에 빠져 돈을 벌려는 의욕조차 잃어버리고 만다.

전개 요나는 아들이 죽은 자초지종을 얘기하고 싶지만 들어 줄 상대가 없음

요나는 마차에 탄 군인에게 아들이 이번 주일에 죽었다고 얘기한다. 군인은 "왜 죽었지?"라고 물을 뿐, 좀 더 빨리 달리라고 재촉한다. 꼽추 일행 세 명이 타자 요나는 그들에게도 자신의 아들이 죽었다고 이야기한다. 그러나 그들은 "사람은 모두 죽게 마련이야."라며 아무런 관심도 보이지 않는다. 숙소로 돌아온 요나는 젊은 마부에게도 자신의 아들이 죽었다고 말을 걸지만 그 역시 아무 반응이 없다.

결말 마구간으로 간 그는 말에게 자신의 심정을 하소연함

혼자 아들 생각에 잠겨 괴로워하던 요나는 마구간으로 간다. 그는 건초를 먹고 있는 말에게 아들이 죽은 사연을 털어놓으며 자신의 심정을 하소연한다.

✎ 생각해 볼 문제

1. 요나가 말에게 이야기하는 마지막 장면은 이 작품에서 어떤 기능을 하는가?

요나는 마차에 탄 손님들과 젊은 마부에게 자신의 슬픔을 위로받기 위해 말을 건다. 하지만 모두 무관심하다. 결국 요나는 말에게 자신의 처지를 이야기한다. 동물과 인간적인 교감을 하려고 하는 행위는 해학과 비극적 정조가 결합되어 반어적(反語的) 상황을 연출한다. 즉, 인간이 본래 고독한 존재라는 것을 가장 극명하게 보여 주는 장치가 되는 것이다. 아들의 죽음에 대해 말에게 하소연하는 해학적 상황이 애상적 분위기를 더욱 고조시키는 것은 이 때문이다.

2. 요나가 대면하고 있는 현실은 어떤 모습인가?

요나의 이야기를 들어 주는 사람은 아무도 없다. 그들은 오직 자신의 일에만 관심이 있을 뿐이다. 말할 상대를 찾지 못한 요나는 소외감을 느낀다. 여기서 자신들의 상황에만 열중하는 다른 사람들은 당시 사회의 몰인정한 세태를 보여 준다. 작가는 이 작품을 통해 인간의 근원적인 고독과 냉정한 세태를 드러내고 있다.

우수

이 내 슬픔을 누구에게 하소연하리······.

황혼이 드리웠다. 함박눈이 방금 불 켜진 가로등 옆을 너울너울 춤추면서 떨어진다. 지붕이며 말 잔등이며 어깨며 모자 위로 얇고 포근한 층을 이루며 내려앉는다. 마부 요나 포타포프는 유령처럼 온몸이 새하얗다. 그는 최대한 몸을 웅크리고는 마부석에 앉은 채 꼼짝도 하지 않고 있다. 만일 그위에 눈덩이가 떨어진다 해도 그는 그것을 털어 버릴 생각도 하지 않았을 것이다.

그의 말도 역시 새하얗게 된 채 움직일 줄을 모른다. 그 부동성이나, 경직된 모양, 말뚝처럼 꼿꼿한 다리는 마치 1코페이카짜리 설탕 과자 말과 흡사하다. 무슨 생각에 잠겨 있는 것이 분명하다. 가래는 벗겨진 채 낯익은 경치를 떠나 괴물 같은 불빛이며 멈출 줄 모르는 소음, 부산스럽게 뛰어다니는 사람들로 뒤덮인 곳으로 굴러떨어졌으니, 어찌 생각에 잠기지 않을 수 있으랴.

요나와 그의 말은 벌써 오랫동안 그 자리에서 움직이지 않고 있다. 그들은 점심 전에 숙소에서 나왔지만, 아직껏 개시도 못하고 있다. 거리에는 벌써 어둠이 깃들기 시작한다. 파리하던 가로등 불빛이 차츰 활기를 띠고 거리의 혼잡은 점점 심해진다.

"마부, 브이보르그스카야까지 가 주게!"

요나는 이 소리를 듣는다.

"마부!"

요나는 부르르 몸을 떨고 눈이 얹힌 속눈썹 너머로 두건 달린 망토를 입은 군인을 본다.

"브이보르그스카야까지!"

군인은 되풀이한다.

"이봐, 졸고 있나? 브이보르그스카야로 가잔 말이다!"

알아들었다는 표시로 요나는 말고삐를 당긴다. 그러자 말 잔등과 그의 어깨에서 눈이 흩어져 내린다. 군인은 마차에 앉는다. 마부는 입술로 쩝쩝 소리를 내고는 백조처럼 목을 빼고 몸을 일으킨다. 그는 필요해서라기보다는 습관적으로 회초리를 휘두른다. 말도 역시 길게 목을 빼고 그 말뚝처럼 꼿꼿한 다리를 굽히며 어슬렁어슬렁 걸음을 옮긴다.

"어디로 가는 거야, 이 자식아!"

처음에 요나는 앞뒤로 오가는 군중 속에서 이런 고함 소리를 듣는다.

"어디로 가냐니까! 좀 더 오른쪽으로 가! 이 자식이 말을 몰 줄 모르나? 오른쪽으로 비켜서 가라니까!"

군인은 화를 내며 외친다.

사륜마차의 마부가 욕설을 퍼붓는다. 길을 건너려다가 말 콧등에 어깨를 부딪친 사람이 험상궂은 눈초리를 하고는 소매에 묻은 눈을 턴다. 요나는 바늘방석에라도 앉은 것처럼 마부석에서 갈팡질팡한다. 두 팔꿈치를 양쪽으로 뻗고, 미친 사람처럼 눈을 두리번거린다. 자신이 어디에 있으며 왜 이런 곳에 있는지 모르겠다는 표정이다.

"바보 같은 녀석들뿐이로군!"

군인은 투덜거린다.

"말에 부딪치려는 자가 없나, 말 밑으로 기어들려는 자가 없나, 모두 똑같은 놈들이야."

요나는 손님을 뒤돌아보며 입술을 오물거린다. 분명히 무슨 말인지 하고 싶은 것 같으나 그의 목구멍에서는 헛김 빠지는 소리밖에 나오지 않는다.

"뭐라고?"

군인이 묻는다.

요나는 히죽 웃으며 입을 찡그리고 목에 힘을 주어 쉰 목소리로 말한다.

"저 말입니다, 나리 …… 제 아들놈이 이번 주일에 죽었답니다."

"으흠! ……왜 죽었지?"

요나는 상체를 손님 쪽으로 돌리며 말한다.

"그걸 누가 알겠습니까! 아마 열병인 것 같습니다. 사흘 동안 병원에 누워 있다가 죽었으니까요. 모두 하느님의 뜻이겠죠."

"옆으로 비켜, 이 악마 같은 자식아."

어둠 속에서 이런 소리가 들린다.

"뭘 꾸물거리고 있어, 이 늙다리 새끼야! 눈은 됐다 뭘 하는 거야!"

"자, 좀 더 달려, 좀 더!"

하고 손님은 말한다.

"이래 가지곤 내일까지도 못 가겠다. 좀 더 몰아 봐!"

요나는 또다시 목을 빼어 몸을 일으키고는 힘 있게 회초리를 휘두른다. 그러고 나서 몇 번이나 손님 쪽을 돌아보지만 손님은 눈을 감고 있다. 아무리 봐도 듣고 싶지 않은 표정이다.

브이보르그스카야 거리에서 손님을 내려놓자, 그는 음식점 옆에 마차를 세우고 마부석에 올라앉아 또다시 움직이지를 않는다. 축축한 눈송이는 다시금 요나와 말을 새하얗게 뒤덮어 버린다. 한 시간, 두 시간 …… 시간은 계속 흐른다.

요란스럽게 덧신 소리를 내며 고래고래 소리를 지르면서 세 젊은이가 지나간다. 그중 두 사람은 호리호리하게 크고, 나머지 한 사람은 난쟁이 꼽추다.

"마부, 경찰교까지!"

꼽추는 째지는 듯한 목소리로 외친다.

"세 사람에 20코페이카를 주지."

요나는 고삐를 당기고 쩝쩝 입술로 소리를 낸다. 20코페이카는 너무 싼 값이지만, 그는 가격 같은 것에는 상관하지 않는다. 1루블이든 5코페이카든 그에게는 마찬가지다. 손님만 있으면 되는 것이다. 젊은이들은 이리저리 밀치고 욕설을 주고받으며 마차의 좌석으로 기어올라 간다. 그들은 두 사람은 앉고 한 사람은 서야 하는 문제에 부딪친다. 옥신각신 논쟁이 벌어진다. 한참 동안 욕을 해 대고 고집들을 피운 다음, 가장 작다는 이유로 꼽추가 서게 된다.

"자, 가자!"

꼽추는 자리를 잡고 서더니 요나의 뒤통수에 대고 찢어지는 소리로 외친다.

"갈겨! 이봐 영감, 도대체 그 모자는 뭔가! 페테르부르크를 모조리 뒤져도 그보다 형편없는 모자는 찾지 못할걸?"

"호호 …… 호호……."

하고 요나는 웃는다.

"이런 모자도 있는 거죠."

"잔소리 말고 빨리 달리기나 해! 이런 식으로 쭉 갈 참인가, 응? 목덜미를 후려갈겨야겠어."

"머리가 깨질 것 같군."

키다리 중의 한 사람이 말한다.

"어제 두크마소프의 집에서 바시카와 둘이서 코냑을 네 병이나 마셨거든."

"거짓말 좀 작작 해."

하고 또 한 사람의 키다리가 성을 낸다.

"정말이라니까."

"정말이라고? 차라리 이가 기침을 했다면 믿어 주겠다."

"흐흐흐!"

요나는 웃는다.

"재미있는 분들이시네."

"빌어먹을⋯⋯."

하고 꼽추는 화를 낸다.

"이봐 영감, 말을 달리긴 달리는 거야? 이렇게 달리는 법이 어디 있어? 채찍으로 힘껏 후려갈겨! 좀 더 달리라고!"

요나는 자기 등 뒤에서 꼽추의 몸과 음성이 떨리는 것을 느낀다. 그는 자기에게 퍼붓는 욕설을 들으며 손님들을 보는 동안 고독이 점점 사라져 가는 것을 느낀다. 꼽추는 욕설을 퍼붓다 목이 잠겨 쿨룩쿨룩 기침한다. 두 키다리는 나제주다 페트로브나라는 어떤 여자에 대해서 얘기를 시작한다.

요나는 가끔 그들을 돌아본다. 잠시 말이 끊어진 틈을 타서 그는 다시 중얼거린다.

"이번 주일에 제 아들놈이 죽었습니다!"

"사람은 모두 죽게 마련이야."

꼽추가 말한다. 그는 기침을 한 뒤 입가를 닦으며 헐떡이는 소리로 말한다.

"자, 말을 좀 더 빨리 몰아! 이보게들, 계속 이렇게 간다면 난 도저히 참을 수가 없어. 도대체 언제까지 이렇게 갈 생각인가?"

"영감한테 기합을 좀 넣어, 목덜미를 후려갈기라고!"

"아니, 이 영감이 말을 듣는 거야, 먹는 거야? 정말 모가지를 비틀어 버리겠어. 점잖게 있으니까 말이야……. 차라리 걷는 게 낫잖아. 영감, 듣고 있는 거야? 우리말을 무시할 작정인가?"

"흐흐흐……."

하고 요나는 웃는다.

"재미있는 나리들이셔……. 부디 건강들 하슈!"

"마부, 자네 마누라 있나?"

키다리 중의 한 사람이 묻는다.

"저 말인가요? 흐흐흐 …… 재미있는 분들이라니까! 지금 저한테 마누라가 있다면, 축축한 땅입지요. 히히히 …… 무덤이란 말입니다! 아들놈도 죽었는데 저는 살고 있죠. 이상한 일이에요. 저승사자가 잘못 찾아온 거죠……. 저한테 올 걸 아들놈한테 갔으니 말입니다."

요나는 아들이 어떻게 죽었는지를 설명하려고 뒤를 돌아다본다. 이때 꼽추가 안도의 숨을 내쉬며 목적지에 닿았다고 말한다. 20코페이카를 받아 쥔 다음에도 요나는 한참 동안 어둠 속으로 사라진 주정뱅이들을 바라보았다. 다시 그는 외톨이가 된다. 그리고 정적이 찾아든다. 한동안 잠잠했던 우수가 다시금 되살아나, 한층 강력하게 가슴을 저민다. 요나의 눈초리는 양쪽 인도를 오가는 군중 위를 불안하게 더듬는다. 몇 천 명이나 되는 군중 속에서 내 이야기를 들어 줄 사람이 단 한 사람이라도 있을까? 그러나 군중은 그의 우수에는 아랑곳없다는 듯 바쁘게 걸어가고 있다.

우수는 한없이 크고 깊다. 요나의 가슴을 쪼개서 우수를 밖으로 쏟아 버린다면 온 세상에 흘러넘치고 말리라. 그런데도 불구하고 그 우수는 눈에 보이지 않는다. 그것은 대낮에 불빛을 들이대고도 볼 수 없는 작은 껍데기 속에라도 숨어 있는 것은 아닌지…….

요나는 가마니를 든 머슴에게 말을 걸어 보리라 생각한다.

"여보게, 지금 몇 시나 됐지?"

하고 그는 묻는다.

"아홉 시가 지났어. 그런데 뭣 때문에 이런 데 서 있는 거야? 빨리 가지 않고."

요나는 몇 걸음 물러나, 등을 굽히고 우수에 온몸을 내맡긴다. 그는 사람에게 말을 건다는 것이 소용없는 일이라고 생각한다. 그러나 5분도 채 지나지 않아 몸을 곧게 세우고는, 마치 날카로운 아픔이라도 느낀 듯 머리를 흔들고는 고삐를 잡아당긴다. 그는 더 이상 참을 수 없었던 것이다.

'숙소로 돌아가자.'

하고 그는 생각한다.

'숙소로!'

말도 그의 마음을 아는지 민첩하게 달리기 시작한다. 한 시간 반쯤 뒤에 요나는 크고 더러운 난로 곁에 앉아 있다. 마룻바닥이나 벤치 위에서 사람들이 코를 골며 자고 있다. 공기는 숨이 막힐 정도로 답답하다. 요나는 몸을 긁적이면서 이렇게 빨리 숙소로 돌아온 것을 후회한다.

'귀리값도 못 벌었어.'

하고 그는 생각한다.

'그러니까 이렇게 마음이 우울하지. 자기 일을 잘하는 사람은 배를 곯지도 않고 말도 굶주리지 않게 하니 언제나 마음이 편할 수밖에……'

한쪽 구석에 있던 젊은 마부가 일어나더니, 졸린 듯한 목소리로 중얼거리며 물통 쪽으로 걸어간다.

"목이 마른가?"

하고 요나는 묻는다.

"예, 갈증이 나서요."

"그럼, 실컷 마시게. 그런데 젊은이, 내 아들놈이 죽었다네. 자네 들었나? 이번 주일에 병원에서 말이야……. 세상에 참!"

요나는 젊은이가 어떻게 나오는지 보려고 하지만, 젊은이는 아무런 반응도 없다. 젊은이는 이불을 머리 위까지 푹 뒤집어쓴 채 이미 잠들었다. 노인은 한숨을 쉬고 몸을 긁적긁적한다. 젊은이가 물을 마시고 싶었던 것처럼 그는 말을 하고 싶어 견딜 수가 없다. 아들이 죽은 지 일주일이 지났는데도 그는 아직 누구에게도 아들의 말을 마음껏 하지 못했다. 말하려면 모든 걸 털어놓아야 한다. 어떻게 병에 걸렸고, 어떤 고통을 겪었으며, 죽기 전에는 뭐라고 말했는지, 또 죽을 때는 어떠했는지, 이 모든 것을 말하지 않으면 안 된다. 장례식 광경과 죽은 아들의 옷을 찾으러 병원에 갔을 때의 일까지 말해야 한다. 시골에는 딸 아니시야가 남아 있다. 그 딸에 대해서도 말해야 한다. 그렇다, 지금 해야 할 말은 얼마나 많은가? 이 말을 듣는 사람은 감동한 나머지 한숨을 몰아쉬며 가슴 아프게 생각할 것이 틀림없다. 상대편이 여자라면 더욱 그럴 것이다. 여자라면, 가령 아무리 바보라 해도 단

두 마디에 벌써 울음을 터뜨리고 말리라.

'말이라도 가서 볼까.'

요나는 생각한다.

'잘 시간은 얼마든지 있으니 말이야. 얼마든지 잘 순 있어.'

그는 옷을 걸치고 마구간으로 간다. 그는 귀리며 건초며 날씨에 대해서 생각한다. 혼자 있을 때 아들에 대해서 생각하면 안 된다. 누군가 말상대가 있으면 몰라도 혼자서 외로이 생각에 잠겨 아들의 모습을 떠올리는 것은 참을 수 없이 괴로운 일이다.

"먹고 있는 거야?"

요나는 반짝반짝 빛나는 말의 눈을 바라보며 묻는다.

"자, 먹어라, 먹어. 귀리값을 못 벌면 건초라도 먹어야지. 그래……. 마차를 끌기에 내 몸은 너무 늙어 버렸어. 아들놈이 끌어야 했는데, 내가 아니라……. 그 앤 참 훌륭한 마부였어. 그놈만 살아 있다면……."

요나는 잠시 가만있다가 다시 말을 잇는다.

"그렇지, 이것아 …… 쿠지마 이바노비치는 이 세상에 없어……. 먼 곳으로 떠나 버렸단 말이다. 갑자기 죽어 버렸어……. 자, 네게 새끼 말이 있고 넌 그 새끼 말의 엄마라고 하자……. 그런데 갑자기 그 새끼 말이 먼 저세상으로 가 버렸단 말이다……. 슬프지 않니?"

말은 먹이를 먹으며 귀를 기울이기도 하고, 주인의 손에 입김을 뿜기도 한다. 요나는 자신의 모든 얘기를 말에게 열심히 들려준다. *

외투(外套)

✏️ 작가와 작품 세계

니콜라이 고골(Nikolai Vasilievich Gogol, 1809~1852)

우크라이나 태생의 러시아 작가. 1821년 네진고등학교 졸업 후 잠시 하급 관리 생활을 했다. 1832년 우크라이나 인의 생활을 취재한 소설 『디카니카 근교 야화』를 발표해 명성을 얻었으며, 이를 계기로 러시아의 대문호 푸시킨과 인연을 맺었다. 1834년 페테르부르크대학의 세계사 담당 조교수가 되었으나 이듬해에 그만두었고, 작품집 『아라베스크』, 『미르고로드』 등을 연이어 출간했다. 또한, 희극 「검찰관」을 알렉산드르 극장과 모스크바에서 상연했다. 이 작품은 관료주의의 부패를 통렬히 비판한 것으로 커다란 논란을 불러일으켰다. 이 사건을 계기로 그는 1836년 러시아를 떠나게 된다. 이후 1848년까지 스위스와 파리, 로마 등지를 체류하며 살았다. 1841년에는 단편 「외투」와 장편 『죽은 넋』의 제1부를 완성했다. 『죽은 넋』의 제2부는 모스크바에서 완성하려 했지만 이루지 못하고 자살했다.

고골의 작품은 크게 서정적인 것과 현실 비판적인 것으로 나뉜다. 『디카니카 근교 야화』와 『미르고로드』는 전자에 속하고, 「검찰관」, 「외투」, 『죽은 넋』 등은 후자에 속한다. 고골은 푸시킨과 더불어 러시아 근대 문학의 개척자로서, 비판적 리얼리즘의 전통을 확립하고 19세기 러시아 문학 발전의 기초를 닦았다는 평가를 받는다.

✏️ 작품 정리

갈래 : 단편 소설, 사실주의 소설
성격 : 비판적, 풍자적
배경 : 시간 – 어느 겨울 / 공간 – 러시아의 페테르부르크
시점 : 3인칭 전지적 작가 시점
주제 : 외투를 둘러싼 하급 관리의 비참한 삶

🖊 구성과 줄거리

발단 **아카키에비치는 말단 관리로 살아감**

아카키에비치는 요령도 없고 처세술도 부족한 인물로 400루블의 적은 월급으로 가난하게 살아간다. 그에게 즐거움이란 오로지 관청에서 서류를 정서하는 일뿐이다. 그는 직장 동료들에게 조롱을 받기도 하지만 언제나 맡은 일에만 성실할 뿐이다.

전개 **아카키에비치가 외투 때문에 고민에 빠짐**

페테르부르크는 엄청난 추위로 유명한 도시다. 아카키에비치는 외투가 너무 낡아 수선하려고 한다. 그러나 재봉사 페트로비치는 옷이 낡아 도저히 수선할 수 없다며 새로 외투를 맞추라고 한다. 아카키에비치는 뜻밖의 상여금과 저축한 돈을 합쳐 결국 외투를 마련한다.

위기 **새로 산 외투를 강도에게 빼앗김**

아카키에비치가 새 외투를 입고 출근하자 동료들은 볼품없던 그의 급작스러운 변화에 축하를 보낸다. 그날 밤, 부과장과 동료들은 아카키에비치의 변화를 축하해 주기 위해 파티를 연다. 그러나 아카키에비치는 집으로 돌아오는 길에 강도를 만나 새 외투를 빼앗기고 만다.

절정 **아카키에비치가 병으로 죽음**

절망에 빠진 아카키에비치는 외투를 찾기 위해 경찰 서장과 유력한 인사를 차례로 찾아간다. 하지만 그때마다 모욕만 당하고 쫓겨난다. 집으로 돌아온 아카키에비치는 시름시름 앓다가 그만 죽고 만다. 아카키에비치의 죽음은 곧 사람들의 기억에서 잊혀진다.

결말 **아카키에비치의 유령이 나타났다가 사라짐**

아카키에비치가 죽은 뒤 도시에서는 밤마다 이상한 일이 벌어진다. 죽은 아카키에비치의 유령이 나타나서 사람들의 외투를 빼앗아 가는 일이 발생했던 것이다. 사람들은 불안에 떨지만 아무도 해결책을 찾지 못한다. 아카키에비치의 유령은 외투를 찾아 달라는 자신의 간곡한 청원을 거절했던 관리의 외투를 빼앗은 뒤 종적 없이 사라진다.

✐ 생각해 볼 문제 --

1. 이 작품을 통해 작가가 드러내고자 한 현실의 모습은 무엇인가?

이 소설은 불합리한 관료 체제에 희생당하는 한 말단 관리의 비극을 그리고 있다. 주인공인 아카키에비치를 죽음으로 몰고 간 직접적 원인은 강도에게 외투를 빼앗겨서지만, 근본적 원인은 직무에 무관심한 경찰과 권위적이고 허세로 가득 찬 관리들 때문이다. 작가는 아카키에비치의 죽음을 통해 부패한 관료 사회의 한 단면을 날카롭게 풍자한 것이다.

2. 아카키에비치의 성격은 어떠한가?

아카키에비치는 맡은 바 임무에 충실하고 남에게 피해를 주지 않는 전형적인 소시민이다. 하지만 사교술이나 처세술이 부족해 만년 구등관에 머물고 만다.

3. 이 작품의 제목인 외투의 의미는 무엇인가?

외투는 페테르부르크의 혹독한 추위를 버틸 수 있는 수단 가운데 하나다. 외투는 사회적 신분을 나타내기도 하지만, 가난한 사람들에게는 필수품과 다를 바 없다. 이토록 귀중한 외투를 잃어버린 것은 추위를 버틸 방도를 잃어버린 것과 같다. 이 때문에 아카키에비치는 생명까지 버리게 된 것이다.

외투

　그가 있는 관청의 이름은 굳이 밝힐 필요가 없을 것 같다. 어느 부처, 어느 연대, 어느 지청을 막론하고 관리란 족속들처럼 화를 잘 내는 친구들도 드무니까. 사람들은 누구나 자신이 느끼는 지극히 개인적인 차원의 모욕을 마치 사회 전체 구성원에 대한 모욕으로 오해하는 경향이 있다. 바로 얼마 전에도, 어느 도시의 경찰 서장이 상부에 진정서를 제출한 적이 있었다. 그는 그 진정서에 작금에 국가의 법률 질서가 땅에 떨어지고 있으며 자기의 신성한 직함마저도 번번이 모욕을 당하고 있다는 사실을 명쾌하게 기록했다고 한다.

　서장은 자신의 주장이 사실이라는 것을 입증하기 위해 방대한 분량의 원고 하나를 참조 문서라는 이름으로 진정서에 첨부해 제출했다. 그 원고에는 거의 10페이지마다 경찰 서장이라는 인물이 등장하는데, 그 인물을 곤드레만드레 술에 만취한 모습으로 묘사하는 대목도 몇 군데나 있다는 주장이었다.

　이런 연유 때문에 불쾌한 일이 생기는 것을 미연에 방지하고자 나 역시 이 글의 대상이 되는 관청도 이름을 밝히지 않고 그저 아무개 관청이라는 식으로 애매하게 부르고자 하는 것이다.

　아무튼, 아무개 관청에 아무개 관리 한 사람이 근무하고 있었다. 이 관리는 남보다 뛰어난 점이라곤 눈을 씻어도 볼 수 없는 그런 사내였다. 작달막한 키에 약간 헐은 얼굴, 머리털은 붉은빛이 감돌고 눈은 근시인 듯했다. 이마는 약간 벗어졌고 두 볼은 주름투성이었다. 안색은 마치 치질 환자를 연상시켰다. 직급은 만년 구등관(九等官)이었다. 뭐라고 반격을 할 만한 능력도 없는 사람들을 사정없이 짓밟기를 좋아하는 글쟁이들이 특히 좋아하는 직업이 바로 이들 구등관이다. 글쟁이들이 저항할 능력이 없는 이들 구등관을 마음껏 조소하고 풍자하기를 좋아한다는 건 이미 널리 알려진 사실이다.

　그 구등관의 성은 바쉬마치낀이었다. 그 성이 바쉬마끄(구두)에서 나왔을 것이라는 건 누가 봐도 분명하지만, 언제 어느 시대에, 무슨 이유로 하필이면 바쉬마끄란 단어에서 사람의 성을 만들어 냈을까 하는 연유는 누구도 알 길이 없다.

그의 이름은 아카키 아카키에비치였다. 독자들에게는 그 이름이 무척 기묘하게 들릴지도 모른다. 마치 뭔가 다른 의도가 있어서 일부러 지은 이름이라고 생각할 수도 있겠다. 그러나 그 이름은 어떤 의도를 갖고 지은 이름이 아니었다. 다만 그 이름 외에 다른 이름을 붙여 줄 수가 없는 특별한 사정이 있었을 뿐이다. 그 사정이란 다음과 같다.

기억이 틀리지 않는다면, 아카키 아카키에비치는 3월 23일 밤에 태어났다. 이미 고인이 된 그의 어머니는 더할 나위 없이 마음씨가 고운 여인으로, 관리의 아내였다. 그 여인은 정해진 절차에 따라 갓난아기에게 세례식을 베풀어 주기로 했다. 산모는 아직 방문 맞은편 침대에 누워 있었다. 산모의 오른쪽에는 아이의 대부^(代父)가 될 이반 이바노비치 에로쉬긴이라는 훌륭한 어른이 서 있었다. 전에 원로원에서 과장으로 일한 적도 있는 분이었다. 왼쪽에는 대모^(代母)가 될 아리나 쎄묘노브나 벨로브류쉬꼬바라는 천하에 보기 드문 정숙한 부인이 자리잡고 있었다. 이 여성은 지구 경찰 서장의 부인이었다.

이들은 산모에게 갓난아기의 이름으로 '목끼'나 '소씨' 아니면 순교자 '호즈다자뜨' 이렇게 세 가지 가운데 아무거나 마음에 드는 걸 고르라고 말했다. '틀렸어!' 그 순간, 아이의 어머니는 생각했다. "무슨 이름이 모두 그따위람!" 그래서 그녀를 만족시켜 주기 위해 달력의 다른 곳을 들춰 보았다. 이번에도 이름 세 개를 골라냈다. '뜨리필리', '두르다' 그리고 '바라하씨'가 그것이었다.

"하느님 맙소사!" 이미 중년 고개를 넘긴 아이 어머니는 자기도 모르게 그런 말을 입밖에 내뱉었다. "어쩌면 그렇게 괴상한 이름만 튀어나올까요? 생전 단 한 번도 들어 본 적이 없는 이름들뿐이군요. '바르다뜨'나 '바루흐'라면 몰라도 '뜨리필리'니 '바라하씨'니 하는 이름을 도대체 어떻게……."

그래서 달력을 또 한 장 넘겼더니 이번에는 '빱시까히'와 '바흐찌시'가 나타났다. "알겠어요." 아이 어머니는 힘없이 말했다.

"이것도 아마 이 애의 팔자인 모양이군요. 그따위 이름을 붙이느니 차라리 이 애 아버지 이름을 그대로 따서 붙여 주는 것이 차라리 낫겠어요. 아버지 이름이 아카키니까 이 애도 아카키라고 부르도록 하죠."

아카키 아카키에비치라는 이름은 바로 이렇게 해서 생겨난 것이다. 갓난 아기는 세례를 받을 때 얼굴을 잔뜩 찌푸리면서 울어 댔다. 아마 나중에 기껏 구등관이나 되리라는 걸 그때부터 예감했는지도 모른다. 내가 왜 이런 얘기를 하느냐 하면, 앞에서 이미 언급한 것과 같은 부득이한 사정 때문에 이 사나이에게 다른 이름을 붙인다는 게 애초부터 전혀 불가능했다는 것을 독자들이 잘 납득해 줬으면 하는 바람에서인 것이다. 그가 그 관청에 언제 어느 때 들어가게 됐는지, 누가 그를 그 자리에 임명했는지를 기억하는 사람은 아무도 없었다.

그동안 국장이나 과장들은 수없이 많이 갈렸지만, 그는 언제나 같은 자리, 같은 등급인 서기라는 직책을 맡고 있었다. 그래서 나중에는 다들 그가 마치 어머니 배 속에서부터 머리가 벗어지고 관리 제복을 입은 채 태어나기라도 한 것처럼 느끼게 되었다.

그가 일하는 관청에서는 어느 누구도 그를 존중하지 않았다. 수위들조차 그가 앞을 지나가도 자리에서 일어나려 하지 않았다. 마치 파리 새끼가 한 마리 날아가는 것을 보는 듯한 태도로 그를 거들떠보지도 않는 것이다.

더구나 상관들은 말할 필요도 없이 그에게 위압적이고 전제적인 태도를 보였다. 부과장이라는 직책을 가진 자는 아예 예의상 하는 최소한의 말 한 마디도 없이 그의 코앞에 다짜고짜 서류를 불쑥 들이밀곤 했다. "이거 정서 (글씨를 반듯하게 쓰는 일) 좀 해 줄래요?"랄지, "이거 꽤 재미있는 일감인 것 같은데."랄지 하는 그런 의례적인 표현조차 아카키 아카키에비치에게는 생략하는 것이었다.

아카키 아카키에비치는 또 그대로, 일을 맡기는 사람이 누구인지, 그 사람에게 그런 일을 시킬 권리가 있는지 하는 따위에는 아예 관심도 기울이지 않고 자기 코앞에 내민 서류를 힐끔 보고는 그냥 받아서 즉석에서 그것을 정서하곤 했다.

동료 관리들은 온갖 방법을 동원하여 그를 풍자하고 골려 먹기에 바빴다. 그들은 전혀 근거도 없는 얘기를 만들어 내 그의 앞에서 떠들어 대곤 했다. 그의 하숙집 주인은 70세가 넘은 할망구였다. 젊은 관리들은 그걸 빌미로, 아카키 아카키에비치가 노상 그 할망구에게 얻어맞고 지낸다느니, 결혼식은 언제 올릴 계획이냐느니 하고 짓궂게 묻곤 했다. 어떤 이는 종이 조각을 잘게 찢어서 눈이 내린다며 그의 머리 위에 뿌리기도 했다.

아카키 아카키에비치는 동료들의 짓궂은 장난에 대해 한마디도 대꾸하지 않았다. 마치 그런 모습들이 자기 눈에는 전혀 보이지 않는다는 듯한 태도였다. 그가 일을 하는 데도 그러한 장난은 별로 방해가 되지 못했다. 사람들이 그렇게 심하게 장난을 걸고 조롱해도 그는 서류에 글자 하나 틀리게 쓰는 법이 없었다. 다만 장난이 도를 지나쳐 드디어 사람들이 그의 팔꿈치를 툭툭 건드리면서 일을 방해할 정도가 되면 그도 더 이상 참지 못하고 이렇게 중얼거렸다.

"나를 좀 내버려 두시오. 왜 이렇게 사람을 못살게 구는 거요!"

이렇게 말하는 그의 음성과 말투에는 뭔가 이상한 느낌이 있었다. 사람의 동정심을 이끌어 내는 그 무언가 말이다. 그래서 어느 땐가 그 관청에 새로 임명돼 왔던 어떤 청년 관리도 다른 친구들과 함께 그를 놀려 대다가 갑자기 무엇에 찔리기라도 한 것처럼 마음을 바꿔 장난을 그만둔 일이 있었다.

그리고 그때부터 이 청년의 눈에는 모든 사물이 갑자기 변했다. 초자연적인 힘이라고 말할 수 있는 어떤 것이 그를 여태까지 교제해 왔던 사람들과 완전히 갈라지게 만들었다. 그전까지 청년은 동료들을 예의 바르고 사교적인 사람들이라고 생각하고 있었다. 그러나 대부분 그 청년의 기대에 어긋났다. 그들 중에서 교양이 많고 세련된 상류 사회의 사람들, 심지어 고결하고 성실한 사람이라는 세상의 평가를 받고 있는 사람들도 예외가 아니었다. 그런 사람들의 내면에 동료를 못살게 구는 잔인한 야수성이 자리 잡고 있는 모습을 그는 말없이 지켜보곤 했다.

어쨌거나 사람들의 행동이나 평가에 관계없이 아카키 아카키에비치는 자기 직무에 충실했다. 자기 직무에 충실했다는 표현만으로는 사실 부족했다. 그는 자기가 맡은 업무에 진정 애착을 갖고 있었던 것이다. 그는 공문서를 정서하는 하찮은 일 가운데서도 나름대로 다채롭고 즐거운 세계를 발견했다.

그는 언제나 즐거운 표정을 짓고 있었다. 그는 글자 가운데 몇몇 글자를 특히 좋아해서 서류에서 그 글자가 나오기만 하면 금방 얼굴에 희색이 가득해졌다. 그러고는 눈을 찡긋하며 입술까지 씰룩거렸기 때문에 그의 얼굴만 봐도 지금 그의 펜이 무슨 글자를 쓰고 있는지 얼마든지 알아맞힐 수 있을 정도였다. 만약 그의 열성에 맞추어서 관청이 포상을 했다면, 아마 그는 틀림없이 지금쯤 오등관은 되었을 것이다. 그러나 그렇게 오랜 기간 동안 그가 열성적으로 근무한 결과 그가 얻은 것은 짓궂은 동료들의 말마따나 관리 제복의 단추와 엉덩이의 치질 외에는 아무것도 없었다.

오랜 세월 동안 그에게 관심을 보인 사람이 전혀 없었다고는 할 수 없다. 어느 마음씨 착한 국장 한 사람이 그에게 평범한 공문서 정서가 아닌, 보다 중요한 일을 맡기려고 명령한 적이 있었다. 그 국장은 그의 장기간 근속을 표창하려는 의도를 갖고 있었던 것이다. 그에게 새로 맡겨진 일은, 이미 작성된 서류를 기초로 하여 다른 관청에 보낼 보고서를 만드는 것이었다. 새로운 일이라고 해 봐야 별다른 것은 아니었다. 그저 서류 제목을 새로 붙이고, 몇 군데 동사를 일인칭에서 삼인칭으로 바꾸는 정도에 불과했다. 그러나 아카키 아카키에비치에게는 그것이 매우 힘든 일이었다. 그는 새로운 일을 맡아 연방 땀을 뻘뻘 흘리면서 계속 손수건으로 이마를 닦아야 했다. 그러더니 마침내 비명을 지르며 하소연했다. "이 일은 도저히 안 되겠습니다. 저는 역시 서류 정서를 하는 것이 훨씬 더 편합니다."

그날 이후, 그는 영원히 정서 업무만 맡게 되었다. 그에게는 정서하는 일 외에는 이 세상에 아무것도 존재하지 않는 것처럼 느껴졌다. 그는 옷차림 따위에는 전혀 신경을 쓰지 않았다. 원래 초록색이었던 제복은 이제 붉은 빛이 감도는 누런 옷감으로 변해 버리고 말았다. 원래 목이 그다지 긴 편도 아니건만, 옷깃이 워낙 좁고 낮아서 마치 목이 위로 쑥 빠져나와 있는 것처럼 보였다. 러시아에 와 있는 외국인들이 몇 십 개씩 머리에 이고 다니며 파는, 석고로 만든 고양이 새끼처럼 목이 유난히 길어 보였던 것이다. 그뿐만이 아니었다. 그의 제복에는 언제나 마른 풀잎이나 실오라기 같은 게 붙어 있었다.

게다가 그는 또 아주 특수한 재능을 하나 갖고 있었다. 길거리를 걸을 때 사람들이 창문으로 쓰레기를 버리는 바로 그 순간에 기가 막히게 그 창문 밑을 지나가는 그런 재능 말이다. 그래서 그의 모자에는 언제 보아도 수박이며 참외 껍질 따위가 얹혀져 있었다.

그는 길거리에서 벌어지곤 하는 일, 사람들이 하는 일에 대해서는 일생 동안 단 한 번도 관심을 가져 본 적이 없었다. 누구나 잘 알다시피, 눈치가 빠르고 머리 회전이 빠른 젊은 관리들은 그런 일에 항상 관심을 기울이는 법이다. 그래서 길 건너편 보행 도로를 걷는 사람의 허리띠가 헐거워 바지가 좀 느슨하게 처진 것까지도 재빨리 발견해서는 연방 킥킥거리며 웃지 않는가.

그러나 아카키 아카키에비치로 말하자면, 설사 눈으로 뭔가 보고 있다 하더라도 진짜 보는 것이 아니었다. 그저 거기에서 또박또박 단정하게 쓰인 자신의 필적을 발견할 뿐이었다. 가끔 느닷없이 자기의 어깨 너머로 말대가리가 하나 튀어나와 얼굴에다 콧김을 훅 불어 댄다거나 하는 일이 생겨야 그는 비로소 자기가 지금 관청의 서류 더미 속에 묻혀 있는 것이 아니고, 길 한가운데 서 있다는 사실을 깨닫곤 했다.

집에 돌아오면 그는 곧 식탁에 덤벼들어 굶주린 사람처럼 수프를 훌훌 마시고 맛 따위야 가리지 않고 고기와 양파를 삼키곤 했다. 파리가 붙어 있건 말건 상관없이 식탁에 있는 것이면 무조건 목구멍으로 쑤셔 넣는 것이다. 그렇게 해서 배가 부르다는 느낌이 들면 그는 식탁에서 일어나 잉크병을 꺼내 집에 들고 온 서류를 정서하기 시작한다. 처리해야 할 서류가 없을 때에는 취미 삼아서 자신이 보관해 둘 문서의 사본을 만들곤 했다. 문체가 아름답다거나 하는 것보다, 어떤 새로운 인물이나 아주 높은 위치에 있는 사람에게 가는 서류라는 점에서 주목할 가치가 있을 경우 그는 반드시 복사해 두는 것을 원칙으로 삼았다.

페테르부르크의 잿빛 하늘이 완전히 어두워지고 나면 관리들은 자기 봉급과 취향에 따라 저녁 식사를 배불리 먹고 비로소 여가를 즐기게 된다. 관청에서 사각사각 종이 위를 미끄러져 가는 펜촉 소리, 자기 자신과 다른 사람의 일 또는 필요 이상 자진해서 떠맡게 되는 온갖 용무 등에서 벗어나 이제 모두 다리를 쭉 뻗고 쉬는 것이다.

어떤 사람은 여가를 즐기려고 극장으로 달려가고, 어떤 사람은 길거리를 지나다니는 여자들의 모자 구경을 하려고 외출하며, 또 어떤 사람은 보잘 것없는 관리 사회의 스타라고 할 수 있는 예쁜 처녀에게 알랑대기 위해서 저녁 파티 장소를 찾곤 한다.

그러나 대부분의 사람들은 만찬이나 나들이 따위를 단념하고 아파트 3층이나 4층쯤에 자리 잡은 친구들의 집에 놀러 간다. 그런 집의 실내는 대개 조그마한 방 두 개와 부엌, 현관이 있을 뿐이다. 이따금씩 돈을 아껴서 간신히 사들인 램프나 기타 물건으로 유행에 맞춰 집을 꾸미기도 한다. 관리들은 삼삼오오 좁은 방에 흩어져서 트럼프 놀이를 하거나 싸구려 과자 조각에 홍차를 홀짝거리며 파이프 담배를 피운다. 카드를 돌리는 동안에는 상류 사회의 온갖 소문들을 화제에 올린다. 이런 상류 사회의 소문이야말로 러시아 사람이라면 어떤 환경에서도 인연을 끊지 못하는 그런 화제 가운데 하나이다.

그런 화제조차 없을 때에는 어느 경비 사령관에게 보고가 들어왔는데, 팔꼬네가 만든 동상의 말 꼬리가 떨어져 나갔다는 등 케케묵은 에피소드라도 재탕 삼탕으로 우려먹는다. 이처럼 페테르부르크에 사는 모든 관리, 모든 사람들이 나름대로 즐거움을 찾아 헤매는 그런 시간에도 아카키 아카키에비치는 그들과 어울리지 않았다. 노상 집 안에 틀어박혀 있기 일쑤이며 마음이 흐뭇해지도록 정서를 하고 나면 하느님께서 내게 또 무슨 일거리를 주시려니 생각하고, 미리부터 내일 일을 머릿속에 그려 보면서 미소를 짓는다. 연봉이라야 고작 400루블(러시아의 화폐 단위)밖에 안 되지만 그는 늘 자신의 운명에 만족하며 평화로운 시간을 보냈다. 만약 누구에게나 인생 항로 여기저기에 덫처럼 자리 잡고 있는 불행이 어느 날 그에게 닥치지만 않았어도 그는 자신의 생활에 만족하며 늙어 죽었을지도 모른다.

페테르부르크에서 기껏 연봉 400루블 정도로 생활하는 모든 인간에게는 공통적으로 무서운 적이 하나 있다. 그 강적은 다름 아닌 북쪽 지방 특유의 지독한 추위였다. 물론 이 추위가 건강에 이롭다는 주장도 없는 것은 아니다. 아침 여덟 시쯤이면 관청에 출근하려는 관리들이 도시의 거리를 가득 메운다. 그리고 이 무렵이면 혹독한 추위가 이 사람 저 사람 가리지 않고 어찌나 매섭게 몰아닥치는지, 가엾은 우리 관리 나리들은 어디다 코를 두어야 할지도 모르고 쩔쩔매는 것이다. 지위가 높은 양반들조차 추위에 머리가 띵할 지경이고 눈에 눈물이 글썽해지는 판이니 가엾은 구등관 따위는 그야말로 속수무책일 수밖에 없다.

오직 한 가지 방법이란, 초라한 외투로나마 몸을 단단하게 감싸고 될 수 있는 대로 발걸음을 빨리해서 대여섯 개의 골목을 지나 관청 수위실로 뛰어드는 것이다. 그러고 나서 발을 동동 구르며 몸을 녹여, 오는 도중 추위에 꽁꽁 얼어붙은 사무 능력이나 재주가 제자리에 돌아오도록 노력하는 수밖에 없는 것이다.

아카키 아카키에비치 역시 그러한 거리를 될 수 있으면 빨리 뛰어서 지나가려고 애쓰는 사람 가운데 하나였다. 그럴 때마다 늘 잔등과 어깨가 뼈에 사무칠 정도로 추워서 견딜 수 없을 지경이었다. 그는 마침내 자신의 외투가 뭔가 잘못되었는지도 모른다는 생각을 했다. 집에 돌아와서 그는 외투를 찬찬히 살펴보았다.

그 결과 그는 자기의 외투 잔등과 어깨 두서너 군데가 마치 모기장처럼 얇아진 것을 발견했다. 나사(두꺼운 모직물) 천이 닳을 대로 닳아 훤히 비칠 지경이었고, 안감도 갈기갈기 떨어진 상태였다. 이 부분에서 우리는 아카키 아카키에비치의 외투는 특히 동료 관리들의 놀림감이 되어 왔다는 사실을 상기할 필요가 있다. 사실 그것은 '외투'라는 고상한 명칭을 이미 상실하고, '싸개'라는 해괴망측한 이름으로 불리었다.

말이야 바른말이지, 사실 그 외투는 겉모양부터가 무척 야릇했다. 우선 외투 깃이 해가 갈수록 작아지고 있었다. 다름이 아니라 외투 깃을 잘라 다른 데를 기워서 입기 때문이었다. 외투를 깁는 재봉사의 솜씨도 그리 신통하지 못한 터라 외투는 이제 흡사 보릿자루 마냥 볼썽사나운 꼬락서니였다. 외투를 살펴보고 나서 사태가 어떻게 되었는지를 대충 짐작한 아카키 아카키에비치는 외투를 페트로비치에게 가져가야 하겠다고 생각했다. 페트로비치는 뒤쪽 계단으로 해서 올라가는 어느 4층 집 한구석에서 살고 있는 재봉사였다.

그는 애꾸눈에다 곰보였다. 그래도 말단 관리나 그 밖의 별 볼 일 없는 사람들의 윗도리와 바지 등을 고쳐 주는 솜씨는 나름대로 쓸모가 있었다. 물론 이것은 그가 술에 취해 있지 않을 경우의 이야기였다. 또 그가 다른 돈벌이에 정신이 팔려 있지 않아야 했다.

페트로비치가 사는 곳으로 가는 계단은 온통 구정물투성이었다. 게다가 페테르부르크의 아파트 계단들이 으레 그렇듯이 주변은 온통 두 눈이 아릴 정도로 지독한 알코올 냄새를 풍기고 있었다. 아카키 아카키에비치는 계단을 걸어 오르며 페트로비치가 외투를 고치는 삯으로 얼마나 달라고 할지 벌써부터 걱정이 됐다. 그는 마음속으로 2루블 이상을 절대 내지 않겠다고 작정했다.

그 집의 문은 활짝 열려 있었다. 그럴 수밖에 없는 것이 페트로비치의 마누라가 무슨 생선 따위를 굽는 모양이어서 부엌이 온통 연기로 가득 차 있었던 것이다.

아카키 아카키에비치는 주인마누라가 보지 못하는 틈을 타서 잽싸게 부엌을 통과해 작업 방으로 들어갔다. 마침 페트로비치는 나무로 만든 커다란 작업대 위에 앉아 있었다. 마치 터키 총독 마냥 책상다리를 한 자세였다. 재봉사들이 일을 할 때는 대개 그렇지만, 지금 페트로비치도 맨발이었다. 제일 먼저 아카키 아카키에비치의 눈에 띈 것은 이미 눈에 익은 페트로비치의 엄지발가락이었다. 그 발톱은 모양이 비뚤어진 데다 마치 거북의 등처럼 두껍고 딴딴하게 보였다. 페트로비치는 명주실과 무명실 타래를 목에 걸고 헌옷을 무릎 위에 펼쳐놓고 있었다. 그는 벌써 3분가량이나 바늘에 실을 꿰려고 하다가 방이 어둡고 실이 말을 듣지 않는다며 잔뜩 골을 내고 투덜거리는 참이었다.

"제기랄, 지독하게도 애를 먹이는군. 성미가 못된 계집년처럼 말이야!"

아카키 아카키에비치는 하필 페트로비치의 기분이 언짢을 때 찾아온 것이 마음에 좀 걸렸다. 사실 일을 맡기기에는 페트로비치가 이미 거나하게 취해 있거나 또는 그 마누라의 표현을 빌려 '애꾸눈이 싸구려 보드카에 퐁당 빠져 있을 때'가 좋았다. 그런 상태일 때는 페트로비치는 옷 고치는 삯을 선선히 양보할 뿐만 아니라 일을 맡겨 고맙다는 인사를 하는 일도 있었다. 물론 그럴 경우 나중에 페트로비치의 마누라가 찾아와서 자기 남편이 술김에 그런 헐값으로 일을 맡았다고 우는 소리를 하는 것이 일쑤지만, 그럴 경우에도 10코페이카 동전 한 닢이면 만사가 수월하게 해결되곤 했다.

그러나 오늘처럼 페트로비치의 정신이 맹숭맹숭할 때면 흥정하기가 무척 까다로워진다. 도대체 삯을 얼마나 달라고 할지도 짐작하기가 어렵다. 아카키 아카키에비치 역시 이런 정황을 재빨리 눈치채고 얼른 뒤돌아서려고 했다. 그러나 이미 때는 늦었다. 페트로비치가 하나밖에 없는 눈을 가늘게 뜨면서 이쪽을 쳐다보고야 만 것이다. 그 바람에 아카키 아카키에비치는 자기도 모르게 그에게 말을 걸고 말았다.

"요즘 어떤가, 페트로비치!"

"어서 오십쇼, 나리!"

페트로비치는 재빨리 아카키 아카키에비치의 손을 곁눈질로 살폈다. 무슨 돈벌이 일감을 가져왔는지 보는 것이다.

"뭐, 대단한 건 아니고 말이야, 오늘 온 것은 페트로비치, 그게 말일세……."

아카키 아카키에비치는 뭔가 설명해야 할 경우 전치사와 부사, 심지어는 아무 의미도 없는 전치사까지 이것저것 동원해 늘어놓는 버릇이 있었다. 그것이 까다로운 일일 경우에는 말끝을 제대로 마무리하지 못하는 일도 많았다.

"그건 분명히, 전혀, 그러니까, 에, 또, 뭐랄까……."

이따위 말로 얘기를 시작해 놓고서는 그다음 말은 전혀 꺼내지도 않는 것이다. 그래 놓고서도 자기 딴에는 해야 할 이야기를 다한 것으로 생각하는지 그냥 입을 다물어 버리는 일도 종종 있었다.

"도대체 무슨 일로 오신 건데요?"

페트로비치는 이렇게 말하면서 또 한편 하나밖에 없는 눈으로 아카키 아카키에비치의 제복을 옷깃에서부터 소맷자락, 어깨, 옷자락, 단춧구멍에 이르기까지 죽 훑어보았다. 하긴 이 옷은 페트로비치의 손으로 만든 것이어서 너무나 눈에 익었다. 그러나 일단 손님을 봤다 하면 그렇게 죽 살피는 것이 재봉사들의 몸에 밴 직업적인 습관인 것이다.

"그게, 다름이 아니고, 내 외투가 좀 …… 아니 그러니까, 겉의 옷감은 …… 이렇게 다른 데는 다 멀쩡한데 말이지. 먼지가 좀 앉아서 겉으로는 고물처럼 보이지만, 아직 새 옷이나 마찬가지지. 그저 한두 군데가 좀 …… 아니 잔등과 어깨 부분이 좀 낡고, 이쪽 어깨가 좀 …… 알겠나? 요컨대 그것뿐이란 말일세. 다른 데야 뭐 손볼 데가 있겠나?"

페트로비치는 '싸개'라는 별명으로 불리는 그의 외투를 받아서, 우선 작업대 위에 펼쳐 놓았다. 그러고 나서 한참 동안 이리저리 살펴보더니, 고개를 설레설레 흔들면서 손을 뻗어 창틀에서 동그란 담배통을 집었다. 그 담배통에는 어떤 장군의 초상화가 그려져 있었으나, 얼굴이 있어야 할 자리에 손가락 구멍이 뚫려 그 구멍을 네모난 종이로 메워 놓고 있었다. 그래서 그 초상화의 주인공이 누구인지는 알 수 없었다.

페트로비치는 코담배를 한 번 들이마시고 나서 다시 두 손으로 싸개를 들어 밝은 빛에다 찬찬히 비춰 보았다. 그러고는 다시 고개를 저었다. 그리고 또다시 장군 초상화에 종이 조각이 붙은 담배통 뚜껑을 열고 담배를 콧구멍에 집어넣었다. 그는 담배통 뚜껑을 닫고 통을 치우더니 마침내 입을 열었다.

"안 되겠는데요. 이건 고칠 수가 없습니다. 외투가 너무 낡았어요."

아카키 아카키에비치는 가슴이 덜컥 내려앉는 것 같았다.

"아니, 도대체 왜 안 된다는 건가? 응, 페트로비치?"

마치 어린애가 뭔가 애원하는 것 같은 목소리로 아카키 아카키에비치는 말했다.

"어깨 있는 쪽이 좀 해진 것뿐인데. 응, 자네한테 괜찮은 헝겊이 있을 것 아닌가?"

"뭐 헝겊이야 찾으면 나오겠죠. 하지만 헝겊이 있으면 뭐합니까? 대고 기울 수가 있어야죠. 하도 천이 낡아서 바늘로 건드리기만 해도 금방 찢어지고 말 텐데요."

"찢어져도 상관없다네. 거기에 또 다른 천을 붙이면 되니까 말이야."

"다른 천을 어떻게 붙입니까? 바닥 천이 워낙 형편없어서 바늘을 꽂을 수가 없어요. 이게 어디 천입니까? 바람만 좀 세게 불어도 갈기갈기 찢어져 버릴 것 같은뎁쇼."

"그러지 말고, 어쨌든 이걸 손을 좀 봐주게나. 이건 그래도……."

"도저히 안 됩니다! 바닥 천이 워낙 낡아서, 어떻게 해 볼 수가 없다구요. 그러느니 차라리 이걸 잘라서 행전(바지나 고의를 입을 때 정강이에 감아 무릎 아래 매는 물건)이라도 만드시는 편이 훨씬 나으실 겁니다. 이제 겨울이 되고 날씨가 점점 추워질 것 아닙니까. 양말 갖고는 아무래도 발이 시릴 테니까요. 하긴 그 행전이라는 물건이 독일 놈들이 돈을 긁어모으려고 재주를 부린 것이긴 합니다만, 어쨌든 외투는 아무래도 새로 하나 장만하셔야 할 겁니다."

'새 외투'라는 말을 듣자 아카키 아카키에비치는 눈앞이 캄캄해지는 것 같았다. 방 안에 있는 물건들이 모두 뒤엉켜 범벅이 되는 느낌이었다. 단지 담배통 뚜껑에 그려진, 얼굴에 종이 조각이 붙은 장군의 모습만이 뚜렷하게 보였다.

"새로 하나 장만하다니, 도대체 무슨 수로?"

"어쨌든 새것을 하나 장만하셔야 합니다."

페트로비치는 잔인하게 느껴질 만큼 태연한 말투였다.

"그렇지만, 가령 말일세. 새로 하나 맞춘다고 하면, 도대체 그게 말일세, 그러니까 그게, 뭐랄까."

"돈 말씀이세요? 글쎄요. 아무래도 150루블은 있어야 할 거고, 거기에 가욋돈도 좀 들어가겠습죠."

페트로비치는 이렇게 말하고 나서 의미심장하게 입술을 굳게 다물어 버렸다. 그는 극적인 효과를 무척 좋아했던 것이다. 갑자기 느닷없는 말을 내뱉어 상대방을 당황하게 만들고 나서 곁눈으로 상대방이 자기의 말에 대해 어떤 표정을 짓는지 힐끔힐끔 살피기를 즐기는 것이다.

"뭐, 외투 한 벌에 150루블이라고?"

가엾은 아카키 아카키에비치는 큰 소리로 외쳤다. 그건 아마 그가 태어난 이후로 가장 큰 목소리였는지도 모른다. 언제나 낮은 목소리로 얘기하는 게 그의 특징이었으니까 말이다.

"그렇습죠. 그보다 더 비싼 외투도 얼마든지 있지요. 깃에다가 담비(족제빗과의 동물) 가죽을 대고, 모자 안쪽을 비단으로 대면 적어도 200루블은 먹힐 걸요."

"페트로비치, 제발 나 좀 봐주게."

아카키 아카키에비치는 페트로비치가 말하는 새 외투의 효과 따위는 귀에 들어오지도 않고, 굳이 듣고 싶지도 않다는 듯 애원하는 목소리로 말했다.

"어떻게 좀 이걸 손을 좀 봐주게나. 얼마 동안만이라도 더 입고 다닐 수 있게 말이야."

"아니, 소용없는 일이에요. 공연히 헛수고만 하고, 돈만 날릴 뿐이라굽쇼."

아카키 아카키에비치는 완전히 풀이 죽어서 밖으로 나왔다. 그러나 페트로비치는 손님이 돌아간 뒤에도 뭔가 의미심장한 표정으로 입술을 단호하게 다문 채 일거리에도 손을 대지 않고 그 자리에 오랫동안 가만히 앉아 있었다. 재봉사의 기술을 값싸게 팔아넘기지 않고, 자신의 권위를 손상시키지 않은 것이 그의 마음에 무척 흐뭇하게 느껴졌던 것이다.

아카키 아카키에비치는 한길에 나와서도 뭔가 나쁜 꿈이라도 꾸고 있는 듯한 느낌이었다.

"큰일 났군."

그는 혼자 중얼거렸다.

"정말 이런 일이 생길 줄이야 꿈엔들 생각이나 했겠어?"

그리고 조금 있다가 그는 다시 중얼거렸다.

"결국 결과가 이렇게 되고야 말았어. 하지만 이건 정말 전혀 생각치도 못한 일이란 말이야!"

한동안 다시 침묵을 지키다가 그는 다시 뇌까렸다.

"음, 그래? 사실이 그렇단 말이지? 하지만 이걸 어떻게 생각이나 할 수가 있담? 정말이야. 정말 이런 변을 당하게 될 줄이야."

그는 이렇게 중얼거리며 거의 무의식적으로 집과는 완전히 반대 방향으로 걷기 시작했다. 길을 걷는 도중에 지나가던 굴뚝 청소부가 그를 들이받아 그의 어깨가 온통 새까매졌다. 한창 짓고 있는 건물 지붕에서는 석회 가루가 쏟아져 내려 그의 머리는 마치 하얀색 모자를 쓴 꼬락서니가 되어 버렸다. 그러나 그는 이런 것을 전혀 알아차리지 못했다. 얼마를 더 걸어서 경찰관과 부딪혔을 때에야 그는 어느 정도 제정신으로 돌아올 수 있었다.

경찰관은 옆에 총을 세워 놓고 우락부락한 주먹으로 쇠뿔 파이프에서 담뱃재를 털어 내고 있는 중이었다. 경찰관은 "어쩌자고 사람 코앞에 불쑥 나타나는 거야, 엉? 도대체 왜 인도로 다니지 않는 거야?" 하고 호통을 쳐서 그의 정신을 되돌려 놓았다. 경찰관의 말에 그는 비로소 정신을 차리고 주위를 둘러보았다. 그리고 집으로 걸음을 옮겼다.

집에 돌아온 뒤에야 그는 생각을 가다듬고 자신의 현재 상황을 똑바로 볼 수 있었다. 그래서 이제 밑도 끝도 없이 조각조각 끊기는 그런 단편적인 생각이 아니라, 모든 일을 털어놓고 상의할 수 있는 친구와 얘기하듯이 자신의 상황에 대해 스스로에게 얘기하기 시작했다. 자기 처지에 대해 훨씬 더 조리 있고 분명한 얘기를 할 수 있었던 것이다.

"아냐."

아카키 아카키에비치는 스스로에게 말했다.

"오늘은 페트로비치에게 사정해 봐야 소용이 없을 거야. 그 친구는 오늘, 거 뭐랄까. 틀림없이 마누라하고 한바탕한 모양이니까 말이지. 차라리 일요일 아침에 다시 찾아가는 게 더 낫지 않을까? 토요일 저녁에 한잔 걸치고 나면 눈이 게슴츠레해지고, 해장술 생각이 간절할 그런 때에 말이야. 해장술을 하고 싶어도 마누라는 돈을 줄 리가 만무하고, 그럴 때 10코페이카쯤 쥐여 주면 그 친구도 훨씬 고분고분해지겠지, 그렇게 되면 내 외투도……."

아카키 아카키에비치는 스스로 용기를 북돋우며 일요일까지 기다렸다. 그리고 다음 일요일 아침이 되자 페트로비치의 마누라가 집을 나와 어디론가 가는 걸 멀리서 확인한 다음 곧장 페트로비치를 찾아갔다.

아카키 아카키에비치가 예상했던 대로 페트로비치는 토요일 저녁에 한잔 걸치고 나서 아직 잠이 덜 깬 모양이었다. 눈이 게슴츠레하고 목을 길게 늘여 빼고 금방이라도 바닥에 드러누울 것 같은 자세였다. 그러나 아카키 아카키에비치가 이렇게 일찍 자기를 찾아온 용건을 듣자마자 금세 태도가 돌변했다. 마치 악마란 놈이 느닷없이 그를 흔들어 깨운 것 같은 모습이었다.

"글쎄 안 된다니까요. 새로 한 벌 맞추시라굽쇼!"

아카키 아카키에비치는 미리 생각했던 대로 10코페이카짜리 동전 한 닢을 슬쩍 페트로비치 손에 쥐어 주었다.

"나리, 감사합니다요! 이걸로는 나리님의 건강을 위해 한잔 들기로 합죠. 하지만 외투에 대해서는 더 이상 말씀하시지 마세요. 그 외투는 이제 아무짝에도 쓸데가 없어요. 제가 아예 새것으로 한 벌 잘 지어 드릴 테니까요. 그럼 이제 외투 얘긴 이걸로 끝난 걸로 하죠."

아카키 아카키에비치는 그래도 여전히 외투를 수선해 달라고 고집을 부려 보았다. 그러나 페트로비치는 전혀 그 말을 들으려고 하지도 않았다.

"새것으로 기가 막히게 지어 드릴 테니까, 절 믿으십쇼. 제가 가진 기술을 맘껏 발휘하겠습니다요. 모양도 요즘 유행하는 것으로 그럴싸하게 꾸미고, 옷깃도 은으로 도금한 단추를 그럴싸하게 달 테니까요."

이제야 비로소 아카키 아카키에비치는 외투를 새로 맞추는 것 외에는 다른 방법이 전혀 없다는 사실을 분명히 깨달았다. 그는 완전히 기가 꺾이고 말았다. 사실 말이지 돈이 어디 있어서 외투를 새로 맞춘단 말인가? 물론 명절 때가 되면 상여금이 나오기 때문에 그 돈에 기대를 걸 수도 있다. 하지만 이미 오래전부터 그 돈은 쓸데가 미리 정해져 있었다. 바지도 새로 사야 하고, 전에 구둣방에서 장화에 가죽 밑창을 댔던 외상값도 갚아야 한다. 그 밖에 셔츠 세 벌과, 활자로 인쇄하기에는 쑥스러운 이름의 속옷 따위도 몇 벌 샀바느질하는 여자에게 맡겨야 할 형편이다. 한마디로 말해서 상여금은 받는 그 자리에서 사라지게끔 정해져 있다. 설혹 국장이 자비를 베풀어 40루블의 상여금을 45루블이나 50루블로 올려 준다 해도 어차피 그 차이란 보잘것없다.

외투를 새로 맞추는 비용으로 쓰기에는 바다에서 물 몇 방울 덜어 내기에 불과한 셈이다.

페트로비치는 느닷없이 변덕을 부려 터무니없이 비싼 값을 부르는 버릇이 있기는 하다. 심지어 그 마누라까지 가끔 나서서 "여보, 당신 미쳤수?

멍청이 같으니라구! 지난번에는 공짜나 마찬가지로 헐값에 일을 해 주더니 이번엔 또 무슨 생각으로 그렇게 말도 안 되는 비싼 값을 부르는 거야? 당신 몸뚱이를 내다 팔아도 그만 돈은 못 받을걸?" 이렇게 고함을 치는 일이 있는 것이다.

아카키 아카키에비치도 그런 사실을 잘 알고 있었다. 잘만 얘기하면 페트로비치는 80루블 정도로 일을 맡아 줄 것이다. 이것도 아카키 아카키에비치는 잘 알고 있다. 하지만 그렇다 해도 도대체 어디서 80루블이라는 거액을 만들어 낸단 말인가? 그 절반 정도라면 혹시 가능할지도 모른다. 반액 정도, 아니 그보다 약간 더 많아도 만들어 낼 수 있을 것이다. 하지만 나머지 절반은 또 어디에서 구한담?

우선 독자들은 최초의 그 절반의 돈이 어디서 나온 것인지부터 알아 둘 필요가 있다. 아카키 아카키에비치는 1루블을 쓸 때마다 2코페이카씩 저금을 하는 습관이 있었다. 뚜껑에 구멍이 뚫리고 열쇠로 잠그게 되어 있는 조그만 상자에 동전을 집어넣었다. 그리고 반년마다 한 번씩 그동안 모은 동전을 지폐로 바꾸곤 했다.

이런 일을 몇 년 동안이나 꾸준히 계속해 왔기 때문에 이렇게 해서 모인 돈이 얼추 40루블을 넘어섰던 것이다. 수중에 가지고 있는 그 절반의 돈이란 바로 이걸 말하는 것이다. 하지만 나머지 반액, 다시 말해서 부족한 40루블은 어디에서 끌어댄단 말인가? 아카키 아카키에비치는 머리를 싸매고 고민한 끝에 앞으로 적어도 1년 동안은 보통 생활비를 바짝 줄여야겠다고 마음먹었다.

아카키 아카키에비치는 저녁마다 마시던 홍차도 없애 버리고, 밤에는 촛불도 켜지 않기로 했다. 부득이하게 뭔가 일을 해야 할 경우에는 하숙집 주인 노파의 방에 가서 거기 있는 촛불 아래서 일하기로 했다. 한길을 걸을 때도 돌로 포장한 길에서 구두 바닥이 빨리 닳을까 봐 되도록 조심스럽게, 뒤꿈치를 드는 자세로 살금살금 걷기로 했다. 속옷 따위를 세탁소에 보내는 횟수도 가급적 줄이고, 집에 돌아오면 잽싸게 옷을 죄다 벗어 버렸다. 옷이 빨리 해지는 것을 막기 위한 것이었다. 그러고는 두꺼운 무명 잠옷 하나만 입고 있기로 했다. 이 잠옷으로 말할 것 같으면 이제 노후 연금을 받아도 좋을 만큼 오래된 물건이었다.

솔직히 말해서 아카키 아카키에비치도 처음엔 이런 허리띠 졸라매기가 여간 불편하지 않았다. 그러나 얼마 후 시간이 좀 지나자 이것도 그럭저럭 습관이 되어서 별로 불편을 느끼지 않게 되었다. 나아가 저녁 끼니를 거르고도 지낼 수 있을 정도였다. 그 대신 앞으로 외투가 생길 것이라는 희망을 갖게 되었다. 이것이 충분히 정신적인 양식이 되어 준 셈이다.

아카키 아카키에비치는 이때부터 자기의 존재가 충실해지고, 마치 결혼이라도 해서 어떤 다른 사람이 줄곧 옆에 붙어 있는 듯한 느낌을 받았다. 이제는 혼자가 아니라, 인생의 즐거운 동반자가 생겨서 자기와 마음을 합쳐 인생 항로를 함께 나아가는 것 같은 느낌이었다. 그 동반자는 다름이 아닌 새 외투였다. 두껍게 솜을 대고, 절대로 닳아 해지지 않는 질긴 감으로 안을 받친 그런 외투 말이다.

그는 전보다 태도가 훨씬 활발해졌고 인생의 확실한 목적을 가진 사람처럼 성격마저 굳건해졌다. 망설임과 우유부단하고 회의적인 태도가 그의 얼굴이나 태도에서 저절로 사라졌다.

때로는 자못 두 눈을 반짝이면서 이왕이면 외투 깃에 담비 가죽을 다는 것이 어떨까 하는, 그로서는 대담하기 짝이 없는 생각까지 하는 경우도 있었다. 이런 생각들은 그를 일종의 멍한 방심 상태로 이끌어 가곤 했다. 한번은 서류를 정서하는 도중에 하마터면 글씨를 틀리게 쓸 뻔해서 "억!" 하는 소리가 목구멍에서 튀어나오는 것을 간신히 참은 일도 있었다. 그는 그래서 부랴부랴 십자를 긋기조차 했다. 한 달에 한 번씩이긴 했지만, 달이 바뀔 때마다 그는 페트로비치를 찾아가 어디에서 옷감을 살 것인지, 나사의 색깔은 어떤 것으로 할 것인지, 감을 얼마나 끊으면 될 것인지 등 외투와 관련된 것을 상의했다.

아직도 약간 걱정이 되기는 했지만, 그러나 머지않아 곧 옷감을 사다가 진짜로 외투를 지어 입게 될 날이 올 것을 생각하면 그는 언제나 흐뭇한 마음이 되어서 집으로 돌아왔다.

옷 만드는 작업은 예상보다 더 빠르게 진행됐다. 국장이 아카키 아카키에비치에게 40루블이 아닌, 무려 60루블이나 되는 상여금을 지급했던 것이다. 아카키 아카키에비치에게 새 외투가 필요하다는 걸 국장이 미리 알아차린 것인지, 아니면 그냥 일이 되다 보니 우연히 그렇게 된 것인지 아무튼 그의 손에는 20루블의 가욋돈이 들어오게 된 것이다.

사정이 이렇게 되어서 일은 더욱 빠르게 진행됐다. 두세 달 정도 절약을 하자 아카키 아카키에비치는 80루블의 돈을 손에 쥘 수 있었다. 어느 때건 지극히 평온하기만 하던 그의 심장도 이번만은 거세게 뛰었다. 바로 그날 그는 페트로비치와 함께 옷감을 사러 나갔다. 그들은 아주 좋은 나사 옷감을 살 수 있었다. 그럴 수밖에 없었다. 벌써 반년 동안이나 오직 이 일만을 생각해 온 데다, 가격을 알아보려고 거의 매달 옷감 가게에 들르곤 했으니 말이다.

재봉을 할 페트로비치 역시 이보다 더 좋은 나사는 찾을 수 없을 거라고 말했다. 안감으로는 포플린을 쓰기로 했다. 페트로비치의 말을 빌리자면 포플린은 올이 가는 고급 천이어서 보기에도 좋고, 반지르르한 것이 오히려 비단보다 낫다는 것이었다. 담비 털가죽은 너무 비싸서 사지 않고, 그 대신 가게에 갓 들어온 것으로 제일 좋은 고양이 털가죽을 골랐다. 이것 역시 멀리서 보면 영락없이 담비 털가죽으로 사람들이 생각할 만큼 좋은 물건이었다.

페트로비치는 외투를 만드는 데 꼬박 2주일이나 걸렸다. 솜 넣는 데를 그렇게 꼼꼼히 누비지 않았어도 그렇게까지 오래 걸리지는 않았을 것이다. 바느질삯으로 페트로비치는 12루블을 받았다. 절대로 그보다 싸게 할 수는 없다는 것이었다. 하긴 페트로비치는 명주실만을 써서 촘촘하게 이중으로 외투를 꿰맸고 게다가 꿰맨 자리마다 일일이 잇자국을 내 가며 꼼꼼하게 줄을 세우기까지 했던 것이다. 몇 월 며칠이었는지는 정확히 말할 수 없다. 하지만 아무튼 페트로비치가 새로 만든 외투를 갖고 온 날은 분명히 아카키 아카키에비치 생애 최고의 날이었다.

페트로비치는 아침 일찍 외투를 들고 왔다. 마침 관청으로 출근하기 조금 전이었다. 어쩌면 그렇게 시간을 맞춰 외투를 들고 왔는지 모르겠다. 벌써 추위가 만만찮은 날씨였지만, 앞으로는 더욱 날씨가 추워질 것 같았기 때문이었다.

페트로비치는 마치 일류 재봉사와 같은 모습으로 외투를 싸 들고 나타났다. 그의 얼굴에는 아직까지 아카키 아카키에비치가 한 번도 본 적이 없는 그런 자부심이 어려 있었다.

그것은 마치 자기가 만든 것이 결코 시시한 물건이 아니라는 것을 과시하는 듯한 표정이었다. 기껏해야 안감이나 깁고, 낡은 옷이나 수선하는 재봉사와 이렇게 새로운 외투를 직접 짓는 재봉사와는 엄청난 차이가 있다는 것을 말하고 싶은 그런 표정이었던 셈이다.

그는 외투를 싸 들고 온 커다란 보자기를 풀었다. 그 보자기는 세탁소에서 방금 가져온 것이어서, 그건 다시 접어서 호주머니에 집어넣었다. 그는 끄집어낸 외투를 펼쳐 들고 자못 자랑스러운 얼굴로 그것을 다시 한 번 살폈다. 그러고는 두 손으로 외투를 받쳐 들고 익숙한 솜씨로 아카키 아카키에비치의 어깨에 걸쳐 주었다.

그러고 나서 등에서부터 밑으로 손으로 가볍게 매만져 옷자락을 반듯하게 당겨 주었다. 아카키 아카키에비치는 그래도 약간 불안해져서 소매길이를 확인했다. 페트로비치는 소매에 팔을 끼우는 것도 도와주었다. 소매 역시 흠잡을 곳이 없었다. 한마디로 말해서 외투는 완전히, 맵시 있게 몸에 착 맞았다.

그러는 동안에도 페트로비치는 자기가 하고 싶은 말을 빼놓지 않았다. 자기가 뒷골목에서 간판도 걸지 않고 일을 하는 처지이고, 더욱이 아카키 아카키에비치와는 오래전부터 잘 아는 사이이기 때문에 그렇게 옷을 헐값으로 만들어 주었지만, 이걸 만약 넵스끼 거리에서 만들었다면 품삯만 해도 75루블은 주어야 한다는 얘기였다. 아카키 아카키에비치는 이 점에 대해 굳이 더 페트로비치와 얘기를 하고 싶지 않았다. 뿐만 아니라 페트로비치가 버릇처럼 터무니없이 불러 대는 엄청난 액수에 대해서는 말만 들어도 겁부터 났다.

그는 돈을 치르고, 고맙다는 치하를 한 후 새 외투를 입은 채 곧장 직장으로 출근했다. 페트로비치는 아카키 아카키에비치를 뒤따라 나와 길거리에 서서 한참 동안 멀리서 외투를 지켜봤다. 그리고 일부러 골목길을 달려 큰 길거리로 빠져나와 다시 한 번 자기가 만든 외투를 다른 방향에서, 즉 정면에서 바라보았다.

아카키 아카키에비치는 더없이 흐뭇한 기분이었다. 그는 매 순간 어깨에 새 외투의 감촉을 느끼고 있었다. 마음이 너무 흡족해 그는 몇 번이나 혼자서 미소를 지었다. 사실 두 가지 좋은 점을 느끼고 있었다. 하나는 우선 따뜻하다는 것이요, 다른 하나는 멋이 있다는 것이었다. 어디를 어떻게 걸었는지도 모르게 이미 관청에 도착했다. 아카키 아카키에비치는 수위실에서 외투를 벗어 위에서 아래까지 검사해 본 뒤, 잘 간수해 달라고 수위에게 신

신당부했다. 어떻게 알았는지 아카키 아카키에비치의 그 '싸개'가 어디론가 사라지고 새 외투가 생겼다는 소문이 관청에 쫙 퍼졌다.

모두들 아카키 아카키에비치의 새 외투를 구경하려고 수위실로 달려왔다. 그들은 앞을 다투어 축하와 칭찬하는 말을 퍼부었다. 처음에는 아카키 아카키에비치도 흐뭇하게 미소를 지었을 뿐이었으나 나중에는 어딘지 낯이 뜨거울 지경이었다. 모두들 그를 둘러싸고 새 외투를 장만한 것을 축하하는 의미에서 한잔 사야 한다느니, 사무실 동료들을 위해 파티를 열어야 한다느니 떠들어 댔다.

아카키 아카키에비치는 정신이 얼떨떨해 어떻게 하면 좋을지, 뭐라고 대답을 해야 할지, 무슨 구실을 붙여 적당히 거절해야 할지 도무지 알 수가 없었다.

거의 오륙 분 동안이나 이렇게 시달린 뒤에야 아카키 아카키에비치는 간신히 이건 그리 좋은 물건이 아니다, 중고품이나 다름없는 그런 물건이라고 어린애 같은 거짓말로 곤경을 모면하려고 했다. 그러자 동료들 가운데 한 사람이 나섰다. 그는 부과장의 지위까지 올라간 사람이었다. 그는 자기가 결코 거만한 사람이 아니며, 부하들과도 스스럼없이 어울리는 사람이라는 것을 과시하고 싶었는지 그럴싸한 제의를 했다. 즉, "아카키 아카키에비치 대신 내가 오늘밤 파티를 열 테니, 오늘 저녁은 다들 우리 집으로 와서 차라도 한잔 하는 게 어떨까? 마침 오늘이 내 세례명 축일이거든." 하고 제안했던 것이다.

사람들은 그 자리에서 부과장에게 축하 인사를 하고, 기꺼이 그의 초대를 받아들였다. 아카키 아카키에비치는 적당한 구실을 붙여 거기서 빠지려고 했으나, 그건 애초에 불가능한 얘기였다. 다들 나서서 그건 실례라느니, 창피한 줄을 알라느니, 체면이 뭐가 되겠느냐 하며 떠들어 댔기 때문이다. 그러나 조금 있다 생각해 보니 아카키 아카키에비치 역시 밤에 새 외투를 입고 외출할 기회가 생겼다는 생각이 들어 오히려 기분이 좋아졌다. 이날 하루는 아카키 아카키에비치에게는 마치 명절이나 다름없는 무척 즐거운 날이었다.

아카키 아카키에비치는 매우 행복한 기분으로 집에 돌아와서 외투를 벗어 조심스럽게 벽에 걸어 놓았다. 그런 다음 일부러 전에 입던 그 낡은 '싸개'를 꺼내 새 옷과 비교해 보았다. 저절로 웃음이 터져 나왔다. 하늘과 땅

차이라는 건 바로 이걸 말하는 거야! 식사를 하면서도 그는 그 '싸개'의 꼬락서니를 생각하면서 연신 입가에 쓴웃음을 지었다.

유쾌하게 식사를 마치고 그는 평소의 버릇처럼 식후의 서류 정서 따위는 까맣게 잊어버리고 어두워질 때까지 침대에 누워 뒹굴며 시간을 보냈다. 날이 어두워지자 그는 얼른 옷을 갈아입고 외투를 그 위에 걸친 다음 거리로 나갔다.

파티를 열기로 한 관리가 사는 집은 아카키 아카키에비치가 살고 있는 집에서 무척 먼 거리에 있었다. 아카키 아카키에비치는 처음에 어두컴컴하고 인적이 드문 길을 걸어야 했으나, 그 관리의 집이 점점 가까워짐에 따라 거리에 활기가 넘치고 변화해지는 것을 느낄 수 있었다. 조명도 한층 더 밝아졌다. 길거리를 지나다니는 사람들도 더 많아져서 그 가운데에는 화려하게 차린 귀부인들과 수달피 깃을 단 남자들의 모습도 눈에 띄었다. 삥 둘러 도금한 못을 박은, 격자 모양의 손잡이가 달린 초라한 영업용 마차들은 점차 모습을 감추었다. 그 대신 새빨간 벨벳 모자를 쓴 멋진 옷차림의 마부들이 곰의 털가죽 무릎 덮개를 깐 고급 마차를 모는 모습이 점점 더 많이 눈에 띄었다. 화려하게 장식한 자가용 마차들이 눈 위를 요란스럽게 달려갔다.

아카키 아카키에비치는 이런 모습들을 신기한 눈으로 지켜보았다. 그는 벌써 몇 년 동안이나 이런 밤거리에 나와 본 적이 없었던 것이다. 등불이 휘황찬란한 상점 진열대 앞에 멈춰 서서 그는 신기한 듯이 안에 붙여진 포스터를 들여다보았다. 거기에는 날씬한 다리를 허벅지까지 드러낸 모습으로 구두를 벗고 있는 아리따운 미녀의 모습이 그려져 있었다. 그 아가씨의 등 뒤에서는 삼각형 콧수염을 멋들어지게 기른 사나이가 문으로 빼꼼 목을 들이밀고 쳐다보는 모습이 있었다. 아카키 아카키에비치는 고개를 끄덕이며 히죽 웃고는 다시 걸음을 옮겼다. 그는 어째서 그렇게 히죽 웃었을까? 이런 것들은 그가 그동안 전혀 본 적도 없는 것들이었다. 하지만 그 역시 인간이기에 그런 모습을 보고 자기 내면에서 뭔가 감정이 꿈틀대는 것을 느꼈는지도 모른다.

아니면 그 역시 다른 관리들처럼 "프랑스 자식들은 정말 어쩔 수 없는 작자들이라니깐! 도대체 마음만 내키면 못할 짓거리가 없단 말씀이야!" 이렇게 생각했는지도 모르겠다. 하지만 어쩌면 그런저런 생각도 하지 않았는지도 모른다. 사람의 마음속에 파고들어 가 그가 생각하는 것을 하나하나 남김없이 들춰 본다는 건 불가능한 일이니 말이다. 마침내 그는 부과장이 살고 있는 아파트에 도착했다.

부과장은 호화스럽게 살고 있었다. 계단에는 등불이 환하게 밝혀져 있고, 침실은 2층이었다. 현관에 들어선 아카키 아카키에비치는 마룻바닥에 여러 켤레의 고무 덧신이 죽 줄지어 있는 것을 보았다. 그 너머 응접실에서는 사모바르가 하얀 김을 내뿜으며 부글부글 끓고 있었다. 벽에는 외투와 레인코트 따위가 쭉 걸려 있고, 그 가운데에는 수달피와 벨벳 가죽을 댄 것도 섞여 있었다.

바로 벽 건너편 방에서는 떠들썩한 소리가 들려왔다. 그때 마침 문이 열리며 하인이 빈 컵이며 크림 접시, 비스킷 등이 담긴 쟁반을 들고 밖으로 나오는 바람에 소리가 더욱 크게 들렸다. 동료 관리들이 모인 지는 벌써 꽤 된 모양이었다. 아카키 아카키에비치는 자기 손으로 외투를 걸어 놓고 방으로 들어갔다. 그 순간, 아카키 아카키에비치의 눈에는 여러 개의 촛불과 관리들, 담배 파이프, 트럼프 놀이 탁자 등이 한꺼번에 휙 들어왔다. 그리고 사방에서 와자지껄 떠들며 얘기하는 소리와 의자를 잡아당기는 소리 등이 한꺼번에 귀를 때렸다. 그는 어찌할 바를 모르고 어색하기 짝이 없는 모습으로 방 한가운데 서 있었다.

동료들은 곧 그를 발견하고 환성을 올리며 환영했다. 그들은 즉시 현관으로 몰려 나가 그 외투를 다시 한 번 구경했다. 아카키 아카키에비치는 약간 낯이 간지럽기는 했지만 원래 순진한 성격이었기 때문에 다른 사람들이 모두들 자기 외투를 칭찬하는 얘기를 듣고 기뻐했다. 그러나 얼마 후에는 모두들 아카키 아카키에비치나 외투 따위는 내버려 두고 다시 트럼프 놀이 탁자에 둘러앉았다.

방 안의 시끄러운 소리며 떠드는 얘기, 북적거리는 사람들. 그 모든 장면이 아카키 아카키에비치에게는 무척 이상하고도 놀라운 것처럼 여겨졌다. 자기는 무엇을 해야 좋을지, 손발이나 몸 전체를 도대체 어디에 두어야 좋을지 알 수가 없었다. 생각 끝에 그는 놀고 있는 사람들 옆에 가 앉아서 트럼프 패를 들여다보기도 하고, 이 사람 저 사람 얼굴을 바라보기도 했다. 하지만 얼마 지나지 않아 하품이 나오기 시작했다. 여느 때 같으면 그로서는 침대에 들어갈 시간이 훨씬 지났으니 그건 당연한 일이었다. 그는 주인한테 인사를 하고 곧 돌아가려고 했으나 다른 사람들이 그를 붙잡고 새 외투가 생긴 것을 축하하는 의미에서 꼭 샴페인을 마셔야 한다고 우기며 놓아주지 않았다. 한 시간 정도 지나서야 밤참이 나왔다. 야채샐러드와 차가운 쇠고기, 고기만두와 파이, 거기에 샴페인이 곁들여 나왔다.

아카키 아카키에비치는 사람들의 권유를 이기지 못하고 커다란 유리컵으로 두 잔이나 마셨다. 술을 마시고 나니 방 안이 더욱 흥겨워진 기분이었다. 하지만 아무래도 벌써 열두 시가 넘었으니 집에 돌아갈 시간이 지났다는 생각을 떨쳐 버릴 수 없었다. 그는 주인이 말릴까 봐 아무도 몰래 살그머니 방을 빠져나왔다.

현관에서 외투를 찾으니 그 외투는 마룻바닥에 떨어져 있었다. 그는 그걸 보고 약간 기분이 언짢았다. 그는 외투를 흔들어 먼지를 잘 털어 내고는 어깨에 걸쳐 입고 계단을 내려와 거리로 나갔다. 길거리는 여전히 밝았다. 귀족의 하인들과 그 밖의 온갖 하층민들이 함께 모여드는 길거리 구멍가게들은 아직 문을 열어 놓고 있었다. 덧문을 닫아 건 상점들도 문틈으로 아직 불빛이 길게 새어 나오고 있는 것으로 봐서 단골손님들은 아직 돌아갈 생각을 않고 있는 모양이었다.

아카키 아카키에비치는 전에 없이 들뜬 기분으로 거리를 걸었다. 정확히 이유는 모르겠지만 어떤 귀부인의 뒤를 쫓아 달려가려는 생각까지 했다. 그 귀부인은 번개처럼 그의 옆을 스쳐 지나갔다. 마치 율동하는 듯한 움직임이었다. 그는 곧 발걸음을 멈추고 자기가 왜 그녀를 쫓아 달려가려고 했는지 스스로 의아하게 생각하며 다시 천천히 걸음을 옮겼다. 얼마 걷지 않아 그는 다시 인적이 드문 텅 빈 거리에 이르렀다. 이 근방은 낮에도 별로 기분이 좋은 곳은 아니다. 하지만 저녁이면 한층 더 심했다. 게다가 지금은 더욱 호젓하고, 더욱 음산하고, 불이 켜 있는 가로등도 점점 숫자가 줄어들고 있었다. 아마 가로등의 기름이 점점 떨어지고 있기 때문이겠지. 목조 건물과 울타리가 앞으로 쭉 이어지지만 어디를 보아도 사람의 그림자는 눈에 띄지 않았다. 길 위에 깔린 눈만이 하얗게 반짝일 뿐, 지붕이 납작한 거리의 집들은 모두 덧문까지 걸어 잠그고 거무튀튀하게 서글픈 빛을 띠고 잠들어 있었다. 이윽고 그는 광장에 도착했다. 지금까지 걸어온 거리는 여기서 끝나고 건너편 집들은 보일 듯 말 듯 아득하게 멀었다. 광장은 마치 무서운 사막처럼 보였다.

경찰 초소의 등불이 멀리서 깜박이고 있었다. 그러나 그곳은 아득하게 먼 곳, 초소는 마치 지평선 저 끝에 서 있는 것 같았다. 여기까지 오니 아카키 아카키에비치의 흥겨웠던 기분도 차츰 가라앉았다. 무언가 불길한 예감이라도 느끼는 것처럼 그는 뭔가 본능적인 공포를 느끼며 광장으로 걸어갔다. 그는 뒤를 돌아보고, 다시 좌우를 둘러보았다. 마치 바다 한가운데 있는 느낌이다. '아니, 차라리 아무것도 보지 않는 것이 낫겠어.' 그는 속으로 생각하고 눈을 감은 채 걸었다.

이제 거의 광장을 다 지났겠지 하고 눈을 뜬 순간, 그는 눈앞에, 그것도 바로 코앞에, 수염을 기른 사내들이 버티고 선 것을 발견했다. 도대체 어떤 녀석들인지 분간할 틈조차 없었다. 눈앞이 캄캄해지고 가슴속이 방망이 치듯 두근거렸다.

"야, 이건 내 외투잖아!"

그 가운데 한 놈이 그의 멱살을 움켜쥐며 마치 장독 깨지는 것 같은 소리를 질렀다. 아카키 아카키에비치가 "사람 살려!" 하고 소리치려 하자 다른 한 놈이 마치 관리의 머리통만큼이나 큰 주먹을 그의 입에 들이대며 "소리치면 알지?" 하며 으르렁댔다. 아카키 아카키에비치는 외투를 뺏기고 무릎을 차인 것까지는 알았으나 그 뒤에는 눈 위에 나동그라진 채 아무것도 느끼지 못했다.

몇 분이 지나서야 그는 정신을 차리고 일어났다. 그러나 이미 사람의 그림자는 아무것도 보이지 않았다. 광장이 몹시 춥다는 것, 자기의 외투가 사라졌다는 것을 비로소 알아차리고 그는 뒤늦게 고함을 지르기 시작했다. 그러나 그 소리는 광장 저 끝까지 가지 않는 것 같았다. 그는 죽을힘을 다해 미친 듯이 부르짖으며 광장을 가로질러 경찰 초소로 달려갔다.

초소 앞에는 경찰관 한 명이 장총에 몸을 기대고 서서, 도대체 어떤 자식이 저렇게 소리를 지르며 달려오나 하고 호기심 어린 눈으로 바라보고 있었다. 아카키 아카키에비치는 경찰관 앞으로 달려가서 숨을 헐떡이며 경찰이 감시는 하지 않고 졸고 있었기 때문에 지금 강도들이 날뛰고 있다고 고함을 질렀다. 그러나 경찰은 광장 한가운데서 사내 둘이서 그를 불러 세우는 것은 보았지만 그의 친구들일 거라고 생각해서 그다지 눈여겨보지 않았다고 대꾸했다. 경찰관은 그렇게 말하고 나서 자기한테 공연히 욕만 퍼부을 것이 아니라, 내일 파출소장을 찾아가 사정 얘기를 하면 아마 외투를 찾아 줄 것이라고 말했다.

아카키 아카키에비치는 미친 사람처럼 집으로 돌아왔다. 관자놀이와 뒤통수에 조금 남아 있던 머리카락이 이리저리 흩어져 있었다. 옆구리와 가슴팍, 바지에 온통 눈이 범벅이 되어 있었다. 하숙집 주인 할망구는 요란하게 문을 두드리는 소리에 화들짝 자리에서 일어나 슬리퍼를 한 짝만 걸치고 문을 열어 주러 나왔다. 한 손으로 잠옷 앞섶을 누른 모습이었다. 할망구는 문을 열고 아카키 아카키에비치의 꼬락서니를 보고 기겁했다. 그에게서 자초지종을 듣고 나서 그녀는 몹시 놀라면서 그렇다면 직접 본서의 서장을 찾아가야 한다고 말했다. 파출소장 따위는 말로만 약속을 할 뿐이지, 뒤에서는 딴짓을 하기 일쑤라는 것이었다.

아카키 아카키에비치는 슬픔에 잠겨 자기 방으로 돌아왔다. 그날 밤을 그가 어떻게 지새웠는가 하는 얘기는, 다소나마 다른 사람의 심정을 짐작할 수 있는 사람들의 판단에 맡길 수밖에 없겠다. 이튿날 아침 일찍 그는 서장을 찾아갔다. 서장이 아직 자리에서 일어나지 않았다고 해서 그는 열 시쯤 다시 가 보았다. 그러나 이번에도 "주무십니다."라는 대답이었다. 그런데 열한 시에 다시 갔더니 이번에는 "서장님은 출타하셨습니다."라고 대답하는 것이었다.

하는 수 없이 점심시간에 다시 찾아가 보니, 이번에는 서장 부속실에 있는 비서가 그를 얼른 들여보내려 하지 않았다. 도대체 무슨 일로, 무슨 필요가 있어서 왔느냐는 둥, 도대체 무슨 사건이냐는 둥 귀찮게 캐물었다. 아카키 아카키에비치도 이제는 더 이상 참을 수 없었다. 아카키 아카키에비치는 큰 소리로 을러댔다.

"나는 서장을 직접 만나야 할 필요가 있어서 찾아온 것이다. 그러니 너희들이 나서서 나를 들어가지 못하게 할 수는 없다. 나는 관청에서 공무 때문에 찾아온 사람이다. 그러니 너희가 나를 못 들어가게 한다면 그때는 상부에 보고를 할 수밖에 없다."

그는 태어나서 처음으로 자기가 뭔가 만만찮은 인간이라는 것을 보여 준 셈이었다. 그가 이렇게 나오자 비서들도 아무 소리 못하고 그중 하나가 서장에게 보고하러 들어갔다. 서장은 외투를 강도당했다는 얘기를 아주 이상한 의미로 받아들였다. 그는 사건의 요점 따위에는 전혀 관심을 기울이지 않고, 오히려 아카키 아카키에비치에게 무엇 때문에 그렇게 늦게야 집으로 돌아갔느냐는 둥, 어디 점잖지 못한 곳에 가서 자빠져 있었던 게 아니냐는 둥 엉뚱한 질문만 해 대었다. 아카키 아카키에비치는 자기의 방문이 외투를 되찾는 데 도대체 무슨 효과가 있었는지, 또는 효과가 전혀 없었는지조차 알지 못한 채 그냥 물러 나오고 말았다.

그는 근무 후 처음으로 관청에 나가지 않았다. 이튿날 그는 전보다 훨씬 더 을씨년스럽게 보이는 그 헌 '싸개'를 걸치고 어두운 얼굴로 출근했다. 물론 이런 경우에도 아카키 아카키에비치를 조롱하려 드는 친구들도 있기는 했다. 그러나 많은 사람들은 외투를 강도당했다는 얘기를 듣고 충격을 받았다.

동료들은 그 자리에서 그를 돕기 위한 성금을 모으기로 했다. 그러나 정작 모인 금액은 얼마 되지 않았다. 그렇잖아도 여기저기 뜯기는 돈이 많았기 때문이다. 국장의 초상화를 사 주는가 하면, 과장의 친구라는 사람이 쓴 책을 신청하라는 과장의 권유를 받기도 했다. 동료 가운데 한 사람은 아카키 아카키에비치를 동정하고 그를 돕고 싶어서 그에게 친절하게 돕는 말을 해 주었다. 조금이나마 힘이 되어 주고 싶었던 것이다.

그는 아카키 아카키에비치에게 서장 따위를 찾아가 봤자 아무 소용이 없다는 것을 가르쳐 주었다. 가령 서장이 상부에 잘 보이려고 어떤 방법을 쓰던지 해서 외투를 다시 찾아낸다 하더라도 아카키 아카키에비치에게는 별로 도움이 되질 않는다는 것이었다. 그 외투가 자기 것이라는 법적인 증거를 내놓지 못하면 결국 외투는 경찰서에서 보관한다는 얘기였다. 즉, 이 사건을 해결하기 위해서는 고위 관리에게 부탁하는 게 가장 좋은 방법이라고 했다. 그럴 경우 그 고위 관리가 경찰서의 사건 담당자에게 편지를 보내 사건을 원만하게 처리할 수 있을 것이라는 설명이었다.

아무리 생각해도 뾰족한 방법이 떠오르지 않았다. 아카키 아카키에비치는 결국 동료가 말해 준 그 고관을 찾아가기로 마음먹었다. 그 고관이 어떤 사람이고, 어떤 지위에 있는 사람인지는 밝혀지지 않고 있다. 다만 참고로 말해 둘 것은 그가 그 지위에 오른 것은 아주 최근의 일이며, 그 전까지는 그야말로 하찮은 존재에 불과했다는 점이다. 게다가 지금의 지위라는 것도 다른 중요한 지위에 비하면 하찮것없는 것이라고 얘기할 수 있다.

그러나 다른 사람들이 보기에 별로 대단치 않은 지위라도 스스로는 아주 대단한 것으로 여기는 그런 인간들이 이 세상에는 언제나 있는 법이다. 더욱이 그 고위 관리는 여러 가지 수단을 동원해서 자신의 지위를 더욱 높여

보려고 애를 쓰는 중이었다. 이를테면 자기가 출근할 때 부하 직원들이 모두 현관까지 마중을 나오게 한 것도 그런 노력 가운데 하나였다. 또한, 그는 어떤 사람도 자기 방에 직접 들어오지 못하게 하고, 관련된 업무를 엄격하게 정해진 규칙과 순서에 따라 처리하도록 하는 등 내부 규칙을 만들기도 했다.

다시 말해서 십사등관은 십이등관에게, 십이등관은 구등관이나 그 밖에 적당한 관등의 인물에게 보고하는 등 모든 일을 엄격하게 순서를 밟아 모든 안건이 자신에게 올라오도록 만든 것이다.

하지만 그 역시 본심은 무척 착한 인간이었다. 친구도 잘 사귀었고 남의 일도 잘 보살펴 주는 편이었다. 오직 칙임관이라는 벼슬자리가 그의 머리를 그렇게 돌게 만들었던 것뿐이다. 칙임관에 임명되자 그는 이성을 잃고 흥분했다. 그래서 자기가 도대체 어떤 태도를 취해야 할 것인지 헷갈렸던 것뿐이다. 그래도 그가 자기와 대등한 지위의 사람을 상대할 때는 지극히 의젓한 태도를 취할 수도 있었다. 또 여러 가지 점에서 제법 총명한 구석도 있었다. 그러나 자기보다 단 한 계급이라도 낮은 사람들이 있는 장소에 나타나기만 하면 그의 태도는 당장 어색해지고 시무룩한 표정으로 입을 다물어 버렸다.

아카키 아카키에비치가 찾아간 고관은 바로 그런 인물이었다. 게다가 그는 하필 가장 좋지 않은 때 그 고관을 찾아갔다. 하지만 이것 역시 아카키 아카키에비치에게 가장 좋지 않은 때였다는 의미일 뿐, 그 고관에게는 그렇지 않았다. 오히려 그 고관에게는 아카키 아카키에비치가 마침 때맞춰 찾아와 준 셈이었다. 그 고관은 마침 자기 서재에 앉아 몇 년 만에 자신을 찾아온 어릴 적 친구를 맞아 이야기꽃을 피우고 있던 참이었다. 하필이면 바로 이런 때에 바쉬마치킨이라는 작자가 자기를 찾아왔다는 보고를 받았다.

"도대체 그 작자는 뭐하는 친구야?"

그는 퉁명스럽게 비서에게 물었다.

"어느 관청에 근무하는 공무원이라고 하더군요."

고관은 퉁명스럽게 말했다.

"그래? 그럼 내가 지금 바쁘니 조금 기다리라고 그래."

그 고관이 자기를 찾아온 하급 관리를 기다리게 한 것은 이미 오래전에 공직에서 물러나 시골집에 틀어박힌 자기 친구에게 뭔가를 보여 주고 싶었기 때문이었다. 즉, 자기를 찾아온 관리들이 대기실에서 결코 적지 않은 시간을 기다려야 자신을 만날 수 있다는 사실을 보여 주고 싶었던 것이다. 마침내 두 사람은 이야기 거리도 다 떨어지고 등받이가 달린 푹신한 소파에 푹 기대고 앉아 담배를 피웠다. 방에는 기나긴 침묵이 흘렀다. 이때 고위 관리는 문득 생각이라도 난 것처럼 보고 서류를 들고 문 옆에 서 있는 비서에게 말했다.

"아 참, 그 친구를 들여보내게."

아카키 아카키에비치의 온순한 생김새와 낡아 빠진 제복을 보고 고관은 갑자기 그에게로 몸을 돌리며 딱딱 끊어지는 것 같은 차가운 말투로 대뜸 물었다.

"용건이 뭐요?"

이것은 그 고위 관리가 칙임관이라는 관등을 수여받고, 현재의 자리에 부임하기 일주일 전부터 혼자서 자기 방에 틀어박혀 거울 앞에서 일부러 연습한 그런 말투였다. 아카키 아카키에비치는 방에 들어오기 진작 전부터 겁을 집어먹고 있어서 몹시 당황했다. 하지만 그래도 그는 잘 돌아가지 않는 혀를 억지로 움직여 말을 끄집어냈다.

"실은, 저 그게 그러니까."

그는 자기가 새로 맞춰 입은 외투를 얼마 전에 야만적인 강도들에게 빼앗겼다는 것, 그래서 자기를 위해 경찰 국장이나 기타 그 밖의 적당한 지위에 있는 사람들에게 몇 자라도 적어 주시면 외투를 찾는 데 무척 힘이 될 것이라는 얘기를 무척 어렵게 끄집어냈다. 그러나 아무튼 정확한 이유는 모르지만, 그 고관은 아카키 아카키에비치의 말하는 것이 무척 예의에 벗어난 것이라고 판단한 모양이었다.

"뭐라고?"

고관은 예의 그 딱딱 부러지는 말투로 말했다.

"자네는 일의 순서라는 걸 전혀 모르고 있나? 지금 어딜 찾아온 거야? 관청의 사무라는 게 어떤 순서를 밟아서 진행되는 것인지 알고 있을 것 아닌가? 이런 문제라면 우선 관련 창구를 찾아 탄원서를 제출하는 게 우선이지! 그렇게 하면 서류가 계장, 과장을 거쳐 비서한테 넘겨지겠지. 그다음에 비로소 비서관이 내게 그 문제를 가져오게 되어 있단 말이야!"

"하지만, 각하!"

아카키 아카키에비치는 온몸에 진땀이 흐르는 걸 느끼며 마지막 남은 기력을 쥐어짰다.

"제가 이렇게, 감히 외람되게 각하께 직접 부탁을 드리는 것은, 다름이 아니오고, 실은 저 비서관들이 도무지 믿을 수가 없는 사람들이어서……."

고관은 소리쳤다.

"자네는 지금 누구를 상대로 그런 소리를 하는 건지나 알고 있나? 지금 자네 앞에 있는 사람이 누구인지나 알고 있느냐 말이야, 응? 알고 있어, 모르고 있어?"

그는 이제 아주 발까지 구르며, 설혹 아카키 아카키에비치 같은 사람이 아니더라도 겁을 집어먹지 않을 수 없을 만큼 목소리를 높여 고함을 쳤다. 아카키 아카키에비치는 거의 넋을 잃고 비틀비틀 두어 걸음 물러섰다. 아카키 아카키에비치는 온몸이 후들후들 떨려 더 이상 서 있기조차 힘들었다. 수위가 재빨리 방에 달려 들어와 부축해 주지 않았다면 그는 그대로 방바닥에 쓰러지고 말았을 것이다. 그리하여 그는 거의 인사불성이 된 상태로 밖으로 끌려 나갔다. 고관은 자기의 태도가 기대했던 것 이상의 효과를 거둔 데 만족했다. 그는 자기의 말 한마디가 상대방을 기절까지 시킬 수도 있다는 사실에 도취되었다. 그는 자기 친구가 이 모습을 어떻게 보고 있는지 알고 싶어서 곁눈으로 힐끔힐끔 친구의 눈치를 살폈다. 친구 역시 얼이 빠진 듯 그 어떤 공포감마저 느끼는 눈치였다. 고관은 이 모습을 보고 마음이 무척 흡족했다.

어떻게 계단을 내려와 한길로 나왔는지 아카키 아카키에비치는 아무것도 기억할 수 없었다. 팔이나 다리에도 전혀 감각이 없었다. 여태까지 자기 윗사람한테, 그것도 다른 부처의 높은 사람한테 그렇게 호되게 꾸중을 들은 적이 한 번도 없었던 것이다.

그는 입을 딱 벌린 채 자꾸만 인도 밖으로 발걸음이 빗나가면서 길거리의 소용돌이치는 눈보라 속을 걸어갔다. 페테르부르크의 날씨란 원래 그렇지만, 이날도 바람은 사방팔방에서, 골목길이란 골목길로부터 빠짐없이 그에게 바람이 휘몰아쳤다. 그는 대번에 편도선이 부어올랐다. 집으로 간신히 돌아왔을 때쯤에는 말 한마디 할 힘조차 없었다. 그는 곧장 잠자리로 기어들어 갔다. 상관의 별것 아닌 꾸지람 한마디가 이렇게 엄청난 위력을 발휘하기도 하는 것이다.

이튿날부터 그는 엄청난 고열에 시달렸다. 페테르부르크의 날씨가 아낌없이 도와준 덕분에 그의 병세는 예상보다 훨씬 빠르게 악화됐다. 의사는 진맥을 하러 와 맥을 한 번 짚어 보았을 뿐, 이제 어떻게 해 볼 도리가 없다고 고개를 저었다. 그저 병자가 아무 의술의 도움도 받지 못하고 죽었다는 말을 듣지 않도록, 찜질이라도 해 주라는 말뿐이었다. 의사는 그 자리에서 앞으로 기껏 하루나 하루 반나절 밖에 더 살지 못할 것이라고 단언하더니, 하숙집 주인 할망구에게 이렇게 말했다.

"할머니, 뭐 더 기다려 보고 말고 할 것도 없어요. 지금 곧 소나무 관이라도 하나 주문하세요. 이런 사람한테는 참나무 관은 과분할 테니까 말입니다."

자기에게 치명적인 내용의 이런 말들이 아카키 아카키에비치의 귀에도 들렸는지 어쨌는지는 알 수 없다. 설사 들었다 하더라도 과연 그것이 얼마나 그에게 충격을 주었는지 또는 그렇지 않은지, 그가 자기의 비참한 일생을 과연 슬퍼했는지 어쩐지 하는 것도 전혀 알 도리가 없다. 왜냐하면 그는 그동안에도 줄곧 혼수상태에 빠져 헛소리만 하고 있었기 때문이다. 그의 눈앞에는 끊임없이 괴이한 환상이 나타났다. 재봉사 페트로비치가 나타난 것을 보고는, 침대 밑에 도둑놈이 숨어 있는 것 같으니, 그놈을 체포하기 위해 올가미가 달린 외투를 하나 만들어 달라고 부탁하는가 하면, 이불 속에서 도둑놈을 끌어내 달라고 하숙집 할망구를 소리쳐 부르기도 했다. 그러다가 새 외투가 있는데 왜 저 낡아 빠진 '싸개'가 저기 걸려 있느냐고 묻기도 했다.

시간이 지날수록 아카키 아카키에비치는 전혀 의미 없는 말을 중얼거렸다. 그 말은 아무도 알아들을 수 없었다. 다만 그의 두서없는 말이며 생각이 계속해서, 언제까지나 외투라는 하나의 물건을 중심으로 맴돌고 있다는 것만은 짐작할 수 있었다. 그날 밤, 마침내 가엾은 아카키 아카키에비치는 숨을 거두고 말았다.

그가 죽은 뒤에 그의 방이나 소지품을 봉인하지는 않았다. 우선 첫째 유산 상속인이 아무도 없었기 때문이었다. 다음으로는 유산이라고 할 만한 것이 아무것도 없었기 때문이다. 거위 깃으로 만든 펜이 한 묶음, 관청에서 쓰는 백지 한 권, 양말 세 켤레, 바지에서 떨어져 나온 단추 세 개, 그리고 독자들도 이미 잘 알고 있는 그 '싸개'뿐이었다. 이런 물건들이 누구의 손에 들어갔는지는 알 수 없다. 또 솔직히 말해 필자 자신도 그런 데에는 흥미가 없다. 아카키 아카키에비치의 시체는 묘지로 실려가 매장됐다. 아카키 아카키에비치가 없어져도 페테르부르크는 여전히 그 모양 그대로였다. 마치 그런 인간은 처음부터 존재하지 않았던 것 같았다.

이리하여 그 누구의 도움도 받지 못하고, 그 누구도 소중하게 여기지 않았으며, 누구의 흥미도 끌지 못했던, 관청에서 온갖 비웃음을 순순히 참아내면서 이렇다 할 업적 하나 이루지 못한 채 무덤으로 간 그 존재는 이 세상에서 영영 사라졌다. 외투라는 기쁜 손님이 환한 모습으로 나타나 그의 초라한 인생에 잠시나마 활기를 불어넣기도 했지만 이 세상의 힘센 존재들에게도 예외 없이 닥쳐오는, 피할 수 없는 불행이 그에게도 닥쳐온 것이다.

그가 죽은 지 3, 4일 뒤에 관청의 수위가 즉각 출두하라는 국장의 명령을 전하러 그의 하숙집을 찾아왔다. 그러나 수위는 그대로 돌아가 그 사람은 두 번 다시 출근할 수 없게 되었다고 보고했다. "어째서?"라는 질문에 수위는 이렇게 대답했다. "어째서고 뭐고 없습죠. 그 작자는 죽어 버렸습니다. 벌써 사흘 전에 장사를 치렀더군요."

이렇게 해서 관청에서도 아카키 아카키에비치가 죽었다는 사실을 알게 되었다. 이튿날에는 벌써 후임이 와서 그 자리에 앉아 있었다. 키도 훨씬 더 크고, 그다지 반듯한 필체가 아닌, 비스듬히 옆으로 기울어진 그런 필체로 글씨를 쓰는 사나이였다.

그러나 아카키 아카키에비치에 관한 이야기는 여기서 완전히 끝나지 않는다. 아무에게서도 인정받지 못했던 인생에 대해 보상이라도 받으려는 듯, 그는 죽은 뒤 며칠 동안이나 요란한 소동을 일으켰던 것이다. 그가 죽은 뒤에 이런 식으로 이상한 생존을 계속할 운명이었다는 것은 도대체 아무도 상상하지 못한 일이었다. 하지만 정말 그런 일이 현실에서 발생했다. 그리고 이 서글픈 이야기는 뜻밖에도 환상적인 결말을 맺는다.

페테르부르크에는 갑자기 다음과 같은 소문이 쫙 퍼졌다. 즉 깔린킨 다리와 그 근처 여기저기서 관리 옷차림을 한 유령이 매일 밤 나타나서 자기가 외투를 도둑맞았다고 말한다는 것이다. 그리고 그 유령은 관등이나 신분 따위는 가리지 않고 지나가는 사람의 외투를 자기 것이라고 우기면서 뺏어 간다고 했다. 고양이 가죽이나 담비 가죽, 깃이 달린 외투, 솜을 누빈 외투, 여우나 너구리, 곰 가죽으로 만든 외투, 한마디로 말해서 사람의 몸을 감싸는 물건이라면 가죽이건 털이건 뭐든 그 종류를 가리지 않고 모조리 벗겨 간다는 소문이었다.

어느 관리 한 사람은 자기 눈으로 직접 그 유령을 목격했다고 말했다. 그는 첫눈에 그 유령이 아카키 아카키에비치라는 것을 알아봤지만 소름이 끼치고 겁이 나서 죽을힘을 다해 도망쳐 왔다고 고백했다. 하지만 멀리서 유령이 손가락을 치켜세우고 자기를 위협하는 시늉을 한 것만은 분명히 보았다고 했다. 여기저기서 외투 강도 사건이 너무 자주 발생하는 바람에 구등관은 말할 것도 없고, 칠등관들까지도 어깨와 잔등이 추위에 얼어붙을 지경이라는 호소가 잇달아 들어왔다. 이렇게 되니 경찰에서도 더 이상 문제를 두고 볼 수는 없었다. 그래서 살아 있는 것이건, 또는 죽은 것이건 그 유령이라는 것을 무슨 일이 있어도 반드시 체포하여 극형에 처하도록 하라는 명령이 떨어졌다. 사실 이 명령은 거의 성공할 뻔했다. 어느 경찰이 끼류쉬긴 골목에서 그 유령의 범행 현장을 덮친 것이다.

마침 그 유령은 한때 플루트를 연주하던 전직 악사의 외투를 빼앗는 중이었다. 경찰은 그 유령의 멱살을 틀어쥐고 자기 동료 두 사람을 소리쳐 불러 유령을 붙잡고 있으라고 말했다. 그러고 나서 자기는 장화 속에서 자작나무 껍질로 만든 코담배 상자를 꺼냈다. 그러고 나서 그는 무려 여섯 번이나 동상에 걸렸던 코를 잠시나마 담배 냄새로 위로하려고 했다. 그런데 그 담배 냄새가 너무 지독해서 유령조차 견딜 수 없었던 모양이었다. 경찰관이 오른쪽 콧구멍을 손가락으로 누르고 왼쪽 콧구멍으로 담배를 들이마시는 순간 유령이 너무 세게 재채기를 하는 바람에 유령을 둘러싸고 있던 경찰관 세 사람의 눈에 담배 가루가 들어가고 말았다. 그들이 손으로 눈을 비비는 사이에 유령은 자취도 없이 사라져 버렸다. 경찰관들은 그래서 자기들이 정말 유령을 잡았는지조차 의심스러워졌다.

그때부터 경찰관들은 그 유령에 대해 엄청난 두려움을 느끼어 살아 있는 사람조차 붙잡을 생각을 못하고, 그저 멀리서 고함만 질러 댈 뿐이었다.

"이봐, 뭘 꾸물거리는 거야? 빨리 갈 길이나 가라고!"

덕분에 그 관리 옷차림을 한 유령은 깔린낀 다리 너머까지 쏘다니었다. 이제 어지간히 대담한 사람이 아니고는 그 근처를 함부로 다니기를 꺼리었다. 그러나 우리는 앞서 얘기했던 그 고관에 대해서는 그동안 그만 까맣게 잊고 있었던 것 같다. 사실 솔직히 말하자면 그 고관이야말로 이 거짓 없는 실화가 환상적인 분위기를 띠게 만든 장본인이라고 해도 과언이 아니었다. 무엇보다 공정을 기한다는 의미에서, 이 고관이 느낀 심정을 먼저 얘기해야 할 것 같다.

이 고관은 가엾은 아카키 아카키에비치가 자기에게서 혼이 나고 물러간 다음 어떤 연민 비슷한 심정을 느낀 것이 사실이었다. 그 역시 원래부터 동정심과 인연이 먼 그런 종류의 인간은 아니었다. 대부분의 경우 그의 마음은 선량한 감정을 충분히 받아들일 수 있을 만큼 너그러운 상태였다. 다만 스스로의 직위 때문에 그런 것을 표면에 나타내지 못할 따름이었다.

그때 시골에서 왔던 친구가 사무실을 나가자마자 그는 곧 불쌍한 아카키 아카키에비치에 대해 생각했다. 그리고 그 후 거의 날마다. 그리 대단치 않은 꾸중조차 견뎌 내지 못하던 아카키 아카키에비치의 창백한 얼굴이 눈앞에 어른거렸다. 그 불쌍한 관리를 생각하기만 해도 마음이 괴롭고 불안했다. 그래서 일주일 후 그는 부하 직원을 보내서 그 관리가 어떤 인간이며 그 후 어떻게 지내고 있는지, 그리고 실제적으로 그를 도울 수 있는 방법이 어떤 것인지 등을 알아보도록 했다. 아카키 아카키에비치가 갑자기 열병으로 죽었다는 보고를 받자 그는 충격을 받았다. 그는 온종일 양심의 가책에 시달렸다.

그는 울적한 마음을 조금이라도 풀고, 불쾌한 여러 가지 생각을 잊어버리려고 어느 날 밤 친구가 연 파티에 참석했다. 거기에는 점잖은 사람들이 모여 있었다. 특히 다행인 것은 거기에 모인 사람들은 거의 대부분 자기와 같은 관등에 있는 사람들이어서 이것저것 전혀 마음에 거리낄 것이 없었다는 점이다. 이것이 그의 정신 상태에 놀랄 만한 효과를 주었다. 그는 마음이 완전히 풀려 친구들과의 대화에도 즐겁고 상냥한 기분으로 함께할 수 있었다.

한마디로 말해서 그는 그날 하룻저녁을 무척 즐겁게 보낸 것이다. 밤참이 나왔을 때는 샴페인도 두 잔이나 마셨다. 아주 잘 알려진 사실이지만, 이것은 마음을 흥겹게 하는 데에는 상당한 효과가 있었다.

샴페인을 마시고 나니 그는 좀 더 과감한 행동을 해 보고 싶은 생각이 났다. 다름이 아니라, 곧장 집으로 돌아가지 않고 전부터 가까이 지내고 있던 까롤리나 이바노브나라는 여자에게 들르기로 한 것이다. 독일 출신으로 보이는 이 여성에 대해 그는 문자 그대로 친근한 심정을 갖고 있었다.

여기서 말해 둘 것은, 이 고관의 나이가 젊지는 않다는 점이다. 고관은 가정에서도 충실한 남편인 동시에 훌륭한 아버지의 역할을 잘 해내고 있었다. 두 아들 가운데 하나는 벌써 관청에 근무하고 있었고, 좀 들창코이긴 하지만 그래도 꽤 귀여워 보이는 예쁘장한 딸 역시 올해 열여섯 살이었다.

이 자식들은 날마다 그에게 "Bon jour Papa!(아빠, 안녕!)" 하며 인사를 했다. 그리고 아직도 생기가 넘치는, 그다지 밉상이 아닌 그의 아내는 남편더러 자기 손에 키스를 하도록 시킨 다음, 그 손을 그대로 뒤집어 자기도 남편의 손에 키스를 하곤 했다. 이 고관은 이렇게 행복한 가정을 갖고 있고, 또 스스로도 그 생활에 지극히 만족하고 있으면서도 다른 한편으로는 시내의 다른 지역에 여자 친구를 두고 사귀는 것을 무척 당연하게 생각했다. 이것이야말로 그저 교제에 불과하다는 것이다. 여자 친구라고는 해도 그의 아내보다 별로 젊거나 아름답지도 않았다. 하지만 이런 일이야 세상에 워낙 흔해 빠진 것 아닌가. 그러니 우리가 굳이 이러니저러니 따지고 들 일은 아닌 셈이다.

"까롤리나 이바노브나에게 가자!"

고관은 친구네 집 계단을 내려와 마차에 올라타자 마부에게 곧장 말했다. 그는 마차 안에서 따뜻한 외투에 몸을 감싸고, 러시아 사람 특유의 지극히 즐거운 기분에 빠져들었다. 즉, 일부러 무얼 생각하지 않아도 머릿속에 끊임없이 달콤한 상념이 떠올라, 그저 기분 좋고 편안한 그런 상태 말이다. 그는 더없이 기분이 흡족했고, 방금 떠나온 파티에서의 즐겁고 재미있었던 일들이 머릿속에 계속 떠올랐다. 그는 자기가 익살을 부려 친구들이 배를 붙잡고 웃었던 일을 돌이켜 보았다. 그리고 그는 지금 그 익살을 혼자 입속으로 되풀이해 보았다. 지금 생각해도 역시 그 익살은 재치 있고, 사람을 웃길 수밖에 없었어. 그는 자기 자신도 친구들과 함께 큰 소리로 웃어댄 것은 지극히 당연한 일이라고 생각했다.

그러나 이따금 갑작스럽게 들어오는 찬바람이 그의 달콤한 기분을 방해했다. 무엇 때문인지 바람은 갑자기 어디서 불어오는지도 알 수 없게 불어와 차디찬 눈가루를 흩뿌려 놓았다. 그리고 외투 깃을 마치 돛처럼 펄럭이게 만들고, 그의 얼굴을 사정없이 후려치는 것이었다. 문득 고관은 누군가 뒤에서 자기의 외투 깃을 무서운 힘으로 움켜잡는 것을 느꼈다. 그는 뒤를 돌아보았다. 거기에는 다 떨어진 낡은 제복을 입은 작달막한 사나이가 서 있었다.

고관은 그 사나이가 바로 아카키 아카키에비치라는 것을 알아차리고 가슴이 덜컥 내려앉았다. 관리의 얼굴은 눈처럼 창백해서 겉으로 보기에도 죽은 사람, 즉 유령이라는 것을 알 수 있었다. 유령은 입을 일그러뜨리고 송장 냄새를 내뿜으며 말했다.

"음, 이제야 네놈을 만났구나! 이제야 네놈의 목덜미를 잡았어! 난 네놈의 외투가 필요하다! 나를 도와주기는커녕 나에게 호통을 쳤었지! 자, 이젠 네놈이 외투를 내놓을 차례야!"

고관은 완전히 공포에 사로잡혀 딱하게도 거의 숨이 끊어질 지경이었다. 그는 평소 관청의 부하들 앞에서는 언제나 늠름하고 위엄이 있는 모습을 보이고자 애를 썼다. 또 그의 그런 모습을 본 사람들은 누구나 "거 참, 위풍당당한 사람이로군!" 하고 감탄하곤 했다.

하지만 지금 이 상황에서 그는 호걸다운 풍모를 지닌 사람들이 대부분 그런 경향이 있지만, 극도의 공포에 사로잡혀 당장 발작이라도 일으키지 않을까 싶을 정도였다. 그는 허겁지겁 자기 손으로 외투를 벗어 던지고 마부에게 큰 소리로 명령했다.

"지금 당장! 집으로 가자! 전속력으로 달려!"

마부는 주인의 이 목소리를 듣자 채찍을 사정없이 휘둘러 쏜살같이 말을 몰았다. 그리고 마부는 만일의 경우에 두 어깨 사이에 목을 잔뜩 움츠린 자세를 갖췄다. 왜냐하면 주인의 이런 목소리는 뭔가 어떤 긴급한 순간에 나오기 일쑤인 데다, 대개의 경우 목소리보다 훨씬 효과가 높은 어떤 행동이 뒤따르는 경우가 태반이기 때문이었다.

기껏 6분 정도 지났을까. 고관은 벌써 자기 집 현관 앞에 도착했다. 외투를 잃고 겁에 질려 얼굴이 창백해진 그는 까롤리나 이바노브나를 찾아가는 대신 자기 집으로 곧장 달려왔던 것이다. 그는 그날 하룻밤을 이루 말할 수 없는 불안에 잠겨 꼬박 샜다.

그래서 이튿날 아침 차를 마실 때 딸로부터 "아빠, 오늘은 아주 안색이 좋지 않아요."라는 말까지 들었다. 그러나 그는 아무 대답도 하지 않았다. 그는 어제저녁에 어디를 갔었는지, 어디를 가려고 했는지, 그리고 자기한테 무슨 일이 일어났는지에 대해서 단 한마디도 입 밖에 꺼내지 않았다. 이 사건은 그에게 엄청난 충격을 주었다.

그는 이제 부하 관리들에게 "자네가 감히 그렇게 할 수 있단 말인가? 지금 자네 앞에 있는 사람이 누군지나 아나?" 하는 말을 전보다 훨씬 덜 사용했다. 설사 그런 말을 하는 경우라 해도 우선 상대방의 사정부터 들어보고 나서 했다.

그러나 이보다 더욱 중요한 사실은, 그날 밤 이후로 유령이 두 번 다시 나타나지 않게 되었다는 점이다. 아마 그 고관의 외투가 유령에게 딱 맞았던 모양이었다. 하여튼 이제 어디서 누군가가 외투를 빼앗겼다는 소문은 더 이상 들려오지 않았다.

소심하고 지나치게 성격이 꼼꼼한 친구들은 아무래도 안심이 되지 않는지, 아직도 시의 변두리에서는 그 관리 옷차림의 유령이 등장한다고 수군대었다. 사실 꼴로멘스꼬에의 어떤 경찰관 한 사람은 어느 집 모퉁이에서 그 유령이 나타나는 것을 직접 눈으로 본 일도 있다고 했다. 하지만 이 경찰관은 원래가 형편없는 약골이었다.

언젠가 한번은 절반 정도 자란 돼지 새끼 한 마리가 민가에서 달려 나오며 그의 다리를 들이받는 바람에 그 자리에 벌렁 나자빠져 근처에 있던 영업 마차 마부들이 배를 움켜쥐고 웃어 댄 일도 있었다. 그리고 그때 그는 마부들이 자기를 모욕했다며 한 사람당 1코페이카씩 거둬들인 일까지 있었다.

이렇게 약골인 그는 유령을 보고도 차마 직접 불러 세울 용기가 없어 그대로 어둠 속을 뒤따라갔다. 그러나 유령은 얼마쯤 걷다가 그 자리에 우뚝 멈춰 서더니 뒤를 돌아보고 그 경찰관에게 "넌 도대체 뭐야?" 하고 물었다. 유령은 그러면서 도저히 사람의 것이라고는 믿기 어려울 만큼 커다란 주먹을 경찰관에게 불쑥 내밀었다. 그 바람에 경찰관은 "아니, 아무것도 아닙니다."라고 대답하고는 얼른 되돌아왔다.

그러나 그 유령은 키도 훨씬 더 크고, 콧수염까지 길게 기르고 있었다. 그 유령은 오브호프 다리 쪽으로 걸어가는 것 같더니, 이윽고 밤의 어둠 속으로 완전히 사라져 버렸다. *

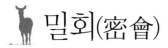
밀회(密會)

🖉 작가와 작품 세계

이반 세르게예비치 투르게네프(Ivan Sergeyevich Turgenev, 1818~1883)

러시아의 소설가. 러시아 중부 오룔 출생. 부유한 지주의 아들로 태어나 외국인 교사들로부터 영어, 프랑스 어, 독어, 라틴어를 배웠다. 이는 그의 사상에 서구적인 요소를 갖추는 근간이 되었다. 페테르부르크대학에서 철학 박사 학위를 받았으며, 1841년 비평가 벨린스키를 만나면서 작가의 길로 들어섰다. 서사시 「파라샤」를 발표하면서 문단의 주목을 받기 시작했고, 1852년 『사냥꾼 일기』를 통해 작가적 명성을 얻었다. 1850년 고골의 죽음을 애도하는 추도문을 썼다가 당국으로부터 추방, 강금당했지만 이로써 그의 작가적 위치는 더욱 확고해졌다.

투르게네프 작품의 특징은 인도적인 삶, 전형적인 인물의 창조, 민중에 대한 사랑과 신뢰, 자연에 대한 뛰어난 묘사 등으로 정리할 수 있다. 러시아 최고의 문장가로 불리는 그는 1860년대 이후 대부분의 시간을 외국에서 보내며 활발한 문예 활동을 하다 프랑스 부기발에서 일생을 마쳤다. 대표 작품으로는 『사냥꾼 일기』, 『루딘』, 『아버지와 아들』, 『첫사랑』, 『짝사랑』 등이 있다.

🖉 작품 정리

> **갈래** : 단편 소설, 성장 소설
> **성격** : 현실 비판적, 비극적
> **배경** : 시간 – 아침에서 저녁까지 / 공간 – 숲 속
> **시점** : 1인칭 관찰자 시점
> **주제** : 속물 근성의 남자와 청순한 여자의 이별

구성과 줄거리

발단 **'나'는 숲 속 자작나무 아래에서 달콤한 꿈속으로 빠져듦**

10월 중순의 어느 날, '나'는 숲 속에 들어가 자연의 미세하고 아름다운 변화를 감상한다. 비를 피할 수 있는 나무 밑에 자리를 잡은 '나'는 달콤한 꿈속으로 빠져든다.

전개 **잠에서 깨어나자 아름다운 시골 처녀가 눈에 뜨임**

눈을 뜨자 나무들 사이로 눈부시게 빛나는 파란 하늘이 보인다. 사냥을 해야겠다고 마음먹은 '나'는 한 아름다운 시골 처녀를 보게 된다. 탐스럽게 묶은 들꽃 다발을 들고 있는 그녀의 표정이 슬퍼 보여 더욱 '나'의 마음을 끈다.

위기 **속물로 보이는 남자가 숲에 나타남**

말없이 눈물을 흘리며 한숨 쉬는 그녀 앞에 한 사내가 나타난다. '나'는 나무 밑에서 두 사람의 대화를 엿듣는다. 여자의 이름은 아쿠리나다. 남자는 부유한 지주의 하인으로 여자들에게 호감을 줄 만한 인상을 가졌다. 남자는 아쿠리나를 촌뜨기 취급하며 거만을 떤다. 그러고는 주인을 따라 페테르부르크로 간다고 시큰둥하게 말한다. 아쿠리나는 눈물을 흘린다.

절정 **아쿠리나가 떠나는 남자를 쫓아가다 넘어짐**

아쿠리나는 남자에게 자신을 잊지 말아 달라고 몇 번이고 간청한다. 남자는 그럴수록 아쿠리나를 무시하고 면박을 준다. 풀밭에 고개를 파묻고 우는 아쿠리나를 뒤로하고 남자는 숲을 떠난다. 아쿠리나는 남자를 쫓아가다 넘어지고 만다. 보다 못한 '나'는 아쿠리나 곁으로 다가간다. 아쿠리나는 외마디 비명을 지르고는 숲으로 숨어 버린다. 땅바닥에는 그녀가 내동댕이친 꽃들이 흩어져 있다.

결말 **집으로 돌아온 '나'는 가련한 아쿠리나의 모습을 계속 떠올림**

'나'는 잠시 멍하니 서 있다가 꽃다발을 들고 벌판을 나온다. 저녁놀이 서서히 하늘을 물들이고 있다. '나'는 집으로 돌아오지만 가련한 아쿠리나의 모습을 좀처럼 지우지 못한다. '나'는 시든 꽃다발을 고이 간직한다.

✐ 생각해 볼 문제

1. '나'는 숲 속에서 우연히 남녀의 이별 장면을 목격한다. '나'의 시선을 통해 그려진 두 사람의 사랑에는 어떤 문제점이 있는가?

부잣집 하인인 남자는 세상 공부를 했다는 것을 자랑으로 여긴다. 그는 주인에게 물려받은 옷과 보석으로 어설프게 치장하고 아쿠리나에게 거만을 떤다. 아쿠리나는 그런 그에게 빠져 갖은 수모를 감내한다. 이 작품 속에서 남자는 여자를 헌신짝처럼 버리는 속물로, 아쿠리나는 지고지순한 사랑을 바치는 순박한 시골 처녀로 묘사된다. 여기에는 두 사람 모두 잘못된 사랑을 하고 있다는 비판적인 시각이 들어 있다. 자신의 연인을 한낱 노리갯감으로 여기는 남자는 말할 나위 없고, 아쿠리나 역시 진정한 사랑을 하고 있다고는 볼 수 없다. '나'가 아쿠리나를 보며 안타까워 하는 것은 바로 이 때문이다. 상대의 내면보다는 겉모습을 중시하는 현대의 젊은이들에게 이 소설은 의미 있는 문제를 던져 준다.

2. 투르게네프의 자전적 성장 소설 『첫사랑』에 나오는 공작부인의 딸 지나이다와 이 작품에 나오는 아쿠리나의 성격을 비교해 보라.

『첫사랑』에서 블라지미르는 몰락한 공작의 딸인 지나이다에게 반해 첫사랑의 열병을 앓는다. 그러나 젊고 아름다운 그녀는 그의 사랑을 받아들이지 않는다. 결국 블라지미르는 아버지의 연인이 지나이다임을 알고 큰 충격에 빠진다. 지나이다를 두고 아버지와 삼각관계에 빠진 그는 사랑이 아픔과 고통임을 깨닫는다. 지나이다는 개성이 강하고 적극적인 성격의 소유자다. 그녀는 자신을 숭배하는 뭇 남성들을 자신에게 복종하게 만든다. 이에 반해 아쿠리나는 세상의 때가 묻지 않은 순박한 시골 처녀다. 순백의 아름다움이 더러워지기 쉽듯이 아쿠리나의 순수함은 한 남자에 의해 상처받는다. 그러나 아쿠리나는 눈물을 흘리며 매달릴 뿐 적극적으로 자신의 의사를 표현하지 못한다. 지나이다는 사랑에 있어 주도적이지만 불륜을 저지르고, 아쿠리나는 순수한 사랑을 하지만 바람둥이에게 순종한다. 두 여인의 사랑은 너무 다르지만, 결국 어느 쪽도 행복한 결말에 이르지는 못한다.

밀회

10월 중순의 어느 날, 나는 자작나무 숲 속에 앉아 있었다. 아침부터 날씨는 보슬비가 내리다가도 이따금씩 햇빛이 비치기도 했다. 엷은 흰 구름이 하늘을 온통 뒤덮는가 싶더니, 갑자기 군데군데 구름이 걷히면서 파란 하늘이 구름 사이로 간간히 비치기도 했다.

나는 나무 그늘에 앉아 주위를 바라보며 귀를 기울이고 있었다. 머리 위에서는 살랑거리는 나뭇잎 소리가 들렸는데, 그 소리만 들어도 계절을 짐작할 수 있었다. 그것은 즐거운 듯 속삭이는 봄의 재잘거림도 아니고, 수다를 떠는 듯한 여름의 목소리도 아니며, 늦가을의 싸늘한 외침도 아니었다. 그것은 들릴락 말락 한, 마치 꿈속에서 중얼거리는 소리와도 같았다.

산들바람이 살며시 나뭇가지를 흔들고 지나갔다. 비에 젖은 숲 속은 태양이 구름 뒤로 숨었다 나타났다 하는 데 따라서 끊임없이 모습이 달라졌다. 때로는 그곳에 있는 나무들이 번갈아 미소를 짓듯 환해지기도 하고, 또 때로는 드문드문 서 있는 가느다란 자작나무가 흰 명주처럼 반짝이기도 했다. 곱슬머리를 풀어 헤친 듯한 양치식물은 가을 햇빛에 농익은 포돗빛으로 물들고, 아름다운 줄기가 뒤엉킨 채 투명하게 드러나 보였다. 그런가 하면 사방이 푸른빛을 띠며 선명한 빛깔이 순식간에 사라지고, 자작나무가 빛을 잃은 채 녹지 않은 눈처럼 싸늘한 흰색을 띠기도 했다.

이윽고 속삭이듯 보슬비가 내렸다. 자작나무 잎은 두드러지게 색이 변했지만 아직은 녹색을 띠고 있었다. 단지 어린 자작나무들은 온통 붉고 노랗게 물들어 금방 비에 씻긴 나뭇가지 사이로 반짝였다. 햇볕이 스며들 때 나뭇잎은 현란하게 불타오르듯 아름다운 모습을 드러냈다. 사방은 조용했다. 때때로 사람을 비웃는 듯 박새 소리가 쇠방울이 구르듯 울려 퍼졌다.

나는 자작나무 숲으로 오기 전에 개를 끌고 사시나무 숲을 지나왔다. 나는 사시나무를 별로 좋아하지 않는다. 연보랏빛 줄기에 푸르죽죽한 나뭇잎이 부채처럼 하늘로 넓게 펼쳐진 모습도 싫거니와, 그 기다란 줄기에 달린 둥글고 지저분한 나뭇잎들이 멋없이 건들거리는 모습도 싫었다. 이 나무가 좋아 보일 때도 있긴 했다. 낮은 관목 숲에 우뚝 솟아 석양빛을 듬뿍 받으며 적황색으로 빛나는 여름 저녁나절이나, 맑은 날 바람에 나뭇잎들이 너울거리며 푸른 하늘과 이야기를 나누는 것 같은 때였다.

하지만 나는 대체로 이 나무를 좋아하지 않았다. 그래서 사시나무 숲에서는 걸음을 멈출 생각도 않고 자작나무 숲으로 찾아온 것이다. 그리하여 낮게 가지를 벌려 비를 피할 수 있는 나무 밑에 자리를 잡은 후, 주위의 경치를 감상하면서 조용하고 부드러운 꿈속에 잦아들어 갔던 것이다.

내가 얼마 동안이나 잠을 잤는지는 알 수 없었다. 눈을 떴을 때는 숲 속에 햇빛이 가득했고, 즐거운 듯 속삭이는 나무들 사이로 파란 하늘이 눈부시게 빛나고 있었다. 구름은 갑자기 불어온 바람에 자취를 감추었고, 하늘은 맑게 개어 있었다. 공기는 쌀쌀해서 오히려 마음을 상쾌하게 했다. 이는 대개 그렇듯 온종일 궂은 날씨가 계속된 후 맑게 갠 고요한 저녁을 알리는 것이다.

나는 자리에서 일어나 사냥이나 해야겠다고 마음먹었다. 그런데 그때 가만히 앉아 있는 사람의 모습이 눈에 띄었다. 시골 처녀였다. 그녀는 스무 걸음쯤 떨어진 곳에서 생각에 잠긴 듯 고개를 숙이고 두 손을 무릎 위에 얹고 있었다. 한쪽 팔에는 탐스럽게 묶은 들꽃 다발이 안겨 있었다. 그것은 그녀가 숨을 쉴 때마다 조금씩 미끄러져 체크무늬 스커트 밑으로 흘러내렸다. 목과 손에 단추를 채운 새하얀 루바시카는 부드러운 잔주름을 이루어 그녀의 몸을 감쌌다. 가슴에는 금빛 목걸이가 두 줄로 늘어져 있었다. 그녀는 매우 아름다웠다. 단정히 빗어 넘긴 숱 많은 은발은 양쪽으로 갈라 묶었고, 상아처럼 하얀 이마에 동여맨 빨간색 머리띠 밑으로는 눈썹이 가지런했다. 보드라운 피부는 황금빛으로 그을려 있었다.

고개를 숙이고 있었으므로 나는 그녀의 얼굴을 똑바로 볼 수가 없었다. 그러나 가늘고 아름다운 눈썹과 기다란 속눈썹만은 똑똑히 분간할 수 있었다. 속눈썹은 젖어 있었다. 한 줄기 눈물이 한쪽 볼을 타고 파르스름한 입술까지 흘러내려 햇볕에 반짝였다. 그녀의 얼굴은 어디를 뜯어보아도 아름다웠다. 약간 크고 동그스름한 턱까지도 눈에 거슬리지 않았다. 그러나 무엇보다도 나의 마음을 끈 것은 그녀의 얼굴 표정이었다. 몹시 서글퍼 보이기는 했지만, 어린애처럼 구김이 없고 천진난만한 슬픔이 넘쳐흘렀다. 그녀는 고개를 들어 사방을 둘러보았다. 그러고는 겁에 질린 사슴처럼 맑은 눈을 반짝였다. 그녀는 커다란 눈을 두리번거리며 소리가 난 쪽을 바라보고 귀를 기울이다가 한숨을 지으며 고개를 돌리곤 했다.

그녀는 고개를 한층 더 깊숙이 숙이고 천천히 꽃을 매만졌다. 눈꺼풀은 불그레해지고 입술은 슬픈 듯 바르르 떨렸다. 흘러내리는 눈물이 햇빛을 받아 반짝였다.

이럭저럭 꽤 많은 시간이 흘러갔다. 그녀는 꼼짝도 하지 않았다. 다만 이따금씩 괴로운 듯이 손을 놀리고 오로지 귀를 기울일 뿐이었다. 또다시 숲 속에서 바스락 소리가 났다. 처녀는 안타까워했다. 바스락 소리는 한동안 계속되다가 뚜렷한 발걸음 소리로 들려왔다. 그녀는 몸을 꼿꼿이 세웠지만 불안한 빛은 감추지 못했다. 조심스럽게 주위를 둘러보는 눈초리는 지쳐 보였다.

마침내 숲 속에 한 사내의 모습이 나타났다. 그녀는 뚫어질 듯 그를 바라보더니 얼굴을 붉히며 즐겁고 행복한 미소를 지어 보였다. 그러고는 몸을 일으키려다 털썩 그 자리에 주저앉았다. 안색이 창백한 게 당황한 모습이었다. 사내가 다가와 발을 멈추었을 때에야 비로소 근심스러운 표정으로 고개를 들었다.

나는 나무 밑에서 호기심에 가득 차 사내를 바라보았다. 그는 어느 모로 보나 부유한 지주 댁의 바람둥이 머슴으로밖에 보이지 않았다. 옷매무새는 지나치게 화려하고 한껏 멋을 낸 품새였다. 짧은 외투는 필경 주인에게서 물려받은 것인 듯했다. 그는 단추를 단정히 끼우고 장밋빛 넥타이에 금테 두리를 한 검정 벨벳 모자를 눈썹 밑까지 내려쓰고 있었다. 하얀 루바시카는 정답게 두 귀를 받쳐 주는 듯하면서 볼 밑으로 파고들고, 빳빳한 소매는 빨간 손가락이 보이지 않을 정도로 손목 아래까지 덮여 있었다. 가까스로 보이는 손가락에는 물망초를 본뜬 터키석 반지를 여러 개 끼고 있었다.

불그스레 윤이 나며 뻔뻔스러워 보이는 얼굴은 사내들의 반감을 살 인상이었다. 그러나 유감스럽게도 여인들에게는 호감을 주는 얼굴이었다. 그는 의젓하게 보이려고 꽤나 애쓰고 있었다. 본래 자그마한 잿빛 눈을 더 가늘게 뜨면서 얼굴을 찌푸리기도 하고, 입술을 실룩거리거나 일부러 하품을 하며 태연한 척했다. 그는 또 구불구불한 붉은 귀밑머리를 매만지기도 하고, 두툼한 윗입술 위의 노란 콧수염을 잡아당겨 보기도 했다. 한마디로 말해서 그는 눈 뜨고 볼 수 없을 정도로 거만을 떨었다. 자기를 기다리고 있는 시골 아가씨를 보고는 이와 같이 과장된 몸짓으로 거드름을 피우는 것이었다. 그는 두 손을 외투 주머니에 찌르고서 무관심한 듯이 처녀를 바라보며 땅바닥에 주저앉았다.

"그래, 잘 있었어?"

그는 어딘지 한눈을 팔며 한쪽 다리를 흔들고 하품하면서 말을 계속했다.

"아쿠리나, 오래 기다렸어?"

그녀는 한참만에야 입을 열었다.

"네, 아까부터 …… 빅토르 알렉산드로비치."

들릴 듯 말 듯한 목소리였다.

"그래?"

그는 모자를 벗고 눈썹 옆에까지 난 곱슬머리를 쓰다듬었다. 그러고 나서는 거만하게 주위를 둘러본 후 다시 모자를 써서 그 머리를 감추어 버렸다.

"나는 깜빡 잊고 있었어. 게다가 그래, 비까지 쏟아져서 말이야!"

그는 다시 하품했다.

"일은 산더미처럼 쌓여 있지, 자칫 잘못하면 잔소리를 듣지, 그런데 일일이 기억할 수 있겠어? 그건 그렇고, 우린 내일 떠나."

"내일요?"

처녀는 놀란 눈초리로 사내를 바라보았다.

"그래, 내일. 야, 야, 부탁이야."

그녀가 몸을 떨며 말없이 고개를 떨구자 그는 불쾌한 어조로 말을 계속했다.

"제발 부탁이야, 아쿠리나. 울지 말라고. 이런 거 내가 딱 질색이라는 거 너도 잘 알잖아?"

사내는 이렇게 말하며 뭉툭한 콧등에 주름을 모았다.

"계속 울면 가 버릴 거야! 툭하면 훌쩍훌쩍 바보같이 짜 대니."

"알았어요, 울지 않을게요."

아쿠리나는 꿀꺽꿀꺽 울음을 삼켰다.

"정말 내일 떠나시는 거예요?"

그녀는 잠자코 있다 이렇게 물었다.

"그럼 언제나 만나게 될까요, 빅토르 알렉산드로비치?"

"만나게 되겠지, 내년 아니면 후년에라도. 주인은 페테르부르크에서 근무하고 싶은 모양이야."

그는 무뚝뚝한 목소리로 콧소리를 내며 말했다.

"어쩌면 외국으로 갈지도 몰라."

"그럼 당신은 나 같은 건 잊어버릴 테지요."

아쿠리나는 슬픈 표정으로 말했다.

"잊어버리다니, 어떻게 잊을 수 있겠어. 하지만 너도 어린애처럼 굴지는 말아야지. 아버지 말씀도 잘 듣고. 어쨌든 난 너를 잊지 않아. 암, 잊지 않고 말고."

그는 이렇게 말하며 허리를 펴고 다시 하품했다.

"정말 잊지 마세요, 빅토르 알렉산드로비치."

그녀는 애원하듯이 말을 계속했다.

"어쩌다가 이렇게 당신을 사랑하게 됐는지 모르겠어요. 세상 모든 게 당신을 위해 존재하는 것만 같은걸요. 당신은 제게 아버지 말씀을 들으라고 하지만…… 제가 어떻게 아버지 말씀을 들을 수가 있겠어요?"

"아니 왜?"

그는 팔베개를 하고 누워 말했다.

"그건 당신도 잘 아시잖아요?"

"아쿠리나, 바보 같은 소리 마."

사내는 다시 입을 열었다.

"난 너를 위해 그러는 거야. 너도 아주 촌뜨기는 아니잖아. 네 어머니의 경우를 보더라도 늘 농사일만 한 건 아니었으니까. 하지만 넌 교육을 받지 못했으니 남이 가르쳐 주면 그걸 잘 들어야 해."

"하지만 무서운걸요."

"글쎄 왜 그렇게 유치하게 구는 거야, 대체 뭐가 무서워?"

처녀 곁으로 다가가며 그가 말했다.

"그건 꽃인가?"

"네, 꽃이에요."

아쿠리나는 힘없이 대답했다.

"들에서 따 왔어요."

그녀는 조금 생기가 나는 듯 말을 계속했다.

"이건 송아지에게 먹이면 좋아요. 그리고 또 이것은 금잔화예요. 습진에 잘 듣는대요. 자, 보세요. 얼마나 예쁜 꽃이에요. 이게 물망초인가? 이것은 향기 나는 오랑캐꽃 …… 또 이것은 당신께 드리려고……."

그녀는 커다란 꽃다발 밑에서 가는 풀로 묶은 파란 도깨비부채(여러해살이풀의 일종)의 작은 다발을 꺼냈다.

빅토르는 귀찮은 듯 꽃을 받아 냄새를 맡은 다음, 거만한 표정으로 하늘을 바라보며 꽃다발을 빙글빙글 돌리기 시작했다. 아쿠리나는 사내를 물끄러미 바라보았다. 그녀의 슬픈 눈에는 몸과 마음을 다 바쳐서 신처럼 숭배하고 순종하겠다는 애틋함이 깃들어 있었다. 그녀는 사내가 무서워 울지도 못하고 슬금슬금 바라보고만 있었다. 그런데 사내는 황제처럼 거드름을 부리며 드러누워, 그녀의 눈길을 외면한 채 깊은 생각에 잠긴 듯한 표정을 지었다.

나는 치밀어 오르는 분노를 억누르며 그 불그죽죽한 얼굴을 바라보았다. 사람을 멸시하는 듯한 위장된 무표정 속에서 자기만족의 자만심이 넘쳐흐르고 있었다.

아쿠리나는 이때도 역시 아름다웠다. 그녀는 사내를 완전히 믿어 버린 듯 불타는 열정으로 애절한 사랑을 호소하고 있었다. 그런데 사내는 꽃다발을 풀 위에 던져 놓고 외투 주머니에서 청동 테의 외알 안경을 꺼내 눈에 끼려고 했다. 그러나 아무리 눈썹을 찡그리고 볼과 코까지 움직여 가며 애를 써도 안경은 계속 벗어져 손바닥에 떨어지는 것이었다.

"그건 뭐예요?"

아쿠리나가 놀라운 표정을 하고 물었다.

"외알 안경이야."

"뭘 하는 거예요?"

"더 똑똑히 볼 수 있지."

"어디 좀 보여 주세요."

빅토르는 얼굴을 찌푸리면서 아쿠리나에게 안경을 건네었다.

"깨뜨리면 안 돼, 조심해."

"걱정 마세요, 깨지 않을 테니."

아쿠리나는 조심스레 안경을 눈으로 가져갔다.

"아무것도 보이지 않네요."

그녀는 천진하게 말했다.

"눈을 가늘게 뜨고 보는 거야."

마치 그는 심기가 좋지 않은 선생처럼 말했다. 아쿠리나는 안경을 대고 있는 눈을 가늘게 떴다.

"아니, 그쪽이 아냐. 멍청하기는······ 이쪽이란 말야."

빅토르는 아쿠리나가 미처 안경을 고쳐 쥐기도 전에 신경질적으로 그것을 빼앗아 버렸다.

아쿠리나는 얼굴을 붉히며 수줍은 미소를 띤 채 고개를 돌렸다.

"아무래도 나 같은 사람이 가질 것은 못 되나 봐요."

"물론이지!"

가엾은 아가씨는 입을 다물고 깊은 한숨을 쉬었다.

"빅토르 알렉산드로비치, 당신이 떠나시면 난 어떡하죠?"

빅토르는 옷자락으로 안경을 닦은 후 도로 외투 주머니에 집어넣었다.

"그래, 그래."

마침내 사내는 입을 열었다.

"얼마 동안은 괴롭겠지, 괴로울 거야."

빅토르는 안됐다는 듯이 그녀의 어깨를 어루만졌다. 그러자 그녀는 어깨 위에 놓인 그의 손을 살며시 잡고서 입을 맞추었다.

"암, 그렇고말고. 넌 정말 착한 여자야."

그는 만족한 표정을 지으며 말을 계속했다.

"그렇지만 어쩔 도리가 없잖아? 너도 잘 생각해 봐. 주인 나리나 나나 여기 그대로 남아 있을 순 없다고. 이제 곧 겨울이 올 텐데, 너도 알다시피 시골의 겨울이란 정말 견딜 수 없거든. 그런데 페테르부르크라면 그렇지 않아! 그곳에 가면 모두 신기한 것뿐이야. 아마 너 같은 시골뜨기는 꿈에도 생각하지 못할 거야. 근사한 집과 멋있는 거리, 교양 있는 상류 사회 사람들······ 정말 눈이 돌 지경이거든!"

아쿠리나는 어린애처럼 입을 벌리고 그의 이야기를 열심히 들었다.

"하지만······."

빅토르는 땅바닥에서 모로 누우며 말을 계속했다.

"네게 이런 말을 한들 무슨 소용이 있겠어. 내 말을 이해하지도 못할 텐데 말야."

"왜요, 빅토르 씨? 저도 알아요. 다 알아들었어요."

"허, 대단한데!"

아쿠리나는 눈을 아래로 내리깔았다.

"전에는 그런 식으로 말하지 않았어요, 빅토르 알렉산드로비치."

"전에? 전에라니, 무슨 소릴 하는 거야! 전에라니!"

빅토르는 화가 난 듯 반복했다. 그들은 잠시 말이 없었다.

"이젠 그만 가 봐야겠어."

빅토르는 일어서려고 팔꿈치를 세웠다.

"잠깐만 기다려 줘요."

아쿠리나는 애원하듯이 말했다.

"뭘 기다리라는 거야? 작별 인사도 끝났는데."

"잠깐만 기다리세요."

아쿠리나는 같은 말을 되풀이했다. 빅토르는 다시 벌렁 드러누워 휘파람을 불기 시작했다. 아쿠리나는 그에게서 눈을 떼지 않았다. 그녀가 점점 흥분하고 있다는 것은 내 눈에도 여실히 드러났다. 입술은 바르르 경련을 일으키고 파리한 두 볼은 홍조를 띠었다.

"빅토르 알렉산드로비치."

그녀는 분명한 목소리로 또박또박 말했다.

"당신은 너무해요, 너무한다구요."

"뭐가 너무해?"

사내는 미간을 찌푸리고 약간 머리를 쳐들어 그녀를 돌아보았다.

"너무해요, 빅토르 알렉산드로비치. 떠나는 마당에 한마디라도 좀 따뜻한 말을 해 주시면 어때요? 단 한마디라도. 의지할 데 없는 가엾은 저에게요."

"아니, 무슨 말을 하라는 거야?"

"내가 알 게 뭐예요. 그런 건 당신이 더 잘 아시잖아요. 떠나는 마당에 한마디쯤…… 내가 왜 이런 일을 겪어야 한담?"

"정말 알 수가 없네. 날더러 무슨 말을 하라는 거야?"

"뭐든지 한마디만……."

"쳇, 똑같은 말만 되풀이하는군."

그는 땅에서 벌떡 일어섰다.

"화낼 건 없잖아요. 빅토르 알렉산드로비치."

그녀는 울먹이면서 말했다.

"화난 건 아냐. 네가 바보 같은 소리만 하니까……. 대체 어떻게 해 달란 거야? 그렇다고 너하고 결혼할 순 없잖아. 안 그래? 그런데 날더러 어떻게 하라는 거야? 응?"

그는 얼굴을 들이대고 그녀를 보았다.

"전 아무것도 바라지 않아요."

그녀는 떨리는 두 손을 내밀며 간신히 입을 열었다.

"그저 작별 인사로 한마디만이라도……."

아쿠리나의 눈에서는 눈물이 비 오듯 흘렀다.

"또 눈물 타령이군."

그는 모자를 눌러쓰며 냉정하게 말했다. 그녀는 두 손으로 얼굴을 가리고 흐느끼면서 말했다.

"집에 남아 있을 제 심정을 생각해 보세요. 저는 어떻게 되겠어요. 네? 마음에도 없는 사람에게 시집을 가야 할까요? 아아, 나처럼 불행한 사람도 없을 거야. 내 신세가 왜 이렇게 됐담!"

"웬 푸념이야."

빅토르는 걸음을 옮기며 작은 목소리로 중얼거렸다.

"어쩜 이인, 단 한마디, 한마디쯤은 말해 줄 수 있을 텐데……."

아쿠리나는 설움이 복받쳐 말을 맺지 못했다. 그녀는 풀밭에 고개를 파묻고 흐느껴 울기 시작했다. 그녀는 경련을 하듯이 온몸을 들썩거렸다. 오랫동안 참고 참아 온 슬픔이 폭포처럼 터져 버리고 만 것이다. 빅토르는 잠시 아쿠리나를 내려다보더니 어깨를 으쓱하고는 돌아서서 성큼성큼 발걸음을 옮겨 놓았다.

시간이 흘렀다. 아쿠리나는 울음을 그치고 고개를 들었다. 그러고는 벌떡 일어나 사방을 둘러보고는 소리를 질렀다. 그녀는 사내를 뒤쫓아 달려가려고 했지만 다리가 휘청거려 넘어지고 말았다.

나는 보다 못해 그녀 곁으로 다가갔다. 그러자 그녀는 어디서 그런 힘이 솟았는지 외마디 비명을 지르고는 황급히 숲으로 숨어 버렸다. 땅바닥에는 그녀가 내동댕이친 꽃들이 쓸쓸히 흩어져 있었다.

나는 잠시 동안 멍하니 서 있다가 꽃다발을 주워 들고 벌판으로 나왔다. 푸른 하늘에 태양은 낮게 떠 있고, 햇빛마저 파리하고 싸늘한 느낌이 들었다. 해가 질 때까지는 반 시간도 남지 않았는데, 저녁놀은 이제야 서쪽 하늘을 천천히 물들이고 있었다. 거센 바람이 수확이 끝난 밭을 지나 정면으로 휘몰아쳐 왔다. 조그마한 가랑잎 하나가 공중으로 떠오르더니 내 곁을 지나 숲가를 따라 날아갔다. 들판에 병풍처럼 우거진 숲은 물결치듯 흔들리면서 저녁놀을 받아 반짝이고 있었다.

나는 걸음을 멈추었다. 문득 서글픈 생각이 들었다. 시들어 가는 대자연의 서글픈 미소 뒤로 우울한 겨울의 공포가 스며들고 있는 것 같았다. 겁많은 까마귀 한 마리가 요란스럽게 날개를 파닥이면서 머리 위로 날아갔다. 까마귀는 곁눈으로 나를 바라보는 듯했으나 날쌔게 날아올라 까악까악 울면서 숲 속으로 사라졌다. 정미소에는 수많은 비둘기 떼가 날아와 원을 그리며 맴돌다 들판으로 흩어졌다. 이제는 가을빛이 완연했다. 누군가 빈 달구지를 끌고 벌거숭이 언덕을 지나는 소리가 요란스럽게 들려왔다.

나는 집으로 돌아왔지만 가련한 아쿠리나의 모습은 좀처럼 내 머릿속에서 사라지지 않았다. 그녀의 꽃다발은 이미 오래전에 시들었지만, 나는 그 꽃다발을 아직까지도 고이 간직하고 있다. *

2인조 도둑

작가와 작품 세계

막심 고리키(Maksim Gor'kii, 1868~1936)

러시아의 소설가. 니주니노브고로트 출생. 어려서부터 부모를 잃고 사환, 접시닦이 일을 하며 가난하게 살았다. 독학으로 문학을 공부했으며, 한때 생활고를 이기지 못해 자살을 기도하기도 했다. 1892년 처녀작 『마카르 추드라』를 발표하면서 작가로서의 명성을 얻기 시작했으며, 이어 『체르카시』를 발표해 러시아 문학의 대표 작가로 우뚝 서게 됐다.

사회주의 리얼리즘의 창시자로 불리는 막심 고리키는 성장기의 가난하고 비참한 체험을 바탕으로 노동자 계급에 대한 애정 어린 시선과 그들의 삶을 다룬 작품을 주로 발표했다. 또한, 그는 프롤레타리아 문학의 선구자로서 자본주의의 비인간성과 소시민 근성을 비판했다. 주요 작품으로 희곡 「밑바닥」, 소설 『유년 시대』, 『소시민들』, 『어머니』 등이 있다.

작품 정리

> **갈래** : 단편 소설, 리얼리즘 소설
> **성격** : 현실적, 비극적, 프롤레타리아적
> **배경** : 시간 - 어느 날 밤부터 다음 날 새벽까지 / 공간 - 숲 속
> **시점** : 3인칭 전지적 작가 시점
> **주제** : 2인조 도둑의 궁핍한 생활과 우정

구성과 줄거리

발단 **2인조 도둑이 궁핍하게 겨울을 남**

우포바유시치와 플라시 노가는 헝겊 나부랭이, 낙타털 외투, 닭 따위를 훔쳐 하루하루를 연명한다. 마침내 지루한 겨울이 끝나고 봄이 다가오자 둘은 도둑질할 계획을 세운다.

전개 두 도둑은 봄이 되자 식량을 찾아 밖으로 나감

두 도둑은 눈이 녹은 들판을 뛰어다니며 새를 잡기도 하고, 나물을 뜯어 마을에 내다 팔면서 생활고를 해결한다. 그러던 중 숲 근처에서 삐쩍 마른 망아지를 보게 된다. 두 도둑은 망아지를 잡아 시장에 내다 팔자고 합의하고 밤이 오길 기다린다.

위기 망아지를 두고 갈등이 일어남

우포바유시치는 망아지를 잃어버린 주인의 입장을 생각해 보라고 말한 뒤 망아지를 풀어 주자고 건의한다. 하지만 플라시 노가는 친구를 비난하며 뜻을 굽히지 않는다. 밤이 되자 그들은 망아지를 팔기 위해 길을 나서지만, 얼마 후 망아지가 개울에 빠지고 만다.

절정 우포바유시치가 기침을 하며 고통을 호소함

발작적인 기침으로 고통스러워하던 우포바유시치는 결국 가던 길을 멈추고 주저앉는다. 플라시 노가는 친구의 고통을 짐짓 모른 체한다. 하지만 피를 쏟으며 계속 기침하는 우포바유시치를 보며 플라시 노가는 정감 어린 말투로 걱정한다.

결말 플라시 노가는 죽은 친구의 명복을 빌고 홀로 길을 떠남

두 사람은 서로의 잘못을 고백하며 용서를 구한다. 결국 우포바유시치는 마지막 말을 잇지 못한 채 숨을 거두고 만다. 플라시 노가는 죽은 친구의 명복을 빌고 다시 길을 떠난다.

✏ **생각해 볼 문제** --

1. 이 작품을 통해 작가가 전하려는 메시지는 무엇인가?

이 소설은 2인조 도둑의 가난한 삶과 우정을 다루고 있다. 프롤레타리아 문학의 선구자로 불리는 고리키는 이 작품에서 두 도둑의 궁핍한 삶을 진정성 있게 그려 냈다. 하지만 작가는 단순하게 가난한 삶의 비극성만을 강조하지 않는다. 비극적 상황을 헤쳐 나가야 하는 두 도둑의 삶의 중심에는 따뜻한 인간애와 절망적 상황을 극복하고자 하는 의지도 담겨 있기 때문이다.

2. 이 소설에 등장하는 인물들의 성격은 어떠한가?

우포바유시치와 플라시 노가는 가난하고 순박한 도둑이다. 하지만 둘의 성격은 대조적으로 그려지는데, 망아지를 처리하는 과정에서 더욱 분명하게 나타난다. 우포바유시치는 망아지를 주인에게 돌려주자며 인간애를 강조하기도 한다. 이런 점은 희망을 기대한다는 뜻인 그의 이름에서도 나타난다. 반면에 플라시 노가는 망아지를 훔치는 일에 적극적이다. 플라시 노가는 정작 불쌍한 사람들은 본인들이라며 친구의 동정심과 나약함을 비난한다. 마지막에 플라시 노가는 친구의 죽음을 슬퍼하지만 거기서 멈추지 않고 앞으로 나아간다. 이를 통해 그가 현실적이고 삶에 적극적이라는 사실을 알 수 있다.

3. 프롤레타리아 문학의 특징은 무엇인가?

프롤레타리아란 자본주의 사회에서, 노동력 이외에는 생산 수단을 가지지 못한 노동자를 말한다. 이런 노동자의 생활을 제재로 하여 사회·정치적 이념을 표현하는 문학을 프롤레타리아 문학이라고 한다. 우리나라에서는 1925년 박영희, 김기진, 이기영 등 신경향파 작가가 중심이 되어 조직한 문학 단체인 카프가 결성되면서 그 형태가 나타났다.

2인조 도둑

두 도둑이 있었다. 한 사람의 이름은 플라시 노가(춤추는 발), 또 한 사람의 이름은 우포바유시치(희망을 가진 사람)였다.

그들은 마을에서 떨어진 곳에 살고 있었다. 그들이 살고 있는 곳은 진흙과 나무토막을 섞어 만든 듯한, 볼품없는 오두막들이 여기저기 흩어져 있는 곳이었다. 오두막 가운데 한 채가 바로 이 두 사람의 집이었다.

그들의 일터는 주로 읍내에서 좀 떨어진 마을들이었다. 왜냐하면 읍내에서는 도둑질하기가 힘들었기 때문이다. 또 그들이 사는 곳 근처엔 훔칠 만한 것이 없었다. 그들은 둘 다 조심성 많은 성격이었다. 그들이 훔쳐 오는 것이라고는 헝겊 나부랭이라든가, 낙타털 외투라든가, 도끼, 마구(馬具), 양복저고리라든가, 닭 따위였다. 그러나 뭐든 하나 훔쳐 내면 그 마을에는 당분간 출몰하지 않았다.

읍내에서 벗어난 변두리 마을의 농민들은 그들이 나타나기만 하면 초주검으로 만들어 놓겠다고 벼르고 있었다. 그러나 농민들에게는 끝내 그런 기회가 주어지지 않았다. 여섯 해 동안 농민들이 끊임없이 협박했지만, 두 사람의 뼈가 성하게 붙어 있는 것을 보면 알 수 있었다.

플라시 노가는 키가 크고 굽은 등에 마른 몸매를 가졌다. 근육과 뼈대가 툭 비어져 나온 그는 40세 정도 되어 보인다. 걸을 땐 고개를 푹 숙이고 손을 뒤로 해 뒷짐을 진 채 뚜벅뚜벅 걷는다. 어딘가 모르게 불안해 보이는 눈동자는 끊임없이 사방을 두리번거렸다. 머리카락은 짧게 깎고 턱수염은 없었다. 반면 입술까지 내려와 덮은 희끗희끗한 윗수염 때문에 화난 것처럼 보였다.

플라시 노가의 왼쪽 다리는 오른쪽 다리보다 길었다. 아마도 부러졌거나 삐었던 것이 뼈가 어긋난 채로 나아 버린 모양이었다. 걸을 때 왼발을 올리면 오른발이 공중에 떠올라 스스로 방향을 바꾸었다. 사람들은 이 모습을 보고 그를 '춤추는 발'이라고 불렀다.

우포바유시치는 플라시 노가보다는 다섯 살 정도 나이가 더 많았다. 플라시 노가보다 키는 작았지만 어깨는 더 벌어졌으며, 자주 기침을 해 댔다.

누렇게 뜬 얼굴에는 광대뼈가 튀어 나오고 반 이상 하얗게 센 턱수염이 보기 좋게 나 있었다. 우포바유시치의 크고 검은 눈동자는 언제나 죄에 대한 용서를 구하는 것처럼 반짝 빛났다. 걸을 때면 다소 화가 난 듯이 입술을 깨물며 구슬픈 노래를 휘파람으로 불었다. 휘파람은 언제나 같은 노래였다. 그의 어깨에 걸친 것은 온갖 색깔의 누더기 조각을 이어 만든 옷이었다. 마치 솜을 넣은 양복저고리 같았다. 우포바유시치와는 반대로 플라시 노가의 옷은 허리띠로 질끈 동여매게 만든 회색빛의 기다란 농사꾼 외투였다.

우포바유시치는 농사꾼이었으나, 플라시 노가는 성당지기의 아들이었다. 플라시 노가는 당구장에서 잡다한 일을 하는 사환을 한 적도 있었다. 그들은 일 년 열두 달, 365일을 꼭 붙어 다녔다. 농부들은 그들의 모습을 보면 항상 이렇게 빈정거리며 말했다.

"겨리(소 두 마리가 끄는 큰 쟁기) 짝이 또 나타났네. 꼭 둘이 붙어 버렸다니까!"

그런데 이 인간 겨리들은 장소를 막론하고, 이곳저곳을 두리번거리며 남과 마주치는 것을 피해 가면서 시골길을 다녔다. 우포바유시치는 기침 때문에 쿨럭거리면서도 버릇처럼 휘파람을 불었다. 플라시 노가의 왼발은 허공에서 춤추고 있었다. 그 모습은 마치 발이 자기 주인을 안전한 곳으로 이끄는 길잡이 노릇을 하는 것처럼 보였다. 때론 그들은 숲이나 밀밭, 골짜기 구석에 벌러덩 드러누워, 먹고살려면 어떻게 도둑질을 해야 하는지 의논했다.

생존 경쟁에서 두 사람보다 훨씬 더 유리한 조건을 가진 늑대도 겨울을 나기 위해 애쓴다. 뼈가 앙상하게 드러날 정도로 야윈 늑대는 허기진 눈을 부라리고 길을 따라 냄새를 맡으며 다닌다. 늑대는 제 몸을 지킬 수 있는 발톱과 이빨을 가졌으며, 그 무엇과도 타협하지 않는다. 이것은 우리 인간에게는 상당히 유리한 점으로 작용한다. 왜냐하면 인간이 생존 경쟁에서 이기려면 많은 지혜가 있어야 하고, 지혜가 없다면 맹수의 근성과 힘을 지녀야 하기 때문이다.

겨울이 되자 그들의 형편은 더 나빠졌다. 해 질 무렵, 그들은 읍내 사거리로 가서, 경찰의 눈에 띄지 않게 주의하면서 길을 가는 사람들의 소맷자락을 붙잡았다. 도둑질로 살아가는 일이 점점 힘에 부쳤다. 이 마을, 저 마을로 구석구석 돌아다니는 것도 귀찮은 일인 데다 날씨도 견디기 힘들 정도로 매서웠다. 게다가 겨울에는 두 사람의 발자국이 눈 위에 선명히 남았다. 그뿐만이 아니었다. 눈이 모든 것을 덮어 버리기 때문에 마을을 찾아가 봤자 허탕을 칠 확률이 높았다. 그래서 그들은 겨울이 되면 허기와 싸우느라 몹시 쇠약해졌다. 그들은 빨리 봄이 오기만을 기다렸다. 마치 그들처럼 애타게 봄을 기다리는 사람은 없으리라 여겨질 정도였다……

기다림 끝에 겨울이 지나고 봄이 다가왔다. 둘은 바싹 야위어서 병자같이 보였다. 그들은 골짜기의 허름한 오두막집에서 기어 나와 즐거운 마음으로 들판을 바라보았다. 들판의 눈은 날이 갈수록 빠르게 녹았다. 여기저기 검붉은 흙이 드러났고, 웅덩이는 마치 거울처럼 반짝거렸다. 개울에서는 맑은 소리가 졸졸졸 울려 나왔다. 태양은 따스한 손길로 땅을 애무하듯이 땅 위로 내리쬐었다. 둘은 햇살을 받자 힘이 났다. ─언 땅이 완전히 녹으려면 얼마나 걸린다든가, 결국 언제쯤 마을로 사격을 하러 가게 될 것인가 하는 식으로─마침 우포바유시치는 불면증에 걸려 있었다. 동 틀 무렵이면 그는 플라시 노가를 깨우면서 매우 기쁜 듯이 매번 이렇게 일러 주었다.

"이봐! 어서 일어나 보게……. 그리치⁽까마귀의 한 종류⁾가 날아왔다네!"

"까마귀가 날아왔다니?"

"응! 저것 봐. 그리치의 울음소리가 들리지?"

그들은 검은 새가 바쁜 듯이 크게 울음소리를 내며 대기를 가르는 모습을 보았다. 검은 새는 오두막을 나와 봄을 알리고 있었다. 그들은 검은 새가 보금자리를 만들거나 오래된 둥우리를 고치는 모습을 오랫동안 쳐다보았다.

"이봐, 이번엔 종달새 차례야."

우포바유시치가 삭아 빠진 그물을 손질하면서 말했다.

종달새가 나타났다. 그들은 눈 녹은 들판으로 나가 장소를 정해 그물을 쳤다. 두 도둑은 그물을 친 뒤에는 홀딱 젖어서 진창투성이가 된 몸으로 들판을 뛰어다녔다. 그리고 이제 막 녹기 시작한 들판 위를 다니며, 멀리서 날아와 지친 새들을 그물 속으로 몰아넣었다. 그들은 5코페이카, 혹은 10코페이카에 잡은 새들을 팔았다.

그다음은 돋아 나온 어저귀 나물이었다. 둘은 어저귀를 뜯어서 한곳에 모은 다음, 장터 채소 가게에 팔았다. 봄은 매일 두 도둑에게 새로운 것을 베풀어 주었다. 보잘것없는 것일지라도 그들에게는 어쨌든 새로운 돈벌이였던 셈이다. 이제 닥치는 대로 무엇이든 따 먹을 수 있었다. 버들가지, 싱아, 샴피니온(버섯의 한 종류), 딸기, 버섯 등. 돋아나는 모든 것은 두 사람의 눈을 피할 수 없었다. 그들은 군인들의 사격 연습이 끝난 뒤에 참호 속으로 숨어들어 가서 탄알을 주워 모았다. 이것들은 한 푼트에 12코페이카에 팔아 넘겼다. 그들이 아무리 애를 써도 풋나물로는 배부르게 먹는 즐거움을 만끽하기엔 부족했다. 그들은 배 속으로 들어간 식물을 새겨 놓기 위해 활발하게 움직이는 위의 움직임, 그 즐거움을 느낄 기회조차 없었다.

어느 4월이었다. 나뭇가지에 새싹이 움트고, 숲은 짙은 남색의 희미한 광선을 내뿜으며, 햇볕을 쬔 풍요로운 황갈색의 들판에서 새싹이 막 움틀 무렵이었다. 우리의 두 도둑은 큰길을 걷고 있었다. 그들은 품질이 낮은 담배로 직접 만든 궐련을 피우며 주거니 받거니 이야기를 나누었다.

"자네 말이야, 기침 소리가 거칠어지는 것 같은데!"

플라시 노가가 나지막하게 말했다.

"별거 아니네…… 이렇게 햇볕을 쬐면 …… 금방 나을 거야……."

"음……, 그래도 말이야……. 병원에라도 한번 가 보는 게 나지 않을까?"

"에잇! 내가 병원에 간들 뭘 할 수 있겠나? 죽을 몸이면 결국 죽는 거지."

"흠, 그야 그렇지만……."

둘은 큰길의 자작나무 사이를 걸었다. 자작나무가 잔가지의 그늘을 두 사람에게 드리우고 있었다. 참새는 길 위로 종종 뛰어다니면서 힘차게 짹짹거렸다.

"걸으면 기침이 더 심해지려나?"

잠시 침묵하고 있던 플라시 노가는 문득 깨달았다는 듯이 물어 보았다.

"그야 걸을 땐 숨을 마음대로 쉴 수 없으니까."

우포바유시치가 답했다.

"요즘엔 공기가 너무 탁한 데다가 습기가 많아서 숨을 쉬기가 힘들어."

우포바유시치는 걸음을 멈추고 쿨럭쿨럭 기침했다.

플라시 노가는 우포바유시치와 나란히 담배를 피우며 걱정스럽게 친구를 바라보았다. 우포바유시치는 계속되는 기침 때문에 새파랗게 질린 얼굴로 몸을 비틀었다.

"아, 이렇게 기침하다가는 목에 구멍이라도 나겠군."

우포바유시치는 기침을 계속하면서 중얼거렸다.

두 도둑은 짹짹거리는 참새를 몰면서 앞으로 걸어갔다.

"첫 개시로 우리가 노릴 곳은 무하나 집이지……."

플라시 노가는 피우던 담배를 내던지고 침을 뱉으면서 말했다.

"무하나 집 뒤꼍을 뒤져 보자고……. 꽤나 쓸모 있는 물건이 나올지도 모르잖아. 맘 놓고 있는 틈을 타서 우리가 해치운다면 …… 그러고는 시프 초비야 숲 근처에 사는 구즈네치하 집을 한번 둘러보고 …… 그다음으로는 말코프카 집에 들르세……. 이 정도 하고 돌아가면 괜찮지 싶은데……."

"흠, 그럼 30베르스타 정도는 챙기겠구면."

우포바유시치가 플라시 노보의 말에 대꾸했다.

"저기 집들을 다 돌면 아마 빈손으로 돌아가게 되지는 않을 거야……."

그들이 걷고 있는 길 왼쪽은 숲이었다. 거무스레한 숲을 보니 어쩐지 발을 들여놓고 싶은 마음이 사라졌다. 헐벗은 나무들의 가지에는 그들의 눈을 즐겁게 해 줄 만한 푸른색 무늬가 아직 보이지 않았다. 숲을 벗어난 근처에 솜털이 촘촘하게 난 망아지가 서성대고 있었다. 망아지는 갈비뼈가 툭 불거져 있어 흡사 나무통에다 테를 씌운 것 같은 모습이었다. 망아지는 땅바닥에다 코를 짓누르며 한 발 한 발 느리게 발을 옮기고 있었다. 노란색 싹을 입에 문 망아지는 미처 다 자라지 않은 이빨로 싹을 잘근잘근 씹었다.

"저놈도 우리처럼 삐쩍 말랐네……."

우포바유시치가 중얼거렸다.

"워, 워! 이리 와라!"

플라시 노가가 손짓했다. 망아지는 플라시 노가 쪽을 힐끗 쳐다보더니 다시 아래로 목을 축 늘어뜨렸다.

"이봐, 저 망아지가 자네는 싫다네."

우포바유시치는 망아지의 몸짓을 이렇게 해석했다.

"우리 저놈을 해치우세! 저놈을 타타르 사람들한테 끌고 가면, 7루블쯤 문제없을 텐데 말야. 자네 생각은 어떤가?"

궁리 끝에 플라시 노가가 제안했다.

"그렇게까지는 안 쳐 줄걸. 저 망아지가 그만한 값어치가 있겠나!"

"하지만 저 망아지에게는 가죽이 있지 않나?"

"가죽? 그래 가죽값으로 그렇게나 많이 준다는 건가? 가죽값으로 3루블 쳐 주면 많이 주는 거지."

"그것밖에 안된다고?"

"자네도 한번 봐봐. 저놈의 망아지 가죽이 얼마나 형편없는지. 가죽이라기보단 꼭 누더기 삼베로 만든 발감개(버선이나 양말 대신 발에 감는 좁고 긴 무명천) 같네……."

플라시 노가는 친구를 뚫어지게 쳐다보더니 걸음을 멈추면서 중얼거렸다.

"그럼 자네는 어떡하면 좋겠나?"

"글쎄 힘들겠는데."

우포바유시치가 주저하는 듯한 말투로 내뱉었다.

"또 뭐가 말인가?"

"발자국이 남지 않겠나……. 봄이 왔다고 해도 땅이 이렇게 질퍽거리니……. 우리가 어느 쪽으로 갔는지 금세 탄로 날걸……."

"망아지한테 짚신을 신기면 괜찮지 않을까?"

"흠……. 자네 생각이 그렇다면 그렇게 해 보세……."

"좋아. 이걸로 결정한 걸세! 우선 망아지를 숲 속으로 몰아놓아야 해. 그리고 우리는 골짜기에 숨어서 밤까지 기다리기로 하세……. 밤이 되면 망아지를 끌어내서 타타르 사람들이 사는 마을로 끌고 가자고. 여기서 많이 멀지는 않을 거야. 3베르스타 정도니까……."

"잘할 수 있을까?"

우포바유시치는 말했다.

"암튼 해치우자고! 못해도 5루블은 들어올 거야……. 들키지만 않게 하자고……."

플라시 노가는 자신 있게 말했다.

두 도둑은 주위를 한번 둘러보고 숲길을 가로질러 수풀로 향했다. 그들을 보고 망아지는 콧소리를 힝힝 내며 꼬리를 쳐들었다. 여전히 성긴 싹을 먹는 건 멈추지 않았다.

고요한 골짜기의 숲 속은 서늘한 공기를 내뿜었다. 흐르는 시냇물의 속삭임은 정적을 깨고 구슬프게 들려왔다. 가파른 벼랑에는 호두·카리나·인동의 가지들이 축 늘어져 있었다. 눈이 녹아내리면서 흙 위로 드러난 나무

뿌리가 보였다. 그러나 그보다 더욱 고요한 것은 숲이었다. 해 질 무렵의 어슴푸레한 빛은 마치 죽음처럼 더욱 짙게 드리웠으며, 그 언저리에 깔린 무거운 침묵이 숲을 마치 무덤처럼 음산한 적막으로 물들였다.

두 친구는 오래전부터 습기 차고 괴괴한 어둠 속, 골짜기 구석에 쌓인 흙 더미와 함께 자리한 백양나무 그늘 아래에 자리 잡고 있었다. 그들 사이에 는 모닥불이 활활 타오르고 있었다. 둘은 모닥불을 쬐면서 조금씩 마른 가지를 던져 넣었다. 모닥불이 타오르면서 연기를 내지 않게 하기 위해서였다. 그들 근처에는 망아지가 서 있었다. 둘은 우포바유시치의 넝마 같은 옷에서 찢은 소맷자락으로 망아지 대가리를 씌워서 가리고, 근처에 있는 나무에 고삐를 매어 놓았다.

우포바유시치는 편안하게 앉아서 불꽃을 지켜보다가 늘 하던 버릇대로 휘파람을 불었다. 그의 친구 절뚝발이는 버들가지를 한 다발 베어 와 바구니를 부지런히 짰다. 플라시 노가는 너무 바쁜 나머지 입 한번 뗄 시간도 없었다.

흐르는 시냇물 소리와 가난한 사나이의 휘파람 소리만이 해 질 녘 숲 속의 고요함을 끊임없이 감돌았다. 모닥불은 이따금 나뭇가지가 탁탁 튀는 소리를 냈다. 마치 한숨이라도 쉬는 듯이 쉬잇쉬잇 하는 소리를 내기도 했다. 모닥불은 그렇게 불타 소멸하는 자신보다 더 고통스러운 그들의 삶을 동정하듯이 계속 소리를 냈다.

"이제 슬슬 움직여 볼까?"

우포바유시치가 물었다.

"아니, 아직 이른 거 같은데……. 좀 더 어두워진 다음에 떠나는 게 좋겠네."

플라시 노가는 계속 바구니를 짜며 대꾸했다.

우포바유시치는 친구의 말에 한숨을 내쉬면서 다시 기침했다.

"왜 그래? 자네 추운 건가, 응?"

플라시 노가가 한참 뒤에 물었다.

"아니, 그렇지는 않아……. 하지만 어쩐지 지금 내 모습이 처량해지면서 넋이 빠져 버린 것 같아서 말야……."

"그건 아마 자네가 아픈 탓일 게야……."

"그럴지도 모르지……. 하지만 다른 원인이 있을지도 모른다는 생각이 드네."

그러자 플라시 노가가 친구를 타일렀다.

"자네 말이야. 생각을 너무 한쪽으로만 하지 않는 것이 좋겠어⋯⋯."

"무엇을 말인가?"

"무엇을 말인가라니, 무엇이든 말일세⋯⋯."

"아니, 그건 안 될 말이야."

우포바유시치는 갑자기 기운이 솟구친 듯이 말했다.

"난 말이야. 생각을 하지 않고서는 도저히 못 견디는 성미라고. 이를테면 저기 저런 걸 봐도⋯⋯."

우포바유시치는 망아지를 가리켰다.

"난 곧잘 이런 생각을 해⋯⋯. '어쩌면 저렇게 궁상맞게 생겼지? 하지만 살림에는 꽤 쓸모가 있는 놈이지!'라고. 나도 버젓하게 살림을 꾸려 본 적이 있었다네⋯⋯. 나도 그 무렵에는 정말 부지런했었는데 말이지."

"무슨 벌이를 했단 말인가?"

플라시 노가가 냉정하게 질문하고는 말을 이었다.

"지금 자네한테 그런 어이없고 쓸모없는 말 따윈 듣고 싶지 않네⋯⋯. 자네가 휘파람을 불고 한숨을 푹푹 쉬어 봤자, 그게 지금 무슨 소용이 있단 말인가?"

우포바유시치는 입을 다물었다. 그는 마른 가지를 한 움큼 쥐고는 모닥불 위로 던졌다. 그러고는 불꽃이 솟아올라 대기 속으로 사라지는 것을 지켜보았다. 불꽃을 바라보던 그의 얼굴에 어두운 그림자가 스쳐 지나갔다. 우포바유시치는 망아지가 묶여 있는 쪽으로 고개를 돌려 그 모습을 유심히 살펴보았다. 망아지는 땅에 붙박인 양 아무런 움직임이 없었다.

"자네 말이야, 어떤 일이든 간단하게 생각할 필요가 있어."

플라시 노가는 타이르듯이 말했다.

"우리의 생활이란 이런 거야. 낮이 지나가면 밤이 오지⋯⋯. 밤이 오면 하루가 끝나는 거야! 다행히 먹을 것이 있으면 ⋯⋯ 좋은 거고, 먹을 것이 없으면 ⋯⋯ 훌쩍훌쩍 울다가 끝나는 거지⋯⋯. 우리의 생활이란 그렇단 말일세, 자네는 괜히 모든 걸 어렵게만 생각하니⋯⋯. 나는 듣기가 싫단 말이야. 그건 자네 병 탓이겠지만."

"자네가 그렇게 말한다면 아마 병 탓인지도 모르겠네만."

우포바유시치는 친구의 말에 고개를 끄덕이더니 이렇게 덧붙였다.

"하지만 따지고 보면 …… 내 맘이 약해서인지도 몰라."

"그래, 자네의 그 맘이 약하다는 것도 병 때문일세."

플라시 노가는 단호하게 말했다. 플라시 노가는 작은 가지를 치아로 물어뜯더니 그것을 공중에 휘둘렀다.

"나를 보게나. 난 건강한 몸이지 않나……. 자네처럼 절대 약하지 않아!"

그때 망아지가 발을 굴렀다. 어디선가 나뭇가지가 부러진 듯한 소리가 났다. 흙덩이가 개울로 떨어지면서 고요하게 흐르던 시냇물 소리에 새로운 음을 더했다. 그때 두 마리의 산새가 날아오르더니 불안한 소리로 울며 날아갔다. 멀리 날아가는 산새를 지켜보며 우포바유시치가 낮은 목소리로 말했다.

"저게 무슨 새인지 아나? 뜸부기라면 이런 숲 속에 있어 봤자 저도 별수 없을 텐데……. 그렇다면 저 새는 스윌리스테리일까……?"

"아니야. 저 새는 때까치인 거 같네."

플라시 노가가 대꾸했다.

"근데 때까치라면 아직 제철이 아니지 않나. 더군다나 때까치라면 소나무 숲에 처박혀 사는 새인데 이런 데 날아올 리가 없지……. 저 새는 스윌리스테리임이 틀림없어."

"자네가 그렇게 생각한다면 스윌리스테리라고 해 두지!"

"분명히 스윌리스테리야."

우포바유시치는 확신하듯 크게 고개를 끄덕이다가 곧 한숨을 푹 쉬었다.

플라시 노가는 여전히 두 손을 빠르게 움직였다. 바구니는 벌써 밑바닥이 완성됐다. 이제 그는 몸통 만들기에 주력했다. 그는 창칼로 줄기를 알맞게 자르고 치아로 끊어 다듬고는, 손가락으로 줄기를 굽히거나 얽었다. 일하는 틈틈이 숨을 내쉴 때마다 그의 콧수염이 움직였다.

우포바유시치는 친구의 손놀림을 바라보다가 문득 고개를 숙인 채, 여전히 돌처럼 한자리에 붙박인 망아지를 바라보았다. 그러고는 가끔 하늘을 쳐다보곤 했다. 새까만 어둠에 싸인 하늘에 별은 보이지 않았다.

"만약 농사꾼이 망아지를 찾으러 오면……."

우포바유시치는 갑자기 흥분된 목소리로 입을 열었다.

"망아지가 없어진 걸 알게 되면……. 여기저기 찾아 봐도……. 망아지가 사라져 버린 걸 뒤늦게 알게 된다면 어쩌지?"

우포바유시치는 두 손으로 농사꾼이 허둥대는 모습을 흉내 내며 말했다. 표정은 멍청해 보였지만, 눈은 마치 번쩍거리는 것을 보고 있기라도 한 듯이 연방 껌벅였다.

"왜 갑자기 그런 말을 하나?"

플라시 노가는 사나운 목소리로 친구를 나무랐다.

"아니 그냥……. 옛일이 생각나서 말이지……."

우포바유시치는 마치 변명처럼 대답했다.

"어떤 옛일?"

"무슨 일이냐면 …… 내가 전에 말을 도둑맞은 사람을 본 적이 있는데 …… 우리 집 마부였는데 말이야……. 그를 미하일라라고 불렀지……. 덩치가 큰 농사꾼이었는데……. 얼굴이 곰보딱지였어……. 그 미하일라가 말을 도둑맞았던 게야……. 풀을 먹이려고 말을 풀어 놓았는데 그만 감쪽같이 말이 없어졌지 뭐야! 말이 없어졌다는 걸 알고, 글쎄, 그 미하일라라는 놈이 땅바닥에 풀썩 쓰러져서는 대성통곡을 하는 거야……. 꼭 누가 발목을 꺾어 놓은 것처럼 말이야……."

"그래서?"

"그래서 …… 미하일라는 그렇게 쓰러진 채로 말을 제대로 간수하지 못한 자신을 계속 탓했다네……."

"그래서 뭘 어쩌자는 건가?"

우포바유시치는 플라시 노가의 날카로운 질문에 더듬거리는 말투로 대답했다.

"그러니까 …… 농사꾼에게 말을 잃어버린다는 것은 팔을 잘리는 것과 같은 아픔이라는 거지."

"자네한테 내가 다시 한 번 다짐해 두겠네."

플라시 노가는 우포바유시치를 쏘아보면서 말을 이었다.

"제발 그런 소리는 하지 말게. 겉으로 내색도 하지 말아 주게! 지금 상황에서 그런 생각이 득이 될 일은 절대로 없을 테니……. 알겠나? 농사꾼이니, 마부니, 미하일라니 떠들어 봤자 다 쓸데없는 노릇이니까."

"하지만 불쌍하지 않은가?"

우포바유시치는 친구의 말에 대들었다.

"뭐? 불쌍하다고? 흥, 그럼 우리는 불쌍한 인간이 아니란 말인가?"

"아니, 나는 그냥 갑자기 생각이 나서 해 본 이야기일세."

"그렇다면 더욱 이제부턴 쓸데없는 소리는 그만두게……. 우리는 조금 있다가 떠나야 할 테니."

"곧 말인가?"

"그래."

우포바유시치는 타오르는 모닥불 곁으로 다가앉아 나뭇가지로 불더미를 쑤셨다. 그러고는 바구니 엮는 데 열심인 친구를 흘끗 곁눈질하더니 재차 당부의 말을 건넸다.

"망아지를 풀어 주는 게 좋을 거 같아……."

"난 자네가 이토록 비겁한 인간인 줄은 정말 꿈에도 몰랐네!"

플라시 노가는 생각할수록 친구가 딱하다는 듯이 외쳤다.

"지금 우리는 나쁜 짓을 하는 거 아닌가?"

우포바유시치는 조용히 설득하듯이 이야기를 계속했다.

"자네도 한번 생각해 보게. 이건 여간 위험한 짓이지 않나? 4베르스타나 끌고 가서 …… 우리가 힘들게 끌고 갔는데 타타르 사람들이 사지 않겠다고 나오면 어떡할 셈인가? 그럼 그때 가서 저 망아지를 어떻게 할 셈인가?"

"그렇게 되면 내가 책임질게!"

"할 수 없군그래! 하지만 난 그냥 망아지를 풀어 주었으면 좋겠어……. 더군다나 저렇게 더럽고 말라빠진 말을 말일세!"

플라시 노가는 아무 말 없이 더욱 재빠르게 손가락을 놀렸다.

"생각해 보게. 저 따위 볼품없는 것에 누가 목돈을 내놓겠나?"

우포바유시치는 낮은 목소리로 이어 말했다.

"이제 시간도 됐고……. 우린 이러고 있을 시간이 없네. 보게나, 곧 어두워질 걸세……. 이봐, 좀 더 현실적인 일에 손대는 편이 낫지 않겠나."

우포바유시치의 말은 시냇물 소리와 뒤섞여 친구의 속을 들쑤셨다. 플라시 노가는 입술을 잘근잘근 씹을 뿐 말이 없었다. 순간, 올 하나가 꼬이더니 뚝 부러졌다.

"아마 지금쯤은 아낙네들도 마전터(피륙을 말려서 바래는 곳)로 나갔을 게고……."

망아지는 한 번 길게 울더니 묶인 대가리를 빼내려고 안간힘을 썼다. 천을 덮어쓴 망아지의 꼴이 가련해 보였다. 플라시 노가는 소리 나는 쪽을 힐끗 돌아보았다. 그러고는 불더미에다 마른침을 퉤 하고 뱉었다.

"저것 봐. 망아지도 묶여 있는 게 싫다고 몸부림을 치지 않나……."

"이봐, 자네. 언제까지 그 넋두리를 할 건가?"

플라시 노가는 화가 난 말투로 친구를 다그쳤다.

"나는 있는 사실대로 말하는 걸세……. 이렇게 화낼 일이 아니야. 스테판…… 저 망아지를 숲 속으로 쫓아 버리는 게 나을 거 같아. 나쁜 짓을 하자는 게 아니니까."

"오늘은 배가 부른 건가?"

플라시 노가는 버럭 소리 질렀다.

"아니, 그럴 리가 있나……."

우포바유시치는 우물쭈물 대꾸했다.

"그렇다면 제발 군소리 그만하게. 저 망아지를 풀어 주면 우리가 굶어 죽을 판이야. 난 아무것도 겁날 게 없어……."

우포바유시치는 그렇게 말하는 친구를 말없이 쳐다보았다. 플라시 노가는 버들가지를 한데 모아 동여맨 뒤 다발로 묶었다. 그의 숨소리가 거칠었다. 모닥불의 불꽃에 비친 텁석부리 얼굴이 벌겋게 달아 있었다.

우포바유시치는 눈길을 옆으로 돌리면서 한숨을 내쉬었다.

"이봐, 잘 들어. 난 겁나지 않아……. 꼭 맘먹은 대로 할 걸세."

플라시 노가는 단호하게 말했다.

"하지만 미리 말하겠네. 자네가 그렇게 몸을 사리겠다면 …… 나와 이 일을 하기 싫다는 뜻이라고 생각하겠네. 그렇게 하는 편이 낫겠어! 나는 잘 알아. 자네가 어떤 위인인지 …… 한마디로 말해……."

"한마디로 말해 …… 내가 변덕쟁이란 말이지……."

"잘 알고 있구먼!"

우포바유시치는 몸을 굽혀 쿨럭거리기 시작했다. 그는 기침의 발작이 가라앉자 큰 숨을 후 하고 내쉬면서 다시 입을 열었다.

"내가 꼭 변덕쟁이라서 이런 말을 하는 게 아니야. 오늘 밤은 별로 감이 안 좋아! 저놈의 말라빠진 망아지랑 같이 있다가는 꼭 무슨 일을 당할 것만 같단 말일세……."

"제발 그만하게!"

플라시 노가는 버럭 소리를 질렀다.

플라시 노가는 버들가지 다발을 어깨에 메고, 아직도 다 못 만든 바구니를 겨드랑이에 끼고는 자리에서 벌떡 일어섰다.

우포바유시치도 그와 동시에 일어서며 친구 쪽을 힐끔 쳐다보고는 조심스러운 발걸음으로 망아지 쪽으로 다가갔다.

"워! 워! 괜찮아……. 걱정할 것 없어……."

우포바유시치의 목소리가 어두운 산골짜기로 울려 퍼졌다.

"자, 똑바로 서 봐. 자아, 가자. 음, 옳지!"

플라시 노가는 우포바유시치가 망아지 머리에서 누더기를 벗겨 주면서 마냥 꾸물거리는 것을 보며 윗수염을 실룩거렸다.

"빨리 하지 않고 뭘 꾸물대고 있는 거야!"

플라시 노가는 발걸음을 디디며 말했다.

"이제 곧 다 되어 가네."

우포바유시치가 대꾸했다.

얼마 뒤 두 사람은 떨기나무가 우거진 곳을 말없이 헤쳐 나갔다. 둘은 골짜기 구석구석에 쌓인 어둠을 뚫고 걸어가면서도 말이 없었다. 망아지도 조용히 둘의 뒤를 따랐다.

한참 뒤, 시냇물의 멜로디를 깨뜨리고 풍덩 하는 물소리가 들려왔다.

"어이구머니, 저놈의 망아지 좀 봐라……. 개울 속에 빠졌네!"

우포바유시치는 놀란 듯 외치자, 플라시 노가는 코를 벌름거렸다.

골짜기의 어둠과 침묵 속으로, 둘이 있는 곳과는 상당히 멀어진 숲 언저리에서 소리 없이 산들거리는 떨기나무들의 조용한 움직임이 바람결에 흘러왔다. 바로 그 근처에서 사그라져가는 모닥불의 불꽃이 벌겋게 땅 위를 비추었다. 불꽃은 마치 조롱하는 혹은 화가 난 도깨비의 눈처럼 보였다.

어느새 달이 떠올랐다. 투명한 달빛의 광채가 안개처럼 골짜기 가득 메웠다. 숲 속의 존재하는 모든 것들의 그림자가 떨어졌다. 숲이 점점 깊어져 가고 정적도 점점 더 짙어 가고, 분위기는 한층 엄숙해졌다. 자작나무는 달빛을 받아 은색으로 빛났다. 자작나무의 흰 줄기는 참나무, 느릅나무, 다양한 잡목들을 검은 부분을 배경으로 하고 촛불처럼 윤곽을 나타냈다.

여전히 그들은 산골짜기를 말없이 걸어갔다. 숲길이 험해서 한 발짝 옮기기조차 힘들었다. 조심하지 않으면 미끄러지거나 보이지 않는 수렁에 깊이 빠지곤 했다. 우포바유시치는 계속 쿨럭였다. 그 소리는 마치 가슴속에서 울리는 피리 소리처럼 들리기도 했다. 가끔 그는 비명에 가까운 소리를 내기도 했다. 앞서 가던 플라시 노가가 멈추더니 커다란 그림자를 우포바유시치 위로 드리우면서 말했다.

"이봐, 정신 차리고 걷게!"

플라시 노가는 친구를 나무라듯 말했다.

"아니, 자네 지금 뭐 찾는 거라도 있나?"

우포바유시치는 한숨을 내쉬면서 아무런 대꾸도 하지 않았다.

"이봐, 요새는 말일세, 자네도 알다시피 밤이 참새 주둥이보다도 짧아……. 날이 새기 전까지는 마을로 돌아가야 해……. 이래 가지고야 어디가겠나? 마치 우리 모습이 마님네들 행차 같군그래……."

"여보게, 내가 지금 괴로워서 그래."

우포바유시치는 낮은 목소리로 중얼거렸다.

"괴롭다니? 왜?"

플라시 노가는 비꼬듯이 소리쳤다.

"걸을 때마다 숨을 쉬는 게 굉장히 힘들어……."

우포바유시치는 대답했다.

"숨을 쉬는 게 힘들다고? 왜 숨 쉬는 게 힘든가?"

"내 병 때문에 그렇지……."

"거짓말 말게! 자네가 지금 얼이 빠진 탓이지."

플라시 노가는 잠시 걸음을 멈추고 동료를 향해 뒤돌아섰다. 그러고는 그의 코끝에 손을 갖다 대며 한마디 덧붙였다.

"숨조차 제대로 쉬지 못하는 이유는 자네가 얼이 빠져서야……. 안 그런가?"

우포바유시치는 친구의 말에 사과라도 하듯이 머리를 수그리며 중얼거렸다.

"알았네……."

우포바유시치는 좀 더 할 말이 있었지만, 다시 기침이 쏟아지는 바람에 입을 다물 수밖에 없었다. 우포바유시치는 손으로 나무줄기를 잡고 고통스러운 듯 발을 구르며, 연신 머리를 흔들었다. 그는 입을 딱 벌린 채 쉴 새 없이 쿨럭거렸다.

피골만 앙상히 남은 동료의 얼굴을 플라시 노가는 말없이 바라보았다. 달빛에 비쳐 흙빛으로 보이기도 하고 창백하게 보이기도 하는 그 얼굴을.

"자네가 그렇게 쿨럭거리니 숲 속의 온갖 것들이 다 잠을 깨겠네!"

플라시 노가는 비난하듯 내뱉었다. 하지만 친구가 발작을 멈추고 머리를 털면서 큰 숨을 내쉬자, 플라시 노가도 어쩔 수 없이 말했다.

"자, 우리 좀 쉬었다 가세!"

둘은 축축한 땅바닥에 아무렇게 주저앉았다.

그곳은 우거진 떨기나무의 잎이 만들어 놓은 그늘 밑이었다. 플라시 노가는 종이에 잎담배를 말아 피웠다. 그는 잎담배의 타들어 가는 불꽃을 바라보면서 천천히 말을 꺼냈다.

"그래도 집에 먹을 것이 뭐라도 조금 있다면야 …… 우리도 집에 갈 수 있을 텐데……."

"두말 하면 잔소리야!"

우포바유시치가 친구의 말에 맞장구를 쳤다.

플라시 노가는 힐끗 우포바유시치를 쳐다보며 말을 계속했다.

"집구석이라고는 곡식 한 톨도 없으니, 별수 없이 하는 데까지 해 봐야 하지 않겠나……. 가는 데까지 가 봐야지……."

"음……."

우포바유시치는 한숨을 내쉬었다.

"하긴 지금 별다른 뾰족한 수가 있는 건 아니지. 뭐 갈 만한 좋은 곳이 딱히 있는 것도 아니니까. 따지고 보면 이 모든 상황이 우리가 못난 탓이지. 우리가 얼마나 못난 놈들인지 생각하니 어이가 없네."

플라시 노가는 약간 흥분한 듯한 목소리로 말했다. 대기를 뚫을 듯한 소리에 큰 불안을 느낀 우포바유시치는 가쁜 숨을 몰아쉬며 몸을 꼬아 댔다. 여전히 목구멍에서는 괴상한 소리가 났다.

"하지만 사람이 먹지 않고 견딜 수가 있나……. 시간이 지날수록 온통 머릿속에는 먹는 생각뿐이야. 견딜 수 없을 만큼 배 속에서 꼬르륵 소리가 난단 말일세!"

플라시 노가는 그제야 질책하듯 큰 소리로 하던 말을 끝냈다. 새로운 결심을 한 듯 갑자기 우포바유시치가 벌떡 일어섰다.

"아니, 왜 그러는 건가?"

플라시 노가가 물었다.

"자, 우리 가세."

"어떤 생각인 건가? 이렇게 훌쩍 나서니……."

"우리 가 보는 거야!"

"그래, 가 보세……."

플라시 노가도 친구를 따라 자리에서 일어섰다.

"딱히 생각나는 곳도 없지만."

"뭐 상관있겠나. 될 대로 되라지!"

우포바유시치는 절망적인 몸짓으로 손을 휘저었다.

"자네 지금 신명이 났구먼!"

"당연한 거 아니겠나? 제기랄, 계속 자네한테 구박을 받은 데다 된서리까지 맞았으니 말이야!"

"아까는 왜 그렇게 터무니없는 생각을 했나?"

플라시 노가가 재차 물었다.

"왜 그랬냐니까?"

"문득 불쌍하다는 생각이 들어서 말이야."

"퉤! 누가 불쌍하단 말이야?"

"사람이 말일세! 사람이란 게 불쌍하게 느껴져서……."

"인간이?"

플라시 노가는 친구의 대답을 듣고 느릿하게 되물었다.

"허허……, 자네는 어쩌자고 갑자기 그런 호인이 됐는가? 도대체 그 인간이란 놈들이 자네한테 뭐라도 되나? 혹시 알고 있는가? 인간이란 놈들은 말이야, 자네의 목덜미를 움켜잡고서 마치 벼룩을 잡듯이 …… 손톱으로 탁탁 터뜨리는 놈들이라고! 그런데도 자네는 인간들이 가엾다는 건가? ……그래! 자네가 그렇게 생각한다면 그야말로 자네는 자네가 바보라는 것을 증명하는 거나 다름없네. 상대방이 베푸는 선심을 인간이란 놈들은 어떻게 보답하는 줄 아는가? 온 집안 식구를 못살게 굴 뿐이라고. 참 쉽지. 마치 내 손으로 나의 모든 내장을 긁어내고, 뼈에 붙은 살점까지 난도질해서 뜯어내는 셈이지……. 응, 이봐 …… 불쌍한 건 자네야. 자네가 그런 생각이라면 천지신명에게 부탁하는 게 나을 걸세. 새삼스레 자비심 따위는 필요 없으니까 당장 죽여 주시옵소서 하고 말일세. 내 말이 어떤가? 응? 그게 아니라면 세차게 내리는 빗물에 흔적도 없이 녹여 없애 달라고 해 보게! 인간이 불쌍하다니 도대체 지금 무슨 소리를 하는 거야……."

흥분한 플라시 노가는 친구를 향해 비난을 퍼부었다. 플라시 노가의 비난과 멸시는 숲 속으로 메아리쳐 갔다. 그러자 통쾌하고 신념에 넘친 플라시 노가의 말에 답이라도 하듯 나뭇가지들이 조용한 속삭임으로 바스락거렸다.

우포바유시치는 덜덜 떨리는 다리에 힘을 주고 걸음을 내딛었다. 그러고는 소맷자락에 손을 깊숙이 쑤셔 넣고 머리를 가슴 언저리까지 푹 수그린 채 힘없이 발걸음을 옮겼다.

"잠시 기다려 주게!"

우포바유시치가 마침내 입을 열었다.

"이제는 틀린 걸까? 마을에라도 당도하면 …… 그때는 괜찮아질지도 모르겠지만 …… 거기까지 도착하면 …… 혼자 가서 …… 자네는 나를 안 따라오는 게 좋겠네. 무엇이든 닥치는 대로 우선 집어넣은 뒤 집으로 갈 거야! 나는 빨리 가서 한숨 자야겠네! 도저히 못 견디겠어……."

우포바유시치는 거기까지 말하고는 숨이 차서 씩씩거리는 소리를 냈다. 플라시 노가는 그를 수상쩍은 듯이 훑어보더니 걸음을 멈추었다. 그러고는 무슨 말인가를 하려다가 곧 손을 흔들더니 곧 입을 다물었다. 그는 다시 걷기 시작했다.

우포바유시치의 말을 끝으로 둘은 한참을 말도 않고 걸어갔다. 새소리가 가까이에서 들렸다. 개 짖는 소리는 멀리서 들려왔다. 잠시 뒤에는 멀리, 구슬픈 야경의 종소리가 마을 성당에서 흘러왔다. 그러나 곧 그 소리는 숲의 침묵 속으로 파묻혀 버렸다. 뿌연 달빛 속에 떠 있는 거대한 검은 점과 같은 커다란 새가 어디선가 날아와 듣기 싫은 날개 소리를 내며 산골짜기로 날아갔다.

"저 새는 부어론(까마귀의 한 종류)일까? 아니면 그라치란 놈일까?"

플라시 노가는 날아가는 새를 보며 한눈을 팔았다.

"안 되겠어……."

우포바유시치는 땅바닥에 털썩 쓰러지면서 말했다.

"나를 신경 쓰지 말고 어서 가게. 난 잠시 쉬어야겠네. 더는 못 걷겠어.

숨이 탁탁 막히고 눈도 가물거려……."

"이봐, 자네 또 시작인가?"

플라시 노가는 불만스럽게 중얼거렸다.

"자네 정말 못 걷겠나?"

"더는 걷지 못하겠어……."

"아주 낭패로군!"

"이제 나는 정말 지쳤네……."

"조금만 더 걸으면 돼! 이렇게 우물쭈물하다가는 또 아침부터 밥 한술 못 먹고 여기저기 정신없이 싸다녀야 하네."

"아니, 난 이제 더는 안 되겠네. 이제 …… 난 끝일세! 자네, 이것 보게. 이렇게 피가 나오는걸!"

우포바유시치는 친구의 얼굴 앞으로 거무스름한 것이 묻은 손바닥을 내밀었다. 플라시 노가는 그것을 곁눈으로 흘깃 보면서 조용한 목소리로 물었다.

"그럼 이제 어떻게 해야 하나?"

"어떻게 하긴, 자네는 가게……. 난 여기 남아 있을 테니까……. 난 이제 일어나지 못할 거야. 분명하네……."

"나만 가라니, 내가 자네를 두고 어디로 간단 말인가? 혼자 마을로 가서 마을 놈들한테 …… 그 인간들한테 말을 걸어 봤자 뭐 신통한 일이 일어나겠나?"

"그거야 누구 한 사람의 눈에 띄기만 해도 맞아 죽겠지."

"이런, 어떻게 해야 좋단 말인가? 여기에 있다간, 마을 놈들한테 들킬 게 뻔한데 말이야……."

우포바유시치는 탁한 기침 소리를 냈다. 동시에 입에서는 핏덩어리가 쏟아져 나왔다. 그러면서 그는 뒤로 나자빠졌다.

"피가 나오는 건가?"

플라시 노가는 눈은 딴 곳을 향한 채 우포바유시치 옆에 그냥 서 있었다.

"피가 굉장히 많이 나오는군!"

우포바유시치는 들릴락 말락 조용한 목소리로 지껄인 뒤 또다시 쿨럭거렸다. 플라시 노가는 일부러 면박을 주듯 큰 소리로 말했다.

"의원이라도 불러와야겠구먼!"

"의원을 부른다고?"

우포바유시치가 힘없는 목소리로 입을 열었다.

"될 수 있으면 일어나서 좀 걸어 보지 않겠나? 천천히 걸어도 좋으니까."

"아니, 난 도저히 가망이 없네."

플라시 노가는 동료의 머리맡에 쭈그리고 앉았다. 그러고는 두 손으로 무릎을 감싸 쥐고는 그윽이 친구의 얼굴을 들여다보았다. 우포바유시치의 가슴이 묘하게 물결치며 계속 둔한 소리를 냈다. 그의 눈망울은 푹 꺼지고 입술은 늘어나 마치 말라붙은 것처럼 보였다. 실오리 같은 피가 그의 턱으로 흘러내렸다.

"아직도 피가 나오는가?"

플라시 노가가 정감 어린 목소리로 조용히 물었다. 우포바유시치는 얼굴을 부들부들 떨었다.

"계속 피가 나오는데……."

우포바유시치의 목에서 가냘프고 오그라진 소리가 들렸다.

두 무릎 사이로 머리를 박은 채 플라시 노가는 아무 말도 하지 않았다.

골짜기의 벼랑이 그들의 머리 위로 솟아 있었다. 눈이 녹아내린 물에 벼랑이 패여, 깊은 물결이 몇 갈래 났다. 산발한 머리처럼 보이는 나무는 달빛을 받아 벼랑 위에서 산골짜기를 기웃거렸다. 더 가파른 다른 쪽 벼랑은 떨기나무로 뒤덮여 있었다. 시커먼 떨기나무 숲에는 흰 나무줄기가 군데군데 뻗쳐 있고, 그라치의 둥우리가 메마른 가지에 또렷하게 드러나 있었다. 희뿌연 달빛이 내리덮고 있는 골짜기는 마치 인생의 빛깔을 잃은 꿈결처럼 느껴졌다. 조용히 흘러내리는 시냇물 소리는 한층 더 깊은 정적을 만들어 숲 속의 쓸쓸한 분위기를 한층 고조시키고 있었다.

"우리 이제 이별일세……."

우포바유시치는 겨우 알아들을 수 있는 목소리로 동료에게 말했다. 곧이어 그는 큰 목소리로 말했다.

"우리 이제 이별이라고! 스테판!"

플라시 노가는 온몸을 부르르 떨었다. 뜻밖에도 힘없이 흐느적거리며 숨소리마저 거칠어졌다. 그는 무릎 사이에서 얼굴을 들고 더듬거리는 말투로 친구를 방해하지 않겠다는 듯이 조용히 말했다.

"자네, 왜 그런 쓸데없는 말을 하나……. 그렇게 걱정할 건 없지 않는가.

이봐!"

"예수님!"

우포바유시치는 괴로운 듯이 숨을 내쉬었다.

"왜 별일 아닌 걸 갖고 그러나!"

플라시 노가는 우포바유시치의 얼굴을 들여다보면서 중얼거렸다.

"조금만 참으면 곧 가라앉을 걸세……. 이렇게 쉬면 조만간 나아질 텐데 왜 자꾸 그러나."

우포바유시치는 계속 쿨럭거렸다. 그의 가슴에서 새로운 소리가 났다. —마치 갈비뼈에 젖은 헝겊이 스치는 듯한 그런 소리였다. 그 모습을 보고 플라시 노가는 수염을 실룩댔다. 기침이 멎자 우포바유시치는 커다란 소리를 내면서 숨을 거칠게 몰아쉬었다. —그 숨결은 마치 온 힘을 쏟아 어디론가 뛰어가는 것 같았다. 숨을 몰아쉬던 우포바유시치는 마침내 나지막하게 말했다.

"스테판, 나를 용서하게……. 무엇 때문에 …… 내가 망아지를 그렇게까지 …… 날 용서하게나, 스테판."

"아니야, 나야말로 …… 자네에게 용서를 비네!"

플라시 노가는 친구의 말을 가로막았다. 그는 잠시 후 이렇게 덧붙였다.

"여보게, 이제 난 대체 어디로 가야 하는가? 어떻게 살아야 하냐고?"

"스테판, 그까짓 건 별거 아니야. 나는 자네가 행복하게 살 수 있도록……."

숨을 가볍게 몰아쉬던 우포바유시치는 하던 말을 미처 끝내지 못하고 입을 다물고 말았다.

그의 가슴에서는 여전히 씩씩거리는 소리가 들렸다. 그러고는 그의 두 다리가 쭉 펴졌다……. 한쪽 다리는 다른 쪽 다리로 기울어졌다.

플라시 노가는 미동도 않고 친구를 지켜보았다. 몇 분 동안 침묵이 흘렀다. 꽤 오랜 시간이 지났다 싶을 만큼 긴 시간처럼 느껴졌다. 이때 우포바유시치가 갑자기 고개를 들었다. 그러나 고개는 다시 힘없이 떨어졌다.

"여보게, 왜 그러는가? 여보게!"

플라시 노가는 친구에게 몸을 기대었지만, 친구는 아무런 대답도 하지 않았다……. 이윽고 우포바유시치는 조용해졌고 다시는 움직이지 않았다.

플라시 노가는 한동안 친구 곁에 앉아 있었다. 얼마 뒤 플라시 노가는 모자를 벗고 가슴에 성호를 그은 뒤 발걸음을 옮겼다. 그의 눈썹과 윗수염은 성난 것처럼 보였다. 그는 한 걸음 한 걸음 내딛을 때마다 세게 땅바닥을 쳤다. 마치 땅바닥을 아프게 하겠다고 각오를 한 듯했다.

날이 밝아 오고, 하늘은 잿빛이었다. 정적이 서려 있는 골짜기에는 시냇물만이 단조롭지만 알아듣기 어려운 이야기를 계속했다.

어디선가 갑자기 큰 소리가 울려 왔다……. 골짜기로 흙더미가 굴러떨어지는 소리인지도 모른다. 그 소리―산골짜기의 찬 습기와 싸늘한 공기에 부딪치는 듯한 소리―는 오래 들리지는 않았다……. 소리는 들리는가 싶더니 곧 사라졌다…….*

변신(變身)

✎ 작가와 작품 세계

프란츠 카프카(Franz Kafka, 1883~1924)

체코 프라하 태생의 독일 소설가. 부유한 유대 상인의 아들로 태어난 카프카는 프라하대학에서 법학을 공부했지만, 재학 중에 본격적인 소설 창작의 길로 접어들었다. 이 무렵 「어떤 싸움의 수기」, 「시골의 혼례 준비」 등 단편을 집필했다. 이때 터득한 공상적 내용과 사실적 문체, 사실의 부자연성과 서술 방법의 자연성은 이후 카프카 문학의 기본 구조가 된다. 카프카는 생애 대부분을 프라하에서 독신으로 보냈다. 이곳에서의 체험은 그의 작품에 중요한 영향을 미쳤다. 특히 두려움과 존경의 대상이었던 아버지와의 불편한 관계와 독일어를 쓰는 유대 인으로서 느꼈던 불안함은 소외와 이중 의식이라는 주제를 형성하게 해 주었다.

카프카는 결핵이 악화돼 1924년 빈 근교 요양소에서 41세의 나이로 생을 마감했다. 유고 장편으로 『심판』, 『성(城)』, 『아메리카』 등이 있다. 부조리의 근원을 포착하면서 개체와 전체의 조화를 꾀한 것이 이들 작품의 주제다. 운명의 부조리함과 존재의 불안을 날카롭게 통찰한 카프카는 실존주의 문학의 선구자로 꼽힌다.

✎ 작품 정리

갈래 : 중편 소설, 실존주의 소설
성격 : 객관적, 사실적, 비판적
배경 : 시간 – 현대 / 공간 – 독일 소시민 가정
시점 : 3인칭 전지적 작가 시점
주제 : 현대인의 고독과 사회의 부조리

발단 **어느 날 아침 그레고르가 벌레로 변신함**

그레고르는 가족을 위해 하루도 쉬지 않고 일하는 세일즈맨이다. 어느 날 아침 그레고르는 벌레로 변해 있는 자신의 모습을 발견한다. 출근 시간이 한참이나 지났지만 그레고르는 방에서 나오지 못하고 전전긍긍한다.

전개 **지배인이 찾아오고 가족은 벌레로 변한 그레고르를 봄**

가족이 일어나라고 문을 두드리지만 그레고르는 아무런 조치도 취하지 못한다. 마침내 회사 지배인이 집으로 찾아오자 그레고르는 가족 앞에 벌레로 변한 자신의 흉측한 모습을 드러낸다. 지배인은 놀라 도망치고 그레고르의 가족은 상심에 빠진다.

위기 **그레고르는 가족에게서 멀어지며 소외됨**

그레고르는 여전히 가족을 사랑하지만 가족은 그를 기피한다. 그레고르는 벌레로 변한 이후에야 비로소 가족을 향한 자신의 희생이 덧없는 것이었음을 깨닫는다.

절정 **그레고르는 아버지 때문에 부상을 입음**

벌레가 된 이후, 누이동생이 그레고르를 뒷바라지한다. 그러나 시간이 지날수록 그녀의 행동은 형식적으로 변해 간다. 가족의 사랑을 잃고 괴로움에 빠진 그레고르는 홀로 고민하다가 어느 날 아버지가 던진 사과에 맞아 중상을 입는다.

결말 **그레고르가 죽고 가족은 평화를 회복함**

그레고르는 결국 식사도 거부하고 죽음을 맞는다. 그의 가족은 그레고르가 죽자 다행스럽게 생각하며 아무 일도 없었다는 듯 교외로 여행을 떠난다.

✎ **생각해 볼 문제** ---

1. 그레고르의 '변신'과 관련해 추리할 수 있는 사실은 무엇인가?

변신 전, 그레고르는 가족 가운데 유일하게 직장에 다니면서 가장 노릇을 한다. 일상의 여유를 찾지 못한 채 힘겹게 살아온 그레고르가 벌레로 변신한 것은 어쩌면 현실의 고통으로부터 벗어나기 위해서인지도 모른다. 그레고르가 벌레로 변신한 뒤 가족에게는 놀라운 변화가 일어난다. 아버지가 은행 수위로 취직하고 어머니와 여동생도 밖에 나가 돈을 벌기 시작한 것이다. 그레고르가 힘겹게 떠안았던 고된 짐이 가족에게 골고루 분산된 것이다.

2. 이 작품 속에서 '벌레'가 상징하는 것은 무엇인가?

벌레는 인간에게 있어 흉측하고 더러운, 혹은 징그러운 존재다. 이 소설에서 그레고르가 벌레로 변신한 것은 자본주의 사회에서 개인이 소외당하는 부조리한 현상을 상징한다. 또한, 한 인간의 병든 의식을 은유적으로 드러내는 장치로 볼 수 있다.

3. '하숙하는 사람들'과 '가정부'가 상징하는 것은 무엇인가?

가정부와 하숙하는 사람들은 그레고르의 일에 철저하게 무관심하다. 그들은 제3자의 입장에서 그레고르를 관찰한다. 가족의 반응 역시 마지막에는 그들과 다를 바 없는 상황이 되고 만다. 이러한 설정은 현대 사회에서 나타나는 개인의 고립과 소통의 단절을 상징한다.

변신

그 사건은 어느 날 아침에 일어났다. 잠에서 깨어난 그레고르는 자신이 침대 속에서 흉측한 벌레로 변한 것을 발견했다. 등의 촉감이 갑옷처럼 딱딱했다. 깜짝 놀라 고개를 숙이자 이번에는 불룩한 갈색의 배가 보였다. 배 위에는 몇 가닥의 주름이 잡혀 있었다. 배에 걸린 이불 끝자락은 금방이라도 미끄러져 내릴 것 같았다. 가느다란 다리가 눈앞에서 징그럽게 꿈틀거렸다. 그레고르는 믿을 수 없다는 얼굴로 스스로에게 질문을 던졌다.

'내게 지금 무슨 일이 일어난 거지?'

그레고르는 천천히 주변을 둘러보았다. 조금 작기는 하지만 자신의 방이 틀림없었다. 사방의 벽도 낯익었다. 탁자 위에는 옷감 견본들이 어지러이 흩어져 있었다. 그레고르는 옷감을 취급하는 외판 사원이었다. 벽에는 예쁜 금박 액자에 넣어서 걸어 놓은 그림이 걸려 있었다. 그것은 어떤 부인의 자태를 묘사한 것이었다. 그녀는 모피 모자와 모피 목도리를 두르고 단정하게 의자에 앉아 있었다. 비가 오는지 밖에서 양철판 두드리는 소리가 들렸다. 날씨마저 음산하여 그레고르는 이내 우울해졌다. 그레고르는 잠을 더 자기 위해 몸을 돌려 누웠다. 그러나 잠은 쉬이 오지 않았다. 그레고르는 누운 채 생각에 잠겼다.

'나는 어째서 이렇게 힘든 직업을 선택했을까! 출장은 매일 계속된다. 기차 시간에 대한 걱정, 불규칙하고 부실한 식사. 진정으로 가까워지는 사람은 한 명도 없다. 이 얼마나 끔찍한 일인가! 거기에다가 만성적인 수면 부족까지.'

그레고르는 계속해서 생각을 이어 나갔다.

'사람이 너무 일찍 일어나면 이렇게 멍청해지는 법인가 보다. 사람은 충분한 수면이 꼭 필요하지, 암. 다른 외판원들은 마치 후궁(後宮)의 궁녀들처럼 지내고 있지 않은가. 내가 밖에서 일을 끝내고 오전 중에 숙소로 돌아와서 주문 받은 것을 정리하고 기입할 때에야 그들은 아침 식사를 시작한다. 내가 사장 앞에서 그렇게 한다면 나는 당장 해고될 것이다. 부모님만 아니라면 벌써 사표를 던지고 말았을 텐데. 부모님이 진 빚을 청산할 수 있을 만큼 돈을 모은다면 내가 하고 싶은 대로 할 수 있을 것이다. 아마도 5, 6년 은 더 걸릴 것이다. 어쨌든 지금은 일어나야만 돼. 기차가 5시에 출발하니 까. 그런데 내 몸이 왜 자꾸 이러지?'

그레고르는 생각을 멈추고 자명종을 바라보았다.

"이런 젠장!"

시곗바늘은 이미 6시 30분을 지나, 45분을 향하고 있었다. 종이 울리지 않았단 말인가. 정각 4시에 울리도록 맞추어져 있었으므로 틀림없이 울리 긴 울렸을 것이다. 그렇다면 요란하게 울려 대는 종소리에도 깨지 않고 잠 을 잤단 말인가? 사실 밤새 편안히 자지도 못했다. 그래서 종이 울린 후에 더욱 정신없이 곯아떨어졌는지도 모른다. 이제 어떻게 해야 하나? 7시 기 차를 타려면 정신없이 서둘러야만 할 텐데. 아직 견본들을 꾸려 놓지도 못 했고 기분이 상쾌하지도 않다.

'만약 기차를 탄다 해도 사장의 불호령을 피할 수는 없을 것이다. 내가 5시 기차를 타는 것을 아는 급사 녀석이 제시간에 도착하지 못한 사실을 이 미 사장에게 보고했을 테니까. 그 녀석은 교활한 사장의 앞잡이다. 그렇다 면 몸이 아프다고 둘러대면 어떨까? 사장은 더 수상하게 생각할 것이다. 나 는 지난 5년 동안 외판원 생활을 하면서 단 한 번도 아팠던 적이 없었으니 까. 내가 아프다고 말하면 사장은 조합 주치의를 데리고 올 것이다. 의사가 일단 진찰하면 나는 발뺌을 할 수 없다. 의사는 나를 건강하다고 진찰하고 일하기 싫어 꾀부리는 사람으로 보겠지.'

그때 밖에서 조심스럽게 문 두드리는 소리가 들렸다.

"뭐하니, 벌써 6시 45분이다. 일하러 안 나가니?"

어머니가 문밖에서 말했다. 아, 저 부드러운 목소리! 그러나 대답하는 자 신의 목소리를 듣고 그레고르는 깜짝 놀랐다. 물론 자신의 목소리였지만 찍찍거리는 신음 소리가 섞여 있는 것이다. 첫 말소리는 명확했지만 그다 음에는 찍찍거리는 소리가 말끝을 흐려 놓았다. 이번에는 아버지가 다른 쪽의 문을 주먹으로 가볍게 두드렸다.

"애야, 그레고르야!"

그레고르는 대답할 수 없었다. 이번에는 누이동생이 작은 소리로 말했다.

"오빠, 무슨 일이 있나요?"

"걱정 마, 일어났으니까."

그레고르는 겨우 있는 힘을 짜내어 대답했다.

"오빠, 제발 문 좀 열어 주세요."

동생은 밖에서 다시 한 번 말했다. 그러나 그레고르는 예전의 그레고르가 아니었다. 아무리 노력해도 문을 열 수가 없었다. 맙소사! 이게 진정 현실이란 말인가. 그레고르는 비로소 완전히 잠에서 깨어났다. 오히려 출장 중에 얻은 습관대로 밤이면 모든 문을 걸어 잠그는 자신의 조심성에 감사해야 할 판이었다. 그레고르는 자신에게 일어난 변화를 가만히 살펴보았다. 그러고 보니 지난밤, 몇 번인가 가벼운 통증 때문에 일어난 일이 있었다. 지금 일어난 몸의 변화는 통증 때문에 생긴 일시적인 변화라고 생각했다. 아무리 이상한 일이 많은 세상이라지만 사람이 벌레로 변할 수는 없는 노릇 아닌가? 어떻게 하다 보면 곧 좋아질 일이었다. 비정상적으로 변하고 있는 목소리 또한 마찬가지였다. 목소리가 변한 것도 매일 출장을 가야 하는 직업병일 뿐이라고 스스로를 위로했다.

그레고르는 평소의 동작대로 몸을 움직여 보았다. 이불을 걷어치우는 일은 매우 간단했다. 그저 숨을 약간 들이마셔 배에 힘을 주기만 하면, 이불은 자연히 밑으로 미끄러져 내렸다. 그러나 일어나는 일이 쉽지 않았다. 몸을 일으키려면 팔과 손의 도움을 받아야 했다. 그런데 무엇을 어떻게 움직여 중심을 잡아야 하는지 난감하기 이를 데 없었다.

우선 하반신부터 침대 밖으로 끄집어내야 했다. 그러나 아직 자신의 눈으로 보지도 못했으며, 또 어떻게 생겼는지 상상조차 할 수 없는 하반신을 움직이기란 매우 어려운 일이었다. 그 일은 많은 시간이 걸렸고 매우 힘이 들었다. 지칠 대로 지친 그는 하체를 있는 힘껏 앞으로 밀었다. 그 바람에 침대 기둥에 다리를 심하게 부딪쳤다. 통증이 전신으로 흘렀다. 통증을 느낀 이후에야 그레고르는 자신의 몸에서 가장 감각이 예민한 부분이 하체라는 것을 깨닫게 되었다.

이번에는 상체를 침대 밖으로 끌어 내리고 조심조심 머리를 침대 가장자리로 돌렸다. 그 일은 별로 힘들지 않게 할 수 있었다. 몸통은 그 폭이나 무게가 볼품없이 컸지만, 그래도 머리가 돌아가는 방향으로 같이 움직여 주었다. 그러나 머리가 막상 침대 밖으로 나가려니까 불안했다. 결국 그레고르는 그냥 침대에 있는 편이 낫다는 결론을 내렸다. 그는 서로 엉클어져 허우적대는 자신의 가냘픈 다리들을 보면서, 이 혼란을 어떻게 극복할 것인지 고민에 잠겼다. 밖에서 부르던 가족들의 목소리는 더 이상 들리지 않았다.

　자명종이 7시를 알렸을 때 현관 벨이 울렸다. 그레고르는 잔뜩 긴장했다. 회사에서 누군가 자신을 찾아왔을 것이라고 생각했기 때문이다. 잠시 후 하녀가 침착한 걸음걸이로 나가서 문을 열어 주었다. 그레고르는 방문객의 인사말만 듣고도 그것이 누구인지 알 수 있었다. 그는 바로 지배인이었다. 도대체 왜 자기는 잠깐 게으름을 피웠다고 해서 금방 의심을 사는 그런 회사에서 근무해야 하는 팔자를 타고났을까? 도대체가 너 나 할 것 없이 고용인들은 모두 쓸모없는 건달들이란 말인가? 그들 중에는 아침에 두서너 시간 정도 일을 하지 못했다는 이유로 양심의 가책을 느끼고, 얼까지 빠질 지경이 되어 침대 신세를 지게 된, 그런 충실하고도 희생적인 사람이 한 사람도 없다는 말인가? 형편을 알아보기 위한 것이라면 급사 정도로도 충분하지 않을까. 꼭 지배인 자신이 와야 한단 말인가? 이 수상쩍은 사건의 조사를 지배인 이외의 사람에게는 맡길 수 없기 때문에 죄 없는 가족에게까지 알려야 한단 말인가? 화가 치민 그레고르는 침대에서 힘껏 몸을 굴려 아래로 뛰어내렸다. 그것은 확고한 결단에서가 아니라, 이런저런 생각에 너무 흥분을 했기 때문이다. 쾅하고 큰 소리가 났다.

　"저 안에서 무엇인가 떨어진 모양이군요."

　지배인의 목소리가 들려왔다. 그레고르는 오늘 자신에게 일어난 일과 똑같은 일이 언젠가는 지배인에게도 일어날 수 있을 것이라고 생각해 보았다. 그런 일이 생기지 않는다고는 아무도 보장할 수 없었다. 그레고르의 그런 의문에 대답이라도 하듯, 옆방에서 지배인이 에나멜 장화로 몇 발짝 거닐면서 삐걱거리는 구두 소리를 냈다. 동시에 왼쪽 방에서 아버지의 목소리가 들렸다.

　"그레고르야, 지배인께서 네가 왜 아침 기차로 출발하지 않았느냐고 묻고 계신다. 어떻게 대답을 해 드려야 좋을지 모르겠구나. 하여튼 너와 직접 말씀을 나누고 싶다고 하신다. 그러니 문을 열어라. 뭐, 다소 방 안이 어수선해도 그것은 이해하실 것이다."

　"여보게. 안에 있나."

　말이 채 끝나기도 전에 지배인이 다정한 목소리로 물었다.

　"그 애는 몸이 아파요."

어머니는 변명하듯 대답했다.

"그렇겠죠, 부인. 아무래도 달리 생각할 수가 없겠군요. 대단한 병이 아니길 바랍니다만, 한 가지 분명한 사실은, 웬만한 병은 스스로 극복해야 한다는 점입니다."

아버지는 더 이상은 참지 못하겠다는 듯 끼어들었다.

"이제 지배인께서 들어가셔도 되겠니?"

"안 돼요!"

그레고르는 절망적으로 대답했다. 왼쪽 방에서는 숨 막힐 듯한 침묵이 흘렀다. 오른쪽 방에서는 누이동생이 흐느껴 울기 시작했다. 그레고르는 짜증이 일었다. 도대체 누이동생은 왜 다른 사람들과 함께 있지 않는 것일까? 틀림없이 방금 일어나서 아직 옷도 제대로 갈아입지 않은 모양이다. 그런데 울기는 왜 울까? 내가 일어나지도 않은 데다가 지배인을 방에 들여놓지 않았기 때문일까? 내가 실직당할 것 같아서? 만일 그렇게 되면 사장이 다시 옛날의 빚을 가지고 부모님을 괴롭힐까 봐 두려워서 우는 것일까? 그러나 그것은 지금으로서는 쓸데없는 걱정이다. 나는 지금 이 자리에 이렇게 있으며, 가족들을 저버릴 생각은 추호도 없다.

"잠자 군, 도대체 어떻게 된 일인가?"

그때 노크 소리와 함께 지배인이 문 앞에서 조용히 말했다.

"자네는 자기 방에 틀어박혀서 단지 네, 아니오라는 대답뿐이군. 자네는 얼토당토않는 방법으로 직무를 태만히 하고 있네. 나는 지금 이 자리에서 진지하게 자네 부모님과 사장님을 대신해서 말하지 않을 수 없네. 나는 그래도 자네를 침착하고 분별력 있는 사람이라고 생각했는데, 자네는 이상야릇한 변덕을 부리려고 작정한 사람 같군. 사실은 오늘 아침 일찍 사장님께서 내게 자네의 결근 이유를 추측해서 이야기해 주셨네. 즉, 최근 자네에게 맡겨 놓았던 회수금에 관한 문제였네. 그러나 나는 그것은 사장님의 지레짐작에 불과하다고 분명하고 단호하게 이의를 제기했네. 그러나 이와 같은 자네의 이해할 수 없는 고집을 본 이상 나 역시 자네를 두둔해 주고 싶었던 마음마저 송두리째 사라져 버렸다네. 알아듣겠나?"

"잠깐만요, 지배인님!"

그레고르는 흥분한 나머지 정신없이 소리쳤다.

"곧 문을 열겠습니다. 정말 곧 열겠어요. 기분도 좋지 않은 데다가 현기증이 나서 일어날 수가 없었습니다. 지금도 아직 잠자리 속에 들어 있습니다. 하지만 이제 매우 좋아졌어요. 지금 침대에서 일어나는 중입니다. 제발 잠깐만 기다려 주세요. 아직도 상태가 완전하게 좋지는 못합니다만, 그래도 괜찮습니다. 이렇게 갑자기 병이 날 줄이야! 사실 어제저녁에만 해도 아무렇지 않았습니다. 제발 부모님께 싫은 소리를 하지 말아 주십시오. 지금 이것저것 저를 책망하셨는데, 모두 당치도 않은 말씀이십니다. 지금까지 한번도 그런 비난은 들어 보지 못했습니다. 최근에 제가 발송한 주문서를 미처 보지 못하신 것이 아닌가요? 하여튼 8시 기차로 떠나겠습니다. 두어 시간 쉬었더니 좀 기운이 납니다. 제발 지배인님, 먼저 돌아가 주십시오. 저도 곧 일을 하러 회사로 가겠습니다. 그리고 너그러우신 마음으로 사장님께 잘 말씀해 주십시오. 부탁드립니다."

많은 말들을 단숨에 지껄이면서도 그레고르는 자기 자신이 무슨 말을 했는지조차 알 수 없었다. 그레고르는 침대 위에서 익힌 경험을 살려 옷장 쪽으로 다가갔다. 그러고는 옷장에 매달려 일어서려고 애를 썼다. 그는 정말로 문을 열고 지배인에게 자신의 모습을 보여 주면서 그와 이야기하리라 마음먹었다. 지금 저토록 자신을 만나고 싶어 하는 사람들이 막상 자신의 변해 버린 모습을 확인한다면 그들이 무슨 말을 할 것인가 궁금하기도 했다. 만일 그들이 깜짝 놀라더라도, 내게는 하등의 책임이 없으니까 그저 조용히 있으면 된다.

"틀림없이 중병에 걸린 거예요. 가엾게도 우리는 그 애를 괴롭히고 있는 거예요. 그레테야, 그레테!"

밖에서 어머니가 누이동생을 불렀다.

"네, 어머니?"

누이동생이 맞은편에서 대답했다. 그들은 그레고르의 방을 가운데에 두고 서로 이야기를 주고받았다.

"당장 의사한테 갔다 오너라. 네 오빠가 아프단다. 빨리 의사를 불러 오너라. 너도 방금 그레고르가 말하는 소리를 들었지?"

"그것은 무슨 짐승의 목소리였어."

하고 지배인이 작은 소리로 말했다.

"안나, 안나! 얼른 열쇠 장수를 불러오너라."

이번에는 아버지가 손뼉을 치며 주방 하녀에게 소리쳤다. 두 소녀는 옷자락을 펄럭이며 문간방을 빠져나갔다. 그레고르는 기분이 좋아졌다. 다른 사람들은 그의 상태가 정상이 아님을 확신하고 그를 도와주려 했다. 이런 조치가 취해진 데 대한 기대와 신뢰감으로 그레고르는 마음이 들떴다. 그는 비로소 사람이 사는 세계와 자신이 연결되어 있다는 기분이 들었다. 그리고 곧 불려올 의사와 열쇠 장수에게 그는 커다란 성과를 기대했다. 시시각각으로 다가오고 있는, 운명을 결정지어 줄 담판이 시작될 때 될 수 있는 대로 정확한 음성으로 말하기 위해서 그는 몇 번 헛기침을 해 보았다. 그러는 동안 옆방은 매우 조용해졌다. 아마도 부모님은 지배인과 거실 테이블에 이마를 맞대고 앉아 조용히 이야기를 나누고 있거나, 그렇지 않으면 모두들 문에 기대서서 이쪽 방의 소리를 엿듣고 있는지도 모른다.

그레고르는 의자를 천천히 문 쪽으로 밀고 갔다. 거기에다 의자를 놓고 문에 몸을 기대고는 꼿꼿이 섰다. 그의 다리 끝에서는 끈적거리는 액체가 약간 분비되고 있었다. 그는 입으로 열쇠 구멍에 꽂힌 열쇠를 돌리기 시작했다. 치아가 없다는 것이 매우 유감스러웠다. 그러나 이가 없는 대신 힘센 턱이 있었다. 그는 턱의 힘으로 열쇠를 돌렸다. 그때 분명히 어딘가 상처를 입었지만 그는 그것을 알지 못했다. 누르스름한 액체가 입에서 나와 열쇠 위를 따라 방바닥에 뚝뚝 떨어졌다.

"저 소리 좀 들어 봐요. 그가 열쇠를 돌리고 있어요."

지배인이 말했다. 그 말은 그레고르에게 큰 힘이 되었다. 아버지와 어머니도 가만히만 있지 말고 힘을 내라고 소리쳐 주었으면 싶었다.

"그레고르, 힘을 내라. 힘을 내라. 자물쇠를 꼭 잡아라."

이 정도의 말은 해 줄 법도 한데 말이다. 하지만 모두가 그렇게 응원하면서 그의 노력을 지켜보고 있다는 상상을 하는 순간, 그는 혼신의 힘을 다하여 열쇠를 물고 매달렸다. 열쇠가 돌아감에 따라 그는 자물쇠의 주의를 빙글빙글 돌았다. 그는 오로지 입의 힘 하나로 버티고 있었다. 필요에 따라 열쇠에 매달리기도 하고, 전신의 무게를 실어 열쇠를 내리누르기도 했다. 마침내 자물쇠 열리는 소리가 들리자 그는 제정신으로 돌아왔다. 그는 안도의 숨을 내쉬면서 중얼거렸다.

"이젠 열쇠 장수가 필요 없게 되었어."

그는 문을 활짝 열기 위하여 고개를 손잡이 위에 올려놓았다. 이렇게 해서 겨우 문은 열렸지만, 문이 안쪽으로 열렸기 때문에 그의 모습은 문 뒤에 가려져 밖에서는 보이지 않았다. 그는 열린 문짝을 따라 천천히 밖으로 돌아 나와야만 했다. 더욱이 문 앞에서 보기 흉하게 벌렁 자빠질 우려가 있기 때문에 극히 신중하게 움직여야 했다. 그를 처음으로 발견한 사람은 지배인이었다.

"앗!"

지배인이 큰 소리로 비명을 지르며 뒷걸음질을 쳤다. 눈에 보이지 않는 어떤 힘의 작용에 의해 떠밀려 가는 듯한 모습이었다. 지배인이 와 있는데도 풀어헤친 머리를 손질조차 하지 않은 어머니는 양손을 합장하고 아버지를 보는가 싶더니 이내 맥없이 쓰러지고 말았다. 그 순간 주름치마가 활짝 펼쳐졌고 얼굴은 가슴속에 묻혀 전혀 보이지 않았다. 아버지는 양쪽 눈을 가리고 뚱뚱한 가슴을 들썩거리며 울기 시작했다. 이 상황에서도 냉정을 유지하고 있는 사람은 자기 혼자뿐이라는 것을 확신하며 그레고르는 입을 열었다.

"자, 그럼 곧 옷을 입고 견본을 챙겨 가지고 출발하겠습니다. 출발해도 되겠지요? 지배인님, 보시다시피 저는 고집쟁이가 아니며 일을 무척 좋아한답니다. 물론 출장 판매는 무척 고된 일이지만, 그렇다고 출장 없이 어떻게 살아갈 수가 있겠습니까? 지배인님, 지금부터 어디로 가시겠습니까? 회사로 나가십니까? 그렇죠? 그리고 모든 일을 사실대로 보고하시겠지요? 누구나 잠깐씩은 일을 하지 못하게 되는 불가피한 경우가 있지 않습니까? 그런 경우에는 평소의 실적을 참작하셔서, 건강만 좋아지면 물론 배전의 노력과 주의를 기울여 한층 더 열심히 일한다는 사실을 믿어 주십시오."

그러나 지배인은 그레고르의 말을 서너 마디도 채 안 듣고 돌아설 뿐이었다. 그리고 시선을 그에게 고정시켜 놓은 채 현관문을 향해서 슬금슬금 물러섰다. 그레고르는 지배인을 향해 다가가다가 발이 꼬여 바닥으로 넘어졌다. 그레고르는 겨우 몸을 일으키며 두 팔을 쭉 뻗어 손가락이란 손가락은 모두 활짝 벌린 채 소리쳤다.

"사람 살려요!"

어머니는 그레고르의 모습을 자세히 보기라도 하려는 듯이 고개를 갸우뚱거렸으나, 그레고르를 쳐다보기는커녕 정신없이 뒷걸음쳐 달아났다. 그녀는 뒤에 아침 식사가 준비되어 있는 식탁이 있다는 것도 잊어버리고, 그곳에 닿자 급히 식탁 위에 주저앉고 말았다. 그 때문에 그녀 바로 옆에 있던 커피포트가 엎어져 양탄자 위로 커피가 쏟아져 내렸다. 그러나 그녀는 전혀 그것을 의식하지 못했다.

"어머니, 어머니."

그레고르는 나직하게 부르면서 어머니를 올려다보았다. 그러는 동안 지배인에 대한 생각은 머리에서 사라지고 없었다. 흘러내리는 커피를 보며 그레고르는 몇 번이나 입맛을 다셨다. 그 장면을 보자 어머니는 식탁에서 도망쳐 때마침 달려온 아버지의 품에 쓰러졌다. 지배인은 벌써 계단 위에 서 있었다. 그는 난간 위로 턱을 내밀고 마지막으로 뒤를 한번 돌아보았다. 그레고르는 무슨 수를 써서라도 지배인을 붙들기 위해 비틀거리며 달리기 시작했다. 지배인은 한꺼번에 계단을 몇 개씩 뛰어내려 가 버렸다.

지배인이 도망치자 그때까지 비교적 침착했던 아버지가 당황한 빛을 띠기 시작했다. 그는 몸소 지배인을 쫓아간다든가, 혹은 지배인을 뒤쫓아 가려는 그레고르를 내버려 두기는커녕 지배인이 소파 위에 내팽개치고 간 모자와 외투 그리고 짧은 지팡이를 오른손에 집어 들고, 그레고르를 방으로 몰아넣으려고 했다. 그레고르가 아무리 애원을 해도 소용이 없었고 사정하는 말도 이해하지 못했다. 아버지는 그레고르에게 닥친 장애는 생각지도 않고, 한층 더 큰 소리로 그레고르를 몰아댔다. 이미 등 뒤에서 들려오는 그 소리는 이 세상에서 단 한 사람뿐인 아버지의 목소리는 아니었다.

그레고르는 될 대로 되라는 식으로 무작정 문을 향해 돌진했다. 한쪽 몸통이 문에 끼여 위를 향해 치켜졌으므로, 그는 방문 사이에 비스듬히 걸려 있었다. 한쪽 옆구리가 심하게 벗겨지고 하얗게 칠한 문에는 보기 흉한 얼룩이 묻었다. 자신의 힘으로는 더 이상 어떻게 할 수 없을 정도로 꼼짝달싹도 할 수 없게 되었다. 한쪽의 다리들은 허공을 향해 바르르 떨었으며, 다른 쪽 다리들은 마룻바닥에 짓눌러서 몹시 아팠다. 그때 아버지가 뒤에서 힘차게 그를 밀었다. 그 때문에 그레고르는 피투성이가 되어 자신의 방 안으로 밀려들어 왔다. 방문을 닫는 소리가 쾅 하고 들렸다.

2

저녁 무렵, 그레고르는 겨우 깊은 잠에서 깨어났다. 무슨 약속이 있어서가 아니라 이제는 눈을 떠야 할 시각이었다. 왜냐하면 푹 수면을 취했기 때문이다. 그러나 사실은 소란스럽게 걷는 발소리와 문간방 쪽으로 통하는 문을 조심스럽게 여닫는 소리에 잠이 깬 것 같았다. 천장과 가구 위에 가로 등의 불빛이 새어 들어와 비치고 있었으나, 방바닥과 그레고르의 주위는 어두웠다. 그제야 그레고르는 촉각을 서투르게 작용시키면서 무슨 일이 일어났는지 알아보려고 살그머니 문 쪽으로 기어갔다. 왼쪽 허리 언저리에 땅기는 듯한 상처가 생겨서 그는 두 줄로 된 양쪽 다리를 절름거리지 않을 수가 없었다. 게다가 아침의 소란으로 한쪽 다리에 심하게 부상을 입었다. 그는 힘없이 질질 다리를 이끌고 기어갔다.

그는 문 앞까지 와서야 비로소 무엇이 그를 유혹했는지를 알게 되었다. 그것은 바로 음식 냄새였다. 즉, 그곳에는 흰 빵 부스러기가 둥둥 떠 있는 우유 그릇이 놓여 있었다. 그레고르는 기쁜 나머지 탄성을 지를 뻔했다. 아침나절보다도 배가 더 고팠기 때문이다. 그는 곧 우유 속에 눈까지 잠길 정도로 머리를 집어넣었다. 그러나 이내 실망하고 목을 움츠렸다. 몸통의 왼쪽 허리 언저리가 아파서 먹기에 부자유스러웠을 뿐 아니라, 평소에는 아주 즐겨 먹던 것이었고, 그렇기 때문에 누이동생이 생각해서 방 안에 넣어 준 우유였는데, 지금은 전혀 맛이 나지 않았다. 그는 온몸에 소름이 끼치는 것 같아서 음식을 밀치고, 방 한가운데로 기어서 왔다. 문틈으로 내다보니, 거실의 가스등이 훤히 밝혀져 있었다. 여느 때 같았으면 이 시각에는 아버지가 석간신문을 어머니나 누이동생에게 큰 소리로 읽어 주셨을 텐데, 지금은 아무 소리도 들리지 않았다.

"어쩌면 이렇게들 조용하게 지낼 수가 있을까!"

그레고르는 혼잣말을 했다. 밀려오는 어둠을 지켜보면서, 그는 부모님과 누이동생이 이런 좋은 환경에서 생활하게끔 해 준 자신이 대견하게 여겨졌다. 그러나 지금의 안락, 행복, 만족의 일체가 무서운 종말로 다가온다면 어떻게 될 것인가? 이런 환상을 떨쳐 버리기 위해서 차라리 몸이라도 움직여 보는 것이 낫겠다고 생각한 그레고르는 이리저리 방 안을 기어 다녔다. 시간이 흐르자 옆쪽 문이 한 번, 맞은편 문이 한 번 열렸다가 닫혔다. 누군가가 뭔가를 하기 위해 방을 기웃거리는 모양이지만 불안해서인지 망설이는 눈치였다. 그레고르는 문 옆에 몸을 바짝 밀착시키고 들어오기를 주저하고 있는 방문자를 어떻게 해서든지 방 안으로 들어오게 하든가, 그것이 불가능하다면 최소한 상대가 누구인가를 알아내려고 했다. 그러나 문은 한참을 기다려도 더 이상 열리지 않았다. 문이란 문은 모조리 잠겨 있었던 오늘 아침에는 저마다 서로 그레고르의 방으로 들어오려고 했었는데, 지금은 아무도 들어오려 하지 않았다. 더구나 문 하나는 이미 그레고르가 열었었고, 다른 문들은 모두 낮 동안에 열렸을 것이 분명하다. 그리고 지금은 모든 자물쇠가 밖에서 채워져 있었다.

밤이 깊어 거실의 등불이 꺼졌을 때에야 비로소 그는 부모님과 누이동생이 그때까지 자지 않고 있었음을 짐작할 수 있었다. 발끝으로 걸어서 가만가만히 멀어져 가는 세 사람의 발소리를 똑똑히 들었기 때문이다. 그렇다면 다음 날 아침까지는 아무도 그레고르의 방을 방문하지 않으리라. 그리하여 그레고르는 새벽녘까지의 남은 시간을 이용하여 앞으로의 생활에 대해서 깊이 생각해 볼 작정이었다.

그런데 그레고르는 자신이 지금 방바닥 위에 납작하게 엎드려 있는 이 방, 천장이 높고 텅 빈 이 방은 그를 묘한 불안 속으로 몰아넣었다. 도대체 원인은 알 수 없었다. 5년 동안이나 지내 온 자신의 방이 아닌가? 그레고르는 거의 무의식적으로 몸을 굽혀 부끄러운 생각을 하면서 소파 밑으로 기어들어 갔다. 등허리가 약간 눌리고 고개를 쳐들 수는 없었지만, 소파 밑은 매우 편안하고 아늑했다. 단지 몸통이 너무 커서 전신이 완전히 들어가지 않는 것만이 안타까웠다.

밤새도록 소파 밑에 엎드린 채로 가끔은 꾸벅꾸벅 졸기도 하고, 이따금 배가 고파서 잠에서 깨어나기도 하고, 또 걱정과 막연한 희망에 사로잡히기도 하면서 하룻밤을 새웠다. 그러나 아무리 생각해 보아도 결론은 한 가지였다. 즉, 당장은 침착하게 가족들로 하여금 인내와 최대의 조심성으로써, 그로 인해 일어나는 여러 가지 불쾌감을 견딜 수 있도록 해 주어야 한다는 것이다. 자신의 이런 모습은 아무래도 집안사람들에게 혐오감을 줄 수밖에 없기 때문이다.

해가 채 뜨기도 전인 새벽녘에, 그레고르는 자기가 다진 결심을 시험해 볼 기회를 얻었다. 문간방에서 어느새 옷을 갈아입은 누이동생이 긴장된 얼굴로 문을 열고 방 안을 들여다본 것이다. 그녀는 한참 뒤에 소파 밑에 있는 오빠를 발견하자, 스스로를 어찌 할 바를 몰라 하다가 밖에서 문을 닫아 버렸다. 하지만 이내 자신의 태도를 뉘우친 양 다시 문을 열고는 방 안으로 들어왔다. 마치 중병 환자나 낯선 사람의 방에 들어오는 듯 조심스러운 태도였다. 그레고르는 소파 가장자리까지 목을 빼고 누이동생을 관찰했다. 우유를 마시지 않은 이유를 누이동생이 알아줄까? 배가 고프지 않아서 먹지 않은 게 아닌데. 좀 더 구미에 맞는 맛있는 것을 가져다줄 수는 없는 걸까? 시키지 않아도 자진해서 가져다준다면 얼마나 좋을까. 그로서는 누이동생으로 하여금 그것을 깨닫게 하느니보다는 차라리 굶어 죽는 편이 나을 것 같았다. 다행히 누이동생은 조금도 줄지 않은 우유 그릇을 곧 발견했다. 그릇 주위엔 약간의 우유가 흘러 있을 뿐 우유는 그대로 남아 있었다. 그녀는 곧 그릇을 집어 들었다. 맨손이 아니라 걸레 조각으로 말이다. 그러고는 마시지 않은 우유를 들고 밖으로 나갔다.

이번에는 우유 대신에 무엇을 가져다주려나 하고 그레고르는 기대를 걸고 이것저것 생각해 보았다. 그러나 누이동생이 정성껏 들고 온 것을 보고는 그는 다시 말문이 막혀 버렸다. 누이동생은 오빠의 식성을 시험해 보기 위하여 여러 가지 음식물을 한꺼번에 가지고 와서 그것들을 헌 신문지 위에다 펼쳐 놓았다. 그것들은 반쯤 썩은 채소와 저녁 식사 때 먹다 남은, 가장자리에 흰 소스가 말라붙은 뼈다귀, 건포도와 편도(복숭아와 비슷한데 과육이 얇고 수분이 적음) 몇 알, 그레고르가 이틀 전에 이런 것도 먹을 수 있느냐고 핀잔을 주었던 치즈, 아무것도 바르지 않은 마른 빵과 버터를 바른 빵, 똑같이 버터를 발라 소금을 뿌린 빵, 그리고 물을 담은 그릇이었다. 아무래도 이것은 그레고르를 위해 정해 놓은 음식인 모양이었다. 누이동생은 서둘러 나가더니 밖에서 방문을 잠가 버렸다. 누이동생은 그레고르가 자기 앞에서는 아무것도 먹지 않을 것이라고 생각했던 것이다. 문을 잠근 것은 다른 사람이 보지 않으니 마음 놓고 식사하라는 그녀의 신호였다.

그는 밥을 먹기 위해서 다리를 꿈틀거리기 시작했다. 상처는 어느새 다 나아 버린 듯했다. 이제는 아무 데도 아프지 않았다. 이 점에 대해서 그레고르는 몹시 놀랐다. 한 달 전에 칼로 벤 손가락이 어제까지 욱신욱신 쑤셔 대지 않았던가. '그렇다면 나의 감각이 갑자기 둔해진 것이 아닌가?' 하고 생각하며 그는 허겁지겁 치즈를 먹기 시작했다. 여러 가지 음식 중에서 그레고르의 구미를 당긴 것은 다름 아닌 치즈였다. 치즈, 채소, 소스의 순서로 순식간에 먹어 치우며, 만족스러운 나머지 눈물까지 흘러나왔다. 그런데 신선한 식품 쪽은 오히려 맛이 없었다. 무엇보다도 냄새부터 견딜 수가 없어서, 먹고 싶은 것만을 골라 한쪽 옆으로 끌어와 놓고 먹기까지 했다. 그가 음식을 다 먹어 치운 후, 원래의 자리로 돌아가 태평스럽게 뒹굴고 있는데 누이동생이 천천히 열쇠를 돌리는 소리가 들려왔다. 소파 밑으로 들어가라는 신호였다. 이미 막 잠이 들려는 상태였음에도 그는 급히 소파 밑으로 기어들어 갔다. 그런데 누이동생이 방 안에 있는 동안의 그 짧은 시간조차 소파 밑에 들어가 있는 일이 그레고르로서는 쉽지 않은 고역이었다. 왜냐하면 음식을 잔뜩 먹었기 때문에 배가 불러 얕은 소파 밑은 갑갑해서 숨도 제대로 쉴 수 없을 지경이었기 때문이다. 누이동생은 재빨리 모든 음식을 쓸어 통 속에 넣고는 나무 뚜껑을 닫은 후에 방을 나갔다. 그레고르는 숨이 막혀 질식할 듯한 상태에서 약간 튀어나온 눈으로 누이동생의 모습을 바라보았다. 누이동생이 등을 보이며 돌아서자마자 그레고르는 바로 소파 밑에서 기어 나와 기지개를 켜며 편안한 자세가 되었다.

이런 식으로 매일의 식사가 그레고르에게 제공되었다. 아침 식사는 부모님과 하녀가 일어나기 전에, 점심 식사는 식구들의 식사가 모두 끝난 후에 주어졌다. 왜냐하면 점심 후에는 늘 부모님은 잠시 동안 낮잠을 잤고, 하녀는 누이동생의 심부름으로 시장을 보러 외출하기 때문이었다. 물론 아무도 그레고르를 굶겨 죽이려 생각하지는 않았지만, 그런 시간에 음식을 주는 이유는, 결국 집안사람들이 그레고르를 피하고 싶었기 때문이며, 그레고르에 대한 이야기는 누이동생의 입을 통해서 듣는 것만으로도 만족했기 때문이다. 또 누이동생으로서는 가족들에게 더 이상 이 일로 걱정을 끼쳐, 슬픔을 더 크게 확대시키고 싶지 않았던 것이다.

그레고르로서는 도대체 첫날 아침에 의사와 열쇠 장수를 어떤 구실을 붙여서 돌려보냈는지, 그 무렵의 일을 전혀 알 수가 없었다. 그레고르가 하는 말은 상대방이 이해하지 못했으며, 또 사람들은 그레고르가 자신들의 이야기를 정확하게 이해할 수 있으리라고는 아무도 믿지 않았기 때문이다. 그런 상황이었기 때문에 누이동생도 그레고르의 방에 들어와서는 가끔씩 한숨을 쉬거나, 성자의 이름을 외우며 기도하는 것 외에는 아무 말도 하지 않았다. 따라서 그레고르도 그것을 듣는 것으로 만족할 수밖에 없었다.

그레고르는 가족과 격리된 순간부터 외로움을 느꼈다. 조금이라도 사람의 목소리가 들리면 그는 곧 문 옆으로 기어가서는 몸을 문에다 바짝 붙였다. 특히 처음 며칠 동안에는 속삭이는 소리이기는 했지만 그에 대한 이야기가 나오지 않은 적이 한 번도 없었다. 이틀간을 계속해서 세 번의 식사 때마다 어떻게 할 것인지를 상의하는 말소리가 들렸다. 식사와 식사 사이의 시간에도 집 안의 누군가가 자기에 대하여 서로 이야기하는 소리가 들렸다. 즉, 아무도 혼자서는 집에 남아 있고 싶어 하지 않았던 것이다. 그러나 만일의 경우를 위하여 집안 식구가 모두 나가 버릴 수는 없으므로, 언제나 최소한 두 사람은 집 안에 남아 있었다. 하녀가 이번 일에 대하여 무엇을 어느 정도로 알고 있는지는 충분히 알 수 없었다. 그러나 이미 첫날에 그녀는 어머니 앞에 무릎을 꿇고 당장 그만두고 싶다는 말을 했다. 그리고 15분쯤 지나 마침내 집을 나갈 때에는 마치 큰 은혜나 입은 것처럼 눈물을 흘리면서 해고시켜 준 데 대하여 감사를 표시하고, 이쪽에서 부탁하지도 않았는데, 이번 일에 대해서는 털끝만큼도 다른 사람에게 말하지 않겠노라고 굳게 맹세하고 떠났다.

이미 첫날, 아버지는 아내와 누이동생에게 모든 재정 상태며, 장래의 전망에 대해 설명해 주었다. 그는 이따금 작은 금고에서 문서나 장부 같은 것을 들고 왔는데, 이 금고는 5년 전, 그의 사업이 파산했을 때 겨우 건져 낸 것이었다. 복잡한 자물쇠를 열고 필요한 것을 찾은 후에 다시 잠그는 소리가 들려왔다. 부친의 이러한 설명은 어떤 점에서는 그레고르가 감금 생활을 시작한 이래로 그의 마음을 위로해 주는 최초의 것이었다. 이제까지 그는 부친이 파산했기 때문에 빈털터리가 되어 버렸다고만 믿고 있었다. 부친은 최소한 그레고르에게 그 반대의 말은 하지 않았던 것이다. 또 그레고르쪽에서도 거기에 대해서 부친에게 물어본 적이 없었다. 당시 그레고르는 가족들을 완전한 절망으로 몰아넣은 그 사업상의 불행을 될 수 있는 대로 빨리 가족들의 머릿속에서 지워 버리는 데 힘을 기울이는 일 외에는 아무 것도 생각하지 않았다. 그랬기 때문에 그레고르는 남보다 열심히 일했으며, 하룻밤 사이에 미미한 일개 점원에서 외판원으로 뛰어오를 수 있었다. 물론 외판원이 되고부터는 돈을 버는 여러 가지 방법들을 알게 되었으며, 일의 결과는 당장 수수료나 현금의 형태로 바뀌었다. 그래서 이 돈을 집으로 가져와 가족들이 놀라게 테이블 위에 펼쳐 보일 수가 있었던 것이다. 그무렵은 정말 신났었다. 후에 그레고르는 충분히 한 가정을 지탱할 수 있을 정도의, 그리고 현재 집안 재정을 꾸려 나가는 데 넉넉한 돈을 벌기는 했지만, 그 신이 나던 시절은 이제는 더 이상 그 옛날의 화려함과 더불어 돌아오지 않을 것이다. 가족들도, 그레고르도, 그것이 모두 습관이 되어 돈을 받는 쪽의 감정과 내놓은 쪽의 호기에는 변함이 없었지만, 거기에는 이미 훈훈한 정이 담긴 특별한 감정이 나올 수가 없었다. 오직 누이동생만이 변함없이 오빠에게 각별한 애정을 나타내었다. 그레고르와는 달리 그녀는 음악에 재능이 있었다. 바이올린 솜씨가 훌륭했으므로, 누이동생을 내년에는 음악 학교에 입학시켜야겠다는 것이 그레고르가 평소에 생각해 둔 계획이었다. 부모님은 그런 순진한 대화를 듣기만 해도 인상을 찌푸리곤 했다. 그러나 그레고르는 이 계획을 빈틈없이 세워 놓고 크리스마스이브에는 그것을 엄숙하게 발표하려고 마음먹고 있었다.

그레고르는 꼿꼿이 일어서서 몸을 문에 기댄 채 귀를 기울이고 있는 동안에도, 현재로서는 생각해 보았자 아무 소용이 없는 그런 일들을 문득문득 생각했다. 때로는 엿듣기 위해 귀를 기울이고 있는 동안 온몸에 허기가 져서, 무의식중에 머리를 문에 부딪치는 일도 있었다. 그럴 때면 급히 문을 꼭 붙들었다. 왜냐하면 그러한 아주 작은 소리까지도 옆 방 사람들의 귀에 들어 갈 경우에는 모두가 말을 멈춰 버리기 때문이다. 그레고르는 그들의 대화를 거의 모두 엿들었다. 왜냐하면 아버지는 자신의 말을 누구이 반복하는 버릇이 있었기 때문이다. 그것은 아버지로서도 이미 오랜 세월 동안 그런 이야기를 꺼내지 않은 데다가, 또 이야기를 듣는 어머니도 단번에 상대방의 말을 이해하는 법이 없었기 때문이다. 아버지의 설명을 엿듣고, 그레고르가 분명하게 안 사실은, 여러 가지로 타격을 받았음에도 옛날의 재산이 아직도 조금 남아 있으며, 그동안에 전혀 쓰지 않고 남에게 빌려 준 돈이 적지만 어느 정도 이자가 붙어났다는 것이다. 게다가 매월 그레고르가 집에다 가져온 돈도 전부 소비된 것이 아니었고, 열심히 저축을 해서 약간의 돈이 모여져 있다는 것이다. 그레고르는 문 뒤에서 열심히 고개를 끄덕이며, 이 뜻하지 않은 조심성과 근검절약을 기뻐했다. 옛날에 이러한 여유 있는 돈이 있었다면 부친의 부채를 모두 갚아 버리고 홀가분하게 그 직장을 그만둘 수도 있었겠지만, 지금에 와서 생각하면 부친이 취한 옳은 행동이 집안에 행운을 가져왔다는 것은 의심할 여지가 없었다.

돈이 좀 있긴 하지만 그 정도의 적은 이자로 한 집안의 생활을 꾸려 나가는 것은 힘든 일일 것이다. 아마도 그 정도의 돈으로는 1년이나 겨우 2년 정도 연명할 수 있을 것이다. 결국 그것은 손을 대서는 안 될 돈이었고 만일의 경우를 대비하여 남겨 두어야 할 정도의 금액에 지나지 않았다. 생활비는 다른 방법으로 벌어야만 된다. 그런데 아버지는 건강하기는 했지만 나이가 많은 데다가 5년 동안이나 아무런 일도 하지 않고 지내 왔기 때문에 일을 할 자신감을 상실하고 있었다. 더욱이 고생만 하고 전혀 보람이 없었던 그의 평생에서 처음으로 얻은 휴가라고 할 수 있는 이 5년 동안에, 완전히 살이 쪄 버려서 몸조차 자유로이 움직일 수 없는 상태였다. 그렇다면 어머니가 일을 해야 되는데, 어머니는 심한 천식을 앓고 있어서 항상 창문을 열어 놓고 소파 위에서 지내야 하는 형편이 아닌가? 그러면 남는 것은 누이동생인데, 이제 겨우 열일곱 살의 소녀로서 지금까지의 생활이라야 몸치장이나 하고, 잠만 자고, 고작해야 부엌 심부름이나 하고, 돈이 들지 않는 구경이나 다니고, 무엇보다도 바이올린을 켜는 일이나 하면서 지금까지 지내 온 어린아이가 아닌가. 이 어린 누이동생이 어찌 한 집안을 떠맡을 수가 있겠는가? 옆방에서의 대화가 여기까지 나오면, 언제나 그레고르는 문에서 떠나 바로 옆에 있는 싸늘한 가죽 소파 위에다 몸을 내던졌다. 수치심과 슬픔 때문에 몸이 달아올랐기 때문이다.

　　그레고르는 가죽 소파 위에서 꼼짝하지 않고 소파에 씌워진 가죽을 쥐어뜯는 일이 잦아졌다. 그런가 하면 때로는 힘든 줄도 모르고 의자를 창가로 밀고 가서 창턱에 기어오르기도 했으며, 어떤 때는 그냥 의자에 의지한 채 창에 기대어 예전에 창밖을 바라보면서 느꼈던 일종의 해방감을 막연하게 회상하기도 했다. 매일 그렇게 바라보고 있노라니 이제는 조금 떨어진 곳에 있는 것도 날이 갈수록 그 윤곽이 차츰 희미해져 갔다. 예전에는 아침저녁으로 눈앞에 보이는 건너편 병원 건물이 보기 싫어서 견딜 수 없었는데, 그 병원도 이제는 볼 수 없게 되었다. 자신이, 한적하기는 하지만 그래도 도시 한복판인 샬로테 가에 살고 있다는 사실을 확실히 기억하지 못하고 있었다면, 그는 창밖의 전망이 회색 하늘과 회색 대지가 분간되지 않은 채 뒤섞여 있는 황야라고 해도 별로 의심치 않았을 것이다. 주의력이 깊은 누이동생은 단 두 번 창가에 놓여 있었던 의자를 발견한 후, 방 청소를 끝내면 항상 창가의 그 자리에다 의자를 갖다 놓았다. 뿐만 아니라 그 이후로는 안쪽 창문까지 열어 놓았다.

　　만일 그레고르가 누이동생과 이야기가 통해서 그런 모든 것에 대해 감사를 표시할 수만 있었다면, 누이동생의 보살핌을 좀 더 편안한 기분으로 받아들일 수도 있었을 것이다. 그러나 그것이 불가능했기 때문에 그의 마음은 더욱 괴로웠다. 그레고르는 누이동생이 방 안에 있는 동안에는 항상 소파 밑에서 움츠려 있어야 했다. 그러나 누이동생을 충분히 이해할 수 있었다. 만일 누이동생이 그레고르의 방에서 창문을 닫은 채로 일할 수만 있었다면, 그는 이런 고통을 느끼지 않았을 것이다.

변신한 지 한 달 쯤 지난 어느 날 그레고르는 꼿꼿이 선 채로 꼼짝도 하지 않고 조용히 창밖을 내다보고 있었다. 누이동생은 그러한 그레고르의 모습을 보자 기겁을 했다. 누이동생은 방 안으로 들어오지 않았을 뿐만 아니라, 뒷걸음질을 치다가 문을 닫아 버렸다. 모르는 사람이 보았다면, 그레고르가 누이동생이 들어오기를 기다리고 있다가 그녀에게 덤벼들려고 한 것이 아닌가 하는 생각을 해도 무리는 아니었을 것이다. 물론 그레고르는 곧바로 소파 밑으로 몸을 숨겼는데, 다시 누이동생이 찾아온 것은 정오 무렵이었다. 그녀는 평소보다 더욱 안절부절못하고 불안스럽게 보였다. 누이동생은 오빠의 몸 일부분만 보아도 도망치고 싶었지만 그것을 참고 있었다. 그것은 자기 자신을 굉장히 자제하고 있기 때문인 것으로 여겨졌다.

어느 날 그레고르는 그의 몸이 조금이라도 누이동생의 눈에 띌까 봐 이불을 등에 올려놓고 소파 위로 날랐다. 이 작업은 꼬박 네 시간이 걸렸다. 그리고 그는 자신의 몸이 조금이라도 보이지 않게끔, 또 설사 누이동생이 몸을 구부린다 해도 보이지 않도록 이불을 잘 덮었다. 누이동생이 이불이 불필요하다고 생각한다면 물론 치워 버릴 수도 있다. 그러나 그레고르가 재미삼아 이런 식으로 몸을 드러내지 않는 것이 아니라는 것쯤은 누이동생도 짐작할 것 같았다. 그가 이불을 약간 치켜들고 누이동생이 이런 행동을 어떻게 생각하고 있는가를 엿보았을 때, 누이동생의 눈에는 마치 감사하는 듯한 미소마저 감돌았다. 처음 두 주일이 지나는 동안 부모님은 그의 방에 들어가기를 꺼려했다. 예전에 부모님은 누이동생에게 자주 화를 냈었는데, 그것은 누이동생을 탐탁지 않은 딸자식 정도로만 여겨 왔기 때문이다. 그러나 이제는 누이동생의 행동을 고마워하고 있다는 것을 그들의 대화에서 짐작할 수 있었다.

그레고르는 한낮에는 되도록 창가에 가지 않았다. 부모님의 상심을 염려해서였다. 넓지 않은 방을 돌아다녀 보았자, 겨우 3제곱미터 넓이밖에 되지 않아 별 흥미가 없었다. 쥐 죽은 듯이 지내는 것은 밤만으로도 충분했으며, 음식을 먹는 일도 요즘에 와서는 그다지 내키지 않았다. 때문에 사방을 헤집고 다니는 습관을 들여 기분 전환을 시키고 있었다. 그중에 천장에 달라붙어 있는 일은 무엇보다 흥미로웠다. 방바닥에 엎드려 있는 것과는 또 다른 기분이었다. 마음이 편안해지고 가벼운 진동이 온몸으로 전해졌다. 그는 천장에 달라붙어 있으면서 행복에 젖어 아무것도 느낄 수 없는 상태에 빠져들곤 했다. 그러다가 무의식중에 다리가 방바닥 위로 떨어져 스스로 깜짝 놀라는 일도 종종 있었다.

누이동생은 그레고르가 생각해 낸 이 새로운 취미를 곧 알아차렸다. 그레고르는 벽이나 천장을 기어 다니면서 여기저기 찐득찐득한 점액 자국을 남겼던 것이다. 누이동생은 오빠가 움직이는 데 방해가 되는 가구를 치워 주려고 마음을 썼다. 그런데 그 일은 혼자서 할 수 있는 일이 아니었다. 그렇다고 해서 아버지에게 도움을 요청할 수는 더더군다나 없었다. 하녀도 물론 여간해서는 도와주는 법이 없었다. 왜냐하면 이 열여섯 살쯤 되는 하녀는 옛날의 하녀가 그만둔 이후로 끈질기게 참아 주었지만, 부엌문을 항상 닫아 놓고 여간해서 여는 일이 없었다. 아무리 생각해도 아버지가 없는 기회를 타서 어머니에게 청하는 도리밖에 달리 방법이 없었다. 어머니는 기쁜 나머지 탄성을 지르며 도와주려 했으나, 그레고르의 방문 앞에까지 오자 더 이상 입을 열지 않았다. 물론 누이동생은 어머니를 부르기 전에 그레고르의 방 안을 사전 점검했다. 그리고 확인이 끝난 후에야 비로소 어머니를 방 안으로 안내했다. 그레고르는 당황해서 이불을 보통 때보다 깊이, 그리고 일부러 주름을 많이 잡히게 해서 덮었다. 그래서 제대로 보지 않으면 그냥 소파 위에 널려 있는 이불처럼 보였다. 그레고르는 이번에도 습관적으로 이불 밑에서 조심스럽게 상황을 엿보았다. 그러나 어머니의 모습을 보는 것은 단념했다. 마침내, 어머니가 방문해 주었다는 것만으로도 마음이 흡족했다.

"괜찮아요. 들어오세요, 어머니. 보이지 않아요."

누이동생이 말했다. 들어가기를 망설이는 어머니의 손을 끌어당기고 있는 것 같았다. 얼마 후, 그레고르의 귀에는 연약한 두 여인이, 꽤 낡고 무거운 옷장을 힘겹게 옮기는 소리가 들려왔다. 그리고 일의 대부분을 누이동생이 도맡아 하는지, 모친은 걱정스러운 목소리로 너무 무리하지 말라고 말렸다. 시간이 이럭저럭 15분 정도는 지났다고 생각될 즈음에, 어머니의 힘없는 목소리가 들렸다.

"아무래도 이것은 그대로 두는 것이 낫지 않겠니? 너무 크고 무거워서 아버지가 돌아오시기 전에 옮길 수 없을 것 같구나. 그렇다고 이 큰 것을 그냥 방 한가운데에다 방치해 두면 그레고르가 다니는 데 방해가 될 테고. 더구나 가구를 치워 버리는 것을 그레고르가 좋아할지 우리로서는 알 수가 없지 않니. 차라리 전처럼 두는 편이 그레고르를 위하는 것이 아니냔 말이야. 가구가 없으니 방 안이 온통 텅 비어서 나로서는 허전한 기분이 드는구나. 그레고르가 오랫동안 이 방에서 지내 왔으니, 갑자기 모든 것을 바꿔 버리면 아무래도 버림을 받은 기분이 들지 않을까? 게다가 이런 짓을 한다는 것은."

어머니는 여린 목소리로 말했다. 처음부터 어머니는 조용히 누이동생의 귓가에 바짝 다가가 말했다. 그레고르가 어디에 숨어 있는지 정확하게 알 수는 없었지만, 하여튼 자신의 목소리가 그에게 들리게 하고 싶지 않다는 태도였다. 그녀는 설마 그레고르가 사람의 말을 이해하리라고는 도저히 생각할 수 없었다.

"가구를 없애 버린다면, 마치 우리가 그 아이의 회복을 아주 단념해 버리고, 더 이상 그 아이에 대하여 신경을 쓰지 않는 것처럼 보이지 않겠니? 나는 그런 생각이 든다. 방 모양을 옛날과 똑같이 놓아두어야 그 아이가 회복되었을 때라도 자신의 방이 하나도 변하지 않은 것을 보고 그만큼 쉽게 그 동안의 일을 잊을 수가 있을 것 같구나."

어머니의 말을 엿듣는 동안 그레고르는 깨달았다. 사람들과 어울릴 수 없고, 더구나 단조로운 두 달 동안의 생활이 아무래도 자신의 머리를 돌아 버리게 한 것이 아닌가 하고. 제정신이라면 선조로부터 물려받은 가구가 놓여 있는 정든 방을 텅 빈 동굴로 만들어 버리려는 생각을 감히 할 수 있겠는가 말이다. 가구가 없으면 물론 구석구석을 마음대로 기어 다닐 수는 있겠지만, 그와 동시에 옛날의 그의 삶은 순식간에 잊어버리게 되리라. 게다가 지금도 거의 잊어 가고 있지 않은가? 지금은 어머니의 목소리를 오래간만에 들었기 때문에 잠시나마 자신의 본모습으로 되돌아온 것이 아닐까. 어머니의 말씀처럼 이 방에서 아무것도 치워져서는 안 된다. 모든 것을 그대로 두어야만 된다. 가구가 기어 다니는 데 불편을 준다 할지라도, 자신으로서는 해가 된다기보다는 차라리 큰 이익이 되는 것이다.

그러나 불행히도 누이동생의 의견은 달랐다. 누이동생은 그레고르에 대해서만은 부모님보다는 훨씬 사정을 잘 아는 처지였다. 애당초 누이동생의 생각은 옷장과 책상만을 치우는 것이었으나, 막상 어머니의 충고를 듣자, 생각이 달라져 반드시 있어야 할 소파를 제외하곤 모든 가구를 치워 버리자고 고집을 부리기 시작했다. 누이동생이 이와 같은 고집을 부리게 된 것은, 물론 어린 소녀다운 반항심이나 최근에 겪게 된 불의의 쓰라린 괴로움 때문에 생긴 탓만은 아니었다. 실제적으로 그녀는 오빠에게 넓은 공간이 필요하며, 그렇기 때문에 방 안의 가구들은 없는 편이 낫다는 것을 생각하고 있었다. 그녀의 주장에는 또한 그 나이 또래의 소녀에게서 흔히 볼 수 있는 맹목적인 고집스러움도 작용했다. 이러한 정열은 언제나 자신을 충족시킬 수 있는 기회를 찾게 되는데, 그 심리가 지금 그레테를 유혹해서 그레고르의 처지를 더욱 비참하게 만들고 있었다. 지금 그레테는 한층 더 열심히 그를 위해서 봉사하겠다는 열정에 사로잡혀 있을 뿐 아니라, 그 유혹에 빠져 있었던 것이다. 사방의 아무것도 없는 텅 빈 방에 그레고르가 혼자 남게 되면, 그레테 이외에는 누구도 들어오지 않으려 하지 않겠는가.

이런 이유에서 누이동생은 결코 자신의 결심한 바를 되돌리지 않았다. 어머니는 지금 그레고르의 방에 있는 것만으로도 무척이나 겁먹은 듯이 불안해 보였다. 그래서 곧 아무 소리 없이 옷장 옮기는 일을 도왔다. 그런데 이 옷장은 없더라도 별문제가 안 되었지만, 책상은 달랐다. 두 여자가 힘들게 옷장을 밀고 나가자마자 그레고르는 소파 밑에서 고개를 내밀고, 어떻게 하면 신중하고도 조심스럽게 그들이 하는 일에 간섭할 수가 있을까 하고 생각했다. 그런데 불행하게도 먼저 돌아온 것은 어머니 쪽이었다. 그레테는 아직도 옆방에서 이리저리 움직이고 있었다. 물론 옷장의 위치는 조금도 달라지지 않았다. 그런데 모친은 그레고르의 모습을 자세히 본 적이 없으므로 그를 보면 기절할지도 몰랐다. 그래서 그는 깜짝 놀라 소파의 다른 끝 쪽으로 재빨리 움직였다. 그러나 그때 이불의 앞쪽이 조금 들쳐진 것은 어쩔 수가 없었다. 그것만으로도 어머니는 반응을 보였다. 어머니는 한 걸음 옆으로 물러서며 큼직한 갈색 반점을 보고 말았다. 그녀는 그것이 그레고르라는 것을 깨닫기도 전에 비명을 질렀다.

"앗! 저게 뭐냐? 사람 살려요!"

어머니는 양팔을 벌리고 밖으로 뛰어나가더니 거실 소파로 쓰러졌다.

"그레고르!"

누이동생은 주먹을 쳐들고 날카로운 시선으로 그레고르를 쏘아보았다.

이것이 그레고르가 변신한 이후 처음으로 누이동생이 직접 그에게 한 첫마디 말이었다. 누이동생은 어머니의 의식을 회복시킬 만한 약제를 찾기 위해 옆방으로 뛰어갔다. 그레고르는 자책과 불안에 쫓겨 기어 다니기 시작했다. 벽과 가구와 천장을 이리저리 기어 다녔다. 방 전체가 빙빙 돌기 시작하더니, 절망 상태에서 천장 위에 있던 그레고르는 아래 책상 위의 한복판에 떨어지고 말았다. 이로부터 얼마간의 시간이 흘렀다. 그레고르는 맥없이 늘어진 채 누워 있었다. 주위는 조용했다. 그때 초인종이 울렸다. 하녀는 주방에만 틀어박혀 있었기 때문에 그레테가 나가야만 했다. 아버지가 돌아온 것이다.

"무슨 일이 있었니?"

아버지의 첫마디였다. 그레테의 표정을 보고 모든 것을 짐작한 것이 틀림없다.

"어머니가 기절하셨어요. 하지만 지금은 괜찮아지셨어요. 그레고르가 기어 나왔지 뭐예요."

그레테의 목소리가 잘 들리지 않는 것은 분명히 아버지의 가슴에 얼굴을 파묻고 있기 때문일 것이다.

"내 그럴 줄 알았다. 내가 항상 주의를 주었는데도, 여자들이란 도대체 사람 말을 안 들어 먹는단 말이야. 그러니까 이 모양이지."

아버지는 그레테의 아주 간단한 보고를 듣고, 그레고르가 무슨 난폭한 짓이라도 저지른 것으로 생각하는 모양이었다. 그래서 그레고르는 아버지의 마음을 진정시킬 수 있는 일을 해야만 했다. 그에게 사정을 설명할 시간도 가능성도 없었다. 그는 자신의 방문 앞으로 달려가 몸을 문에 바짝 붙였다. 이렇게 하면 현관에서 들어오는 아버지께서 문만 열어 주면 곧 자신의 방으로 들어가려고 하는 자신의 뜻을 알아주리라 생각했다. 그러나 아버지는 그레고르의 이러한 섬세한 마음씨를 헤아릴 수 없었다. 그는 방 안으로 들어서자마자 "그레고르!" 하고 소리쳤다. 분노와 희열이 뒤섞인 듯한 묘한 목소리였다.

그레고르는 고개를 돌려 아버지 쪽을 쳐다보았다. 그의 눈앞에 있는 아버지는 정말 상상도 못했던 모습을 하고 있었다. 물론 최근에는 기어 다니는 일에 정신이 팔려서 집안이 어떻게 돌아가는지 통 모르고 지내었다. 그러니 달라진 집안 사정과 부딪칠 각오가 되어 있어야 했다. 그런데 그것은 그렇다 하더라도 과연 이 사람이 정말 내 아버지란 말인가? 옛날의 아버지는 그레고르가 일찍 출장을 떠날 때면 침대 속에 축 늘어져 자고 있었고, 저녁에 출장에서 돌아오면 잠옷 차림으로 안락의자에 앉아 그를 맞이했었다. 항상 그랬던 아버지가 지금은 단정한 자세로 똑바로 서 있었다. 은행 수위와 같은, 몸에 잘 어울리는 금단추가 달린 감색 제복을 입고 있었으며, 저고리의 옷깃 부분 위로 나온 턱은 두 겹으로 겹쳐 있었다. 새까만 눈썹 밑에는 생기 있고 초롱초롱한 눈이 번쩍였다. 백발의 머리도 단정하게 빗질을 해서 머리카락이 착 달라붙어 빛나고 있었다.

그는 은행 이름인 것 같은 금실로 머리글자를 수놓은 제모를 방 안의 침대 위로 던졌다. 그리고 제복의 긴 옷자락 끝을 쓰다듬으며 양손을 바지 주머니 속에 푹 넣고, 매우 못마땅한 표정으로 그레고르 쪽으로 걸어왔다. 아버지는 아마도 자신이 지금 무엇을 해야 할지 잘 모르고 있는 것 같았다. 어쨌든 그는 힘차게 걸었다. 그레고르는 아버지의 구두 바닥이 별스럽게 큰 것을 보고 놀랐다. 그러나 그는 어찌해야 할지를 몰랐다. 새로운 생활이 시작된 이래 아버지는 지금 그를 최대한으로 엄하게 다룰 결심인 듯했다. 그러나 그레고르는 당연한 일이라고 생각했다. 그래서 아버지가 다가오면 도망치듯 물러섰고, 아버지가 멈추면 그도 따라 움직이지 않았다. 아버지가 조금만 몸을 움직여도 그는 이내 재빨리 도망쳤다. 그렇게 빙빙 돌기를 몇 번이나 했다. 아버지의 동작은 해치려는 것처럼 보이지는 않았다. 벽이나 천장으로 도망친다면 아버지가 좋아하지 않으리라 생각했기 때문에 그레고르는 일단 마룻바닥에 가만히 있기로 했다. 아무튼 그레고르는 마룻바닥 위를 기어 다니는 일도 그리 오래 할 수는 없었다. 왜냐하면 아버지가 자리를 옮길 때마다 그레고르도 따라 움직여야 했기 때문이다. 아버지는 옛날에도 폐가 그다지 좋은 편이 아니었다. 그는 가슴이 답답했다. 이렇게 힘을 다해 비틀거리며 옮겨 다니다 보니 피곤해서 눈을 거의 뜰 수가 없을 지경이었다. 아무리 생각해 봐도 마룻바닥 위를 기어서 도망치는 일 외에는 다른 방법이 떠오르지 않았다.

자유롭게 벽을 기어오를 수도 있었지만 그는 그런 사실마저도 생각해 낼 수 없었다. 게다가 벽면에는 정성을 들여 조각한 가구류 때문에 군데군데 뾰족하게 튀어나온 곳이 많았다. 바로 그때, 그의 옆으로 무엇인가가 날아오더니 그의 앞으로 굴러갔다. 그것은 사과였다. 연이어 두 번째 사과가 날아왔다. 그레고르는 놀란 나머지 그 자리에 멈춰 섰다. 더 이상 기어서 도망쳐 봤자 이제는 헛일이었다. 아버지는 폭격을 가할 결의를 굳히고 있었기 때문이다. 찬장 위에서 사과를 꺼내 주머니에다 가득 넣고는 마치 전기 장치로 조종되는 기계처럼 마룻바닥 위로 굴리는 것이었다. 슬쩍 던진 사과 한 개가 그의 등을 스쳤다. 이어서 날아온 사과 한 개가 등 위에 정통으로 박혔다. 갑작스럽게 닥친 아픔을 잠시라도 잊어버리기라도 하려는 듯이 그레고르는 다시 기어 도망치려고 했다. 그러나 이내 심한 통증을 느끼고 그 자리에 힘없이 쓰러졌다. 힘없이 감기는 눈으로 그는 자신의 방문이 열리는 것을 겨우 볼 수가 있었다. 누이동생의 뒤에서 어머니가 무슨 말인지를 외치며 달려 나왔다. 그러나 그때 이미 그레고르의 눈은 감겨진 상태였다. 어머니는 아버지를 붙잡고 그레고르의 목숨을 살려 달라고 애원하며 흐느꼈다.

3

사과에 맞은 상처는 한 달 이상이나 그레고르를 괴롭혔다. 가족들 중에서 누구도 감히 그레고르의 몸에 박힌 사과를 뽑아내는 사람은 없었다. 사과는 이 사건을 나타내는 기념품처럼 살 속에 박힌 채로 있었다. 그레고르의 모습이 아무리 참담하고 징그럽다 하더라도, 그가 가족의 일원이며, 가족의 일원인 그를 원수처럼 취급해서는 안 된다는 것을 아버지는 차츰 깨닫는 듯했다. 아버지는 혐오스러운 감정을 가슴속에 접어 두고 오직 꾹 참는 것만이 가족의 의무라고까지 생각했다.

그레고르는 상처 때문에 몸을 자유롭게 움직이는 일이 불가능해졌다. 지금으로서는 방을 건너가는 것만도 마치 병든 노인처럼 매우 오랜 시간이 걸렸다. 더구나 벽을 기어올라 간다는 것은 꿈도 못 꿀 일이었다. 그런데 다른 일이 그를 기쁘게 했다. 그것은 거실과 그레고르의 방을 가로막고 있던 문이 열리게 된 것이다. 그레고르는 이제 문이 열리기 한두 시간 전부터 뚫어지게 문을 바라보는 것이 하루의 습관처럼 되었다. 어두운 방 안에 갇혀 있는 그의 모습은 거실에 있는 사람들의 눈에는 띄지 않았고, 반대로 그레고르에게는 가스등이 환히 켜진 테이블 주위에 모여 있는 가족들의 모습을 볼 수 있었다. 이제 그들의 대화를 옛날보다 훨씬 자유롭게 들을 수가 있었다.

출장 중, 어느 싸구려 호텔에서 칙칙한 침대 속에 지친 몸을 던져야 했던 시절, 그레고르는 항상 부러운 눈으로 자기 집 거실에 모여 앉아 떠들썩하게 이야기하고 있는 식구들의 모습을 그리워했다. 그런데 지금 눈앞의 그들은 옛날의 생기 있는 모습은 아니었다. 지금은 그냥 잔잔히 시간을 보낼 뿐이었다. 아버지는 저녁 식사 후, 평소와 같이 안락의자에 앉은 채로 잠이 들었고, 어머니는 등불 아래에 몸을 내밀고 얼마 전 가게에서 맡아 온 고급 속옷을 바느질했으며, 점원이 된 누이동생은 좀 더 나은 일자리를 구하기 위하여 저녁엔 속기술과 프랑스 어를 공부했다. 아버지는 집에 돌아와서도 좀처럼 수위 제복을 벗지 않았다. 실내복은 필요가 없었다. 그는 아직도 자기 직장에서 상관의 명령을 기다리고 있는 것처럼 제복을 단정하게 입은 채로 잠이 들었다. 어머니와 누이동생은 아버지의 제복을 더럽히지 않으려고 신경을 썼다.

10시가 되면 항상 어머니는 작은 목소리로 아버지를 흔들었다. 그리고 침대로 가서 편히 자도록 하기 위해 무진 애를 썼다. 사실 그런 상태로 잠을 자면 편하지 못할 뿐만 아니라, 아버지는 아침 일찍 출근해야 하기 하기 때문에 충분한 수면이 필요했다. 그러나 수위가 된 이후로 고집만 늘어난 아버지는 오래 거실에 있기를 원했고 그러다가 이내 다시 잠이 들어 버렸다. 어머니와 누이동생이 잠을 깨우려고 흔들면 아버지는 15분 정도는 눈을 감은 채로 고개만 가로저을 뿐 자리에서 움직이려 하지 않았다. 어머니는 아버지의 옷깃을 잡아당기면서 그의 귓전에 대고 뭐라고 속삭였고, 누이동생은 하던 공부를 중단하고 합세했다. 어머니가 아버지의 겨드랑이 밑으로 손을 넣으면, 그제야 그는 겨우 눈을 뜨고 어머니와 누이동생을 번갈아 보면서 입버릇처럼 늘 하던 말을 중얼거렸다.

"이것이 인생이다. 이것이 나의 노후의 휴식처다."

그러고는 두 여인의 부축을 받으며 무겁게 몸을 일으켰다. 그것은 마치 자신의 몸이 자신에게도 무거운 짐으로 느껴진다는 듯한 모습이었다. 아버지는 그녀들을 따라 문 앞까지 갔다. 그러면 어머니는 재빨리 바느질 도구를 챙기고 누이동생은 펜을 정리해서 아버지의 뒤를 쫓아서 잠자리를 돌봐 주었다.

시간이 지날수록 상황은 변해 갔다. 가족 모두 일에 지쳐 피곤해했고 아무도 그레고르를 보살펴 줄 여유가 없었다. 집안 살림은 점점 궁핍해져

갔다. 결국은 하녀도 내보냈고, 그 대신 몸집이 큰 백발의 여인이 아침저녁으로 드나들며 가장 힘든 일만을 해 주고 갈 뿐이었다. 그 외의 모든 일은 어머니가 바느질을 하면서 해냈다. 심지어는 어머니와 누이동생이 친목회나 축하 모임이 있을 때면 화려하게 몸에 치장하던 여러 가지 잡다한 장식품 같은 것들도 팔게 되었다. 이러한 사실은 저녁에 가족들이 모여서 그것을 얼마나 받고 팔면 될까 하고 서로 의논하는 것을 엿듣고서야 알게 된 일이다.

그러나 가장 큰 문제는 언제나 집 문제였다. 현재의 형편으로 이 집은 너무 컸다. 그러나 이사를 할 엄두가 나지 않았다. 그레고르를 어떻게 옮겨야할지 모르기 때문이었다. 그러나 그레고르는 이사를 방해하고 있는 것이 단지 그레고르에 대한 고려 때문만은 아니라는 사실을 잘 알고 있었다. 적당한 상자에다 숨만 쉴 수 있게 해 놓으면 그레고르쯤은 문제없이 운반할 수 있을 것이다. 이사를 방해하고 있는 진짜 이유는 완전한 절망감과 친척들의 눈총 때문이었다. 세상이 가난한 사람들에게 보내는 갖가지 어려움에 대해서는 온 집안 식구들이 이미 포용하고 있었다. 아버지는 은행의 말단직원들을 위해 아침 식사를 날라다 주는 일까지도 주저하지 않았다. 어머니는 어머니대로 남의 빨랫감을 얻어 하느라 자신을 희생했고, 누이동생은 손님의 기호에 따라 판매대 뒤에서 바쁘게 뛰었다. 그러나 이미 가족들은 지쳐 있었다.

그레고르는 밤낮을 거의 뜬눈으로 새다시피 했다. 그는 종종 이번에 방문이 열리면 옛날처럼 집안 살림을 자신이 도맡아 하리라고 생각해 보았다. 그의 뇌리에는 오랫동안 보지 못한 회사 사장이나 지배인, 사원과 수습 사원들, 또는 몹시 머리가 둔한 급사, 다른 장사를 하고 있는 두세 명의 친구들이 가끔 떠올랐고, 어느 시골 호텔의 하녀며, 즐거운 추억들, 진지했으나 구혼이 너무 늦었던 어느 모자점의 회계원인 처녀의 모습도 나타났다. 그리고 그러한 모습들은 낯선 사람이나 이미 잊어버린 사람들 사이에 뒤죽박죽이 되어 나타났다. 그러나 그들을 만나 볼 수가 없었다. 그래서 그는 그들의 모습이 다시 사라지자 오히려 머리가 맑아졌다.

그런가 하면 가족에 대한 걱정 같은 것은 전혀 하고 싶지 않을 때도 있었다. 그럴 때에는 자신에 대한 학대에 단지 화가 치밀 뿐이었다. 무엇을 먹으면 식욕이 생길는지 자신도 전혀 알 수 없었고, 또 배가 고픈 것도 아니었지만, 그래도 주방으로 기어가서 자기 입맛에 맞는 몇 가지를 가져올 계획을 세워 보기도 했다. 누이동생도 요즘은 그레고르가 무엇을 원하는지 생각해 보지도 않고, 아침이나 점심때 가게에 나가기 전에 아무 음식물이나 바삐 챙겨서 발끝으로 그의 방에 밀어 넣었다. 그리고 저녁때는 그가 음식에 손을 댔건 안 댔건 아무 반응도 나타내지 않고 비질을 해 버렸다.

누이동생이 늘 하던 방 청소도 요즘 들어 하는 둥 마는 둥 했다. 사방 벽을 따라 더러운 자국이 줄줄이 남아 있었으며, 여기저기에 갖가지 먼지와 오물 덩어리가 흩어져 있었다. 그는 처음에는 누이동생이 방에 들어올 때, 일부러 더러운 구석에 가 있으면서 어느 정도 눈치를 주려 했다. 그러나 아무리 오랫동안 그곳에 웅크리고 있어도 누이동생의 태도는 변함이 없었다. 누이동생은 그레고르와 마찬가지로 틀림없이 오물을 발견했을 텐데도, 마치 오물을 방치해 두려고 결심한 사람처럼 보였다. 오히려 누가 그레고르의 방 청소에 대한 자신의 특권을 침해하기라도 할까 봐, 신경을 곤두세웠다. 언젠가 어머니가 서너 통의 물로 그레고르의 방을 대청소한 일이 있었다. 그때 방이 온통 물바다가 되어 기분이 몹시 상한 그레고르는 화가 나서 소파 위에서 꼼짝하지 않고 있었다.

결국 모친은 그 벌을 받았다. 왜냐하면 저녁에 돌아온 누이동생이 그레고르의 방 상태가 변한 것을 확인하고는 몹시 화를 내며 어머니에게 달려가 눈을 흘기며 돌아서서 울음을 터뜨렸던 것이다. 울음소리에 놀란 아버지가 안락의자에서 벌떡 일어났다. 그녀의 태도에 부모님은 놀라고 질려서 아무 말도 할 수 없었다. 그러나 뒤늦게 전후 사정을 눈치챈 아버지는 어머니를 향해서 왜 당신은 그레고르의 방 청소를 딸아이에게 맡겨 두지 않았느냐고 어머니를 책망했고, 그레테에게는 앞으로 다시는 어머니가 청소 같은 것을 하지 못하도록 다짐을 받겠다고 했다. 어머니는 격분해서 정신을 못 차리고 있는 아버지를 진정시키려 했다. 한쪽에서는 그레테가 경련을 일으키며 몹시 흐느껴 울며 테이블을 두드렸다. 방문이 닫혀 있었더라면 이런 장면을 보지 않아도 되고, 이런 소란을 듣지 않아도 될 것을 누구도 문에 신경을 쓰지 않았다. 그레고르는 너무 흥분한 나머지 큰 소리로 쉿 하는 소리를 냈다.

그러나 아무리 누이동생이 낮 근무에 시달려 그레고르를 돌보는 일에 싫증을 내고 있다 할지라도, 어머니가 딸 대신에 애를 쓸 필요는 조금도 없었다. 왜냐하면 고용된 늙은 할멈이 있었기 때문이다. 오랜 삶 동안 온갖 쓰라린 일을 겪어 온 이 할멈은 그레고르를 처음부터 조금도 두려워하지 않았다. 그녀는 어느 땐가 우연히 그레고르의 방문을 열어 본 일이 있었다. 그것은 단순한 호기심 때문은 아니었다. 몹시 놀란 그레고르는 누구에게 쫓기는 것도 아니면서 슬슬 피해 다니기 시작했다. 그러자 그 할멈은 양손을 아랫배 위에 대고 깍지 긴 채 그레고르의 모습을 바라보고 있었다. 그 후론 시간만 나면 아침저녁으로 슬그머니 문을 열고 몰래 그레고르를 들여다보는 일을 계속했다. 처음에 할멈은 중얼거렸다.

"말똥 벌레야, 이쪽으로 오너라."

그녀로서는 다분히 정다운 말을 건네듯 그레고르를 자기 쪽으로 오도록 유인했다. 그러나 그레고르는 그런 소리는 무시해 버렸다. 문이 열린 것을 모른 체하며 자신이 있는 자리에서 전혀 움직이지 않았다. 최근에 와서 그레고르는 거의 아무것도 먹지 않았다. 넣어 준 음식물 옆을 스칠 때에만 장난삼아 한 입 먹어 보거나, 삼키지 않고 몇 시간 동안을 입에 머금고 있다가 대개는 나중에 뱉어 버렸다.

이 무렵, 식구들에게는 이상한 습관이 생겼다. 그것은 달리 둘 곳이 마땅치 않은 갖가지 물건을 이 방에다 넣어 두는 것이었다. 이러한 물건들은 꽤 많았다. 왜냐하면 집 안의 방 하나를 하숙했기 때문이다. 성미가 까다로운 하숙인들은 지나칠 정도로 질서와 청결을 중요시하는 사람들이었다. 그것도 자기가 쓰는 방뿐만 아니라, 하숙생이라 할지라도 어찌 되었든 이 집안 사람이 된 이상에는 이 집 전체, 특히 부엌이 청결해야 된다고 이것저것 참견했다. 필요 없는 물건이나, 아주 더러워진 잡동사니들에 대해서는 한 치의 양보도 없었다. 더구나 재를 치우는 상자며, 부엌에서 쓰던 쓰레기통까지도 그레고르의 방으로 옮겨졌다. 할멈은 당장 필요치 않은 물건들은 눈에 띄기 무섭게 모조리 그레고르의 방으로 쑤셔 넣었다. 다행스럽게도 그레고르의 눈에는 날아 오는 물건과 그 물건을 들고 있는 손 이외에는 아무것도 보이지 않았다. 틀림없이 할멈은 언제나 기회를 보아서 그런 물건들을 다시 찾으러 오거나, 혹은 전부 모아 두었다가 한꺼번에 내다 버릴 속셈이었겠지만, 사실은 모두 그대로 처음 던져두었던 그 자리에서 뒹굴고 있었다. 그레고르는 그 잡동사니들 때문에 돌아다닐 수가 없었다. 자유스럽게 기어 다닐 통로가 없었기 때문에, 그는 할 수 없이 그것들을 치워 버렸다. 그러나 그런 일을 하고 난 후에는 초주검이 되어 공연히 우울해져 몇 시간 동안은 움직이지 않았다. 그러나 잡동사니를 옮기는 일에 점점 재미를 느끼게 되었다.

하숙하는 신사들은 가끔 한자리에 모여 저녁 식사를 하는 일도 있었다. 그럴 때는 항상 문을 닫았다. 그러나 그레고르는 이것에 그다지 신경 쓰지 않았다. 그는 문이 열려 있는 밤에도 다른 물건을 이용하지 않았으며, 집 안사람들의 눈에 띨까 봐 자기 방의 제일 어두운 구석에 엎드려 지냈던 것이다.

그러던 어느 날인가, 할멈이 거실의 문을 약간 열어 놓은 채로 내버려 둔 일이 있었다. 저녁이 되어 하숙인들이 거실로 들어와 불을 켰을 때에도 문은 그대로 열린 채로 있었다. 세 사람은 테이블 윗자리에 앉게 되었다. 예전에 부모님과 그레고르가 앉았던 자리였다. 세 사람은 냅킨을 펼치고 나이프와 포크를 손에 들었다. 그러자 어머니가 고기를 담은 큰 접시를 들고 문 앞에 모습을 나타냈다. 곧 이어서 누이동생이 감자 담은 그릇을 들고 나타났다. 음식에선 김이 무럭무럭 오르고 진한 냄새가 풍기었다. 하숙생들은 음식을 먹기 위해 접시 위로 몸을 구부렸다. 실제로 세 사람 중에서 우두머리 격으로 보이는 중앙에 앉은 사내가 큰 접시에 담긴 고기를 한 조각 썰어 냈다. 충분히 연한지, 그러니까 주방으로 다시 보내지 않아도 좋은지 어떤지를 알기 위한 것이 분명했다. 그는 만족해했다. 그제야 긴장된 표정으로 그들의 모습을 지켜보고 있던 어머니와 누이동생이 안도의 숨을 내쉬면서 미소를 지었다.

집안 식구들은 부엌에서 식사했다. 그래도 아버지만은 부엌으로 가기 전에 거실에 들러 제모를 손에 들고 머리를 한 번 꾸벅 숙여 보이고는 테이블 주위를 한 바퀴 돌았다. 하숙인 세 사람 모두 일어서서 무슨 말인지 중얼거렸다. 그러나 자기들만 남게 되자 거의 아무 말 없이 식사를 계속했다. 그레고르는 이상한 소리를 들었는데, 그것은 식사 중에 아삭아삭 음식을 씹는 이빨 소리였다. 그 소리는 마치 그레고르에게, 음식을 먹는 데는 이빨이라는 것이 필요하며 아무리 훌륭한 입도 이빨이 없으면 아무것도 아니라는 사실을 일깨워 주기 위해서 들려오는 것 같았다. 그레고르는 슬픈 듯 중얼거렸다.

"나도 무엇인가 먹고 싶다. 그러나 저런 음식은 싫어. 저들 식으로 먹어

치우다가는 죽어 버리고 말겠어."

바로 그날 저녁의 일이었다. 주방 쪽에서 바이올린 소리가 들려왔다. 그 레고르는 변신을 한 이후로 바이올린 소리를 한 번도 들은 기억이 없었다. 하숙을 하는 세 신사는 이미 식사를 마치고, 중앙에 있는 사람이 신문을 꺼 내어 다른 두 사람에게 한 장씩 넘겨주고 있었다. 그들은 각자 의자에 기대 어 조용히 신문을 읽으면서 담배를 피웠다. 그때 바이올린 소리가 들리자, 세 사람은 놀란 표정을 하고 의자에서 일어나 살금살금 현관 쪽으로 걸어 가서는 부엌 문 앞에 모여 섰다. 부엌에서 그 발소리를 들었는지 아버지가 입을 열었다.

"시끄러우십니까? 그렇다면 당장 그만두게 하겠습니다."

"천만에요."

우두머리 격인 사내가 대답했다.

"괜찮으시다면 따님께서 거실로 나오셔서 연주하시면 어떻겠습니까? 그 편이 훨씬 돋보이고 유쾌할 테니까요."

"그렇게 합시다."

아버지는 마치 자신이 바이올린을 연주한 장본인처럼 말했다. 하숙인들 은 거실로 돌아와서 그들을 기다렸다. 이윽고 아버지는 악보대를 들고 어 머니는 악보를, 누이동생은 바이올린을 들고 세 사람이 함께 거실에 나타 났다. 누이동생은 침착한 태도로 연주 준비를 끝마쳤다. 이제까지 하숙을 친 일이 없었기 때문에 부모님은 지나칠 정도로 하숙인들에게 예의를 갖추 었다. 따라서 자신들은 의자에 앉으려고 하지도 않았다. 아버지는 문에 몸 을 기대고 서서 제복의 단추들 사이에 오른손을 찔러 넣고 있었다. 그러나 어머니는 하숙인 한 사람이 의자를 권해 자리에 앉았다. 그 사람이 의자를 놓아 준 곳은 방 안의 한구석이었지만 어머니는 그냥 앉았다.

이윽고 누이동생은 바이올린을 연주하기 시작했다. 아버지와 어머니는 각자의 자리에서 딸의 손놀림을 주의 깊게 지켜보았다. 그레고르는 연주 소리에 끌려 자신도 모르는 사이에 이미 고개를 거실 안으로 내밀고 있었 다. 그는 요사이 다른 사람들에게는 거의 무관심한 상태로 지냈다. 그리고 그런 사실을 의아하게 생각하지도 않았다. 그전까지는 다른 사람의 일에 관심을 쏟았고, 또 그것을 자랑스럽게까지 여겼었다. 그런데 지금이야말 로 남의 눈을 의식해야만 될 충분한 이유를 갖고 있지 않은가?

지금 그의 방 안은 사방이 먼지투성이였기 때문에 조금만 움직여도 풀썩풀썩 먼지가 일었다. 그래서 그의 몸은 온통 먼지를 흠뻑 뒤집어쓰고 있는 상태였다. 그는 실밥이며 머리칼, 음식 찌꺼기 같은 것들을 등과 옆구리에 잔뜩 붙인 채로 기어 다니고 있었다. 예전 같으면 몇 차례씩 등을 아래로 하고 누워서 바닥의 양탄자에다 몸을 비벼 대던 일도 모든 것에 대해 무관심해진 이후 도무지 그럴 의욕마저도 상실해 버렸다. 이런 상태로 휴지 하나 떨어져 있지 않은 거실로 기어 나오면서도 그레고르는 아무런 거리낌이 없었다.

물론 그에게 관심을 갖는 사람은 하나도 없었다. 가족들은 바이올린 연주에 완전히 정신이 빼앗겨 있었다. 하숙인들은 손을 바지 주머니 속에 찔러 넣고서 악보대 바로 뒤에 자리를 잡고 서 있었다. 그러나 그들은 곧 고개를 숙이고 나지막한 소리로 속삭이더니 창가로 물러갔다. 아버지는 불안한 시선으로 그들을 바라보며 그 자리에 서 있었다. 그들은 훌륭하고 감미로운 바이올린 연주를 들을 수 있으리라고 기대했다가 그만 싫증이 난 모양이었다. 단지 실례가 될까 봐 마지못해 듣고 있는 것이 분명했다. 특히 그들이 담배 연기를 코와 입으로 내뿜는 모습은 몹시 초조해하고 있다는 것을 알 수 있었다.

누이동생은 여전히 아름다운 연주에 몰두하고 있었다. 고개는 한쪽으로 기우뚱하고, 눈은 마치 무엇을 음미하듯 슬픈 표정으로 악보를 훑어 내리고 있었다. 그레고르는 조금 더 앞으로 기어갔다. 가능하다면 누이동생의 시선과 마주치기 위해 머리가 마룻바닥에 딱 붙어 버릴 정도로 낮게 수그렸다. 이토록 음악 소리에 감동을 느끼는데도 내가 아직 동물이란 말인가? 그레고르는 자신이 동경하는 마음의 양식을 얻는 길이 열리는 듯한 기분이었다. 그는 누이동생의 곁에 가서 치맛자락을 끌어당겨 누이동생에게 자기 방으로 와서 바이올린을 연주해 주기를 바란다는 그의 희망을 알릴 생각이었다.

"잠자 씨!"

돌연 우두머리 격인 사내가 아버지를 향하여 소리쳤다. 그는 곧장 천천히 앞으로 기어 나오고 있는 그레고르를 손가락으로 가리켰다. 바이올린 소리가 뚝 멈췄다. 그 사내는 고개를 가로저으며 다른 친구들에게 살짝 미소를 던지더니 다시 그레고르를 쳐다보았다. 아버지는 그레고르를 쫓아 버리는 것보다는 하숙인들의 마음을 진정시키는 것이 더 시급하다고 생각하는 것 같았다. 그러나 하숙인들은 흥분하기는커녕 오히려 바이올린 연주보다도 그레고르에게 더 흥미를 느끼는 듯했다. 아버지는 급히 그들 쪽으로 다가가서 양팔을 크게 벌리고, 그들을 그들의 방으로 돌려보내려고 애를 썼다. 동시에 몸으로는 그레고르가 보이지 않도록 가로막았다. 우두머리 사내는 뭔가 대단한 약점을 잡기라도 했다는 듯 이죽거렸다.

"지금 이 자리에서 선언해 두지만……"

그는 누이동생과 그레고르의 어머니를 힐끗 곁눈질했다.

"나는 이 집과 당신 가족들 사이에 존재하는 불쾌한 상태를 고려하여 방을 해약하겠소. 물론 지금까지의 하숙비는 한 푼도 지불할 수 없소. 그 대신 나는 앞으로, 손해 배상 청구를 당신들에게 제기할 것인지 어쩔 것인지의 여부를 고려해 볼 작정이오."

그는 입을 다물고 마치 무엇인가를 기대하고 있는 것처럼 동료들을 똑바로 쳐다보았다. 과연 그의 두 친구들이 곧 입을 열었다.

"우리도 이 자리에서 해약하겠소."

그들은 단호한 얼굴을 하고 거실을 나갔다. 아버지는 몸을 비틀거리며 자기 의자로 돌아가 털썩 주저앉았다. 언뜻 보기에는 평소처럼 저녁잠을 자는 것 같았지만 불안정하게 머리를 끄덕이는 것으로 보아 결코 자는 것이 아님을 알 수 있었다. 그동안 그레고르는 하숙인들이 처음 자기를 발견한 바로 그 자리에 조용히 웅크리고 있었다. 그는 오랫동안의 굶주림에서 오는 허기 때문에 도저히 몸을 움직일 수가 없었다. 그는 당장에라도 그의 몸에 닥쳐올 무자비하고 몰인정한 상황에 대해 확실한 두려움을 느끼면서도 그 순간을 기다리고 있었다.

"어머니…… 아버지!"

누이동생은 이렇게 말의 서두를 끄집어내며 손으로 테이블을 두드렸다.

"더 이상 이런 식으로 살 순 없어요. 두 분께서는 깨닫지 못하고 계실지 모르지만 저는 잘 알아요. 저는 이 흉측한 괴물을 오빠라는 이름으로 입에 담고 싶지도 않아요. 그러니까 제가 말씀드리고 싶은 것은, 우리는 저것을 없애 버릴 계획을 세우지 않으면 안 된다는 거예요. 우리는 지금까지 인간으로서 저것을 먹여 살리고 참고 견디는 데는 할 만큼 다했잖아요. 그 누구도 우리를 비난하지는 못할 거예요."

"그래, 네 말이 옳다."

아버지는 혼잣말처럼 중얼거렸다. 아직도 완전히 숨이 가라앉지 않은 어머니는 마치 넋 나간 듯한 눈길로 심하게 기침하기 시작했다. 누이동생은 어머니에게로 급히 달려가서 이마를 짚어 주었다. 아버지는 딸의 이야기를 듣고 무엇인가 결심이라도 한 듯 똑바로 의자에 앉아서 하숙인들이 식사한 후에 아직 식탁 위에 놓여 있는 접시들 사이에서 자신의 제모를 만지작거렸다. 그리고 꼼작하지 않고 누워 있는 그레고르를 쳐다보았다.

"저것은 아버지와 어머니를 돌아가시게 할 거예요. 어쩐지 자꾸 그런 생각이 들어요. 모두 이렇게 고생하면서 일을 해야 하는 우리들 처지에 도대체 어떻게 저런 끝없는 골칫거리를 집 안에 두고 참을 수가 있겠어요? 저는 이제 더 이상 참을 수가 없어요."

누이동생은 울음을 터뜨렸다. 그러자 어머니의 얼굴에서도 눈물이 흘렀다. 그것을 본 누이동생은 거의 기계적으로 손을 움직여 어머니의 얼굴에서 그 눈물을 닦아 주었다.

"얘야."

아버지는 정답고도 동정하는 듯한 표정을 지으면서 말했다.

"그러면 우리들이 어떻게 하면 좋겠다는 말이냐?"

"내쫓아 버리는 거예요."

하고 누이동생이 말했다.

"그 방법밖에는 없어요. 저것이 오빠라는 생각은 버리셔야 해요. 우리가 지금까지 그렇게 믿어 온 것이 사실은 우리들 자신의 불행이었어요. 어떻게 저것이 그레고르란 말인가요? 만일 저것이 정말 그레고르였다면, 인간이 자기와 같은 짐승과는 함께 살 수 없다는 것쯤은 벌써 알아차리고 틀림없이 스스로 나가 버렸을 거예요. 그렇게만 되었다면 오빠는 없어졌어도 우리는 어떻게 해서든지 살아남아서 오빠를 존경하며, 오빠에 대한 추억을 소중히 간직하며 지낼 수 있었을 거예요. 그런데 저 짐승은 우리들을 희롱하고, 하숙인들을 내쫓고, 급기야는 이 집 전체를 점령하고 우리들을 길거리로 몰아낼 거예요. 네, 저것 좀 보세요, 아버지!"

하고 누이동생은 별안간 소리를 질렀다.

"벌써 시작됐어요!"

그레고르에 대한 알 수 없는 공포에 사로잡힌 누이동생은 어머니가 앉아 있는 의자로부터 멀찍이 물러났다. 누이동생은 그레고르 옆에서 자신이 희생되느니 어머니를 희생시키는 편이 낫다는 듯이 어머니의 의자 뒤에서 어느덧 아버지의 등 뒤로 도망쳤다. 아버지는 딸의 움직임에 흥분한 듯, 같이 일어서서 누이동생을 보호하려는 것처럼 양팔을 앞으로 쳐들었다. 그러나 그레고르는 누이동생은 물론 그 누구도 불안하게 만들 생각은 전혀 없었다. 그는 단지 자기 방으로 돌아가기 위해서 몸을 돌리기 시작한 것뿐이다. 참혹한 현재의 상태에서는 몸을 조금만 돌리려고 해도 머리의 힘이 필요했다. 그래서 여러 번 고개를 쳐들었다가는 마룻바닥에 내리쳤다. 그 이상한 동작은 그들을 의아스럽고 놀라게 했다. 그는 동작을 중지하고 주위를 둘러보았다. 가족들은 그제야 악의 없는 그의 뜻을 알아차린 것 같았다. 그들의 놀라움은 모두 순간적인 것이었으며, 이제 가족들은 모두 입을 다물고 슬픈 표정으로 그레고르를 바라보고 있었다. 어머니는 의자에 앉아서 두 다리를 모아 앞으로 쭉 뻗고 있었다. 누이동생은 한쪽 팔로 아버지의 목을 껴안고 있었다.

그레고르는 다시 방향을 돌리기 시작했다. 그는 지친 상태로 애써 숨을 돌리며 간혹 쉬기도 했다. 그렇다고 해서 그를 괴롭히는 사람은 없었다. 모든 것을 그가 하는 대로 내버려 두었다. 그는 방향을 돌려 곧장 자기의 방으로 기어가기 시작했다. 그는 자신의 방까지의 거리가 그렇게 멀게 느껴지는 것에 대해 새삼 놀랐다. 조금 전에는 도대체 어떻게 이 쇠약한 몸을 이끌고 이처럼 먼 거리를 간단하게 기어 나올 수 있었는지 신기한 일이 아닐 수 없었다. 빨리 기어가야만 된다고 생각한 나머지, 그는 가족들이 전혀 그를 방해하지 않았다는 사실을 의식하지 못했다. 그는 문 앞까지 왔을 때에야 비로소 뒤를 돌아보았다. 목이 굳어져 가고 있는 것 같았다. 그래도 자신의 뒤쪽은 여전히 달라진 것이 없었고, 다만 누이동생이 서 있는 것만이 보였다. 그때 그레고르의 마지막 시선이 어머니를 스쳤다. 어머니는 이미 잠들어 있었다.

그가 방 안으로 들어서자마자 성급하게 문이 닫히고 굳게 빗장이 걸렸다. 갑자기 일어난 이 소란 때문에 그레고르는 몹시 놀라서 다리가 휘청거리며 꺾일 정도였다. 이렇게 성급히 굴어 댄 것은 누이동생이었다. 그녀는 미리 일어나서 기다리고 있다가 그레고르가 방 안으로 들어가자마자 번개같이 달려와 문을 닫아걸었던 것이다. 그레고르의 귀에는 누이동생의 발자국 소리가 전혀 느껴지지 않았었다.

"이제는 됐어요, 겨우 끝났어요!"

누이동생은 열쇠를 돌리면서 부모님을 향해 외쳤다.

'자아, 이제는 어쩔 셈인가?'

그레고르는 스스로에게 물으며, 어둠 속에서 주위를 둘러보았다. 그는 자신이 더 이상 움직일 수 없게 되었음을 알았다. 그러나 그는 그것을 별로 이상하게 생각하지도 않았다. 오히려 지금까지 이 가느다란 다리로 기어 다닐 수 있었다는 것이 신기할 정도였다. 다른 한편으로는 약간의 쾌감까지 느껴졌다. 물론 전신이 아프기는 했지만, 그것도 이내 가라앉았고 마침내 완전히 통증이 사라진 것을 느꼈다. 등에 박힌 썩은 사과며, 부드러운 먼지에 싸여 있는 그 주위의 염증조차도 이미 느껴지지 않았다. 그는 애정과 연민을 갖고 가족들의 일을 다시 생각해 보았다. 자신이 사라져야 한다는 생각은 누이동생보다도 그 자신이 훨씬 더 절실한 것이었다. 그레고르는 교회의 종소리가 새벽 3시를 칠 때까지, 이처럼 공허하고 편안한 명상에 잠겨 있었다. 창밖이 훤하게 밝아 오는 것이 어렴풋이 느껴졌다. 문득 그의 머리가 그도 모르게 밑으로 푹 수그러졌다. 콧구멍에서는 나지막 숨소리가 가늘게 새어 나왔다.

아침 일찍 일하는 할멈이 여느 때처럼 잠깐 그레고르의 방을 들여다보았으나 처음에는 별다른 이상을 발견하지 못했다. 할멈은 그레고르가 기분이 좋지 않아 일부러 꼼짝도 않고 누워 있다고 생각했다. 할멈은 그레고르가 전부터 모든 것을 분별할 줄 알고 있다고 생각했다. 그녀는 문밖에서 손에 들고 있던 긴 빗자루로 그를 툭툭 건드렸다. 그래도 아무런 반응이 없자, 그녀는 화를 내면서 그레고르의 몸을 슬쩍 안으로 밀어 보았다. 할멈은 그레고르를 다시 한 번 살펴보았다. 곧 일의 진상을 알게 되자 할멈은 눈을 휘둥그렇게 뜨고 자신도 모르게 휘파람을 불었다. 할멈은 그 자리에서 머뭇거리지 않고 즉시 잠자 부부의 침실 문을 활짝 열어젖혔다.

"저리 좀 가 보세요, 저것이 뻗었어요. 저기 뻗어서 널브러져 있어요!"

잠자 부부는 침대에서 벌떡 일어나 기겁을 하며 각자 침대 좌우로 뛰어 내렸다. 잠자 씨는 어깨에 담요를 두르고, 부인은 잠옷 차림으로 그레고르의 방으로 들어갔다. 그러는 동안에 거실의 문도 열렸다. 하숙인을 둔 이후 그레테는 거실에서 잠을 잤다. 그레테는 한잠도 자지 않은 것처럼 단정하게 완전한 옷차림을 하고 있었다. 무엇보다도 그녀의 창백한 얼굴이 그러한 사실을 입증해 주었다.

"정말 죽었어요?"

부인은 믿을 수 없다는 듯이 할멈을 쳐다보았다. 물론 스스로 확인해 볼 수도 있었고, 확인해 보지 않더라도 그냥 보면 알 수 있는 일이었다.

"죽은 것 같습니다."

하고 말하면서, 할멈은 증명이라도 해 보이려는 듯이 멀찍이 서서 빗자루로 그레고르의 시체를 쑥 밀어 보였다. 부인은 할멈의 행동을 제지하려는 태도를 보였으나 실제로 그렇게 하지는 않았다.

"자, 이제 우리는 하느님께 감사를 드려야 하겠군."

하고 잠자 씨가 말하며 성호를 그었다. 나머지 세 여자들도 그가 하는 대로 따라 했다. 그때까지 시체에 눈도 떼지 않고 바라보던 그레테가 입을 열었다.

"저것 좀 보세요. 어쩌면 저렇게 여위었을까요. 하기는 벌써 오래전부터 아무것도 먹지를 않았어요. 먹을 것을 넣어 주어도 건드리지도 않은 채 그대로 되돌아 나오곤 했어요."

사실 그레고르의 몸은 납작하게 말라붙어 있었다. 이미 다리는 몸통을 받쳐 주지 못하고 있었다. 사람들은 주의를 끌 만한 것들이 모두 없어져 버린 지금에서야 비로소 그 사실을 알게 된 것이다.

"그레테야, 잠깐 이리 좀 따라오너라."

쓸쓸한 미소를 띤 채 잠자 부인이 말했다. 그레테는 시체 쪽을 자꾸 뒤돌아보면서 부모님의 뒤를 따라 침실로 들어갔다. 할멈은 방문을 닫고 창문을 활짝 열었다. 아직 이른 새벽인데도 신선한 공기 속에는 따뜻한 온기가 감돌고 있었다. 어느덧 3월도 말일이 가까워졌던 것이다. 세 명의 하숙인들이 방에서 나와 아침 식사를 찾으며 모두 어리둥절해했다. 그러나 모두가 그들은 안중에도 없었다.

"아침 식사는 어디 있지요?"

우두머리 격인 남자가 할멈에게 불쾌한 듯이 물었다. 그러나 할멈은 아무 말 없이 손가락을 입에 대고, 빨리 그레고르의 방으로 와 보라는 시늉을 했다. 세 사람은 할멈이 시키는 대로 그레고르의 방으로 가서 다소 낡아 보이는 웃옷 주머니에 두 손을 찌르고는 완전히 밝아진 방 안에서 그레고르

의 시체를 둘러싸고 섰다. 그때 제복 차림의 잠자 씨가 한쪽 팔은 부인에게
또 한쪽 팔은 딸에게 부축을 받으며 나타났다. 모두 눈물에 젖은 얼굴들이
었다. 그레테는 가끔 아버지의 팔에 얼굴을 묻었다.

"당장 우리 집에서 나가시오!"

잠자 씨는 이렇게 말하고, 두 여인에게 부축 받던 팔로 현관을 가리켰다.

"무슨 말씀이신가요?"

우두머리 격인 사내가 다소 놀란 듯이 말했다. 다른 두 사람은 뒷짐을 진
채로 계속 손을 비벼 대고 있었다. 마치 자신들에게 유리한 언쟁이 한바탕
벌어지기를 즐거이 기다리기라도 한다는 태도였다.

"내가 방금 말했던 그대로요."

잠자 씨는 이렇게 말하고 두 여인과 함께 나란히 하숙인들 앞으로 걸어
갔다. 우두머리 격인 사내는 꼼짝도 않고 그 자리에 선 채로, 이 복잡한 일
들을 새롭게 정리하려는 듯이 바닥을 내려다보고 있었다.

"그러시다면 나가겠습니다."

그는 잠자 씨를 쳐다보았다. 별안간 겸손한 기분으로, 마치 이 새로운 결
정에 대해서도 상대방의 승낙을 구하고 싶다는 태도였다. 그러나 잠자 씨
는 몇 번인가 눈을 크게 뜬 채 그저 고개를 끄덕여 보일 뿐이었다. 그러자
그는 정말로 곧장 자신들의 방 쪽으로 걸어갔다. 다른 두 사람은 꼼짝도 않
고 서서 이들의 대화를 주시하고 있더니, 곧 그의 뒤를 따라갔다. 마치 잠
자 씨가 먼저 자신들의 방으로 들어가서 자신들과 그 사내 사이를 가로막
지나 않을까 두려워하는 것 같았다. 방 안에 들어서자 세 사람은 약속이나
한 듯이 옷장에서 모자를, 지팡이 통에서 지팡이를 뽑아 들고 무뚝뚝하게
인사를 하고는 아무 말 없이 집을 나섰다.

그들이 나가자 비로소 집 안은 온전히 가족들만의 것이 되었다. 잠자 씨
가족은 오늘 하루를 휴식과 산책이나 하며 보내기로 했다. 그들은 쉬어야
할 이유가 충분히 있었을 뿐 아니라 반드시 휴식이 필요했다. 그러므로 세
사람은 테이블 앞에 앉아서, 잠자 씨는 지배인 앞으로, 잠자 부인과 그레테
는 상점 주인 앞으로 각각 결근계를 썼다. 그때 마침 할멈이 와서 아침 일
이 끝났으니 그만 돌아가야겠다고 말했다. 세 사람은 결근계를 쓰던 채로
얼굴도 들지 않고 고개만을 끄덕거렸다. 그러나 좀처럼 할멈이 돌아가려는
기색이 없자, 그들은 불쾌하다는 듯이 얼굴을 쳐들었다.

"무슨 할 말이라도?"

할멈은 엷은 미소를 지으며 문 앞에 서 있었다. 마치 가족들에게 무척 반가운 소식이라도 알려 주려 했다가, 상대방이 캐묻지 않는다면 알려 주지 않겠다는 태도였다. 할멈의 모자 위에는 작은 타조 깃털 하나가 거의 수직으로 세워져 가볍게 이리저리 흔들리고 있었다.

"아직도 무슨 일이 남았나요?"

잠자 부인이 물었다. 할멈은 가족들 중에서 잠자 부인을 가장 존경하고 있었다.

"네."

그녀는 대답했으나 정다운 미소를 짓느라고 곧바로 다음 말을 잇지 못했다.

"이제 옆방에 있는 것을 치워야 할 걱정은 하시지 않아도 됩니다. 제가 벌써 다 치워 놓았어요."

잠자 부인과 그레테는 쓰다 만 결근계를 계속 쓰려는 듯이 다시 고개를 수그렸다. 잠자 씨는 할멈이 모든 상황을 자세하게 설명하려는 것을 눈치채고, 손을 내밀며 단호하게 그만두라는 손짓을 해 보였다. 할멈은 상대방에게 거절을 당하자, 자신이 해야 할 바쁜 일들을 생각해 내고는 기분이 상한 듯한 목소리로 인사를 건넸다.

"그럼, 모두 안녕히 계세요."

할멈은 획 돌아서서 요란스럽게 문을 닫고 돌아갔다.

"저녁에 오면 할멈을 내보내도록 합시다."

잠자 씨가 이렇게 말했으나, 부인도 딸도 아무런 대꾸를 하지 않았다. 간신히 되찾은 마음의 평정이 할멈 때문에 다시 깨질까 두려웠던 것이다. 두 여인은 일어나 창가로 가서 서로 부둥켜안고 서 있었다. 잠자 씨는 의자에 앉아 몸을 돌려 잠시 두 사람을 조용히 바라보고 있다가 문득 이렇게 말했다.

"자, 그만 이리로 와요. 자꾸 지난 일을 생각하면 무엇하겠소. 이제는 내 생각도 좀 해 줘야지."

그녀들은 잠자 씨를 위로하고는 서둘러 결근계를 썼다. 잠시 후, 그들은 함께 나섰다. 수개월 동안 이런 일은 처음이었다. 그들은 전차를 타고 교외로 나갔다. 전차 안에는 그들뿐이었으며, 따스한 햇볕이 전차 안으로 비쳐

들었다. 그들은 의자에 등을 기대고 편안히 앉아, 앞으로의 일들을 이것저것 상의했다. 잘 생각해 보면 그들의 앞날이 그렇게 어두운 것만은 아니었다. 왜냐하면 이제까지 서로 물어본 일은 없었지만, 세 사람의 직업은 모두가 괜찮은 편이었고 앞으로도 유망한 직종이기 때문이다.

현재 가장 시급한 일은 집을 옮기는 것이었다. 지금까지 그들은 그레고르가 마련한 집에서 계속 살아왔다. 그러나 세 사람은 현재의 그 집보다 작고, 집세도 싸고, 무엇보다도 위치가 좋고, 전체적으로 실용적인 집이 필요했다.

대화를 하는 사이 우울해 보이던 그레테는 점차 활기를 되찾았다. 그 모습을 지켜보면서 잠자 부부는 딸이 아름답고 탐스러운 한 여인으로 성장했음을 느낄 수 있었다. 잠자 부부는 말없이 시선을 주고받으며, 앞으로 딸을 위해 좋은 신랑감을 찾아 주어야 할 때가 곧 올 것이라 생각했다. 이윽고 전차가 목적지에 도착하자, 그레테는 제일 먼저 일어나 젊고 싱싱한 팔다리를 쭉 뻗었다. 잠자 부부는 그런 딸의 모습에서 그들 가족 앞에 펼쳐질 희망찬 미래를 엿보았다. *

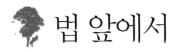

법 앞에서

✏️ 작품 정리

작가 : 프란츠 카프카(483쪽 '작가와 작품 세계' 참조)
갈래 : 단편 소설, 관념 소설, 철학 소설
성격 : 철학적, 관념적, 상징적
배경 : 시간 – 뚜렷하게 나타나지 않음 / 공간 – 법 앞의 문
시점 : 3인칭 전지적 작가 시점
주제 : 눈앞의 현실에 집착하는 소시민의 비극

✏️ 구성과 줄거리

도입 사내가 법의 문 앞에 찾아옴

한 시골 사내가 법의 문 앞에 찾아온다. 법의 문 앞에는 문지기가 서 있다. 문지기는 안으로 들여보내 달라는 사내의 말을 거절한다. 하지만 문지기는 안으로 들어가고 싶으면 자신을 신경 쓰지 말고 들어가라고 말한다.

전개 사내는 문지기가 안으로 들여보내 주지 않자 무작정 기다림

사내는 법의 문 안으로 들어가기가 어렵다는 것을 깨닫고 입장 허가가 내려질 때까지 밖에서 기다리기로 한다. 사내는 문지기의 마음을 돌리기 위해 온갖 방법을 동원하지만 문지기는 꿈쩍도 하지 않는다.

결말 사내의 죽음

오랜 시간이 흘러 사내는 점점 시력도 떨어지고 청력도 감퇴한다. 그동안 한 사람도 문 앞에 오지 않는 것을 의아하게 생각한 사내는 문지기에게 그 이유를 묻는다. 문지기는 이 문은 오직 사내만을 위한 법의 문이었다고 말한 뒤 입구를 폐쇄한다.

🖉 생각해 볼 문제

1. 이 작품에서 '법 앞의 문'은 무엇을 의미하는가?

법의 사전적 의미는 국가의 강제력을 수반하는 사회 규범이자, 국가 및 공공 기관이 제정한 법률, 명령, 규칙, 조례 따위다. 그러나 이 외에도 법은 관습, 종교, 사회 조직, 개인의 삶 등 다양한 상징성을 갖는다. 즉, 법이란 우리의 삶에서 통과해야 하는 무언가를 뜻한다.

2. 문지기가 법 안으로 들어가고 싶으면 들어가라고 말했지만 사내는 기다림을 택한다. 사내의 행동을 어떻게 비판할 수 있는가?

사내는 법 안으로 들어갈 수 있음에도 밖에서 기다리는 것을 택한다. 그는 법 안으로 들여보내 달라고 문지기에게 뇌물을 주기도 하고 간청도 하지만 정작 스스로 들어가지는 않는다. 급기야는 아무 상관도 없는, 문지기 옷 위로 기어다니는 벼룩에게 법 안으로 들어가게 해 달라고 부탁한다. 이는 눈앞의 현실에만 집착하는 나약한 소시민의 모습을 보여 준다. 인간이 장애물을 넘지 못하는 이유는 주변 상황뿐만 아니라 의지의 나약함 때문이기도 하다.

법 앞에서

한 문지기가 법 앞에 서 있었다. 한 시골 사내가 문지기에게 찾아와 법 안으로 들어가고 싶다고 말했다. 그러나 문지기는 시골 사내에게 지금은 들어갈 수 없다고 대답했다. 그 시골 사내는 한참 생각하더니 다시 말했다.

"그렇다면 나중에는 들어갈 수 있을까요?"

"그럴지도 모르지요."

하고 문지기는 대답했다. 그러고는 곧이어,

"그러나 지금은 안 됩니다."라고 덧붙였다.

하지만 법의 문은 여전히 활짝 열려 있었다. 그리고 문지기는 법의 문 옆으로 물러나 있었다. 시골 사내는 법 안을 들여다보려고 문 쪽으로 몸을 구부렸다. 문지기는 사내의 행동을 보고 큰 소리로 웃으면서 말했다.

"그토록 당신이 이 안으로 들어가고 싶다면 문 안으로 들어가 보세요. 내가 막고 있는 것을 상관하지 마세요. 하지만 하나 기억해 두시기 바랍니다. 내게는 당신을 압도할 만한 힘이 있지만, 나는 결국 맨 끝자리 문지기에 불과하다는 사실을 말입니다. 당신이 이 문을 지나 하나의 안으로 들어갈 때마다 또 다른 문지기가 그 앞에 서 있을 것입니다. 그리고 그 위력은 점점 커질 것입니다. 겨우 세 번째 서 있는 문지기의 모습이라도 말입니다. 나 역시 그 모습을 본다는 것은 무서워서 견디기 어렵습니다."

시골 사내는 이러한 어려움을 예상하지 못했다. 그는 법이란 누구에게나, 또한 언제라도 열려 있어야 된다고 생각했다. 시골 사내는 법 앞에 서 있는 문지기를 찬찬히 살펴보았다. 문지기는 모피로 몸을 감싸고, 매부리코와 타타르 사람처럼 길고 듬성듬성 자란 턱수염을 하고 있다. 그를 보자 사내는 입장 허가를 내려 줄 때까지 기다리는 게 좋겠다고 결론을 내렸다. 문지기는 시골 사내에게 등받이 없는 의자를 주면서 문 옆 앉아 기다리라고 말했다.

시골 사내는 문 옆에 앉아 기다렸다. 날이 가고 달이 가고 해가 지나갔다. 사내는 법 안으로 들어가기 위해 여러 가지 방법을 동원해 보기도 하고, 애원도 해 봤다. 이런 사내의 행동은 문지기를 지치게 만들었다. 때로는 문지기도 그에게 간단한 질문을 던지기도 했다. 고향이나 기타 여러 가지 일에 관해 물었다. 그러나 그런 질문은 높은 사람들이 흔히 하는 것처럼 대충 적당히 하는 질문이었다. 그리고 언제나 질문의 마지막에는 당신을 아직 안으로 들여보낼 수 없다고 말했다. 이번 여행을 위해 여러 물건을 가져온 이 시골 사내는 문지기의 마음을 사기 위해 온갖 수단과 방법을 동원했다. 그는 아무리 비싼 물건이라도 서슴지 않고 문지기 앞에 내놓았다.

문지기는 사내가 주는 대로 물건을 다 받으면서도 법 안으로 들여보내 주지는 않았다.

"이 물건을 받기는 하겠지만, 어디까지나 당신이 해 볼 만한 일을 안 해 봤다는 생각이 들지 않게 하기 위해서일 뿐입니다."

시골 사내는 몇 년 동안 문지기만 바라보았다. 사내는 또 다른 문지기가 다음 문 앞에도 있다는 것을 잊어버렸다. 그는 지금 자기 앞에 있는 문지기가 법 안으로 들어가는 것을 방해하는 유일한 장애라고 생각했다.

사내는 이 불운한 우연을 저주했다. 기다리는 처음 몇 해 동안, 그는 주위를 보지 않고 큰 소리를 질러 댔다. 그러나 나이가 들수록 혼잣말처럼 투덜거릴 뿐이었다. 사내는 점점 마치 어린아이처럼 변해 갔다. 오랫동안 문지기를 열심히 관찰한 사내는 문지기의 모피 외투에 벼룩이 기어 다니는 것을 발견했다. 사내는 문지기의 옷을 기어 다니는 벼룩한테까지 자신을 도와 달라고 부탁하기도 했다. 사내는 벼룩에게 문지기의 마음이 변해 문 안으로 들어갈 수 있게 해 달라고 말했다.

사내의 시력은 점점 나빠졌다. 시골 사내는 정말로 주변이 어두워져 가는지 아니면 자신의 눈 때문에 어두워 보이는지 전혀 알지 못했다. 그러나 사내는 지금 그 어둠 속에 둘러싸인 법의 문에서 한 줄기의 아름다운 빛이 찬란하게 비쳐 오는 것을 확인했다. 이제 시골 사내의 생명은 얼마 남지 않았다. 죽음이 임박해 오자, 그는 지금까지 기다리면서 겪었던 일들이 한데 머릿속에 뭉쳐져, 단 한 번도 물어보지 않았던 질문을 문지기에게 던지게 되었다.

그는 몸이 점점 굳어져서 이제는 고개조차 들 수 없었다. 사내는 문지기에게 자기 곁으로 오라고 눈짓했다. 문지기는 몸을 깊숙이 숙였다. 왜냐하면 문지기와 비교했을 때 시골 사내의 키가 사내에게 불리할 정도로 매우 작아졌기 때문이다.

"지금에 와서 알고 싶은 것이 무엇입니까?"

하고 문지기가 사내에게 묻고 다시 말했다.

"당신은 지칠 줄 모르는 사람이군요."

"모든 인간은 법을 추구합니다."

하고 사나이가 말했다.

"그런데 무슨 까닭입니까? 오랜 세월이 흘렀지만, 나 말고는 이 문을 찾아와서 안으로 들여보내 달라는 사람이 없으니까요."

문지기는 시골 사내의 죽음이 가까이 오고 있음을 알았다. 문지기는 점차 소리를 들을 수 없는 사내의 귀에도 들릴 수 있도록 울부짖듯이 크게 소리쳤다.

"여기는 당신 외에는 그 누구도 입장 허가를 받을 수 없습니다. 이 문은 결국 당신을 위한 입구였습니다. 자, 나는 이제 떠나겠습니다. 그리고 이 입구를 폐쇄하겠습니다." *

묘지로 가는 길

✎ 작가와 작품 세계 ————————————————————————

토마스 만(Thomas Mann, 1875~1955)

독일의 소설가이자 평론가. 독일 북부 뤼베크 출생. 독일의 소설가이자 수필가인 하인리히 만의 동생이기도 하다. 그는 부유한 상인 집안에서 태어났지만, 아버지의 죽음을 계기로 집안이 몰락했다. 이후 토마스 만은 보험 회사를 다니기도 했으며, 뮌헨대학에서 문학사를 청강하면서 소설을 쓰기 시작했다. 1893년 「호의」를 발표해 문단에 데뷔했고, 이듬해 「전락」으로 독일의 시인 데멜의 인정을 받았다.

토마스 만은 인간 심리의 분석과 문화 비판 등을 그만의 확고한 사상, 세련된 필치, 치밀한 구성으로 표현했다. 20세기 최고의 독일 작가로 추앙받는 그의 대표작은 『마(魔)의 산』이다. 작가의 실제 체험을 바탕으로 한 이 작품은 인간의 근원적인 문제인 삶과 죽음에 대한 통찰을 담고 있다. 1929년에는 4대에 걸쳐 한 가문의 몰락과 고뇌를 다룬 『부덴브로크 가의 사람들』로 노벨문학상을 수상했다. 그 밖의 주요 작품으로 『요제프와 그 형제들』, 『파우스트 박사』 등이 있다.

✎ 작품 정리 ————————————————————————

갈래 : 단편 소설
성격 : 묘사적, 사실적
배경 : 시간 - 어느 늦은 봄날 / 공간 - 묘지로 가는 길
시점 : 3인칭 전지적 작가 시점
주제 : 주인공의 비참한 삶과 그를 이해하지 못하는 사람들과의 괴리감

발단 **어느 봄날 괴상한 외모의 사내가 묘지로 향함**

어느 늦은 봄날, 한 사내가 가족이 묻혀 있는 묘지를 향해 걷는다. 피프삼이라는 이름을 가진 이 사내는 괴상한 외모를 가졌다. 그의 지난 삶은 비극의 연속이었다. 불과 반년 전에 아내는 셋째 아이를 낳던 도중에 죽고, 남아 있던 자식들마저 잇따라 죽었다. 한 보험 회사의 말단 서기직이었던 그는 결국엔 직장마저 잃는다. 그는 자기혐오에 빠져 계속 술을 마시고 심지어 자살 시도까지 한다.

전개 **피프삼은 묘지를 향해 걷다가 자전거를 타는 청년을 만남**

묘지로 가는 길을 걷고 있는 피프삼의 등 뒤로 한 청년이 자전거를 타고 달려온다. 금발에 파란 눈을 가진 청년은 세상의 근심이라고는 모르는 것처럼 활기가 넘친다. 신나게 달리던 청년은 앞서가는 피프삼을 보고 벨을 울리지만 피프삼은 꿈쩍도 않는다. 이윽고 자전거가 피프삼을 앞질러 가자, 피프삼은 뜬금없이 청년을 고발하겠다고 말한다.

위기 **피프삼이 청년에게 시비를 걺**

청년이 못마땅한 피프삼은 그에게 계속 고발하겠다고 협박한다. 청년은 이에 개의치 않고 계속 자전거를 탄다. 화가 난 피프삼은 청년의 자전거를 잡으며 그를 방해한다. 자전거에서 내린 청년은 피프삼을 한 대 내려친다. 그러고는 다시 페달을 힘껏 밟으며 앞으로 나아간다.

절정 **피프삼이 청년을 향해 욕설을 퍼부음**

피프삼은 사라져 가는 청년의 뒷모습을 멍하니 바라보다가 갑자기 청년을 향해 욕하기 시작한다. 묘지 입구에서 마구잡이로 욕을 하는 그의 주변으로 사람들이 몰려온다. 피프삼은 자신을 바라보는 군중을 향해 아무 말이나 마구 지껄인다. 그러면서도 여전히 청년에 대한 욕은 멈추지 않는다.

결말 **피프삼이 들것에 실려 구급 마차를 타고 떠남**

숨도 쉬지 않고 욕설을 내뱉던 피프삼은 결국 쓰러진다. 사람들은 꼼짝하지 않고 누워 있는 피프삼을 둘러싼다. 얼마 후 피프삼은 구급 마차에 실려 그 자리를 떠난다.

🖉 생각해 볼 문제 --

1. 작가는 이 작품을 통해 무엇을 말하고자 했는가?

피프삼에게 묘지로 가는 길은 사랑하는 가족들이 묻혀 있는 곳으로 향하는 길이다. 그 길은 고통을 되씹는 길이자 신성한 길이다. 그 길을 청년이 아무 생각 없이 혹은 너무나 행복하게 씽씽 달리는 것을 보고 피프삼은 화를 낸다. 그가 화내는 모습을 구경하기 위해 모인 사람들도 피프삼의 행동을 완전히 이해하지는 못한다. 작가는 이 작품을 통해 예술가의 길 역시 작가 자신에게는 한없이 신성하고 특별한 길이고, 자신의 의식과 사상을 이해하지 못하는 대중과 괴리감을 느낀다는 것을 드러내고 있다.

2. 피프삼이 처한 비참한 상황은 무엇을 의미하는가?

피프삼의 아내는 셋째 아이를 출산하다가 죽고, 남은 두 아이마저 세상을 떠난다. 피프삼은 몸과 마음을 추스르지 못해 실수를 연발하다가 다니던 직장에서도 쫓겨난다. 이후 피프삼은 계속 술을 마시고 자살 시도를 하는 등 자신이 처한 상황을 더욱 벼랑으로 내몬다. 작가가 피프삼의 상황을 이토록 비참하게 설정한 이유는 주변 인물과의 갈등을 좀 더 극적으로 보여 주기 위해서다. 피프삼의 괴이한 외모와 옷차림도 사람들과의 거리감을 부각시키기 위한 장치로 볼 수 있다.

묘지로 가는 길

묘지로 가는 길은 국도를 안고 길게 뻗어 있었다. 길 양쪽에는 사람이 살고 있는 집들이 있었다. 새로 짓고 있는 집들도 눈에 띄었다. 그리고 인가를 지나면 들판이 보였다.

국도 주변에는 울퉁불퉁한 마디를 가진 여러 해 묵은 나도밤나무 숲에 싸여 있었다. 도로의 반은 길이 잘 닦여 있었지만, 나머지 반은 아니었다. 하지만 묘지로 가는 길은 자갈이 깔려 있어 포장된 길이나 마찬가지였다. 묘지로 가는 길 사이에는 꽃과 풀이 무성한 메마른 작은 개울이 있었다.

여름이 다가오는 늦봄이었다. 온 세상이 하느님의 축복에 싸여 있었다. 하느님이 만드신 하늘에는 솜털 같은 뭉게구름이 뭉게뭉게 피어오르고 있었다. 길옆 나도밤나무 숲에서는 새들이 지저귀고 있었다. 살랑거리는 바람은 들을 스쳐갔다.

마을에서는 도시로 가는 한 대의 마차가 달리고 있었다. 마차는 한쪽 바퀴는 길이 닦인 쪽을, 다른 바퀴는 길이 안 닦인 쪽을 달렸다. 다리를 쭉 뻗은 마부는 곡조도 맞지 않는 휘파람을 불고 있었다. 마부의 반대편에는 누런 강아지 한 마리가 차분하게 앉아 큰길을 바라보고 있었다. 한번 안아 주고 싶을 만큼 귀여운 모습이었지만, 강아지 이야기는 지금 하려는 이야기와는 아무 연관이 없으므로 이쯤에서 그만두겠다.

병사들은 군가에 발맞춰 행진하고 있었다. 도로에서 멀지 않은 병영에서 뿌연 먼지가 일어나고 있었다. 두 번째 마차가 도시에서 마을로 들어갔다. 마부는 졸고 있었고, 아까와는 달리 강아지가 없어 큰 구경거리는 못 되었다.

두 젊은이가 직공 차림을 하고 큰길로 오고 있었다. 한 직공은 꼽추였고, 다른 직공은 건장한 체격의 젊은이였다. 이들 직공은 장화를 벗어 어깨에 메고 맨발로 마차 뒤를 따르고 있었다. 그들은 마부와 농담을 주고받았다. 큰길은 혼잡하거나 사고가 일어나지 않았다.

어떤 사내 하나가 묘지로 향해 걷고 있을 뿐이었다. 사내는 고개를 수그린 채 검은색 지팡이에 몸을 의지해 천천히 걷고 있었다. 사내의 이름은 로프고트 피프삼이었다. 사내의 이름을 잘 기억해 둘 필요가 있다. 왜냐하면 그는 아주 괴상했기 때문이다.

검은 상복을 입은 그는 사랑하던 사람들을 찾아 묘지로 향하던 중이었다. 뻣뻣한 낡은 실크 모자를 쓰고, 닳아 빠져 반지르르한 프록코트와 짤막하고 통이 좁은 바지를 입고 있었다. 손에는 군데군데 구멍이 뚫린 장갑을 끼고 있었는데 에나멜 칠을 한 장갑이었다. 유난히 후골(喉骨 후두 융기. 성년 남자의 목의 정면 중앙에 방패 연골의 양쪽 판이 만나 솟아난 부분)이 크며 길고 가는 그의 목이 낡아 빠진 스탠딩 옷깃 위로 불쑥 솟아 있었다. 사내는 묘지가 얼마나 남았는지 보기 위해 가끔 고개를 쳐들었는데, 그때마다 이상한 표정을 지었다. 얼굴을 쉽게 잊을 수 없을 만큼 특이한 생김새의 사내였다.

깨끗이 면도한 얼굴은 창백했고, 움푹 파인 양 볼 중앙에는 끝이 뭉툭하고 붉은 콧날이 서 있었다. 얼굴에는 작은 종기가 돋아 있어 매우 우스꽝스러웠다. 깡마르고 창백한 얼굴은 붉은 코와 대조를 이루면서 불균형을 이루고 있었다. 마치 사육제(謝肉祭 사순절에 앞서서 3일 또는 한 주일 동안 즐기는 명절)의 가면 코처럼 우스꽝스러운 모습이었다.

오히려 이것은 약과였다. 축 처진 큼지막한 입을 꽉 다문 그가 앞을 응시할 때마다 희끗희끗한 눈썹은 모자 끝을 건드렸다. 충혈된 눈은 수심이 가득해 그냥 보기에도 동정을 살 만한 얼굴이었다.

간단히 말하자면 피프삼의 얼굴은 기분 좋은 생김새는 아니었다. 게다가 이처럼 맑고 화창한 날씨에는 어울리지 않았다. 너무 비참한 차림새여서 사랑했던 사람의 묘지를 찾아가는 모습으로는 보이지 않았다.

사내의 마음속에는 충분히 그럴 만한 이유가 있었다. 우리는 그것을 충분히 이해해야 한다. 지금까지 사내는 억압된 삶을 살았다. 어떤 식으로 억압되어 왔는가? 언제나 삶이 즐거운 여러분들에게 그 이유를 설명하는 건 쉽지 않은 일이다.

사내는 그저 불행했겠지. 세상의 버림을 받았을 테고. 이렇게 단순하게 생각할 수도 있다. 사실 사내는 그의 외모처럼 비참하게 살았다. 사내는 술을 꽤 좋아했다. 부인을 잃고 홀아비가 된 사내는 세상에 버려졌다. 그가 사랑하는 사람은 이 세상에 단 한 명도 없었다.

반년 전, 레프첼트 가문 출신인 부인은 셋째 아이를 낳는 도중에 죽었다. 잇달아 셋째 아이도, 나머지 두 아이도 세상을 떠났다. 한 아이는 장티푸스를 앓다가 죽었고, 다른 한 아이는 그냥 시름시름 앓다가 죽었다. 어쩌면 영양실조였을지도 모른다.

그의 불운은 여기서 끝나지 않았다. 그는 얼마 지나지 않아 다니던 직장에서도 쫓겨났다. 이런 불행의 연속 때문에 그의 마음은 차츰차츰 시들었다. 그도 처음에는 불행을 참고 견뎌 보려고 했지만 때때로 연속되는 불행은 사내를 우울하게 만들었다. 부인과 자식들을 떠나보낸 뒤 마음 붙일 곳이 없어진 사내에게는 안 좋은 습성이 생겼고 의지력을 잃고 만 것이다.

사내는 한 보험 회사에 직장을 얻었지만 겨우 월급으로 90마르크를 받는 말단 서기였다. 그는 몸과 마음이 혼란스러운 까닭에 몇 차례 실수했고, 꾸중을 받다가 끝내는 직장을 잃고 말았다.

사내는 마음을 다잡을 기회를 잃었다. 그리고 점점 절망의 구렁텅이로 떨어지게 되었다. 여러분도 알다시피 사람이 불행을 겪으면 다른 사람으로부터 신용을 잃을 수도 있다. 이런 일에는 불가항력적인 내막이 숨어 있기 때문에 살펴볼 필요가 있다.

사내가 자신의 결백함을 말해도 알아주는 사람은 없었다. 인간이란 존재는 불행에 빠지면 자기 자신을 학대하기 쉽다. 또한, 자기 학대와 타락 사이에는 떼려야 뗄 수 없는 무언가가 있다. 둘은 맞붙어 서로 손을 잡고 있는데, 결국에는 놀라운 결말을 초래한다. 이 사내의 경우가 바로 그 예다.

자기혐오에 빠진 사내는 계속 술을 마셨다. 그의 순진한 마음씨는 시간이 지날수록 때가 끼고 마침내는 자기 자신을 학대하게 되었다. 그의 집 장롱 안에는 언제나 노란색 독약이 담긴 약병이 놓여 있었다. 약 이름이 무엇인지는 밝히지 않겠다. 사내는 몇 번씩이나 장롱 앞에 무릎을 꿇고 엎드려 혀를 깨물고 자살하려 했다. 그러나 차마 실행하지는 못했다. 이런 것까지 말하고 싶지 않지만, 참고삼아 이야기하는 것이다.

사내는 지금 검은색 지팡이를 휘두르며 묘지로 가고 있다. 얼굴에는 부드러운 바람이 스쳐 지나갔지만, 사내는 알지 못했다. 그저 눈썹을 치켜세우고 슬픔에 찬 눈을 한 채 앞만 보고 걸을 뿐이다.

사내는 정말 비참할 정도로 타락한 사람이었다. 그는 등 뒤에서 들려오는 소리에 잠시 귀를 기울였다. 소리는 점점 가까이 들려왔다. 사내는 돌아서서 걸음을 멈추었다. 자전거가 달려오고 있었다. 자갈길을 달리는 자전거는 쐐 하는 소리를 냈다. 자전거는 빠른 속도로 달리다가 사내 때문에 속도를 늦추었다.

자전거를 탄 사람은 젊은 청년이었다. 청년은 세상의 근심이라고는 알지 못한 채 자란 듯하다. 청년은 소풍을 즐기고 있었다. 그는 위대한 사람이나 유명인사에 한몫 끼는 일 따위는 전혀 생각해 본 적이 없었다. 청년은 한 공장에서 만든 중간급 품질의 자전거를 타고 시골길로 소풍을 나선 길이었다. 기껏해야 값이 200마르크가 될까 말까 한 자전거를 타고 소풍을 나온 것이다. 청년은 도시에서 재빨리 벗어나 빛나는 페달을 밟으며 하느님이 만든 자연을 만끽하며 달리고 있었다. 자, 힘껏 달려 보자! 청년은 멋진 셔츠와 회색 코트를 걸치고 운동용 행전을 찼다. 머리에 쓴 모자는 갈색 줄무늬에, 중앙에 단추가 달린 이상야릇한 모양이었다. 청년의 머리카락은 모자 밑으로 흘러내리고, 파란 눈은 번개처럼 번쩍였다.

힘차게 달리던 청년은 피프삼을 보고 벨을 울렸다. 피프삼은 벨 소리를 듣고도 비킬 줄을 몰랐다. 그저 활기가 넘치는 청년을 빤히 바라볼 뿐이었다. 그의 행동에 화가 난 청년은 피프삼을 쏘아보고는 옆으로 지나가려고 했다. 피프삼은 다시 걸음을 앞으로 내딛었다. 마침내 청년이 앞으로 나가자, 묵직한 어조로 천천히 입을 열었다.

"9707번이구먼!"

피프삼은 청년의 따가운 시선을 의식해 입을 다물고는 다른 곳을 바라보는 체했다.

청년은 안장 뒤를 손으로 잡고 자전거를 천천히 몰면서 피프삼에게 물었다.

"뭐라고 하셨죠?"

"9707번이라고!"

피프삼은 계속해서 말했다.

"내게 별다른 뜻이 있어 말한 것은 아니야. 자네를 고발할 생각을 했을 뿐이니까!"

"뭐라고요? 저를 고발하다니요?"

몸을 돌린 청년은 페달을 밟았다. 그리고는 겨우 몸의 균형을 유지할 정도로 천천히 자전거를 몰았다.

"암, 자네를 고발해야지."

피프삼은 말했다.

"왜 그러려는 거죠?"

청년은 매우 궁금하다는 듯이 자전거에서 내려와 물었다.

"자네가 더 잘 알 게 아닌가?"

"아니오, 전혀 모르겠는데요."

"참, 그렇게 시치미를 떼려는가?"

"통 모르겠는데요."

청년은 다시 자전거를 탔다.

"좋으실 대로 하세요."

하고 급히 떠나려고 했다.

"난 자네를 고발할 거야. 자네는 분명 이 길을 자전거로 달렸어. 저 건너편 국도를 놔두고 말이지. 묘지로 가는 길을 자전거로 달리지 않았나?"

"이봐요!"

청년은 가까스로 화를 억누르고 웃으면서 말했다.

"이 길에는 다른 자전거 자국도 많이 있어요. 이 길은 누구나 자전거를 타고 다닐 수 있잖아요?"

"그건 내 알 바 아니지!"

"그럼 빨리 저를 고발하시지요! 고발하는 게 당신의 취미인 것 같으니까 말이에요!"

청년은 자전거에 올라탔다. 잘못 타는 바람에 넘어져서 웃음거리가 되는 일 따위는 일어나지 않도록 능숙하게 안장에 앉았다. 그러고는 힘차게 자전거를 몰았다.

"그래, 자네는 여전히 여기서 자전거를 타겠다 이건가? 그럼 할 수 없네. 고발할 수밖에."

떨리는 목소리로 피프삼이 외쳤다. 청년은 그런 피프삼이 딱하다는 듯이, 그러나 조금도 개의치 않고 속도를 내 자전거를 몰았다.

여러분이 만약 지금 피프삼의 얼굴을 보았다면 몹시 놀랐을 것이다. 입술을 어찌나 꼭 앙다물었던지 양 볼이 붉어지고 코는 일그러졌다. 게다가 억지로 치켜세운 눈썹 아래 눈을 부릅뜬 채, 앞서 가는 자전거를 미친 사람처럼 노려보았다.

피프삼은 갑자기 자전거를 뒤쫓더니 안장을 붙들고 늘어졌다. 피프삼은 입을 꽉 다문 채 앞으로 가려고 움직이는 자전거에서 눈도 떼지 않고 청년과 실랑이를 벌였다. 이 광경을 본 사람이면 누구나 이렇게 의심했을 것이다. 자전거를 타고 나타난 청년한테 갑자기 심술을 부리거나, 아니면 자전거에 매달려 가다가 자신도 빛나는 페달을 밟으며 하느님이 만든 대자연속에서 함께 달려 보겠다는 심보가 아닐까 하고…….

피프삼이 이렇게 나오자 이제 청년의 기세가 험악해졌다. 청년은 한쪽 다리로 겨우 몸을 가누면서 피프삼의 가슴을 오른손으로 힘껏 내리쳤다. 그 때문에 청년은 자전거와 함께 비틀거렸다. 그는 피프삼을 향해 위협하듯 말했다.

"이놈의 작자가 술이라도 취했나? 한 번만 더 가는 길을 방해해 봐. 그때는 죽도록 때려 줄 테니! 알겠어? 자네 뼈가 두 동강이 날 테니. 명심해!"

청년은 잔뜩 화가 나서 큰 소리로 외치고 모자를 눌러 쓴 뒤 다시 자전거 위에 올라탔다. 청년도 보통내기가 아니었다. 그는 자전거에 오르더니 페달을 힘껏 밟으며 앞으로 나아갔다.

사라져 가는 청년의 뒷모습을 피프삼은 멍하니 바라보았다. 멍청하게 서서 입에서는 거품을 내뿜고 있었다. 젊은이는 마치 아무 일도 없었다는 듯이 태연하게 달렸다. 자전거가 넘어지거나 별다른 사고도 없었다. 자전거 타이어도 멀쩡했다. 흔한 돌멩이 하나도 그를 방해하지 않았다. 청년은 그저 자전거를 타고 기분 좋게 앞으로 달려 나갔다.

청년의 그런 모습을 보자 피프삼은 큰 소리로 욕설을 마구 퍼부었다. 그 소리는 사람의 소리가 아닌 마치 짐승의 소리처럼 들렸다.

"이봐! 당장 자전거에서 내리라고!"

피프삼은 청년을 향해 크게 외쳤다.

"이 길로 가면 안 된다니까! 빨리 건너편 길로 가라고! 이봐! 내 말이 안들려? 어서 내리라고! 그래! 내가 네 놈을 당장 고발할 거야! 두고 보라지! 야, 이놈! 곤두박질이나 쳐라! 제발! 어서! 이 후레자식아! 저놈을 뭉개 버릴 거야. 이 구둣발로 네놈의 얼굴을 짓이길 테야!"

여러분은 이런 광경을 어디에서도 본 적이 없을 것이다. 묘지 입구에서 욕설을 마구 퍼붓는 사내, 머리카락이 엉망으로 뒤헝클어진 채 고래고래 악담을 퍼붓고, 길길이 날뛰며 온몸을 허우적거리는 사내를 어디에서 보았겠는가?

청년의 자전거는 그의 시야에서 완전히 멀어졌다. 하지만 그는 여전히 그 자리에서 날뛰면서 악담을 퍼부었다.

"나쁜 저놈을 잡아라! 저놈을! 저 흉악한 놈이 자전거를 타고 묘지 길을 간단 말이야. 저 날강도 같으니……. 저런 주리를 틀 놈은 껍질을 벗겨야 속이 시원한 텐데. 이 개 같은 놈아! 이 천하에 몹쓸 놈아! 이 무식한 깡패 같은 자식! 당장 자전거에서 내려오지 못해? 당장 내리라고! 저놈을 붙잡아 더러운 쓰레기통에 처넣을 사람 없소? 저 악당 같은 놈을! 뭐 산책을 한다고? 묘지 입구에서 무슨 말도 안 되는 수작이야! 뻔뻔한 날강도 같은 자식. 이 원숭이 새끼같이 돼먹지 못한 놈아! 번개 같은 푸른 눈깔을 한 자식아! 그래 무엇을 어떻게 한다고 했지? 네놈의 눈깔은 귀신한테 뽑힐 것이다. 이 무식한 개 같은 놈아!"

피프삼은 청년을 향해 차마 흉내도 낼 수 없는 욕설을 마구 퍼부었다. 게거품을 내뿜으면서 찢어지는 목소리로 악담을 늘어놓았다. 그 모습은 마치 발광하는 것처럼 보였다.

바구니를 옆에 낀 아이들과 테리어 종의 개 한 마리가 국도 쪽에서 달려왔다. 그들은 도랑을 넘어와 고래고래 소리를 지르는 피프삼을 둘러쌌다. 호기심 어린 눈빛을 한 그들은 일그러진 피프삼의 얼굴을 바라보았다. 집을 짓는 중인 공사장의 일꾼들과 점심을 먹기 위해 돌아오던 농부들도 분위기가 심상치 않음을 알아채고 달려왔다. 나중에는 부인들까지도 길을 건너와 몰려들었다.

피프삼은 여전히 악을 쓰고 있었다. 점점 강도가 심해졌다. 그는 하늘을 향해 두 주먹을 마구 휘두르고, 발을 땅에 굴렀다. 제자리에서 빙빙 돌다가 무릎을 구부리고 소리를 꽥꽥 지르며 날뛰기도 했다. 계속 욕설을 퍼붓느라 숨 돌릴 틈도 없었다. 마구잡이로 내뱉는 욕설이 어디에서 나오는지 실로 놀라울 지경이었다.

그러던 피프삼의 얼굴이 무섭게 부어올랐다. 낡은 실크 모자는 목덜미에 걸려 있고, 셔츠 자락은 조끼 밖으로 빠져나왔다.

피프삼은 마침내 엉뚱한 말을 지껄였다. 부도덕한 생활에 대한 암시, 얼토당토않은 신앙 이야기를 끄집어내기도 했다. 그러나 그의 욕설은 계속됐다.

"자, 모두 모여요! 빨리 모이라고!"

피프삼은 큰 소리로 외쳤다.

"모여라! 너희들은 물론이고 다른 놈들도 모두! 모자를 눌러쓰고 번개처럼 푸른 눈을 가진 놈들은 모두 모이라고! 내가 늬들 귓구멍이 아플 때까지 말할 테니까. 번쩍 정신이 들도록 말이다! 이 나쁜 놈들아! 왜 다들 웃는 거야? 어깨를 들썩거려? 그래, 난 술주정뱅이다. 암, 술을 마시고말고! 내 말을 듣고 싶은 놈들은 모두 모여라. 나는 술을 많이 마시기도 한다. 그게 뭐 어쨌다는 거냐? 아직 마음을 놓기는 이르니까……. 언젠가는 하느님이 우리를 심판하는 날이 올 것이다. 이 정신 나간 쓰레기들아! 구세주가 구름 속으로 오실 날이 있을 게다. 이 악당 같은 놈들아! 하느님의 공의(公義 공평하고 의로운 도의)는 지금 세상에 속한 것이 아니란 말이다. 네놈들은 그분에 의해 천 길 어둠 속에 던져질 것이다. 이 바보 같은 놈들아! 네놈들이 거기서 아무리 울고불고 야단법석을 부려도……."

더 많은 일꾼들이 공사장에서 몰려들었다. 여자들도 몰려왔다. 어떤 마부는 마차를 길가에 세워 놓은 채 채찍을 손에 들고 도랑을 건너왔다. 피프삼의 팔을 한 남자가 잡아 흔들었으나 피프삼은 여전히 막무가내였다. 병사들도 지나가다가 웃으면서 목을 길게 뽑고 피프삼이 있는 쪽을 건너다보았다. 더는 참지 못한 테리어 종의 개는 앞발을 땅바닥에 버티고 서서 꼬리를 감추며 피프삼을 향해 마구 짖어 댔다.

그는 아랑곳하지 않고 계속 외쳤다.

"어서 빨리 내리란 말이다! 썩 내리지 못해! 이 무식한 놈아!"

피프삼은 한 팔로 공중에 커다란 원을 그렸다. 그러고는 털썩 그 자리에 주저앉더니 뒤로 벌러덩 넘어졌다.

피프삼은 눈에 호기심이 가득 찬 사람들에게 둘러싸였다. 입을 굳게 다문 그는 마치 어떤 시커먼 덩어리처럼 꼼짝하지 않고 누워 있었다. 그의 낡은 실크 모자가 땅바닥 위로 떨어졌다. 모자는 한쪽으로 구르다가 멎었다.

꼼짝하지 않는 피프삼의 얼굴 위로 두 명의 미장이가 몸을 굽히고 무슨 일이냐고 순진하게 물었다. 그러자 사람들 속에 서 있던 어떤 한 사람이 그 자리를 빠져나와 급히 달려갔다. 자리에 남은 사람들은 피프삼의 의식이 아직 남았는지 다시 한 번 건드려 보았다. 다른 어떤 사람은 물을 퍼서 피프삼에게 끼얹었다. 또 다른 한 사람은 들고 있던 술병의 술을 손바닥에 따르더니 피프삼의 관자놀이에 문질러 보기도 했다. 그러나 피프삼은 여전히 꼼짝하지 않았다.

시간이 흘렀다. 어디선가 마차 한 대가 요란하게 소리를 내면서 사람들이 있는 쪽으로 달려왔다. 구급 마차는 피프삼이 누워 있는 곳에 멈춰 섰다. 두 필의 귀여운 말이 끄는 마차에는 커다란 붉은 십자가가 양쪽에 그려져 있었다. 제복을 입은 남자 둘이 마부석에서 내렸다. 그중 한 남자가 마차 문을 열고 뒤쪽으로 들것을 꺼내러 갔다. 다른 남자는 구경꾼들을 밀치고 피프삼 쪽으로 오더니 주변 사람의 도움을 받아 그를 마차로 끌고 왔다. 그러고는 피프삼을 들것에 눕힌 뒤, 가마 속에 빵을 넣듯이 피프삼을 마차 속으로 밀어 넣었다. 이내 마차 문은 쾅 하고 닫혔다. 두 남자는 다시 마부석에 올라탔다. 마치 그들은 연극이라도 하는 것처럼 이 모든 일을 능숙한 솜씨로 해냈다.

이로써 피프삼은 두 남자에 의해 마차에 실려 그 자리를 떠났다. *

나비

✏️ 작가와 작품 세계

헤르만 헤세(Hermann Hesse, 1877~1962)

독일의 소설가이자 시인. 독일 남부 칼프 출생. 유서 깊은 신학자 가문 출신이었던 부모의 종교관과 세계관은 어린 헤세에게 많은 영향을 끼쳤다. 1890년 라틴어 학교에 입학하고, 이듬해에 마울브론의 신학교에 들어갔다. 그러나 헤세는 신학교의 속박된 기숙사 생활을 견디지 못하고 중퇴했다. 헤세는 처녀 시집 『낭만적인 노래』와 산문집 『자정 이후의 한 시간』을 발표해 릴케의 인정을 받았다. 그는 최초의 장편 소설 『페터 카멘친트』를 통해 확고한 문학적 지위를 얻었다.

　주요 작품으로 제2의 장편 소설 『수레바퀴 밑에서』, 음악가 소설 『게르트루트』, 화가 소설 『로스할데』, 세 개의 단편으로 이루어진 『크눌프』, 정신 분석 연구로 자기 탐구의 길을 개척한 대표작 『데미안』, 불교적인 절대 경지에 도달하기까지의 과정을 그린 『싯다르타』, 제1차 세계 대전 후의 혼돈 시대를 그린 『황야의 늑대』, 신학자 나르치스와 애욕에 눈먼 골트문트의 우정을 다룬 『나르치스와 골트문트』, 20세기의 문명 비판서 『유리알 유희』(1943, 1946년 노벨문학상 수상), 『헤세와 로맹 롤랑의 왕복 서한』 등이 있다.

✏️ 작품 정리

갈래 : 단편 소설, 성장 소설
성격 : 회고적, 묘사적
배경 : 시간 – 주인공의 유년 시절 / 공간 – 작은 시골 마을
시점 : 1인칭 주인공 시점
주제 : 한 소년의 정신적 성장

✎ 구성과 줄거리

발단 '나'는 나비 수집에 몰두함

'나'는 학교 가는 것도, 밥 먹는 일도 곧잘 잊어버릴 정도로 나비 채집에 몰두했던 어린 시절을 떠올린다.

전개 에밀이 푸른 날개 나비에 대해 혹평을 함

어느 날, '나'는 희귀종인 푸른 날개 나비를 채집하게 된다. '나'는 이웃 집에 사는 에밀에게 보여 주지만 그는 혹평을 한다. 기분이 나빠진 그날 이후 '나'는 수집한 나비를 에밀에게 보여 주지 않는다.

절정 에밀이 가지고 있던 점박이를 못쓰게 만듦

'나'는 친구들을 통해 에밀이 점박이를 소유하고 있다는 이야기를 듣는 다. 갈색의 점박이는 아름다운 날개를 가진 보기 드문 나비였다. 결국 '나'는 몰래 에밀의 방에 들어가 나비를 훔친다. 그러나 양심의 가책을 느 낀 '나'는 나비를 도로 갖다 놓는다. 하지만 나비는 이미 망가져 버렸다.

결말 에밀에게 사과하지만 한 번 실수는 돌이킬 수 없다는 사실을 깨달음

'나'가 양심의 가책에 시달리자 어머니는 에밀에게 찾아가 사과할 것을 권한다. 그날 저녁, '나'는 에밀에게 모든 걸 고백하고 용서를 구하지만 에밀의 반응은 차갑기만 하다.

✎ 생각해 볼 문제

1. '나'의 갈등은 무엇이며, 어떻게 해소되는가?

'나'는 훔쳐서라도 나비를 갖고 싶은 마음과 그래서는 안 된다는 양심의 가 책 사이에서 갈등한다. 결국 나비를 못쓰게 만들지만 에밀에게 그 사실을 털어놓고 사과함으로써 양심의 가책에서 벗어난다.

2. '나'가 에밀에게 느끼는 감정은 무엇인가?

에밀은 흠 잡을 곳 없는 모범 소년이다. 하지만 에밀의 그런 점이 '나'에게 는 건방짐으로 비친다. 또한, 에밀은 누구보다 나비 다루는 일에 조예가 깊 어서 '나'는 항상 열등감에 휩싸인다. 에밀은 자신의 나비를 못쓰게 만든 '나'를 마지막까지 조롱한다. 하지만 '나'는 그런 에밀을 통해 정신적으로 성숙해진다.

3. '나비'의 상징성은 무엇인가?

문학 작품에서 '나비'는 주로 자유, 아름다움, 행복, 꿈, 희망, 동심의 순수함 등 긍정적 의미를 상징하기도 하고, 인간의 나약함, 이상향의 좌절 등 부정적 의미를 상징하기도 한다. 이 작품에서 '나비'는 순수한 동심을 나타낸다. '나'가 애지중지하던 나비들을 가루로 만들어 버린 것은 동심의 세계와의 결별을 의미한다. 이는 '나'의 정신적 성장을 보여 준다고 할 수 있다.

4. 성장 소설의 특징은 무엇인가?

성장 소설은 주인공의 육체적·정신적 성장 과정을 형상화한 소설을 말한다. 소설의 중반부까지는 대체로 주인공의 지적(의식적) 미성숙과 애정의 결핍 등으로 갈등의 양상을 보인다. 하지만 결말 부분에서 주인공은 이에 좌절하지 않고 한 단계 성장하는 모습을 보여 준다.

나비

　여덟 살인가, 아홉 살 때 나는 처음으로 나비 잡기를 시작했다. 그다지 재미를 느낀 것은 아니어서 다른 애들이 하니까 따라 해 보는 정도였다. 그러나 열 살이 되면서 입장이 조금씩 바뀌었다. 완전히 나비 잡기에 빠져들었던 것이다. 심지어는 나비 잡는 일 때문에 다른 일을 전혀 하지 못할 정도였다. 주변 사람들은 그런 나를 걱정스럽게 바라보았다. 나는 나비 잡는 일에 미쳐서 수업 시간은 물론, 점심 먹는 일까지 깜빡 잊어버리기 일쑤였다. 학교를 쉬는 날은 빵 한 쪽을 호주머니에 넣고 아침 일찍부터 밤 늦게까지 뛰어다녔다.

　지금도 아름다운 나비를 보면, 이따금 그때의 열정이 되살아난다. 그럴 때마다 나는 어린이만이 느낄 수 있는 황홀한 감정에 사로잡힌다. 소년 시절에 처음으로 노랑나비를 찾아냈던 그때의 기분 그대로를 느낄 수 있는 것이다. 자연스럽게 나는 어린 날의 추억 속으로 빠져든다. 풀꽃 향기가 코를 찌르는 어느 날의 정오와, 정원 속의 서늘한 아침과, 신비로운 숲 속의 저녁, 나는 마치 보물을 찾아 헤매는 사람처럼 나비를 노리고 있다. 아리따운 나비를 발견하면 숨이 막힐 지경이 되어 가만가만 다가선다. 특별히 진귀한 것이 아니라도 좋았다. 꽃 위에 앉아서 빛깔이 고운 날개를 호흡과 함께 드러내고 있는 나비를 볼 때마다 나는 가슴이 뛰었다. 반짝이는 반점의 하나하나, 날개 속에 드러난 맥줄의 하나하나, 가는 촉각의 갈색 잔털의 하나하나가 뚜렷이 보일 때마다 느껴지는 긴장과 환희는 이루 말할 수 없는 것이었다. 그 미묘한 기쁨과 거센 욕망의 교차는 어른이 된 이후에는 결코 느낄 수 없는 것이었다.

　부모님은 내게 나비 잡는 일과 관련해서 어떠한 장비도 마련해 주지 않았다. 따라서 나는 잡은 나비들을 헌 종이 상자에다 간추려 두는 수밖에 없었다. 병마개에서 뽑은 동그란 코르크를 밑바닥에 발라 붙이고, 그 위에 핀을 꽂아 나비를 고정했다. 애써 수집한 나비들을 초라한 상자 속에 보관할 수밖에 없었던 것이다. 처음에 나는 친구들에게 곧잘 내가 잡은 나비를 보여 주었다. 그러나 친구들의 나비 상자는 내가 가진 것과 비교할 수 없는 것이었다. 친구들이 가진 것은 대개 유리 뚜껑이 달린 나무 상자에 푸른빛 거즈를 친 사육 상자로 사치스러운 것들이었다. 나는 이내 친구들에게 나비 상자 보여 주는 일을 그만두었다. 아주 가끔씩, 썩 마음에 드는 나비를 잡게 되도 친구들에게는 비밀로 하고 누이들에게만 살짝 보여 주었다.

그러던 어느 날, 나는 아주 특별한 나비 한 마리를 잡았다. 우리 고장에서 쉽게 볼 수 없는 푸른 날개의 나비였다. 기쁨에 들뜬 나는 푸른 나비를 이웃집 아이에게 보여 주고 싶어졌다. 이웃집 아이란, 뜰 건너편 집에 사는 교원의 아들 에밀이었다. 에밀은 흠 잡을 수 없을 만큼 깜찍했지만 약간 건방진 게 흠이었다. 나비 잡는 솜씨는 보잘것없었으나 수집물을 깨끗하고 정확하게 정리하는 솜씨가 뛰어났다. 게다가 그는 나비의 찢긴 날개를 풀로 이어 맞추는, 남이 잘하지 못하는 아주 어려운 기술을 가지고 있었다. 어쨌든 모든 점에서 그는 모범 소년이었다. 그 때문에 나는 열등감을 느끼며 그를 미워했다. 나는 그에게 내가 잡은 진귀한 나비를 보여 줌으로써 코를 납작하게 해 줄 생각이었던 것이다.

에밀은 천천히 푸른 날개의 나비를 뜯어보았다. 마치 대단한 전문가라도 되는 듯한 태도였다. 그는 아주 귀한 나비임을 인정하며 십 전짜리 가치는 되겠다고 중얼거렸다. 하지만 이내 눈을 빛내며 트집을 잡기 시작했다. 날개를 편 방식이 나쁘다느니, 오른쪽 촉각이 비틀어졌다느니, 왼쪽 촉각이 뻗어 있다느니, 그 위에 다리가 두 개 떨어졌다느니 하며 이죽거렸다. 녀석의 혹평 때문에 나는 좋았던 기분이 형편없이 나빠졌다. 그날 이후, 나는 두 번 다시 에밀에게 내가 수집한 나비를 보여 주지 않았다.

그로부터 2년이 흘렀다. 제법 머리가 굵은 소년이 되었지만 나는 여전히 나비 잡는 일에 몰두하고 있었다. 그때 놀라운 소문 하나가 친구들 사이에 퍼졌다. 이웃집 에밀이 점박이를 번데기에서 직접 길러 냈다는 얘기였다. 그건 대단한 사건이었다. 친구들 중에는 그 누구도 아직 점박이를 잡은 아이가 없었다. 나 또한 낡은 책에서 그림으로나 겨우 보았을 뿐이었다. 때문에 나는 누구보다 점박이에 애착을 느끼고 있던 터였다. 몇 번이나 그림책을 들여다보며 언젠가 점박이를 잡고 말겠다고 다짐하곤 했던 것이다. 나무둥치나 바위에 앉아 있기를 좋아하는 갈색의 점박이는, 새가 자신을 잡아먹기 위해 다가올 때마다 아름다운 뒷날개를 드러내 보인다고 했다. 그때마다 새들은 겁을 먹고 함부로 덤비지 못한다는 것이었다. 그 점박이를 에밀 녀석이 떡하니 길러 낸 것이다.

에밀이 점박이를 가졌다는 소문을 듣고부터 나는 흥분에 휩싸였다. 그것을 꼭 한 번 보고 싶어 견딜 수 없었다. 어느 날, 나는 식사를 마친 뒤 몰래 이웃집 4층으로 올라갔다. 에밀은 자신의 공부방을 가지고 있었는데 나는 늘 그것이 부러웠다. 나는 발뒤축을 들고 조심스럽게 에밀의 방으로 접근했다. 다행인지 도중에 나는 아무도 만나지 않았다. 문을 두드려 보았지만 아무런 대답이 없었다. 손잡이를 돌려 보니 문은 잠겨 있지 않았다. 나는 조심스럽게 방으로 들어섰다. 실물을 내 두 눈으로 확인하고 싶은 마음이 간절했다.

방에 놓인 두 개의 나비 상자를 열어 보았다. 그러나 어떻게 된 일인지 점박이는 들어 있지 않았다. 나는 고개를 들어 날개판을 살펴보았다. 그 순간 숨이 멎는 듯한 기분에 사로잡혔다. 갈색 벨벳 날개가 길쭉한 종이쪽 위에 펼쳐진 채 날개판에 걸려 있었던 것이다. 나는 날개판을 끌어 내려 털이 돋친 적갈색의 촉각과, 그지없이 아름다운 빛깔을 띤 날개의 선, 양털 같은 털을 가진 점박이를 살피기 시작했다. 나는 이내 점박이를 좀 더 자세히 살피고 싶다는 유혹에 사로잡혔다. 종이쪽을 떼어 내고, 꽂혀 있는 핀을 살짝 뽑았다. 그러자 네 개의 커다란 무늬가 그림에서보다도 훨씬 더 아름답게, 찬란한 빛으로 나의 눈앞에 드러났다. 가슴이 빠르게 두근거렸다. 나는 점박이를 손에 넣고 싶은 강한 욕망에 사로잡혔다. 결국 그날 나는 태어나서 난생 처음으로 도둑질을 했다. 점박이를 떼어 내어 손바닥에 올린 후 급히 에밀의 방을 나왔던 것이다.

나비를 오른손에 감추고 조용히 층계를 내려왔다. 그때 아래편에서 누군가 위로 올라오는 발소리가 났다. 나비에만 정신이 팔려 있던 나는 그제야 비로소 양심의 눈을 떴다. 동시에 온몸으로 불안감이 엄습했다. 들키면 끝장이었다. 나는 나비를 쥔 손을 허겁지겁 저고리 속에 집어넣었다. 부끄러운 생각에 가슴이 서늘해졌다. 계단을 올라온 것은 그 집의 하녀였다. 나는 태연하게 하녀와 엇갈려 현관을 나섰다. 얼굴이 홍시처럼 달아오른 가운데 팔다리가 덜덜 떨렸다. 등에서는 식은땀이 흘렀다. 양심의 소리가 나비를 가져가서는 안 된다고 속삭였다. 괴로운 심정으로 나는 잠시 망설였다. 결국 나는 다시 발길을 돌려 에밀의 방으로 들어섰다. 주머니에서 손을 뽑아 나비를 책상 위에 꺼내 놓았다. 점박이는 앞날개 하나와 촉각 하나가 떨어저 있었다. 나는 울고 싶어졌다. 떨어진 날개를 조심스레 주머니 속에서 끄집어내려고 하니까, 그나마 산산이 바스러져서 이어 붙일 수조차 없게 되었다. 도둑질보다도, 아름답고 찬란한 나비를 내 손으로 망가뜨렸다는 사실이 나를 더 괴롭게 했다. 나는 멍한 얼굴로 손과 책상을 번갈아 바라보았다. 날개의 갈색 분이 손끝에 잔뜩 묻어 있었다. 책상 위에는 날개의 바스러진 조각들이 이리저리 흩어져 있었다. 나비를 완전히 원형대로 돌려놓을 수만 있다면 무엇이라도 할 수 있을 것 같았다.

나는 어깨를 늘어뜨린 채 집으로 돌아왔다. 하루 종일 뜰 안에 주저앉아 아무것도 하지 못했다. 양심의 가책이 나를 수시로 괴롭혔다. 결국 나는 용기를 내어 모든 일을 어머니에게 말씀드렸다. 어머니는 슬픔에 잠겨 내게 충고했다.

"에밀을 찾아가서 사실을 고백하고 용서를 빌어라. 그것밖에는 아무런 길이 없다. 정 안 되면 네가 가진 것 중에서 하나를 주겠다고 해 보렴."

만약 그 상대가 에밀이 아니었다면 나는 서슴지 않고 찾아가 용서를 빌었으리라. 하지만 에밀에겐 그러고 싶지 않았다. 그가 나의 사과를 받아 주지 않을 것이라는 걸 잘 알고 있었기 때문이다. 저녁이 될 때까지도 나는 용기를 내지 못하고 머뭇거렸다. 어머니가 재차 말했다.

"오늘 중으로 찾아가야 한다."

결국 나는 에밀을 찾아갔다. 에밀은 나를 보자마자 점박이에 관한 말부터 꺼냈다. 누가 그랬는지 점박이를 아주 못쓰게 만들어 놓았다는 것이었다. 사람의 소행인지 고양이의 소행인지 알 수 없다고 했다. 나는 나비를 좀 보여 달라고 청했다. 그는 나를 방으로 안내한 뒤 촛불을 켰다. 못쓰게 된 나비가 날개판 위에 올려져 있었다. 그는 부서진 날개를 정성껏 주워 모아서 작은 압지 위에 펴 놓았다. 날개를 손질하느라고 무척 고심한 흔적이 엿보였다. 나는 담담한 얼굴로 모든 게 내 소행임을 밝혔다. 에밀은 격분하거나 큰 소리로 나를 꾸짖지 않았다. 한동안 나를 지켜보다가 혀를 끌끌 차며 말했다.

"이제 너란 놈의 실체를 알겠어."

나는 에밀에게 내 장난감을 모두 주겠다고 약속했다. 에밀은 반응하지 않았다. 고개를 돌리고 앉아 비웃는 눈으로 이따금씩 나를 쳐다보았다. 이번에는 내가 수집한 나비를 전부 주겠다고 말했다.

"그렇게까지 할 필요는 없어. 나는 네가 모은 것들이 어떤 것인지 잘 알고 있으니까. 게다가 네가 나비를 다루는 솜씨 또한 잘 알고 있으니까."

그 순간, 나는 녀석의 먹살을 움켜쥐고 싶은 충동에 시달렸다. 어차피 일은 저질러졌다. 나는 친구의 나비를 못쓰게 만든 나쁜 놈이 되었고 에밀은 천하의 정직한 소년으로 내 앞에 당당히 군림하게 된 것이다. 그날, 나는 한번 저지른 일은 어떻게도 바로잡을 도리가 없다는 것을 알게 되었다. 무엇보다 두 번 다시 그런 실수를 하지 않는 게 중요했다.

집으로 돌아왔지만 마음은 여전히 무거웠다. 어머니는 경과를 묻지 않은 채 조용히 내 볼에 키스를 해 주었다. 잠들기 전, 나는 그동안 애써 수집한 나비 상자를 가져와 뚜껑을 열었다. 그런 다음, 핀으로 눌러 놓은 나비들을 하나하나 끄집어내었다. 나는 손으로 나비들을 비벼서 죄다 가루로 만들었다. *

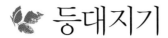

등대지기

✏️ 작가와 작품 세계

헨리크 시엔키에비치(Henryk Sienkiewicz, 1846~1916)

폴란드의 소설가. 폴란드 포돌리아 출생. 바르샤바대학에서 문학·역사·철학을 공부했다. 일찍부터 실증주의적 사회성을 띤 단편 소설을 쓰기 시작했다. 「늙은 하인」, 「하냐」 등은 당시의 사회악을 파헤친 작품들로서 그의 작가적 위치를 확고히 해 주었다. 3년간 미국을 여행하고 돌아온 뒤에는 「등대지기」, 「음악가 양코」 등 다수의 단편 소설을 출판해 성공을 거두었다. 1896년에 발표한 역사 소설 「쿠오바디스」는 프랑스 어로 번역되면서 세계적으로 인기를 얻었다. 그는 폴란드 민족의 용기와 사랑을 찬미한 3부작 역사 소설 「불과 칼을 가지고」, 「대홍수」, 「판 볼로디요프스키」와 「십자가의 기사」를 발표해 조국의 독립운동에 큰 영향을 끼쳤다. 1905년 노벨문학상을 수상했으며, 제1차 세계 대전 때 문필 활동을 접고 적십자 운동에 헌신하던 중 작고했다.

✏️ 작품 정리

갈래 : 단편 소설
성격 : 사실적, 서정적
배경 : 시간 – 제1차 세계 대전 직후 / 공간 – 파나마 운하 근처 애스핀월
시점 : 3인칭 전지적 작가 시점
주제 : 삶의 희망과 조국에 대한 그리움

✏️ 구성과 줄거리

발단 폭풍우가 몰아치던 날, 바위섬에서 등대지기가 실종됨

항구 도시 애스핀월의 바위섬을 지키던 등대지기가 거센 폭풍우에 실종된다. 파나마 주재 미국 영사는 새 등대지기를 구한다.

전개 일흔 살가량의 노인이 등대지기에 지원함

스카빈스키라는 노인이 등대지기가 되겠다고 찾아온다. 그는 조국 폴란드를 떠나 평생 풍상과 고초를 겪으며 살아온 노인이다. 영사는 간절하게 일을 원하는 노인에게 감동해 그를 채용한다.

위기 노인은 고향과 조국에 대한 그리움이 사무쳐 향수에 젖어 듦

등대지기가 된 노인은 자신에게 주어진 일을 성실히 수행해 나간다. 그는 고난으로 점철된 자기 인생을 돌이켜보며, 고향과 조국에 대한 그리움에 점차 몸과 마음이 약해진다.

절정 폴란드 작가 협회로부터 모국어로 쓰여진 시집을 받음

어느 날 노인은 뉴욕의 폴란드 작가 협회로부터 폴란드 어로 쓰여진 시집 한 권을 받는다. 신문 기사를 읽고 후원금을 보낸 답례였다. 뜻하지 않은 선물을 받은 그는 조국과 고향을 다시 그리워한다.

결말 등대에서 쫓겨나 다시 방랑의 길을 떠남

노인은 시집을 읽고 고향 생각을 하다가 등댓불을 켜는 것을 잊는다. 그는 결국 해고를 당하고, 시집을 가슴에 품은 채 방랑길에 오른다.

✏️ 생각해 볼 문제

1. 스카빈스키 노인의 모국어에 대한 애착은 무엇으로부터 오는가?

과거의 폴란드는 러시아 제국의 통치를 받았다. 국권 상실을 경험한 민족의 공통점 가운데 하나는 모국어에 대한 강한 애착을 가지고 있다는 점이다. 모국어는 곧 조국이자 고향이기 때문이다. 폴란드가 낳은 세계적인 작가 시엔키에비치는 이 작품에서 모국어에 대한 사랑을 바탕으로 조국애를 드러내었다.

2. 이 작품을 통해 알 수 있는 인간 삶의 조건은 무엇인가?

스카빈스키 노인은 평생을 고난과 역경 속에서 살아왔지만 어떤 어려움도 꿋꿋이 잘 버텨 왔다. 그를 일어서게 한 것은 바로 희망이었다. 모든 것이 잘 되리라는 희망은 암흑 같은 시련 속에서도 자신을 지켜 주는 등댓불과 같은 것이었다. 그가 일자리를 잃고서도 빛나는 눈으로 등대를 떠나는 것은 가슴속에 희망을 품고 있었기 때문이다.

등대지기

파나마 운하에 인접한 항구 도시 애스핀월의 등대지기가 어느 날 갑자기 사라졌다. 사람들은 등대지기가 간밤에 휘몰아친 폭풍우 때문에 작은 바위 섬의 가장자리로 갔다가 익사한 것으로 추측했다. 그래서 등대지기의 자리가 갑자기 비게 되었고, 급하게 사람을 구해야 했다. 등대는 섬과 가까운 곳에 사는 사람들뿐만 아니라 뉴욕과 파나마를 오가는 선박들에게도 중요한 길잡이 역할을 하기 때문이었다.

등대지기를 채용하는 일은 파나마 주재 미국 영사관의 소관 업무였다. 그러나 새로운 등대지기를 물색하는 것은 매우 골치 아픈 일이었다. 왜냐하면 그날 안으로 후임자를 구해야 했고, 후임자는 성실하고 근면한 사람이어야 한다는 까다로운 조건이 있었기 때문이다. 게다가 등대지기란 외롭고 고된 생활을 하는 직업이므로 선뜻 그 일을 하겠다고 지원하는 사람이 없었다.

등대지기는 일요일이 아니면 섬을 한 발짝도 벗어날 수 없는 죄수와도 같은 생활을 했다. 식량과 물은 애스핀월에서 하루 한 번씩 오는 배가 날라다 주었다. 사람을 만나 볼 수 있는 건 바로 그 시간뿐이었는데, 배가 가고 나면 또다시 혼자가 되는 것이다. 하여간 등대지기란 수도자와 비슷해 은둔을 좋아하는 사람에게나 어울릴 직업이라고 할 수 있었다.

그런데 다행스럽게도 바로 그날, 후보자 한 사람이 나타났다. 그는 칠십 고령의 백발노인이었지만 상당히 풍채가 좋았고 첫인상도 침착하고 성실해 보였다. 아이작 팰콘브리지 영사는 말할 수 없이 기뻤다. 그는 먼 곳에서 온 듯한 푸른 눈빛의 노인을 면접했다.

"영감님, 출신지가 어디신가요?"

"폴란드요."

"지금까지는 어디서 뭘 하셨죠?"

"그저 여기저기 정처 없이 떠돌아다니면서 이런저런 일을 했지요."

"하지만 영감님께서도 아시다시피 등대지기란 한곳에 늘 붙어살아야 하는 직업인데요?"

"압니다. 이제 나도 그렇게 살고 싶어 찾아온 거요."

"관청에 근무하신 적이 있나요? 혹시 정부에서 인정하는 증명서 감사장 같은 것이라도 있으시면……."

노인은 알았다는 듯 낡아 빠진 바지 호주머니에서 때 묻은 지갑 하나를 꺼냈다. 그리고는 지갑을 열어 여러 가지 빛바랜 훈장과 구겨진 표창장을 꺼내 보였다.

"이게 바로 내 증명서라고 할 수 있소. 이 십자 훈장은 1830년 폴란드 봉기 때 받은 것이고, 이것은 스페인의 칼리스트 전투 때 받은 겁니다. 또 이것은 프랑스 군대에 있을 때 받았고, 마지막으로 이건 헝가리에서 받았어요. 미국에서도 남군과 대항해 싸운 적이 있지만 그땐 아무 훈장도 주질 않더군요."

"스카빈스키라……. 여기 적힌 성함이 영감님 존함이신가요? 옛날에 아주 용감한 군인이셨나 봅니다."

영사는 만족스러운 듯 갖가지 훈장과 표창장을 살펴보며 말했다.

"나에게 일을 맡겨 주시오. 부족하긴 해도 최선을 다해서 성실한 등대지기가 되도록 노력해 보겠소이다."

"하지만 생각보다 어려운 일입니다. 원래 등대지기란 하루에도 수십 번씩 탑 꼭대기까지 오르내려야 하니까요. 다리는 튼튼하신가요?"

"그 점만은 안심해도 될 거요. 나는 백여 리나 되는 길을 늘 걸어 다녔으니까."

"혹시 해상에서 근무하신 적이 있습니까?"

"해상 근무랄 것까지는 없겠지만 에…… 포경선을 타고 3년쯤 바다에서 파도와 싸운 적이 있지요."

"그렇게 바다를 누비던 할아버지께서 이처럼 고독한 곳에서 오래 머물 수 있을까요?"

"그래요, 하도 이곳저곳을 떠돌아다니다 보니까 이젠 한곳에 가만히 머물러 살고 싶소. 영사님, 부탁드리오. 난 어딘가에 정박하지 못하면 곧 침몰하고 말 배와 같소이다. 하느님께 맹세코 열심히 일을 하겠소."

노인의 눈빛이 너무 간절해 보여 소박하고 친절한 영사는 금세 감동을 받았다.

"좋습니다. 그러시면 오늘부터 등대지기 일을 맡아 수고를 해 주십시오. 그러나 한 가지 조건이 있습니다."

"말씀해 보시오."

"만약 영감님께서 직무를 게을리 하신다면 그땐 곧 면직 처분이 내려질 겁니다."

"그거야 당연한 일이지요."

노인의 주름진 얼굴에는 새로 얻은 직업에 대한 만족스러움이 파도처럼 번지고 있었다.

그날 밤부터 사람 하나 없는 외로운 섬의 등대에서는 스카빈스키 노인이 켜 놓은 등댓불이 칠흑 같은 바다를 밝게 비추기 시작했다.

노인은 망대에 올라가 바다를 굽어보며 지난날들을 하나하나 되짚었다. 그는 대륙에서 일어난 전투에 네 번이나 참전했으며, 그 이후에는 여러 곳을 떠돌며 온갖 일을 다 해 보았다. 성실하고 정직했던 그는 많은 돈을 벌었고 사람들에게 인정도 받았다. 그러나 번번이 빈털터리가 되곤 했다.

캘리포니아 주에서 농장을 했을 때는 가뭄이 들어 실패했고, 브라질에서 무역할 때는 배가 아마존에서 침몰했다. 그때 그는 장비 하나 없이 야생의 열매를 따 먹고 맹수들에게 쫓기며 수주일 동안 밀림을 헤매었다. 아칸소 주에서는 대장간을 차렸지만 화재로 모든 것을 잃었다. 그리고 나서는 로키 산맥을 지나던 중 인디언에게 잡혔다가 사냥꾼에게 구출되는 일을 겪기도 했다.

그는 바이아 주와 보르도를 오가는 배의 선원으로 일하다 포경선을 타고 먼바다까지 나갔었다. 그러나 그가 타는 배들은 모두 난파당하고 말았다. 아바나에서 담배 공장을 할 때는 그가 열병을 앓는 사이 동업자가 사기를 치고 잠적했다.

그러고는 마침내 애스핀월에 이르렀다. 이곳은 그의 불운한 인생의 종착지가 될 것이다. 이 무인고도(육지와 멀리 떨어져 있는, 사람이 살지 않는 외딴섬)에까지 어떤 불행이 찾아오겠는가!

스카빈스키 노인은 한동안 자신의 운명을 비관하며 미치광이처럼 날뛰기도 했다. 엄청난 불행의 그림자가 그를 따라다니며 그의 앞길을 막거나 발을 걸어 넘어뜨리는 것만 같았던 것이다. 누구라도 역경에 계속 빠지다 보면 쉽게 좌절하고 자포자기하게 될 것이다. 그러나 스카빈스키 노인은 인내와 성실함으로 모든 어려움을 잘 극복해 나갔다.

그는 오늘날까지 단 한 번도 자기 운명에 대해 실망하거나 좌절해 본 적이 없었다. 실패를 거듭하더라도 그는 언제나 자신감만은 잃지 않았다. 이렇게 살아가노라면 언젠가는 행복한 날도 있으리라는 희망을 가지고 지내왔다. 기나긴 겨울이 지나면 봄이 오겠지 하고, 봄이 되면 여름엔 좋은 일이 있겠지 하며 그날그날을 살아왔던 것이다. 어떻게 보면 이 노인이야말로 평생 내일을 기다리며 살아온 사람이었다.

그러는 동안 세월은 흐르고 또 흘렀다. 세월이 흐를수록 노인의 까만 머리는 차츰 백발이 되어 갔다. 그리하여 청년 스카빈스키는 노인 스카빈스키로 변해 버린 것이다. 그렇게 건강하던 그도 이제는 기력이 쇠진해지고 눈마저 어두워졌다. 마음도 따라서 약해져 옛날에는 희망 가득했던 꿈들이 이제는 하나둘 실망의 한숨으로 변해 버리고 말았다.

그러나 날이 갈수록 그를 더욱 괴롭히는 것은 떠나온 고향에 대한 불붙는 향수였다. 노인은 날아다니는 새를 보거나, 멀리 산을 보거나, 슬픈 음악을 듣거나 할 때 오직 가슴속에 사무치는 것은 고향 생각뿐이요, 몸과 마음을 편히 쉬고 싶다는 생각뿐이었다. 그것 말고는 아무런 욕망도 없었다. 노인의 가장 큰 소망은 한곳에 조용히 정착하여 말없이 살아가면서 죽을 날만을 기다리는 것이었다. 바로 이것이 그가 남들이 다 싫어하는 등대지기에 만족하며 행복한 나날을 보낼 수 있는 이유였다.

2

많은 시간이 흐르고 많은 날들이 지나갔다.

뱃사람들의 말에 따르면 파도가 심한 밤이면 캄캄한 바닷속에서 자신들을 부르는 소리가 들린다고 했다. 그 말이 사실이라면 늙은 사람에게는 그 소리가 더 어둡고 더 신비스럽게 들렸을 것이다. 그리고 인생살이에 지치면 지친 사람일수록 그 소리는 더 반갑게 들릴 것이다.

벼랑에 우뚝 선 등대는 스카빈스키 노인에겐 무덤이나 다를 바 없었다. 사실 이 세상에서 등대지기란 직업만큼 고독하고 외로운 직업도 없다. 날마다 막막하게 넓고 푸른 바다만 바라보며 살아야 하기 때문이다. 어제와 오늘이 언제나 똑같이 반복되는 고독한 생활 속에서 단 한 가지 변하는 것이 있다면 날씨뿐이었다.

그러나 스카빈스키 노인은 이렇게 단순하고 외로운 생활 속에서 전에는 느껴볼 수 없었던 벅찬 행복감을 맛보고 있었다. 스카빈스키 노인의 일과는 대략 이러했다. 새벽이면 일어나 아침 식사를 하고 망대에 앉아 먼바다를 바라보는 것이다.

그는 눈앞에 전개되는 대자연의 경치 앞에 아무런 불평도 하지 않았고 싫증도 내지 않았다. 이를테면 파도를 가르며 지나가는 큰 배나 작은 배를 바라보는 것만으로도 남들이 느낄 수 없는 행복감을 느꼈다. 배들은 드넓은 하늘을 배경으로 햇빛을 받아 밝게 빛났고, 멀리 보이는 마을과 항구는 작은 새의 둥지들처럼 예쁘고 평화로워 보였다.

오후에는 낮잠을 잤다. 그때쯤이면 갈매기도 바위틈으로 숨고, 바다도 소리를 죽이고 편하게 드러누웠다. 햇빛은 절벽과 모래사장으로 쏟아져 내렸다. 노인은 더할 나위 없는 달콤함 속에 완전한 안식을 느꼈다.

노인은 이러한 행복이 꿈이라면 깨어나지 않기를 바랐다. 그는 새로운 운명에 쉽게 적응했고 점차 믿음과 자신감을 갖게 되었다. 사람도 가엾은 사람을 보면 돌보아 주는데 하물며 하느님이 왜 당신의 창조물인 인간을 도와주시지 않겠는가. 시간이 지날수록 노인의 믿음은 더 확실해졌다.

노인은 등대와 절벽과 모래사장과 고독에 익숙해져 갔다. 그는 등대 생활이 좋아졌고 바위섬도 사랑하게 되었다. 저녁 무렵이면 섬으로 모여드는 갈매기와도 친해졌다. 노인은 먹다 남은 밥찌꺼기를 으레 새들에게 던져주었다. 갈매기와 다른 새들도 노인을 겁내지 않았다. 노인이 먹이통을 들고 나오면 갈매기들은 노인 곁으로 까맣게 모여들었다. 비록 말동무는 없어도 그는 자연과 더불어 그 속에서 모든 말을 할 수 있는 즐거움을 발견할 수 있었다.

스카빈스키 노인이 섬에서 육지로 나올 수 있는 것은 일요일의 두세 시간뿐이었다. 그때가 오면 그는 은 단추가 멋진 등대지기 유니폼을 갈아입고 가슴에 십자 훈장을 달았다. 모처럼의 육지 외출로 그가 교회당에 들어서면 사람들은 모두 이렇게 말했다.

"이번에 새로 온 등대지기는 정말 훌륭한 노인이야."

그럴 때마다 노인은 몸을 으쓱하며 백발이 성성한 머리를 꼿꼿이 들고 걸었다. 그러나 노인은 예배가 끝나면 신문 몇 장을 사 가지고 섬으로 곧장 돌아왔다. 그는 육지가 싫어졌던 것이다. 그가 신문을 사 보는 데는 몇 가지 이유가 있었는데, 그의 고향인 유럽 소식을 알아보려는 것이 가장 큰 이유였다. 비록 고향 땅과는 수만 리 떨어져 있지만, 늙고 외로운 마음속에서도 고향 생각만은 항상 떠나지 않았다.

섬에는 수주일에 한 번씩 연락선이 왔다. 연락선은 노인이 쓸 일용품과 물을 싣고 온다. 노인은 그때마다 연락선의 존슨이라는 사람과 곧잘 이야기를 나누었다. 그러나 날이 갈수록 나다니기가 싫어져 나중에는 신문을 사러 육지로 나가지도 않았고, 연락선이 오더라도 아예 등대에서 내려오지를 않았다.

그리하여 마침내는 그 누구도 등대지기를 볼 수가 없게 되었다. 노인이 죽지 않고 살아 있다는 증거는 섬까지 날라다 준 음식이 없어진다는 것과 등댓불이 밤마다 환하게 비치고 있다는 것뿐이었다.

스카빈스키는 확실히 세상일에 무관심해졌다. 그러나 그것은 그의 향수 때문만은 아니었다. 이제 그는 고향 생각마저 단념해 버렸다. 노인의 세계는 작은 바위섬에서 시작해 작은 섬에서 끝나는 것이 고작이었다.

그는 죽을 때까지 그 섬을 떠나지 않을 생각으로 모든 것을 체념하고 살았다. 그는 등대 망루에 앉아 그저 아무 생각 없이 부드러운 눈빛으로 푸른 바다를 바라보고 있을 뿐이었다. 그야말로 외로운 환경 속에서 노인은 날이 갈수록 인간에 대한 관심이나 흥미를 잃어 가고 있었다. 어쩌면 그는 인간으로서 존재하는 것이 아니라 자기를 에워싼 자연과 점점 깊이 동화되어 가고 있었는지도 모른다.

마침내 그에게는 하늘도, 물도, 바위도, 등대도, 누런 모래톱도, 바람을 안은 돛대도, 갈매기도, 파도도, 모두 자기와 하나로 합쳐진 신비의 공동 영혼을 이루고 있는 것 같았다. 그리고 자신은 그 신비스러운 영혼 속에서 그 영혼과 더불어 살고, 그 영혼과 더불어 자고, 그 영혼과 더불어 움직이는 것 같았다.

이처럼 스카빈스키는 반쯤 잠을 자는 의식 상태에서 평화로움을 느끼고 있었던 것이다.

3

그러나 이러한 상태는 곧 깨어지고 말았다.

어느 날 식량을 실은 연락선이 바위섬을 다녀간 뒤, 한두 시간쯤 지나

스카빈스키 노인은 물건을 가지러 바닷가로 내려갔다. 그날 운반된 물건들 속에는 색다른 꾸러미 하나가 들어 있었다. 소포였다. 소포에는 미국 소인이 찍혀 있었으며, 겉봉에는 '스카빈스키 씨 귀하'라는 글자가 쓰여 있었다.

노인은 호기심에 가득 차 소포 꾸러미를 풀었다. 그 안에서는 책 한 권이 나왔다. 그는 앞뒤로 책을 살펴보다가 첫 장을 펼쳤다. 갑자기 그의 손이 떨리기 시작했다. 그는 마치 꿈을 꾸고 있는 것 같았다. 왜냐하면 그 책은 바로 노인의 조국인 폴란드 책이었던 것이다!

'이런 고마울 데가……. 한데 누가 이 책을 보내 주었을까?'

노인은 한참 동안 발신인의 정체에 대해 생각해 보았다.

마침내 생각이 났다. 노인은 등대지기로 취직한 지 얼마 안 돼 신문에서 미국 뉴욕에 '폴란드 협회'가 조직된다는 보도를 본 적이 있었다. 그는 부랴부랴 그가 탄 월급의 절반을 그 협회에 우편으로 기부했다. 그 책들은 바로 그 협회에서 노인에게 고맙다는 감사장과 함께 보내 준 것이었다. 분명히 책은 까닭이 있어 부쳐 온 것이었지만, 노인이 그것을 생각해 내는 데는 오랜 시간이 걸렸다. 어쨌거나 무인고도에서 조국의 책을 받아 본 것은 얼마나 기적 같은 일인가!

노인은 눈을 지그시 감고 가만히 앉아 있었다. 그러자 아득히 먼 곳에서 노인의 이름을 부르는 소리가 물결에 실려 왔다. 노인은 눈을 뜨면 그 소리가 산산이 부서질 것 같아 눈을 감은 채 앉아 있기만 했다. 소포는 노인 앞에서 반나절 동안 햇볕만 쪼이고 있었다.

노인은 다시 책을 집어 들었다. 그의 심장은 몹시 뛰었다. 그 책은 시집이었고, 저자는 조국 폴란드의 유명한 시인이었다. 노인은 전에도 그의 시를 읽은 적이 여러 번 있었다. 그 후 그는 스페인 전쟁에 참전했고, 그러고는 미국에 건너가 이 고생 저 고생을 하느라 폴란드인은 한 사람도 만나지 못했으며, 더더구나 폴란드 책은 구경도 하지 못했다.

노인은 벅찬 감회와 함께 흥분을 가누지 못한 채 시집을 펼쳐 읽었다. 그러자 그 고요한 섬에서 마치 무슨 엄숙한 일이 생기기라도 할 것 같은 느낌이 들었다.

때는 마침 평화의 적막 속에 하루해가 저물어 가는 석양 무렵이었다. 애스핀월 등대의 커다란 시계가 오후 다섯 시를 쳤다. 하늘은 구름 한 점 없이 맑았고, 두서너 마리의 갈매기가 푸른 바다 위를 날고 있었다. 섬 기슭에 부딪치던 파도도 잠시 숨을 돌리는 듯, 모든 만물이 쥐 죽은 듯 고요한 순간이 왔다. 노인은 그 시를 잘 이해하려는 듯 천천히 소리 높여 읽기 시작했다.

오, 나의 사랑하는 조국이여!
그대의 거룩한 모습
어찌 황금엔들 비할 수 있겠는가?
그대를 잃어 본 자만이 그 소중함을 알 것이니
이제야 비로소 나는 알았네
내 마음속의 아름다운 그대 모습을
이제 붓을 들어 찬미의 노래를 쓰노니
그대를 그리워하는 마음 때문이라네

스카빈스키 노인은 문득 읽기를 멈추었다. 글자가 눈물에 가려 잘 보이지 않았기 때문이다. 가슴속에서 무엇인가가 산산이 부서져 목이 메도록 울음이 북받치는 것만 같았다. 노인은 한참 동안 눈시울을 닦다가 다시 읽어 내려가기 시작했다.

아, 거룩한 여신
당신은 나의 거룩한 동포와
아름다운 내 조국 강산을 지켜 주소서
나, 그대에게 마음 다하여 바라노니
그 옛날 자비로운 어머니 품속에서
행복에 넘치는 눈짓으로 바라보던
어릴 적 그 옛날 시절로
나를 이끌어 데려가 주소서
이제 그대의 기적으로
나를, 나를 그 영원한 고향
조국의 품으로 돌아갈 수 있도록 도와주소서

노인은 흐느껴 울면서 모래사장에 엎드렸다. 치솟는 감정을 더 이상 견뎌 내기가 어려웠다. 사랑하는 조국을 떠난 지 40년! 사랑하는 조국의 말을 들어 본 지 그 얼마였던가? 그런데 이토록 가슴에 사무치는 모국어가 제 발로 이곳까지 찾아오지 않았는가. 바로 그 모국어가 바다를 건너 무인고도의 외로운 노인을 찾아온 것이다. 정말 언제 대해도 반갑고 다정한 모국어였다. 노인은 마치 그 모국어가 조국에 대한 무한한 사랑을 일깨워 주는 것 같아, 엉엉 흐느껴 울면서 오랫동안 잊고 있었던 자신의 모국어에 용서를 빌었다.

시간은 흘러갔다. 노인은 모래사장에 엎드린 채 움직일 줄을 몰랐다. 바다 위를 날던 갈매기들도 이상하다는 듯 노인 곁으로 날아와 그 주위를 에워쌌다. 마침 때는 갈매기들에게 먹이를 줄 시간이었다. 한참 뒤 고개를 든 노인의 얼굴은 설명할 수 없는 영감으로 빛나고 있었다.

그는 오랫동안 머뭇거리더니 육지에서 온 음식들을 모조리 갈매기들에게 뿌려 주었다. 갈매기들은 끼룩끼룩 하며 노인 옆으로 모여들었다. 노인은 다시 시집을 손에 들었다. 그러고는 수평선 너머로 지는 해를 바라보며 다시 시를 읽기 시작했다.

사랑하는 그대여
이제는 나를 데려가 주오
저 우거진 수풀 언덕으로
푸르디푸른 그때의 초원으로
고향을 그리워하는 나의 영혼을

시집에 적힌 글자는 노을빛에 묻히고 말았다.

노인은 바위에 머리를 기댄 채 조용히 눈을 감았다. 그러자 그의 영혼은 오색구름을 타고 그리운 고향으로 달려갔다. 숲이 보이고 …… 맑은 시내가 보이고 …… 고향의 옛 산과 들이 옛날 그대로 보였다. 모두들 그를 보고 "나를 기억하시나요?" 하고 물었다. 그는 모든 것을 기억하고 있었다. 들도, 산도, 여기저기 다정하게 모여 있는 마을들도 …… 모두 기억할 수 있었다.

밤이 왔다. 여느 때 같으면 등댓불이 비쳐야 할 시간이었다. 그러나 스카빈스키 노인은 지금 고향에 가 있는 중이었다. 그는 두 눈을 감은 채 고향 꿈을 꾸고 있었다. 그의 머릿속에는 여러 가지 고향 생각이 어지럽게 떠올랐다. 그러나 어머니와 아버지의 모습만은 보이지 않았다. 그는 일찍 부모를 여의었기 때문이다. 그러나 마을의 풍경만은 마치 어제 가 본 듯이 선명하게 아른거렸다.

창마다 불빛이 환히 밝아 오는 집들, 나지막한 산, 물방앗간, 밤새 들리던 개구리 울음소리……. 그는 언젠가 자신이 병사였을 때 고향에서 보초를 서던 일을 회상했다. 그때 고향 마을의 산 밑에 있던 주막이 보였다. 그 주막에서는 아직도 사람이 떠드는 소리와 노랫소리, 첼로 소리가 고요한 밤의 정적을 허물며 들려왔다.

밤이 깊어 갔다. 모든 집들의 창문에 불이 꺼지고, 마을은 온통 밤안개로 뒤덮였다. 그 후 얼마나 지났을까? 새벽 먼동이 트기 시작하더니 집집마다 닭의 울음소리가 들려왔다. 이 모든 풍경은 그야말로 폴란드가 아니고는 찾아볼 수 없는 아름다운 새벽 풍경이었다. 정말 아름다운 조국, 그리고 그리움이 사무친 조국이었다.

이렇게 고향 생각에 잠겨 있는 동안, 갑자기 스카빈스키 노인의 귓가에 이상한 말소리가 들려왔다.

"영감님! 영감님! 정신 차리세요, 네?"

노인이 깜짝 놀라 눈을 뜨니, 누군가 자기 앞에 서 있는 게 보였다. 그러나 아직까지도 노인의 뇌리에서는 고향에 대한 꿈이 채 걷히지 않고 있었다. 그 사람은 다름 아닌 연락선 승무원인 존슨이었다.

"어디 편찮으신가요?"

존슨은 몹시 걱정하는 투로 물었다.

"아닐세……. 아 아니, 아니야."

"헌데 왜 아직까지 등댓불을 켜지 않으셨어요? 지금 등댓불 때문에 야단이 났어요."

"아니, 야단이 나다니?"

"아 글쎄, 지나가던 배가 지금 모래 언덕에 얹혔어요. 큰 사고가 아니어서 다행이지만, 보나마나 영감님은 오늘로 파면당할 거예요. 어서 영사관으로 가 보세요."

노인은 파면이란 말에 갑자기 얼굴이 창백해졌다. 등대에 불을 켜지 않은 것을 그때야 비로소 생각해 낸 것이다.

　사흘 뒤, 스카빈스키 노인은 뉴욕행 여객선에 몸을 싣고 있었다. 노인은 가엾게도 일자리를 잃고 만 것이다. 그에게는 다시 방랑의 길이 펼쳐졌다. 모진 바람은 육지와 바다 사이에서 또 한 번 노인을 뒤흔들어 놓을 것이다.

　노인은 며칠 사이에 더 늙고 수척해졌다. 그러나 그의 눈만큼은 여전히 반짝이고 있었다. 새로 시작하는 방랑의 길에서도 노인은 모국어로 된 시집을 꼭 껴안고 있었다. 마치 큰 보물덩어리라도 되는 듯, 그는 때때로 손으로 만져 보며 그것의 존재를 확인했다. 행여 잃어버릴까 봐 두려운 듯이, 다시는 그것을 잃어버리지 않겠다는 듯이……. ✱

아큐정전(阿Q正傳)

✏ 작가와 작품 세계

루쉰(魯迅, 1881~1936)

중국의 소설가. 중국 저장 성 출생. 유복한 가정에서 태어났지만 아버지가 일찍 세상을 뜨자 친척 집에서 자랐다. 18세에 난징의 육군학교 부설 노광학당에서 공부한 후 일본으로 건너가 의학을 공부했으나 문학을 하기 위해 2년 만에 포기했다. 8년간의 유학 생활 후 귀국해 사범 학교에서 교편을 잡았다. 1911년 청조(淸朝)의 몰락과 함께 이듬해 중화민국 임시 정부가 수립되자 교육부 관리로 임용돼 15년간 근무했다. 37세에 처음 루쉰이라는 이름으로 「광인 일기」를 발표했는데, 이 작품은 반봉건 사상의 대표적인 작품으로 손꼽힌다. 3년 후 「아큐정전」으로 작가로서의 위치를 확립했다. 중국의 좌익 작가로서 국민당에 저항하다 암살자 명단에 오르자 문필 생활에 전념했다. 1936년 55세의 나이에 결핵으로 사망했다.

　중국 현대 문학의 창시자로 불리는 루쉰은 당대 중국의 어떤 작가와도 비교할 수 없는 독보적 위치를 차지한다. 열강과의 경쟁 속에서 무지한 중국인들의 정신을 개조하기 위해 문학을 선택했던 그는 중국 혁명의 지적 원천으로서 국민들의 추앙을 받아 왔다. 대표 작품으로는 『고향』, 「광인 일기」, 「아큐정전」, 「공을기(孔乙己)」, 『눌함(吶喊)』, 『방황』, 『조화 석습(朝花夕拾)』 등이 있다.

✏ 작품 정리

갈래 : 중편 소설, 백화 소설, 풍자 소설
성격 : 사실적, 풍자적, 비판적
배경 : 시간 - 청조 말기 신해혁명 당시
　　　　　공간 - 중국의 미장이라는 조그만 마을
시점 : 3인칭 전지적 작가 시점
주제 : 역사의 소용돌이 속에서 권력과 술수에 희생되는 아큐의 비극적 삶

✎ 구성과 줄거리

발단 미장 마을에 떠돌이 아큐가 살고 있음

미장 마을에 사는 아큐는 이름도 성도 없이 사당에 거처하면서 허드렛일로 겨우 연명하는 청년이다. 마을 사람들은 아무도 그를 거들떠보지 않고, 일이 있을 때나 가끔 그를 부른다. 아큐 또한 동네 사람들을 경멸한다. 아큐는 상대가 자기보다 약하게 보이면 두들겨 주는데, 오히려 피해를 입을 때가 더 많다. 그때마다 아큐는 자신을 낮추어 패배를 자신의 승리로 돌려놓고 만족해한다.

전개 아큐는 마을 사람들과 사소한 일들로 시비가 붙음

아큐는 평소에 자신보다 못하다고 생각했던 왕털보와 시비가 붙어 싸우지만 왕털보에게 무참히 깨진다. 아큐는 홧김에 첸 영감의 큰아들에게도 가짜 양놈이라며 욕을 하다가 두들겨 맞는다. 아큐는 마음을 달랠 겸 선술집으로 향하다가 혼자 지나가는 젊은 여승을 보고 놀린다. 여승을 통해 아큐는 비로소 여자가 필요함을 깨닫게 된다. 그는 자오 영감 댁의 하녀에게 동침을 요구했다가 실컷 얻어맞고 벌금까지 뒤집어쓴다.

위기 아큐는 무를 훔친 후 마을을 뜸

아큐가 이런저런 말썽을 자주 일으키자 생계의 수단이었던 날품팔이가 뚝 끊긴다. 배가 고파 거리를 헤매던 아큐는 인근 사찰인 정수암으로 향하고 담을 넘어 들어가 무를 뽑다가 늙은 여승에게 들키고 만다. 그날 이후 아큐는 마을에서 자취를 감춘다.

절정 아큐가 다시 마을에 나타남

추석이 지난 어느 날, 사라졌던 아큐가 마을에 다시 나타난다. 그러나 아큐는 예전의 비렁뱅이가 아니다. 옷도 말쑥하고 돈도 넉넉하게 지니고 있다. 아큐는 일을 해서 돈을 벌었다며 으스대고 다니지만 도둑질을 했음이 드러나 사람들에게 다시 무시당한다. 때맞춰 신해혁명이 일어나고 아큐는 신명이 나 마을을 주름잡는다. 혁명당이 입성하지만 변화는 없고, 혁명의 선두는 그가 경멸했던 가짜 양놈이 차지한다.

결말 아큐가 누명을 쓰고 죽음

어느 날 밤, 폭도들이 자오 영감 댁을 기습해 물건을 훔쳐 간다. 아큐는 주모자로 체포되어 억울한 누명을 쓰고 죽는다.

✏️ 생각해 볼 문제 --

1. 이 소설의 시대적 배경인 신해혁명(辛亥革命)은 어떤 사건인가?

신해혁명은 1911년 10월 10일 우창에서 일어난 혁명으로 이 혁명을 통해 청조가 타도되고 공화정이 수립됐다. 신해혁명의 배경은 1894년 쑨원이 조직한 흥중회(興中會)가 중심이 되어 시작된 의화단(義和團) 운동으로 거슬러 올라간다. 혁명파들이 국내로 들어와 혁명 단체를 조직하고 혁명 사상을 전파하는 가운데, 당시 중국인들이 자비로 건설하던 철도 공사가 별 진척이 없자 청나라 정부는 이를 국유화하고 차관으로 건설하려고 시도했다. 이에 사천에서 철도 국유화에 반대하는 운동이 일어나 폭동으로 확대됐다. 폭동 진압을 위해 우창에 주둔하고 있던 군이 사천으로 출동했는데, 그 틈을 이용해 신해혁명이 일어났다. 신해혁명은 혁명파 이외에도 신군, 각 성의 입헌파, 관료, 화교 등이 지지해 성공하게 되었다. 이 때문에 청조만을 타도했을 뿐 중국 사회의 근본적인 변화를 가져오지는 못했다.

2. 이 작품에서 아큐를 통해 작가가 그리고자 한 것은 무엇인가?

이 소설은 아큐라는 인물의 삶을 전기 형식으로 형상화하고 있다. 작가는 사회적 기반이 없는 날품팔이인 아큐를 통해 공허한 영웅주의와 패배주의를 집약적으로 드러냈다. 자신의 현실적인 위치를 제대로 알지 못하고 자기만족에 취해 있는 아큐의 모습은, 신해혁명 직후 민족의 위기 속에서도 대국 의식에만 사로잡혀 있던 당시 중국인들의 모습을 그대로 반영한다.

3. 이 소설은 갈래상 백화 소설로 분류할 수 있다. 백화 소설이란 무엇인가?

백화(白話)란 중국에서 구어(口語)를 가리키는 말인데, 백화는 종들의 말(言)이라 하여 멸시받았다. 그러나 청말(淸末)의 계몽 운동을 거쳐 신문학 혁명이 일어나고, 천두슈가 『문학혁명론』에서 통속적 사회 문학을 주장한 데서 백화 문학은 구체화됐다. 이와 때를 같이하여 백화 소설인 루쉰의 「아큐정전」과 「광인 일기」가 창작됐다.

아큐정전

　나는 오래전부터 기회가 닿으면 아큐(阿Q)의 전기를 써야겠다고 작정해 왔다. 내가 선뜻 그 일을 시작하지 못한 것은, 내 자신이 후세에 길이 전해 줄 만한 글을 쓸 위인이 못 되는 까닭이었기 때문이다. 그 외에도 여러 가지 자질구레한 일이 내 결심을 방해했다.

　전기를 쓸 때 내가 제일 고민했던 것은 글의 제목이었다. 열전(列傳), 자전(自傳), 별전(別傳), 가전(家傳), 본전(本傳) 등 전기에는 수많은 종류가 있지만, 애석하게도 내가 쓰고자 하는 것에 적합한 것은 하나도 없었다. 아큐는 역사에 기록될 만한 위인은 아니었으니 열전이라 할 수는 없었다. 또 내가 아큐 자신이 아니니 자전이랄 수도 없다. 또 내가 아큐하고 종씨인지 아닌지도 모를 뿐더러 그의 자손에게서 부탁받은 일도 없으니 가전도 아니었다. 결국 나는 아큐에 대한 글을 '본전'으로밖에 분류할 수 없겠다는 생각을 했다. 그러나 내 문장은 '손수레꾼이나 장돌뱅이 따위'가 쓰는 비천한 말씨여서 감히 '본전입네' 하고 내세울 수도 없었다. 오랜 생각 끝에 나는 결국 '정전(正傳 바르게 전해 오는 전기)으로 돌아가서(본론으로 들어가서)'라는 말에서 '정전' 두 자를 빌려다가 제목으로 삼는 것이 가장 적당하다는 결론을 내리게 되었다.

　두 번째 고민은 전기의 첫머리에 으레 나오게 마련인 '이름은 무엇이며 어느 지방 사람이다'라는 질문에 대해 답을 찾을 수 없다는 점이었다. 나는 아큐의 성이 무엇인지 어디 출생인지 알지 못했다. 그가 비록 미장에서 오래 살았다고는 하지만, 이따금 다른 곳에서도 살았으니 반드시 미장 사람이라고는 할 수 없는 일이었다.

　세 번째 문제는 아큐의 이름을 어떻게 써야 할지 모르고 있다는 점이었다. 살아 있을 적에는 사람들이 그를 아큐라고 불렀지만, 죽은 다음에는 두 번 다시 입에 올리지 않았으니까. 그 문제를 나는 자오 영감의 아들인 수재(秀才 원래는 과거 시험 과목 중의 하나인 과학의 명칭이지만, 여기서는 과거에 급제한 사람을 일컬음) 선생에게 여쭈어 본 적이 있었다. 하지만 그도 아큐의 원래 이름을 제대로 쓰는 방법은 알지 못했다. 그래서 나는 아큐의 이름을 쓰기 위해 '서양 글자'

를 사용할 수밖에 없었다. 영국에서 유행하는 철자법을 따라 아Quei라 하고, 쓸 때는 줄여서 아Q로 명명하게 된 것이다.

아큐는 이름이나 본적만 모호한 게 아니라, 미장에 오기 전까지 어디에서 무엇을 하며 살았는지도 알 수 없었다. 게다가 마을 사람들은 일손이 필요할 때나 골려 줄 때만 아큐를 생각할 뿐 다른 때는 관심도 없었다. 아큐는 집도 없이 마을에 있는 투구츠(土谷祠 지신과 곡신에게 제사를 지내는 시골의 사당) 안에서 살았다. 게다가 고정된 일거리도 없이, 남의 집에서 품팔이를 하며 하루하루를 살아 나갔다. 그래서 사람들은 바쁠 때면 아큐를 생각하지만, 한가해지면 까맣게 잊어버리곤 했다.

아큐 또한 자존심이 매우 강해서 미장 사람들 따위는 안중에도 없었다. 심지어 미장에 딱 두 사람밖에 없는 문동(文童 과거 공부를 하고 있지만 아직 수재에 급제하지 못한 사람)에게까지도 웃어 줄 가치조차 없다고 여기는 형편이었다. 아큐의 말에 따르면, 옛날에 그는 '잘살았고 학식도 높았으며 못 하는 게 없는' 거의 완벽한 인간이었다는 것이다. 어쨌든 그에게는 체질상으로 약간의 흠이 있었다.

그의 머리 몇 군데가 부스럼 자국으로 꽤 크게 벗겨져 있는 게 그것이었다. 때문에 그는 '벗겨지다'라는 말을 몹시 싫어했다. 뿐만 아니라 그것이 점점 확대되어 나중에는 '빛나다'라는 말도, '밝다'라는 말도 싫어하게 되었다. 급기야는 '등불'이나 '촛불' 같은 말까지도 금기했다. 그리하여 그 금기를 어기는 자가 있으면, 아큐는 부스럼 자국이 시뻘게지도록 화를 냈다. 상대에게 욕을 퍼부으며 때리려고 덤벼들었다.

하지만 어찌 된 영문인지 아큐는 혼을 내려고 덤벼들었다가 되레 당하는 경우가 훨씬 많았다. 그래서 아큐는 어느 날부터인가 그에 대한 대응 방법을 바꾸었다. 동네 건달들은 아큐를 볼 때마다 "야아, 반짝반짝해졌는걸! 이제 보니 등잔이 여기 있었군." 하고, 그의 머리를 쿵쿵 쥐어박았다. 그들은 아큐가 단단히 혼쭐이 났으리라고 생각했지만, 아큐는 십 초도 안 되어서 승리감으로 의기양양해졌다. 자신을 짐짓 벌레처럼 하찮은 존재로 생각해 버리는 것이었다. 이렇게 되면 건달들은 결국 벌레를 골려 준 꼴이 되는 것이니까.

'네놈 따위가 뭐야. 나는 버러지야, 버러지라구.'

아큐는 자신을 경멸할 수 있는 첫 번째 사람은 바로 자기 자신이라고 생각했다. 거기에서 자신을 경멸한다는 말을 빼 버린다면 남는 것은 '첫 번째 사람'이라는 것뿐이었다. 어디에서든 '첫 번째'는 좋은 것이었다. 이렇게 묘한 방법으로 승리를 하고 나면 아큐는 금방 기분이 좋아져 방금 당한 치욕도 잊고 깔깔거리며 웃었다.

　어느 해 봄날, 아큐는 술에 취해 건들거리며 길을 가고 있었다. 마침 동네 담장 밑에서 왕털보가 벌거벗은 채 이를 잡고 있는 것이 보였다. 왕털보는 부스럼 자국으로 머리가 벗겨진 데다 털북숭이여서 동네 사람들은 모두 그를 왕대머리 털보라고 불렀다. 왕털보는 이를 한 마리, 두 마리, 세 마리, 계속 잡아서 입에다 넣고 툭툭 소리를 내며 깨물었다.

　아큐는 왕털보가 이 잡는 것을 보자, 갑자기 온몸이 근질거리는 것 같았다. 그래서 그 옆으로 가서 앉았다. 그리고 자신의 다 떨어진 겹저고리를 벗어 들고 들춰 보았다. 새로 빤 옷이라 그런지, 아니면 재주가 없어서 그런지 한참이 지나서야 겨우 서너 마리 잡을 수 있었다. 아큐는 처음에는 실망했지만 나중에는 부아가 치밀었다. 자기가 깔보는 왕털보는 저렇게 많이 잡고 있는데 나는 이렇게 적게 잡다니, 이것은 얼마나 체통을 잃는 일인가. 아큐는 잡은 이를 입에 넣어 용을 쓰며 깨물었다. 그러자 픽 하고 소리가 났다. 깨무는 소리조차 왕털보 소리에 미치지 못했다. 아큐의 부스럼 자국은 이내 시뻘겋게 달아올랐다. 옷을 땅바닥에 냅다 팽개치면서 침을 탁 뱉었다.

　"이 털 버러지 같은 놈."

　왕털보는 눈을 치뜨고 대답했다.

　"문둥이 같은 자식, 감히 누구한테 욕이야!"

　"이런 털북숭이가 감히 함부로 지껄여?"

　아큐는 상대가 항상 자신을 두들겨 패는 건달패들이라면 겁을 집어먹었겠지만, 왕털보쯤이야 못 당할까 싶어 용감하게 덤벼들었다.

　"너, 몸뚱이가 근질거리나 보구나?"

　왕털보는 자리에서 일어나 옷을 주워 입으면서 말했다. 아큐는 그가 꽁무니를 빼려는 줄 알고 잽싸게 달려들어 주먹을 휘둘렀다. 그런데 주먹이 미처 왕털보에게 닿기도 전에 그에게 잡혀 버리고 말았다. 아큐는 곧 왕털보에게 변발(뒷부분만 남기고 나머지 부분을 깎아 뒤로 길게 땋아 늘인 머리)을 낚아 채인 채 담장 앞으로 끌려가 머리를 처박히고 말았다. 아큐의 기억으론 이것이 평생에 있어 가장 큰 굴욕이었다. 왕털보는 털북숭이라 자신이 늘 비웃었는데, 도리어 그에게 손찌검을 당했으니 말이다. 아큐는 어찌할 바를 몰라 우두커니 서 있었다.

그때 멀리서 기침 소리가 들렸다. 돌아보니 아큐가 제일 미워하는 첸 영감의 큰아들이 걸어오고 있었다. 그는 도시에 있는 서양 학교에 들어갔다가 반년 뒤에 돌아왔는데, 어찌 된 일인지 걸음걸이도 변하고 변발도 없어져 버렸다. 그 때문에 그의 어머니는 열 번도 더 통곡했고, 여편네는 세 차례나 우물에 뛰어들었다. 그를 볼 때마다 아큐는 속으로 욕을 퍼부었다. 변발이 없으니 사람 노릇 할 자격도 없으며, 그의 여편네도 네 번째로 우물에 뛰어들지 않았으니 정숙한 여자라 할 수 없다고 생각했다.

"중대가리, 나귀……."

아큐는 거칠게 내뱉었다. 화가 치밀어 누구라도 붙들고 앙갚음을 해야 하던 참이라 자신도 모르게 그렇게 지껄이고 말았다. 중대가리는 노랗게 칠한 지팡이를 손에 쥔 채 곧장 아큐를 향해 성큼성큼 걸어왔다. 잠시 후 아큐는 딱 하는 소리가 자기 머리에서 나는 것을 들었다.

"나는 저 애한테 말했는데!"

아큐는 곁에 있던 한 아이를 가리키며 변명했다. 아큐의 생애에 있어 두 번째로 큰 굴욕이었다. 아큐는 천천히 걸었다. 선술집 문턱에 당도하니 망각이라는 보물이 효력을 발휘하여 제법 기분이 좋아졌다. 그때 마침 앞쪽에서 정수암에 있는 젊은 여승이 걸어왔다. 평소에도 아큐는 여승을 보면 욕을 해 댔는데, 하물며 굴욕을 당한 지금이야! 그는 굴욕의 기억이 되살아나자 마음속에서 적개심이 일었다.

'오늘은 왜 이리 재수가 없나 했더니 너를 보려고 그랬구나!'

아큐는 앞으로 나서며 큰 소리가 나게 침을 뱉었다. 젊은 여승은 거들떠보지 않고 고개를 숙인 채 걷기만 했다. 아큐는 여승 옆으로 다가가서 새로 깎은 여승의 머리를 손으로 더듬으며 헤벌쭉 웃었다.

"아이고머니나, 이런 무례가……."

여승은 얼굴이 새빨개져서 종종걸음을 쳤다. 선술집 안에서 사람들이 와 하고 웃어 댔다. 아큐는 더욱더 신이 났다. 아큐는 구경꾼들을 만족시키기 위해 이번에는 힘을 주어 여승의 허벅지를 꼬집었다. 술집에서 다시 와, 하는 웃음이 터졌다. 이 한판의 승리로 아큐는 왕털보 일도, 가짜 양놈 일도 깨끗이 잊어버렸다. 오늘 생겼던 재수 없는 일이 모두 앙갚음된 것 같았다.

"이 씨도 못 받을 아큐 놈아!"

멀리서 젊은 여승이 울먹이며 욕을 했다.

아큐는 기분이 좋아져 하루 종일 돌아다녔다. 하늘이라도 날 것 같았다. 그런데 그날 밤, 이상한 일이 생겨났다. 밤새도록 눈을 붙이지 못한 채 한 가지 생각에 몰두했다. 어느 순간, 그는 엄지손가락과 집게손가락이 이상하다는 걸 알아차렸다. 보통 때보다 매끄러운 것 같았다. 손가락을 볼 때마다 젊은 여승의 얼굴이 아른거렸다.

"씨도 못 받을 아큐 놈!"

여승의 마지막 목소리가 아큐의 귓속에서 윙윙 울렸다. 아큐는 생각했다. '그래, 여자가 있어야 한다. 자식이 없으면 밥 한 그릇도 공양받지 못할 테니까. 이것은 사람으로 태어난 자의 가장 큰 비애다. 여자, 여자, 여자!'

그는 젊은 여승의 모습을 떠올리자 마음이 적잖이 들떴다. 누가 알았으랴! 바야흐로 이립(30세)의 나이에 젊은 여승 때문에 마음이 들떠 버릴 줄이야. 그는 '남자를 유혹하려는' 여자, 즉 자신에게 말을 거는 여자는 항상 조심해야 한다고 생각했다.

그러나 여승은 자기를 보고 웃지도 않았고, 수상한 말을 걸지도 않았다. 그런데도 아큐는 여승에게 유혹당하고 말았다. 아, 이것은 여자가 나쁘다는 증거 중 하나가 분명했다.

다음 날 아큐는 자오 영감 댁에서 하루 종일 방아를 찧었다. 저녁 식사를 마치고 부엌에 앉아 담배를 한 대 피웠다. 그때 설거지를 끝낸 자오 댁의 하녀 우씨 아줌마가 아큐에게 말을 걸었다.

"마님이 이틀째 아무것도 드시지 않아. 영감님이 첩을 사 오신 뒤로……."

'여자……, 우씨 아줌마……, 청상과부……, 여자…….'

아큐는 담뱃대를 팽개치고 벌떡 일어섰다.

"나하고 자자! 나하고 자자!"

아큐는 별안간 우씨 아줌마 앞에 무릎을 꿇었다. 그러자 우씨 아줌마는 "어머나!" 하고 비명을 지르며 밖으로 뛰쳐나갔다. 아큐는 한동안 그 자리에 멍하니 꿇어앉아 있었다. 바로 그때, 딱 소리가 나더니 머리가 어찔해져

왔다. 뒤를 돌아보니, 수재가 굵은 대나무 막대기를 들고 서 있었다.

"이 못된 놈! 감히……."

수재는 굵은 대막대기로 아큐의 머리를 사정없이 내리쳤다. 아큐는 두 손으로 머리를 감싸 쥔 채 문밖으로 달아났다.

"염치없는 놈!"

수재가 뒤에서 욕을 했다. 아큐는 방앗간으로 들어갔다. 머리가 몹시 욱신거렸다. '염치없는 놈'이라고 하던 수재의 말이 귀에 쟁쟁했다. 아큐는 마음이 꺼림칙했지만 곧 쌀 방아를 찧기 시작했다. 그때 밖에서 떠들썩한 소리가 들려왔다. 아큐는 소리를 따라 밖으로 나갔다. 소리는 안뜰에서 들려왔다. 뜰에는 자오 영감 댁 집안 식구들이 모여 있었다. 이틀 동안 식사도 안 했다는 마님까지 끼어 있었다. 게다가 이웃의 쩌우치 댁과 자오바이엔, 자오쓰천도 있었다. 마침 작은 마님이 우씨 아줌마를 끌고 나오면서 말했다.

"밖으로 나와. 네가 정숙하다는 걸 누가 몰라. 절대로 소견 좁은 짓을 하면 안 돼."

우씨 아줌마는 손을 잡힌 채 끌려 나와서는 울기만 했다.

'흥, 재미있는걸. 이 청상과부가 무슨 짓을 했는지는 몰라도…….'

아큐는 서둘러 그쪽으로 다가갔다. 그러자 수재가 아까처럼 대막대기를 든 채 그에게로 달려왔다. 아무래도 자기와 관계가 있는 모양이었다. 그는 몸을 획 돌려 재빨리 도망쳐 버렸다. 뒷문으로 빠져 나와 단숨에 투구츠로 돌아왔다. 잠시 앉아 있으려니 온몸에 오싹오싹 한기가 들었다. 봄이라 해도 밤에는 아직 꽤 쌀쌀했다. 그제야 저고리를 자오 영감 댁에 두고 온 것이 생각났다. 다시 가지러 가자니 수재의 대막대기가 너무 무서웠다.

갑자기 밖에서 이상한 소리가 들린 것은 그로부터 몇 분 뒤였다.

"아큐, 이 개 같은 자식아! 너 때문에 나까지 잠을 못 자게 됐잖아."

거적을 밀치며 자오 영감 댁 하인이 불쑥 안으로 들어왔다. 하인은 한바탕 설교를 늘어놓았으나 아큐는 대꾸할 말이 없었다. 결국은 밤에 폐를 끼쳤다는 이유로 하인에게 술값을 물어야 했다. 아큐에게는 현금이 없었으므로 털모자를 전당포에 잡혔다. 그러고도 다섯 가지 조항에 서약을 해야 했다.

1. 내일 붉은 초 한 쌍, 향 한 봉을 가지고 자오 영감 댁에 가서 사죄해야 한다.
2. 자오 영감 댁에서 무당을 불러 목매 죽게 하는 귀신을 쫓는 굿을 하는데, 그 비용을 아큐가 전담한다.
3. 이후로 아큐는 자오 영감 댁 문턱도 밟을 수 없다.
4. 이후에 우씨 아줌마에게 다른 일이 생기면 책임을 아큐에게 묻는다.
5. 아큐는 품삯과 저고리를 찾아갈 수 없다.

아큐는 사죄 절차를 끝낸 뒤, 예전처럼 거리를 쏘다녔다. 그날 이후, 마을 여자들은 아큐를 보기만 하면 문 안으로 숨어 버렸다. 심지어는 쉰 살에 가까운 쩌우치 댁까지도 남들을 따라서 숨어 버렸다. 게다가 열한 살밖에 안 된 계집애까지 불러들이는 게 아닌가. 아큐는 기이하게 생각되었다. 그뿐만이 아니었다. 선술집에서는 외상술을 주려 하지 않았다. 또 며칠 동안 품을 팔아 달라는 사람이 한 명도 없었다. 외상술을 주지 않는 것은 참으면 그만이지만, 품을 팔아 달라는 사람이 없으면 아큐는 배를 곯아야 했다. 이 것은 확실히 '개 같은 놈'의 일이었다.

자오 영감 댁에서는 샤오디를 데려다가 일을 시키고 있었다. 이 샤오디란 놈은 말라 빠져서 일을 제대로 하지 못했다. 그런데 이런 놈이 자기 밥줄을 끊으려 한다고 생각하니, 아큐는 분통이 터질 노릇이었다. 며칠 후, 아큐는 첸 영감 댁 담장 앞에서 우연히 샤오디를 만났다. 아큐는 다짜고짜 달려들었다.

"원수는 외나무다리에서 만난다더니! 짐승 같은 놈!"

아큐는 눈을 부릅뜨고 으르렁거렸다. 입에서 침이 튀어나왔다.

"나는 버러지야. 이러면 됐지."

샤오디가 말했다. 아큐는 샤오디의 겸손에 도리어 비위가 상했다. 당장에 덤벼들어 샤오디의 변발을 잡아채었다. 샤오디는 한 손으로 자기 머리채 밑을 감아쥐고, 또 한 손으로는 아큐의 변발을 잡아채었다. 옛날에는 샤오디 같은 것은 어림도 없는 상대였다. 그런데 아큐는 잔뜩 굶주렸기 때문에 샤오디 못지않게 말라 있었다. 그래서 힘도 엇비슷해져 버렸다. 한 삼십 분쯤 흘렀을까. 그들의 머리에서 김이 올랐다. 이마에서도 땀이 흘렀다. 아큐의 손이 늦추어지자 샤오디의 손도 늦추어졌다.

"두고 보자, 개새끼⋯⋯."

아큐는 욕설을 뱉었다. 싸움은 무승부로 끝났다. 아큐에게는 여전히 삯일을 해 달라는 사람이 없었다.

꽤 따스해진 어느 날이었다. 아큐에게는 산들바람까지도 써늘하게 느껴졌다. 그것은 그나마 견딜 만했는데, 배가 고픈 것은 더 이상 참을 수가 없었다. 아큐는 어쩔 도리가 없이 밖에 나가 먹을 것을 구해 보기로 했다. 새로 모를 낸 연푸른 논들이 눈에 들어왔다. 간간이 밭을 가는 농부들의 모습도 보였다. 아큐는 '먹을 것을 구하려고' 무작정 걷다 보니, 어느덧 정수암까지 와 버렸다.

나지막한 담 안에 드넓은 무밭이 펼쳐져 있었다. 아큐는 잠깐 주저하다가 사방을 돌아보았다. 아무도 보이지 않았다. 아큐는 담을 기어올라 갔다. 그러자 흙덩이가 우르르르 떨어져 내렸다.

아큐는 다리가 덜덜 떨렸다. 가까스로 뽕나무 가지를 붙잡고 뒤뜰 쪽으로 뛰어내렸다. 그리고 쪼그리고 앉아 무를 뽑기 시작했다. 그런데 갑자기 문이 열리며 둥그런 머리가 고개를 내밀었다. 늙은 여승이었다. 아큐는 재빨리 무 네 뿌리를 뽑아 품속에 안았다.

"나무아미타불. 아큐, 왜 남의 채소밭에 뛰어들어 무를 훔치는 거냐?"

"내가 언제 채소밭에 뛰어들어 무를 훔쳤다는 거냐?"

아큐는 도망을 치다가 뒤를 흘낏거리며 말했다.

"그렇다면 그건 뭐지?"

"이게 당신 거야? 그럼 무더러 당신 거라고 말을 시킬 수 있어, 있어?"

아큐는 뛰기 시작했다. 뒤에서 커다란 검둥개 한 마리가 쫓아와 아큐의 다리를 물어뜯으려 했다. 옷섶에서 무 하나가 툭 떨어졌다. 검둥개가 놀라 멈칫했다. 그 틈에 아큐는 담장 위로 기어올라 가 밖으로 뛰어내렸다.

그날 이후 아큐는 마을에서 모습을 감췄다. 한동안 보이지 않던 아큐가 미장에 다시 나타난 것은 그해 추석이 막 지난 무렵이었다. 날이 어둑어둑해질 무렵, 아큐는 게슴츠레한 눈을 하고 주막에 나타났다. 계산대로 다가가더니 허리춤에서 은전과 동전을 한 움큼 꺼내어 계산대 위에 뿌렸다.

"현금이다, 술 가져와!"

입고 있는 옷은 새로 맞춘 겹옷이었다. 보아하니, 허리춤에 큰 전대(돈이나 물건을 넣어 허리에 매거나 어깨에 메도록 만든, 폭이 좁고 긴 자루)를 찼는데, 묵직하게 늘어져서 허리띠를 바짝 졸라매고 있었다. 심부름꾼, 주인, 술손님, 행인 할 것 없이 모두가 의아한 눈길로 그를 바라보았다. 마음속에서 존경심이 일어나는 사람도 있었다.

"호, 아큐! 돌아왔군! 돈을 많이 벌었나 본데!"

아큐는 의기양양하게 대답했다.

"응, 돌아왔어. 문안에 들어갔다 왔지!"

아큐에 대한 소문은 당장 온 마을에 퍼졌다. 사람들은 새 옷을 입고 나타난 아큐가 어떻게 돈을 모았는지 알고 싶어 했다. 주막에서, 찻집에서, 사당 처마 밑에서 사람들은 아큐에 대한 이야기를 주고받았고, 어느 틈에 아큐는 그들에게 존경받는 인물이 되어 있었다.

아큐의 말로는 문안 거인(擧人 과거에 급제한 선비) 영감 댁에서 일을 거들었다고 했다. 이 한마디만으로도 듣는 사람들은 모두 숙연해졌다. 거인은 사방 일백 리를 통틀어서 그 사람 하나뿐이었다. 그 댁에서 일을 거들었다는 것은 당연히 존경을 받아 마땅한 일이었다. 그렇지만 아큐는 거인 영감이 실제로는 '개 같은 놈'이기 때문에 다시는 일을 거들고 싶지 않다고 말했다. 사람들은 아큐의 말을 들으며 통쾌해하기도 하고 탄식하기도 했다. 아큐가 거인 영감 댁에서 일을 거든다는 것은 애초부터 어울리지 않는다는 생각이 들었지만, 그렇다고 거들러 가지 않는다고 하니 안타깝기도 했던 것이다.

"자네들, 사람 목 자르는 걸 본 적이 있나? 허, 볼만해. 혁명당을 죽이는데, 굉장했다고!"

아큐의 말을 듣고 있던 사람들이 몸을 흠칫했다. 그러자 아큐는 느닷없이 왕털보의 뒷덜미를 내려치며 "싹둑!" 하고 큰 소리로 말했다. 왕털보는 깜짝 놀라 재빨리 목을 움츠렸다.

시간이 흐를수록 아큐의 명성은 안방에 있는 여자들한테까지 좍 퍼졌다. 그날 이후, 아큐는 마을에 머물며 도시에서 가져온 옷가지들을 팔기 시작했다.

"쩌우치 댁은 아큐에게 남색 비단 치마를 샀대."

"자오바이옌 어머니도 애들에게 주려고 빨간 모슬린 저고리를 샀다는군. 단돈 30전에 말이야."

여자들은 마주 앉아 이런 말을 주고받으며, 아큐가 나타나길 눈 빠지게 기다렸다. 아큐에게 비단 치마를 산 쩌우치 댁은 아주 기쁜 나머지, 자오 마님에게 들고 가 자랑을 했다. 자오 마님은 싸고 좋은 털배자를 사고 싶다며, 쩌우치 댁에게 즉시 아큐를 찾아 데려오라고 했다. 자오 영감 댁 식구들은 초조하게 아큐를 기다렸다. 한참만에야 아큐가 쩌우치 댁을 따라 들어왔다.

"아큐, 문안에 가서 돈을 벌었다지? 다름 아니라 내가 좀 필요한 것이 있어 그러는데……."

"다 팔고 남은 게 아무것도 없습니다."

"다 팔았어? 그럼, 다음에라도 물건이 생기면 먼저 우리 집으로 가져오게나."

아큐는 내키지 않는다는 듯 대답도 하지 않은 채 밖으로 나갔다. 자오 영감과 수재는 아큐의 불손한 태도에 몹시 화가 났다. 한편 건달패들은 아큐에게 돈을 벌게 된 내막을 꼬치꼬치 캐물었다. 아큐는 숨기려는 기색도 없이 오히려 우쭐거리며 자기 경험을 털어놓았다.

사실은 거인 영감 댁에서 일을 한 게 아니라 도둑질을 했다는 것이다. 그렇다고 아큐가 직접 담을 넘은 것은 아니고, 자기는 단지 밖에서 물건만 받아 냈다고 했다. 그리하여 사람들은 아큐가 좀도둑에 불과하다는 것을 곧 알게 되었고, '역시 아큐는 두려워할 만한 존재'가 못 된다고 생각했다.

아큐가 전대를 자오바이옌에게 팔아넘긴 그날, 커다란 배 한 척이 자오 영감 댁 나루터에 닿았다. 그것은 바로 거인 영감의 배였다. 그 배는 미장에 굉장한 불안을 실어다 주었다. 정오도 못 되어 온 마을이 술렁거렸다. 혁명당 때문에 거인 영감이 우리 마을로 피난 왔다는 소문이 순식간에 퍼져 나갔기 때문이다.

아큐는 문안에 갔을 때 혁명당에 대해 들은 적이 있었다. 또 자기 눈으로 혁명 당원이 참수(목을 벰)당하는 것을 실제로 보기도 했다. 그러나 어디선가 혁명당은 반역이며, 반역은 그에게 고난을 가져온다는 말을 주위들은 적이 있어서, 그들을 막연히 증오해 오고 있었다. 그런데 뜻밖에도 그들이 백 리 사방으로 이름을 떨치는 거인 영감까지 두렵게 하다니, 아큐로서는 신명이 나지 않을 수 없었다.

'혁명이란 것도 괜찮은데……. 개 같은 놈의 세상을 뒤집어엎어라. 빌어먹을……, 나도 혁명당이 돼야지. 혁명이다, 혁명! 좋았어! 내가 갖고 싶은 건 모두 내 것이다. 어떤 계집이든 모두!'

자오 영감 댁 두 나리와 자오바이옌도 대문간에 나와 혁명 이야기를 주고받고 있었다. 아큐는 고개를 뒤로 젖힌 채 노래를 부르며 그 앞을 지나갔다. 자오 영감이 아큐를 불러 세웠다.

"아큐 군! 아큐 군, 저어 …… 요새 돈 잘 벌리나?"

"돈? 물론, 갖고 싶은 건 모두……."

"아 …… 큐 형, 우리네처럼 가난뱅이야 괜찮겠지?"

자오바이옌이 조심스럽게 말했다. 짐짓 혁명당의 속셈을 떠보려는 듯이.

"가난뱅이라고? 너야 나보다 부자잖아."

아큐는 그렇게 말하고는 계속해서 길을 걸어갔다. 그는 마음이 들떠서 이리저리 휘젓고 다니다가 밤이 이슥해서야 투구츠로 돌아왔다.

'혁명? 재미있는데……. 미장의 촌놈들은 아마 볼만할 거야. 무릎을 꿇고 애걸하겠지. 아큐, 목숨만 살려 줘. 누가 들어준대? 첫 번째로 죽어야 할 놈은 자오 영감, 수재, 또 가짜 양놈……. 그리고 나서 수재 여편네의 침대를 우선 투구츠로 옮겨 놓고, 그리고 첸가(陳)네 탁자와 의자를 늘어놓고……. 그다음엔 여자를 데려와야지. 쩌우치네 딸년은 아직 애송이고, 그리고 가짜 양놈 여편네는 변발도 없는 녀석과 잤으니, 흥 좋은 물건은 못 되지.'

아큐는 이런저런 공상을 하다가 잠이 들었다. 이튿날 아침, 느지막이 일어나 거리로 나가 보니 조금도 달라진 것이 없었다. 여전히 배가 고팠다. 아큐는 천천히 걸어 어느덧 정수암에 이르렀다. 암자는 지난번처럼 조용했다. 그는 잠시 생각에 잠겼다가 문을 두드려 댔다. 검은색 대문에 흠집이 났을 때에야 누군가 문을 여는 소리가 들렸다. 잠시 후, 늙은 여승이 고개를 내밀었다.

"뭐 하러 또 왔지?"

"혁명이다. 알고 있지?"

"혁명, 혁명이라고? 혁명은 벌써 했어. 도대체 네놈들이 혁명한다고 우리더러 어쩌란 말이냐?"

늙은 여승은 핏대를 올리며 말했다.

"뭐?"

"몰랐어? 그놈들이 벌써 혁명했어."

"누가?"

"수재하고 양놈하고!"

아큐는 너무나 뜻밖이었으므로 얼떨떨해졌다. 늙은 여승은 아큐가 풀이 꺾이는 것을 보고 재빨리 문을 잠가 버렸다.

한편 자오 영감 댁의 수재는 혁명당이 밤사이에 입성했다는 것을 알자, 잽싸게 변발을 머리 꼭대기에 틀어 얹었다. 그리고 여태껏 상대도 하지 않던 가짜 양놈 첸가를 아침 일찍 방문했다. 그들은 곧 동지가 되어서 혁명에 나서기로 약속했다. 그들은 머리를 짜낸 끝에 정수암에 '황제 만세 만만세'라고 적힌 용패가 있다는 걸 생각해 냈다. 그래서 즉시 암자로 달려가서 혁명을 한 것이다. 늙은 여승이 막아서서 잔소리를 했으나, 그들은 여승을 만주 정부와 한패로 몰아 몽둥이세례를 주었다. 그들이 가 버린 뒤에 여승이 정신을 차려 보니, 용패는 벌써 산산조각이 나 있었다.

아큐는 이러한 사실을 이제야 알게 된 것이었다. 그는 오늘 아침에 늦잠을 잤던 것이 무척 후회스러웠다. 그런데 괘씸한 일은 그들이 자기를 부르러 오지 않았다는 점이었다.

미장의 인심은 조금씩 진정되어 갔다. 바뀐 것이 있다면 변발을 머리 꼭대기에 틀어 얹은 사람이 점차 늘어 갔다는 점이다. 여름이라면 변발을 머리 꼭대기에 틀어 얹었거나 잡아매는 일이 조금도 신기할 것이 없겠지만, 지금은 늦가을이었다.

그렇게 뒤통수를 휑하니 비운 채로 거리를 나다니면, 사람들은 "와, 혁명당이 온다." 하고 소리쳤다. 아큐는 그 소리가 그지없이 부러웠다. 게다가 아큐는 수재가 머리를 그렇게 틀어 얹었다는 말을 듣자, 자신도 흉내를 내고 싶었다. 그는 대젓가락으로 변발을 머리 꼭대기에 틀어 얹었다. 그리고 한참 동안 망설이다가 용기를 내어 거리로 나섰다. 그러나 사람들은 그를 보고도 아무 말도 하지 않았다. 아큐는 기분이 나빠 아무에게나 짜증을 부렸다.

수재는 가짜 양놈에게 부탁하여 자유당에 가입하고 복숭아 은배지를 달게 되었다. 자오 영감은 이것 때문에 갑자기 더 훌륭해져서는 아들이 처음 수재가 되었을 때보다도 더 오만해졌다. 아큐는 매우 못마땅했다. 혁명을 하려면 그저 변발만 틀어 얹는 것만으로는 안 되며, 일단 혁명당과 연줄을 만들어야 한다는 것을 깨달았다. 그래서 그는 가짜 양놈을 찾아가 의논을 해 보기로 했다.

가짜 양놈네 집 대문은 활짝 열려 있었다. 가짜 양놈은 뜰 한가운데 서 있었는데, 새까만 서양 옷에다 복숭아 은배지를 달고 있었다. 바로 옆에는 자오바이옌과 건달패 세 놈이 공손한 자세로 그의 연설을 듣고 있었다. 아큐는 슬그머니 걸어가 자오바이옌 뒤에 섰다. 가짜 양놈은 그를 보지 못했다. 그는 눈이 뒤집힐 정도로 연설에 열을 올리고 있었다.

아큐는 그가 잠시 멈추기를 기다렸다가 마침내 용기를 내어 입을 열었다.

"에 …… 저……."

"뭐야?"

"저도……."

"나가!"

"저도 혁명을……."

"썩 꺼져!"

가짜 양놈은 지팡이를 높이 쳐들었다. 자오바이옌과 건달패들도 덩달아 소리쳤다.

"선생께서 나가라고 하시잖아. 말이 안 들려!"

아큐는 할 수 없이 물러나올 수밖에 없었다. 거리로 나오자 속에서 서글픔이 끓어올랐다. 아큐는 여태까지 이렇듯 진한 쓸쓸함을 맛본 적이 없었다. 모든 것이 무의미할 뿐만 아니라 모욕감까지 생겼다. 앙갚음을 하기 위해 당장 변발을 풀고 싶었지만 그러지도 못했다. 그는 선술집이 문을 닫을 때쯤 해서야 터벅터벅 투구츠로 돌아왔다.

딱, 펑!

그때, 밖에서 이상한 소리가 들려왔다. 아큐는 쓸데없이 참견하기를 좋아했다. 곧 어둠 속을 내달았다. 그러자 맞은편에서도 사람 하나가 이리로 달려오는 게 아닌가. 아큐는 덩달아서 급히 몸을 돌려 그 사람을 뒤따라 도망쳤다. 그 사람이 골목을 돌면 자기도 돌고, 그 사람이 서면 자기도 섰다. 자세히 보니, 그 사람은 샤오디였다.

"자 …… 자오 영감 댁이 약탈당했어!"

샤오디는 씩씩거리며 말했다. 그러고는 어디론가 달려가 버렸다. 아큐는 살금살금 길모퉁이를 돌아가 가만히 귀를 기울였다. 왁자지껄하는 소리가 들려왔다. 자세히 보니, 흰 투구에 흰 갑옷을 입은 사람들이 연달아 궤짝과 가구를 메고 나왔다. 아큐는 눈앞에서 일어나는 일들이 믿어지지가 않았다. 그는 싫증이 나도록 지켜본 후에야 투구츠로 돌아왔다.

곰곰이 생각해 보니 몹시 불쾌했다. 미장에 드디어 흰 투구에 흰 갑옷을 입은 사람들이 왔다. 그런데도 그들은 자기를 부르러 오지 않았다. 좋은 물건을 무수히 들어냈는데도 내 몫은 없었다. 이건 전부 그 빌어먹을 가짜 양놈 때문이다. 내가 혁명하는 것을 그놈이 금지시켰다. 그렇지 않으면 이번에 내 몫이 없을 리가 없지. 아큐는 생각할수록 화가 치밀었다.

"내가 혁명하는 것을 막다니, 네놈만 혁명하냐? 좋아, 혁명해라. 혁명은 목이 잘리는 죄목이니까. 내가 고발해야지. 네놈이 문안에 끌려가 목이 잘리는 꼴을 보아야겠다. 싹둑, 싹둑!"

자오 영감 댁이 약탈당하자 미장 사람들은 매우 통쾌해하면서도 한편으로는 무서워했다. 아큐도 마찬가지였다. 그런데 나흘 뒤, 아큐는 한밤중에 느닷없이 들이닥친 사람들에게 붙잡혀 문안으로 끌려갔다. 아큐는 울짱(말뚝 같은 것을 죽 늘여 박은 울타리)이 둘러 쳐진 어느 집 안으로 끌려 들어갔다. 넓은 대청 앞에는 머리를 빡빡 민 늙은이가 앉아 있었다. 그리고 그 아래에는 병정들이 늘어서 있었다. 또 양옆에는 두루마기를 걸친 사람들이 십여 명 서 있었다. 그들도 늙은이처럼 머리를 빡빡 깎고 있었는데, 등에는 가짜 양놈처럼 한 자쯤 자란 머리를 늘어뜨리고 있었다. 모두가 험악한 얼굴로 아큐를 노려보고 있었다. 아큐는 무릎에서 힘이 빠져 나가 바닥에 털썩 꿇어앉고 말았다.

"서서 말해! 꿇어앉지 마!"

두루마기를 입은 사람이 소리쳤다. 하지만 아큐는 몸이 저절로 쭈그러들어 서 있을 수가 없었다.

"노예근성!"

두루마기를 입은 사람이 경멸하듯 말했다.

"사실대로 말해 봐. 나는 다 알고 있으니까. 바른대로 말한다면 놓아 줄 수도 있어."

"저는 원래 …… 혁명을 하려고……."

아큐는 멍하게 앉아 있다가 겨우 떠듬떠듬 말했다.

"그럼 어째서 여기에 오지 않았지?"

"가짜 양놈이 허락하지 않았습니다."

"거짓말! 이제 와서 그렇게 말해도 늦었어. 지금 너의 패거리는 어디 있지?"

"네, 뭐라고요?"

"그날 밤, 자오 영감네 집을 턴 패거리 말이야."

"그놈들은 저를 부르러 오지 않았습니다. 자기들끼리만 들고 가 버렸습니다요."

"어디로 갔지? 말하면 놓아 주지."

"저는 모릅니다. 그놈들은 저를 부르러 오지 않았습니다."

"달리 할 말은 없나?"

늙은이가 부드럽게 물어 왔다. 아큐는 아무리 생각해 보아도 할 말이 없었다.

"없습니다."

그러자 두루마기 입은 사람 하나가 종이 한 장과 붓 한 자루를 아큐 눈앞에 가져오더니 붓을 쥐어 주려고 했다. 아큐는 깜짝 놀랐다. 그는 한 번도 붓을 쥐어 본 일이 없었기 때문이다. 아큐가 어쩔 줄을 몰라 머뭇거리자, 그는 손가락으로 한 군데를 가리키며 서명하라고 하였다.

"저⋯⋯, 저는⋯⋯ 글자를 모릅니다."

아큐는 붓을 움켜잡은 채 부끄러워하며 말했다.

"그럼, 너 좋을 대로 동그라미나 하나 그려 넣어!"

아큐는 동그라미를 그리려고 했지만 손만 부들부들 떨릴 뿐이었다. 그러자 그 사람은 아큐를 위해 종이를 땅바닥에 펴 주었다. 아큐는 엎드려서 젖먹던 힘까지 내어 동그라미를 그렸다. 그런데 빌어먹을, 붓이 말을 듣지 않았다. 부들부들 떨면서 간신히 마무리하려고 하는데 붓이 자꾸만 삐져 나갔다. 그려 놓고 보니 수박씨 모양이었다.

이윽고 사람들은 그를 집 모퉁이에 있는 자그마한 방에 가두었다. 아큐는 마음이 한결 가벼워졌다. 살다 보면 어떤 때는 끌려 나가기도 하고 끌려 나오기도 하는 것이며, 동그라미를 그려야 할 때도 있는 것이려니 생각했다. 다만 동그라미가 제대로 안 그려진 것이 하나의 오점으로 마음에 남아 있을 뿐이었다.

다음 날 아큐는 다시 대청 앞으로 끌려 나왔다. 늙은이는 아주 부드럽게 말했다.

"할 말 없나?"

"없습니다."

두루마기를 입은 사람과 짧은 웃옷을 입은 사람들이 갑자기 달려들어 그에게 까만 글씨가 씌어 있는 흰 무명 등거리(조끼처럼 등에 걸쳐 입는 홑옷)를 입혔다. 아큐는 매우 기분이 나빴다. 이건 상복 같은데, 상복을 입으면 재수가 없기 때문이었다. 그런데 동시에 두 손이 등 뒤로 묶이어 울짱 밖으로 끌려나갔다. 아큐는 포장이 없는 수레에 올려졌다. 수레는 곧 움직였다. 앞에는 총을 멘 병정과 자위 대원이 있었고, 양옆에는 구경꾼들이 쑤군거리고 있었다. 그제야 아큐는 깨달았다. 이거 목 잘리러 가는 게 아닌가. 그는 눈앞이 캄캄해졌다. 귀에서 윙 하는 소리가 들렸다. 그러나 정신을 잃지는 않았다. 살다 보면 목이 잘리는 수도 있으려니 생각했다.

그런데 왜 형장 쪽으로 가지 않는 것일까? 그는 죄인을 이렇게 조리돌린다는(죄를 지은 사람을 벌하기 위하여 끌고 돌아다니면서 망신을 시키는) 것을 몰랐다. 그러나 알았다고 하더라도 마찬가지였을 것이다. 살다 보면, 어느 때는 조리돌리는 일도 있으려니 하고 생각했을 테니까. 아큐는 주위를 둘러보았다. 사람들이 개미 떼처럼 따라오고 있었다.

뜻밖에도 길옆 구경꾼 속에 우씨 아줌마가 있었다. 정말 오래간만이었다. 아큐는 자신이 배짱도 없이 노래도 한마디 부르지 못하는 것이 부끄러워졌다. 머릿속에서 그가 아는 노래 제목이 바람개비처럼 휘돌았다. 그래, '소 채찍을 손에 잡고 네놈을 칠 테다'를 부르자. 그는 손을 들어 올리려고 하다가, 자신의 두 손이 묶여 있다는 것을 깨달았다. 노래 부르기를 그만둘 수밖에 없었다.

사람들 속에서 승냥이가 울부짖는 듯한 함성이 터져 나왔다. 수레는 쉬지 않고 앞으로 나아갔다. 아큐는 넋이 나간 듯한 표정으로 구경꾼들을 바라보았다. 그때, 그의 머릿속에 4년 전에 산기슭에서 만났던 굶주린 이리 한 마리가 떠올랐다. 그는 어찌나 무서웠던지 거의 죽어 나자빠질 지경이었다. 다행히 손에 도끼 한 자루를 들고 있었기에, 마음을 다져 먹고 무사히 미장까지 올 수 있었다.

그러나 지금까지도 이리의 눈은 잊혀지지 않았다. 불길하고도 무서웠다. 그 두 눈은 도깨비불처럼 번쩍거렸다. 멀리서 쫓아와 자기 살을 꿰뚫을 것만 같았다. 그런데 지금 그는 또다시 여태껏 한 번도 본 적이 없는 무서운 눈알을 보았다. 그 눈은 이미 자기 살을 씹어 삼켜 버렸으며, 이제는 자기

살 외에 다른 것까지 씹어 삼키려 하고 있었다. 멀지도 가깝지도 않은 거리를 유지한 채 따라오면서, 이 눈알들은 하나로 합쳐져 벌써 그의 영혼을 물어뜯고 있었다.

"사람 살려!"

그러나 아큐는 아무 말도 할 수가 없었다. 이미 눈앞이 캄캄해져 버렸기 때문이다. 귀에서 윙 하는 소리가 났다. 온몸이 먼지처럼 풀썩 흩어지는 것 같았다. 여론을 들어 보면, 미장에서는 별로 이의가 없었다. 사람들은 모두 아큐가 나쁘다고 말했다. 그가 총살당한 것은 그가 나쁘다는 증거라는 것이었다. 나쁘지 않았다면 왜 총살당했느냐는 것이다. 그러나 문안에서는 대부분 불만을 가지고 있었다. 총살은 목 자르는 것만큼 볼 만한 것이 못 되었다는 것이다. 게다가 이건 얼마나 시시한 사형수인가. 그토록 오래 조리를 돌렸는데도 노래 한마디 듣지 못하다니! 마을 사람들은 종일 헛걸음만 쳤다고 생각했다. *

고향

✏️ 작품 정리

> **작가** : 루쉰(562쪽 '작가와 작품 세계' 참조)
> **갈래** : 단편 소설
> **성격** : 사회적, 철학적, 비판적
> **배경** : 시간 – 1900년대 / 공간 – 중국
> **시점** : 1인칭 주인공 시점
> **주제** : 변해 버린 고향과 계층 간의 단절에 대한 서글픔

✏️ **구성과 줄거리**

발단 **'나'는 20년 만에 고향에 돌아옴**

오랫동안 타지에서 살던 '나'는 20년 만에 고향에 돌아온다. 집을 정리하고 고향과 이별하기 위해서다. 고향에는 어릴 적의 아름다움은 사라지고 황량한 풍경만 남아 있다.

전개 **어린 시절 룬투와 놀던 일을 회상함**

어머니는 '나'에게 룬투가 찾아올 거라고 이야기한다. 룬투는 열 살 무렵에 알게 된 친구로, '나'는 강한 인상을 남겼던 룬투에 대해 생각한다.

위기 **룬투가 아들 쉐이성을 데리고 찾아옴**

가난에 찌들어 생기가 없이 늙은 룬투의 모습에 '나'는 놀란다. 그는 '나'에게 꼬박꼬박 '나으리'란 호칭을 붙이며 굽실거린다. 그러나 그의 아들 쉐이성은 '나'의 조카 홍얼과 친구처럼 잘 어울려 논다.

절정 **이삿짐을 꾸려 배를 타고 고향을 떠남**

고향을 떠나는 날, 룬투는 어머니가 주기로 약속한 향로와 촛대, 모래밭에 뿌릴 재를 가지러 온다. 이삿짐을 실은 배는 마침내 고향집에서 서서히 멀어지기 시작한다. 홍얼은 쉐이성의 집에 놀러 가기로 약속했다며 언제 고향에 돌아오는지 묻는다.

결말 '나'는 훙얼과 쉐이성이 새로운 삶을 살기를 희망함

'나'는 룬투와의 사이가 단절된 것을 서글퍼하며 훙얼과 쉐이성의 관계를 생각한다. 그러면서 그 아이들은 자신과 같은 단절을 겪지 않고 진보적인 삶을 살아가기를 희망한다.

🖊 생각해 볼 문제

1. 이 작품에서 '나'의 고향이 쇠퇴하게 된 원인은 무엇인가?

20년 만에 찾아온 '나'의 고향은 황폐하고 쓸쓸한 빈촌으로 변해 버렸다. 그 원인은 옛 친구 룬투와의 대화를 통해 알 수 있다. 룬투는 농사는 안 되고, 세금이 가혹하게 많이 나와 살기 어렵다고 탄식한다. 이는 군인, 강도, 벼슬아치들, 지방 토호들의 횡포 때문이다. 마을 사람들이 염치없고 비굴해지는 것 역시 부조리한 사회가 만들어 낸 결과다. 이 작품은 등장인물들의 입을 빌려 봉건주의의 병폐를 비판하고 있다.

2. 쉐이성과 훙얼을 통해 작가가 꿈꾸는 것은 무엇인가?

'나'는 고향을 떠나면서 친구 룬투와의 단절을 안타까워한다. 그러면서 룬투의 아들 쉐이성과 자신의 조카 훙얼만큼은 단절되지 않고 하나로 이어진 삶을 살기를 바란다. 즉, 자신과 룬투가 살아온 세상과는 다른, 새롭게 변화된 세상에서 살기를 희망하는 것이다. 여기서 '고향'은 당시 중국의 모습을 상징한다. 작가는 현실의 중국은 황량하고 암담하지만, 미래의 중국은 변화된 모습이어야 한다는 강한 의지를 드러내고 있다.

3. 이 작품에서 루쉰의 사상이 가장 잘 집약된 부분은 어디인가?

루쉰은 이 소설을 통해 현실의 비애 속에서도 결코 포기할 수 없는 미래에 대한 전망을 담아냈다. 작품의 마지막 문장에 이러한 전망이 드러난다. "희망이란 것은 있다고도 할 수 없고, 없다고도 할 수 없다. 그것은 땅 위에 난 길이나 마찬가지다. 원래 땅에는 길이란 게 없고, 걸어가는 사람이 많아지면 그게 곧 길이 되는 것이다." 이는 새로운 길을 용납하지 않았던 당시 사회의 보수성을 맹렬히 비난한 것으로서, 루쉰이 지닌 삶의 철학이기도 하다.

고향

나는 혹독한 추위를 무릅쓰고 2천여 리나 떨어진 먼 곳에서 고향으로 돌아왔다. 20여 년이나 떠나 있던 고향이었다. 마침 한겨울이라 고향이 가까워지면서 하늘은 잔뜩 찌푸렸고, 음산한 바람이 선창 안에까지 윙윙 소리를 내며 불어닥쳤다. 바람막이 휘장 사이로 밖을 내다보니 흐린 하늘 아래여기저기 쓸쓸하고 황폐한 마을이 보였다. 아무런 생기도 느껴지지 않는황량한 풍경이었다. 나는 갑자기 마음이 슬프고 허전해졌다.

'아! 여기가 지난 20년 동안 그리워했던 고향이란 말인가?'

내가 기억하고 있는 고향은 지금과 전혀 다른 모습이다. 적어도 눈앞에보이는 풍경보다는 훨씬 좋았다. 그러나 그 아름다운 정경을 머릿속에 떠올리며 이야기를 하려고 하면 그 모습은 순식간에 지워져 버린다. 그림자도 형상도 없이 모두 사라져 버리고, 해야 할 말까지 깡그리 잊어버리게 되는 것이다.

고향이란 것은 어쩌면 이런 것인지도 모른다. 난 스스로를 위로하며 고향을 이렇게 해석해 보았다. '비록 아무 발전이 없다 해도 내가 느낀 것처럼쓸쓸하거나 허전한 것은 아니다. 단지 내 심정이 그렇게 느끼도록 만든 것뿐이다.' 내가 고향에 돌아온 것은 사실 처음부터 유쾌함과는 거리가 먼 것이었다. 왜냐하면 고향과 작별을 하기 위해서 온 것이었기 때문이다.

오랫동안 우리 가족과 친척들이 함께 살던 집은 이미 성(姓)이 다른 사람에게 공동으로 팔아 버린 상태였고, 금년 말까지는 집을 비워 줘야 했다. 그래서 정월 초하룻날 이전에 돌아와 정들었던 옛집과 영원히 이별하고, 고향을 떠나 내가 밥벌이를 하고 있는 다른 먼 고장으로 이사를 해야 했다.

다음 날 아침 일찍 나는 고향 집 대문 앞에 이르렀다. 기와지붕 용마루위에는 마른풀들이 바람에 나부끼고 있었다. 그것은 이 오래된 집이 어쩔수 없이 주인을 바꾸어야 하는 이유를 말해 주는 것 같았다. 별채에 살던다른 친척들은 이미 이사를 했는지 무척 조용했다. 우리 집 방문 가까이 갔을 때 어머니가 벌써 마중을 나와 있었다. 그리고 그 뒤를 따라 여덟 살 난조카 홍얼(宏兒)이 뛰어나왔다.

어머니는 나를 기쁘게 반겨 주었지만 여러 가지 복잡한 심정을 감추고 있는 것 같았다. 나에게 차나 마시자고 하면서도 이사에 관해서는 선뜻 말을 꺼내지 못했다. 나를 한 번도 본 적이 없는 홍얼은 멀찍이 떨어져 내 얼굴을 바라보고만 있을 뿐이었다.

우리는 결국 이사 얘기를 꺼냈다. 나는 우리가 살 고장에 이미 셋집을 계약해 놓았고 가구도 몇 가지 사 두었다고 말했다. 그리고 이제 집 안에 있는 목기(木器)들을 모조리 팔아서 필요한 가구를 더 장만해야겠다고도 했다. 어머니도 좋다고 했다. 짐도 대충 정리해서 한 군데 챙겨 놓았고, 목기도 운반하기 불편한 것들은 절반쯤 팔아 버렸다는 것이었다. 다만 아직 돈을 받지 못했다고 했다.

"하루 이틀 쉬고 나서 떠나기 전에 친척 어른들을 찾아뵙고 인사를 드려라. 그런 다음에 바로 떠나자꾸나."

어머니는 이렇게 말했다.

"네."

"그리고 룬투(閏土) 얘긴데 말이다. 그 애가 우리 집에 올 때마다 네 소식을 물으면서 너를 꼭 한 번 만나고 싶다고 하더라. 네가 집에 도착할 날짜를 그 애한테 대충 알려 줬으니, 아마 곧 찾아올 거야."

그때 내 머릿속에는 묘한 그림 한 폭이 번갯불처럼 퍼뜩 떠올랐다. 진한 쪽빛 하늘에 둥그런 황금빛 보름달이 떠 있다. 그 아래는 바닷가 모래사장에 수박밭이 끝없이 펼쳐져 있다. 그 한가운데 은 목걸이를 한 열두어 살쯤 되는 소년이 손에 쇠 작살을 들고 어떤 오소리를 힘껏 찌른다. 그러나 오소리란 놈은 몸을 한 번 꿈틀하더니 소년의 가랑이 사이로 빠져 도망쳐 버린다. 그 소년이 바로 룬투다.

내가 그를 알게 된 것은 기껏해야 열 몇 살밖에 안 되었을 무렵이었다. 그러니까 거의 30년 전의 일이다. 그땐 아버지도 살아 있었고 집안 형편도 좋아서, 나는 그야말로 어엿한 집안의 도련님이었다.

그해는 우리 집에서 조상에게 큰 제사를 치러야 할 차례였다. 그 제사는 30여 년 만에 한 번씩 차례가 돌아오는 것이어서 아주 정중하게 치러야 했다. 정월에 조상의 상(像) 앞에서 제사를 지낼 때에는 차려 놓는 물건도 많고 제기(祭器)도 특별히 좋은 것을 골라서 썼다. 또 제사에 오는 사람도 무척 많아서 제기를 도둑맞지 않으려면 정신을 똑바로 차리고 있어야 했다.

그때 우리 집엔 망월(忙月)이 한 사람 있었다. 우리 고향에서는 남의 집에서 일하는 사람을 세 가지 부류로 나눈다. 1년 내내 한 집에 고용되어 일하는 사람은 장년(長年), 날짜를 따져 남의 집에 가서 일하는 사람을 단공(短工), 자기 농사를 지으면서 섣달 대목이나 명절 또는 도지료(일정한 대가를 주고 빌려 쓰는 논밭이나 집터의 요금)를 받아들일 때만 다른 집에 가서 일하는 사람을 망월이라 한다. 그런데 그 때 일이 어찌나 바빴던지 그 망월이 아버지에게 말씀드려 자기 아들 룬투에게 제기를 지키도록 했으면 좋겠다고 말했다.

아버지는 그렇게 하라고 승낙했다. 룬투가 온다는 말에 나는 무척 기뻤다. 전부터 룬투라는 이름을 들어 왔고, 또 그 애가 나와 같은 또래인데 윤달에, 그것도 오행(五行) 중에서 토(土)가 빠진 날에 태어났다고 해서 이름을 룬투로 지었다는 걸 알고 있었기 때문이다. 나는 그 애가 새 덫을 놓아서 새를 잘 잡는다는 것도 알고 있었다.

그래서 나는 새해가 오기만을 목이 빠지게 기다렸다. 새해가 되면 룬투가 올 테니까 말이다. 가까스로 섣달 그믐께가 되었을 때, 어머니는 나에게 룬투가 왔다고 일러 주었다. 나는 뛸 듯이 기뻐하며 밖으로 뛰어나갔다.

그 애는 부엌에 있었다. 발그스름하고 둥근 얼굴에 머리에는 조그마한 털모자를 쓰고, 목에는 반짝반짝 빛나는 은 목걸이를 걸고 있었다. 이것은 그 애의 아버지가 자기 아들을 얼마나 사랑하는지를 보여 주었다. 그 애가 일찍 죽을까 봐 부처님께 불공을 드리고 은 목걸이를 걸어 룬투를 지키도록 한 것이다. 룬투는 사람들 앞에서는 무척 부끄럼을 탔지만 나에게는 그렇지 않았다. 사람들이 없을 때면 그 애는 내게 말을 걸어 왔다. 한나절도 못 되어 우리는 금방 친해졌다.

우리가 그때 무슨 이야기를 했는지는 잘 기억이 나지 않는다. 단지 룬투가 성에 들어와서 무척 기쁘다고 했던 게 기억날 뿐이다. 그 애는 그동안 한 번도 보지 못했던 것들을 성안에서 많이 구경했다고 말했다.

그다음 날, 나는 룬투에게 새를 잡아 달라고 졸랐다. 그러자 룬투는 말했다.

"그건 안 돼. 새를 잡으려면 먼저 눈이 많이 와야 해. 모래사장에 눈이 오면 눈을 쓸어 빈터를 만들고, 거기에 짤막한 막대기로 대나무 소쿠리를 버티어 놓는 거야. 그다음에 곡식 쭉정이를 뿌려 놓았다가 새가 와서 쪼아 먹으면 줄을 잡아당기는 거지. 그러면 대나무 소쿠리가 넘어지고, 새는 소쿠리 안에 갇혀 도망칠 수 없게 돼. 그렇게 하면 무슨 새든지 다 잡을 수 있어. 참새, 꿩, 산비둘기, 파랑새…….."

그 말을 듣고 나는 눈이 내리기를 간절하게 바랐다. 룬투는 또 내게 말했다.

"지금은 너무 추워. 나중에 여름이 되거든 우리 집에 놀러와. 우리는 낮엔 바닷가에서 조개껍데기를 주워. 붉은 것도 있고 푸른 것도 있고, 갖가지 조개들이 다 있어. 귀신을 쫓는 조개도 있고, 부처님 손 같은 조개도 있어. 그리고 밤엔 아버지하고 수박을 지키러 간다. 너도 함께 가자."

"네가 도둑도 지킨단 말이야?"

"아니. 우리 동네에선 길 가던 사람이 목이 말라서 수박 한 개쯤 따 먹는 건 도둑질도 아니지. 우리가 수박을 지켜야 하는 이유는 두더지, 고슴도치 그리고 오소리 때문이야. 달밤에 어디선가 사각사각 소리가 나면 그건 오소리란 놈이 수박을 깨물어 먹는 거야. 그러면 쇠 작살을 들고 살금살금 다가가서…….."

그때까지 나는 오소리란 놈이 어떤 짐승인지 전혀 몰랐다. 물론 지금도 자세히는 알지 못한다. 그저 조그만 개처럼 생긴, 영악스러운 동물일 것 같다는 생각이 들 뿐이다.

"그놈이 물거나 그러지 않아?"

"쇠 작살이 있잖아. 오소리를 발견하면 당장 찔러 버려야 해. 그 자식은 워낙 약아빠져서 오히려 사람 쪽으로 달려들어선 가랑이 사이로 빠져 달아나거든. 털이 마치 기름칠을 한 것처럼 매끄러워."

나는 그때까지 세상에 이렇게 신기한 일이 많은 줄은 알지도 못했다. 바닷가에 색색의 조개껍데기가 있고, 또 수박에 오소리 사냥 같은 위험한 일이 숨겨져 있다는 것을 몰랐던 것이다. 그때까지 나는 수박이란 그저 과일 가게에서 파는 것으로만 알았을 뿐이었다.

"우리 동네 모래사장엔 말이야, 밀물이 들어오면 날치들이 팔딱팔딱 뛰어올라. 그 녀석들은 모두 청개구리처럼 두 다리가…….."

아아! 룬투의 머릿속엔 신기한 일들이 무궁무진하게 들어 있었던 것이다. 그것은 내 주변의 친구들이 전혀 알지 못하는 것들이었다. 룬투가 바닷가에서 그렇게 신기한 것들을 만나고 있을 때, 내 친구들은 모두 나처럼 높은 담장으로 둘러싸인 마당에서 네모진 하늘만 바라보고 있었던 것이다.

안타깝게도 정월은 금세 지나가 버리고 룬투는 집으로 돌아가야 했다. 나는 어쩔 줄 몰라 하며 큰 소리로 엉엉 울었다. 룬투도 부엌에 숨어 울면서 밖으로 나오려 하지 않았다. 하지만 결국 룬투는 아버지 손에 이끌려 가 버리고 말았다.

그 애는 나중에 자기 아버지에게 부탁해서 내게 조개껍데기 한 꾸러미와 아름다운 새의 깃털 몇 개를 보내 주었다. 나도 한두 번 뭔가 그 애에게 선물을 보내기도 했지만 다시 만나지는 못했다.

이제 어머니가 그 애의 얘기를 꺼내자, 나는 어렸을 적 기억이 되살아나 마치 아름다운 고향을 다시 찾은 것만 같았다. 나는 대뜸 어머니에게 물었다.

"그것 참 반갑군요! 그래, 룬투는 어떻게 지내요?"

"그 애 말이냐? 살기가 무척 힘든 모양이더라."

어머니는 이렇게 말하면서 밖을 내다보았다.

"저 사람들이 또 왔구나. 말로는 목기를 사러 왔다고 그러면서 닥치는 대로 아무 물건이나 집어 가 버리니 내가 잠깐 나가 봐야겠다."

어머니는 일어서서 밖으로 나갔다. 문밖에서 여자들 몇이 주고받는 얘기가 들려왔다. 나는 조카 훙얼을 불러다가 앞에 앉히고 글씨를 쓸 줄 아는지, 다른 고장에 가 보고 싶은지, 하며 말을 시켰다. 훙얼은 눈을 반짝이며 물었다.

"우리, 기차를 타고 가요?"

"그래, 기차를 타고 갈 거다."

"배는요?"

"먼저 배를 타고, 그런 다음에⋯⋯."

"어머나, 세상에! 이렇게 컸네! 수염도 길게 기르고!"

갑자기 찌르는 듯 날카롭고 괴팍한 목소리가 크게 들려왔다. 깜짝 놀라서 고개를 들어 보니, 광대뼈가 튀어나오고 입술이 얇은 쉰 살가량의 여자가 내 앞에 서 있었다. 두 손을 허리에 얹고 치마도 입지 않은 채 두 다리를 벌리고 서 있는 모습이 영락없이 컴퍼스가 두 발을 벌리고 있는 것과 똑같았다.

나는 어안이 벙벙해져 그녀를 쳐다보았다.

"날 모르겠어? 옛날에 내가 많이 안아 줬는데!"

나는 더욱 어리둥절할 뿐이었다. 마침 다행스럽게도 어머니가 들어오더니 옆에서 말을 해 주었다.

"저 앤 너무 오랫동안 객지에 나가 있어서 아마 까맣게 잊었을 거야."

어머니는 그러더니 나에게 말했다.

"너도 잘 생각하면 기억이 날 거야. 저 양반이 우리 집 건너편에 사시던 양씨네 둘째 아주머니시다. 왜 있지, 두부 가게를 하던⋯⋯."

아, 이제야 생각이 났다. 어렸을 때 우리 집 건너편 두부 가게에서 하루 종일 앉아 있던 양씨네 둘째 아주머니였다. 사람들은 모두 이 여자를 '두부 가게 서시(西施 월나라의 미인)'라고 불렀다. 하지만 그때는 하얗게 분칠을 했었고, 지금처럼 광대뼈도 튀어나오지 않았던 것 같다. 입술도 이렇게 얇지는 않았다. 또 그때는 하루 종일 가게에만 앉아 있어서 그랬는지 이런 컴퍼스 같은 자세를 본 적이 없었다.

당시에 마을 사람들은 이 여자 덕분에 두부 가게가 잘된다고 말하곤 했다. 하지만 그때만 해도 나는 나이가 어려서 그런 말에는 흥미가 없었기 때문에 그만 까맣게 잊어버리고 있었던 것이다.

그러나 이 컴퍼스는 몹시 기분이 상한 모양이었다. 마치 멸시하는 듯한 표정으로, 나폴레옹도 모르는 프랑스 인이나 워싱턴을 모르는 미국인을 비웃기라도 하는 듯 냉소에 가득 찬 목소리로 이렇게 말하는 것이었다.

"잊었다고? 하긴 귀하신 양반이라 눈이 높으시다 이거지."

"그럴 리가 있습니까. 전 그저⋯⋯."

"그럼 내 도련님한테 할 얘기가 있소. 도련님네는 부자가 됐고, 또 이렇게 무거운 짐들을 일일이 운반하기도 거추장스러울 테니 내게 주시오. 이런 낡고 하잘것없는 목기들을 어디다 쓰겠소. 우리 같은 가난뱅이에게나 쓸모가 있지."

"난 부자가 아닙니다. 또 이걸 팔아야 그 돈으로⋯⋯."

"내 참! 큰 벼슬까지 한다던데 부자가 아니라고? 소실이 셋이나 되고 문밖에만 나서면 여덟 사람이 떠메는 큰 가마를 타면서도 부자가 아니란 말이야? 흥! 그런 말로 날 속일 순 없지."

나는 무슨 말을 해도 소용이 없다는 걸 깨닫고는 그저 입을 다물고 있었다.

"원 세상에! 부자가 될수록 지갑 끈을 죄고, 지갑 끈을 죌수록 더욱더 부자가 된다더니, 정말 그 말대로일세."

컴퍼스는 화가 나서 돌아서더니 투덜거리며 밖으로 나갔다. 나가면서 슬쩍 어머니의 장갑 한 켤레를 허리춤에 찔러 넣고 사라져 버렸다.

그다음에는 또 근방에 사는 친척들이 찾아왔다. 나는 그들을 상대하면서 틈틈이 짐을 꾸려야 했다. 이렇게 사나흘이 지나갔다.

날씨가 몹시 춥던 어느 날 오후, 나는 점심을 먹고 차를 마시며 앉아 있었다. 그러다가 밖에서 사람이 들어오는 인기척에 머리를 돌려 바라보았다. 그를 보고 나는 부랴부랴 몸을 일으켜 그를 맞으러 나갔다. 그는 바로 룬투였다. 그를 보자마자 나는 그가 룬투라는 것을 금방 알 수 있었다. 그러나 내가 기억하고 있던 그 룬투는 아니었다. 키는 갑절이나 커졌고, 옛날 발그스름하던 둥근 얼굴은 누렇게 윤기가 없어졌다. 얼굴에 깊은 주름이 패었고, 눈언저리는 그의 아버지처럼 벌겋게 부어올라 있었다. 바닷가에서 농사를 짓는 사람은 하루 종일 바닷바람을 쐬기 때문에 대개 이런 모습을 하고 있다는 것을 나는 알고 있었다.

그는 너덜너덜한 털모자에 얇은 솜옷을 걸치고 있었다. 추위에 덜덜 떠는 모습은 초라하고 안돼 보였다. 손에는 종이 봉지 하나와 기다란 담뱃대가 들려 있었다. 그 손 역시 내가 기억하고 있던, 통통하고 혈색 좋은 손은 아니었다. 거칠고 갈라지고 여기저기가 터진 게 마치 소나무 껍질 같았다.

나는 너무 흥분하여 뭐라고 말해야 좋을지 알 수 없었다.

"아, 룬투 형 …… 이제 오셨구려……."

이렇게 말했을 뿐이다.

그리고 나니 많은 말들이 꿰어 놓은 구슬같이 줄줄이 터져 나올 것 같았다. 꿩이며, 날치며, 조개껍데기, 오소리……. 그러나 무언가에 가로막힌 듯 그 말들은 머릿속에서만 빙빙 돌 뿐 입 밖으로 나오지는 못했다.

그는 그 자리에 우뚝 서 있었다. 얼굴에는 기쁨과 처량함이 뒤섞인 표정이 역력했다. 그는 입술을 달싹이긴 했지만 아무 소리도 내뱉지 못했다. 마침내 그는 공손한 태도를 취하더니 분명히 이렇게 불렀다.

"나으리!"

나는 오싹 소름이 끼치는 것 같았다. 순간적으로 나는 우리 둘 사이에 이미 두꺼운 장벽이 가로막혀 있다는 것을 알았다. 서글프게도! 나는 아무 말도 할 수 없었다.

그는 뒤를 돌아다보며 말했다.

"쉐이성[水生]! 나으리께 인사를 드려라."

그는 자기 등 뒤에 숨어 있던 어린아이를 앞으로 끌어냈다. 그 아이야말로 20년 전 룬투의 모습 그대로였다. 단지 안색이 나쁘고 비쩍 마른 데다 목에 은 목걸이가 없을 뿐이었다.

"이놈이 다섯째 놈입니다. 아직 세상 구경을 못해서 그런지 비실비실 낯만 가리고……."

어머니와 홍얼이 2층에서 내려왔다. 룬투의 말소리를 들은 모양이었다. 룬투는 어머니에게 말했다.

"마나님, 보내 주신 편지는 벌써 받았습죠. 나리께서 돌아오신다는 것을 알고 어찌나 기뻤는지……."

"룬투, 자네 왜 이렇게 어색하게 인사치레를 하나. 옛날에는 둘이 너, 너 하고 부르지 않았나? 옛날같이 그냥 쉰[迅]이라 부르게나."

어머니는 룬투를 보고 기뻐하며 이렇게 말했다.

"참, 마나님도 무슨 말씀을 …… 그게 될 법이나 한 얘깁니까? 그땐 철없을 때라 아무것도 모르고……."

룬투는 이렇게 말하면서 또 쉐이성더러 나리께 인사를 드리라고 했다. 하지만 아이는 여전히 부끄러워하면서 제 아버지 등 뒤에 찰싹 달라붙어 있었다. 어머니가 말했다.

"그 애가 쉐이성인가? 다섯째랬지? 모두 낯선 사람뿐이니 겁을 내는 것도 당연하지. 애 홍얼아, 네가 쉐이성이랑 같이 밖에 나가 놀아라."

홍얼은 이 말을 듣고 쉐이성에게 손짓을 했다. 쉐이성은 그제야 가벼운 걸음으로 홍얼과 함께 밖으로 나갔다.

어머니는 룬투에게 자리에 앉으라고 권했다. 그는 한참 동안 망설이다가 겨우 자리에 앉았다. 그는 긴 담뱃대를 탁자 옆에 기대 놓더니 종이 봉지를 앞으로 내놓으며 말했다.

"겨울이라서 드릴만한 게 없어서……. 이건 푸르대콩을 말린 것인데, 변변치는 않지만 그래도 저희 집에서 말린 것이라 나리께서 맛이라도 보시라고……."

나는 그에게 사는 형편이 어떤지를 물었다. 그는 머리를 좌우로 흔들었다.

"말이 아닙니다. 여섯째 놈까지 나서서 집안일을 거드는데도 먹고살 수가 없어요. 세상은 온통 뒤숭숭하고, 이유도 없이 여기저기서 돈만 마구 거둬 가고…… 그러니 버는 게 형편이 없죠. 소출도 점점 나빠져요. 농사를 지어서 내다 팔려고 하면 세금만 몇 번씩 내야 합니다. 그러니 본전만 까먹고 말죠. 팔지 않고 두자니 그냥 썩혀 버릴 형편이구요."

그는 또 머리를 흔들어댔다.

갈래갈래 주름이 새겨진 룬투의 얼굴은 석상처럼 표정의 변화가 없었다. 그가 느끼는 감정은 오직 괴로움뿐이었다. 그런데 그것을 표현하려 해도 표현할 방법이 없는 듯했다. 그는 잠시 입을 다물고 있더니 담뱃대를 들고 묵묵히 빨았다.

어머니가 이것저것 묻는 중에 그는 집안일이 바빠서 내일 돌아가야 한다고 말했다. 그가 점심도 먹지 않은 것을 알고 어머니는 부엌에 가서 손수 밥을 볶아 먹도록 일렀다.

그가 나간 뒤, 어머니와 나는 그의 사정을 이야기하며 탄식했다. 자식들은 많고, 농사는 해마다 흉작이고, 세금은 가혹하게 많았다. 군인, 강도, 벼슬아치들, 지방 토호(土豪 지방 세력가) 따위들이 그를 괴롭혀 장승처럼 만들어 버린 것이다. 어머니는 우리가 가져가지 않아도 될 물건은 모두 그에게 주고, 그에게 갖고 싶은 걸 직접 고르게 하자고 했다.

오후에 그는 몇 가지 물건들을 골랐다. 기다란 탁자 두 개와 의자 네 개, 향로와 촛대 한 벌씩, 그리고 짐을 짊어질 때 쓰는 가로대 한 개였다. 그는 또 재(우리 고향에서는 밥을 지을 때 짚을 때고 그 재는 모래밭에 뿌리는 비료로 쓴다)를 전부 달라고 했다. 우리가 떠날 때 배로 실어 가겠다는 얘기였다.

밤에 룬투와 나는 또 이런저런 얘기를 나눴다. 그러나 별로 중요하지 않은 잡담일 뿐이었다.

다음 날 아침 일찍 그는 쉐이성을 데리고 돌아갔다.

그로부터 아흐레가 지났다. 바로 우리가 떠나야 할 날이 온 것이다. 룬투는 아침 일찍부터 우리 집에 와 있었다. 그러나 쉐이성은 데려오지 않고 그 대신 다섯 살짜리 계집애를 데리고 와서 배를 지키도록 했다.

우리는 하루 종일 정신없이 바빴다. 그래서 룬투와 나는 다시 한가하게 이야기를 나눌 틈이 없었다. 집으로 찾아온 손님들도 적지 않았다. 전송하러 온 사람, 이것저것 물건을 가지러 온 사람, 전송도 하고 물건도 가져갈

겸 온 사람 등 가지각색의 사람들로 붐볐다. 저녁 때 우리가 배에 오를 무렵에는 이 오래된 집에 있던 온갖 잡동사니들이 마치 빗자루로 쓸어 버린 듯 깨끗이 사라져 버렸다.

배는 앞으로 나아갔다. 양쪽 강기슭에 줄지어 선 푸른 산들은 황혼 빛에 검푸르게 물들고 있었다. 그 산들은 하나씩 배 뒤쪽으로 사라져 갔다.

훙얼은 나와 함께 선창에 몸을 기대고 어슴푸레한 풍경을 바라보았다. 그러다 그 아이는 갑자기 이렇게 물었다.

"큰아버지! 우리 이제 언제 돌아와요?"

"돌아오다니? 어째서 가기도 전에 돌아올 생각부터 하는 거냐?"

"하지만, 쉐이성이 자기 집으로 놀러 오라고 해서 약속을 했는걸요."

훙얼은 크고 새까만 눈을 똑바로 뜨고 뭔가 이상하다는 표정을 지었다.

나와 어머니는 갑자기 멍해졌다. 그러다가 다시 룬투의 이야기를 시작했다. 어머니가 말하기를, 이삿짐을 꾸리면서부터 두부 가게 서씨가 매일같이 찾아왔는데, 엊그제 잿더미 속에서 접시와 그릇을 열 몇 개씩 찾아내서는 룬투가 제기를 나를 때 함께 가져가려고 숨겨 두었다며 따따부따 떠들어 댔다는 것이었다.

양씨네 둘째 아주머니는 마치 큰 공이라도 세운 것처럼 의기양양해하며 '구기살(狗氣殺)'을 집어 들고 쏜살같이 달아났다고 한다. (구기살은 우리 고장에서 닭을 기를 때 쓰는 도구이다. 나무판 위에 창살을 치고 그 속에 모이를 넣어 두면 닭은 모가지를 길게 뽑아서 그것을 쪼아 먹는다. 하지만 개는 그럴 수가 없어서 그저 바라보며 속을 태울 뿐이다.) 어머니는 전족을 한 그 여자가 뒤축 높은 신발을 신고 어쩌면 그렇게 빨리 뛰어가는지 모르겠다고 말했다.

옛 고향집은 내게서 점점 멀어져 갔다. 그와 함께 고향의 산천도 점점 멀어지며 작아졌다. 하지만 나는 아무 미련도 느껴지지 않았다. 단지 보이지 않는 높은 담이 내 주위를 둘러싸고 나를 외톨이로 만들고 있다는 생각을 했을 뿐이다. 그리고 뭐라고 설명할 수 없는 답답함을 느꼈다. 아주 뚜렷했던, 저 수박밭의 은 목걸이를 한 작은 영웅의 형상이 갑자기 흐릿해진 것도 나를 슬프게 했다.

어머니와 훙얼은 모두 잠이 들었다. 나도 자리에 누웠다. 배 밑바닥에 부딪치는 물소리를 들으며, 나는 나의 길을 가고 있다는 사실을 깨달았다. 룬투와 나는 이미 딴 길을 가고 있었던 것이다. 하지만 나는 생각했다. 우리의 어린아이들은 아직 하나로 이어져 있다고, 홍얼이 바로 쉐이성을 생각하고 있지 않느냐고…….

난 그 애들이 나와 같은 단절을 겪지 않기를 바랐다. 하지만 서로 같은 마음을 지키기 위해 모두 나처럼 이곳저곳 떠도는 생활을 하는 것은 원치 않았다. 또 그 아이들이 룬투처럼 사는 게 괴롭고 힘들어서 마비된 듯한 생활을 하는 것도 원치 않았다. 또한, 다른 사람들이 괴롭고 힘들게 사는 것을 멸시하는 것도 바라지 않았다. 그 아이들은 마땅히 새로운 삶을 살아야 한다. 우리가 아직 경험해 본 일이 없는 그런 생활 말이다!

나는 희망이라는 것을 생각하면서 갑자기 무서워졌다. 룬투가 향로와 촛대를 달라고 했을 때, 나는 그를 속으로 우습게 여겼다. 그가 아직도 우상을 숭배하고 그 습관을 버리지 못한 인간이라고 생각한 것이다. 그러나 내가 지금 말하는 '희망'이라는 것 역시 내가 만들어 낸 또 하나의 우상이 아닌가? 단지 그의 희망이 보다 현실적이고 절박한 것인 반면, 나의 희망은 막연하고 아득하게 멀다는 차이가 있을 뿐이다.

나는 무의식중에 눈앞에 펼쳐진 바닷가 모래사장을 바라보았다. 짙은 쪽빛 하늘엔 동그란 황금빛 보름달이 떠 있었다.

나는 생각했다. 희망이란 것은 있다고도 할 수 없고, 없다고도 할 수 없다. 그것은 땅 위에 난 길이나 마찬가지다. 원래 땅에는 길이란 게 없고, 걸어가는 사람이 많아지면 그게 곧 길이 되는 것이다. *

라쇼몬(羅生門)

작가와 작품 세계

아쿠타가와 류노스케(芥川龍之介, 1892~1927)

일본의 소설가. 도쿄 출생. 도쿄대학에서 영문학을 공부하면서 소설을 쓰기 시작했다. 「코(鼻)」를 발표해 스승 나쓰메 소세키의 격찬을 받았고 「노년」, 「라쇼몬」 등으로 문단의 주목을 받았다. 약 10년 동안 150여 편의 단편과 다수의 수필을 써 일본 문단의 귀재라 불렸다.

아쿠타가와 류노스케는 창작을 위해 동서의 문헌을 섭렵하는 장인 정신을 보였는데, 유럽과 중국의 옛이야기를 가져와 현대적 감각으로 풀어 낸 작품을 많이 썼다. 또한, 제재에 따라 새로운 형식을 사용해 새로운 문체를 시도하기도 했다. 아쿠타가와 류노스케는 독특한 테마와 세련된 수법, 예리한 통찰력으로 작품마다 놀라운 천재성을 보여 주었다. 그러나 예술과 현실 사이에서 괴로워하던 그는 35세의 나이에 신경 쇠약으로 자살했다. 1935년 친구이자 문예춘추사 사주인 키쿠치 칸은 아쿠타가와의 문학적 업적을 기리기 위해 아쿠타가와상을 제정했다. 주요 작품으로 「담배와 악마」, 「코」, 「지옥변(地獄變)」, 「갓파(河童)」, 「톱니바퀴」 등이 있다.

작품 정리

갈래 : 단편 소설

성격 : 사회적, 철학적

배경 : 시간 – 1900년대 / 공간 – 일본

시점 : 3인칭 전지적 작가 시점

주제 : 극단적 상황에서 나타나는 추악한 인간 본성과 악의 고리

발단 한 하인이 비를 피해 라쇼몬 아래 서 있음

어느 저녁, 한 하인이 쏟아지는 비를 피해 라쇼몬이라는 황폐한 문 아래 서 있다. 때는 지진, 화재, 기근 등으로 사회가 피폐해진 시기다.

전개 살아갈 길이 막막한 그는 생계를 어떻게 마련할 것인지 궁리함

그는 일하던 집에서 해고돼 당장 굶어 죽을 처지에 놓여 있다. 이런저런 궁리를 하지만 어떻게 해 볼 도리가 없고, 도둑질을 해야만 먹고살 수 있는 절박한 상황이다.

위기 사다리를 타고 라쇼몬 위로 올라감

하인은 잠잘 곳을 찾아 사다리를 타고 라쇼몬 위 다락으로 올라간다. 다락에는 시체들이 널려 있고, 한 노파가 불을 지펴 놓은 채 여자 시체의 머리카락을 뽑고 있다.

절정 분노를 느낀 하인은 노파에게 칼을 들이댐

하인은 분노가 솟구쳐 노파에게 칼을 들이대고 왜 그런 짓을 하는지 다그쳐 묻는다. 노파는 머리카락으로 가발을 만들어 팔지 않으면 굶어 죽을 판이라 어쩔 수 없는 일이었다고 말한다.

결말 도둑질할 구실을 찾은 하인은 노파의 옷을 빼앗아 달아남

하인은 자신도 굶어 죽지 않기 위해 어쩔 수 없이 도둑질을 하는 것이니 원망하지 말라고 한다. 그러고는 노파의 옷을 빼앗아 달아난다.

✐ **생각해 볼 문제**

1. 이 작품에서 하인의 도덕적 갈등을 일으키게 하는 요소는 무엇인가?

도덕 법칙은 개인의 내면화된 양심이다. 따라서 인간은 도덕 법칙을 어기는 행동을 할 때 양심의 가책을 느낀다. 하인은 주인에게 해고를 당해 갈 곳 없이 떠도는 몸이다. 그는 도둑질이라도 하지 않으면 당장 굶어 죽게 될 판이다. 하인은 '절망적인 현실'과 그 해결책인 '도둑질'이라는 두 가지 요소, 즉 힘겨운 삶과 도덕 법칙 사이에서 갈등한다. 시련이 없을 때는 도덕을 지키기 쉽지만, 이 소설의 배경처럼 궁핍하고 참혹한 상황에서는 시험을 받게 되는 것이다.

2. 하인의 도덕 법칙이 선에서 악으로 전환하게 되는 계기는 무엇인가?

하인은 시체의 머리카락을 뽑는 노파에게 처음에는 분노를 느낀다. 그러나 살기 위해 악행을 저지를 수밖에 없다는 노파의 말에 마음이 움직인다. 노파의 말은 하인에게 정당화 기제로 작용한다. 누군가 악을 행하면 자신도 그럴 수 있다고 생각하게 되는 것이다. 여기서 반전이 발생해 그는 노파에게 악행을 저지른다. 그러면서 굶어 죽지 않기 위해서는 어쩔 수 없는 일이니 원망하지 말라고 한다. 선의 보편성을 따르던 도덕 법칙이 순식간에 악의 보편성으로 전락한 것이다.

3. 죽은 여자와 노파, 하인으로 이어지는 악의 고리는 어떻게 연결되는가?

이 작품에서 작가가 말하는 것은 고리가 되어 이어지는 악의 연쇄다. 죽은 여인은 살았을 때 뱀 고기를 말린 생선이라고 속여 사람들에게 팔아먹는다. 노파는 그런 여자의 시체에서 머리카락을 뽑는 것쯤은 죄도 아니라며 자신의 행동을 정당화한다. 하인은 시체를 훼손해 자신의 이익을 취하려는 노파에게 악행을 행하는 것 역시 죄가 될 수 없다며 노파의 옷을 빼앗아 간다. 그는 라쇼몬 밖에서 강도짓을 하게 될 것이고, 그에게 당한 사람은 누군가에게 또 다른 악행을 저지를지 모른다. 결국 작가는 이 소설을 통해 끊기 어려운 악의 순환 고리를 말하고 있다.

라쇼몬

어느 날 저녁 무렵이었다. 하인배처럼 보이는 한 사나이가 라쇼몬(羅生門 일본 헤이안 시대의 수도였던 교토의 남쪽 정문) 아래서 비가 멎기를 기다리고 있었다.

커다란 문 아래에는 이 사나이밖에 없었다. 군데군데 단청이 벗겨진 굵은 기둥에 귀뚜라미가 한 마리 앉아 있을 뿐이었다. 라쇼몬이 스자쿠(朱雀) 대로변에 있기 때문에 비를 피하러 들어온 장돌뱅이 여자나 삿갓 쓴 사람들이 두셋 정도 더 있을 법도 했다. 그런데 이 사나이 말고는 아무도 없었다.

최근 2, 3년 동안 교토에는 지진이나 회오리바람, 화재, 기근 따위의 재난이 끊임없이 발생했다. 그래서 교토 시내는 말할 수 없이 황폐해졌다. 옛 기록에 따르면 불상이나 사찰의 기구 등을 부수어, 단청이나 금·은박이 그대로 남아 있는 나무를 길가에 쌓아 놓고 땔감으로 팔았다고 한다. 수도 장안의 형편이 이러했으니 라쇼몬 같은 것은 누구 하나 수리할 생각을 하지 않았다. 그래서는 결국 황폐해져 여우와 너구리가 기어들고 도둑이 살게 되더니, 마침내는 연고자 없는 시체를 이 문으로 떠메고 와서 내버리고 가는 풍습까지 생겼다. 그 뒤로 날이 어두워지면 누구나 꺼림칙해서 이 문 근처에는 가까이 오지도 않게 되었다.

그 대신 까마귀가 어디선가 떼로 몰려왔다. 한낮에 보면 수많은 까마귀들이 원을 그리며 높은 지붕 끝을 맴돌면서 울어 댔다. 특히 저녁놀로 하늘이 벌겋게 물들면 들깨를 뿌린 것같이 뚜렷하게 보였다. 까마귀는 보나마나 버려진 시체의 살을 쪼아 먹으려고 오는 것이다.

그러나 오늘은 시간이 늦은 탓인지 까마귀가 한 마리도 보이지 않았다. 허물어진 틈새로 풀이 기다랗게 자란 돌층계에 까마귀 똥이 드문드문 하얗게 말라붙어 있는 것이 보였다. 하인은 계단이 일곱 개인 돌층계 맨 위에 앉아 있었다. 그는 색이 바란 감색 옷자락을 깔고 앉아, 오른쪽 볼에 도드라진 커다란 여드름을 만지작거리며 멍하게 비가 내리는 것을 바라보았다.

작자(作者)는 위에서 '하인이 비가 멎기를 기다리고 있었다'라고 썼다. 그러나 하인은 비가 멎어도 딱히 어떻게 하겠다는 생각이 없었다. 보통 때 같으면 당연히 주인집으로 돌아가야 했다. 그러나 그는 4, 5일 전에 주인에게 해고를 당했다. 앞에서 말한 것처럼 당시 교토의 거리는 이만저만 황폐한 것이 아니었다. 오랫동안 자신을 고용한 주인으로부터 해고를 당한 것도 실은 이러한 상황의 작은 여파에 불과했다.

그러므로 '하인이 비가 멎기를 기다리고 있었다'라고 하는 것보다는 '비에 쫓긴 사나이가 갈 곳이 없어 방황하고 있었다'라고 하는 편이 적당할 것이다. 게다가 오늘의 날씨도 헤이안 시대의 이 사나이의 센티멘털리즘에 적지 않은 영향을 주었다.

신시(申時 오후 세 시에서 다섯 시)가 지나면서부터 내리기 시작한 비는 아직 갤 기미가 보이지 않았다. 하인은 다른 일은 제쳐 놓고 당장 내일부터 생계를 어떻게 마련해야 할 것인가를 궁리하고 있었다. 말하자면 어떻게도 해 볼 도리가 없는 일을 어떻게든 해 보려고 하는 걷잡을 수 없는 생각에 사로잡힌 채, 아까부터 스자쿠 대로에 내리는 빗소리를 마냥 듣고만 있는 것이었다.

비는 라쇼몬을 둘러싸고 쏴 하는 소리를 휘몰아 왔다. 저녁 어스름이 짙어지면서 하늘은 점점 낮아졌다. 위를 올려다보면 비스듬히 내민 기와 끝이 뿌옇고 칙칙한 구름을 떠받치고 있는 것처럼 보였다.

어떻게도 해 볼 도리가 없는 일을 어떻게든 해 보려면 이것저것 선택할 여유가 없었다. 그랬다가는 축대 밑이나 길바닥에서 굶어 죽을 수밖에 없었다. 그리고 나면 이 문으로 실려와 개처럼 버려지게 될 것이다. 이것저것 선택할 여유가 없다면……. 하인의 생각은 몇 번이나 같은 길을 헤매다가는 결국 이 막다른 골목에 다다랐다. 그러나 이 '없다면'은 언제까지나 '없다면'으로 남아 있었다.

하인은 수단과 방법을 가릴 수 없다는 현실을 인정하면서도 이 '없다면'에 대해 결단을 내릴 용기가 없었다. 이 '없다면' 뒤에 당연히 따라오게 되는, '도둑이 될 수밖에 없다'는 사실을 적극적으로 긍정할 용기가 아직 생기지 않는 것이다.

하인은 크게 재채기를 하고 힘겨운 듯 허리를 폈다. 저녁이 되어 해가 진 교토는 벌써 화로가 그리울 만큼 추웠다. 바람은 문기둥과 기둥 사이를 사정없이 불고 지나갔다. 단청을 칠한 기둥에 앉아 있던 귀뚜라미도 어느새 사라져 버렸다.

하인은 몸을 움츠리면서 누런 여름 윗도리 위에 겹쳐 입은 웃옷 자락을 추켜올리고 주위를 둘러보았다. 비바람을 피해서 사람의 눈에 띄지 않고 하룻밤 편히 잘 수 있는 장소가 있다면 여하튼 거기서 밤을 보내겠다고 생각한 것이다. 다행히 그때 문 위의 다락으로 올라가는 사닥다리가 눈에 띄었다. 역시 단청을 칠한 폭이 넓은 사닥다리였다. 그 위에 사람이 있다면 이미 죽은 사람뿐일 것이다.

하인은 허리에 찬 긴 칼이 미끄러지지 않도록 조심하면서 짚신 신은 발을 사닥다리에 올려 디뎠다. 칼은 손잡이가 나무로 된 아무 장식도 없는 칼이었다.

그런 다음 몇 분인가 지난 뒤였다. 라쇼몬의 다락으로 올라가는 폭 넓은 사닥다리 한가운데에, 한 사나이가 고양이처럼 몸을 웅크리고 숨을 죽여 가며 다락 위를 살피고 있었다. 다락에서 비치는 불빛이 희미하게 사나이의 오른쪽 볼을 비추었다. 짧은 수염 속에 벌겋게 곪은 여드름이 드러나 보였다.

하인은 처음에 이 위에는 사람 시체가 있을 뿐이라고 마음을 완전히 놓고 있었다. 그런데 사닥다리를 두서너 칸 올라가 보니, 위에서 누군가가 불을 지펴 놓고 있는 것이었다. 게다가 그 불을 가지고 여기저기 비춰 보고 있는 것 같았다. 흐릿한 누런 불빛이 구석구석 거미줄이 쳐진 천장을 비추면서 흔들리는 것을 보면 알 수 있었다. 비 내리는 밤에 라쇼몬 위에서 불을 지피고 있다니, 아무리 생각해도 정상적인 인간은 아닌 듯했다.

하인은 도마뱀처럼 발소리를 죽여 가며 가파른 사닥다리를 맨 위까지 조심조심 기다시피 올라갔다. 그리고 몸을 납작 바닥에 붙이고 목을 최대한 앞으로 뽑아 다락 안을 엿보았다. 다락에는 소문처럼 시체 몇 구가 아무렇게나 나뒹굴고 있었다. 불빛이 비치는 범위가 생각보다 좁아서 그 수가 얼마나 되는지는 알 수 없었다. 단지 그 속에 벌거숭이 시체와 옷을 입은 시체가 있다는 것만은 희미하게나마 구별이 되었다. 물론 그중에는 여자 시체도 있었고 남자 시체도 있었다. 그 시체들은 모두 흙으로 빚어 만든 인형처럼 입이 벌어지기도 하고 손을 뻗치기도 한 모습으로 데굴데굴 마룻바닥에 뒹굴고 있었다. 한때나마 그것이 살아 있는 인간이었다는 사실조차 의심스러울 지경이었다. 게다가 어깨나 가슴 같은 불룩 솟은 부분이 희미한 불빛을 받아서 낮은 부분의 그늘이 한층 어둡게 보였다. 시체들은 영원한 벙어리처럼 침묵을 지키고 있었다.

하인은 시체에게서 풍기는 썩은 냄새에 코를 싸쥐었다. 그러나 다음 순간 그의 손은 코를 가리는 일을 잊어버리고 말았다. 강한 호기심이 이 사나이의 후각을 마비시킨 것이다. 사나이는 이때야 비로소 시체들 사이에 웅크리고 있는 사람을 보았다. 짙은 자주색 옷을 입은 노파였다. 노파는 몸집이 작고 비쩍 말랐으며 머리가 하얀 원숭이처럼 보였다. 오른손에 관솔불을 들고 어떤 시체의 얼굴을 유심히 살피고 있었다. 시체는 머리가 긴 것으로 보아 여인의 시체인 것 같았다.

하인은 6할은 공포에 휩싸이고 나머지 4할은 호기심에 이끌려 한동안 숨쉬는 것조차 잊고 있었다. 옛사람의 말을 빌린다면 '머리칼이 곤두서는 듯한' 느낌이었던 것이다. 노파는 불이 붙은 솔가지를 마루 틈새에 꽂더니, 시체의 머리에 두 손을 대고는 마치 어미 원숭이가 새끼 원숭이의 이를 잡아 주듯이 긴 머리카락을 하나씩 뽑기 시작했다. 머리카락은 손만 대면 그대로 쑥쑥 뽑혀 나오는 것 같았다.

머리카락이 한 올씩 뽑혀 나옴에 따라 하인의 두려움도 조금씩 사라졌다. 그와 함께 노파에 대한 무서운 증오심이 조금씩 솟아올랐다. 아니 이 노파에 대한 증오심이라고 말하면 모순이 있을지 모른다. 차라리 모든 악에 대한 반감이 순간순간 강도를 더해 갔다고 말할 수 있었다.

이때 누군가 이 하인에게 아까 문 아래서 생각하던 문제, 즉 굶어 죽느냐 도둑질을 하느냐 하는 문제를 새로 끄집어낸다면 그는 아마 아무 미련 없이 굶어 죽는 쪽을 선택했을 것이다. 그만큼 악에 대한 이 사나이의 증오심은 노파가 피워 놓은 관솔불처럼 무럭무럭 타오르고 있었다.

사나이는 물론 노파가 왜 죽은 사람의 머리카락을 뽑는지 알지 못했다. 따라서 그것을 선악의 관점에서 어떻게 해석해야 할지 합리적으로 파악할 수 없었다. 그러나 이 사나이에게는 이 비 오는 밤에 라쇼몬 위에서 죽은 사람의 머리카락을 뽑는다는 것만으로도 이미 용서할 수 없는 악이었다. 물론 그는 방금 전까지 자기가 도둑이 될 마음을 가지고 있었다는 사실 따위는 까맣게 잊고 있었다.

사나이는 두 발로 사다리를 차며 번개처럼 위로 뛰어올라 갔다. 그러고는 장식 없는 긴 칼을 잡고 성큼성큼 노파 앞으로 다가갔다. 노파가 놀란 것은 두말할 나위도 없다. 노파는 사나이를 보자마자 마치 활시위에 튕기기라도 한 것처럼 펄쩍 뛰었다.

"어딜 달아나려고!"

하인은 황급히 도망치다가 시체에 걸려 넘어진 노파를 막아서며 이렇게 고함을 질렀다. 노파는 그래도 하인을 떠밀고 달아나려고 했다. 하인은 놓칠세라 노파를 다시 떠밀었다. 둘은 그렇게 시체들 틈에서 한동안 실랑이를 벌였다. 그러나 승패는 처음부터 뻔했다. 하인은 마침내 노파의 팔을 비틀어 그 자리에 넘어뜨렸다. 닭다리 같은, 뼈와 가죽뿐인 팔목이었다.

"여기서 뭘 하고 있었던 거야? 말해 봐. 말 안 하면 이거다."

하인은 노파를 밀어 넘어뜨리고는 긴 칼을 뽑아 서릿발처럼 하얗게 빛나는 칼날을 눈앞에 들이댔다. 그래도 노파는 말이 없었다. 두 손을 부들부들 떨고 어깨를 들썩이면서, 눈알이 튀어나올 만큼 눈을 부릅뜨고 벙어리처럼 고집스럽게 입을 다물고 있었다. 이것을 보자 하인은 비로소 이 노파의 목숨이 오로지 자기 마음먹기에 달려 있다는 사실을 분명히 의식했다. 그리고 이러한 의식은 지금까지 험악하게 불타고 있던 증오심을 어느새 식혀 버렸다. 뒤에 남은 것은 다만 어떤 일을 원만히 이뤄 냈을 때의 편안한 자긍심과 만족감뿐이었다. 하인은 노파를 내려다보며 조금 누그러진 목소리로 말했다.

"나는 게비이시청(檢非違使廳 교토 시내의 범죄자 감찰과 재판을 하던 관청)의 관리도 뭣도 아니야. 방금 이 문 아래로 지나가던 나그네란 말이다. 그러니 너를 잡아가고 어쩌고 할 것도 없어. 그러니까 당신은 이 밤중에 여기서 무엇을 하고 있었는지 그것만 말하면 돼."

그러자 노파는 크게 뜬 눈을 더욱 크게 뜨더니 뚫어지게 하인의 얼굴을 바라보았다. 눈꺼풀이 벌게진, 육식 조류처럼 날카로운 눈이었다. 그러더니 노파는 주름으로 거의 코와 달라붙은 것 같은 입술을 무언가 씹기라도 하는 것처럼 움직였다. 가느다란 목에 뾰족하게 솟아오른 울대가 위아래로 오르내렸다. 그 목에서 까마귀가 우는 것 같은 소리가 할딱할딱 하인의 귀에 들려왔다.

"이 머리카락을 뽑아서 말이야, 이 머리카락을 뽑아서 말이지, 가발을 만들려고 그런 거야."

하인은 노파의 대답이 뜻밖에 평범한 것에 실망했다. 동시에 아까 느꼈던 증오심이 차가운 모멸감과 함께 마음속에 되살아났다. 그 기색이 노파에게도 전해졌는지 노파는 한쪽 손에 시체의 머리카락을 움켜쥔 채 두꺼비가 중얼거리는 것 같은 소리로 더듬더듬 말을 이었다.

"물론, 죽은 사람의 머리카락을 뽑는 것은 좋은 일이라고는 할 수 없지. 하지만 여기 죽어 있는 사람들은 모두 그만한 일을 당해도 싼 인간들이야. 지금 내가 머리카락을 뽑은 이 계집만 해도 뱀을 네 치씩 토막 내 말린 것을 말린 생선이라고 하면서 다데와키(太刀帶 동궁을 지키던 무사들) 부대로 팔러 다녔단 말이야. 염병에 걸려 죽지 않았다면 아마 지금도 팔고 다니겠지. 게다가 말이야, 이 여자가 파는 것은 맛이 좋다고 다데와키들이 앞다투어 찬거리로 사 갔다는 거야. 나는 이 여자가 한 일을 나쁘다고 생각하지는 않아. 그렇게 하지 않으면 굶어 죽게 생겼으니 도리가 있느냐 말이야. 마찬가지로 지금 내가 하는 일도 나쁜 일이라고는 생각하지 않아. 이렇게라도 하지 않으면 굶어 죽게 생겼으니 어쩌겠어. 그러니 이런 처지를 이 여자도 잘 알 테니까, 아마 내가 하는 일도 너그럽게 생각해 줄 거야."

노파는 대강 이런 뜻의 이야기를 했다.

사나이는 칼을 칼집에 꽂고 칼자루를 왼손으로 누르며 차가운 표정으로 이 말을 듣고 있었다. 오른손으로는 벌겋게 곪은 커다란 여드름을 만지작거렸다. 그런데 이 말을 듣는 동안 사나이의 마음에는 차차 어떤 용기가 솟구쳤다. 아까 문 아래 있을 때는 미처 가지지 못했던 용기였다. 그것은 또 아까 이 위로 올라와 노파를 붙잡았을 때의 용기와는 전혀 다른 용기였다. 굶어 죽느냐 도둑이 되느냐를 놓고 전혀 망설이지 않았다는 얘기는 아니다. 다만 굶어 죽는 일 따위는 고려할 여지도 없이 의식 밖으로 멀리 밀려나 있었다.

"정말 그런가?"

노파의 말이 끝나자 사나이는 비웃듯이 다그쳐 물었다. 그러고는 한 걸음 앞으로 다가서더니, 여드름을 만지던 오른손으로 노파의 목덜미를 움켜쥐고는 물어뜯을 듯이 이렇게 말했다.

"그럼 내가 네 껍질을 벗겨 가도 날 원망하지 않겠지. 나도 그렇게 하지 않으면 굶어 죽을 판이니 말이야."

하인은 벼락 치듯이 재빨리 노파의 옷을 벗겼다. 그러고는 발목을 붙잡고 매달리는 노파를 거칠게 시체들 위로 걷어차 버렸다. 사닥다리까지는 불과 다섯 걸음 안팎이었다. 하인은 노파에게 빼앗은 짙은 자주색 옷을 옆구리에 끼고 눈 깜짝할 사이에 가파른 사닥다리에서 땅바닥으로 뛰어

내렸다.

　잠시 죽은 듯 엎드려 있던 노파가 시체들 사이에서 벌거벗은 몸을 일으
킨 것은 그로부터 얼마 지나지 않아서였다. 노파는 혼자서 중얼거리는 것
같은 신음소리를 내면서, 아직도 타고 있는 불빛에 의지해 사닥다리까지
기어갔다. 그리고 짧은 머리카락을 거꾸로 내려뜨리고 다락 아래를 살폈
다. 밖에는 다만 칠흑같이 캄캄한 어둠뿐이었다.

　하인이 어디로 갔는지는 아무도 알지 못했다. *

이중의 희생

✏ 작가와 작품 세계

후안 발레라(Juan Valera y Acalā Galiano, 1824~1905)

스페인의 시인이자 소설가. 대학에서 법률을 공부한 뒤 외교관이 되어 각국을 돌아다녔다. 귀족 출신으로 여러 나라 언어에 능통했던 그는 각국의 문학과 고전에 대한 해박한 지식을 가지고 있었다.

후안 발레라는 우아하고 섬세한 문체를 추구했으며, 자연주의에 반발해 심리적이고 예술미를 추구하는 작품을 주로 썼다. 그는 절제된 이성과 인간에 대한 선의, 섬세하고 단아한 문체로 독자들을 사로잡았다. 대표작으로는 근대적 심리 소설의 원조가 된 서간체 소설 「페피타 히메네스」를 비롯해 「관대한 여인 후아니타」 등과 만년에 장님이 되어 쓴 단편집 『기질과 풍자』가 있다.

✏ 작품 정리

갈래 : 단편 소설, 서간체 소설
성격 : 심리적, 고백적
배경 : 시간 – 19세기 / 공간 – 스페인
시점 : 1인칭 시점
주제 : 사랑을 둘러싼 오해와 해결

✏ 구성과 줄거리

발단 구테레스 신부가 돈 페피트에 관한 소문을 들음(구테레스 신부의 편지)

구테레스 신부는 누이동생으로부터 돈 페피트의 소식을 듣는다. 그는 돈 페피트가 돈 그레고리오의 부인 도냐 푸와나를 연모해 그녀를 따라 다니는 것에 유감을 표한다.

전개 돈 페피트가 소문이 사실이 아님을 구테레스 신부에게 해명함(제1신 돈 페피트의 편지)

돈 페피트는 자신의 결백함을 주장한다. 그리고 모든 남자가 자신에게 반해 쫓아다닌다는 착각 속에 사는 도냐 푸와나에 대해 얘기한다.

위기 돈 페피트는 돈 그레고리오의 딸 이사베리타를 사랑함(제2신 돈 페피트의 편지)

돈 페피트는 돈 그레고리오의 전처가 낳은 딸 이사베리타를 사랑한다. 계모 도냐 푸와나는 이사베리타를 못살게 군다. 또 이사베리타가 자기 동생 돈 안부로시오를 사랑한다며 결혼을 시키려 한다.

절정 유모 라몬시카가 나서서 일을 꾸밈(제3, 4신 돈 페피트의 편지)

이사베리타의 유모 라몬시카는 꾀를 내어 일을 꾸민다. 그녀는 돈 그레고리오가 농장에서 묵는 날, 돈 페피트를 끌어들여 도냐 푸와나의 방에 들게 하고, 농장에 전갈해 그 사실을 알린다. 돈 그레고리오가 집으로 달려오자 돈 페피트를 이사베리타의 방으로 들여보내 마치 아무 일도 없는 것처럼 보이게 한다. 두 사람은 자연스럽게 결혼할 수 있는 상황에 이른다.

결말 도냐 푸와나는 두 사람의 '이중의 희생'에 감사함(도냐 푸와나의 편지)

도냐 푸와나는 자신을 보호하기 위해 돈 페피트와 이사베리타가 희생을 감수해 준 것으로 생각하며 고마워한다.

✏️ 생각해 볼 문제

1. 이 작품의 형식적 특징은 어떠한가?

이 소설은 형식적으로 서간체 소설의 고백적 양식을 띤다. 서간체는 사건 전개와 인물 묘사에 제약이 따른다. 그러나 작가는 서간체 소설이 갖는 단조로움에서 벗어나 인물의 성격을 생생히 살려 낸다. 또 사건의 시작과 결말이 되는 단서로서 구테레스 신부와 도냐 푸와나의 편지를 배치하고, 그 중간에 사건의 중심 내용인 돈 페피트의 편지를 넣음으로써 세 사람의 편지가 탄탄한 구성을 이루게 한다. 이 작품이 서간체임에도 소설의 일반적 양식보다 흥미롭게 읽히는 것은 바로 이 때문이다.

2. 이 소설에 등장하는 인물들의 성격을 내용적 특징과 어떻게 연관지을 수 있는가?

이 작품은 다른 서간체 소설과는 달리 인물의 성격이 두드러진다. 특히 모든 것을 자신의 관점에 맞춰 주관적으로 해석하는 도냐 푸와나는 인물 창조에 있어 압권이라 할 만하다. 또 영리하고 사람의 심리를 이용하는 수완이 뛰어난 유모 라몬시카도 소설의 재미를 더한다. 모든 남자가 자신을 좋아한다는 확고한 믿음을 가진 도냐 푸와나와, 그녀의 착각 때문에 희생자가 되는 인물들 간의 갈등은 더없이 유쾌하고 기상천외하게 전개된다. 인간에 대한 선의를 가지고 작중 인물을 모두 행복한 결말로 이끌어 가는 작가의 유머와 재기가 돋보이는 작품이다.

3. 이 작품의 제목인 '이중의 희생'은 어떤 의미인가?

도냐 푸와나는 세상 모든 남자가 자신을 사랑한다고 믿는 여자다. 마지막 순간까지 도냐 푸와나는 돈 페피트가 자신을 사랑한다고 생각한다. 그녀는 이사베리타가 자기 동생인 돈 안부로시오를 사랑한다며 둘을 결혼시키려 했었다. 도냐 푸와나는 돈 페피트와 이사베리타가 자신을 위기에서 구해 주고, 사랑하지 않는 상대와 결혼하는 '이중의 희생'을 감내했다고 생각한다.

이중의 희생

구테레스 신부로부터 돈 페피트에게
말라가에서 1842년 4월 4일

그리운 제자에게

누이동생으로부터 자네 소식을 듣고는 몹시 괴로워하고 있네. 20여 년을 그곳에서 보내고 미망인이 된 누이동생은 아이도 없이 2년간 쭉 나와 함께 이곳에서 살고 있지. 하지만 지금까지도 그곳 분들과 계속 연락을 하고 있어 가끔씩 오는 편지에 들어 있는 소식이 내 귀에도 자세히 전해지고 있네.

전에 자네는 내 강의를 들으러 오기도 했고, 나 또한 열심히 철학 윤리를 가르쳤지. 그런데 성실하고도 신앙심 두터운 청년이 오늘날 그렇게까지 죄 많은 생활을 하며 살고 있으리라고는 생각지도 못했네. 유감스럽게도 샛길로 빠져 백발의 노인을 괴롭히고, 자신의 생에 돌이킬 수 없는 오점의 동기가 될 위험한 다리를 건너고 있다는 건 소름끼치는 일이네.

부농(富農) 돈 그레고리오의 부인 도냐 푸와나에게 미쳐서 부인을 따라다니며, 자네를 피하려고 하는 그녀의 굳은 지조를 자네는 유린하려 하고 있네. 그곳에서 자네는 농업 기사로 가장하고 포도주 제조와 포도의 품종 개량의 접목을 지도하고 있다더군. 그렇다면 자네의 접목은 비난받아야 마땅하며, 자네가 술을 만드는 것은 한 사람의 노인에게 비탄과 굴욕을 가져다 줄 것이네.

노인은 훌륭한 사람이고, 잘못이 있다면 아름답고 어느 정도 남자를 좋아하는 젊은 부인을 맞이했다는 것뿐일세. 자네는 곤란한 일을 만들고 있네. 자네에게 간곡히 부탁하네. 좋지 않은 생각은 버리고 말라가로 돌아와 주었으면 하네. 자네에 대한 내 마음을 조금이라도 알아준다면 내 충고에 귀를 기울여 주길 바라네.

[제1신]
돈 페피트로부터 구테레스 신부에게
비랴레그레에서 4월 7일

존경하는 선생님께

그곳에 술과 기름을 운반하는 파코 할아범에게 4일자 편지를 받았습니다. 서둘러 답장을 보내 드리니 안심하시길 바라며, 또한 저에 대한 오해를 풀어 주시기 바랍니다.

저는 도냐 푸와나에게 마음을 빼앗기고 있지 않으며, 더구나 쫓아다니고 있지도 않습니다. 단지 그쪽에서 그렇게 생각하고 있는 것뿐입니다. 분명히 말씀드립니다만, 도냐 푸와나는 좀 독특하고 다소 위험한 여성이라고 할 수 있습니다.

6년 전 그녀는 서른 살이 다 돼 돈 그레고리오와 결혼했습니다. 그 여자를 부정한 여자라고까지 말하는 사람은 없습니다. 하지만 남편을 말로 구슬려 자기 마음대로 다루고 어쩌지도 못하게 한다는 것에는 누구 하나 반대하지 않을 것입니다. 그녀는 자만심이 강하다고나 할까, 자기에게 반하지 않은 사람은 하나도 없으며 어떤 남자도 자기를 노리고 있다고 스스로 생각합니다. 남편에게조차 그렇게 믿도록 만들 정도지요. 사실 솔직히 말해서 도냐 푸와나는 못생기진 않았지만 아주 미인이라고도 할 수 없습니다. 키가 크다든지 작다든지, 말랐다든지 살집이 좋다든지 따위로 돋보이는 것이 아니라, 눈동자의 움직임이나 몸가짐 등으로 눈길을 끄는 편입니다. 그것은 아마 그 여자 스스로는 알지 못하겠지만, 사람의 마음을 움직여 보려고 무던히 애쓰고 있기 때문일 것입니다. 볼연지에다 얼굴과 목덜미까지 분을 바르고, 아이섀도로 검은 눈에 윤을 내고는 쉴 새 없이 그 눈을 깜박이며 바람기를 흘리는 것입니다.

아무튼 도냐 푸와나에 대해 특별히 떠들어 댈 필요는 없습니다만, 산보할 때나 사람들이 모이는 자리나 교회 안에서 남자들은 그녀에게 끌려 다니며 이상한 기분에 사로잡히고는 합니다. 이렇게 해서 그녀는 쉽게 몇 사람의 남자를 사로잡습니다. 적지 않은 남자들이, 특히 처음 만나는 외국인들이 제멋대로 상상해서 그녀의 비위를 맞추기도 하며, 끝내는 얻을 수 없는 소망을 안고 괘씸한 신청도 하지요. 그러면 그녀는 그것을 멋지게 이용합니다. 그런가 하면 동성(同性)의 친구들에게는 어디를 보나 몸 둘 곳을 모르겠다. 불행히도 자기는 사람을 끄는 점들이 많아서 남자들이 이내 자기를 따르며 사랑을 요구하고 귀찮게 굴어 몹시 난처하다. 그래서 주인인 돈 그레고리오를 안심시켜 주지 못한다고 자랑스럽게 불평을 늘어놓습니다.

그 정도가 심해져서 도냐 푸와나는 자기에게 단 한마디도 말을 걸지 않은 남자들까지도 자기를 그리워한다고 생각하게 되고 말았습니다. 불행하게도 저도 그중의 한 사람입니다.

작년 여름, 저는 카라트라카의 온천에서 도냐 푸와나를 처음 만나 가까워졌습니다. 그런데 그녀는 내가 이곳으로 온 것을 마치 자기를 따라서 온 것처럼 엉뚱하게 생각했습니다. 이것이 저에겐 매우 곤란한 일이지만 생각을 고쳐 달라고 말할 수도 없는 일입니다. 저로서는 이곳을 떠나 말라가로 돌아갈 수도 없고, 또한 돌아간다는 것은 생각지도 않고 있습니다. 사실은 어떤 중요한 일 때문에 이곳에서 꼼짝도 못하고 있습니다. 아무튼 자세한 말씀은 이다음 편지에 적겠습니다. 오늘은 이만 적습니다.

[제2신]
4월 10일

존경하는 선생님께

사실을 말씀드리면 저는 사랑에 빠져 괴로워하고 있습니다. 상대는 도냐 푸와나가 아닙니다. 이름은 이사베리타, 아름다울 뿐만 아니라 얌전하고 순진하고 교양도 있는 흔하지 않은 여성입니다. 어떻게 볼품없는 뚱보인 돈 그레고리오 같은 사람에게서 그렇게 얌전하고 아름다운 딸이 생겼는지 이상할 정도입니다. 이사베리타는 돈 그레고리오의 첫 번째 부인의 딸입니다. 계모인 도냐 푸와나는 언제나 눈을 부릅뜨고 그녀에게 심하게 구는가 하면, 제멋대로 자기 동생인 돈 안부로시오와 결혼시키려고 야단입니다. 이사베리타에게는 죽은 어머니의 유산이 있으므로 도락(道樂)을 꽤나 즐기는 돈 안부로시오에게는 알맞은 혼처라 할 수 있지요. 게다가 이 마을에서는 그만한 상대도 만나기 힘들 겁니다. 도냐 푸와나는 두 사람을 결혼시키려고 이사베리타가 돈 안부로시오에게 애정을 갖고 있으며 결혼까지 하고 싶어 한다는 결론을 내리고는 돈 그레고리오에게도 그렇게 얘기를 하고 있습니다. 이사베리타는 두려워서 반박도 못하고, 나에게 호감을 가지고 있다는 의사 표시도 분명히 하지 못하는 상황입니다.

도냐 푸와나가 하루 종일 끈덕지게 전실 딸을 감시해 저는 이사베리타를 만나지도 편지를 쓸 수도 없습니다. 만약 편지를 써 보내도 그녀에게 전해지지 않을 겁니다.

작년 여름 카라트라카에서 이사베리타를 만난 이후, 저는 그녀에게 사랑을 받고 있다고 생각하고 있었습니다. 저의 시선, 그녀를 볼 때 뜨겁게 타오르는 저의 시선에, 그녀는 감사와 애정에 가득 찬 천진난만한 눈빛으로 답해 주었습니다.

선생님도 뻔히 아실 구실을 만들어 이곳에 온 것도 그녀의 사랑을 믿었기 때문입니다. 그런데 만약 한 사람의 확실한 조력자가 아니었다면 저는 얼토당토않은 어릿광대짓을 했을 것입니다. 그 조력자는 나이 지긋한 유모 라몬시카입니다. 그녀는 돈 그레고리오의 먼 친척이며, 그의 집에 가정부로 들어가 이사베리타를 진심으로 사랑하며 길러 온 여자입니다. 그녀는 도냐 푸와나를 좋지 않게 생각하고 있습니다. 왜냐하면 도냐 푸와나가 이사베리타에게 못되게 굴고, 지금까지 돌봐 온 그 딸을 더 이상 돌보지 못하게 했기 때문입니다. 저는 우연히 라몬시카와 이야기할 기회가 있었는데, 그때 이사베리타가 저를 사랑하고 있다는 얘기를 들었습니다.

그러나 이사베리타는 얌전하고 수줍음이 많은 처녀라, 나에게 연정을 담은 편지를 쓴다가 아버지나 계모의 허락 없이 창을 사이에 두고 이야기를 나누는 것조차 엄두를 내지 못하는 것 같았습니다.

아무튼 저는 이사베리타와 창을 사이에 두고라도 만나게 해 달라고 라몬시카에게 부탁해 보았습니다. 하지만 도저히 불가능하다는 것이었습니다. 이사베리타는 구석진 방에 있기 때문에 그곳을 나오려면 도냐 푸와나의 침실을 지나야 하며, 그러기 위해서는 열쇠가 있어야 하는 것입니다. 그 열쇠는 침실의 문을 잠그고 나서 도냐 푸와나가 보관한다고 했습니다.

지금은 이런 상황에 놓여 있지만 저는 단념하지 않습니다. 희망도 버리지 않고 있습니다. 라몬시카는 어리석은 여자가 아니며, 언젠가 도냐 푸와나를 한 번 되게 혼내 주려고 작심하고 있습니다. 저는 그런 라몬시카에게 기대를 걸고 있습니다.

[제3신]
4월 15일

　존경하는 선생님께

　라몬시카는 확실히 보통내기가 아니었습니다. 하지만 제게 있어서는 고마운 동지라고 할 수 있습니다. 어떻게 손을 썼는지 내일 밤 열 시에 이사베리타와 만날 수 있도록 해 주었습니다. 라몬시카가 문을 열고 나를 집 안으로 들여보내 주기로 했습니다.

　도냐 푸와나에게는 들키지 않도록 그녀를 어디로 가게 할 것입니다. 라몬시카는 만반의 준비가 갖추어졌고 조금도 위태로운 점은 없으니 안심하라고 합니다. 저는 라몬시카의 수완과 지혜에 모든 것을 맡기려고 합니다.

　저는 라몬시카가 꾸민 일이 잘못될까 봐 걱정도 되지만, 좋건 나쁘건 간에 수단은 목적이 무엇인가에 따라 명분이 서리라고 생각합니다. 저의 목적에는 손톱만큼의 부끄러움도 없습니다만, 일은 어떻게 진행될는지요.

[제4신]
4월 18일

　존경하는 선생님께

　저는 그 시각에 약속한 장소로 갔습니다. 라몬시카는 모든 준비를 갖추고 주의 깊게 문을 열었고, 저는 집 안으로 들어갈 수 있었습니다. 그녀에게 손을 잡혀 캄캄한 층계를 올라가 긴 복도와 두 개의 객실을 지났습니다. 마침내 우리는 두 개의 등이 켜진 커다란 방으로 들어갔습니다. 그 방에서는 옆에 있는 넓은 침실이 들여다보였습니다. 라몬시카는 대단한 술책을 쓴 것입니다. 저는 그녀의 계획을 믿기는 했습니다만, 그 실행에는 동의하지 않은 셈이었습니다. 그곳에서 어떤 일이 일어났는지 선생님은 상상도 못하실 것입니다.

　그날 밤, 돈 그레고리오가 농장에 묵고 있는 상황에서 라몬시카는 참으로 황당한 일을 벌였습니다. 나를 속여서 도냐 푸와나의 방으로 끌어들인 것입니다. 도냐 푸와나 따위는 생각지도 않았던 저는 그만 놀라 자빠질 지경이었습니다. 그녀도 비명을 지르며 분노와 괴로움을 표시하는 한편, 내가 그녀를 사랑하며 더구나 이룰 수 없는 사랑의 노예가 되었다고 생각하고는 동정을 보였습니다. 저는 그녀의 어처구니없는 태도에 아연해할 뿐 뭐라고 대답을 하거나 설명을 할 여지가 없었습니다.

여기서 그 장면을 구질구질하게 보고하는 일은 삼가고 싶습니다. 최악의 사태는 이것으로 끝난 것이 아닙니다. 라몬시카의 못된 장난은 거기서 그치지 않았습니다. 온화하긴 했으나 체면 문제라면 남달리 신경을 쓰는 돈 그레고리오에게 누군가 익명으로 편지를 써 보낸 것입니다. 부인이 밤 열 시에 나와 밀회를 하고 있다고 말입니다. 돈 그레고리오는 부인을 굳게 믿고 있었기 때문에 그것을 중상모략이라고는 생각하면서도, 일을 분명히 하려고 돈 안부로시오와 함께 달려왔습니다. 그는 처남을 뒤에 거느리고 소리도 없이 계단을 올라왔습니다. 행인지 불행인지, 그렇지 않으면 만사를 빈틈없이 꾸민 라몬시카의 계획이었는지, 어둠 속에서 돈 그레고리오는 통로를 막고 있던 의자와 부딪쳤습니다. 그는 옆으로 넘어지면서 큰 소리를 내는 동시에 고함을 질렀습니다.

다친 데는 없었으므로 그는 곧 일어나서 급히 아내의 방으로 향했습니다. 우리 세 사람은 그의 고함 소리와 의자가 쓰러지는 소리를 들었습니다. 진실이야 어쨌든 죄를 짓고 있는 우리는 참으로 망연자실할 뿐이었습니다.

"아이, 어쩌면 좋아요!"

도냐 푸와나는 자기도 모르게 소리를 질렀습니다.

"저를 살리는 셈 치고 이 방에서 나가 주세요. 남편이 오고 있어요."

하지만 방을 나가면 돈 그레고리오와 부딪칠 것입니다. 이 방 안에 숨든가 옆방의 이사베리타에게로 도망치는 것 외에는 별도리가 없었습니다. 라몬시카는 제 팔을 붙들고 이사베리타의 방으로 끌고 갔습니다. 저로서는 기쁘기도 하고 가슴이 철렁 내려앉는 것 같기도 했습니다. 돈 그레고리오는 어쩔 줄 몰라 하는 부인을 보자 의심이 더해지면서 사태를 규명하려고 했습니다. 그의 옆에는 줄곧 처남이 서 있었습니다. 두 사람은 드디어 이사베리타의 방으로 왔습니다.

이때 라몬시카가 나서서 이사베리타와 제가 연인 사이이고 자신이 중매를 섰다며 무릎을 꿇고 사죄했습니다. 그러면서 이렇게 된 이상 결혼이라는 방법으로 모든 일을 해결하는 게 어떻겠냐고 말씀드렸습니다. 여러 가지로 이야기를 듣고 난 뒤, 돈 그레고리오는 저의 가정과 가지고 있는 재산에 대해 물었습니다. 제 대답에 고개를 끄덕이더니 그는 하루라도 빨리 결혼하는 게 어떻겠냐고 했습니다. 도냐 푸와나는 자기 입장을 정당화하기 위해서도 승낙하지 않을 수 없었습니다. 더구나 도냐 푸와나는 제가 그녀를 구하기 위해 희생을 했다고 감사하고 있는 것입니다. 그뿐 아니라 그녀는 이사베리타도 돈 안부로시오를 사랑하면서 자신을 위해 희생해 주었다고 감사를 표했던 것입니다.

선생님, 라몬시카가 꾸민 계획은 결코 훌륭하다고는 볼 수 없지만 결과적으로는 대단히 좋은 일을 한 셈입니다. 제가 도냐 푸와나를 사랑하고, 이사베리타 또한 돈 안부로시오를 사랑한다고 한다면, 저와 약혼녀인 이사베리타가 이곳에 머무는 것은 네 사람 다 심한 타격을 입게 되는 일입니다. 교회에서 식이 끝나는 대로 이 마을을 떠나렵니다. 도냐 푸와나와 돈 안부로시오 같은 불쾌한 남매의 곁을 떠나는 것은 당연한 일이라고 생각합니다.

도냐 푸와나로부터, 구테레스 신부의 누이동생 도냐 미카엘라에게
5월 4일

친애하는 벗에게

이번에는 모든 것을 털어놓아서 가슴이 후련해지고 싶습니다.

나는 언제나 조심성 있는 여자로서 살아왔습니다. 내가 예쁘다든가, 매력이 있다든가 하는 따위는 생각해 본 적도 없습니다. 그런데 어찌 된 일일까요. 저도 모르게, 아무런 이유도 없이 제 두 눈에서는 남성을 미치게 하는 악마의 불이 뿜어 나오나 봅니다. 당신에게도 말했듯이 카라트라카에서 내게 홀딱 반한 돈 페피트에게 구애를 받고 얼마나 괴로워했는지 모릅니다. 그분은 저를 뒤쫓아 이곳에 오셨습니다.

말씀드릴 것은, 내가 저 한결같은 마음을 가진 청년을 밀어내 그를 절박한 상황으로 몰아넣은 것은 결단코 아닙니다. 그는 아무 예고도 없이 주인이 없는 집의 내 방에 들어와 내게 덤비려고 했던 것입니다. 정말 나는 위태로웠습니다. 마침 이때에 남편이 돌아온 것입니다. 그런데 남편이 의자

에 부딪쳐 넘어지면서 늘 하는 입버릇대로 크게 떠들어 댔기에 망정이지, 안 그랬으면 남편에게 들키고 말았을 것입니다. 다행히 라몬시카의 약삭빠른 솜씨로 아무 시끄러움도 없이, 피비린내 나는 사건도 일어나지 않고 일이 마무리되었습니다. 하지만 몹시 둔한 몸으로 결투라도 하게 되었다면 남편은 도대체 어떻게 되었을까요. 생각만 해도 소름이 끼칠 지경입니다.

때마침 돈 페피트를 이사베리타의 방으로 안내해 아무 일도 없게 한 데 대해서는 정말 라몬시카에게 감사하고 있습니다. 그보다도 고마운 것은 그 겁 많은 사나이 돈 페피트가 나를 괴롭게 만들지 않으려고 이사베리타의 애인으로 가장해 주신 것입니다. 그리고 전실 딸이 돈 안부로시오의 사랑을 단념하고 자신은 돈 페피트를 사랑한다고 말해 준 것 역시 고마운 일입니다. 내게 아무 일도 없다는 걸 증명해 주기 위해, 또한 내가 언제나처럼 남편의 신뢰에 보답할 수 있는 여자로 있게 하기 위해서 두 사람은 이중의 희생을 한 것입니다.

그들은 어제 결혼식을 마쳤고, 얼마 안 있어 그곳으로 갈 것입니다. 동생과 나를 위해서, 서로 괴로운 일들이 많았던 이곳을 멀리 떠나 두 사람 모두 빨리 잊어 주었으면 합니다. 불같이 사랑하는 연정은 없다고 해도, 조용하고 평온한 애정으로 언제까지나 두 사람이 감싸며 살아가기를 바라고 있을 뿐입니다. 그것이 또한 부부 사이에는 가장 바람직한, 그리고 오래 지속될 애정이기 때문입니다.

그런데 나는 아직 마음의 동요를 완전히 떨쳐 버리지 못하고 있습니다. 내 눈에서 때때로 생각지 않게 뿜어지는 뜨거운 불을 두려워하며 스스로 마음을 다스리고 있습니다. 이제는 사람들의 얼굴은 보지 않고 언제나 눈을 아래로 내리뜨고 살아갈 작정입니다.

아무쪼록 몸조심하시고, 그 일 이후 잃어버린 마음의 평화를 되찾을 수 있도록 하느님께 기도해 주세요. ✻